新多益 金色證書

核心英單 1500

NEW TOEIC

600–900分高效學習

作者 PAGODA Academy
譯者 蔡裴驊／關亭薇

勇奪

多益600–900
必備的神級單字書

1 詼諧漫畫作為暖身，輕鬆加深單字印象
2 以目標分數規劃學習，符合不同程度考生需求
3 30天完善的進度規畫，按部就班學單字
4 衍生字、衍生用法大補帖，強化單字應用能力
5 Speed Check-up測驗，快速檢測學習成效

新多益金色證書核心英單1500
600–900分高效學習

作　者　PAGODA Academy
譯　者　蔡裴驊／關亭薇
編　輯　楊維芯／賴祖兒
校　對　劉育如／申文怡
主　編　丁宥暄
內文排版　林書玉
封面設計　林書玉
製程管理　洪巧玲
發 行 人　黃朝萍
出 版 者　寂天文化事業股份有限公司
電　話　+886-(0)2-2365-9739
傳　真　+886-(0)2-2365-9835
網　址　www.icosmos.com.tw
讀者服務　onlineservice@icosmos.com.tw
出版日期　2022 年 7 月 初版一刷

郵撥帳號 1998620-0 寂天文化事業股份有限公司
訂書金額未滿 1000 元，請外加運費 100 元。
〔若有破損，請寄回更換，謝謝。〕

國家圖書館出版品預行編目資料

新多益金色證書核心英單 1500 : 600-900 分高效學習 (寂天雲隨身聽 APP 版)/PAGODA Academy 著 ; 蔡裴驊 , 賴祖兒 , 關亭薇譯 . -- 初版 . -- [臺北市] : 寂天文化事業股份有限公司 , 2022.07
　面；　公分
ISBN 978-626-300-142-8(25K 平裝)

1.CST: 多益測驗 2.CST: 詞彙

805.1895　　111010501

目錄

百分之百活用本書的方法

看漫畫學核心單字用法

在正式學習當天的單字以前，先透過漫畫，輕鬆掌握核心單字的用法。

漫畫中出現的例句皆改寫自實際多益測驗中出現過的句子，有助於讀者熟悉考題類型。請以有趣的漫畫當作學習前的暖身吧！

過猶不及
recently 某間餐廳因營業額下降而陷入 concern 之中
XX 豬腳
不只是 delivery 訂單變少
客人的 review 也慘不忍睹
看來得開發 additional 菜單順便登個 advertisement
我們一起開發新菜單，讓客人的 choice 增加吧！
也要 offer 更多道小菜才行！
還要在報紙上 place 廣告！
豐盛～
賣相佳～
經過一番努力的 result 是……
餐廳的定位讓人更摸不著頭緒了
這家店到底主打什麼？
應該是間……韓式料理店吧？

多益單字學習法

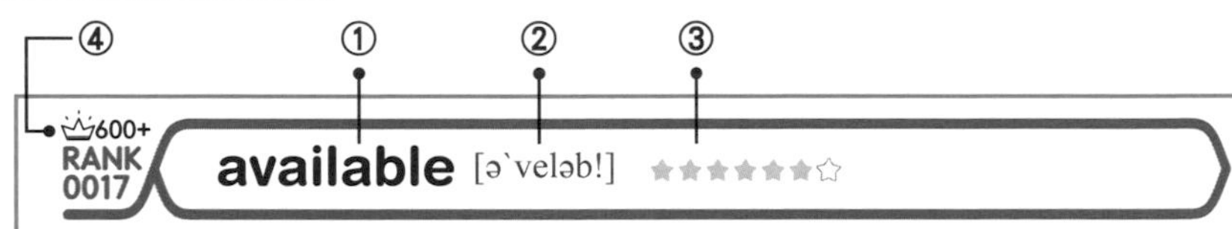
④
①
②
③
600+
RANK
0017
available [ə`veləb!]

1 形 **可得到的；可用的** ⑤

A 20 percent discount on select merchandise is **available** exclusively to our members. 我們的會員可以獨享精選商品八折優惠。

2 形 **有空的；可與之聯繫的** ⑥ be available to do 有空做某事

Customer service representatives will be **available** to answer your calls 24 hours a day. 客服人員會 24 小時接聽您的來電。⑦

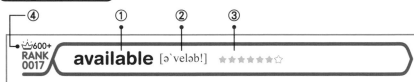

① 多益單字：本書列出多益測驗中最常考的 **1500 個單字**。

② 音標：本書提供單字的**美式發音 KK 音標**。

③ 出題頻率：以星星符號標示實際測驗中**作為正確答案的頻率**，出題頻率最高為七顆星。書中的單字皆為必背核心單字，**千萬不可忽略出題頻率較低的單字**，否則有可能會影響對題意的掌握度，造成解題上的困難。

④ 目標分數：本書按照考生的目標分數，彙整出 **600 至 900 分**的必背單字。

⑤ 詞性：本書標示出 1500 個單字的詞性。**一個單字通常會有數個詞性**，因此請務必熟記各詞性的意思和用法。

⑥ 詞意：每個單字皆有數種意思，本書僅列出多益測驗中最常考的幾種詞意。

⑦ 例句和中文翻譯：本書收錄的例句皆改寫自實際多益測驗中出現過的句子，有助於讀者輕鬆掌握多益考點。

熟悉相關單字與常考用法

① 相關單字
meeting 名 會議；集會；聚會

② 常考用法
call a meeting 召開會議　meet one's needs 符合某人的需求
meet customer demand 滿足顧客的要求
meet a requirement 符合條件

③ 替換字詞
meet 趕上 → fulfill 達到（目的）
meet (fulfill) a fund-raising goal 達成募款目標

④ 易混淆單字筆記
meet sb vs. meet with sb
meet 後方連接人物時，單純表示「跟某人見面」之意；但若將人物置於 meet with 之後，則是表示有事要談才碰面。

① 相關單字：整理出該多益單字的**衍生詞**、**同義詞**、**反義詞**等。同時也會列出重點單字的例句，請務必一併熟悉相關用法。

② 常考用法：整理出曾在測驗中與該單字搭配使用的用法。

③ 替換字詞：Part 7 大題中會出現**三題同義詞考題**。本書為讀者整理出過去曾出現在該考題中的單字。雖然該類考題稱為同義詞考題，但是指的並非字典所列出的同義詞，而是要選出替換後仍符合文意的單字。

④ 易混淆單字筆記：針對意思相近的單字，明確區分兩者間用法的差異。

Speed Check-up 測驗

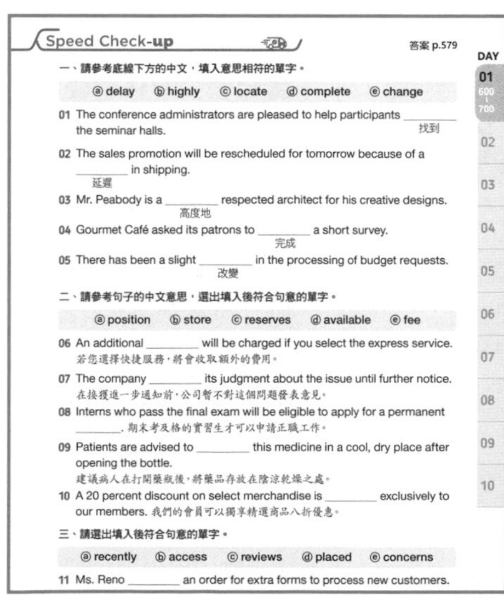

Speed Check-up　答案 p.579

DAY 01 600~700 02 03 04 05 06 07 08 09 10

一、請參考底線下方的中文，填入意思相符的單字。

ⓐ delay　ⓑ highly　ⓒ locate　ⓓ complete　ⓔ change

01 The conference administrators are pleased to help participants ________ the seminar halls.（找到）
02 The sales promotion will be rescheduled for tomorrow because of a ________ in shipping.（延遲）
03 Mr. Peabody is a ________ respected architect for his creative designs.（高度地）
04 Gourmet Café asked its patrons to ________ a short survey.（完成）
05 There has been a slight ________ in the processing of budget requests.（改變）

二、請參考句子的中文意思，選出填入後符合句意的單字。

ⓐ position　ⓑ store　ⓒ reserves　ⓓ available　ⓔ fee

06 An additional ________ will be charged if you select the express service.
若您選擇快捷服務，將會收取額外的費用。
07 The company ________ its judgment about the issue until further notice.
在接獲進一步通知前，公司暫不對這個問題發表意見。
08 Interns who pass the final exam will be eligible to apply for a permanent ________.
期末考及格的實習生才可以申請正職工作。
09 Patients are advised to ________ this medicine in a cool, dry place after opening the bottle.
建議病人在打開藥瓶後，將藥品存放在陰涼乾燥之處。
10 A 20 percent discount on select merchandise is ________ exclusively to our members. 我們的會員可以獨享精選商品八折優惠。

三、請選出填入後符合句意的單字。

ⓐ recently　ⓑ access　ⓒ reviews　ⓓ placed　ⓔ concerns

11 Ms. Reno ________ an order for extra forms to process new customers.

學完當日的單字後，立刻藉由單字測驗確認學習成效。

① 選出與中文意思相符的單字。

② 參考句子的中文意思，選出填入後符合句意的單字。

③ 閱讀英文句子後，選出適合填入空格的單字。

藉由以上三種類型的單字測驗，確認自己是否確實記下當日所學的單字。若有尚未背熟的單字，請務必反覆學習，直到完全熟記。

必考片語 300

整理出多益測驗中 300 個經常出現、非會不可的片語。欲挑戰多益高分者，請務必學會所有的片語和用法。

必考片語 300

001 a couple of 幾個；數個
John will be taking **a couple of** weeks off for vacation this summer.
約翰今年夏天會休幾個星期去度假。

002 a lot of 許多；大量
Does the sales position require **a lot of** traveling?
業務的工作需要常常四處出差嗎？

003 a maximum of 最大量；最多
The private dining room in the restaurant seats **a maximum of** 15 people.
餐廳裡的私人包廂最多容納 15 人。

004 a number of 很多；大量
In my previous job, I organized **a number of** product launches.
我前一個工作籌備了很多次產品發表會。

005 a pair of 一對；一雙
Sarah bought **a pair of** boots at the new shopping mall.
莎拉在新開的購物商場買了一雙靴子。

006 a series of 一系列
I'll be designing **a series of** new

② 作為……的解釋；為……負責
The inclement weather may **account for** the slow Internet speed.
惡劣的天氣可能導致網路速度變慢。

009 adhere to 遵守
You must **adhere to** all of the terms of the agreement.
你必須遵守協議中的所有條款。

010 after all 終究；終歸
A suitable venue has been found, so the banquet will be held **after all**.
已經找到合適的場地，所以宴會還是會舉行。

011 ahead of schedule
進度超前；領先進度
Will it be possible to finish the work **ahead of schedule**?
工作可能提前完成嗎？

012 all along 一直；始終
It was revealed that the company had financial problems **all along**.

必考介系詞・連接詞・副詞 200

多益 Part 5 大題中最常考的題目之一，就是**選出適合連接空格前後字或句之間的單字**。因此本書彙整了介系詞、連接詞、與副詞共 200 個單字，並明確標示出其詞性。由於此類題型的解題重點在於分辨出介系詞、連接詞與副詞的差異，因此研讀時，請務必確認各單字旁的詞性標示。

必考
介系詞・連接詞・副詞
200

多益測驗中，Part 5 和 6 經常會出現的考題是需要判斷空格適合填入的詞性，選填介系詞、連接詞或是副詞。例如：during（在……期間的某一時候）和 while（在……期間）的意思相同，差別僅在於前者為介系詞，後者為連接詞。

- 介系詞：後方連接名詞，可組合成介系詞片語，具有副詞或形容詞的功能。若題目空格後方出現名詞、代名詞或動名詞時，空格便要填入介系詞。
- 連接詞：後方連接子句，可組合成副詞子句、名詞子句或形容詞子句。若題目空格後方出現「主詞＋動詞」的子句時，答案便要選連接詞。
- 副詞：副詞扮演「單獨修飾整個句子」的角色，而非用來引導片語或子句。若空格後方僅出現逗點（,）時，答案便是副詞。

001 about
① 介 有關
Writing utensils will be provided during the meeting, so you don't have to worry **about** bringing a pen.
開會時會提供書寫工具，所以你不用煩惱要帶筆。
② 副 大約
(=around/approximately)
Markle Appliances distributed **about** 50 samples to its retailers.

② 介 高於
Temperatures this summer were **above** average, which led to a lower crop yield.
今年夏天的溫度高於平均值，導致農作物產量較低。

003 according to 介 根據
According to the cashier, customers can receive an additional discount by answering a survey.

必考口語說法 100

必考口語說法 100

001	Be my guest. 請便。/別客氣。	016	I bet. 我相信。/我肯定。
002	By all means. 當然可以。	017	I can't make it. 我做不到。
003	Buy one, get one free. 買一送一。	018	I don't care. 我不在乎。
004	Can I ask you a favor? 可以請你幫個忙嗎?	019	I don't have a preference. 我沒有偏好。/都可以。
005	Catch you later. 再見。/待會見。/晚點聊。	020	I got it. 我知道了。
006	Could be. 可能。	021	I got your back. 我保護你。/我掩護你。
007	Count me in. 算我一份。	022	I have no idea. 我不知道。/我不了解。
008	Don't let me down. 別讓我失望。	023	I haven't been told yet. 還沒有人告訴我。/我還不知道。
009	Fair enough. 有道理。/說得對。	024	I haven't made up my mind. 我還沒決定。
010	Give it a try. 試試看。	025	I see. 我知道。/我明白。/我理解。

整理出多益測驗 Part 2、3、4、7 大題對話中 100 個經常出現的口語化說法。若將口語化的句子按照字面上的意思直翻，通常難以理解其真正含義。因此建議像背單字一樣，直接記下整句話所代表的意思。

核心單字 1500 列表

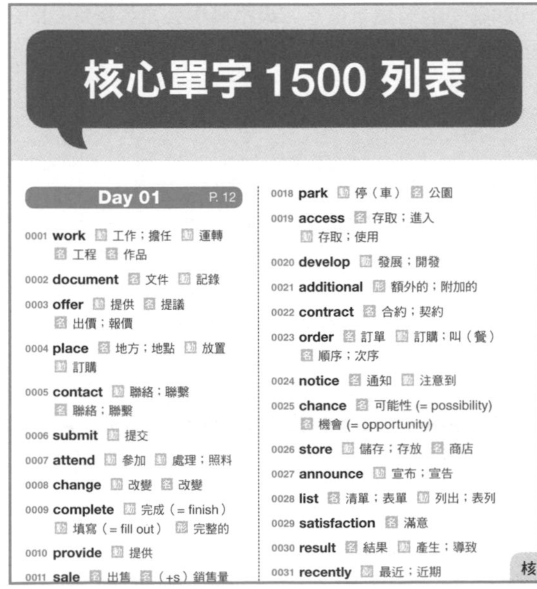

核心單字 1500 列表

Day 01 P. 12

0001 **work** 動 工作；擔任 動 運轉 名 工程 名 作品
0002 **document** 名 文件 動 記錄
0003 **offer** 動 提供 名 提議 名 出價；報價
0004 **place** 名 地方；地點 動 放置 動 訂購
0005 **contact** 動 聯絡；聯繫 名 聯絡；聯繫
0006 **submit** 動 提交
0007 **attend** 動 參加 動 處理；照料
0008 **change** 動 改變 名 改變
0009 **complete** 動 完成（= finish） 動 填寫（= fill out） 形 完整的
0010 **provide** 動 提供
0011 **sale** 名 出售 名（+s）銷售量
0018 **park** 動 停（車） 名 公園
0019 **access** 名 存取；進入 動 存取；使用
0020 **develop** 動 發展；開發
0021 **additional** 形 額外的；附加的
0022 **contract** 名 合約；契約
0023 **order** 名 訂單 動 訂購；叫（餐） 名 順序；次序
0024 **notice** 名 通知 動 注意到
0025 **chance** 名 可能性 (= possibility) 名 機會 (= opportunity)
0026 **store** 動 儲存；存放 名 商店
0027 **announce** 動 宣布；宣告
0028 **list** 名 清單；表單 動 列出；表列
0029 **satisfaction** 名 滿意
0030 **result** 名 結果 動 產生；導致
0031 **recently** 副 最近；近期

核

書末將核心 1500 個單字依 Day 的順序排成列表，並附上單字中譯及詞性，方便讀者於考前快速複習單字。

多益各大題單字命題方向與備考策略

Part 1 單字

在 **PART 1** 中，人物照的解題關鍵字為「表示人物動作或狀態」的動詞；非人物照的解題關鍵字則為「特定物品的名稱」，以及「表示物品位置或狀態」的動詞。

(A) People are swimming in the river.
人們在河中游泳。
(B) A ferry boat is full of tourists.
一艘渡輪載滿觀光客。
(C) A bridge spans a body of water.
一座橋橫跨水面。
(D) Waves are crashing against the dock.
浪潮拍打著碼頭。

考生可能會對本題中的單字 span、a body of water、crash、dock 感到陌生，但是這些單字皆頻繁出現在多益考題中。因此平常就要反覆背誦，才能順利應戰 Part 1 的考題。

答案 (C)

單字 **span** 橫跨　**a body of water** 一片水域　**crash** 撞擊　**dock** 碼頭

Part 2 單字

Part 2 的重點在於熟悉各類問句和答句的句型，但是如果不懂與公司業務有關的單字，很有可能無法順利作答。因此請務必熟記業務相關單字、職稱、部門名稱等。

Could you make sure I email the maintenance team on Friday?
(A) To set up the new copy machine.
(B) Right across the hall.
(C) Well, I'll be out of the office.

你可以確認我在週五寄電子郵件給維修團隊嗎？
(A) 為了設定新的影印機。
(B) 在大廳的另一頭。
(C) 嗯，我到時不在辦公室。

Part 2 中經常出現部門名稱或表達「出外勤、出差」的相關單字和句型，請務必熟記。

答案 (C)

單字 **make sure** 確認　**maintenance team** 維修團隊　**set up** 設定
be out of the office 不在辦公室

Part 3 單字

建議記下 Part 3 中固定會出現的主題和相關單字。另外，該大題的答案經常採取換句話說的方式，改寫對話中的內容，因此請務必彙整並熟記同義詞和可替換的近義詞。

M: Do you have any other questions? W: Yes, where can I get some refreshments? I'm a little thirsty. M: We have a convenience store that sells drinks right by the elevator. W: Thanks! I'll drop by there right now.	男：你有其他問題嗎？ 女：有的，請問哪裡可以買飲料呢？我有些口渴。 男：在電梯附近有一家賣飲料的便利商店。 女：謝謝！我現在就順道過去看看。
Q: What will the woman probably do next? (A) Purchase a beverage (B) Request a refund (C) Modify a booking (D) Visit a fitness center	Q：女子接下來可能會做什麼？ (A) 購買飲料。 (B) 要求退款。 (C) 修改訂位。 (D) 拜訪健身中心。

本題將對話中的單字 refreshment 和 drink，替換成同義詞 beverage 置於答案選項中。因此如果不懂 beverage 這個單字，就無法選出答案。建議將 refreshment/drink/beverage 視為同義詞組合，一次記下這三個單字。

答案 (A)

單字 **refreshment** 飲料和點心 **drink** 飲料 **drop by** 順便去 **beverage** 飲料

Part 4 單字

Part 4 的出題模式與 Part 3 相同，答案經常採取換句話說的方式，改寫對話中的內容，因此請務必彙整並熟記同義詞和可替換的近義詞。

One more thing—remember that your supervisor needs to approve your brochures before your trip. Talk to you soon.	還有一件事——記得在出差前，要給你的主管核准你的資料冊。待會跟你說。
Q: What requires a supervisor's approval? (A) A room booking (B) A repair request (C) Some contract terms (D) Some conference materials	Q：什麼東西需要經過主管核准？ (A) 訂房 (B) 維修需求 (C) 一些合約條款 (D) 一些會議資料

本題將獨白中的單字 brochure，替換成同義詞 material 置於答案選項中。大部分的考生習慣將 trip 這個單字解釋為「旅行」，但在多益測驗中，travel 和 trip 通常會當作「出差」來使用。

答案 (D)

單字 **brochure** 手冊 **trip** 出差 **contract terms** 合約條款 **material** 資料

Part 5 單字

Part 5 中單字題的難度有逐漸提高的趨勢，無法單憑單字的意思選出答案，而是得確實懂得該單字的用法才行。即便是意思相同的單字，答案也會隨著其後方連接的介系詞而有所不同。另外，單字題中也經常結合文法概念出題，以名詞考題為例，有時還需判斷該單字屬於可數名詞還是不可數名詞。

Your Southern Airways reservation can be upgraded to business class for an additional -------.

(A) money　(B) charge
(C) interest　(D) pay

如支付額外費用，您的南方航空訂位可以升等為商務艙。

(A) 金錢　(B) 費用
(C) 利息　(D) 報酬

本題的答案為 charge（費用），卻有很多考生都會答錯，誤選成 pay，或是不清楚為何不能選 money，便隨意略過。學生之所以選擇 pay 做為答案，是因為背了該單字的意思「付款」，而將該句話解釋成「額外付款便能升級為商務艙」。但是，本題的空格置於名詞的位置，pay 當作名詞使用時，意思為「報酬」而非「付款」。payment 才是表示「付款」的名詞，請務必熟記，才不會掉入題目的陷阱。另外，money 為不可數名詞，無法搭配前方的 an 一起使用，因此不能作為答案。

答案 (B)

單字 **charge** 費用　**interest** 利息　**pay** 動 付款 名 報酬

Part 6 單字

Part 6 中的單字題通常得完整掌握上下文的脈絡，才能順利解題。若只查看空格所在的句子，每個選項都有可能是正確答案。因此得確實讀完整個段落，才能找出解題線索，算是難度偏高的考題。

This year's festival includes various family-friendly activities and a delicious picnic lunch to be served at 1 p.m. A per person fee of twenty pounds will be collected. The proceeds will ------- go towards the maintenance of the local parks. A landscaping company will be hired for this project. In addition, a smaller portion will be spent on a marketing campaign.

(A) entirely　(B) often
(C) primarily　(D) together

今年的節慶包含各種適合家庭的活動，以及一場舉辦於下午一點的美味野餐。每人的費用為二十英鎊。收入將主要用於維護當地公園。一間景觀公司將被僱用來負責此專案。此外，部分金額將用於宣傳活動上。

(A) 完全地　(B) 經常
(C) 主要地　(D) 一起

大多數的考生會選擇 (A) entirely（完全地）作為本題答案。如果單看該句話「收入將全部用於維護公園」，確實能夠作為答案。但是，最後一句話提到「a smaller portion will be spent on a marketing campaign（部分金額將用於宣傳活動上）」，由此便能得知答案不能是「全部用於維護公園」。綜合前述，答案要選 (C) primarily（主要地）。

答案 (C)

單字 **various** 各種的　**proceeds** 收入　**landscaping** 景觀美化　**portion** 一部分

Part 7 單字

Part 7 中的答案也會採取換句話說的方式，改寫文章裡的內容，因此答題關鍵在於找出意思相近的詞句。另外，該大題中一定會出現三題同義詞考題。這類考題並非要選出字典中列出的同義詞，而是要找出填入後符合上下文意、最適合替換的單字，因此請務必先理解整篇文章的脈絡。

Welton Software has its head office in London with an R&D lab in Manchester and a software development team in Birmingham. We develop mobile apps and websites for companies all around the world. Since first launching six years ago, we've seen continuous growth. Now, we're looking for people to help us reach more businesses. All applicants should have a strong grasp of software engineering principles for the positions listed below.

Q1: What is indicated about Welton Software?

(A) Its clients are mostly small businesses.
(B) It has job openings in only one city.
(C) It has been in business for six years.
(D) Its programs have won awards.

Q2: In the advertisement, the word "grasp" in paragraph 1, line 9, is closest in meaning to -------.

(A) embrace (B) reach
(C) agreement (D) understanding

威爾頓軟體公司的總部在倫敦，研發中心在曼徹斯特，軟體開發團隊則在伯明翰。我們為全世界公司開發手機 APP 和網站。自六年前創辦以來，我們持續成長。現在，我們正在找尋能幫助我們拓展事業版圖的人才。所有欲應徵以下職位的人，需要相當了解軟體工程的原理。

Q1: 關於威爾頓軟體公司，我們可以知道什麼？

(A) 它的客戶大多是小公司。
(B) 它僅在一個城市有職缺。
(C) 它已經經營六年。
(D) 它的程式曾獲獎。

Q2: 在這則廣告中，第一段第九行的「grasp」意思最接近於________。

(A) 擁抱
(B) 伸手可及的距離
(C) 同意
(D) 理解

這兩題中，第一題的難度較低。文中提到：「Since first launching six years ago（自六年前創辦以來）」，答案選項改寫成：「It has been in business for six years.（該公司已經經營六年）」。本題需要知道 launch 和 in business 的意思，才能順利解題。

Part 7 中會出現「詢問意思最為接近的單字」的考題，該類題型絕對不是要你選出字典上會列出的同義詞，而是要找出替換後仍符合文意的單字。

另外，Part 7 中的同義詞考題，通常不太會考該單字最常見的意思，而是採用字典裡第二或第三個難度較高的意思。因此在背誦單字時，除了最常見的意思之外，還要同時記下其他意思才行。

本題中的 grasp 出現在 Part 1 大題時，經常會使用「緊抓」之意。但如果僅熟記該意思，便無法順利選出本題答案。grasp 還能用來表示「領會、理解」之意，唯有一同記下該單字的其他意思，才能順利選出意思相近的選項 (D) understanding。

答案 **Q1** (C) **Q2** (D)

單字 **launch** 開辦 **in business** 營業 **grasp** 緊抓；理解

600+

先背先贏 核心單字

0001~0050

過猶不及

recently 某間餐廳因營業額下降而陷入 concern 之中。
XX 豬腳
不只是 delivery 訂單變少。
客人的 review 也慘不忍睹。
看來得開發 additional 菜單順便登個 advertisement。

我們一起開發新菜單，讓客人的 choice 增加吧！
也要 offer 更多道小菜才行！
還要在報紙上 place 廣告！
豐盛～
賣相佳～
經過一番努力的 result 是……
餐廳的定位讓人更摸不著頭緒了。
這家店到底主打什麼？
應該是間……韓式料理店吧？

600+ RANK 0001

work [wɝk] ★☆☆☆☆☆☆ 001

1 動 工作；擔任 → work as 擔任
Franklin Peterson **works** as a tour guide at Yosemite Park.
法蘭克林·彼得森在優勝美地公園擔任導遊。

2 動 運轉
One of the manufacturing machines is not **working**.
其中一台製造機器不運轉。

3 名 工程
Construction **work** on the new headquarters building will begin next week. 新總部大樓的建造工程將在下星期開工。

4 名 作品
Felix Hammond's renowned **works** of art are currently on display at Silva Gallery. 菲力克斯·哈蒙的著名藝術作品，目前正在席爾瓦藝廊展出。

相關單字

worker 名 工人；勞工
workload 名 工作量
Ms. Taylor requested that her **workload** be reduced due to her medical condition. 泰勒女士因健康狀況的關係，要求減少她的工作量。
workforce 名 勞動力；勞動人口

常考用法

work from home 在家工作
work properly 正常運轉
work crew 一組（或一隊等）工作人員
get to work 上班；開始工作
work ethic 職業道德

替換字詞

work 工作；擔任 → serve 任（職）
work (serve) as the executive director 擔任行政總監

600+ RANK 0002

document [ˋdɑkjəmənt] ★☆☆☆☆☆☆

1 名 文件
A woman is distributing **documents**. 一名女子正在分送文件。
（Part 1 常考句子）

2 動 記錄
Ms. Starling's most recent report was detailed and quite well-**documented**. 斯達林女士的最新報告記錄地很詳細。

相關單字

documentation 名 證明文件；（總稱）文件
Please submit the proper **documentation** to receive your business permit. 請提出適當的證明文件，以便你能收到你的營業執照。
documentary 名 紀錄片

易混淆單字筆記

a document vs. documentation

document 為**可數名詞**，指的是內含某些資料的「**一般文件**」；**documentation** 則為**不可數名詞**，指的是身分證、印鑑證明等繳交給機關的「**憑證資料、證明文件**」。

RANK 0003 600+ offer [ˋɔfɚ] ★★☆☆☆☆☆

1 動 提供

Our firm **offers** a variety of legal services to business owners.

我們事務所為企業老板提供許多種法律服務。

2 名 提議

→ 工作機會 (job offer)

It is Indel Superstore's policy to make a job **offer** without delay once a suitable candidate has been found.

印戴爾量販店的政策是一旦找到合適的應徵者，就立刻提供工作機會。

3 名 出價；報價

I'd like to take advantage of your special **offer**.

我要好好把握你們的特價機會。

相關單字

offering 名 提供；貢獻；捐助物　　**counteroffer** 名 還價

After hours of discussion, the seller decided to make a **counteroffer**.

經過幾個小時的討論後，賣家決定還價。

常考用法

offer A B (B to A) 提供 B 給 A

promotional offers 促銷優惠

RANK 0004 600+ place [ples] ★☆☆☆☆☆☆

1 名 地方；地點

Bailey's would be a good **place** for Erica's birthday party.

貝利餐廳是幫艾芮卡辦生日派對的好地點。

2 動 放置

A newspaper is **placed** on the table. （Part 1 常考句子）

桌上放了一份報紙。

3 動 訂購

→ **place an order** 訂購；提交訂單

Ms. Reno **placed** an order for extra forms to process new customers.

雷諾女士多訂了一些表格以處理新客戶的資料。

相關單字

placement 名 布置；人員配置

常考用法

place an emphasis on . . . 強調；著重於……
place A on standby 讓 A 待命
in place of . . . 代替；較喜歡
out of place 不合適；不在正確的位置
job placement 工作安排；就業安置
in place 在正確的地方；恰當

替換字詞

place 放置 → put 放置
place (put) five copies in every public library 在每間公共圖書館放五份

600+ RANK 0005

contact [`kɑntækt] ★☆☆☆☆☆☆

1 動 **聯絡；聯繫**
We'll **contact** the job applicant if we think he might be a good fit.
如果我們認為應徵者可能是合適人選，我們會聯絡他。

2 名 **聯絡；聯繫**
→ stay/keep in contact with 保持聯絡
Employees who travel for business should stay in **contact** with the HR Department. 出差的員工應該和人事部門保持聯絡。

常考用法

contact information 聯絡資料
contact person 聯絡窗口
business contacts 生意往來的客戶

600+ RANK 0006

submit [səb`mɪt] ★★★★☆☆☆

1 動 **提交**
Expense reports must be **submitted** on the last day of the month.
報銷費用必須在月底提出。

相關單字

submission 名 提出；呈送；順服

常考用法

submit A to B → A be submitted to B 將 A 呈送給 B；使 A 服從 B

替換字詞

submit 提交 → place 開出
submit (place) an order online 在網路上下單

600+ RANK 0007

attend [ə`tɛnd] ★★☆☆☆☆☆

1 動 **參加**
→ attend + 地點 → 出席；參加
All employees are encouraged to **attend** the company banquet.
歡迎所有員工參加公司的宴會。

2 動 **處理；照料** ┄► attend to 處理

I would appreciate it if you **attended** to reviewing this membership information. 如果你能審核這份會員資料，我將不勝感激。

相關單字

attendance 名 出席；出席人數　**attendee** 名 出席者；參加者
attendant 名 侍者；隨員　**attention** 名 注意；注意力

常考用法

attend to 處理；照料　**attendance record** 出勤紀錄；出席紀錄
be in attendance 參加；到場

易混淆單字筆記

attend vs. **attend to**

attend 當作及物動詞或不及物動詞使用時，皆可表示「**參加**」之意；但是表示「**注意**」之意時，屬於**不及物動詞**，後方須搭配**介系詞 to** 一起使用。

attend vs. **participate in**

動詞 **attend** 和 **participate** 皆可表示「**參加**」之意。差別在於 attend 為**及物動詞**，後方可直接連接地點名詞；participate 則為**不及物動詞**，後方須搭配**介系詞 in** 一起使用。

600+ RANK 0008

change [tʃendʒ] ★★★★★★☆

1 動 **改變**

LF Motors **changed** the meeting time because of a scheduling conflict.
由於時程衝突，LF 汽車公司更改了會議時間。

2 名 **改變** ┄► 在……的改變／變化

There has been a slight **change** in the processing of budget requests.
申請預算的流程稍有修改。

600+ RANK 0009

complete [kəmˋplit] ★★★★☆☆☆

1 動 **完成 (= finish)**

The sales proposal appears **completed**, but we must consider it only a draft. 銷售提案看來已完成，但我們必須把它當作只是草案。

2 動 **填寫 (= fill out)**

Gourmet Café asked its patrons to **complete** a short survey.
美味咖啡館要求客人填寫一份簡短的問卷。

3 形 **完整的**

The email includes a **complete** itinerary for your three-day trip to Guam. 電子郵件中包含一份你關島三日行的完整行程表。

相關單字 **completely** 副 完全地　**completion** 名 完成；結束

Perry's Garage offers new customers a car wash coupon **completely** free of charge. 派瑞修車廠會給新客戶一張完全免費的洗車券。

常考用法

complete a questionnaire 填寫一份問卷
complete with . . . 連同；包含
upon completion (of . . .)（在……）結束時

替換字詞

① complete **完成 → carry out 實行；完成**
be scheduled to be **completed (carried out)** next month
預定在下個月完成

② complete **使……完整 → fill out 填寫（表格；申請書等）**
complete (fill out) the home furnishings survey 填寫家飾用品調查表

600+ RANK 0010

provide [prə`vaɪd] ★★★★☆☆☆

動 **提供**

One major task for the new governor is to **provide** welfare benefits for the elderly. 新州長的重要工作之一就是提供老年福利金。

相關單字

provider 名 提供者；供應者
provision 名 供應；糧食；條款
provided/providing (that) 連 以……為條件

常考用法

provide A with B (→ A be provided with B) 提供 B 給 A
provide B for/to A (→ B be provided for/to A) 提供 B 給 A
Internet provider 網際網路服務供應商
provide for 提供

600+ RANK 0011

sale [sel] ☆☆☆☆☆☆☆ 002

1 名 **出售**

The Newford Jazz Show sold out just two days after tickets went on **sale**. 紐福得爵士秀的門票開賣才兩天就售完了。
→ 出售

2 名 **(+s) 銷售量**

The president congratulated the employees for achieving their annual **sales** goal. → 銷售目標
總裁恭賀員工達成年度銷售目標。

3 名 **(+s) 銷售部門**

Apply to Moore Pharmaceuticals to join our world-class **sales** team. → 業務團隊
應徵摩爾製藥公司，加入我們的世界級業務團隊。

常考用法

sales figures 銷售額
sales performance (result) 銷售業績
sales report 銷售報表
(up) for sale（準備）出售

600+ RANK 0012

market [ˋmarkɪt] ★☆☆☆☆☆☆

1 名 **市場**

Analysts predict that there will be a sizable **market** for Helion's upcoming vehicle. 分析師預測赫立昂即將上市的車款市場相當大。

2 動 **行銷**

GRC Tech intends to **market** its newest smartphone on various social media sites. GRC 科技打算在許多社群媒體網站上行銷最新款的智慧型手機。

相關單字

marketing 名 銷售；行銷　　**marketable** 形 有銷路的；暢銷的

marketability 名 有銷路；暢銷

常考用法

market performance 銷售業績

secondary market 次級市場；二級市場

market stall 市場攤位

替換字詞

market 市場 → buyer 買家

identify the intended market (buyer) 認出潛在買家

600+ RANK 0013

fee [fi] ☆☆☆☆☆☆☆

名 **費用**

(additional fee → 額外費用)

An additional **fee** will be charged if you select the express service.

若您選擇快捷服務，將會收取額外的費用。

替換字詞

fee 費用 → commission 佣金

pay a 20 percent commission (fee) 支付 20% 的佣金

600+ RANK 0014

advertisement [͵ædvɚˋtaɪzmənt] ☆☆☆☆

名 **廣告**

(→ place an advertisement in 在……刊登廣告)

Feldman Shoes placed an **advertisement** in a local newspaper.

費得曼鞋業在一家本地報紙上刊登廣告。

相關單字

advertise 動 做（或登）廣告；宣傳　　**advertising** 名 廣告業；（總稱）廣告

advertiser 名 廣告客戶

常考用法

print ad 平面廣告　　**classified ad** 分類廣告

commercial advertisement 商業廣告

♕600+ RANK 0015

delivery [dɪˋlɪvərɪ] ★★☆☆☆☆☆

1 名 **寄送；運送**
Borderless Books offers next-day **delivery** to anywhere in the country.
保德勒斯書店提供國內第二天到貨服務。

2 名 **演講（或唱歌）的姿態**
The board was impressed with Mr. Phan's **delivery** of the sales presentation. 董事會對潘先生的業務簡報印象深刻。

相關單字

deliver 動 投遞；運送
He is **delivering** a package. 他正在運送一個包裹。

常考用法

delivery/shipping service 送貨服務　**overnight delivery** 隔夜送達

替換字詞

delivery 演講（或唱歌）的姿態→ speech 演講
attend the conference to hear the delivery (speech) 參加研討會聽演講

♕600+ RANK 0016

quality [ˋkwɑlətɪ] ★★☆☆☆☆☆

1 名 **品質**
Best Price Office Supplies is known for the **quality** of its products.
最優惠辦公用品公司以產品的品質而聞名。

2 形 **優質的**
The outlet offers **quality** items at low prices.
暢貨中心供應低價但品質好的商品。

相關單字

high-quality 形 高品質

常考用法

quality control 品質控制；品質管理　**quality work** 優質產品

♕600+ RANK 0017

available [əˋveləb!] ★★★★★★☆

1 形 **可得到的；可用的**
A 20 percent discount on select merchandise is **available** exclusively to our members. 我們的會員可以獨享精選商品八折優惠。

2 形 **有空的；可與之聯繫的**　→ be available to do 有空做某事
Customer service representatives will be **available** to answer your calls 24 hours a day. 客服人員會 24 小時接聽您的來電。

相關單字

unavailable 形 無法利用的；得不到的

HKT Telecommunication services will be **unavailable** between the hours of 2 a.m. and 4 a.m. HKT 電信在凌晨 2 點到 4 點將暫停服務。

Dr. Clemens is **unavailable** from Wednesday to Friday due to urgent business. 克萊門斯醫師因急事將自星期三到星期五休診。

availability 名 可得性；可得到的東西（或人）

常考用法

be available for 可用於……　　**become available** 可取得的；可利用的

600+ RANK 0018

park [park] ☆☆☆☆☆☆☆

1 動 **停（車）**

The car is **parked** at the bottom of the hill.（Part 1 常考句子）
車子停在山腳下。

2 名 **公園**

A pavilion is being built in a **park**.（Part 1 常考句子）公園裡正在蓋一座涼亭。

相關單字 **parking** 名 停車

常考用法

parking lot (garage) 停車場
parking attendant 停車場管理員
park ranger 公園巡查員
parking permit 停車證
parking regulations 停車規定

600+ RANK 0019

access [`æksɛs] ★★★★★☆☆

1 名 **存取；進入**

The business consultants will be given temporary **access** to the confidential documents.
商業顧問得到查看機密文件的臨時許可。

2 動 **存取；使用**

How do I **access** the electronic files?（Part 2 常考句子）
我要如何存取電子檔案？

相關單字

accessible 形 可得到的；可接近的

Grynn City has developed a traffic status application, which is **accessible** via smartphones.
葛蘭市開發了一款交通狀況應用程式，可透過智慧型手機取得。

inaccessible 形 無法得到的；無法接近的

accessibility 名 易接近

常考用法

access code 存取碼　**have access to** 使用或看見某物的權利或機會
easily/readily accessible to 對……易於取得的

易混淆單字筆記 access vs. approach

兩者的意思皆為「**接近**」。差別在於 **access** 用來表示「**使用權利、存取**」，屬於**不可數名詞**，前方不可連接不定冠詞 a(n)；**approach** 則用來表示「**(學術方面的)方法、途徑**」，屬於**可數名詞**，因此使用單數形態時，前方要加上不定冠詞 a(n)。

600+ RANK 0020

develop [dɪˋvɛləp] ★★☆☆☆☆☆

動 **發展；開發**

The company will talk about how they will **develop** this product.
這家公司將會談到他們要如何開發這項產品。

相關單字

development 名 發展；開發　**developer** 名 開發者
redevelop 動 重新開發；改造

常考用法

product development 產品開發　**development in** 在……的發展
under development 開發中

600+ RANK 0021

additional [əˋdɪʃənl̩] ★★★★☆☆☆ 003

形 **額外的；附加的**

We must hire **additional** staff to finish the job on time.
為了準時完成工作，我們必須額外僱用人手。

相關單字

add 動 增加
Could you add my name to the staff directory?（Part 2 常考句子）
你可以把我的名字加到員工通訊錄裡嗎？
addition 名 附加；增加的人或物　**additionally** 副 附加地；此外

常考用法

additional information 附加說明；補充資料
add A to B (→ A be added to B) 把 A 加到 B

600+ RANK 0022

contract [ˋkɑntrækt] ☆☆☆☆☆☆☆

名 **合約；契約**

secure/win a contract 簽訂合約

Sado & Endo Law Firm recently secured a two-year **contract** with Basco Enterprise. 沙鐸暨恩鐸律師事務所最近和巴斯可企業簽了兩年合約。

常考用法

sign a contract 簽合約
enter into a contract 簽約；締約
breach of contract 違約
break a contract 違約
employment contract 勞動契約
contract out A to B 將 A 外包給 B

替換字詞

contract → agreement **協議**
draft a one-year **contract (agreement)** 起草一份一年期的協議

600+ RANK 0023

order [`ɔrdɚ] ★★☆☆☆☆☆

1 名 **訂單**

We have recently received more **orders** for our slim gray jeans.
我們最近接到更多灰色修身牛仔褲的訂單。

2 動 **訂購；叫（餐）**

What are you **ordering** for lunch?
你午餐點什麼？

3 名 **順序；次序**

All client files are organized in alphabetical **order**.
所有的客戶檔案都依照字母順序排列。

→ in alphabetical/numerical order
依照字母／數字順序排列

常考用法

out of order 故障
in order 按順序；整齊
made-to-order 訂製的
working order（機器等）運轉正常
place an order 下訂單
back order 未交貨訂單；預訂

600+ RANK 0024

notice [`notɪs] ★★★★☆☆☆

1 名 **通知**

The company sent a **notice** to employees about the upcoming anniversary event. 公司發了一份關於即將舉行的週年活動通知給員工。

2 動 **注意到**

I've **noticed** we have more customers during lunch than dinner time.
我注意到午餐時段的客人比晚餐時段多。

相關單字

noticeable 形 顯著的；值得注意的

Many users claimed that there were no **noticeable** changes to the new version of the **program**. 很多使用者聲稱新版程式並沒有明顯的不同。

noticeably 副 顯著地

常考用法

advance notice 提前通知
give 5 days' notice 提前五天通知
until further notice 直到進一步通知

600+ RANK 0025 chance [tʃæns] ☆☆☆☆☆☆☆

1 名 **可能性 (= possibility)** → chance of V-ing 做某事的可能性

Relevant experience increases an applicant's **chance** of getting an interview. 有相關經驗會增加應徵者獲得面試的可能。

2 名 **機會 (= opportunity)** → chance to do 做某事的機會

The library visitors will get a **chance** to meet the famous author.
圖書館的訪客有機會與知名作家見面。

常考用法

chance to do . . . 做……的機會

600+ RANK 0026 store [stor] ★★★☆☆☆☆

1 動 **儲存；存放**

Patients are advised to **store** this medicine in a cool, dry place after opening the bottle.
建議病人在打開藥瓶後，將藥品存放在陰涼乾燥之處。

2 名 **商店**

All Chemlo **stores** will carry sweaters throughout the season.
卡美洛的各分店這一季都會販售毛衣。

相關單字

storage 名 儲存；庫存量

The warehouse expansion resulted in a 15 percent increase in **storage** capacity. 倉庫擴建使庫存量增加15%。

常考用法

storage rack 貨架；儲物架
storage space 儲藏空間
flagship store 旗艦店

600+ RANK 0027 announce [əˋnaʊns] ★★☆☆☆☆☆

動 **宣布；宣告**

Harrison Group officially **announced** that it will add a new line of vehicles. 哈里森集團正式宣布將增加新系列車款。

相關單字

announcement 名 宣告；通知

常考用法

announce (to sb.) that 對……宣布
make an announcement 發表聲明／通告

600+ RANK 0028

list [lɪst] ★☆☆☆☆☆☆

1 名 **清單；表單**

The following is a **list** of suggestions received from customers.
以下是顧客的建議清單。

2 動 **列出；表列**

Each of the items in the shipment will be **listed** individually on the invoice. 貨物中的每一個品項都會在出貨單中個別列出。

相關單字

listing 名 列表

替換字詞

listed 列出；表列 → provided 提供
the price listed (provided) for the handbag in the catalog
目錄中手提袋所列出的價格

600+ RANK 0029

satisfaction [ˌsætɪsˋfækʃən] ★☆☆☆☆☆

名 **滿意**

→ 顧客滿意度

The results obtained from the survey on customer **satisfaction** were considered statistically significant. 顧客滿意度調查的結果在統計上很重要。

相關單字

dissatisfaction 名 不滿意
satisfied 形 感到滿意的
satisfactory 形 令人滿意的
satisfy 動 令……滿意
dissatisfied 形 感到不滿意的
unsatisfactory 形 令人不滿意的

常考用法

to one's satisfaction 使（某人）滿足
be satisfied with . . . 對……感到滿意

600+ RANK 0030

result [rɪˋzʌlt] ★★☆☆☆☆☆

1 名 **結果**

→ result of ……的結果

Didn't you create a chart showing the **results** of your data analysis?
你沒有把你的資料分析結果做成圖表嗎？

2 動 **產生；導致**

→ result in 導致；結果是

The lack of interest in the seminar topics **resulted** in low attendance.
人們對研討會主題不感興趣導致出席人數很少。

常考用法

result from 起因於
as a result 結果；因此
as a result of 由於
in result 結果

600+ RANK 0031

recently [ˋrisntlɪ] ★★★★★★☆

副 **最近；近期**

RTCA Manufacturers has **recently** implemented a new vacation policy.
RTCA 製造公司最近實施了一項新的休假政策。

相關單字 recent 形 最近的

替換字詞

recently **最近；近期** → just **剛剛；不久前**
Blooming Café, which **recently (just)** opened on Danver Street
剛在丹佛街開業的布魯明咖啡館

易混淆單字筆記

recently vs. lately
recently 和 **lately** 皆為**時間副詞**，意思同為「**最近**」。差別在於 recently 可搭配**過去式**或**現在完成式**使用；而 lately 僅能搭配**現在完成式**使用。

600+ RANK 0032

conveniently [kənˋvinjəntlɪ] ★★★★☆

副 **方便地；便利地**

The hotel is **conveniently** located between the convention center and the subway station. 這家飯店位在會議中心與地鐵站之間，非常方便。
（conveniently → 地點／位置方便）

相關單字

convenient 形 方便的；合宜的　　convenience 名 方便；合宜；便利設施

Please fill out the attached form and return it at your earliest **convenience**. 請填寫所附的表格，並儘快交回。
（at one's earliest convenience 儘早；儘快）

常考用法

at one's convenience 在……方便的時候
for your convenience 為了你的方便

600+ RANK 0033

safety [ˋseftɪ] ★★☆☆☆☆☆

名 **安全**

I'll go over some basic **safety** rules for boaters.
我會仔細察看一些搭船的基本安全守則。
（safety rules/regulations 安全守則）

相關單字 safe 形 安全的　　safely 副 安全地

常考用法

safety gloves 安全手套；保護手套
safety helmet 安全帽
safety standards 安全標準
workplace safety 職場安全
safety vest 安全背心
safety gear (equipment) 安全設備
safety precautions 安全措施

600+ RANK 0034

locate [lo`ket] ☆☆☆☆☆☆☆

1 動 **找出；確定……的地點**

The conference administrators are pleased to help participants **locate** the seminar halls. 會議行政人員很樂意協助參加者找到研討會的講堂。

2 動 **使……坐落於**

The stairway is **located** near a fountain.（Part 1 常考句子）
樓梯坐落於噴水池附近。

相關單字

location 名 位置

The conference has been moved to a new **location**. 會議已移往新地點。

located 形 位於……的

常考用法

convenient location 方便的地點
perfect location 最適當的地點
strategic location 戰略位置

替換字詞

locate 找出；確定……的地點 → find 找到；確定……的位置
locate (find) people who travel for leisure 找到以旅遊為樂的人

600+ RANK 0035

choice [tʃɔɪs] ★☆☆☆☆☆☆

名 **選擇**

Your purchase comes with a gift of your **choice** from our catalog.
您所購買的物品有附一份禮物，請從我們的目錄中選一樣。

相關單字

choose 動 選擇

Can I **choose** to go to any concert on the schedule?
我可以選擇時間表上的任何一場音樂會嗎？

常考用法

of one's choice 某人所選

600+ RANK 0036

manufacturer [ˌmænjə`fæktʃərɚ] ☆☆☆

名 **製造商**

Unauthorized modifications will violate the terms of the **manufacturer**'s warranty. 未經授權的修改，不在製造商的保固範圍內。

相關單字 manufacture 動（大量）製造

The company **manufactures** office equipment. 這家公司製造辦公室設備。

manufacturing 名 製造業

600+ RANK 0037

delay [dɪ`le] ★★★☆☆☆☆

1 動 **延遲；耽擱**

Why is the flight to London **delayed**? 往倫敦的班機為什麼誤點？

2 名 **延遲；耽擱**

The sales promotion will be rescheduled for tomorrow because of a **delay** in shipping. → 在……方面延誤；延期

由於運送延誤，打折促銷的時間將改到明天。

常考用法

without delay 立刻；毫不遲疑地

600+ RANK 0038

continue [kən`tɪnjʊ] ★☆☆☆☆☆☆

動 **繼續** → continue to do 繼續做某事

Will you **continue** to work here or move to the head office?

你會繼續在這裡上班，還是調到總公司？

相關單字

continuity 名 連續性；連貫性

continual 形 (= continuous) 頻繁的；連續的

continually 副 (= continuously) 不停地；一再地

Barista Corner **continually** works to improve the quality of its coffee.

轉角咖啡館不斷努力改進其咖啡品質。

600+ RANK 0039

performance [pɚ`fɔrməns] ★☆☆☆

1 名 **表現**

Academic **performance** is a primary factor in the college admission process. 申請大學入學的過程中，學業表現是個主要因素。

2 名 **表演；演出**

Some tourists are watching a **performance**.（Part 1 常考句子）

有些觀光客在看表演。

3 名 **性能**

The new smartphone model is known for its outstanding **performance**.

新款智慧型手機以它的傑出性能而聞名。

相關單字

perform 動 表演；演奏

Musicians are **performing** on a sidewalk.（Part 1 常考句子）
音樂家正在人行道上表演。

performer 名 表演者；演出者；演奏者

常考用法

performance evaluations 績效評估　**performance review** 考績評量
musical performance 音樂演奏
performance of a product 產品性能

替換字詞

① performance **表演；演出** → presentation **展示**
a special **performance (presentation)** by local artists
當地藝術家的特別展示

② perform **表演；演奏** → play **演出；演奏**
the bands that will be **performing (playing)** in the morning
將在上午表演的樂團

600+ RANK 0040

concern [kən`sɝn] ★★☆☆☆☆☆

1 名 **疑慮；擔心**　→ concern about/over 對……擔心；掛念；憂慮

Despite **concerns** about her lack of experience, the company hired Ms. McMann. 儘管擔心她缺乏經驗，這家公司還是錄取了麥克曼女士。

2 動 **使……擔心；使……不安**

It certainly **concerns** me to find out about the poor service you received on your last visit. 得知您前次光臨時所受到的不佳服務，的確讓我非常在意。

3 動 **關係到；涉及**

The company announcement only **concerns** the managers.
公司的聲明只和經理們有關。

相關單字

concerned 形 擔心的；關心的

I am **concerned** about the decline in sales. 我很擔心業績下滑。

concerning 介 關於

You were going to send me some information **concerning** the project.
你要寄一些關於這個專案的資料給我。

常考用法

customer concerns 客戶在意的事
be concerned with 與……有關

替換字詞

① concern **關係到；涉及** → involve **涉及；影響到**
an issue that **concerns (involves)** the staff 涉及所有員工的問題

② concerning **關於** → regarding **關於**
an issue **concerning (regarding)** healthcare 關於醫療保健的議題

600+ RANK 0041 qualified [`kwɑlə,faɪd] ★★★☆☆☆☆

形 **有資格的；合格的**

Mr. Paulson is highly **qualified** to manage the gallery due to his prior experience in the industry. （highly qualified → 非常有資格；非常能勝任）

由於先前在這一行的經驗，保森先生非常有資格管理藝廊。

相關單字

qualify 動 （使）具有資格；（使）合格

To **qualify** for the position, applicants must have management experience in a related field. （qualify for → 有資格做……）

為符合擔任此職位的資格，應徵者必須有相關領域的管理經驗。

qualification 名 資格；合格；資格證明

常考用法

qualified for 有資格做……　　**qualified to do** 有資格做……

qualifications for 做……的資格／能力

600+ RANK 0042 review [rɪ`vju] ★★☆☆☆☆☆

1 動 **審閱；檢視**

The supervisor **reviews** all reports before submitting them to the head office. 主管在把報告送交總公司之前，會全部先仔細審閱過。

2 動 **評論**

Ms. Kelly has experience **reviewing** science fiction novels.

凱利女士有評論科幻小說的經驗。

3 名 **檢查；複審；評核**

Mr. Doan will give employees a week's notice when scheduling performance **reviews**. （performauce review 考績評量）

多恩先生在安排考績評量時間時，會提前一星期通知員工。

相關單字

reviewer 名 評論家；審查員　　**reviewable** 形 可評論的；應檢查的

替換字詞

review 檢查 → examination 檢查

our office's **review (examination) of the records** 我們公司對紀錄的檢查

600+ RANK 0043 position [pə`zɪʃən] ★★★☆☆☆☆

1 名 **職務；職位**

Interns who pass the final exam will be eligible to apply for a permanent **position**. 期末考及格的實習生才可以申請正職工作。 （permanent position → 正職工作）

2 動 **把……放在合適位置**

She is **positioning** a sign on the window.（Part 1 常考句子）
她把一面告示放在窗口。

常考用法 **temporary position** 臨時工作；派遣工作

600+ RANK 0044

experienced [ɪk`spɪrɪənst] ★★☆☆☆☆

形 **有經驗的**

With his 20 years in sales, Mr. Enunwa is the most **experienced** worker on my team.（→經驗豐富的員工）
擁有 20 年業務經驗的艾努瓦先生是我的團隊中最有經驗的員工。

相關單字

experience 名 經驗；經歷
This position requires management **experience**. 這個職位需有管理經驗。
inexperienced 形 經驗不足的；不熟練的

常考用法

seek an experienced administrator 徵求有經驗的行政人員
experience in 在某方面的經驗
work experience 工作經驗
previous experience 過去的經驗或經歷
on-the-job experience 工作資歷

600+ RANK 0045

check [tʃɛk] ☆☆☆☆☆☆☆

1 動 **確認；查核**

News editors should **check** the facts in an article before the anchors present it. 新聞編輯在主播報導一則新聞前，應該先查核新聞中的事實真相。

2 名 **檢查；檢驗**

The building supervisor conducts a routine **check** of the offices every week. 大樓管理人每星期執行一次辦公室的例行檢查。（→例行性檢查）

3 名 **支票**

Mr. Larson wrote a **check** for $100 to the Federal Postal Service.
拉森先生開了一張一百元的支票給聯邦郵局。

相關單字

double-check 名 複查
checkup 名 檢查；健康檢查
Professionals recommend that you get eye **checkups** at least every two years. 專業人員建議你至少每兩年做一次眼睛檢查。

常考用法

check in 報到（機場登機；飯店入住等）
check out 飯店退房
check-in counter 報到櫃檯

600+ RANK 0046

highly [`haɪlɪ] ★★★☆☆☆☆

副 **高度地；極度地** → 備受尊敬的

Mr. Peabody is a **highly** respected architect for his creative designs.
皮巴弟先生因為他的創意設計，是位備受尊敬的建築師。

相關單字 **high** 形 高的　**height** 名 高度

常考用法

highly recommended 極為推薦
highly regarded 高度評價；極為重視
high-end 高檔的；高層次的
all-time high 歷來最高
highly paid 高薪的
highly competitive 競爭非常激烈
highest priority 最優先
all-time low 歷來最低
speak highly of 對某人評價很高；對某人高度讚揚

600+ RANK 0047

previous [`priviəs] ★★★★★★☆

形 **先前的；之前的**

It is surprising that the **previous** model is significantly more popular than the current one. 之前的款式比目前的款式更受歡迎，真是令人意想不到。

相關單字 **previously** 副 以前地；先前地

替換字詞

previous 先前的；之前的 → last 最近的；最後的
previous (last) year's sales report 去年的銷售報告

易混淆單字筆記

previous vs. **former**

previous 和 **former** 皆為**形容詞**，意思同為「**之前的**」。差別在於 previous 指的對象是「**先前、前一個**」；former 指的對象則是「**過去許多人當中的一人**」，因此 previous supervisor 指的是「前一任主管」；former supervisor 指的則是「某位前任主管」。

600+ RANK 0048

reserve [rɪ`zɝv] ★☆☆☆☆☆☆

1 動 **預訂** → reserve a table 預訂座位

I **reserved** a table for eight at the restaurant across the street for our lunch meeting. 我在對面那家餐廳預訂了八個人的位置，供午餐會報之用。

2 動 **保留** → reserve the right to do 保留做某事的權利

The restaurant **reserves** the right to refuse service.
餐廳保留拒絕服務的權利。

3 動 **延遲做出；暫時不做** → reserve judgment 暫不做判斷；暫不發表意見

The company **reserves** its judgment about the issue until further notice.
在接獲進一步通知前，公司暫不對這個問題發表意見。

相關單字

reservation 名 預訂；異議

It is not easy to make a **reservation** at a five-star restaurant. (→ 預訂)
要在一家五星級餐廳訂到位子並不容易。

I have no **reservation** about hiring Ms. Jung. 我對僱用鄭女士沒有意見。 (→ 對……沒有疑義)

reserved 形 預訂的；有所保留的

常考用法 **reserved parking** 預留停車位 **without reservation** 毫不保留地

替換字詞

reserve 預訂 → arrange to use 安排使用
conference rooms that you can **reserve (arrange to use)** by the hour
可以安排按鐘點使用的會議室

600+ RANK 0049 business [ˋbɪznɪs] ☆☆☆☆☆☆☆

1 名 **商務；商業**

Staff members can download **business** expense reimbursement forms from the company's website. 員工可以從公司的網站下載差旅費用報銷表。

2 名 **企業**

Joanna Fox works at a firm that offers consultations to small **businesses**. 喬安娜·福克斯在一家提供小企業諮詢的公司上班。

常考用法

run a business 經營一家公司／商店
business trip 出差
do business with 和……做生意
business day 工作天；營業日
within five business days 在五個工作天內
business hours 上班時間
daily business 每天的工作

600+ RANK 0050 staff [stæf] ☆☆☆☆☆☆☆

1 名 **員工；人員**

Dan's Diner improved customer satisfaction by increasing its **staff**.
丹的餐廳增加工作人員後，顧客滿意度大增。

2 動 **給……配備職員**

The toll booths should be fully **staffed** at all times.
收費站隨時都該有充足的人員。

相關單字

staffing 名 人員配備；員工總數 **overstaffed** 形 人手過多的
understaffed 形 (= short-staffed) 人手不足的

I will ask management to hire more workers because our department is **understaffed**. 我會請求管理階層僱用更多人員，因為我們的部門人手不足。

Speed Check-up

答案 p.602

一、請參考底線下方的中文，填入意思相符的單字。

ⓐ delay ⓑ highly ⓒ locate ⓓ complete ⓔ change

01 The conference administrators are pleased to help participants ________ (找到) the seminar halls.

02 The sales promotion will be rescheduled for tomorrow because of a ________ (延遲) in shipping.

03 Mr. Peabody is a ________ (高度地) respected architect for his creative designs.

04 Gourmet Café asked its patrons to ________ (完成) a short survey.

05 There has been a slight ________ (改變) in the processing of budget requests.

二、請參考句子的中文意思，選出填入後符合句意的單字。

ⓐ position ⓑ store ⓒ reserves ⓓ available ⓔ fee

06 An additional ________ will be charged if you select the express service.
若您選擇快捷服務，將會收取額外的費用。

07 The company ________ its judgment about the issue until further notice.
在接獲進一步通知前，公司暫不對這個問題發表意見。

08 Interns who pass the final exam will be eligible to apply for a permanent ________. 期末考及格的實習生才可以申請正職工作。

09 Patients are advised to ________ this medicine in a cool, dry place after opening the bottle.
建議病人在打開藥瓶後，將藥品存放在陰涼乾燥之處。

10 A 20 percent discount on select merchandise is ________ exclusively to our members. 我們的會員可以獨享精選商品八折優惠。

三、請選出填入後符合句意的單字。

ⓐ recently ⓑ access ⓒ reviews ⓓ placed ⓔ concerns

11 Ms. Reno ________ an order for extra forms to process new customers.

12 Despite ________ about her lack of experience, the company hired Ms. McMann.

13 RTCA Manufacturers has ________ implemented a new vacation policy.

14 How do I ________ the electronic files?

15 Mr. Doan will give employees a week's notice when scheduling performance ________.

DAY
02
600+
先背先贏 核心單字
0051~0100

減肥好難

因為體重 increase 太多
我下定決心要減肥。
變 further
胖就糟了。
快給我
減肥！
DAY 1
天氣怎麼
這麼冷～
training 還
是等到明天
再說吧！
DAY 2
哈哈
公司舉辦的
ceremony 當
然不能缺席。
DAY 3
不喝一般可樂，
instead 喝零卡
可樂就萬事 OK 了！
卡路里
free ～
DAY 4
身體 condition
好像不太 OK……
減肥計畫還是先
temporarily
緩緩……
身體卻如實地 respond。
變更胖
了！！
這還用
說！

600+ RANK 0051 run [rʌn] ☆☆☆☆☆☆☆ 006

1 動 **營運；經營**
The Jenkins' family has been **running** the restaurant for over 20 years.
簡金斯家族經營這家餐廳已超過 20 年。

2 動 **行駛**
The hotel's shuttle bus **runs** every 15 minutes.
飯店的接駁車每 15 分鐘一班。

相關單字 runner 名 賽跑者；信差

常考用法

run out of 用完；耗盡　　**run short of** 即將用完
run low 缺少；不足

替換字詞

① **run 營運 → operate 經營**
the restaurant running (operating) for many years
這家已開業多年的餐廳

② **run 營運 → be shown 展出**
the exhibition that runs (is shown) during the same dates
在同個時期推出的展覽

③ **run 營運 → continue 持續**
the club that runs (continues) all year round 全年無休的俱樂部

④ **run 營運；行駛 → pass 通過**
several lines that run (pass) through the Hilmann Station
好幾條經過希爾曼車站的路線

600+ RANK 0052 file [faɪl] ☆☆☆☆☆☆☆

1 名 **檔案；文件夾**
One of the women is putting some **files** in a drawer.（Part 1 常考句子）
其中一名女子正把一些檔案放進抽屜裡。

2 動 **把……歸檔**
The woman is **filing** some folders.（Part 1 常考句子）
這名女子正把一些文件夾歸檔。

3 動 **提出（申訴、申請等）** → file a complaint 提出客訴
Quite a few complaints about our new car's audio system had been **filed**. 我們的新車音響系統被提出不少客訴。

常考用法

file/filing cabinet 檔案櫃；文件櫃　　**file a lawsuit** 提起訴訟

600+ RANK 0053

increase 動 [ɪn`kris] 名 [`ɪnkris] ★★★★★☆☆

1 動 **增加**

Due to customer demand, the production volume has **increased** dramatically. 由於顧客需求，產量已大幅增加。

2 名 **增加**

→ ……的增加

Given the **increase** in property values, DRE Realtors will revise their marketing strategies.

考量到房地產價值上升，DRE 不動產將修正他們的行銷策略。

相關單字

increasing 形 正在增加的；逐漸增加的

increasingly 副 漸增地；越來越多地

Tronheim Hotel has become an **increasingly** popular venue for business events. 特羅漢飯店成為越來越受歡迎的商業活動場地。

常考用法

increasing market pressure 市場壓力越來越大

increasingly popular 越來越受歡迎

600+ RANK 0054

expand [ɪk`spænd] ★★☆☆☆☆☆

動 **擴展**

→ 拓展；擴大

Holidays Hotels chain is looking to **expand** into the Asian market.

假日飯店連鎖集團打算拓展亞洲市場。

相關單字

expansion 名 擴展；膨脹　　**expansive** 形 擴張的；膨帳的；廣闊的

常考用法 **expansion project** 擴張計畫　**building expansion** 大樓擴建

600+ RANK 0055

interested [`ɪntrɪstɪd] ☆☆☆☆☆☆☆

形 **感興趣的**

→ 對……有興趣

Anyone who is **interested** in attending the workshop should contact Mr. Murray. 有興趣參加工作坊的人，應與墨瑞先生聯絡。

相關單字

interest 名 興趣；感興趣的事物或人　　**interesting** 形 有趣的；引起興趣的

Do you have **interesting** plans for this weekend?（Part 2 常考句子）

你這個周末有什麼有意思的計畫嗎？

常考用法

interest in 對……有興趣　**a vested interest** 既得利益　**interest rate** 利率

RANK 0056 600+

free [fri] ★☆☆☆☆☆☆

1 形 **免費的** → free shipping/delivery 免運費；免費運送

Ronka Hardware Store's **free** shipping offer extends from June 10 until July 10.

隆卡五金店的免運費期限，從六月十日持續到七月十日止。

2 形 **無……的**

The reporter wrote an outstanding, mistake-**free** article.

這名記者寫了一篇毫無錯誤的傑出報導。

相關單字

freely 副 自由地；無節制地　　**freedom** 名 自由；自由權

常考用法

be free of 無……的
free of charge (= at no cost) 免費地
duty/tax free（商品）免稅的

RANK 0057 600+

question [ˋkwɛstʃən] ☆☆☆☆☆☆☆

1 名 **問題；提問 (= query)**

Any **questions** about the new guidelines may be directed to the HR Department.

任何關於新規範的問題，可以直接寄給人事部。

2 動 **提問；質問**

Many employees **questioned** the company's new vacation policy.

很多員工對公司的新休假政策有疑慮。

相關單字

questionable 形 不確定的；值得懷疑的

RANK 0058 600+

expect [ɪkˋspɛkt] ★★☆☆☆☆☆

動 **預期；期待** → expect A to do 預期 A 做某事

The author's new book is **expected** to be released in the spring.

這位作家的新書預計於春天上市。

相關單字

expectation 名 期待

The company hired Mr. Cruz with high **expectations**.

這家公司錄取克魯茲先生，對他寄予厚望。

常考用法

salary expectation 期望的薪水
meet one's expectations 不辜負某人的期望
above/beyond one's expectations 出乎某人意料

600+ RANK 0059

project [ˋprɑdʒɛkt] ★★☆☆☆☆☆

1 名 **計畫；企畫；專案**

The **project** to build the Charter Bridge will be in cooperation with Cordon and Partners.
查特大橋的建造工程計畫將和柯登合股公司合作進行。

2 動 **預計**

The road improvements made to Twain Avenue cost less than **projected.** 吐溫大道的道路改善工程費用比預計的低。

相關單字

projection 名 預測；估計

The company failed to achieve last year's sales **projections** by 30 percent. 公司未能達成去年估計的銷售額，少了三成。

projector 名 投影機 **projected** 形 投射的；預測的

600+ RANK 0060

discount [ˋdɪskaʊnt] ★★☆☆☆☆☆

1 名 **折扣** → discount on ……的折扣

Alberto's Mexicana provides **discounts** on different menu items every other day. 艾伯托墨西哥餐廳每隔一天會推出不同餐點的折扣優惠。

2 動 **將……打折扣**

Elkor Apparel is **discounting** all of its summer clothing items.
艾可服裝店的所有夏季服飾都減價出售。

相關單字

discounted 形 折扣的

Try our weekend wine tour package with **discounted** room rates.
試試我們的周末美酒套裝行程，房價有折扣優惠。

常考用法 **at a discount** 打折；減價

600+ RANK 0061

annual [ˋænjʊəl] ★★☆☆☆☆☆ 007

形 **年度的；每年的**

The Stanley Art Museum helped us put together this **annual** event.
史丹利藝術博物館協助我們安排這個年度活動。

相關單字

annually 副 每年地；每年一次地

常考用法

annual checkup 年度檢查　**annual salary** 年薪

600+ RANK 0062

recommend [ˌrɛkəˋmɛnd] ★★★☆☆☆☆

動 **推薦；建議**　→ recommend V-ing 建議；勸告

We **recommend** asking questions about anything that isn't clear to you. 我們建議你們對任何不清楚的地方都要提出問題。

相關單字

recommendation 名 推薦；建議　→ make a recommendation 建議

Academic advisors make **recommendations** about which courses to take. 學校導師建議要選哪些課程。

常考用法

highly/strongly recommend 高度／強力推薦
recommendation letter 推薦信
on the recommendation of 某人的推薦

600+ RANK 0063

seat [sit] ★☆☆☆☆☆☆

1 動 **使就坐**　→ be seated across from each other 彼此面對面坐著

Some people are **seated** across from each other.（Part 1 常考句子）有些人面對面坐著。

2 名 **座位**

The **seats** are all occupied.（Part 1 常考句子）所有的座位都有人。

相關單字

seating 名 座位數；座次

常考用法

be seated next to each other 彼此相鄰而坐
assigned seating 指定座位　**seating plan** 座位表

易混淆單字筆記

seat vs. **sit**

當動詞使用時，兩者的意思皆為「坐」。差別在於 **seat** 為**及物動詞**，後方要連接受詞；**sit** 則為**不及物動詞**，後方不用連接受詞。

因此「Some people are **seated** across from each other. = Some people are **sitting** across from each other.」，「Some people are **seating** across from each other.」則為**錯誤**的用法。

600+ RANK 0064

notify [`notə͵faɪ] ☆☆☆☆☆☆☆

動 **通知；告知** → notify + A + of/that 通知／告知 A 某事

In January, employees **notify** the HR Department of their vacation preferences for the year. 員工在一月時告知人事部他們當年的休假安排。

相關單字 notification 名 通知；通知書

易混淆單字筆記

notify vs. **announce**

notify 和 announce 皆為**及物動詞**，意思同為「通知、告知」。但兩者的用法分別為「**notify ＋人＋ of ＋事（向某人告知某事）**」與「**announce ＋事＋ to 人**」，請務必學會分辨兩者搭配受詞和介系詞的用法差異。

600+ RANK 0065

hold [hold] ★☆☆☆☆☆☆

1 動 **舉辦；舉行**

The city council will **hold** a community forum to address construction issues. 市議會將舉行公眾論壇處理建設工程問題。

2 動 **拿；持**

She is **holding** a paper cup.（Part 1 常考句子）她拿著一個紙杯。

3 動 **容納；包含**

Our new event hall can **hold** up to 300 guests.
我們的新活動大廳最多可以容納三百位賓客。

相關單字 holder 名 持有者；支架

常考用法

hold onto a railing 抓住欄杆
put on hold 擱置；暫時中止
policyholder 投保人
on hold （電話）等候接聽；延後
ticket holder 持票人

易混淆單字筆記

hold vs. **take place**

兩者皆能表示「**舉辦、舉行（活動）**」之意，差別在於 **hold** 為**及物動詞**；**take place** 為**不及物動詞**。因此用法為：

「The event will **be held**. = The event will **take place**.」。

600+ RANK 0066

temporary [`tɛmpə͵rɛrɪ] ★☆☆☆☆☆☆

形 **暫時的；臨時的** → temporary position 派遣工作；臨時工作

Temporary positions at PDS Corporation will be posted on the company's website. PDS 公司的派遣職缺將張貼在公司網站上。

相關單字

temporarily 副 暫時地；臨時地

常考用法

temporary worker 臨時工；派遣工
temporarily out of stock 暫時缺貨

600+ RANK 0067

material [mə`tɪrɪəl] ★★★☆☆☆☆

1 名 **材料**

Genro Textiles' products are made from top quality **material**.
堅綶紡織的產品都以品質最好的原料製成。

2 名 **教材**

The instructor will post **materials** for each lesson on the class website.
講師會把每一課的教材公布在班級網站上。

常考用法

training material 訓練教材
building material 建材
raw material 原料
filling material (= filler) 填料

600+ RANK 0068

confirm [kən`fɝm] ★☆☆☆☆☆☆

動 **確認；證實**

→ confirm a reservation 確認訂位

Mr. Hermes called to **confirm** your reservation at the Oracle Hotel for next weekend.
赫米斯先生打電話來確認你下週末在歐洛可飯店的訂位。

相關單字

confirmation 名 確定；證實
confirmative 形 確定的；證實的

600+ RANK 0069

explain [ɪk`splen] ☆☆☆☆☆☆☆

動 **解釋；說明**

→ explain A to B → 向 B 說明 A

Ms. Ogura tried to **explain** our proposals to the client in clear terms.
歐古拉女士努力以清晰的措詞，向客戶說明我們的提案。

相關單字

explanation 名 說明；解釋

600+ RANK 0070

directly [də`rɛktlɪ] ★☆☆☆☆☆☆

副 **直接地；立即**

Dr. Evans will be giving the keynote speech **directly** after lunch. (在……之後立刻就……)
伊文斯博士在午餐之後立刻就要發表主題演講。

相關單字

direct 形 直接的

常考用法

directly across from 正對面　　**direct flight** 直飛班機

600+ RANK 0071

excited [ɪk`saɪtɪd] ☆☆☆☆☆☆☆ 008

形 **興奮的**

The museum guide leaves visitors quite **excited** about seeing the exhibits. 遊客在看到展覽時相當興奮，博物館的導覽員未加干預。

相關單字

exciting 形 令人興奮的
excitement 名 興奮；令人興奮的事

常考用法

get excited 變得興奮／激動
in one's excitement 某人興奮之下

600+ RANK 0072

feature [`fitʃɚ] ★★☆☆☆☆☆

1 動 **以……為特色**

The art show held at Dohi Gallery **featured** paintings from more than 50 artists. 在朵喜藝廊舉行的藝術展，以來自超過 50 位藝術家的畫作為號召。

2 名 **特徵；特色**

What are the new **features** of this machine? 這台機器的新功能是什麼？

替換字詞

① **feature 特徵；特色 → touch 風格；特色**
preserve the classic features (touches) of the old museum
保留舊博物館的經典風格

② **feature（報紙等的）特寫；特別報導 → story 特寫**
the glowing feature (story) in the *Washington Weekly*
《華盛頓週刊》裡備受讚揚的特寫報導

600+ RANK 0073

community [kəˋmjunətɪ] ☆☆☆☆☆☆☆

名 **社區；群體**

社區活動中心

This year's fundraising banquet will be held at the **community** center.
今年的募款晚宴將在社區活動中心舉行。

常考用法

community park 社區公園　　**community festival** 社區節慶
local community 地方社區；地方團體

600+ RANK 0074

enough [ɪˋnʌf] ★★★★★★★

1 形 **足夠的**
Mr. Zhang extended the deadline, so we have **enough** time to complete the assignment.
張先生延長了截止期限，所以，我們有足夠的時間完成工作。

2 副 **足夠地；充分地**
Would the conference room be big **enough**? 會議室夠大嗎？

常考用法

large enough（空間）夠大　　**more than enough** 非常足夠

易混淆單字筆記

enough time vs. **big enough**
請注意 enough 當作**形容詞**使用時，須置於**名詞前方**；當作**副詞**使用時，則須置於**形容詞後方**。

600+ RANK 0075

successful [səkˋsɛsfəl] ★★☆☆☆☆☆

形 **成功的**
Before becoming the editor-in-chief, I had a **successful** career as an author. 在當總編輯之前，我是個成功的作家。

相關單字

successfully 副 成功地；順利地
succeed 動 繼任；成功　→ succeed in V-ing 在……成功
TY Motors **succeeded** in resolving the issue of poor safety standards.
TY 汽車成功解決了安全標準不合格的問題。
success 名 成功；成就

常考用法

successful candidate/applicant 成功勝出的候選人／應徵者

600+ RANK 0076 upcoming [ˋʌp͵kʌmɪŋ] ★★★☆☆☆☆

形 **即將來臨的 (= forthcoming)**

Both companies expect employees to work cooperatively after the **upcoming** merger. 兩家即將合併的公司，期待之後員工可以協力合作。

相關單字

coming 形 即將到來的；下一個的

常考用法

upcoming event 即將舉行的活動

600+ RANK 0077 training [ˋtrenɪŋ] ★☆☆☆☆☆☆

名 **訓練**

→ 訓練課程

All managers are required to take part in the upcoming **training** session.
所有的經理都需要參加即將舉行的訓練課程。

相關單字

train 動 訓練；培養　　**trainer** 名 訓練者；教練

常考用法

training seminar 培訓研討會

600+ RANK 0078 effective [ɪˋfɛktɪv] ★★★☆☆☆☆

1 形 **有效的**

The postal service was an **effective** means of communication in the past. 郵政服務在過去是有效的通訊方式。

2 形 **生效的**

The new traffic law will be **effective** starting March 1.
新的交通法規將從三月一日起生效。

相關單字

effect 名 效果；影響

→ **have an effect on** 有……的效果

Criticizing a competitor can actually have a negative **effect** on your company's image. 批評競爭對手其實會對你的公司形象產生負面效果。

effectively 副 有效地

Since partnering with Satelop Inc., we have been able to track our deliveries more **effectively**.
自從與薩特魯波公司結盟後，我們就能更有效追蹤我們貨物的遞送狀況。

effectiveness 名 有效；效力

常考用法

in effect 實際上；生效　**take effect** 生效；實施
come/go into effect（尤指法律；規則等）生效

600+ RANK 0079

eligible [ˋɛlɪdʒəb!] ★★★★☆☆☆

形 **有資格的**　→ 適合；有資格

Students who are **eligible** for the scholarship should contact Ms. Palmer. 有資格申請獎學金的學生，應與帕瑪女士聯絡。

相關單字

eligibility 名 適任；合格

常考用法

be eligible to do 有資格做某事

易混淆單字筆記

eligible vs. **qualified**

雖然兩者皆可表示「有資格的」之意，但是 **eligible** 指的是「**符合法律、規定等條件而擁有資格**」；**qualified** 則是指「**具備知識、技能、經驗等某些必要的能力條件**」。

600+ RANK 0080

approximately [əˋprɑksəmɪtlɪ] ☆☆☆☆☆☆☆

副 **大約**

If you send a package by regular mail, it will take **approximately** a week to arrive. 如果你按普通件寄送包裹，大概要一星期才才會送達。

替換字詞

approximately 大約 → roughly 粗略地；大約
an increase of roughly (approximately) 10 percent 大約增加 10%

600+ RANK 0081

manual [ˋmænjʊəl] ☆☆☆☆☆☆☆  009

1 名 **手冊**

Read the operating **manual** before using the machine.
使用機器之前要先看操作手冊。

2 形 **手工的；用手操作的**

Famous author Bran Lin still writes his stories with a **manual** typewriter.
知名作家布萊恩·林還是用手動打字機在寫小說。

相關單字

manually 副 用手操作地

常考用法

instruction/user's manual 使用說明書；操作指南
product manual 產品手冊

600+ RANK 0082

candidate [ˋkændədet] ★☆☆☆☆☆☆

名 **候選人**

A recent poll indicates that the political **candidate**'s popularity has increased. 最近的民調顯示，那位政黨候選人的人氣已上升。

常考用法

successful candidate 成功勝出的候選人
potential candidate 可能的候選人

600+ RANK 0083

ceremony [ˋsɛrə͵monɪ] ☆☆☆☆☆☆☆

名 **典禮；儀式**

The wedding rehearsal will be held one day before the actual **ceremony**. 在真正舉行婚禮的前一天會先進行彩排。

常考用法

awards ceremony 頒獎典禮
opening ceremony 開幕典禮
groundbreaking ceremony 動工典禮

600+ RANK 0084

equipment [ɪˋkwɪpmənt] ☆☆☆☆☆☆☆

名 **設備；配備**

→ 視聽設備

You've requested that we provide some audiovisual **equipment** for your talk. 你要求演講時，我們要提供視聽設備。

相關單字

equip 動 裝配；配備 → **be equipped with 配備某物**

Every apartment is **equipped** with a fire extinguisher.
每間公寓都配有一具滅火器。

常考用法

laboratory equipment 實驗室設備
exercise equipment 運動設施
heavy equipment 大型重裝備；大型機械

600+ RANK 0085 quickly [ˋkwɪklɪ] ★★☆☆☆☆☆

副 **迅速地**

The video game is expected to sell out **quickly**.
這款電玩遊戲預期很快會銷售一空。

相關單字

quick 形 迅速的；敏捷的

常考用法

more quickly than ever 比以往都更快

600+ RANK 0086 celebration [ˏsɛləˋbreʃən] ★★☆☆☆☆☆

名 **慶祝**

Ms. Moser organized tonight's **celebration**.
今晚的慶祝活動由摩瑟女士籌辦。

相關單字

celebrate 動 慶祝；讚美　　**celebrity** 名 名人

常考用法

in celebration of 慶祝／紀念……
celebrate one's accomplishments 慶祝某人的成就

600+ RANK 0087 facility [fəˋsɪlətɪ] ★☆☆☆☆☆☆

名 **場所；設備**

The Montpelier branch of Summit Hotels is the chain's largest **facility**.
高峰飯店的蒙特佩里爾館，是這個連鎖集團的最大分館。

600+ RANK 0088 plan [plæn] ★★☆☆☆☆☆

1 動 **計劃；打算**　→ plan to do 打算／計劃做……

The tour group **plans** to meet at the lobby tomorrow at 8 a.m.
旅行團打算明天早上八點在大廳集合。

2 名 **計畫**

We need to present a **plan** for the company awards ceremony by next week. 我們必須在下個星期之前，提出公司頒獎典禮的規畫方案。

3 名 **平面圖；圖紙**

The chief architect approved of the revised construction **plan**.
總建築師核准了修改後的施工平面圖。

相關單字

planning 名 策畫；規畫

常考用法

seating plan 座位表　**floor plan** 樓層平面圖

600+ RANK 0089 stay [ste] ★☆☆☆☆☆☆

1 動 **停留；短居**

We **stayed** at a small hotel in Augustine for two weeks.

我們在奧古斯汀的一間小旅館住了兩星期。

2 名 **停留；短居**

Mr. Terrence remarked that he did not enjoy his **stay** at the Exmont Resort.

泰倫斯先生說，他在艾克斯蒙度假中心住得並不愉快。

替換字詞

stay → remain 留下；停留

stay (remain) on-site until the completions of the project

在工地一直待到建案完成

600+ RANK 0090 report [rɪ`port] ★☆☆☆☆☆☆

1 名 **報告；報告書**

Ms. Cortez will complete most of the evaluation **reports** herself.

柯提茲女士會獨立完成大部分的評估報告。

2 動 **報告；報導**

The company **reported** significantly higher earnings in the fourth quarter.

公司公布第四季的營收明顯增加。

相關單字

reporter 名 報告人；記者　**reportedly** 副 據說；據報導

常考用法

report directly to 直接向某人報告　**report to** 向某人報告／負責

RANK 0091 600+

respond [rɪ`spand] ☆☆☆☆☆☆☆ 010

動 **回答；回覆**

Consultants for Tarley Bank will **respond** to questions regarding the potential merger transactions.

→ 對……做出回覆；對……有反應

塔利銀行的顧問會回應關於可能進行合併交易的問題。

相關單字

response 名 反應；回覆 **respondent** 名 應答者

Respondents were told not to put their names on the survey.

作答者被告知不要在調查中寫出他們的名字。

responsive 形 反應敏捷的；反應熱烈的

常考用法

in response to 對……做出回覆

be responsive to 對……有反應

RANK 0092 600+

instead [ɪn`stɛd] ★★☆☆☆☆☆

副 **反而；作為替代**

Since there were no rooms at the Grand Lane Hotel, we stayed at Amonte Inn **instead**.

因為格蘭倫飯店沒有空房，我們改住到阿蒙特旅館。

常考用法

instead of 代替

RANK 0093 600+

condition [kən`dɪʃən] ☆☆☆☆☆☆☆

1 名 **狀態；狀況**

Most of our antiques are still in good **condition**.

→ 完好無損；健康良好

我們大部分的古董狀況仍良好。

2 名 **條件**

After reviewing the terms and **conditions**, please sign the enclosed contract.

→ 條款與條件

在審閱過條款與條件後，請在隨附的合約上簽名。

3 名 **(-s) 物質條件；情況；實際環境**

Today's event was canceled due to poor weather **conditions**.

今天的活動因為天候狀況太惡劣而取消。

相關單字

conditional 形 附有條件的；以……為條件的

The admission is **conditional** until all documents have been received and checked. 須待收到所有文件並經查核後，才會發給許可。

常考用法

unused condition 全新；未用的狀態
working conditions 工作條件
medical condition 健康狀況

替換字詞

condition 狀態；狀況 → state 狀態

ensure that the apartment is in the same condition (state)
保證公寓如原狀

600+ RANK 0094

express [ɪk`sprɛs] ☆☆☆☆☆☆☆

1 動 **表達** → express one's gratitude 某人表達謝意

The supervisor **expressed** his gratitude to the employees who worked on the project. 主管向專案人員表達感謝。

2 形 **快遞的；快捷的**

Unless the **express** mail is labeled correctly, Poole Couriers cannot guarantee overnight delivery.
除非快捷郵件貼上正確標籤，否則普爾快遞無法保證能隔天送達。

相關單字 **expressly** 副 明確地；特別地

常考用法

express concern 表達關心／關注
express delivery 快捷郵件
express interest 表達興趣
express mail service 快捷郵件服務

600+ RANK 0095

attract [ə`trækt] ★★★☆☆☆☆

動 **吸引**

The Gainesville Marathon Committee hopes to **attract** more participants this year. 甘斯維爾馬拉松委員會，希望今年能吸引更多人參加。

相關單字

attraction 名 吸引；吸引力；吸引物

The hotel receptionist recommended some local tourist **attractions** for the guests. 飯店的櫃檯人員推薦客人一些當地的觀光景點。

attractive 形 有吸引力的；引人注目的

Don't you think this poster could be more **attractive**?
你不覺得這張海報可以更有吸引力嗎？

常考用法 tourist attraction 觀光景點

替換字詞

attract → draw **吸引；招來**

The event **attracted (drew)** many visitors. 這個活動吸引了很多觀光客。

600+ RANK 0096

raise [rez] ☆☆☆☆☆☆☆

1 動 **提高；提升**

McNall Auto Rental Agency will **raise** its service rates next month.

麥諾租車公司下個月要調高它的服務費用。

2 動 **募（款）**

The Helena Foundation **raised** over $50,000 thanks to the sponsors involved. 多虧了所有參加的贊助者，海倫娜基金會募得超過五萬元。

3 名 **提高；提升**

BMP, Inc. staff members are eligible for salary **raises** every year.

→ salary raise 加薪

BMP 公司的員工每年都能加薪。

600+ RANK 0097

last [læst] ★☆☆☆☆☆☆

1 動 **持續**

How long will this battery **last**?（Part 2 常考句子）這電池的電力能持續多久？

2 形 **最後的**

The team finished as the **last** place team in the tournament.

這支隊伍在錦標賽中名列最後一名。

3 副 **上一個的**

After **last** winning the award in 2015, Ridgewood Company received the Adkins Innovation Award again this year.

繼上次在 2015 年獲獎後，里奇伍德公司今年再度獲得艾金斯創新獎。

相關單字

lasting 形 持續的；耐久的

The mayor blamed his predecessor for the **lasting** economic downturn.

市長指責前任市長造成經濟持續衰退。

last-minute 形 最後一刻的

How did you manage to get a **last-minute** reservation at such a popular restaurant? 你如何能在最後一刻訂到那麼紅的餐廳？

常考用法

at the last minute 在最後一刻 **long-lasting** 持久的

longer-lasting batteries 壽命更長的電池

make a last-minute change to 最後一刻的改變

600+ RANK 0098

client [ˋklaɪənt] ☆☆☆☆☆☆☆

名 **客戶**

I will talk to you about the different ways you can increase your **client** base. → client/customer base 客戶群

我會和你談談可以增加基本客戶的不同方法。

相關單字

clientele 名 （總稱）客戶；顧客

易混淆單字筆記

client vs. **customer**

client 指的是**接受專業人士、購買專業服務**的客戶；customer 指的則是在**商店內購買商品或服務**的客人。

600+ RANK 0099

division [dəˋvɪʒən] ☆☆☆☆☆☆☆

1 名 **部門**

Riviet Group's semiconductor **division** suffered severe budget cuts this year. 里維耶特集團的半導體部門今年預算遭到大幅刪減。

2 名 **分配；分派**

Several managers complained that the **division** of quarterly funds is unfair. 好幾位經理都抱怨每季資金的分配不公平。

600+ RANK 0100

further [ˋfɝðɚ] ★☆☆☆☆☆☆

1 形 **更進一步的**

For **further** information, visit the Employment Opportunities page on our website.

請上我們網站的工作機會網頁以了解更多資訊。

2 副 **更進一步地；更遠地**

The post office is a little **further** ahead.

郵局還要再往前走一點。

常考用法

for further details 更多詳情

until further notice 直到進一步通知

Speed Check-up

答案 p.602

一、請參考底線下方的中文，填入意思相符的單字。

ⓐ attract　ⓑ last　ⓒ filed　ⓓ condition　ⓔ featured

01 Most of our antiques are still in good ________.
狀況

02 The art show held at Dohi Gallery ________ paintings from more than 50 artists.
以……為特色

03 The Gainesville Marathon Committee hopes to ________ more participants this year.
吸引

04 How long will this battery ________?
持續

05 Quite a few complaints about our new car's audio system had been ________.
提出

二、請參考句子的中文意思，選出填入後符合句意的單字。

ⓐ notify　ⓑ eligible　ⓒ further　ⓓ increase　ⓔ questioned

06 Many employees ________ the company's new vacation policy.
很多員工對公司的新休假政策有疑慮。

07 Given the ________ in property values, DRE Realtors will revise their marketing strategies.
考量到房地產價值上升，DRE 不動產將修正他們的行銷策略。

08 In January, employees ________ the HR Department of their vacation preferences for the year. 員工在一月時告知人事部他們當年的休假安排。

09 For ________ information, visit the Employment Opportunities page on our website. 請上我們網站的工作機會網頁以了解更多資訊。

10 Students who are ________ for the scholarship should contact Ms. Palmer. 有資格申請獎學金的學生應與帕瑪女士聯絡。

三、請選出填入後符合句意的單字。

ⓐ enough　ⓑ expand　ⓒ plans　ⓓ runs　ⓔ material

11 The hotel's shuttle bus ________ every 15 minutes.

12 Genro Textiles' products are made from top quality ________.

13 Mr. Zhang extended the deadline, so we have ________ time to complete the assignment.

14 Holidays Hotels chain is looking to ________ into the Asian market.

15 The tour group ________ to meet at the lobby tomorrow at 8 a.m.

DAY 03

600+
先背先贏 核心單字
0101~0150

資格不符

面試中
為什麼選擇
apply 我們公司？
兩位面試官
我就是……
這間 organization 正在
尋找的優秀 individual。
真摯
口吻
我為了 advance，
一向對自己很 strict。

那個，不好意思。
您似乎不 meet 我們的
needs……
怎麼會？！
我哪裡不符合
請 mention
我不符合的
理由！
這還用解釋嗎？
咪咪遊樂園
opening 紀念
徵公主角色扮
演者。

600+ RANK 0101

responsible [rɪˋspɑnsəb!] ★★★☆☆☆

形 **負責的；負責任的** → be responsible for 負責……；掌管……；是……的起因

Mr. Kim was **responsible** for the completion of the hotel renovation.
金先生負責完成飯店的整修工作。

相關單字

responsibly 副 負責地；可靠地　　**responsibility** 名 責任；責任感；職責

Can you tell me what my **responsibilities** will be?
你可以告訴我什麼是我的工作職責嗎？

常考用法

be responsible to 對……負責

600+ RANK 0102

apply [əˋplaɪ] ★★☆☆☆☆☆

1 動 **申請；應徵**

Candidates with three years' experience may **apply** for the position. (→ 申請；應徵)
有三年經驗的求職者可以應徵這個工作。

2 動 **適用於；起作用**

The discounts advertised in today's *Daleton Daily* do not **apply** to electronics. 登在今天《戴爾頓日報》廣告上的優惠，不適用於電子產品。

→ apply to 適用於；向……申請

3 動 **敷；塗**

Please **apply** the medicine to the affected area two to three times a day.
請將藥品塗抹於患部，每日二到三次。

相關單字

application 名 應用；申請（書）；應用程式

The council finished reviewing all the **applications** for approval.
議會審查完所有申請核准的案子。

The new mobile phone **application** will be launched this summer.
新的行動電話應用程式將在今年夏天推出。

applicant 名 申請人；應徵者

How many other **applicants** are there for the position?
還有多少人應徵這個工作？

applicable 形 可應用的；合適的

常考用法

application form 申請表
job applicant 應徵工作者
successful applicant 申請成功者
application materials 申請資料
qualified applicant 合格申請人

易混淆單字筆記

application vs. **applicant**

application 為**事物**名詞，applicant 為**人物**名詞，兩者經常同時出現在**近義詞考題**中。改制前通常可以透過**冠詞**或**主動詞單複數**的一致性判斷答案，但新制多益考題得先**看懂整句話的意思**，才能順利選出答案。(Your **application/~~applicant~~** must be received by May 1. 必須在五月一日前收到申請。)

600+ RANK 0103

need [nid] ★☆☆☆☆☆☆

1 名 (-s) **需求；要求**

Enclosed is a list of companies whose services can meet your business **needs**. 隨信附上一份符合你業務需求的公司名單。

2 動 **需要**

Repairs were **needed** to properly run the equipment.
這個設備該修理了，才能正常運轉。

常考用法

need to do 需要做……
in (dire) need of (迫切) 需要……
suit the needs 符合需求

600+ RANK 0104

meet [mit] ★★☆☆☆☆☆

1 動 **見面；會面**

Rather than **meeting** each candidate separately, the company is going to hold a group interview. 這家公司將舉行團體面試，而不是個別會見應徵者。

2 動 **趕上**

→ **meet the deadline** 趕上截止期限；在截止期限內完成

Please make sure to **meet** the application deadline.
請確保在截止日前完成申請。

相關單字

meeting 名 會議；集會；聚會

常考用法

call a meeting 召開會議
meet one's needs 符合某人的需求
meet customer demand 滿足顧客的要求
meet a requirement 符合條件

替換字詞

meet 趕上 → fulfill 達到 (目的)
meet (fulfill) a fund-raising goal 達成募款目標

易混淆單字筆記

meet sb vs. **meet with sb**

meet 後方**連接人物**時，單純表示「**跟某人見面**」之意；但若將人物**置於 meet with** 之後，則是表示**有事要談才碰面**。

RANK 0105 600+

limited [`lɪmɪtɪd] ★☆☆☆☆☆☆

形 **有限的**

Some customers have complained that the restaurant's parking is too **limited**. 有些顧客抱怨餐廳的停車位太少。

相關單字

limit 名 限制

This article exceeds the magazine's word **limit**.
這篇文章的字數超過雜誌的限制。

limitation 名 限制；限制因素；極限

常考用法

limited time 時間有限　　limited space 空間有限

be limited to 限定於……

替換字詞

limited 有限的 → restricted 受限制的

a view that is limited (restricted) 受限制的視野

RANK 0106 600+

demand [dɪ`mænd] ★★★☆☆☆☆

1 名 **需求**

→ 對……的需求

It is anticipated that the **demand** for customized furniture will increase this year. 預期今年對客製化家具的需求會增加。

2 動 **要求**

→ demand that 主詞 + (should) + 原形動詞 ➔ 要求……做……

Many workers have **demanded** that the company provide more breaks.
許多工人都要求公司提供更多休息時間。

常考用法

competing demand 競爭需求

替換字詞

demand 要求 → charge 收費

demand (charge) a cancellation fee 取消要收取費用

RANK 0107 600+

renew [rɪ`nju] ☆☆☆☆☆☆☆

動 **更新**

Fantastic Gym reminds its members to **renew** their membership two months before it expires.
驚奇健身房提醒會員，在到期日前兩個月更新會籍。

相關單字

renewal 名 更新；恢復；重建

renewable 形 可更新的；可恢復的

The session was about **renewable** energy. 這次會議主題是可再生能源。（→ 可再生能源）

常考用法

renew a subscription 繼續訂閱

renew a contract 更新合約

renewal project 更新計畫；重建計畫

替換字詞

renew 更新 → refresh 更新；使得到補充

renew (refresh) your understanding of financial accounting

補充你對財務會計的了解／讓你對財務會計有新的認識

600+ RANK 0108

cost [kɔst] ★☆☆☆☆☆☆

1 名 **花費；成本**

Check the exact **cost** of the item before using the corporate card.

在使用公司卡之前，先核對這個品項的確實價錢。

2 動 **花費**

Why don't we ask how much this suit **costs**?（Part 2 常考句子）

我們何不問問這套衣服的價錢多少？

相關單字

costly 形 貴重的；代價高的

常考用法

cost overrun 成本超支

cost less 成本較低

at the cost of 以……為代價；犧牲……

cost reduction 降低成本

costly project 昂貴的工程

600+ RANK 0109

opening [ˋopənɪŋ] ★★☆☆☆☆☆

1 名 **職缺**

Ms. Robertson applied to be transferred to our branch, but we have no **openings**.

羅伯森女士申請轉調到我們分公司，但我們沒有職缺。

2 名 **開幕**

Sanatoria's Restaurant is pleased to announce the **opening** of its second location.

聖娜托利亞餐廳很高興宣布要開第二家店。

相關單字

open 動 打開

A man is **opening** a folder.（Part 1 常考句子）一名男子打開文件夾。

openly 副 公開地；坦率地　　openness 名 公開；坦誠；空曠

常考用法

job opening (= job vacancy) 有職缺　　grand opening 盛大開幕

soon-to-open 即將開幕　　open-air market 露天市場

600+ RANK 0110

organization [ˌɔrgənəˋzeʃən] ★☆☆☆☆

名 **組織**

At Ropiko, Inc., we offer the opportunity to work in a world-class **organization**. 在羅皮可公司，我們提供在世界一流機構工作的機會。

相關單字

organize 動 組織；安排

He is **organizing** some books on a shelf.（Part 1 常考句子）
他正在整理書架上的書。

organizational 形 組織的；編制的　　organized 形（做事）有條理的

常考用法

organize an event 籌劃一個活動　　organize one's thoughts 整理思緒

600+ RANK 0111

agreement [əˋgrimənt] ★★☆☆☆☆☆ 012

1 名 **協議；合約 (= contract)**

When will the **agreement** be signed? 何時要簽協議？

2 名 **同意；一致**

→ be in agreement 意見一致

Ms. Lin and Mr. Bennett are in **agreement** about the need to replace the old computers. 林女士和班奈特先生都同意需要更換舊電腦。

相關單字

agree 動 同意

→ agree on/to + 事物／agree with + 人物 → 同意

The legislators were able to **agree** on a plan to implement the proposed policy.
立法委員一致通過所提政策的實施計畫。

disagree 動 不同意

常考用法

reach (come to) an agreement 達成協議

600+ RANK 0112

interview [ˋɪntɚ͵vju] ★★☆☆☆☆☆

1 名 **訪談；面試**

Director Sylvia King will attend **interviews** with applicants for top positions.

施薇亞·金總監會參加高階職位應徵者的面試。

2 動 **訪談；面試**

During the job fair, companies will **interview** many potential employees.

在就業博覽會上，公司會面試許多可能的潛在員工。

相關單字

interviewer 名 面試官；接見者

interviewee 名 接受面試者；接受採訪者

600+ RANK 0113

handle [ˋhændḷ] ★☆☆☆☆☆☆

1 動 **處理**

Ms. Falkor will **handle** the matter regarding the missing package.

佛克小姐會處理包裹遺失的事情。

2 動 **操作**

Technicians are required to **handle** the sensors with great care since they are so fragile.

因為感應器非常脆弱，所以要求技術人員要非常小心操作。

3 名 **掌握**

He has a good **handle** of the new accounting system.

他非常了解新的會計系統。

4 名 **把手**

A man is reaching for a **handle**. （Part 1 常考句子）

一名男子伸手去抓把手。

相關單字

handling 名 操作；管理；處理

600+ RANK 0114

ensure [ɪnˋʃʊr] ★★☆☆☆☆☆

動 **確保；保證**

ensure + (that) + 子句 ➜ 確保；保證

Tahea Resort **ensures** that its guests receive excellent service during their stay.

塔希亞度假中心保證它的客人，在入住期間都能得到最好的服務。

600+ RANK 0115

area [ˋɛrɪə] ☆☆☆☆☆☆☆

1 名 區域；地區

We offer the **area**'s largest selection of furniture in all styles and sizes.

我們提供這個地區最多樣的家具選擇，有各種風格和尺寸。

2 名 領域；方面

→ 專業領域；專長

Internet security is Mr. Montey's **area** of expertise.

網路安全是蒙提先生的專長。

替換字詞

area 領域；方面 → subject 科目；主題

a workshop on an area (subject) of interest 關於有興趣主題的工作坊

600+ RANK 0116

schedule [ˋskɛdʒʊl] ★☆☆☆☆☆☆

1 動 將……列入計畫（或時間）表

Should I **schedule** the interview for the morning or the afternoon?

我該把面試排在早上還是下午？

2 名 時程表；進度表

→ 提前；提早

The project is ahead of **schedule**, and it may also finish under budget.

工程進度已超前，而且可能也不會超出預算就能完成。

相關單字

scheduled 形 預定的

reschedule 動 重新安排……的時間；將……改期

Mr. Reed's speech has been **rescheduled** for 4:30.

里德先生的演講改到四點半。

常考用法

be scheduled for 定於……

be scheduled to do 預定做……

as scheduled 在預定的時間；準時

on schedule 準時

behind schedule 比預定時間晚

production schedule 生產時間表

reschedule the appointment 重新安排會面的時間

替換字詞

schedule 將……列入計畫（或時間）表 → set 使……固定

① **The opening is now scheduled (set) for Tuesday, 5 November.**

開幕日期現在確定在 11 月 5 日星期二。

② **schedule (set up) a specific day and time**

定下特定的日子和時間

600+ RANK 0117

exhibition [ˌɛksə`bɪʃən] ☆☆☆☆☆☆☆

名 **展覽**

Art Co. helps customers buy tickets for art **exhibitions** at reasonable prices. 亞特公司幫顧客以划算的價格，買到美術展的門票。

相關單字

exhibit 動 展示；陳列

Sculptures are **exhibited** inside.（Part 1 常考句子）雕塑品陳列在裡面。

常考用法

exhibition hall 展示廳；展覽館

600+ RANK 0118

profit [`prɑfɪt] ☆☆☆☆☆☆☆

1 名 **利潤；收益**

→ 空前的、破紀錄的利潤／盈收

Berrik Manufacturing generated record **profits** this year after winning a large contract.

巴里克工業今年拿到一張大訂單，創造了空前的盈收。

2 動 **有益；獲利**

→ profit from 從……獲益

The grocery chain is **profiting** greatly from newly launched canned foods. 連鎖雜貨店因新上市的罐頭食品而獲利豐厚。

相關單字

profitable 形 有收益的

These stores were located too far away from downtown to ever become **profitable**. 這些商店的位置離鬧區太遠，因而從來無法獲利。

profitability 名 收益；利潤率

常考用法

net profit 淨利

non-profit 非營利性的

profit margin 利潤率；利潤幅度

remain profitable 保持獲利

600+ RANK 0119

currently [`kɝəntlɪ] ★☆☆☆☆☆☆

副 **目前；當前**

The color you are looking for is **currently** out of stock.

你在找的顏色目前缺貨。

相關單字

current 形 當前的；現行的

Professor Blake is going to talk about **current** trends in digital marketing.

布雷克教授打算談當前數位行銷的趨勢。

替換字詞

current **當前的；現行的** → contemporary **當代的；現代的**
public opinion polls on **current (contemporary)** issues
大眾對現代議題的意見調查

600+ RANK 0120

visit [ˋvɪzɪt] ★☆☆☆☆☆☆

1 動 **造訪；拜訪**
You can **visit** our website for more details on the seasonal sale.
你可以上我們的網站，查看更多關於季節性特賣的詳情。

2 名 **造訪；拜訪**
We need to start making arrangements for Mr. Klein's **visit** next week.
我們得開始為克連先生下星期來訪做準備。

相關單字

visitor 名 訪客；觀光客；參觀者　　**visitation** 名 訪問；探視；巡視

易混淆單字筆記

visit vs. **visitation**
當名詞使用時，兩者的意思同為「訪問」。差別在於 **visit** 指的是「**一般的訪問**」；**visitation** 則是指「**正式訪問**」或是「**為視察、巡視而造訪**」。

600+ RANK 0121

session [ˋsɛʃən] ★☆☆☆☆☆☆

名 **一段時間；集會**
(training session → 訓練課程；訓練期間)
Those who wish to attend the sales training **session** tomorrow should inform Mr. Carrick. 想參加明天業務訓練課程的人，應告知卡瑞克先生。

常考用法

information session 招生說明會；徵才說明會
orientation session 新生訓練

600+ RANK 0122

transaction [trænˋzækʃən] ★☆☆☆☆☆

1 名 **交易**
The **transaction** cannot be completed because the credit card has expired. 由於信用卡過期，交易無法完成。

2 名 **業務；買賣**
BVA Bank can address all your business needs from daily **transactions** to commercial loans.
BVA 銀行可以處理你從日常交易到商業貸款的所有業務需求。

相關單字

transact 動 辦理；處理

常考用法

transaction record 交易紀錄
transaction type 交易類型

600+ RANK 0123

purchase [ˋpɝtʃəs] ★★☆☆☆☆☆

1 動 購買

Some customers are **purchasing** tickets.（Part 1 常考句子）有些顧客在買票。

2 名 購買

Most online stores provide free delivery for **purchases** over $1,000.
大部分的網路商店購物滿 1,000 元就免運費。

相關單字

purchasing 名 購買

常考用法

make a purchase 買東西；購買　　exchange a purchase 換貨
within five days of purchase 購買後五日內

600+ RANK 0124

cancel [ˋkænsḷ] ★☆☆☆☆☆☆

動 取消

Due to the storm, all ferry crossings have been **canceled** until further notice.
由於暴風雨的關係，在得到進一步通知之前，所有往來的渡輪航班都取消了。

相關單字

cancellation 名 取消

Ticket **cancellations** must be made more than 48 hours prior to departure. 退票必須在起飛前至少 48 小時辦理。

600+ RANK 0125

arrange [əˋrendʒ] ★☆☆☆☆☆☆

1 動 安排；籌備

The workshop coordinators will **arrange** transportation for participants upon request. 若參加者提出要求，工作坊專員會安排交通工具。（arrange transportation → 安排交通工具）

2 動 整理；布置

Dishes are **arranged** on a table.（Part 1 常考句子）餐桌上排著盤子。

相關單字

arrangement 名 安排；布置；排列

常考用法

floral arrangement 插花
make arrangement to do (for) 安排做某事
arrange a meeting 安排會議　　arrange an interview 安排面試

替換字詞

arrange 安排；籌備→ plan 規劃；計劃
arrange (plan) a special meal 規劃特殊的一餐

600+ RANK 0126

service [ˋsɝvɪs] ☆☆☆☆☆☆☆

1 名 服務

Matsop & Lebos Law Firm offers a free consultation **service** over the phone. 麥索普與勒波斯法律事務所提供免費的電話諮詢服務。

2 名 效勞；服役

After 20 years of **service**, Dr. Parker will retire on November 15.
在服務 20 年後，帕克醫師將在 11 月 15 日退休。

3 動 檢修；維修

Technicians are unable to **service** the ET400 photocopier since its parts are no longer being manufactured.
由於零件已停產，技師無法維修 ET400 影印機。

相關單字

servicing 名 維修保養

常考用法

length of service 服務年限
concierge service 禮賓服務
be of service to 幫助（某人）

600+ RANK 0127

payment [ˋpemənt] ☆☆☆☆☆☆☆

名 支付；付款

It usually takes approximately 10 minutes for your credit card **payment** to be approved.
通常，你的信用卡授權過程大約要花 10 分鐘。

相關單字

pay 動 付款；償還債務
payable 形 應支付的；（支票）可兌付的
paycheck 名 薪資
payroll 名 薪資名單
pay stub 名 (= pay slip) 薪資明細表

常考用法

payment for 支付……款項
payment plan 分期付款
form of payment 付款方式
down payment 頭期款；定金
pay for 支付……的費用；為……付出代價
make a payment 付款
payment option 付款方式
late payment 逾期付款
account payable 應付帳款
pay raise 加薪

600+ RANK 0128

book [bʊk] ★☆☆☆☆☆☆

動 **預訂**

Please inform your event organizer of any special requests before **booking** a catering service.

在預訂外燴服務之前，若有任何特殊需求，請告知你的活動籌辦人員。

相關單字

booking 名 預訂

Please provide your hotel **booking** confirmation number to receive a discount.

請提供你的飯店預訂確認號碼以便享有折扣優惠。

overbooking 名 超額預訂

600+ RANK 0129

remodel [riˋmɑd!] ★☆☆☆☆☆☆

動 **改建；改組**

The board of directors rejected the plan to **remodel** the employee lounge.

董事會否決了員工休息室的改建計畫。

相關單字

remodeling 名 改建；重塑

600+ RANK 0130

whole [hol] ☆☆☆☆☆☆☆

1 形 **全部的；全體的**

the/所有格 + whole ➜ 全部的；整個的

The storm disrupted the power supply to the **whole** building.

暴風雨造成整棟大樓的電力中斷。

2 名 **全部；全體**

We plan to rent the **whole** of the third floor during the duration of the project.

我們打算在專案進行期間租下三樓一整層。

600+ RANK 0131

process [`prasɛs] ★★☆☆☆☆☆ 014

1 名 **過程；進程**
Using the DRM Tracking System, customers can quickly locate their order at any stage of the delivery **process**.
運用 DRM 追蹤系統，顧客可以很快找到他們訂的貨現在送到哪裡了。

2 動 **處理**
How long will it take to **process** my order?（Part 2 常考句子）
處理我的訂單要多久時間？

相關單字

processing 名 處理

常考用法

assembly process 組裝過程　**in the process of** 在……的過程中
food processing 食品加工

600+ RANK 0132

inform [ɪn`fɔrm] ★★☆☆☆☆☆

動 **通知；告知**　inform + 人物 + of + 名詞 / that + 子句 ➜ 通知；告知
Thank you for **informing** us of the delivery problem you experienced.
感謝您告訴我們你遇到的送貨問題。

相關單字

information 名 資訊；情報；消息　**informational** 形 含有資訊的
informative 形 提供資訊的；教育性的
The technical support team found the software training very **informative**.
技術支援團隊發現軟體訓練課程有很多有用的資訊。
informed 形 消息靈通的；見多識廣的

常考用法

information packet（電腦）資料封包　**information booth** 詢問處
additional information 補充資料　**further information** 更多資料
informed decision 了解資訊後做出的決定

600+ RANK 0133

indicate [`ɪndəˏket] ☆☆☆☆☆☆☆

1 動 **指出；表明**　indicate + (that) + 子句 ➜ 指出；表明
The survey **indicates** that the younger population prefers smaller apartments. 調查指出，年輕人偏好較小的公寓。

2 動 **顯示；標示**
Shipping charges are clearly **indicated** on Handers Courier Services' invoices. 運費清楚標示在韓得斯快遞服務的出貨單上。

相關單字

indication 名 標示；表明　　**indicative** 形 標示的；表明的

indicator 名 指標

→ ……的指標

Customer satisfaction is an important **indicator** of product quality.
顧客滿意度是產品品質的重要指標。

常考用法

be indicative of 表示……

替換字詞

indicate 指出；表明 → reflect 反映；顯示

indicate (reflect) the hours worked 顯示工作時數

600+ RANK 0134

advance [əd`væns] ★★☆☆☆☆☆

1 名 **進展；發展**

→ advance in 在……的進步／進展

We have witnessed rapid **advances** in technology in the last two decades. 過去 20 年來，我們目睹科技的快速進步。

2 動 **前進；進展**

Our courses are designed to help workers **advance** their careers.
我們的課程是設計來幫助勞工發展他們的職涯。

3 形 **先行的；預先的**

The theater announced that **advance** tickets will go on sale this weekend. 劇院宣布預售票將在這個週末開賣。

相關單字

advanced 形 先進的；高級的

Daya Chakravarti has an **advanced** degree in architecture from Norton University. 達亞·洽克拉瓦提擁有諾頓大學的建築研究所學位。

advancement 名 發展；提高

常考用法

in advance 預先；事先　　**in advance of** 在……之前

advance reservation 提前預訂　　**advance notice** 提前通知

be advanced to 被晉升為……　　**advanced technology** 先進科技

600+ RANK 0135

main [men] ☆☆☆☆☆☆☆

形 **主要的；大部分的**

The **main** topic of the lecture will be online advertising.
演講的主題會是網路廣告。

相關單字 **mainly** 副 主要地；大部分地

600+ RANK 0136 form [fɔrm] ☆☆☆☆☆☆☆

1 名 **種類；類型**

Those attending the seminar in Boston will be required to provide two **forms** of identification. 那些參加波士頓研討會的人，需要出示兩種身分證件。

2 名 **方法；形式**

Our personal trainers teach students the proper **forms** of weightlifting.
我們的私人教練教學生正確的舉重方式。

3 動 **形成；組成**

Since small retailers can benefit from cooperating, they **form** local business associations.
由於小型零售商能從合作中獲益，他們組成了地方性商業聯盟。

600+ RANK 0137 part [part] ☆☆☆☆☆☆☆

1 名 **部分**

→ ……的其中一部分

Free samples will be offered as **part** of the promotional event.
促銷活動的其中一部分是發送免費樣品。

2 名 (-s) **零件**

→ 備用零件；備品

Where should we ship these replacement **parts**?
我們應該把這些備用零件寄送到哪裡去？

相關單字

partly 副 部分地；不完全地　　**partial** 形 部分的；局部的

partially 副 部分地

Freelancers will be paid **partially** if the project is canceled.
如果專案取消，自由工作者將領取部分報酬。

常考用法

in part 部分地；在某種程度上　　**part of** ……的一部分

600+ RANK 0138 confident [ˋkɑnfədənt] ★★☆☆☆☆☆

形 **自信的；有信心的**

→ be confident that + 子句 ➜ 有信心的；自信的

The project manager is **confident** that his team will meet the deadline.
專案經理有信心，他的團隊能趕在最後期限前完成。

相關單字

confidence 名 自信；信心；把握

常考用法

confident about 對……有信心　　**confidence in** 相信某人／某事

替換字詞

confident 自信的 → secure 可靠的
an experienced and confident (secure) presenter
一個有經驗且可靠的節目主持人

600+ RANK 0139

personnel [ˌpɝsnˋɛl] ★☆☆☆☆☆☆

1 名 **人事部門；人事課**

Until the renovations are finished, the **Personnel** Department (→ 人事部門) cannot use their office. 人事部要等到整修工程完成才能使用他們的辦公室。

2 名 **（總稱）人員；員工**

Mount Industries is training its **personnel** for the upcoming product launch. 蒙特工業為了即將舉行的產品發表會，正在訓練他們的員工。

常考用法

medical personnel 醫療人員

600+ RANK 0140

mail [mel] ★☆☆☆☆☆☆

1 名 **郵遞；郵件**

Would you like to ship your package via surface **mail** (→ 水陸運郵件) or air **mail**?
你的包裹要寄水陸運還是航空？

2 動 **郵寄**

Your newly issued credit card will be **mailed** to your work address.
你新核發的信用卡會寄到你的公司。

相關單字

mailing 名 郵寄；郵件

常考用法

express mail 快捷郵件　　**air mail** 航空郵件　　**junk mail** 垃圾信

易混淆單字筆記

mail vs. **mailing**
兩者的差別在於 **mail** 當作**名詞**使用時，意思為「**郵件**」或「**郵政制度、服務**」；**mailing** 則可以表示**寄送郵件的行為**，也就是「**郵寄、投遞**」之意。

600+ RANK 0141

signature [ˋsɪgnətʃɚ] ★☆☆☆☆☆☆ 015

1 名 **簽名**

The bank requires a customer's **signature** for each of the loan documents. 銀行要求顧客在每份貸款文件上簽名。

2 形 指標性的；代表性的

Aileen Cho's **signature** cosmetics line will go on sale next month.
艾琳·趙的代表性系列化妝品將於下個月上市。

相關單字

sign 動 簽名；做手勢示意

常考用法

signature dish 招牌菜　　**sign an agreement** 簽一份協議

600+ RANK 0142

secure [sɪˋkjʊr] ★☆☆☆☆☆☆

1 形 安全的；穩當的

Vanium Bank is equipped with a reliable and **secure** computer network.
維尼恩銀行配備了可靠且安全的電腦網路。

2 動 弄到；獲得

Ms. Lin was able to successfully **secure** the contract with ML Motors.
林女士得以成功簽下與 ML 汽車的合約。

→ secure a contract 獲得／設法得到一份合約

3 動 把……弄牢；關緊

A man is **securing** a box with tape.（Part 1 常考句子）
一名男子正用膠帶把盒子封好。

相關單字

securely 副 安全地；牢固地

Please make sure the items in the overhead compartment are **securely** stored. 請確認座位上方行李置物櫃裡的物品已固定放妥。

security 名 安全；防護措施

The new **security** system will be installed over the weekend.
新的保全系統將在週末安裝。

常考用法

security code 安全密碼　　**securely fastened** 牢牢繫緊

600+ RANK 0143

later [letɚ] ★★☆☆☆☆☆

1 副 較晚地；後來

→ later + 某段時間 ➜ 某段時間稍晚的時候

The department heads will meet **later** this week to discuss the new branch. 部門主管本週稍晚將開會討論新分公司的事。

2 形 較晚的；以後的

Please inform Ms. Chang that my trip to Taiwan has been postponed to a **later** date. → 較後面的日期；日後
請通知張女士，我到台灣的行程要往後延。

相關單字

late 形 副 晚的（地）

Penny works the **late** night shift at the airport. 潘妮在機場輪深夜的班。

The chef decided to keep the restaurant open **late** for the holidays.
主廚決定假日時讓餐廳開到很晚。

lately 副 最近

There have been rumors circulating **lately** about an organizational shift in the company. 最近一直有謠言說公司要進行組織改造。

latest 形 最新的

The photography exhibit displayed the **latest** works from the renowned artist Carol Gardner.
這個攝影展陳列了知名藝術家卡蘿·嘉德納的最新作品。

常考用法

later today 今天稍晚時　**no later than** 不遲於……；在……之前
late fee 滯納金

600+ RANK 0144

mention [ˋmɛnʃən] ☆☆☆☆☆☆☆

動 **提到；提及**

To get the special discount, make sure to **mention** this advertisement when ordering. 為享有特別折扣優惠，務必要在訂購時提到這則廣告。

常考用法

mention (that) 提到；說起　**mention A to B** 向 B 提起 A
mentioned above (below) 上述的（下述的）

600+ RANK 0145

cover [ˋkʌvɚ] ★☆☆☆☆☆☆

1 動 **覆蓋；遮蓋**　→ be covered with 為……覆蓋；有大量的……

A car's roof is **covered** with leaves. （Part 1 常考句子）
有輛車的車頂上滿是落葉。

2 動 **涵蓋；足夠付**

The company's medical insurance policy **covers** the cost of yearly physical exams. 這家公司的醫療保險包含每年健檢的費用。

3 動 **頂替；代替**

Can someone **cover** my shift tomorrow? （Part 2 常考句子）
有人明天可以幫我代班嗎？

4 動 **採訪；報導**

News at 10 will **cover** the new free trade agreement between the two countries.《十點新聞》將報導這兩國間的新自由貿易協定。

相關單字

covering 名 覆蓋層；覆蓋物

替換字詞

cover 涵蓋；足夠付 → pay 足夠支付

fully covered (paid) flights and accommodations 包含機票與住宿

600+ RANK 0146

donation [doˋneʃən] ☆☆☆☆☆☆☆

名 **捐款**

Our environmental organization collects **donations** to protect rainforests. 我們的環保組織接受捐款以保護雨林。

相關單字

donate 動 捐獻；捐贈　　donor 名 捐獻者；捐贈人

常考用法

monetary donation 捐錢；捐款

600+ RANK 0147

individual [ˏɪndəˋvɪdʒʊl] ☆☆☆☆☆☆☆

1 形 **個人的；個別的**

All staff will be issued with an **individual** keycard to access the building.
所有員工都會被發放個人門禁卡以便進入大樓。

2 名 **個人；個體**

We would like to recognize exceptional **individuals** who have made contributions to local business development.
我們要表揚那些對本地商業發展有所貢獻的傑出人士。

相關單字

individually 副 單獨地；個別地　　individualize 動 個性化；使具有特徵

600+ RANK 0148

promote [prəˋmot] ★☆☆☆☆☆☆

1 動 **推銷；宣傳**

X-Way Outdoor will **promote** its newest line of hiking gear at tomorrow's convention.
艾克斯威戶外公司將在明天的大會上，宣傳它的最新健行系列設備。

2 動 **晉升**

（晉升到某職位）

Mr. Wicks will be **promoted** to Vice President of Marketing next month.
威克斯先生下個月將升任為行銷部副總裁。

相關單字

promotion 名 促銷；晉升

promotional 形 促銷的；晉升的

Customers are invited to take advantage of the sales **promotions** during our anniversary month.

我們邀請顧客好好把握我們週年慶月份的促銷。

You need a minimum of five years' experience to be eligible for **promotion** to Sales Manager.

你至少需要有五年的經驗才有資格升為業務經理。

常考用法

promotional code 促銷／優惠代碼

替換字詞

promote 推銷；宣傳 → support 贊成；促使通過

those who have promoted (supported) the project

那些贊成這個計畫的人

600+
RANK 0149

strict [strɪkt] ★☆☆☆☆☆☆

形 **嚴格的**

The revised company dress code is very **strict**.

公司修訂過的服裝標準非常嚴格。

相關單字 **strictly** 副 嚴格地

常考用法

strictly prohibited 嚴格禁止　**strict with** 對……很嚴格

600+
RANK 0150

mind [maɪnd] ★☆☆☆☆☆☆

1 名 **心；頭腦**

The new line of office furniture was designed with comfort in **mind**.

新的辦公室家具系列的設計是以舒適為出發點。

2 動 **介意**　→ would you mind V-ing 介意／反對做某事

Would you **mind** turning off the air conditioner?（Part 2 常考句子）

你介意把空調關掉嗎？

相關單字 **mindful** 形 留心的；警覺的

常考用法

keep/bear . . . in mind 記住某事

have . . . in mind 想好；考慮到

be mindful of 名詞 / **that** + 子句　小心……；注意到……

Speed Check-up

答案 p.602

一、請參考底線下方的中文，填入意思相符的單字。

ⓐ process ⓑ arrange ⓒ confident ⓓ covers ⓔ advances

01 The project manager is ________ that his team will meet the deadline.
有信心的

02 The workshop coordinators will ________ transportation for participants upon request.
安排

03 How long will it take to ________ my order?
處理

04 The company's medical insurance policy ________ the cost of yearly physical exams.
涵蓋

05 We have witnessed rapid ________ in technology in the last two decades.
進展

二、請參考句子的中文意思，選出填入後符合句意的單字。

ⓐ apply ⓑ indicates ⓒ purchases ⓓ promote ⓔ meet

06 The survey ________ that the younger population prefers smaller apartments. 調查指出，年輕人偏好較小的公寓。

07 The discounts advertised in today's *Daleton Daily* do not ________ to electronics. 登在今天《戴爾頓日報》廣告上的優惠不適用於電子產品。

08 Please make sure to ________ the application deadline.
請務必確認不要超過申請期限。

09 X-Way Outdoor will ________ its newest line of hiking gear at tomorrow's convention.
艾克斯威戶外公司將在明天的大會上宣傳它的最新健行系列設備。

10 Most online stores provide free delivery for ________ over $1,000.
大部分的網路商店購物滿 1,000 元就免運費。

三、請選出填入後符合句意的單字。

ⓐ ensures ⓑ demand ⓒ area ⓓ secure ⓔ handle

11 Ms. Falkor will ________ the matter regarding the missing package.

12 Tahea Resort ________ that its guests receive excellent service during their stay.

13 Internet security is Mr. Montey's ________ of expertise.

14 It is anticipated that the ________ for customized furniture will increase this year.

15 Vanium Bank is equipped with a reliable and ________ computer network.

600+
先背先贏 核心單字
0151~0200

意料之外的成功

很快就要舉辦醫學 conference，距離 deadline 沒剩多少時間了。
嗯……
關於公布新藥一事，我認為應該要 postpone。
難道有什麼 potential 的問題嗎？
遺憾的是副作用方面……obtain 了沒有 intend 的結果。

受試者服用新藥後，髮量 promptly 增加！
沒 anticipate 這個結果呢，這算是失敗嗎……
點頭
脫髮治療藥劑閃電上市。
就結果來說，
aim 達成！

600+ RANK 0151

conference [ˋkɑnfərəns] ☆☆☆☆☆☆☆

016

名 **會議**

The keynote speaker for this year's management **conference** is President Terry Han. 今年管理大會的主講者是泰瑞·韓總裁。

600+ RANK 0152

postpone [postˋpon] ★☆☆☆☆☆☆

動 **延後；延期**

Due to poor weather conditions, the fundraising event has been **postponed**. 由於天候惡劣，募款活動延期了。

相關單字

postponement 名 延期；延緩

600+ RANK 0153

support [səˋport] ★★★★☆☆☆

1 動 **支持；擁護**

I think it's important to **support** community projects.
我認為，支持社區計畫很重要。

2 名 **支持；支援**

→ provide support 提供支援

The service center provides **support** for any technical issues customers may experience.
服務中心為顧客可能遇到的任何技術性問題提供支援。

相關單字

supporter 名 支持者；扶養者

常考用法

technical support 技術支援
for one's continued support 某人的長久支持

替換字詞

support 支持；擁護 → back up 支持；證實
a consumer report that supports (backs up) the director's decision
支持（證明）總監決定的消費者報告

600+ RANK 0154

unlimited [ʌnˋlɪmɪtɪd] ☆☆☆☆☆☆☆

形 **無限制的**

Prices quoted in your car rental agreement include **unlimited** miles for two weeks. 你租車合約中的報價，包含兩星期的無限里程。

常考用法

unlimited access 不受限的存取

600+ RANK 0155
join [dʒɔɪn] ★★☆☆☆☆☆

動 **加入**

→ join a company 加入某公司；到某公司任職

Mr. Polk quit Vimacio Advertising to **join** Hopaz Marketing Company.
波克先生離開維馬齊歐廣告公司，加入賀培茲行銷公司。

相關單字

joint 形 聯合的；共同的　　**jointly** 副 聯合地；共同地

The Brush Smart campaign was led **jointly** by the Local Dentists Association and city officials.
聰明刷牙活動是由地方牙醫協會與市府官員聯合主辦。

常考用法

join a club 加入俱樂部　　**joint venture** 合資企業

600+ RANK 0156
proposal [prəˋpozl̩] ★☆☆☆☆☆☆

名 **提案**

→ review a proposal 審查提案

A government committee is reviewing the **proposal** for cleaner drinking water.
政府委員會正在審查更乾淨飲用水的提案。

相關單字

proposed 形 提議的　　**propose** 動 提議；打算；求婚

常考用法

submit a proposal 提案　　**proposed merger** 合併建議案
propose doing 提議做……

替換字詞

propose 提議 → put forth 提出
propose (put forth) a final list for the council to discuss
提出確定名單給委員會討論

600+ RANK 0157
factor [ˋfæktɚ] ★★★☆☆☆☆

1 名 **因素**

Many **factors** should be taken into consideration when recruiting new employees.
在招募新員工時，應該要考慮很多因素。

2 動 把……作為因素計入 factor A into B → 把 A 的因素考慮進 B 中

Please **factor** time differences into your travel plans for Europe.
你的歐洲旅遊計畫，請把時差考慮進去。

常考用法

key factor 關鍵因素

600+ RANK 0158

direct [də`rɛkt] ☆☆☆☆☆☆☆

1 動 **指揮；指導** direct A to do (→ A be directed to do) → 指揮 A 做……

The safety inspector **directed** his staff to check the old apartments.
安檢員指揮工作人員檢查那些老舊公寓。

2 動 **指引** direct A to B (→ A be directed to B) 指引 A 到 B

Volunteers will **direct** guests to the appropriate parking lot.
志工會指引訪客到正確的停車場。

替換字詞

direct 將……寄給 → address 向……提出；給……寫信
Please direct (address) any questions to Customer Support.
有任何問題請寄給客戶支援部門。

600+ RANK 0159

feedback [`fid͵bæk] ★★★☆☆☆☆

名 **回饋；意見**

What **feedback** did the director give regarding the environmental campaign?
關於環保運動，總監有什麼回饋意見？

常考用法

give/provide feedback 提供回饋意見　**get feedback** 得到回饋
feedback on 關於……的回饋意見　**feedback from** 來自……的回饋
positive/negative feedback 正面的／負面的回饋意見

600+ RANK 0160

register [`rɛdʒɪstɚ] ★☆☆☆☆☆☆

1 動 **登記；報名** 登記參加

Students may **register** for classes from February 2 until the first day of classes.
學生可以從二月二日起到開學日止登記選課。

2 動 **註冊；申報**

This guidebook explains how to **register** your business with the city government. 這本手冊說明你如何向市政府申請公司登記。

3 名 **收銀機**

收銀檯；收銀機

A woman is making a payment at a cash **register**. （Part 2 常考句子）

一名女子正在收銀檯結帳。

相關單字

registration 名 登記；註冊；掛號
registered 形 註冊的；已登記的

常考用法

registration form 註冊表；報名表
registration fee 註冊費；掛號費
registration rate 登記率；註冊率

替換字詞

register 登記；報名 → record 記錄；記載
register (record) the usage incorrectly 未正確記載用途

600+ RANK 0161

spend [spɛnd] ★★☆☆☆☆☆

017

動 **花費；支出**

How much did we **spend** on advertising last quarter? （Part 2 常考句子）

我們上一季花了多少廣告費？

相關單字

spending 名 開銷；花費

常考用法

spend A on B 花 A（金錢、時間、精力）在 B 上
spend A doing B 花 A（金錢、時間、精力）做 B

600+ RANK 0162

distance [ˋdɪstəns] ☆☆☆☆☆☆☆

名 **距離**

在步行可到的距離內

I live within walking **distance** to the city center.

我住的地方離市中心很近，走路就能到。

常考用法

from a distance 從遠處

600+ RANK 0163

potential [pə`tɛnʃəl] ★★☆☆☆☆☆

1 形 **潛在的；可能的** → potential risk 潛在風險

The **potential** risks are too high to invest in the property market today.
現在投資房地產市場，潛在風險太高。

2 名 **潛力**

Mr. Shah has the **potential** to become a great reporter.
沙先生有成為優秀記者的潛力。

相關單字

potentially 副 潛在地；可能地

常考用法

potential client 潛在客戶

600+ RANK 0164

extend [ɪk`stɛnd] ★★★★☆☆☆

1 動 **延長；延展**

The store is **extending** its hours during the holidays to accommodate more customers. 這家店假日時會延長營業時間，以接待更多顧客。

2 動 **擴大；擴展**

Gilbox Media is **extending** its business operations to China.
吉爾博克斯媒體正把業務擴展到中國。

3 動 **給予；致** → 發出邀請

We would like to **extend** an invitation to all alumni to the career fair.
我們想要邀請所有校友參加職涯博覽會。

相關單字

extension 名 延長；擴大

What's the **extension** for technical support? 延長技術支援是什麼？

extensive 形 廣大的；大量的 → 在……的豐富經驗

All applicants must have **extensive** experience in the field of Web development. 所有的應徵者都須擁有豐富的網頁開發經驗。

常考用法

extension code 分機密碼
extension number 分機號碼
extensive knowledge of ……的知識豐富
work extended hours 加班

替換字詞

extend 給予；致 → offer 給予；提供
extend (offer) an invitation to join us 邀請加入我們

600+ RANK 0165

deadline [ˋdɛdˏlaɪn] ★☆☆☆☆☆☆

名 **截止日期；截止期限**

Mr. Anderson worked over the weekend to meet the **deadline** for the proposal. 安德森先生整個週末都在工作以便趕上提案的截止日期。

（→ ……的截止期限）

常考用法

meet a deadline 趕上截止期限；在截止期限前完成

600+ RANK 0166

recognize [ˋrɛkəgˏnaɪz] ★★★★★☆☆

1 動 **認可；表彰**

Awards are given out yearly to **recognize** employee achievements.
每年頒獎表揚員工的成就。

2 動 **認出；識別**

Professor Jorah **recognized** his former students even though he had not seen them in decades. 即使數十年沒見，喬拉教授也能認出以前的學生。

相關單字

recognized 形 公認的；認可的　　**recognition** 名 認可；讚賞

常考用法

in recognition of 表揚；感謝

替換字詞

recognize 認可；表彰 → acknowledge 認可；承認
recognize (acknowledge) the employee's hard work 認可員工的努力

600+ RANK 0167

aim [em] ★☆☆☆☆☆☆

1 名 **目的；目標**

（→ aim of ……的目的／目標）

One of the **aims** of the annual shareholders' meeting is to nominate a chairman. 年度股東會議的目的之一是提名主席人選。

2 動 **瞄準；對準；將……針對**

（→ be aimed at 針對……；目的在於……）

The advertisement is **aimed** at young people.
這則廣告以年輕人為對象。

常考用法

aim to do 打算做……
with the aim of 目的是為了做……

替換字詞

aim 瞄準；對準；將……針對 → intention 意圖；打算
our aim (intention) to provide the best service
我們打算提供最好的服務

600+ RANK 0168

intend [ɪn`tɛnd] ★★★☆☆☆☆

動 **打算；想要**

Woodland Company **intends** to revise its marketing technique to attract global customers.
伍德蘭公司打算修正行銷方法以吸引全球的客戶。

相關單字

intention 名 意圖；打算 → have every intention of doing 打算做……

Thermo Appliances has every **intention** of reimbursing customers for recalled products. 瑟摩家電因召回商品而打算賠償顧客。

intentional 形 有意的　　intentionally 副 有意地

The auditors were **intentionally** chosen. 聽眾是經過特別挑選的。

常考用法

intend to do 打算做……　　be intended for 為……而設計

have no intention of doing 不打算做……

替換字詞

intend 打算；想要 → plan 計劃

intend (plan) to expand overseas 計劃擴展海外業務

600+ RANK 0169

expense [ɪk`spɛns] ★★☆☆☆☆☆

名 **費用；支出** → expense report 費用報表

Employees must fill out travel **expense** reports to get reimbursed for meals and car rental. 員工必須填寫差旅費用申請單以報銷餐費及租車費。

相關單字 expensive 形 昂貴的

常考用法 travel expense 旅費　　at one's expense 由某人支付

易混淆單字筆記

expense vs. cost

兩個名詞皆指「費用」。差別在於 **expense** 指的是**定期繳納的費用**，包含公用事業費(utilities)、薪水(payroll)、租金(rent)；**cost** 則是指用於購物(purchase)、罰款(penalty)、旅遊(travel)上的**一次性費用**。

600+ RANK 0170

remind [rɪ`maɪnd] ☆☆☆☆☆☆☆

動 **提醒** → remind + 人 + to do ➜ 提醒……做某事

The manager **reminded** his team to submit their expense reports.
經理提醒他的團隊要交出費用申請單。

相關單字

reminder 名 通知單；提示信

A **reminder** about next week's workshop has been emailed to all participants. 關於下星期工作坊的提醒通知信已用電子郵件寄給所有參加者。

常考用法

remind + 人 + **of** 名詞 / **that** + 子句 使……想起……

be reminded to do 被提醒要做某事

600+ RANK 0171

inconvenience [ˌɪnkənˋvinjəns] ★★★☆☆ 018

1 名 **不便**

We apologize in advance for any **inconvenience** the construction work may cause. 我們先為工程可能造成的不便致歉。

2 動 **造成……不便**

The road closure **inconvenienced** many residents in Walnut Creek.
道路封閉造成許多胡桃溪居民的不便。

600+ RANK 0172

view [vju] ★★★☆☆☆☆

1 動 **察看；觀看**

Tourists will get a chance to **view** various historical sites.
旅客有機會看到許多不同的古蹟。

2 動 **將……看成是**

Employee benefits can be **viewed** as beneficial to employers as well.
員工福利也可以被視為對雇主有利。

3 名 **景色；風景**

Heaumont Inn is known for its scenic **view** overlooking the river. (scenic view → 優美的風景)
歐蒙旅館以擁有俯瞰河流的優美景觀而聞名。

4 名 **觀點；看法**

Mayor Winn will offer his **views** on the election at the meeting.
維恩市長將在會議中提出他對選舉的看法。

相關單字

viewer 名 觀眾；參觀者　　**viewpoint** 名 觀點；角度

常考用法

breathtaking view 令人屏息的景色
in view of 因為；考慮到
with a view to 為了……目的

替換字詞

view 景色；風景 → sight 景色；景象
panoramic views (sights) of the Hong Kong skyline 香港天際線的全景

600+ RANK 0173

promptly [`prɑmptlɪ] ★★★☆☆☆☆

1 副 **立即地；迅速地**

I appreciate your returning my call **promptly**.

感謝您立即回電給我。

2 副 **準時地**

Everyone in the panel discussion must get to the conference hall **promptly** at 7:00 a.m. → promptly at + 時間點 → 準時地；正好

所有參加小組討論會的人都必須在上午七時準時到達會議廳。

相關單字

prompt 形 迅速的；及時的

常考用法

promptly after 隨後
promptly before 就在……之前
prompt attention to 立即關注／迅速處理某事

600+ RANK 0174

transfer 動 [træns`fɝ] 名 [`trænsfɝ] ☆☆☆☆☆☆☆

1 動 **轉調；調動**

Why did Aiden **transfer** (→ 調任) to the Istanbul branch?

艾登為什麼調到伊斯坦堡分公司？

2 動 **遷移；轉移**

Ms. Selleck decided to **transfer** all of her accounts to Corena Bank.

謝立克女士決定把她所有的帳戶轉移到柯瑞納銀行。

3 名 **轉帳**

Zapa Bank's policy handbook specifies the amount of funds permitted for overseas **transfers**.

札帕銀行的政策手冊裡詳細說明准許海外轉帳的資金金額。

常考用法

transfer A to B (→ A be transferred to B) 把 A 轉到 B

600+ RANK 0175

standard [`stændɚd] ★☆☆☆☆☆☆

1 名 **標準**

The factory is inspected monthly to ensure the equipment meets safety **standards**.

這家工廠每個月接受檢查以確保設備符合安全標準。

2 形 **標準的**

The **standard** contract for a Klenease scanner includes a 12 month service warranty. 克蘭尼斯掃描器的制式合約包含 12 個月的保固服務。

相關單字

standardize 動 標準化；使合標準
standardized 形 標準化的
nonstandard 形 不標準的

常考用法

safety standards 安全標準
quality standards 品質標準
standard of/for ……的標準
by any standard(s) 以任何標準

600+ RANK 0176

anticipate [æn`tɪsə͵pet] ★☆☆☆☆☆☆

動 **預期；期望**

anticipate + (that) + 子句 ➜ 期望……；預期……

Management **anticipates** that this year's budget will be sufficient to cover all expenses.
管理階層期望今年的預算足以支付所有費用。

相關單字

anticipation 名 期望；預期
anticipated 形 預期的

常考用法

take longer than anticipated 比預期久
anticipated result/outcome 預期的結果
in anticipation of 預料到……

替換字詞

anticipate **預期；期望** → expect **期待**
anticipate (expect) the signing of the agreement 期待簽訂協議

600+ RANK 0177

leading [`lidɪŋ] ★☆☆☆☆☆☆

形 **領導的；主要的**

→ 頂尖公司

Mildo Consulting is a **leading** company in the financial advisory industry. 米爾多顧問公司是財務諮詢業界的頂尖公司。

相關單字

lead 動 帶領；指揮
Would you like to **lead** the finance committee? 你想要帶領財務委員會嗎？

常考用法

lead to 導致

替換字詞

leading **領導的；主要的** → prominent **卓越的；重要的**
a leading (prominent) pharmaceutical company 一家卓越的製藥公司

600+ RANK 0178

appointment [ə`pɔɪntmənt] ★☆☆☆☆

1 名 **約會；約定** → 預約某醫師的門診
Dr. Lee is so famous that his patients have to wait over a month for an **appointment** with him.
李醫師非常出名，因此他的病人必須等超過一個月才能預約到他的門診。

2 名 **任命；委派**
BXG, Inc. announced the **appointment** of Linda Edwards as Regional Coordinator. BXG公司宣布任命琳達·愛德華滋擔任地區專員。

相關單字

appoint 動 任命；指派 → appoint A as B (→ A be appointed as B) 任命A擔任B
Ms. Chang was **appointed** as director of the Tokyo office last month.
張女士上個月被任命為東京分公司的主管。

600+ RANK 0179

lease [lis] ★☆☆☆☆☆☆

1 名 **租賃；租契**
What office space is available for **lease**?（Part 2 常考句子）
現在有多大的辦公室可以租？

2 動 **租賃；（長期）租用**
Elwell Law Firm plans to **lease** the entire Palmont office building.
艾爾威法律事務所打算租下整棟帕爾蒙辦公大樓。

600+ RANK 0180

invite [ɪn`vaɪt] ☆☆☆☆☆☆☆

1 動 **邀請** → be cordially invited to 誠摯邀請參加……
You are cordially **invited** to the 30th Annual Charity Gala.
誠摯邀請您參加第三十屆慈善大會。

2 動 **請求；徵求** → invite A to do (→ A be invited to do) 邀請／徵求A做……
All new employees are **invited** to apply for a 6-month mentoring program.
歡迎所有新進員工申請參加為期半年的指導計畫。

相關單字

invitation 名 邀請；邀請函
To receive an **invitation** to the convention, please confirm your mailing address by May 15.
為了能收到大會的邀請函，請在五月十五日之前確認你的郵寄地址。

常考用法

official invitation 正式邀請；官方邀請

600+ RANK 0181

due [dju] ★☆☆☆☆☆☆ 019

1 形 **預期的；約定的**

(→ 預計做……)

The conference room **due** for renovation work must be emptied by this Friday. 預計要進行整修的會議室，最晚必須在本週五前清空。

2 形 **到期的；應支付的**

Your rent is **due** on the first business day of each month.
你的租金應在每個月的第一個工作日支付。

3 名 **(+s) 應繳款**

(→ 會費)

We have increased the annual membership **dues**. 我們調高了會員年費。

相關單字

due to 由於；因為

常考用法

be due to do 預計做……；應該做……
due date 到期日；預產期
amount due 應付金額

易混淆單字筆記

be due to do vs. **due to**

「be due to V」為**慣用片語**，意思為「**預計做某事**」；「due to」屬於**介系詞**，意思為「**由於…**」。因此請特別留意兩者差異，判斷 to 後方要連接原形動詞或名詞。

600+ RANK 0182

serve [sɝv] ★★★☆☆☆☆

1 動 **服務；服侍；上菜**

A worker is **serving** a customer. （Part 1 常考句子）
一位員工正在服務顧客。

2 動 **任(職)**

(→ 任職)

Mr. Park **served** as a police officer for nearly 15 years.
派克先生當了將近 15 年警官。

相關單字

server 名 侍者；發球員；伺服器　　**serving** 名 服務；(食物、飲料等)一份

常考用法

amount per serving 每份含量

替換字詞

serve as 充當 → be used for 當作……用
The museum served as (was used for) a set for the documentary film.
博物館充當紀錄片的一個場景。

600+ RANK 0183

function [`fʌŋkʃən] ☆☆☆☆☆☆☆

1 動 (機器等)運行;工作

Unless the paper is securely loaded, the printer may not **function** properly. (正確運作;正常運轉)

除非紙張裝妥,否則印表機可能無法正確運作。

2 名 功能;作用

The most popular **function** of the LPX smartphone is its foldable screen. LPX 智慧型手機最受歡迎的功能是它的摺疊式螢幕。

3 名 盛大的集會(或宴會)

The company will be holding a **function** to honor retiring employees.

公司將舉行一場宴會以向退休員工致敬。

相關單字

functional 形 功能的;有作用的

The photocopier should be fully **functional** after the repairs are made. (各方面運作/功能正常)

經過維修後,這台影印機應該各方面功能都正常了。

functionality 名 功能;機能

600+ RANK 0184

customized [`kʌstəmˌaɪzd] ☆☆☆☆☆

形 客製化的 (=custom)

Renée's Bakery specializes in creating **customized** cakes.

蕾妮烘培坊專門製作客製化蛋糕。

相關單字

customer 名 顧客

替換字詞

customized 客製化的 → personalized 個人特有的

provide customized (personalized) experiences 提供個人經驗

600+ RANK 0185

obtain [əb`ten] ★☆☆☆☆☆☆

動 獲得;得到

Museum visitors can **obtain** an exhibition guide at the information desk.

博物館的遊客可以在詢問處拿到一份展覽簡介。

替換字詞

obtain 獲得;得到 → secure 獲得;設法得到

obtain (secure) written permission 得到書面許可

600+ RANK 0186

rising [ˋraɪzɪŋ] ★★★☆☆☆☆

形 **上升的；增大的**

Rising costs have greatly affected clothing sales in Marose this year.
成本上漲對馬洛斯公司今年的服裝銷售影響很大。

相關單字

rise 動 上升；上漲；增加
rise in ……的增加

600+ RANK 0187

decorate [ˋdɛkəˏret] ☆☆☆☆☆☆☆

動 **裝飾；布置**

They are **decorating** the walls.（Part 1 常考句子）
他們正在裝飾牆面。

相關單字

decoration 名 裝飾；裝潢；裝飾品
decorative 形 裝飾性的；裝潢用的

常考用法

decorate A with B (→ A be decorated with B) 以 B 裝飾 A

600+ RANK 0188

value [ˋvælju] ★★☆☆☆☆☆

1 名 **價值**

Many areas are seeing a decrease in property **value** due to the slowing economy. 由於經濟遲緩，許多地區的房地產價值都在下跌。

2 動 **重視；珍視**

Ms. Potts **values** all of her antique artwork.
帕茲女士珍惜她所有的古董藝術品。

3 動 **估價；評價**

→ value A at B (→ A be valued at B) 估價 A 值 B

The old mansion on Mulberry Avenue is **valued** at over $1.5 million.
梅爾貝里路上的那棟老宅估價超過 150 萬元。

相關單字

valuable 形 貴重的；有價值的
valued 形 貴重的；重要的
valuables 名 貴重物品；財產

Please take care of your luggage and other **valuables** when traveling to other countries. 出國旅行時，請注意你的行李和其他貴重物品。

600+ RANK 0189

deserve [dɪ`zɝv] ☆☆☆☆☆☆☆

動 **應受；應得**

Jean Davis **deserved** the Employee of the Year Award for her excellent sales performance.

珍·戴維斯的業務表現極為傑出，值得獲得年度最佳員工獎。

相關單字

deserved 形 應得的

常考用法

well-deserved 當之無愧；理所當然

600+ RANK 0190

estimate 名 [`ɛstəmət] 動 [`ɛstəmet] ★★★☆☆☆☆

1 名 **估價單**

Could you send me the repair **estimates** by the end of the week?

（Part 2 常考句子）你可以在本週前把維修估價單寄給我嗎？

2 名 **估計；估計數**

The times on the schedule are only **estimates** and are therefore subject to change.

時程表上的時間只是估算，因此是可變動的。

3 動 **預估；預計** → estimate + (that) + 子句 ➜ 估計

We **estimate** that the renovation project will take three weeks.

我們估計翻修工程要花三星期。

相關單字

estimated 形 估計的

常考用法

cost estimate 成本估計

overestimate 評價過高

estimated date 預計日期

600+ RANK 0191

extra [`ɛkstrə] ★☆☆☆☆☆☆

形 **額外的 (= additional)**

Although no **extra** workers were hired, the inventory inspection was completed more rapidly than anticipated.

雖然沒有多僱用人手，但盤點存貨比原先預期地更快完成。

600+ RANK 0192

return [rɪ`tɝn] ★★☆☆☆☆☆

1 動 **返回；回到** ┈▸ return from 從……返回（return to 回到……）

Until Mr. Bennett **returns** from the Global Finance Conference, Ms. Chang will handle all accounting duties.

在班奈特先生從全球財經大會回來之前，所有的會計事務都由張女士處理。

2 動 **歸還；退貨**

You may **return** your purchase within 30 days for a full refund.

你可以在 30 天內退貨，將全額退款。

3 名 **收益；利息**

People who engage in stocks expect **returns** from their investments.

買賣股票的人期待從他們的投資中獲利。

常考用法

return policy 退貨規定

600+ RANK 0193

policy [`pɑləsɪ] ★☆☆☆☆☆☆

1 名 **政策；方針**

The **policy** in the contract does not refer to the tenant's rights.

這份合約中的規定並未提及房客的權利。

2 名 **保險；保險單** ┈▸ 保單；保險

Our standard vehicle insurance **policy** covers basic repair costs.

我們的標準車險包含基本的修理費。

相關單字

policyholder 名 投保人　　policymaker 名 決策者

600+ RANK 0194

convention [kən`vɛnʃən] ☆☆☆☆☆☆☆

名 **會議；大會**

The University of Galta will be holding its first book **convention** this week. 蓋爾它大學本週將舉行第一次書展。

相關單字

conventional 形 傳統的；常規的

Some creative architects designed works that challenge **conventional** ways of thinking.

有些有創造力的建築師設計的作品，挑戰傳統的思考方式。

600+ RANK 0195

favorable [`fevərəb!] ★☆☆☆☆☆☆

1 形 **贊同的；稱讚的** ⇢ favorable review 贊同的評論
The recently released movie received **favorable** reviews from film critics. 那部近期上映的電影獲得影評人的讚賞。

2 形 **有利的；適合的** ⇢ gain a favorable position 獲得有利地位
The company gained a **favorable** position in the market by releasing an affordable line of products.
這家公司透過推出一系列價格親民的產品，而在市場上占得優勢地位。

相關單字

unfavorable 形 不利的；反對的　　**favorably** 副 贊同地；有利地

600+ RANK 0196

purpose [`pɝpəs] ★☆☆☆☆☆☆

名 **目的** ⇢ ……的目的
The **purpose** of this meeting is to determine the best venue for the awards ceremony. 這次會議的目的是要決定頒獎典禮的最佳場地。

相關單字

purposely 副 故意地

常考用法

on purpose 故意；有目的地　　**for the purpose of** 為了……目的

600+ RANK 0197

employ [ɪm`plɔɪ] ★☆☆☆☆☆☆

1 動 **僱用；聘僱**
Our resort **employs** only the most professional and polite staff.
我們度假中心只僱用最專業且溫文有禮的人員。

2 動 **使用；利用**
Our customer service agents are expected to **employ** effective communication skills. 我們的客服專員要能運用有效的溝通技巧。

相關單字

employee 名 員工　　**employer** 名 僱主　　**employment** 名 就業
The annual job fair provided valuable resources for people seeking **employment**. 年度就業博覽會為求職者提供寶貴的資源。

常考用法

employment rate 就業率　　**employment offer** 就業機會
full-time employment 全職工作　　**lifetime employment** 終身職

替換字詞

employ 使用；利用 → use 使用
employ (use) the information immediately 立刻使用這些資料

600+ RANK 0198

own [on] ☆☆☆☆☆☆☆

1 動 **擁有；持有**
This parking garage is not **owned** by the hotel, but guests can still park here for free.
這個停車場並不屬於飯店，但客人仍可免費在此停車。

2 形 **自己的**
Ms. Hurst started the business to become her **own** boss.
赫斯特女士自己創業，當自己的老闆。

相關單字

owner 名 所有者；物主
One of Woodston Trade Association helps local business **owners** connect with regional suppliers.
伍斯頓貿易協會的其中一人協助本地商家和地區供應商建立起關係。

ownership 名 所有權；物主身分

常考用法

on one's own 獨自；獨立　　**family-owned** 家族所有的

600+ RANK 0199

colleague [`kɑlig] ★☆☆☆☆☆☆

名 **同事**
Ms. Casey's **colleagues** organized a dinner party to celebrate her retirement. 凱西女士的同事辦了一個晚餐派對，慶祝她退休。

600+ RANK 0200

spare [spɛr] ★☆☆☆☆☆☆

1 形 **空閒的；多餘的**
Sam devotes his **spare** time to volunteer at a local library.
山姆把空閒時間全投入在當地圖書館當志工。

2 動 **分出；騰出**
Please **spare** a few minutes to fill out this survey.
請空出幾分鐘填一下這份民意調查。

替換字詞

spare 分出；騰出 → give 撥出
spare (give) five minutes to fill out a survey 請撥出五分鐘填寫一份調查表

Speed Check-up

答案 p.602

一、請參考底線下方的中文，填入意思相符的單字。

ⓐ employ ⓑ promptly ⓒ favorable ⓓ served ⓔ estimates

01 The company gained a ________ position in the market by releasing an afforadble line of products. 有利的

02 Could you send me the repair ________ by the end of the week? 估價單

03 Mr. Park ________ as a police officer for nearly 15 years. 任（職）

04 Our customer service agents are expected to ________ effective communication skills. 使用

05 I appreciate your returning my call so ________. 立即地

二、請參考句子的中文意思，選出填入後符合句意的單字。

ⓐ function ⓑ spare ⓒ deserved ⓓ support ⓔ customized

06 Jean Davis ________ the Employee of the Year Award for her excellent sales performance.
珍・戴維斯的業務表現極為傑出，值得獲得年度最佳員工獎。

07 Unless the paper is securely loaded, the printer may not ________ properly. 除非紙張裝妥，否則印表機可能無法正確運作。

08 Sam devotes his ________ time to volunteer at a local library.
山姆把空閒時間全投入在當地圖書館當志工。

09 Renee's Bakery specializes in creating ________ cakes.
蕾妮烘培坊專門製作客製化蛋糕。

10 The service center provides ________ for any issues customers may experience. 服務中心為顧客可能遇到的任何技術性問題提供支援。

三、請選出填入後符合句意的單字。

ⓐ leading ⓑ directed ⓒ recognize ⓓ extending ⓔ due

11 Awards are given out yearly to ________ employee achievements.

12 The store is ________ its hours during the holidays to accommodate more customers.

13 Your rent is ________ on the first business day of each month.

14 The safety inspector ________ his staff to check the old apartments.

15 Mildo Consulting is a ________ company in the financial advisory industry.

600+

先背先贏 核心單字

0201~0250

怎麼又是你……？！

喂，
您好。
請問客戶對於手機
replacement
感興趣嗎？
我現在有
點忙……
那我就 brief 一點為
您說明 advantage
重點～
如果您選擇我
們 firm，就能
享有原費率半
價的優惠……
半價？
豎起耳朵

另外還會提供您各種
benefit ～包含電影票
半價優惠、超商消費金額
半價等 guarantee ～
聽起來是很好的
opportunity 沒錯，
但我真的不用負任何
duty 嗎？
沒錯～
完全
不用。
硬要說一項
requirement 的話，
就是要綁約 360
個月。
哐！

600+ RANK 0201

replace [rɪˋples] ★☆☆☆☆☆☆ 021

動 **取代；替代**

Who will **replace** Mr. Lopez as president?（Part 2 常考句子）
誰會接替羅培茲先生擔任總裁？

相關單字

replacement 名 更換；代理

Send back your defective merchandise, and we will provide a **replacement** free of charge. 將你有瑕疵的商品送回來，我們會免費更換。

常考用法

replacement unit/part 備品；替換零件

replace A with B (→ A be replaced with B) 以 B 取代 A

600+ RANK 0202

opportunity [ˌɑpɚˋtjunətɪ] ★★☆☆☆☆☆

名 **機會**

→ opportunity to do 做……的機會

Pidus Group is excited about the **opportunity** to expand into the European market. 皮德斯集團對有機會拓展歐洲市場感到很興奮。

常考用法

opportunity for ……的機會

替換字詞

opportunity 機會 → prospect 機會；可能性

job prospects (opportunities) for college graduates
大學畢業生的工作機會

600+ RANK 0203

benefit [ˋbɛnəfɪt] ☆☆☆☆☆☆☆

1 名 **利益；好處**

The change in employee **benefits** will only affect full-time staff members. 工作福利改動只會影響正職員工。

2 動 **得益；受益於**

→ benefit from 得益於

Local businesses can **benefit** greatly from cooperating with one another. 本地商家能從彼此合作中獲益良多。

相關單字

beneficial 形 有益的；有利的

Dieting with our DietPlus method is **beneficial** to long-term weight management. 以我們「節食 +」的方法控制飲食，有助長期體重管理。

beneficiary 名 受益人

常考用法

company benefits 員工福利　　beneficial to 對……有利

替換字詞

benefit 利益；好處 → plus 優勢

The ability to assist in marketing is a benefit (plus).

有協助行銷的能力是個優勢。

易混淆單字筆記

benefit from vs. benefit

benefit 可以當作及物動詞或不及物動詞使用。當作**及物動詞**使用時，後方連接的受詞為獲得好處的對象，意思為「**對……有益**」；benefit 當作**不及物動詞**使用時，後方要搭配介系詞 from，意思為「**受益於……**」。

600+ RANK 0204

requirement [rɪˋkwaɪrmənt] ★★★★★☆☆

名 **要求；條件**

……的必要條件；……的要求

Although customer service experience would be helpful, it is not a **requirement** for the advertised position.

雖然客服經驗會有幫助，但並不是所刊登職位的必要條件。

相關單字

required 形 必須的；必修的

require 動 需要；要求

require A to do (→ A be required to do) 要求 A 做……

Salespeople are **required** to obtain consent before they call clients at home. 推銷員要打電話到客戶家裡之前，必須得到同意。

常考用法

production requirements 生產需求／規定

be required for 對……是必要的

替換字詞

require 需要；要求 → take 需要；花費

It requires (takes) at least three hours to complete.

需要至少三小時才能完成

600+ RANK 0205

considerable [kənˋsɪdərəb!] ★★★★☆

形 **大量的；相當多的**

相當多的努力

The business has expanded quickly as a result of **considerable** effort.

由於投入相當大的努力，結果，生意自然快速擴張。

相關單字

considerably 副 相當；非常

Our sales rose **considerably** since the first quarter.

我們的業績從第一季之後上升相當多。

RANK 0206 600+ duty [ˋdjutɪ] ★☆☆☆☆☆☆

1 名 職責；職務

Security officers should refrain from using their personal phones while on **duty**. 安全人員在執勤時，應限制他們使用自己的電話。

（on duty → 上班；執勤）

2 名 稅

You can buy goods for cheaper prices at **duty**-free shops in the airport. 你可以在機場的免稅商店買到較便宜的商品。

（duty-free → 免稅的）

常考用法 **on duty** 免稅的　**duty roster** 值勤表；輪值表

RANK 0207 600+ repair [rɪˋpɛr] ★☆☆☆☆☆☆

1 動 維修；修理

Technicians **repaired** the tracks by replacing the damaged rails.
技術人員修理軌道，更換受損的鐵軌。

2 名 維修；修理

The air conditioner **repair** is scheduled for 10 a.m. this morning.
今天早上十點預定修理空調。

常考用法

beyond repair 無法修理　**under repair** 修理中
repair works 修理工作；維修工程

RANK 0208 600+ examine [ɪgˋzæmɪn] ☆☆☆☆☆☆☆

1 動 檢閱；細查

Please take a few minutes to **examine** the attached document before the meeting. 請在會議前，花幾分鐘仔細看看所附的文件。

2 動 檢查；診察

Doctors recommend getting an annual checkup to **examine** your overall health. 醫師建議每年健檢，檢查你的整體健康狀況。

相關單字

examination 名 檢查；調查；考試

RANK 0209 600+ share [ʃɛr] ★☆☆☆☆☆☆

1 動 共享；分擔

Do you want to **share** a taxi to the airport?（Part 2 常考句子）
你想一起搭計程車去機場嗎？

2 名 **(分擔的) 一部分**

Employees must complete their **share** of the work before the end of the week. 員工必須在這星期之前完成他們分內的工作。

常考用法

market share 市占率

替換字詞

share 共享；分擔 → give 說出；告訴

Thank you for sharing (giving) your opinion. 謝謝你說出你的意見。

600+ RANK 0210

maintenance [ˋmentənəns] ★★☆☆☆

名 **維修**

Our mail server will be shut down for routine **maintenance** for a few hours tomorrow. 我們的郵件伺服器明天將關閉幾個小時進行例行保養。

(routine maintenance → 例行性保養)

相關單字

maintain 動 維持；保養

Gordon will be repairing and **maintaining** the assembly machine. 高登將修理並保養裝配機。

常考用法

maintenance crew 維修人員

替換字詞

maintain 維持；保養 → keep 維持；保持

maintain (keep) the temperature at a steady 20°C

讓溫度穩定保持在攝氏 20 度

600+ RANK 0211

competitive [kəmˋpɛtətɪv] ★★☆☆☆ 022

形 **競爭的；有競爭力的**

Kramben Fashion takes pride in offering top-quality garments at **competitive** prices. → at a competitive price 有競爭力的價格

克倫本時裝很自豪能以具競爭力的價格提供高品質服裝。

相關單字

competitor 名 競爭者　**compete** 動 競爭　**competition** 名 競賽

Timparo Distributors lowered its prices to stay ahead of the **competition**. 提帕洛經銷降低價格以在競爭中維持領先。

常考用法

competitive edge/advantage 競爭優勢

compete with 與……競爭

compete against 與……競爭

compete for 爭取……

competing firm 競爭公司

600+ RANK 0212

firm [fɝm] ☆☆☆☆☆☆☆

1 名 **公司**

Korabut Legal is an international law **firm**, with over 20 offices across Europe and Asia.（law firm → 法律事務所）

柯拉布法律是家國際法律事務所，在歐亞各地有超過 20 個分所。

2 形 **堅定的；堅決的**

The landlord is **firm** on the monthly rate of the apartment.

房東在公寓的月租金上，堅持不讓步。

相關單字

firmly 副 堅固地；堅決地

600+ RANK 0213

complaint [kəm`plent] ★☆☆☆☆☆☆

名 **抱怨；抗議**

Our technicians deal with **complaints** about various computer issues.（complaints about → 抱怨；抗議……）

我們的技術人員處理各種關於電腦問題的抱怨。

相關單字

complain 動 抱怨；投訴

常考用法

complain about 抱怨；抗議
make a complaint 投訴
file a complaint 提出投訴
customer complaints 客訴
complaint form 申訴表

600+ RANK 0214

brief [brif] ★☆☆☆☆☆☆

1 形 **簡要的**

The CEO asked the manager to be **brief** with his weekly presentation.

執行長要求經理每週的簡報要簡明扼要。

2 形 **短暫的**

You are welcome to stay for a **brief** question-and-answer session after the lecture.

演講後歡迎大家留下來進行簡短的問與答。

3 動 **向……簡報**

The director has been **briefed** about the status of the project.

總監聽取專案現況的簡要報告。

相關單字

briefly 副 簡短地；短暫地

We at Soto Manufacturing, Inc. explain our business proposals to clients **briefly** and clearly.

我們索托工業會向客戶簡短而清楚地說明我們的業務提案。

常考用法

brief A on B (→ A be briefed on B) 向 A 介紹 B 的情況

in brief 簡言之

600+ RANK 0215

budget [ˋbʌdʒɪt] ☆☆☆☆☆☆☆

1 名 **預算**

The director keeps track of the department's monthly **budget**.

主管記錄該部門的每月預算。

2 動 **把……編入預算**

Please **budget** for the event accordingly, as funds are limited this year.

由於今年資金有限，請依照預算來執行活動。

相關單字

budgetary 形 預算的

常考用法

annual budget 年度預算

proposed budget (= budget plan) 預算提案

cut the budget 刪減預算

stay within budget 未超出預算

600+ RANK 0216

branch [bræntʃ] ☆☆☆☆☆☆☆

1 名 **分支；分公司**

Which **branches** need more employees?（Part 2 常考句子）

哪一間分公司需要更多人手？

2 名 **枝；樹枝**

A man is trimming the **branches** of a tree.（Part 1 常考句子）

一名男子正在修剪一棵樹的樹枝。

相關單字

branch manager 分公司經理

branch (office) 分公司

RANK 0217 600+ charge [tʃardʒ] ☆☆☆☆☆☆☆

1 動 **索價；收費**

The new Italian restaurant **charges** too much for its dishes.
那家新的義大利餐廳收費太高。

2 名 **費用；索價**

By signing up as a member, you can access our database free of **charge**. 簽約成為會員後，你可以免費使用我們的資料庫。

3 名 **責任；掌管**

(in charge → 負責；主管)

Ralph Brown is in **charge** of the Waxford landscaping project.
羅夫·布朗負責衛克斯福造景計畫。

相關單字

undercharge 動 對……要價／收費過低

常考用法

take charge of 掌管　　**at no extra charge** 不另外收費；免費

替換字詞

charge 索價；收費 → demand 要價；要求
charge (demand) a cancellation fee 取消要收費

RANK 0218 600+ appropriate [ə`proprɪˏet] ★★★☆☆☆☆

形 **合適的；適當的**

It takes longer to find an **appropriate** job for a highly-specialized candidate. 高度專業人員要花更長的時間，才能找到合適的工作。

相關單字

appropriately 副 合適地；適當地

Please listen carefully to the following options, so that we can **appropriately** direct your call.
請仔細聽下面的選項，這樣我們才能正確轉接你的電話。

常考用法

appropriate for 適合……

RANK 0219 600+ unable [ʌn`ebḷ] ★☆☆☆☆☆☆

形 **不能的；無能力的**

(be unable to do 無法做……)

Small supermarkets are sometimes **unable** to compete with large chains. 小型超市有時無法和大型連鎖店競爭。

常考用法

be able to do 有能力做……

600+ RANK 0220

inquire [ɪn`kwaɪr] ☆☆☆☆☆☆☆

動 **詢問**

→ inquire about 詢問；打聽

Waihu Industries **inquired** about the price of PG Stationery's shipping envelopes. 衛華工業詢問 PG 文具信封的運費。

相關單字

→ inquiry about 詢問；打聽

inquiry 名 詢問；打聽

For **inquiries** about scheduling an event with us, please contact Linda Smith. 要詢問與我們安排活動時間的事宜，請聯絡琳達·史密斯。

常考用法

scores of inquiries 許多人詢問／查詢

600+ RANK 0221

regularly [`rɛgjələ·lɪ] ★☆☆☆☆☆☆ 023

副 **定期地**

Fitness trainers check the exercise equipment **regularly** to ensure they function properly. 健身教練定期檢查運動設備，確保它們功能正常。

相關單字

regularity 名 規律性；一致性　**regular** 形 有規律的；定期的

If you would like to know more about our club, please join us for one of our **regular** meetings. → regular meeting 定期聚會

如果，你想更了解我們俱樂部，請參加一次我們的定期聚會。

常考用法

regular maintenance 定期保養
regular working hours 正常上班時間
on a regular basis 定期地
regular customer 常客；熟客
regular delivery 普通郵件／包裹

600+ RANK 0222

arrive [ə`raɪv] ☆☆☆☆☆☆☆

動 **抵達**

When can I expect my order to **arrive**?（Part 2 常考句子）
我訂購的東西預計何時會送到？

相關單字

arrival 名 到達；來臨

常考用法

arrive on time 準時送到／抵達　　**on/upon arrival** 到達時

替換字詞

arrive 抵達 → turn up 來到；出現

The representative arrived (turned up) with a new unit that meets my needs. 代理人帶著符合我需求的新產品而來。

600+ RANK 0223

variety [və`raɪətɪ] ★★★★☆☆☆

1 名 **各種各樣**

Every store is fully stocked with a wide **variety** of packing materials.（a wide variety of → 各種各樣的）

每一間店都堆滿各式各樣的包裝材料。

2 名 **多樣性**

The manager of Stove Diner wants to add more **variety** to the restaurant's menu. 史多夫餐廳的經理想要讓餐廳的菜單更有變化。

3 名 **種類**

Livrou Farm sells more than 30 **varieties** of in-season fruits.

利夫羅農場販賣超過 30 種當季水果。

相關單字

various 形 不同的；許多的　**variable** 形 多變的；易變的　**vary** 動 變化

The rules for obtaining a driver's license **vary** from state to state.

各州取得駕照的規定都不同。

（vary from A to B → A 與 B 之間各不相同）

常考用法

a variety of 各種各樣的；各種類型的

600+ RANK 0224

identification [aɪˌdɛntəfə`keʃən] ★★☆☆☆

名 **身分；識別**

Test takers must present an official form of **identification** such as a passport. 參加測驗的人必須出示正式的身分證明，例如護照。

相關單字

identify 動 認出；識別　　**identity** 名 身分；相同

常考用法

identification card 身分證　　**photo identification** 有照片的身分證明

600+ RANK 0225

outstanding [`aʊt`stændɪŋ] ★★☆☆☆☆☆

1 形 **傑出的；卓越的**

Dr. Talbert was honored for his **outstanding** contributions to the medical field. 塔伯特博士因為在醫學領域的傑出貢獻而受到表揚。

2 形 **未償付的；未解決的**

The Marketing Department still has several **outstanding** expenses. 行銷部還有好幾筆費用未支付。

常考用法

outstanding performance 傑出表現
outstanding balance 未付帳款

替換字詞

outstanding 傑出的 → superior 較好的；優秀的
renowned for its outstanding (superior) service 以其優異的服務而聞名

600+ RANK 0226

negotiation [nɪˏgoʃɪ`eʃən] ★☆☆☆☆☆☆

名 **協商；談判**

Bripa Co. has agreed on merger terms after months of **negotiation** with Betaid, Inc. 在與比泰德公司協商數個月之後，布里帕公司同意了合併條件。

相關單字

negotiate 動 協商；談判
negotiator 名 談判者；交涉者

600+ RANK 0227

independent [ˏɪndɪ`pɛndənt] ★☆☆☆☆☆☆

形 **獨立的**

The **independent** experts verified the company's scientific breakthrough. 獨立專家證實該公司在科學上的突破。

相關單字

independently 副 獨立地

600+ RANK 0228

connect [kə`nɛkt] ★☆☆☆☆☆☆

1 動 **連接**

He is **connecting** a cord.（Part 1 常考句子）
他正在連接電源線。

2 動 **連結；接通**

We were unable to **connect** to the company network for several hours.
我們已有好幾個小時無法連上公司網路了。

相關單字

connecting 形 連接的；連結的
connected 形 有關連的；有聯絡的
connection 名 連接；聯絡；關連

Customers can get faster Internet **connection** when they sign up for our premium GTE plan.
客戶註冊我們的優質 GTE 方案後，連網速度可以更快。

常考用法

connecting flight 轉機航班
be connected with 與……相連；與……有關

600+ RANK 0229

agent [ˋedʒənt] ☆☆☆☆☆☆☆

名 **代理商；代理人；仲介人**

All travel documents can be obtained from your travel **agent**. （travel agent → 旅行社；旅行社人員）
所有的旅行文件可以找你的旅行社拿。

相關單字

agency 名 代理；仲介；代理機構

常考用法

real estate agent 房地產仲介員
travel agency 旅行社
real estate agency 房地產仲介公司
advertising agency 廣告公司
employment agency 職業介紹所

600+ RANK 0230

publish [ˋpʌblɪʃ] ★☆☆☆☆☆☆

動 **出版**

When did she **publish** her last book?（Part 2 常考句子）
她的上一本書何時出版的？

相關單字

publication 名 出版；出版品

I'm afraid we are going to miss the **publication** deadline.
恐怕我們趕不上出版期限了。

RANK 0231

advantage [əd`væntɪdʒ] ☆☆☆☆☆☆☆

名 **利益；好處**

→ 善用；利用；占便宜

To take **advantage** of the restaurant's special offer, customers need to make a reservation before July 1.

為了能享受到餐廳的特別優惠，顧客需在七月一日前訂位。

常考用法

advantage over 優於……

be at an advantage 處於優勢

600+ RANK 0232

extremely [ɪk`strimlɪ] ☆☆☆☆☆☆☆

副 **極度地；極端地**

Accountants are usually **extremely** busy during tax season.

會計師在報稅季節通常都極為忙碌。

相關單字

extreme 形 極端的；極度的

常考用法

extremely successful 非常成功的

600+ RANK 0233

claim [klem] ★★☆☆☆☆☆

1 動 **聲稱；主張**

→ claim + (that) + 子句 ➜ 聲稱……；主張……

Mr. Fuller **claims** that he shouldn't have to pay for the charges.

富勒先生聲稱他不應該付這些費用。

2 名 **索款；索賠**

→ travel expense claim 旅費報銷

The accounting manager requests that all travel expense **claims** be submitted by 4 p.m.

會計部經理要求所有旅費的報銷，要在下午四點前提出申請。

常考用法

baggage claim 領取行李

600+ RANK 0234

distribute [dɪ`strɪbjut] ☆☆☆☆☆☆☆

1 動 **分發；發送 (= hand out)**

distribute A to B (→ A be distributed to B) 把 A 發給 B

Staff salary information should not be **distributed** to unauthorized personnel. 員工的薪水資料不應該發送給未獲得授權的人員知道。

2 動 **配送**

Our shipping company **distributes** goods for various businesses.
我們貨運公司為許多公司配送商品。

相關單字

distribution 名 分發；分配　　**distributor** 名 經銷商

600+ RANK 0235

statement [`stetmənt] ★☆☆☆☆☆☆

1 名 **報告單；結單**

每月對帳單

Customers will receive a monthly **statement** showing all account activity. 顧客每個月會收到對帳單，列出帳戶的所有往來明細。

2 名 **聲明**

Please sign this **statement** to acknowledge that you understand our library's rules. 請簽這份聲明，以表示你了解我們圖書館的規定。

相關單字

state 動 陳述；説明

常考用法

issue a statement 發出聲明　　**joint statement** 聯合聲明
billing statement 結帳單　　**credit card statement** 信用卡帳單
financial statement 財務報表

600+ RANK 0236

ability [ə`bɪlətɪ] ★☆☆☆☆☆☆

名 **能力**

Penelope was recently promoted to head nurse due to her impressive leadership **ability**. → 領導能力
潘妮洛普因她令人印象深刻的領導能力，最近升為護理長。

相關單字

able 形 有能力的

常考用法

ability to do 有能力做……

600+ RANK 0237

guarantee [ˌgærən`ti] ☆☆☆☆☆☆☆

1 動 **保證；擔保**

Woody's Home Décor **guarantees** safe delivery of furniture to its customers.

伍迪家飾保證將家具完整無缺地送到客戶手上。

2 名 **保證；擔保**

We provide a **guarantee** that any defective products will be exchanged for free.

我們保證任何瑕疵商品都能免費更換。

常考用法

money-back guarantee（不滿意）退費保證

guarantee of ……的保證

600+ RANK 0238

react [rɪ`ækt] ☆☆☆☆☆☆☆

動 **反應**

→ **react to** 對……有所反應／對……做出回應

The HR director **reacted** promptly to employees' concerns regarding the new policy.

人資部主管立刻回應員工有關新政策的疑慮。

相關單字

reaction 名 反應；回應

常考用法

reaction to 對……的反應　　**allergic reaction** 過敏反應

600+ RANK 0239

trouble [`trʌb!] ☆☆☆☆☆☆☆

1 名 **麻煩；困境**

The intern had **trouble** adjusting to her new work schedule, but she managed to cope.

實習生難以調整她的新班表，但她設法應付。

2 動 **麻煩**

Mr. Renmore felt bad for **troubling** his supervisor with so many questions.

瑞莫先生對於拿那麼多問題去煩他的主管，覺得很過意不去。

常考用法

have trouble with 在……遇到困難
have trouble doing 做……有困難

600+ RANK 0240

protective [prəˋtɛktɪv] ★☆☆☆☆☆☆

形 **保護的；防護的**

Protective goggles must be worn when operating manufacturing equipment. 在操作生產設備時，必須戴著護目鏡。

相關單字 protect 動 保護　　protection 名 保護；警戒

常考用法 protective gear (equipment) 防護裝置／設備

600+ RANK 0241

prior [ˋpraɪɚ] ☆☆☆☆☆☆☆ 025

形 **在先的；在前的**

Mr. Kraichek was nominated to head the negotiation team due to his **prior** experiences. → prior experience 先前的經驗

由於他先前的經驗，克瑞切克先生被提名擔任談判小組組長。

相關單字 prior to 在……之前

600+ RANK 0242

retailer [ˋritelɚ] ☆☆☆☆☆☆☆

名 **零售商**

Thanks to higher customer demand, online **retailers** are generating more revenue.

由於顧客需求增加，網路零售商的收益更多。

相關單字

retail 名 動 零售

If you order a pair of contact lenses today, you'll receive 20 percent off the **retail** price. → 零售價

如果你今天訂購一副隱形眼鏡，零售價可以打八折。

600+ RANK 0243

revise [rɪˋvaɪz] ★★★★☆☆☆

動 **修訂；修正**

The Chief Financial Officer asked the Accounting Department to **revise** next year's budget.

財務長要求會計部修訂明年度的預算。

DAY 01 02 03 04 05 600-700 06 07 08 09 10

相關單字

revised 形 經過修正的
revision 名 修訂；修正版

常考用法

revised work schedule 修改後的班表
revised edition 修訂版
make revisions to a contract 修改合約

600+ RANK 0244

fine [faɪn] ☆☆☆☆☆☆☆

1 名 罰金；罰款

There's a **fine** of 40 cents for each day the book is overdue.
書籍過期未還，每天罰 40 分錢。

2 形 美好的；傑出的

Many critics praised Jean Liu's painting as a **fine** piece of artwork.
許多評論家稱讚珍·劉的畫是一件上乘的藝術品。

3 形 纖細的；顆粒細小的

→ 細微塵粒

South Korea is constantly facing problems with **fine** dust particles.
南韓常面對細微塵粒的問題。

600+ RANK 0245

welcome [ˋwɛlkəm] ☆☆☆☆☆☆☆

1 動 歡迎；接待

Each year, Dakota Springs **welcomes** tour groups from over 50 countries.
每一年，達科塔泉接待來自 50 多國的旅行團。

2 形 歡迎的；迎接的

→ 迎新派對

There will be a **welcome** party for new employees this Friday.
這個星期五會舉行歡迎新員工的派對。

3 名 歡迎；款待

→ a warm/hospitable welcome 熱烈／友好歡迎

Please be sure to give a warm **welcome** to customers as they come into the store.
當顧客走進店裡時，請務必熱烈歡迎他們。

常考用法

a welcome addition to 歡迎某人／事物的加入
welcome reception 歡迎會

600+ RANK 0246

classify [ˋklæsəˏfaɪ] ★☆☆☆☆☆☆

動 **分類；歸類**

classify A as B
(→ A be classified as B)
將 A 分類為 B

PuraSky Cosmetics only uses ingredients that are **classified** as environmentally safe. 普拉史凱化妝品只使用被歸類為對環境無害的原料。

相關單字

classified 形 分類的；機密的　　classification 名 分類；分級

600+ RANK 0247

capable [ˋkepəb!] ☆☆☆☆☆☆☆

1 形 **有能力的；能夠的**

be cabpable of 能夠做……的；有……的能力

Modern digital cameras are **capable** of recording videos in full high definition.
現在的數位相機能錄下超高畫質的影片。

2 形 **能幹的；有才華的**

Cindy is a **capable** employee who can handle this responsibility.
辛蒂是能幹的員工，她可以擔負這個責任。

相關單字

capability 名 能力；性能

600+ RANK 0248

educational [ˏɛdʒʊˋkeʃən!] ☆☆☆☆☆

形 **教育的**

educational material 教材

NXDesign, Inc. develops **educational** materials for people studying fine arts.
NX 設計公司開發供學習美術的人用的教材。

相關單字

education 名 教育

常考用法

educational background 教育背景

600+ RANK 0249

proud [praʊd] ★☆☆☆☆☆☆

形 **驕傲的**

→ be proud to do 自豪能做……

WRTS Radio is **proud** to sponsor the October Music Festival this weekend.
WRTS 電台很自豪能贊助本週末的十月音樂節。

相關單字

proudly 副 得意地；驕傲地

pride 名 自豪；驕傲

常考用法

be proud of 以……為榮

take pride in 為……自豪

with pride 自豪地

accurate [ˋækjərɪt] ★★★☆☆☆☆

形 **準確的；精確的**

The catalog is not completely **accurate** because some manufacturers have raised their prices.
這份目錄不太正確，因為，有些廠商已調高價格。

相關單字

inaccurate 形 不正確的；不精確的

accurately 副 正確無誤地

Accurately entering the research data into the program is very important. 將研究數據正確輸入計畫中非常重要。

accuracy 名 正確性；準確度

Speed Check-up

答案 p.602

一、請參考底線下方的中文，填入意思相符的單字。

ⓐ budget ⓑ opportunity ⓒ competitive ⓓ revise ⓔ firm

01 The landlord is ________ (堅決的) on the monthly rate of the apartment.

02 The Chief Financial Officer asked the Accounting Department to ________ (修訂) next year's budget.

03 Pidus Group is excited about the ________ (機會) to expand into the European market.

04 The director keeps track of the department's monthly ________ (預算).

05 Kramben Fashion takes pride in offering top-quality garments at ________ (有競爭力的) prices.

二、請參考句子的中文意思，選出填入後符合句意的單字。

ⓐ examine ⓑ charge ⓒ appropriate ⓓ requirement ⓔ fine

06 Please take a few minutes to ________ the attached document before the meeting. 請在會議前，花幾分鐘仔細看看所附的文件。

07 Many critics praised Jean Liu's painting as a ________ piece of artwork.
許多評論家稱讚珍・劉的畫是一件上乘的藝術品。

08 Although customer service experience would be helpful, it is not a ________ for the advertised position.
雖然客服經驗會有幫助，但並不是所刊登職位的必要條件。

09 By signing up as a member, you can access our database free of ________. 簽約成為會員後，你可以免費使用我們的資料庫。

10 It takes longer to find an ________ job for a highly-specialized candidate.
高度專業人員要花更長的時間，才能找到合適的工作。

三、請選出填入後符合句意的單字。

ⓐ considerable ⓑ outstanding ⓒ benefit ⓓ capable ⓔ guarantees

11 Dr. Talbert was honored for his ________ contributions to the medical field.

12 The business has expanded quickly as a result of ________ effort.

13 Local businesses can ________ greatly from cooperating with one another.

14 Woody's Home Décor ________ speedy and safe delivery of furniture to its customers.

15 Modern digital cameras are ________ of recording videos in full high definition.

一字之差

我是某位女藝人的黑粉。

為什麼她這麼 frequently 出現？真煩人。

我每天都 monitor 她的報導來開啟新的一天。

哼！

新歌發表會的 official 報導終於釋出了！

只要是她有演的電視劇我都會 concentrate 並準時收看。

也不是什麼多 impressive 的演技嘛！

closely 監視那個女人的一舉一動。

還利用休息空檔去當 volunteer？虛偽的女人！

為從事 detailed 的黑粉行為我默默坐等她發行新專輯。

新歌發表倒數十天……

finally 我不得不承認

我不是黑粉，

根本就是她的粉絲啊……

600+ RANK 0251

detailed [ˋdiˋteld] ★☆☆☆☆☆☆ 026

形 **詳細的；細節的**

The documents contain **detailed** descriptions of the project.
這些文件包含對計畫的詳細描述。

相關單字

detail 名 細節；詳述；細部

detailing 名 小裝飾物；細節

The glasses are black with gold **detailing** on the sides.
這支眼鏡是黑色的，側邊有金色的裝飾。

常考用法

detailed information 詳細資料　　**in (more) detail**（更）詳細說明

600+ RANK 0252

environment [ɪnˋvaɪrənmənt] ★★☆☆☆☆

名 **環境**

Felraz Group provides a pleasant work **environment** for all employees. （→ 工作環境）
費爾瑞茲集團提供員工愉快的工作環境。

相關單字

environmental 形 環境的；有關環境的　　**environmentally** 副 環境地

常考用法

environmental pollution 環境汙染
environmentally friendly 對環境友善的
environmentally responsible 對環境負責的
eco-friendly 環保的；不破壞生態的

替換字詞

environment **環境** → **atmosphere 氣氛**
comfortable work **environment (atmosphere)** 舒適的工作氣氛

600+ RANK 0253

procedure [prəˋsidʒɚ] ★☆☆☆☆☆☆

名 **程序**

The Marketing Department has come up with innovative **procedures** for promoting products and services.
行銷部想出促銷產品與服務的創新程序。

相關單字 **procedural** 形 程序的

常考用法 **clinical procedure** 臨床醫療步驟

600+ RANK 0254

account [ə`kaʊnt] ★☆☆☆☆☆☆

1 名 **帳戶**

Online banking customers have access to their **account** information 24 hours a day. 網路銀行的客戶一天 24 小時都可以存取他們的帳戶資料。

（account information → 帳戶資料）

2 名 **說明；解釋**

Since Ms. Sims was out of the office, Harold gave her a brief **account** of the meeting.

由於西姆斯女士之前不在辦公室，哈洽德為她簡述了會議內容。

相關單字 **accounting** 名 會計；會計學 **accountant** 名 會計人員

常考用法

bank account 銀行帳戶
savings account 活存帳戶
in account with 與……有帳務往來
take . . . into account 考慮到
accounting responsibilities 會計責任

替換字詞

account 說明；解釋 → description 敘述；說明

a detailed account (description) of the activities 對那些活動的詳細描述

600+ RANK 0255

management [`mænɪdʒmənt] ☆☆☆☆☆☆

1 名 **管理部門**

Open communication between **management** and employees is important for the company's growth.

管理部門與員工間開放式的溝通對公司成長很重要。

2 名 **管理；經營**

Mr. Kobayashi is an expert on **management** techniques.

小林先生是管理技巧專家。

相關單字

manage 動 管理；經營

Who **manages** the call center in Kolkara? 誰管理科卡拉的電話服務中心？

managerial 形 管理的；經營上的

This job requires applicants to have five years' experience in a **managerial** position. 這個工作要求應徵者有五年的管理職經驗。

（managerial position → 管理職務）

常考用法

time management 時間管理
manage to do 設法做到……
managerial experience 管理經驗

替換字詞

manage 管理；經營 → handle 控制；指揮

the capacity to manage (handle) air traffic 控管空中交通的能力

600+ RANK 0256

healthy [ˋhɛlθɪ] ★☆☆☆☆☆☆

形 **健康的**

According to research, those who sleep before 10 p.m. are more likely to be **healthy**.
根據研究，晚上十點前睡覺的人更可能活得健康。

相關單字

healthful 形 有益健康的　**healthcare** 名 醫療保健　**health** 名 健康

Receptionists in the doctor's office are asked to keep **health** brochures in an accessible location.
診所要求接待人員把健康手冊放在方便拿取的地方。

常考用法

health insurance 健康保險　**financial health** 財務健全

600+ RANK 0257

retire [rɪˋtaɪr] ☆☆☆☆☆☆☆

動 **退休**

People should save money early to prepare for when they **retire** from (從……退出) the workforce.
人們應及早存錢為工作退休後做準備。

相關單字

retirement 名 退休；退役　**retiree** 名 退休人員

常考用法

retirement party/celebration/ceremony 退休歡送會／慶祝會／儀式
early retirement 提早退休　**retirement plan** 退休金計畫

600+ RANK 0258

impressive [ɪmˋprɛsɪv] ☆☆☆☆☆☆☆

形 **令人印象深刻的**

Thanks to its **impressive** art collection, the number of visitors to the gallery has grown significantly.
由於藝術藏品令人讚嘆，藝廊的參觀人數明顯成長。

相關單字

impression 名 印象　**impress** 動 使銘記；使感動
impressed 形 印象深刻的 → **be impressed with** 對……印象深刻

I'm very **impressed** with your sales record this year.
你今年的銷售業績令我印象深刻。

常考用法

make a good impression on 留下好印象

替換字詞

impression 印象 → idea 概念
get an impression (idea) 有……的感覺

易混淆單字筆記

impressive vs. impressed
impressive 指的是**使人產生情緒的對象**，因此可用來修飾**人物名詞**或**事物名詞**；**impressed** 用於**表示人物的情緒**，因此只能用來修飾**人物名詞**。

600+ RANK 0259

productive [prə`dʌktɪv] ★★★★★☆☆

形 **有生產力的**

To be **productive**, employees should take regular breaks throughout the day.
為了為了更有生產力，員工在一天中應該定時休息。

相關單字

produce 動 生產；製造；創作　product 名 產品；產量
production 名 生產　productivity 名 生產力；生產率

In order to maximize employee **productivity** (→員工生產力), occasional breaks are needed.
為了達到最大的員工生產力，需要不定時休息。

Can we discuss the **production** quota now?（Part 2 常考句子）
我們現在可以討論生產配額了嗎？

常考用法

production cost 生產成本　product line 生產線

600+ RANK 0260

concentrate [`kɑnsɛn͵tret] ★★☆☆☆☆

動 **專注於**

Allow us to handle your data processing so that you can **concentrate** (→專心於……) on your business.
請讓我們處理你的數據資料，如此你才能專心在你的生意上。

相關單字

concentration 名 集中；專心　concentrated 形 專心的；集中的；濃縮的

常考用法

concentrated effort 集中精力

600+ RANK 0261

efficient [ɪ`fɪʃənt] ★★★☆☆☆☆ 027

形 **有效的；效率高的**

Working in groups is very **efficient**. 團隊工作很有效率。

相關單字

efficiency 名 效率；效能

The Quality Control Department implemented several new policies to improve production **efficiency**.

品管部實施了數項新政策以改進生產效率。

efficiently 副 有效地；效率高地

The manager informed the employees about using energy more **efficiently** in the office.

經理通知員工，要更有效使用辦公室的能源。

常考用法

energy-efficient 節省能源的

fuel-efficient 省油的；油耗低的

energy efficiency 能源效率

600+ RANK 0262

approach [ə`protʃ] ★★☆☆☆☆☆

1 名 **方法；途徑**

The company needs to take a different **approach** to solve the problem.

這家公司需要採取不同的方法解決問題。

2 動 **接近；靠近**

People are **approaching** a bus.（Part 1 常考句子）

人們正走近一輛公車。

600+ RANK 0263

reasonable [`riznəb!] ★★☆☆☆☆☆

形 **合理的；公道的**

The restaurant's food is delicious, and its prices are **reasonable**.

這家餐廳的食物很美味，而且價錢很公道。

相關單字

reasonably 副 明理地；合理地

常考用法

at a reasonable price 價格公道；不貴的

reasonably priced 定價合理

600+ RANK 0264

popular [ˋpapjələ˞] ★★★★☆☆☆

形 **受歡迎的；流行的**

The new smartphones are very **popular** among college students.
新款智慧型手機很受大學生歡迎。

相關單字

popularity 名 流行；受歡迎；人氣

常考用法

popular with 受……歡迎

600+ RANK 0265

volunteer [ˏvalənˋtɪr] ☆☆☆☆☆☆☆

1 名 **志工**

Volunteers at the convention will be required to work in shifts.
大會志工必須輪班工作。

2 動 **自願做……**

→ volunteer to do 自願做……

Mr. Sharma has **volunteered** to work at the food stand.
夏馬先生自願顧飲食攤。

相關單字

voluntary 形 自願的

involuntarily 副 非自願地；不由自主地

voluntarily 副 自願地；自發地

Many participants **voluntarily** stayed behind to help clean up the office.
很多參加者自願留下來清理辦公室。

600+ RANK 0266

issue [ˋɪʃjʊ] ★★☆☆☆☆☆

1 名 **問題；爭議**

The elevator cannot be used today due to **issues** with its electrical system. 由於電力系統有問題，電梯今天無法使用。

2 名 **（報刊）期號**

Dr. Wilson's article will be in the April **issue**.
威爾森博士的文章將刊登在四月號那一期。

3 動 **發布；核發**

→ 發一份聲明

The president will **issue** a statement later today regarding the signing of the merger.
總裁今天稍晚會發一份關於合併案簽署的聲明。

相關單字

issuance 名 發行；發布

常考用法

common issue 常見問題　　address an issue 處理某個問題

替換字詞

① **issue 問題；爭議 → conflict 爭議**
finish the meeting without any issues (conflicts) 無異議結束會議

② **issue 發布；核發 → provide 核發；提供**
issue (provide) a new parking permit 發出新的停車許可

600+ RANK 0267

official [ə`fɪʃəl] ☆☆☆☆☆☆☆

1 形 **正式的；官方的**

The **official** opening of Rexicorp Bank's 5th branch will take place this Friday.
雷西柯普銀行的第五家分行將在本週五正式開幕。

2 名 **官方人員**

A city **official** will inspect our facility soon.
一名市政府官員很快要來檢查我們的設施。

相關單字

officially 副 官方地；正式地

常考用法

government/city officials 政府／市府官員

600+ RANK 0268

allow [ə`laʊ] ★★☆☆☆☆☆

動 **允許；准許**

allow A to do
(→ A be allowed to do)
准許 A 做……

Mr. Smith **allows** nonprofit organizations to use his photographs free of charge.
史密斯先生准許非營利組織免費使用他的照片。

相關單字

allowance 名 津貼；零用錢

Every employee will receive an **allowance** for working on weekends.
週末上班的員工每個人都可以領到津貼。

常考用法

allow for 考慮到……　　baggage allowance 行李重量限制

overtime allowance 加班津貼

600+ RANK 0269

merger [`mɝdʒɚ] ☆☆☆☆☆☆☆

名 **合併**

與……合併

The board approved the **merger** with Hascon Co. on Monday.
董事會星期一通過與賀斯康公司的合併案。

相關單字

merge 動 使（公司等）合併

常考用法

mergers and acquisitions (= M&A) 合併與收購（併購）
merge with 與……合併
merge A with B (→ A be merged with B) 將 A 與 B 合併
merge A and B 將 A 與 B 合併

600+ RANK 0270

reveal [rɪ`vil] ☆☆☆☆☆☆☆

動 **揭露；顯示**

reveal + (that) + 子句 ➜ 顯示；透露

An analyst **revealed** that the housing market will improve soon.
分析顯示房市即將有起色。

常考用法

reveal A (to B) (→ A be revealed to B) 將 A 洩露／透露給 B

600+ RANK 0271

frequently [`frikwəntlɪ] ★★★☆☆☆☆ 028

副 **頻繁地**

Please save your documents **frequently** to ensure proper file management.
請經常儲存你的文件以確保妥善管理檔案。

相關單字

frequency 名 頻繁；頻率
frequent 形 經常的
Do you have a **frequent** shopper's card for our supermarket?
你有我們超市的集點卡嗎？

常考用法

frequently asked questions (= FAQ) 常見問題
frequent flyer 航空公司的常客

600+ RANK 0272

lower [ˋloɚ] ★☆☆☆☆☆☆

1 動 **降低**

Lowering overhead costs does not necessarily lead to higher returns.
降低經常性費用並不一定能帶來較高的收益。

2 形 **較低的(low 的比較級)**

Boyle Prints provides its services for **lower** prices than its competition.
波伊爾印刷收取的費用,低於它的競爭對手。

相關單字

low 形 低的;少的
The local market attracts customers with **low** prices.
本地市場以低價吸引顧客。

常考用法

lower the pressure 降低壓力　　**the lower pressure** 較低的壓力

600+ RANK 0273

closely [ˋkloslɪ] ★★☆☆☆☆☆

副 **接近地;緊密地**

Staff training is **closely** monitored to ensure employees are aware of industry regulations.
密切注意員工訓練的進行,以確保員工都了解產業規定。

相關單字

close 形 近的;密切的

常考用法

get close 靠近
close to 靠近……
closely examine 仔細檢查

600+ RANK 0274

double [ˋdʌb!] ☆☆☆☆☆☆☆

1 動 **變成兩倍;增加一倍**

Corehall Corporation's stock value has **doubled** from $40 to more than $80 per share.
柯賀公司的股價漲了兩倍,每股從 40 元上升到超過 80 元。

2 形 **雙倍的**

We will need a **double** order of office supplies this month.
我們這個月辦公室用品的訂購量要加倍。

3 前限 **兩倍(量)**

After her interview, the company offered Ms. Kim **double** her previous salary.

面試之後，這家公司開出的薪水是金女士之前的兩倍。

常考用法

double the size of 是……的兩倍大　　**double in size** 兩倍大

600+ RANK 0275

headquarter [ˋhɛdˋkwɔrtɚ] ☆☆☆☆☆

1 名 **(-s) 總部**

This place is perfect for the company's new **headquarters**.

這個地方是最合適公司新總部的地點。

2 動 **將總部設於……**　→ be headquartered in 將總部設在……

Cohen Incorporated is **headquartered** in Tel Aviv.

柯恩公司的總部設在(以色列)台拉維夫。

600+ RANK 0276

reply [rɪˋplaɪ] ★☆☆☆☆☆☆

1 動 **回覆；回答**　→ 回答；回覆

Please **reply** to this message to confirm your attendance to the conference.

請回覆此封訊息，確認您要參加研討會。

2 名 **回覆；回答**

Our customer support center will send a **reply** within one day of receiving the inquiry.

我們的客戶服務中心在接到詢問後，將在一天內回覆。

600+ RANK 0277

skill [skɪl] ★☆☆☆☆☆

名 **技能**

Creative thinking is an important **skill** for this job position.

創意思考是擔任這個職務的重要技能。

相關單字

skillfully 副 巧妙地；熟練地　　**skilled** 形 熟練的；需要特殊技能的

Fashion Monthly is seeking a **skilled** photographer with three years of professional experience.《時尚月刊》徵求有三年專業經驗的攝影老手。

常考用法

interpersonal skills 人際往來技巧

be skilled in/at 在……很熟練的

highly skilled 技術性要求很高的

600+ RANK 0278

committee [kəˋmɪtɪ] ★☆☆☆☆☆☆

名 **委員會**

One member of the **committee** will be selected as a chairperson to lead meetings.
將從委員會成員中選出一人擔任主席以主持會議。

常考用法

organizing committee 籌備委員會　　**judging committee** 評審委員會

600+ RANK 0279

alternative [ɔlˋtɝnətɪv] ★☆☆☆☆☆☆

1 名 **替代方案（選擇）**

Kalopa Co. is considering several other vendors to find a cheaper **alternative**.
卡洛帕公司正在考慮幾個其他的供應商，以找到較便宜的選項。

2 形 **替代的**

We must have an **alternative** location for the concert in case of rain.
我們必須有其他的音樂會地點可選，以防萬一下雨。

相關單字

alternatively 副 兩者擇一地；或　　**alternate** 形 輪流的 動 輪流

常考用法

alternative to 替代　　**alternative flight** 替代航班
alternative venue 替代場地

600+ RANK 0280

admission [ədˋmɪʃən] ☆☆☆☆☆☆☆

名 **進入許可；入場費**

The ticket includes **admission** to all of the park's attractions. (→……的入場許可)
門票包含園區內所有景點的入場券。

常考用法

admission fee 入場費　　**free admission** 免費入場

600+ RANK 0281

achieve [əˋtʃiv] ☆☆☆☆☆☆☆ 029

動 **達到；達成**

Ticrone Corporation **achieved** its sales target for the year.
提克隆公司達成它今年的銷售目標。

相關單字

achievement 名 成就

Tammy can now also add "doctor" to her extensive list of **achievements.** 譚美現在也可以在她的一長串成就清單上加上「博士」了。

常考用法

achieve one's goal 達到某個人的目標

600+ RANK 0282

finally [ˋfaɪn!ɪ] ★★☆☆☆☆☆

副 **最後；最終**

After several months of delays, renovation of the building lobby has **finally** been completed.

經過幾個月的耽擱後，這棟大樓的大廳整修工程終於完成。

相關單字

final 形 最後的；最終的

600+ RANK 0283

carefully [ˋkɛrfəlɪ] ★★☆☆☆☆☆

副 **小心地；仔細地**

仔細檢查

Architects will **carefully** examine the site for the new factory and make recommendations.

建築師會仔細檢查新工廠的工地，然後做出建議。

相關單字

care 名 動 照料；關心；介意

careful 形 仔細的；小心的

常考用法

take care of 照顧；處理

care for 喜歡

with (the utmost) care (極為)小心謹慎

handle with care 小心輕放

600+ RANK 0284

campaign [kæmˋpen] ★☆☆☆☆☆☆

1 名 **活動**

廣告行銷活動

Thank you for submitting a proposal for the advertising **campaign.**

感謝您提案參加廣告行銷活動。

2 動 **從事活動；開展運動**

No one at Fleming Investments **campaigned** more eagerly for market expansion than Penny Bradford.

佛萊明投資公司裡沒有人比潘妮·布萊德福更熱切為拓展市場積極奔走。

RANK 0285 600+
host [host] ☆☆☆☆☆☆☆

1 動 主持
John **hosted** a successful fundraiser for wildfire victims.
約翰成功主持了一場為山林大火受害者發起的募款活動。

2 名 主持人；主辦人
Tex-PC will be the **host** for this year's community race.
泰克斯電腦將主辦今年的社區賽跑。

常考用法
host an event 主持一個活動

RANK 0286 600+
initial [ɪˋnɪʃəl] ★★★☆☆☆☆

1 形 最初的；開始的
The **initial** shipment of the new laptops was delivered this morning.
新款筆記型電腦今天早上出了第一批貨。

2 名（姓名或組織名稱等的）起首字母
Please sign your **initials** here to acknowledge your understanding of the agreement.
請在這裡簽下你名字的首字母以表示你了解這份協議。

相關單字
initially 副 最初；起初

RANK 0287 600+
search [sɝtʃ] ☆☆☆☆☆☆☆

1 動 尋找；搜尋
Many students begin **searching** for a job before they graduate from university.
→ search for 搜索；尋找
很多學生在大學畢業之前就開始找工作。

2 名 尋找；搜尋
The hiring committee is conducting a **search** for a new marketing manager.
→ conduct a search 進行搜尋
人事評選委員會正在尋找新的行銷經理。

600+ RANK 0288

gather [ˋgæðɚ] ☆☆☆☆☆☆☆

1 動 **收集**

→ 收集資訊

Surveys are the most common way to **gather** information about customer opinions.

民意調查是收集顧客意見最常用的方法。

2 動 **聚集**

A crowd has **gathered** around a musician.（Part 1 常考句子）

一群人聚集在音樂家身邊。

相關單字

gathering 名 集會

常考用法

farewell gathering 歡送會

600+ RANK 0289

act [ækt] ☆☆☆☆☆☆☆

1 動 **扮演；擔任**

→ act as 擔任

FitBod's fitness tracker **acts** as a heart rate monitor as well as a calorie counter.

費特博智慧手環可以監測心率同時也可以計算熱量。

2 名 **行為**

Donating money to charity is an **act** of good will.

捐款給慈善機構是一項善行。

3 名 **法案；法令**

In accordance with the Private Information **Act**, customers' data will not be disclosed to third parties.

根據個人資料法，顧客的資料不能透露給第三方。

600+ RANK 0290

present 動 [prɪˋzɛnt] 名 [ˋprɛzənt] ★★★☆☆☆☆

1 動 **出示**

Visitors to the museum must **present** valid tickets at the entrance.

參觀博物館的遊客必須在入口處出示有效票券。

2 動 **呈現；介紹**

She is **presenting** some information.（Part 1 常考句子）

她正在對一些資料做簡報。

3 形 **出席的**

There were many guests **present** at the store's opening party.

有很多賓客出席這家店的開幕派對。

相關單字

presentation 名 報告；演講；簡報

Ms. Gonzales will not take questions during her **presentation** today.
岡薩雷斯女士今天的演講不接受提問。

presently 副 現在；不久

Nexwen Corporation is **presently** interviewing candidates for the sales manager position. 奈克斯溫公司目前正在面試業務經理一職的應徵者。

常考用法

present A with B / B to A 贈送 B 給 A　　**present an award** 頒獎
at present 目前；現在　　**give a presentation** 做簡報

替換字詞

present 呈現；介紹 → deliver 給予
deliver (present) a series of workshop 舉辦一系列工作坊

600+ RANK 0291

downtown [ˌdaʊnˋtaʊn]   030

1 形 **市區的**　　→ 市中心區；鬧區

Lo and Partners will be relocating to the **downtown** area.
羅合股公司將搬到市中心。

2 副 **在（或往）城市的商業區**

Courteney commutes **downtown** for work.
柯特妮通勤到市中心上班。

600+ RANK 0292

structure [ˋstrʌktʃɚ] ☆☆☆☆☆☆☆

名 **結構；建築物**

Ripobella Manor is the most famous historical **structure** in town.
里波貝拉莊園是鎮上最有歷史性的建物。

600+ RANK 0293

local [ˋlok!] ★☆☆☆☆☆☆

1 形 **當地的；在地的**

Supermarkets do business with **local** farms to get the freshest produce.
超級市場和本地農場交易，以買到最新鮮的農產品。

2 名 **當地居民；本地人**

The article included interviews with Starmont City **locals**.
那篇文章包含史達蒙市當地人的訪問。

相關單字

locally 副 在本地　　**locale** 名（事情發生的）現場

600+ RANK 0294

electronic [ˌɪlɛkˋtrɑnɪk] ★☆☆☆☆☆☆

形 **電子的**

In response to customer demand, we have decided to produce more **electronic** readers. 為回應顧客的需求，我們決定生產更多電子書閱讀器。

相關單字 **electronically** 副 電子地　　**electronics** 名 電子學；電子產品

600+ RANK 0295

specialize [ˋspɛʃəlˌaɪz] ☆☆☆☆☆☆☆

動 **專精於；專門從事**　　→ specialize in 專門經營；專門從事

Wattora Travel Agency **specializes** in tours for low-budget travelers.
瓦托拉旅行社專營低價旅遊。

相關單字

specialist 名 專家
Our **specialists** will inspect your heating system.
我們的專家會檢查你的暖氣系統。

specialty 名 專長；特產
Express deliveries are our **specialty**.
快速投遞是我們的專長。
The tour group enjoyed shopping for local **specialties**.
旅行團喜歡購買當地特產。

specialization 名 特別化；專門化　　**specialized** 形 專門的；專科的

常考用法 **local specialty** 地方特產

600+ RANK 0296

monitor [ˋmɑnətɚ] ★★☆☆☆☆☆

1 動 **監控；監管**
Please **monitor** your division's budget as carefully as possible.
請儘可能密切監控你部門的預算。

2 名 **螢幕；顯示器 (= screen)**
Two **monitors** have been positioned side by side.（Part 1 常考句子）
兩臺監測器並排放在一起。

常考用法

closely monitor 密切監視

替換字詞

monitor 監控；監管 → observe 觀察
managers who monitor (observe) employees 經理們監管員工

600+ RANK 0297

clear [klɪr] ★☆☆☆☆☆☆

1 動 使乾淨；清除；收拾

Make sure you **clear** everything out of the meeting room before you leave. 在你離開前，確認把會議室的所有東西都清乾淨了。

2 動 使獲得批准；准予

You must get your vacation request **cleared** by your manager one week in advance.

你的休假申請必須在一個星期前獲得經理的批准。

3 形 清楚的；清晰的

The company has a **clear** set of guidelines regarding equipment rentals.

關於設備租賃，這家公司有清楚的準則。

相關單字

clearly 副 清楚地；清晰地

The manual **clearly** explains the procedures for ordering office supplies. 手冊裡清楚說明訂購辦公室用品的流程。

clearance 名 清除；空地；清倉大拍賣

常考用法

speak clearly 說清楚　　**clearly visible** 清晰可見

on clearance 清倉大拍賣時　　**clearance sale** 清倉大拍賣

替換字詞

clear 使獲得批准；准予 → approve 使獲得批准

the additional expense that the manager cleared (approved)

經理已核准額外費用

600+ RANK 0298

early [ˋɝlɪ] ★★☆☆☆☆☆

1 形 早的

We should purchase our tickets soon to take advantage of the **early** booking discount. → 提早預訂折扣；早鳥優惠

我們應該快點買票，以享有早鳥優惠。

2 副 早地

Let's leave **early** for our dinner with the director.（Part 2 常考句子）

我們早點離開，好去赴和總監的晚餐之約。

常考用法

earlier than expected 比預計的早

600+ RANK 0299

decline [dɪˋklaɪn] ★★☆☆☆☆☆

1 名 **下降；減少** ······的下降／減少

The recent **decline** in sales of printed newspapers has caused concern among *Zimmer News*' investors.

近期紙本報紙銷量的下滑引發《齊曼新聞》投資人的關切。

2 動 **減少；衰退**

Due to increases in competition, sales at Shomayu Cosmetics have **declined** considerably.

由於競爭加劇，秀瑪玉化妝品的銷量大幅衰退。

3 動 **婉拒；謝絕** decline the invitation 婉拒邀請

Dr. Dagasi respectfully **declined** the invitation because of a prior engagement.

由於先前已有約，戴高西博士有禮地婉拒了邀請。

相關單字

declining 形 逐漸減少的；下滑的

替換字詞

decline 婉拒；謝絕 → reject 拒絕；謝絕

decline (reject) an offer 謝絕提議

600+ RANK 0300

international [ˌɪntɚˋnæʃən!] ☆☆☆☆☆☆☆

形 **國際的**

Due to the lack of **international** visitors, many local tour companies are experiencing reduced sales.

由於沒有外國旅客，許多本地旅行社正面臨業績下滑。

相關單字

internationally 副 國際性地；在國際間

常考用法

international flight 國際航班

Speed Check-up

答案 p.602

一、請參考底線下方的中文，填入意思相符的單字。

ⓐ lowering ⓑ initial ⓒ alternative ⓓ reasonable ⓔ specializes

01 The ________ shipment of the new laptops was delivered this morning.
最初的

02 Wattora Travel Agency ________ in tours for low-budget travelers.
專門從事

03 Kalopa Co. is considering several other vendors to find a cheaper ________.
替代方案

04 The restaurant's food is delicious, and its prices are ________.
合理的

05 ________ overhead costs does not necessarily lead to higher returns.
降低

二、請參考句子的中文意思，選出填入後符合句意的單字。

ⓐ declined ⓑ revealed ⓒ efficient ⓓ frequently ⓔ detailed

06 Working in groups is very ________. 團隊工作很有效率。

07 The documents contain ________ descriptions of the project.
這些文件包含對計畫的詳細描述。

08 Dr. Dagasi respectfully ________ the invitation because of a prior engagement. 由於先前已有約，戴高西博士有禮地婉拒了邀請。

09 Please save your documents ________ to ensure proper file management. 請經常儲存你的文件以確保妥善管理檔案。

10 An analyst ________ that the housing market will improve soon.
分析顯示房市即將有起色。

三、請選出填入後符合句意的單字。

ⓐ present ⓑ clear ⓒ volunteered ⓓ achieved ⓔ productive

11 To be ________, employees should take regular breaks throughout the day.

12 Visitors to the museum must ________ valid tickets at the entrance.

13 Mr. Sharma has ________ to work at the food stand.

14 Make sure you ________ everything out of the meeting room before you leave.

15 Ticrone Corporation ________ its sales target for the year.

DAY
07
600+
先背先贏 核心單字
0301~0350

智慧型手機的祕密功能

人們並不知道智慧型手機隱藏著一項 innovative 的功能……
嘿嘿
每當公司要 launch updated 的產品時，
新增多項功能。
完全 improve 的新機種！
existing 的產品便會看準機會，
瞄～

主動犧牲自己……
誒！發生什麼事？
哐啷一聲
已經過了 warranty 期限！
支離破碎
insurance 也早就過期了！
這個月信用卡又 exceed 額度了……
原本好端端的手機為什麼每次都挑新機上市時出事！

600+ RANK 0301

improve [ɪm`pruv] ★★★★☆☆☆

動 **改善；增進**

How are you planning to **improve** our operations?（Part 2 常考單字）
你打算如何改善我們的營運狀況？

相關單字

improved 形 改善的；增進的

improvement 名 改善；增進；改善的事物

There has not been much **improvement** in traffic congestion despite the new subway line.（在……方面的改善）
儘管有新的地鐵線，但交通壅塞狀況並沒有改善多少。

600+ RANK 0302

updated [`ʌp͵detɪd] ★★★☆☆☆☆

形 **更新的**

The company's **updated** customer database will include client feedback. 公司的顧客資料庫更新後會包含客戶的回饋意見。

相關單字

update 動 更新

Please **update** me on my order status as soon as possible.
請儘快更新我的訂單狀態。

up-to-date 形 最新的

Claire's personnel file is **up-to-date**.
克萊兒的個人檔案已是最新版本。

常考用法

updated version 更新版

600+ RANK 0303

research [rɪ`sɝtʃ] ☆☆☆☆☆☆☆

名 **研究；調查**

New features were added after extensive **research** on consumer preference.（調查……；研究……）
經過大規模調查顧客的偏好後，已加入新功能。

常考用法

carry out research 進行調查
research and development (= R&D) 研究與發展（研發）

600+ RANK 0304

innovative [ˋɪnoˏvetɪv] ★★☆☆☆☆☆

形 **創新的**

Kalooni Group's design won an award for displaying the most **innovative** use of color. 卡魯尼集團的設計因展現對色彩的創新運用而獲獎。

相關單字 **innovation** 名 創新；新觀念 **innovate** 動 創立；革新

常考用法 **industrial innovation** 產業創新

600+ RANK 0305

warranty [ˋwɔrəntɪ] ☆☆☆☆☆☆☆

名 **保固**

Damage caused by the customer is not covered by this **warranty**.
顧客所造成的損害並不在保固範圍內。

相關單字

warrant 動 授權；搜查令；擔保

常考用法

under warranty 在保固期內 **extended warranty** 延長保固
lifetime warranty 終身保固 **warranty service** 保固服務

600+ RANK 0306

approval [əˋpruv!] ★★☆☆☆☆☆

名 **核准；認可**

Once the building's blueprints receive **approval** from the city, construction work can begin.
大樓的藍圖一經市政府核准，就可以開工興建了。

相關單字

disapproval 名 不贊成；不准許

approve 動 贊成；認可

Did Ms. Park **approve** the proposal?（Part 2 常考句子）
派克女士同意提案了嗎？

常考用法 **give an approval for** 批准、贊成某事

600+ RANK 0307

key [ki] ☆☆☆☆☆☆☆

1 名 **鑰匙**

You can get a replacement room **key** at the hotel's front desk.
你可以在飯店的櫃檯拿到房間的備用鑰匙。

2 形 **關鍵的；重要的**

Dr. Geri Hauser will introduce **key** management skills at the seminar.
傑瑞·豪瑟博士會在研討會裡介紹重要的管理技巧。

常考用法

key to ……的答案；實現……的關鍵

600+ RANK 0308

reliable [rɪˋlaɪəb!] ★☆☆☆☆☆☆

形 **可靠的；確實的**

Olympia Bank does its best to provide **reliable** protection of clients' personal information. 奧林匹亞銀行盡力做到確實保護客戶的個人資料。

相關單字

rely 動 依靠

For international orders, we **rely** on an outside shipping company. （rely on：依靠；依賴）
在國際訂單方面，我們要依靠外部的貨運公司來處理。

reliant 形 依靠的；有信心的　　**reliability** 名 可靠；可信度

常考用法

reliable service 確實可靠的服務　　**reliable source** 可靠消息來源
reliant on/upon 信賴；依靠

600+ RANK 0309

participate [pɑrˋtɪsəˏpet] ☆☆☆☆☆☆☆

動 **參與；參加**

Those who wish to **participate** in the workshop need to submit a registration form. （participate in (= take part in) 參加）那些想參加工作坊的人必須要交註冊登記表。

相關單字

participation 名 參加　　**participant** 名 參與者；關係者

600+ RANK 0310

authorization [ˏɔθərəˋzeʃən] ★☆☆☆☆☆☆

名 **授權；許可**

Only staff members with A-level **authorization** can enter the restricted area. 只有獲得A級許可的員工可以進入管制區。

相關單字

authorize 動 授權；准許

The accounting manager can **authorize** reimbursement for business travel expenses. 會計部經理可以批准差旅費的報銷。

authorized 形 經授權的；批准的；公認的

unauthorized 形 未經授權的；批准的

常考用法

without prior authorization 未經事先授權
authorized service center 授權服務中心
authorized dealership 授權經銷　**unauthorized use** 未授權使用

600+ RANK 0311

collection [kəˋlɛkʃən] ☆☆☆☆☆☆☆ 

1 名 **大量；大堆**

Reva Teahouse displays a **collection** of antique teacups its customers can choose from. 瑞瓦茶館展示許多客人可以選購的古董茶杯。（collection → 許多；大量）

2 名 **收集；收藏品**

The Riverdale Library has one of the largest **collections** of books in the country. 瑞佛戴爾圖書館是全國館藏最多的圖書館之一。

3 名 **一系列新裝作品**

When should I order the fabric for the winter **collection**?（Part 2 常考句子）
我何時該為冬裝系列訂購布料？

相關單字

collect 動 收藏；收集

A man is **collecting** some documents.（Part 1 常考句子）
一名男子正把一些文件收集起來。

collective 形 集體的；共同的

常考用法

toll collection 收取通行費　**private collection** 私人收藏
collect A from B (→ A be collected from B) 從 B 處收集 A
collective effort 集體努力

600+ RANK 0312

acceptable [əkˋsɛptəb!] ★★★★☆☆☆

形 **可接受的**

Unfortunately, checks are not an **acceptable** form of payment in this store. 很不湊巧，本店不收支票。

相關單字

accept 動 接受

Is Dr. Hopkins **accepting** new patients? 哈普金斯醫師收新病患嗎？

acceptance 名 接受；認可

常考用法

accept a position 接受一個職位　**accept responsibility for** 承擔……的責任

替換字詞

acceptable 可以接受的 → fine 極好的；令人滿意的
a performance that is acceptable (fine) 令人滿意的表演

600+ RANK 0313

insurance [ɪn`ʃʊrəns] ☆☆☆☆☆☆☆

名 **保險；保險契約**

→ 保險公司

Mr. Cadena called his **insurance** company to verify a change to his policy. 卡迪納先生打電話給他的保險公司，核實他保單的一項變動。

相關單字

insure 動 為……投保；保證　　insured 形 已投保的

常考用法

insurance policy 保單　　insurance claim 申請保險理賠

600+ RANK 0314

range [rendʒ] ★★★★☆☆☆

1 名 **種類**

→ a broad/wide/diverse range of 許多；各種各樣

Penjat Corporation sells a broad **range** of industrial and household cleaning products.
潘潔特公司販售許多工業與家用清潔產品。

2 動 **(範圍)涉及**

→ range from A to B ➜ 範圍在 A 到 B 之間

The attendees at the trade show **ranged** from students to industry professionals. 參觀貿易展的人從學生到產業專業人士都有。

常考用法

a range of 一類；一系列　　a full range of 全套　　price range 價格範圍

600+ RANK 0315

roughly [`rʌflɪ] ★☆☆☆☆☆☆

副 **粗略地；大約 (= approximately)**

The city attracts **roughly** five million visitors each year with its beautiful historic sites.
這個城市的美麗古蹟每年吸引約五百萬人造訪。

相關單字

rough 形 粗糙的；大致的

600+ RANK 0316

existing [ɪg`zɪstɪŋ] ★★☆☆☆☆☆

形 **現存的；現行的**

Any construction, including renovation of **existing** buildings, requires a valid permit.
任何工程，包括現有建築的整修工作，都需要合法有效的許可。

相關單字

exist 動 存在；生存
existence 名 存在；生存

常考用法

existing products 現有的產品
existing customers 現有的顧客

600+ RANK 0317

note [not] ★★☆☆☆☆☆

1 名 **筆記**

(make a note → 記下某事)

Be sure to make a **note** of the training session dates.
請務必記下訓練課程的日期。

2 動 **注意**

Please **note** the new starting time for the seminar.
請注意新的研討會開始時間。

替換字詞

note 談到；提及 → state 提到；說明
the company noted (stated) 公司提到

600+ RANK 0318

discussion [dɪˋskʌʃən] ★★☆☆☆☆☆

名 **討論**

(lengthy discussion → 漫長的討論)

After a lengthy **discussion**, Mr. Lin decided to revise the annual budget.
經過漫長的討論後，林先生決定修改年度預算。

相關單字

discuss 動 討論
They are **discussing** a menu.（Part 1 常考句子）他們正在討論菜單。

常考用法

discussion on/about 討論……

600+ RANK 0319

regulation [ˏrɛgjəˋleʃən] ★★☆☆☆☆☆

名 **規定；規章**

The employee manual explains what the staff needs to know regarding company **regulations**.
員工手冊說明員工所需知道的公司規定。

相關單字

regulate 動 管理；為……制定規章

常考用法

safety regulations 安全規則

600+ RANK 0320

introduce [ˌɪntrəˋdjus] ☆☆☆☆☆☆☆

動 **介紹；推出**

We are ready to **introduce** our new line of laptop computers this June.
我們已準備好在今年六月推出我們的新系列筆記型電腦。

相關單字

introduction 名 介紹；引進；序言
introductory 形 介紹的；前言的

替換字詞

introduce 介紹；推出 → roll out 推出
technicians introducing (rolling out) the updated software
技術人員推出更新版軟體

600+ RANK 0321

broken [ˋbrokən] ☆☆☆☆☆☆☆

形 **損壞的；破碎的**

Mr. Schmidt asked for an exchange because the calculator he purchased was **broken**.
施密特先生要求換貨，因為他買的計算機是壞的。

600+ RANK 0322

exceed [ɪkˋsid] ★★★☆☆☆☆

動 **超過；超出**

The growth of Nature Story Cosmetics over the past 10 years has **exceeded** shareholders' expectations.
自然故事化妝品公司過去十年來的成長，已超出股東的預期。

相關單字

excess 名 超越

The Photon-4A earned profits in **excess** (→ 超過) of one million dollars in the last quarter alone.
富頓 4A 廣告公司光是上一季的獲利就超過一百萬元。

excessive 形 過度的　**excessively** 副 過度地；非常

常考用法

exceed a budget 超出預算

600+ RANK 0323

follow [`fɑlo] ★☆☆☆☆☆☆

1 動 **遵循；聽從**

Please **follow** the instructions carefully, so the printer is installed properly. 請仔細遵照操作指南，如此，印表機才能正確安裝。

2 動 **跟隨；跟進** → follow up (on) 跟進；對……採取進一步行動

Ms. Gonzaga wrote an email to **follow** up on our telephone conversation last Friday.
岡薩加女士寫了一封電子郵件接續我們上星期五在電話上的談話內容。

相關單字 **following** 形 接著的；下述的

常考用法 **easy to follow** 容易理解

替換字詞

follow 跟隨；跟進 → check 密切注意；檢查
follow (check) the progress of a project 密切注意專案的進度

600+ RANK 0324

launch [lɔntʃ] ★★★★☆☆☆

1 動 **推出；發行**

Timo Automobile **launched** a promotional campaign for its latest models. 提摩汽車推出最新車款的促銷活動。

2 名 **發表會；發布會**

The marketing team worked hard to make this month's product **launch** go smoothly. 行銷團隊努力工作以使這個月的產品上市發表會順利進行。

常考用法

launch a new product 推出新產品

600+ RANK 0325

instruction [ɪn`strʌkʃən] ★☆☆☆☆☆☆

名 **指南；教導**

The author wrote this article to provide some helpful **instructions** on publishing e-books. 作者寫了這篇文章，為出版電子書提供一些有用的指南。

相關單字

instruct 動 命令；指導 → 除非另有指示

Use this format when writing reports unless otherwise **instructed** by a manager. 除非經理有其他的指示，否則就用這個格式寫報告。

instructor 名 指導者；大學講師 **instructional** 形 教學的；教學用的

常考用法 **easy-to-follow instructions** 容易遵循的指示

600+ RANK 0326

right [raɪt] ☆☆☆☆☆☆☆

1 名 **權利** → reserve a right to do 保留做某事的權利

The convention center reserves the **right** to cancel events at any time.
會議中心保留隨時取消活動的權利。

2 形 **正確的；對的**

As long as you have the **right** tools, you can assemble the furniture in less than 30 minutes.
只要你有合適的工具，你就能在不到 30 分鐘內把家具組好。

相關單字

rightly 副 正確地；公正地

常考用法

exercise one's rights 行使某人的權利

600+ RANK 0327

tight [taɪt] ☆☆☆☆☆☆☆

形 **緊繃的；緊湊的** → 緊湊時程

Despite its **tight** schedule, Dusit Publishing has already finished printing the new design manual.
儘管時間表排得很滿，杜西特出版社已經印完新的設計手冊。

相關單字

tightly 副 緊地；牢固地

600+ RANK 0328

decrease 動 [di`kris] 名 [`dikris] ☆☆☆☆☆☆☆

1 動 **減少；降低；衰退**

Sales of paper books have **decreased** over the past decade.
過去十年來，紙本書的銷量已經下滑。

2 名 **減少；降低；衰退** → ……的減少／降低

Industry experts expect a sharp **decrease** in home prices after interest rates rise.
利率上升後，業界專家預期房價會急劇衰退。

600+ RANK 0329

forward [`fɔrwɚd] ★☆☆☆☆☆☆

1 動 **轉交** → forward A to B (→ A be forwarded to B) 將 A 轉交給 B

All job applications are to be **forwarded** to Tim Nason in the HR Department. 所有應徵者的資料，都會轉給人資部的提姆·納森。

2 副 向前

往前移動

All award recipients should move **forward** to the front of the room.
所有的得獎者應往前移到房間前面。

相關單字 **a step forward** 向前一步

替換字詞

forward 轉交 → route 發送；運送
be forwarded (routed) to a representative 發送給一位代表

600+ RANK 0330

acquire [ə`kwaɪr] ★★☆☆☆☆☆

動 **取得；獲得**

Gabby helped the company **acquire** five new major advertising accounts. 蓋比幫公司爭取到五位新廣告大客戶。

動 **購得**

After Morgan Books **acquires** Hollows Press, many departments will be restructured. 在摩根書業收購哈洛斯出版後，很多部門都要調整。

相關單字

acquisition 名 獲得；收購物；增添的物或人
This **acquisition** will allow Han Airlines to accommodate more passengers from Europe.
這次收購讓漢航空可以搭載更多歐洲客人。

常考用法 **acquire expertise** 取得專業技術

替換字詞

acquire 取得；獲得 → gain 獲得
acquire (gain) the skills needed 獲得所需的技術

600+ RANK 0331

means [minz] ☆☆☆☆☆☆☆ 034

名 **方法；方式**

……的方式

Membership fees are an important **means** of financial support for the museum. 會員費是博物館很重要的財務支援方式。

常考用法 **by means of** 透過……的方式

600+ RANK 0332

entrance [`ɛntrəns] ★☆☆☆☆☆☆

名 **入口；大門**

People are walking towards the front of the **entrance**.（Part 1 常考句子）
人們朝入口前面走去。

相關單字

enter 動 進入　　entrant 名 進入者；新學員

常考用法

main entrance 主要入口；大門　　entrance fee 入場費

enter into a raffle 參加抽獎

600+ RANK 0333

ease [iz] ★★☆☆☆☆☆

1 名 **容易；不費力**

The sales manager was pleased to learn that sales quotas were met with **ease**. 業務部經理很高興得知，銷售額很輕易地達成了。

（with ease → 輕易地）

2 動 **減輕；緩和**

The new bridge will **ease** congestion and speed up the daily commute.
新橋會紓解壅塞並加快每天的通勤時間。

相關單字

easy 形 容易的；安逸的　　easily 副 容易地；無疑

常考用法

easy to do 很容易做到

600+ RANK 0334

affordable [əˋfɔrdəb!] ★☆☆☆☆☆☆

形 **可負擔的；買得起的**

This product is more **affordable** than I thought it would be.
這個產品的價格比我原先想的還負擔得起。

相關單字

affordability 名 有能力負擔　　afford 動 買得起

We cannot **afford** to get new computers this year due to our limited budget. 由於預算有限，我們今年買不起新電腦。

常考用法

at an affordable price 價錢不貴／負擔得起

600+ RANK 0335

overtime [ˋovɚtaɪm] ☆☆☆☆☆☆☆

名 **加班時間**

Employees who work **overtime** must complete a special work schedule form. 加班的員工必須填寫一份專用工作時間表。

（work overtime → 加班；超時工作）

常考用法 overtime rate 加班費費率

600+ RANK 0336 source [sors] ★☆☆☆☆☆☆

1 名 **資源；來源** → source of/for ……的來源、根源

Dr. Hong's book is an accurate **source** of information for healthy eating.
洪醫師的書是正確的健康飲食資訊來源。

2 名 **資訊；消息來源**

Mr. Manuel is a good **source** of information regarding upcoming company events.
關於公司即將舉行的活動，曼努爾先生是可靠的消息來源。

600+ RANK 0337 construction [kən`strʌkʃən] ★★☆☆☆☆☆

名 **建造；建設**

Stargu, Inc. will complete the **construction** of the new office tower next month. 史塔古公司會在下個月完成新辦公大樓的建造工程。

相關單字

construct 動 建造

常考用法

construction site 工地
under construction 建造中

600+ RANK 0338 trial [`traɪəl] ☆☆☆☆☆☆☆

1 名 **試驗；試用**

We use these **trials** to make our products taste great.
我們運用這些試驗讓我們的產品吃來很美味。

2 名 **審判；審理**

The **trial** regarding the property damage at Orange Lane was settled yesterday.
關於橙路上的財物損失官司昨日已和解。

相關單字

try 動 嘗試；試驗；審判

常考用法

trial run 試航；試車
trial subscription 試訂；試閱
one-month trial 試用一個月

DAY 01 02 03 04 05 06 07 600 | 700 08 09 10

600+ RANK 0339

transport 動 [træns`pɔrt] 名 [`trænspɔrt] ☆☆☆☆☆☆☆

1 動 **運輸；運送**

Bera Movers specializes in **transporting** large office equipment.
貝拉搬家公司專門運送大型辦公設備。

2 名 **運輸；運送**

We charge extra for the **transport** of large furniture.
我們運送大型家具要額外收費。

相關單字

transportation 名 運輸；運輸工具；交通工具

→ 大眾運輸工具

The expansion of the subway routes would make underground public **transportation** accessible to everyone in East Arborough.
地鐵路線的延伸，將使東阿勃羅的居民人人都能搭地下大眾運輸工具。

600+ RANK 0340

significantly [sɪg`nɪfɪkəntlɪ] ★☆☆☆☆☆☆

副 **重大地；顯著地**

Due to the increasing number of employee vehicles, we plan on **significantly** expanding our parking lot.
由於員工車輛不斷增加，我們計畫大幅擴建停車場。

相關單字

significant 形 重大的；顯著的

The invention of the smartphone has had a **significant** impact on people's lives. 智慧型手機的發明對人們的生活有顯著的衝擊。

替換字詞

significant 重大地；顯著地 → important 重要的；值得注意的

one of the most significant (important) events of the year
今年最重要的活動之一

600+ RANK 0341

reimbursement [ˌriɪm`bɝsmənt] ☆☆☆☆☆☆☆ 035

名 **報銷；退款；補償**

Your request for the **reimbursement** of travel expenses has been approved. 你申請報銷的旅費已核准。

相關單字

reimburse 動 歸還；補償

→ reimburse A for B (→ A be reimbursed for B) 把 B 補償給 A

All travel expenses, including meals, will be **reimbursed** for up to $100 a day. 所有的旅費，包含餐費在內，每天最高補助一百元。

常考用法 **reimbursement request** 要求報銷、請款

600+ RANK 0342

useful [`jusfəl] ★★☆☆☆☆☆

形 **有用的；有幫助的**

The additional conference room has been **useful** for client meetings and interviews. 多出來的會議室用來做為客戶會議與面試之用。

（useful → 有用的；有幫助的）

相關單字

usefulness 名 有用；有益；有效　**use** 動 使用　**used** 形 二手的；舊的

I decided to buy a **used** car since a new one would be too expensive.
我決定買二手車，因為新車太貴了。

usage 名 用法

Due to the recent drought, I had to reduce my water **usage**.
由於近來的乾旱，我不得不減少我的用水量。

常考用法

easy-to-use 易於使用的　**make use of** 利用；使用
water usage 用水量　**in use** 使用中；（電話）占線

600+ RANK 0343

contain [kən`ten] ☆☆☆☆☆☆☆

動 **包含**

The redesigned website for Bio-Corp **contains** many informative graphics. 比歐公司重新設計的網站，包含很多資訊豐富的圖表。

相關單字 **container** 名 容器；貨櫃

常考用法 **glass container** 玻璃容器

易混淆單字筆記

contain vs. include

兩者皆表示「包含」之意。差別在於，若用 A contain B，則表示兩種可能：一種是 A 中只有 B，另一種是 A 中除了 B，還有 C、D 等其他東西；若用 A include B，則只有一種可能，表示 A 中除了 B，還有 C、D 等。

This email **contains** some documents. 這封電子郵件裡包含一些文件。
It **includes** my cover letter. 裡面包含我的求職信。

600+ RANK 0344

résumé [`rɛzʊme] ☆☆☆☆☆☆☆

名 **履歷表**

I received your **résumé** and application for the marketing manager position. 我收到你的履歷表，要應徵行銷經理一職。

常考用法

review a résumé 審閱履歷表　**curriculum vitae (= CV)** 簡歷

600+ RANK 0345

draw [drɔ] ☆☆☆☆☆☆☆

1 動 **吸引；招來**

The annual art festival **drew** over 5,000 visitors to the city.
年度藝術節吸引了超過五千人來這座城市。

2 動 **利用；依賴** → draw on 利用；依賴

Drawing on 20 years of educational experience, Ms. Russo provides consultation to many schools.
盧索女士靠著她 20 年的教育經歷，為很多學校提供諮詢。

相關單字

drawing 名 素描；畫圖

常考用法

draw customers 吸引顧客　**draw an entry** 抽出一名參賽者

替換字詞

draw 招引；招來 → attract 吸引
draw (attract) attention to the business 吸引大家注意生意

600+ RANK 0346

guideline [ˋgaɪd͵laɪn] ☆☆☆☆☆☆☆

名 **指導方針；指導準則**

To avoid injuries, please ensure you always follow the safety **guidelines**. → 安全準則
為了避免受傷，請確保你會一直遵守安全準則。

相關單字

guide 名 嚮導；引導　**guidance** 名 指導；引導

常考用法

guidelines on/for ……的指導方針
under/in accordance with guidelines 根據準則

600+ RANK 0347

regional [ˋridʒən!] ☆☆☆☆☆☆☆

形 **地區的**

Commerce Corner, Inc. has been the number one choice in **regional** marketing. 商業角公司是地區行銷的第一把交椅。

相關單字

regionally 副 地方的；地區性地

In January, Bakers Twelve will expand **regionally**, creating more job opportunities in many towns.
12 麵包坊將在一月擴大營業地區，會在很多城鎮創造更多工作機會。

RANK 0348 600+

moment [ˋmomənt] ☆☆☆☆☆☆☆

名 **時刻；片刻**

Alice is out of the office, but she will be back in a **moment**. → 不久；馬上

艾麗絲不在辦公室，但她很快就會回來。

相關單字

momentary 形 短暫的；時時刻刻　　**momentarily** 副 短暫地；隨時地

常考用法

at the moment (= now) 現在　　**at any moment** 隨時地

RANK 0349 600+

keynote [ˋki͵not] ☆☆☆☆☆☆☆

名 **主題；基調**

→ keynote speaker 主題演講者

Keynote speakers must speak loudly so that they can be heard by everyone in the auditorium.

主題演講者必須大聲講話，如此才能讓禮堂裡的每個人都聽到。

常考用法

keynote speech (address) 主題／主要演講

RANK 0350 600+

error [ˋɛrɚ] ☆☆☆☆☆☆☆

名 **錯誤**

With the new accounting software, most bookkeeping **errors** are preventable.

有了新的會計軟體，大部分的帳目錯誤都可以避免。

常考用法

in error 錯誤的

Speed Check-up

答案 p.602

一、請參考底線下方的中文，填入意思相符的單字。

ⓐ acceptable ⓑ research ⓒ approval ⓓ launch ⓔ affordable

01 The marketing team worked hard to make this month's product ________ (發行) go smoothly.

02 Unfortunately, checks are not an ________ (可接受的) form of payment in this store.

03 This product is more ________ (可負擔的) than I thought it would be.

04 Once the building's blueprints receive ________ (許可) from the city, construction work can begin.

05 New features were added after extensive ________ (研究) on consumer preference.

二、請參考句子的中文意思，選出填入後符合句意的單字。

ⓐ reliable ⓑ exceeded ⓒ tight ⓓ means ⓔ improve

06 Despite its ________ schedule, Dusit Publishing has finished printing the new design manual.
儘管時間表排得很滿，杜西特出版社已經印完新的設計手冊。

07 The growth of Nature Story Cosmetics over the past 10 years has ________ shareholders' expectations.
自然故事化妝品公司過去十年來的成長，已超出股東的預期。

08 Olympia Bank does its best to provide ________ protection of clients' personal information. Olympia 奧林匹亞銀行盡力做到確實保護客戶的個人資料。

09 How are you planning to ________ our operations?
你打算如何改善我們的營運狀況。

10 Membership fees are an important ________ of financial support for the museum. 會員費是博物館很重要的財務支援方式。

三、請選出填入後符合句意的單字。

ⓐ roughly ⓑ range ⓒ reimbursement ⓓ participate ⓔ drew

11 Penjat Corporation sells a broad ________ of industrial and household cleaning products.

12 The annual art festival ________ over 5,000 visitors to the city.

13 The city attracts ________ five million visitors each year with its beautiful historic sites.

14 Those who wish to ________ in the workshop need to submit a registration form.

15 Your request for the ________ of travel expenses has been approved.

失戀的朋友

我跟某個剛失戀的朋友相約見面。

她 leave 我了。

哽咽

沒想到失戀竟讓人如此 disappoint……

這傢伙的 subject 全都圍繞在失戀上……

冰冷的啤酒啊，感覺好冰冷啊。

就像她說要跟我分手的 voice 一樣……

要不要去哪裡旅遊，順便轉換一下心情？

說到旅遊！每次我們 anniversary 的時候都會去旅遊呢。

一起去海邊玩吧！要不要去東海？

海邊啊……我跟她在海邊也是累積了 numerous 的回憶呢。

啊是喔！那我來負責預訂客運車票。

客運！她以前都是搭客運 commute……

흑

看來完全無法 avoid 這個話題吶。

而且她啊……

600+ RANK 0351

invoice [ˋɪnvɔɪs] ☆☆☆☆☆☆☆

 036

名 **出貨單**

Invoices must be included with the items that are returned.
退回的貨品必須連同出貨單一起退回。

600+ RANK 0352

growth [groθ] ★☆☆☆☆☆☆

名 **成長**

→ ……的增長

TPR Shipping has enjoyed enormous **growth** in profits this quarter.
TPR 貨運本季收益巨幅成長。

相關單字

grow 動 成長

It's great that our company is **growing** so fast.
我們公司成長得這麼快，真是太好了。

常考用法

growth rate 成長率　　**growth of** ……的增長

替換字詞

growth 成長 → boom 繁榮

venture business growth (boom) continues, creating new jobs.
企業生意持續繁榮成長，創造新的工作

600+ RANK 0353

representative [ˏrɛprɪˋzɛntətɪv] ★☆☆☆☆☆☆

1 名 **代表；代理人**

→ sales representative 業務代表

The Florida branch will need some experienced sales **representatives**.
佛羅里達分公司需要一些有經驗的業務代表。

2 形 **代表性的；典型的**

→ ……的典型；……的代表

Under the Sun is not **representative** of all Korean movies.
《陽光下》無法代表所有的韓國電影。

相關單字

represent 動 描繪；象徵；代表

常考用法

service representative 服務代表

替換字詞

represent 描繪；象徵；代表 → reflect 顯示；表示

a receipt for the full payment of $120, which represents (reflects) one year of dues
全額支付 120 元的收據，代表一整年的費用

600+ RANK 0354 leave [liv] ★☆☆☆☆☆☆

1 動 **離開**

Please put all chairs back in their places before **leaving** the room.
離開房間之前，請將椅子放回原位。

2 動 **留下**

If no one is here to receive the package, please **leave** it on the counter.
如果這裡沒有人收包裹，請將它放在櫃檯上。

3 名 **休假**

At Johnson Electronics, requests for annual **leave** generally take one week to process.
（→ 年假）
在強生電器公司，年假申請提出後，通常要花一星期處理。

常考用法

leave for 動身
on leave 休假
sick leave 病假
leave no room for 沒有……的可能

替換字詞

leave 休假 → absence 休假
a long leave (absence) from work 休一段長假

600+ RANK 0355 request [rɪ`kwɛst] ★★★☆☆☆☆

1 名 **需求；要求**

The office manager will do her best to fulfill **requests** for new supplies.
（→ request for 要求……）
辦公室經理會盡力達成新供應量的要求。

2 動 **需求；要求**

All candidates will be **requested** to submit official documentation during the interview.
（→ request A to do (→ A be requested to do) 要求 A 做某事）
所有應徵者在面試時，都須提出正式的文件。

常考用法

upon request 根據要求
make a request 提出要求
request that + 主詞 + **(should)** + 原形動詞 要求……做某事

600+ RANK 0356 suggestion [sə`dʒɛstʃən] ☆☆☆☆☆☆☆

1 名 **建議；提議**

The consultant made many **suggestions** that helped reduce operating expenses.
顧問提出很多建議，有助減少營業費用。

2 名 **暗示；示意**

There is a strong **suggestion** that some confidential materials were disclosed.
強烈跡象顯示，有些機密資料被洩漏了。

相關單字

suggest 動 建議
May I **suggest** a few changes to the schedule?（Part 2 常考句子）
我可以建議時程表做一些修改嗎？

600+ RANK 0357

option [ˋɑpʃən] ★★☆☆☆☆☆

名 **選擇**

Consumers want many **options**, so Togo, Inc. produces a wide range of products.
消費者想要有很多選擇，因此特購公司製造各式各樣的產品。

相關單字

optional 形 隨意的；非必須的
Participation in the recycling program is welcome but completely **optional**. 歡迎參加回收計畫，但完全隨個人意願。

opt 動 選擇

常考用法

opt to do 選擇做……
option of doing 選擇做……
option for ……的選項
have no option but to do 別無選擇只能做……

600+ RANK 0358

damage [ˋdæmɪdʒ] ☆☆☆☆☆☆☆

1 名 **破壞；損壞**

Please follow the directions carefully to avoid **damage** to the dishes during shipping. 請仔細遵照指示，以避免餐具在運送過程中受損。
（damage to：對……造成損害）

2 動 **破壞；損壞**

We don't want any of our vehicles to be **damaged**.
我們不希望我們的車輛有任何損壞。

相關單字

damaged 形 受損的；遭破壞的

易混淆單字筆記

damage 名 vs. **damage** 動
名詞 damage 通常會搭配介系詞 **to** 一起使用；動詞 damage 屬於**及物動詞**，因此後方可**直接連接受詞**，不須加上介系詞。

600+ RANK 0359

career [kə`rɪr] ☆☆☆☆☆☆☆

1 名 **職業**

Recent graduates can find out about job opportunities in various industries by going to the **career** fair. → 就業博覽會

近期的畢業生透過參加就業博覽會，可以找到許多不同產業的工作機會。

2 名 **生涯；事業** → further one's career 進一步發展某人的職業生涯

I would like to further my **career** as an administrative officer.

我想要讓我的職業生涯更進一步發展，當一名行政官員。

常考用法

career move 轉換（職涯）跑道

climb the career ladder 逐步升遷

600+ RANK 0360

anniversary [͵ænə`vɝsərɪ] ★☆☆☆☆☆

名 **週年；週年紀念**

The 10th **anniversary** of the company will be celebrated on January 5.

公司將在一月五日慶祝十週年。

600+ RANK 0361

consider [kən`sɪdɚ] ★★★★☆☆☆ 037

動 **考慮；考量** → consider doing 考慮做……

Have you **considered** hiring a professional consultant?

你有沒有考慮過僱用一位專業顧問？

相關單字

consideration 名 考慮；考慮的事

I'll email you some ideas I've come up with for your **consideration**.

我會把我想到的一些構想用電子郵件寄給你，讓你考慮。

常考用法

be considered for the internship 實習生的考慮人選

take . . . into consideration 將……列入考慮

600+ RANK 0362

install [ɪn`stɔl] ★☆☆☆☆☆☆

動 **裝設；架設**

A man is **installing** a fence.（Part 1 常考句子）

一名男子正在架設籬笆。

相關單字

installation 名 安裝

If the product is damaged during **installation**, the company will replace it. 如果這個產品在安裝時損壞，公司會換新的。

installment 名 分期付款

Customers can pay the balance in **installments** at a low interest rate. 顧客可以用低利分期付款來支付餘款。

常考用法

installation charge 安裝費　　**in installments** 以分期付款支付

600+ RANK 0363

dedicated [ˋdɛdəˏketɪd] ★★☆☆☆☆☆

形 **致力的；獻身的** → **be dedicated to doing** 專心致志於做……

Champion Paper is **dedicated** to providing quality products and excellent customer service.

冠軍紙業致力於提供高品質產品和極佳的客戶服務。

相關單字

dedicate 動 奉獻；獻出（時間、精力等）

dedication 名 奉獻；貢獻

Our success is the result of the **dedication** and hard work of many people. 我們的成功是許多人奉獻與辛勤努力的結果。

常考用法

dedication to 對……的奉獻精神

dedicated employees 盡心盡力的員工

600+ RANK 0364

bill [bɪl] ☆☆☆☆☆☆☆

1 名 **帳單**

Have you taken care of this month's **bills**? （Part 2 常考句子）

你支付這個月的帳單了嗎？

2 名 **議案；法案**

The **bill** will become a law after it is approved by the government.

在政府通過後，這項法案就會成為法律。

相關單字

billing 名 寄發帳單；（尤指演出的）宣傳

RANK 0365 600+

survey 名 [ˋsɝve] 動 [sɚˋve] ☆☆☆☆☆☆☆

1 名 **調查**

The recent **survey** indicates that many customers prefer shopping online.

最近的調查顯示，很多顧客比較喜歡在網路上買東西。

2 動 **做調查**

Our team **surveyed** a group of senior citizens regarding the new elderly home.

我們的團隊針對新的養老院，對一群銀髮族進行民意調查。

RANK 0366 600+

article [ˋɑrtɪk!] ☆☆☆☆☆☆☆

名 **文章**

The **articles** in *Enterprise Spotlights* offer good investment suggestions.

《企業聚光燈》裡的文章提出了很好的投資建議。

RANK 0367 600+

restore [rɪˋstor] ★☆☆☆☆☆☆

動 **恢復；復原**

Bus service to the village will be **restored** as soon as road repairs are complete.

等道路一修好，開往村莊的公車就會恢復行駛。

相關單字

restoration 名 恢復；整修；重建

常考用法

restore A to B (→ A be restored to B) 使 A 恢復到 B

RANK 0368 600+

related [rɪˋletɪd] ☆☆☆☆☆☆☆

1 形 **有關的；相關的**

→ related/relating to 與……有關

At the staff meeting, topics **related** to the business expansion plan will be discussed.

員工會議上會討論關於拓展業務的議題。

2 形 **有親戚（或親緣）關係的**

You look a lot like Sarah Hunter, so we thought you were **related** to her.

你看起來和莎拉·航特很像，所以我們以為你和她有親戚關係。

相關單字

relationship 名 (= relations) 關係
The Marketing Department is offering a workshop on building **relationships**. 行銷部辦了一個關於建立關係的工作坊。

常考用法

build a relationship 建立關係

600+ RANK 0369

demonstration [ˌdɛmən`streʃən] ★☆☆☆☆

名 **示範；展示**
I think the **demonstration** will help answer any questions you might have. 我想這次示範，將有助解答你可能會有的任何問題。

相關單字

demonstrate 動 示範
Engineers will **demonstrate** how to use the solar water pump at the Technology Expo.
工程師在技術展上會示範如何使用太陽能抽水機。

常考用法

give a demonstration 進行示範
product demonstration 產品展示

600+ RANK 0370

record 名 形 [`rɛkɚd] 動 [rɪ`kɔrd] ☆☆☆☆☆☆

1 名 **紀錄**
Where do you file the tax **records**? （Part 2 常考句子）
你把稅務紀錄歸檔在哪裡？

2 動 **錄音；錄影**
We **record** all phone calls with customers in order to improve our services.
我們錄下所有和顧客交談的電話內容，以便改進我們的服務。

3 形 **空前的；創紀錄的**
The experienced accountant finished her tasks in **record** time.
那位經驗豐富的會計師，以破紀錄的超短時間完成任務。

相關單字

recording 名 錄音；錄影

常考用法

break a record 破紀錄
record-breaking 破紀錄的

RANK 0371 600+ cause [kɔz] ☆☆☆☆☆☆☆

1 動 **造成；導致**

Street repairs on Thandun Lane **caused** traffic jams during rush hour.
坦敦路的修路工程造成尖峰時間交通壅塞。

2 名 **原因**

City inspectors have yet to determine the **cause** of the pipe explosions.
市政府的檢查人員還無法判定水管爆裂的原因。

RANK 0372 600+ numerous [`njumərəs] ☆☆☆☆☆☆☆

形 **許多的；很多的**

Justin Harper received **numerous** awards for his excellent design work.
賈斯汀·哈柏因為他傑出的設計作品而獲得許多獎項。

替換字詞

numerous 許多的；很多的 → countless 數不清的
numerous (countless) calls from customers
數不清的顧客來電

RANK 0373 600+ closure [`kloʒɚ] ☆☆☆☆☆☆☆

名 **關閉** → 關閉……

The temporary **closure** of the Southwestern Rail Line is due to flooding.
由於洪水而暫時關閉西南線鐵路。

相關單字

closed 形 關閉的；封閉的
closing 形 結束的；結尾的

RANK 0374 600+ quarter [`kwɔrtɚ] ★☆☆☆☆☆☆

名 **季；季度**

Have you finished this **quarter**'s financial report yet?（Part 2 常考句子）
你這一季的財務報表做完了嗎？

相關單字

quarterly 形 每季的；一年四次的

常考用法

quarterly report 季報告

600+ RANK 0375

wide [waɪd] ☆☆☆☆☆☆☆

形 **寬廣的；廣泛的**

Vernon's Formal Wear offers a **wide** selection of men's suits as well as dress shoes. (→ 各式各樣的)

維農正裝公司販售各式各樣的男士西裝以及皮鞋。

相關單字

widely 副 廣泛地

The ballet performance was **widely** advertised and expected to attract a large audience. 這次芭蕾舞表演大做廣告，預期會吸引大批觀眾。

常考用法

company-wide 全公司的

a wide range of 許多的

a wide array of 各式各樣的

the widest selection of 最多選擇的……

600+ RANK 0376

immediately [ɪ`midɪətlɪ] ★★☆☆☆☆☆

副 **立刻；馬上**

Due to an urgent situation, the CEO left the room **immediately** after the meeting. (→ 在……後立刻)

由於情況緊急，執行長在會議後立刻離開房間。

相關單字

immediate 形 立刻的；直接的

For those who wish to work night shifts, please speak to your **immediate** supervisor. (→ 直屬上司)

那些想上夜班的人，請告訴你們的直屬上司。

常考用法

immediately before 就在……之前

immediately upon arrival 一到就……

effective immediately 立即生效

替換字詞

immediate **立刻的；直接的 →** urgent **緊急的**

an immediate (urgent) task that needs to be done 需要完成的緊急任務

600+ RANK 0377

audience [`ɔdɪəns] ★☆☆☆☆☆☆

名 **觀眾**

Most people get nervous when making a speech in front of a large **audience**. 要在一大群觀眾前演講，大部分的人都會很緊張。

600+ RANK 0378

way [we] ☆☆☆☆☆☆☆

1 名 方法

way to do 做……的方法

Softwell Solutions offers seminars on **ways** to motivate employees for maximum productivity in the workplace.
索富威解決方案公司舉辦研討會，主題是激勵員工在工作場所發揮最大生產力的方法。

2 名 路；道路

It's snowing hard, so please be careful on your **way** home.
雪下得很大，因此回家路上請小心。

3 副 很遠地

The price they asked for was **way** too much, so we had to hire another consultant.
他們要求的價碼太高了，所以我們必須僱用另外一位顧問。

常考用法

that way 那樣
on one's way to 某人去……的路上
all the way 完全地；一直
way ahead/behind 遠遠領先／落後
by way of 當作
work one's way up 逐步達成
way above/beyond 遠高於／遠超過

600+ RANK 0379

chief [tʃif] ★☆☆☆☆☆☆

1 形 為首的；等級最高的

總編輯

Perry Anderson is the new **chief** editor of *Architecture Digest Monthly*.
派瑞‧安德森是《建築文摘月刊》新來的總編輯。

2 形 主要的；最重要的

Rowe Industries had a difficult time overcoming its **chief** rival, Fuller Inc.
羅威工業很難勝過它的主要對手富勒公司。

相關單字

chiefly 副 主要地

常考用法

chief executive officer (CEO) 執行長
chief financial officer (CFO) 財務長

600+ RANK 0380

entry [`ɛntrɪ] ★☆☆☆☆☆☆

1 名 進入；入場

Visitors must show a valid ticket at the **entry** of the theme park.
遊客必須在主題樂園入口處出示有效票券。

2 名 **參賽作品**

Mail your **entry** for the writing contest to the Department of Journalism.
請將你參加寫作比賽的作品寄到新聞系。

3 名 **進入權**

Participants must be over the age of 18 to be allowed **entry** into the contest. 參加者必須年滿 18 歲才能獲准參加角逐。

常考用法

no entry 禁止入內　　**winning entry** 獲獎作品
entry-level 入門的；初級的；（組織中）最底層的

替換字詞

entry 參賽作品 → submission to a contest 參賽作品
Your entry (submission to a contest) is the winner of our competition.
你的參賽作品贏得我們的比賽。

600+ RANK 0381

regard [rɪˋgɑrd] ★☆☆☆☆☆☆

動 **把……看作**　　regard A as B (→ A be regarded as B) 把 A 視為 B

Management **regards** Mr. Wong as one of the most experienced engineers in the company.
管理階層認為黃先生是公司裡最有經驗的工程師之一。

600+ RANK 0382

disappointing [ˌdɪsəˋpɔɪntɪŋ] ☆☆☆☆☆☆☆

形 **令人失望的**

Given the **disappointing** sales figures, Blimpty Juice will be closing several branches.
考量到令人失望的銷售數字，比林普提果汁將會關閉數家分店。

相關單字

disappointed 形 失望的；沮喪的　　be disappointed with 對……失望
I was **disappointed** with the small room they gave us last month.
我對他們上個月給我們的小房間很失望。

disappointment 名 失望；令人失望的人；令人掃興的事

disappoint 動 使失望；使挫敗

600+ RANK 0383

beverage [ˋbɛvərɪdʒ] ☆☆☆☆☆☆☆

名 **飲料**

To thank the donors, Hinkley Hospital staff will distribute hot **beverages** during tomorrow's meeting.
為了感謝器官捐贈者，希克利醫院的員工會在明天的會議上分送熱飲。

600+ RANK 0384

subject [ˋsʌbdʒɪkt] ☆☆☆☆☆☆☆

1 名 **主題；題目**

The **subject** of the seminar will focus on the latest marketing trends.
研討會的主題將聚焦在最新的行銷趨勢。

2 形 **承受的；遭受的**

Cars parked in Lot B without a valid permit will be **subject** to a fine. → 承受於；服從於
無有效停車證而停在 B 區停車場者將處以罰款。

600+ RANK 0385

collaborate [kəˋlæbəˌret] ★☆☆☆☆☆

動 **合作**

MicroTech and Lystle, Inc. will **collaborate** on developing a new product.
微科技與萊思托公司將合作發展一項新產品。

→ collaborate on 在……上合作／collaborate with 與……合作

相關單字

collaboration 名 合作；勾結
collaborative 形 合作的；協作的
collaboratively 副 合作地；協作地

常考用法

collaborative effort 共同努力
work collaboratively 分工合作

600+ RANK 0386

award [əˋwɔrd] ★☆☆☆☆☆☆

1 動 **授予；給予**

The company will **award** a bonus to the branch with the highest sales.
公司將發紅利給業績最好的分公司。

2 名 **獎；獎品**

Phoebe Walker won the Employee of the Month **Award**. → win an award 得獎
菲比·沃克獲得本月最佳員工獎。

常考用法

award-winning 形 獲獎的
be awarded (a prize) 給予；授予（獎）

600+ RANK 0387

sound [saʊnd] ★☆☆☆☆☆☆

1 動 **聽起來**

Selecting a smaller venue **sounds** like a good idea.
選擇比較小的場地聽起來是個好主意。

2 名 聲音

The **sounds** of the construction work bothered many tenants.
建築施工的聲音讓很多房客深受其擾。

3 形 合理的；明智的

Hiring a business consultant is a **sound** suggestion.
聘請一位商業顧問是個明智的建議。

600+ RANK 0388

restrict [rɪ`strɪkt] ☆☆☆☆☆☆☆

動 限制；約束

The Chantam Theater **restricts** the use of electronic recording devices on all floors.
昌坦劇院限制在所有樓層使用電子攝錄設備。

相關單字

restriction 名 限制；約束
restrictive 形 限制的
restricted 形 受限制的；被限定的

常考用法

restrict A to B (→ A be restricted to B) 將 A 限制在 B

600+ RANK 0389

huge [hjudʒ] ☆☆☆☆☆☆☆

形 巨大的

The positive feedback indicates that the seminar was a **huge** success.
正面的回饋意見顯示研討會非常成功。

相關單字

hugely 副 非常地；極大地

600+ RANK 0390

permit [pə`mɪt] ★★☆☆☆☆☆

1 動 允許；准許

Employees will not be **permitted** to enter the office during renovations.
整修期間，員工不得進入辦公室。

→ permit A to do (→ A be permitted to do) 准許 A 做某事

2 名 許可證；執照

→ 建築執照

To obtain a building **permit**, developers must submit a blueprint.
為了獲得建築執照，建商必須送交藍圖。

相關單字

permission 名 許可；同意

You may not reproduce any articles without written **permission** from the authors. （→ 書面同意書；書面許可證）

沒有作者的書面同意書，你不能重製任何文章。

permissible 形 允許的；許可的

600+ RANK 0391

affect [ə`fɛkt] ☆☆☆☆☆☆☆ 040

動 **影響**

How many customers will this plan **affect**?（Part 2 常考句子）

這個計畫會影響多少顧客？

常考用法

be affected by 受……影響

600+ RANK 0392

commute [kə`mjut] ☆☆☆☆☆☆☆

1 動 **通勤**

Most of the employees at Rococo Tech **commute** to work by train.

洛可可科技公司大部分的員工都搭火車通勤上班。

2 名 **通勤**

After Mary moved to a new apartment, her **commute** got longer.

瑪莉搬到新公寓後，通勤時間拉長了。

相關單字

commuter 名 通勤者

Regular subway **commuters** can buy a monthly pass or a single journey ticket.

固定搭地鐵通勤的人可以買月票或單程票。

600+ RANK 0393

away [ə`we] ★☆☆☆☆☆☆

副 **去別處；離開；不在**

Ms. Pantangelli will be **away** from her desk until Friday.

潘坦潔莉女士星期五之前都不在辦公室。

600+ RANK 0394

alter [ˋɔltɚ] ☆☆☆☆☆☆☆

動 **改變；更動**

We can **alter** your order as long as it has not been shipped.
只要還沒出貨，我們可以更改你的訂單。

相關單字

alterationr 名 改變；修改

600+ RANK 0395

rest [rɛst] ☆☆☆☆☆☆☆

1 名 **剩餘部分**

Store the **rest** of the equipment in the other closet.
把其餘的設備貯存在另一個櫃子裡。

2 名 **休息；休養**

Construction workers will be given one day of **rest** per week until the project is over.
建築工人在建案完工前，每星期有一天休假。

3 動 **休息；休養**

A group is **resting** on some stairs. （Part 1 常考句子）
有一群人坐在階梯上休息。

600+ RANK 0396

avoid [əˋvɔɪd] ★☆☆☆☆☆☆

動 **避免**　　→ avoid doing 避免做……

To **avoid** distracting their coworkers, employees are asked not to play music.
為了避免造成同事分神，員工被要求不要播放音樂。

600+ RANK 0397

voice [vɔɪs] ☆☆☆☆☆☆☆

1 動 **（用言語）表達；說出**　　→ 說出／表達擔憂

Business owners **voiced** many concerns about the new department store.
商家老闆們對新的百貨公司表達了很多疑慮。

2 名 **聲音**

Make sure your **voice** is loud and clear when giving directions to the tour group. 為旅行團團員指路時，要確定你的聲音既響亮又清楚。

600+ RANK 0398

generally [ˋdʒɛnərəlɪ] ★★★☆☆☆☆

副 **通常；一般地**

Protective gear is **generally** required at construction sites, but some exceptions may be made.

在工地通常需要穿戴防護設備，但可能會有些例外情形。

相關單字

generalr 形 一般的；全體的

常考用法

in general 通常；一般地

600+ RANK 0399

different [ˋdɪfərənt] ★☆☆☆☆☆☆

形 **不同的**

We need to try a **different** advertising strategy.

我們需要嘗試不同的宣傳策略。

相關單字

differr 動 不同；相異

difference 名 差別；差距；差額

differentiate 動 使有差異；區分

常考用法

make a difference 有影響；有關係

differ from 與……不同

differ in 在……方面不同

differentiate A from B (between A and B) 區分 A 與 B；使 A 與 B 不同

600+ RANK 0400

heavy [ˋhɛvɪ] ★☆☆☆☆☆☆

1 形 **大量的；多的**

The weather forecast anticipates a **heavy** amount of snow this week.

氣象預報預測本週會下大雪。

2 形 **重的；沉的**

This box is too **heavy** to carry by yourself.

這個箱子太重，你一個人搬不動。

相關單字

heavily 副 猛烈地；大量地

The festival has been postponed as it will snow **heavily** tomorrow.

由於明天會下大雪，節慶活動延期了。

常考用法

heavy call volumes 打進來的電話極多

heavily rely on 極為依賴……

Speed Check-up

答案 p.602

一、請參考底線下方的中文，填入意思相符的單字。

ⓐ entry ⓑ numerous ⓒ disappointing ⓓ collaborate ⓔ closure

01 Given the ________ (令人失望的) sales figures, Blimpty Juice will be closing several branches.

02 Visitors must show a valid ticket at the ________ (進入；入場) of the theme park.

03 MicroTech and Lystle, Inc. will ________ (合作) on developing a new product.

04 The temporary ________ (關閉) of the Southwestern Rail Line is due to flooding.

05 Justin Harper received ________ (許多) awards for his excellent design work.

二、請參考句子的中文意思，選出填入後符合句意的單字。

ⓐ related ⓑ award ⓒ subject ⓓ away ⓔ restricts

06 Ms. Pantangelli will be ________ from her desk until Friday.
潘坦潔莉女士星期五之前都不在辦公室。

07 At the staff meeting, topics ________ to the business expansion plan will be discussed. 員工會議上會討論關於拓展業務的議題。

08 The Chantam Theater ________ the use of electronic recording devices on all floors. 昌坦劇院限制在所有樓層使用電子攝錄設備。

09 The company will ________ a bonus to the branch with the highest sales.
公司將發紅利給業績最好的分公司。

10 Cars parked in Lot B without a valid permit will be ________ to a fine.
無有效停車證而停在 B 區停車場者將處以罰款。

三、請選出填入後符合句意的單字。

ⓐ considered ⓑ caused ⓒ damaged ⓓ generally ⓔ permitted

11 Protective gear is ________ required at construction sites, but some exceptions may be made.

12 Have you ________ hiring a professional consultant?

13 Employees will not be ________ to enter the office during renovations.

14 We don't want any of our vehicles to be ________.

15 Street repairs on Thandun Lane ________ traffic jams during rush hour.

DAY
09
600+
先背先贏 核心單字
0401~0450

女兒傻瓜

他是一位專門 evaluate 餐廳的美食評論家。
這紅酒……
有些風味上的 lack 真是可惜。
這道菜欠缺 essential 的賣點！
看看這擺盤方式……實在是枉費這家餐廳的 reputation！

評論家的 comment 總是一針見血。
他絕對不會輕易 praise。
唯獨一種狀況是 exceptional……
爸～請試吃看看我做的菜。
爸你不是說 prefer 酥脆的口感嗎？
一片
黑壓壓
妳做菜的實力又 enhance 不少呢！

RANK 0401 600+

evaluate [ɪˋvæljʊˏet] ★☆☆☆☆☆☆  041

動 **評估；評價**

The committee **evaluated** the merits of the proposal before deciding to adopt it. 委員會在決定要不要採用之前，先評估這個提案的優點。

相關單字

evaluation 名 評估；估價

Did you email the **evaluation** form?（Part 2 常考句子）

你把估價表用電子郵件寄出了嗎？

evaluator 名 評估者；考評者

替換字詞

evaluation 評估；評價 → consideration 評估；考慮

a plan that requires careful evaluation (consideration)

需要仔細評估的計畫

RANK 0402 600+

reputation [ˏrɛpjəˋteʃən] ★★☆☆☆☆☆

名 **名譽；聲譽**

build a reputation for 因……而享有名聲

Nedril Auto has built a **reputation** for making affordable and reliable cars. 奈德利汽車因製造價廉但可靠的汽車而享有名聲。

相關單字

reputable 形 信譽良好的

替換字詞

reputation 名譽；聲譽 → distinction 聲譽

an author of great reputation (distinction) 享有很高聲譽的作者

RANK 0403 600+

exceptional [ɪkˋsɛpʃən!] ★★★☆☆☆☆

形 **卓越的**

卓越的表現

Ms. Smith demonstrated **exceptional** performance in the IT Department. 史密斯女士在資訊部門表現卓越。

相關單字

exceptionally 副 例外地；異常地

Our computer system has been **exceptionally** slow lately.

我們的電腦系統近來異常地慢。

常考用法

exceptional rate 特別費率

600+ RANK 0404

cooperation [ko͵ɑpə`reʃən] ☆☆☆☆☆☆☆

名 **合作**　→ 與……合作

In **cooperation** with the Public Transit Authority, the convention center provides a free shuttle service.

會議中心和公共運輸局合作，提供免費接駁車服務。

相關單字

cooperate 動 合作；配合　**cooperatively** 副 合作地；配合地

常考用法

cooperate with 與……合作　**cooperate on** 在某事上合作

600+ RANK 0405

total [`tot!] ★☆☆☆☆☆☆

1 形 **全部的；總共的**

Our supplier will take 20 percent off the **total** price of the tools.

我們的供應商會把工具的總價打八折。

2 名 **總數；合計**

The **total** for the power tools comes out to $150.

這些電動工具總共 150 元。

3 動 **總計；合計為**

Global vehicle sales **totaled** approximately $86 million last year.

去年全球汽車銷售總額約 8,600 萬元。

相關單字

totally 副 完全；全部地

600+ RANK 0406

pleased [plizd] ★☆☆☆☆☆☆

形 **高興的；愉快的**　→ be pleased to do 很高興做某事

I'm very **pleased** to introduce Tyler Stevens, the new general manager of our production studio.

很高興為您介紹我們製作公司的新任總經理泰勒·史蒂芬斯。

相關單字

pleasing 形 令人愉快的；使人滿意的

pleasure 名 愉快；滿足；樂趣

常考用法

be pleased with 對……很滿意

600+ RANK 0407

investment [ɪn`vɛstmənt] ☆☆☆☆☆☆

名 **投資**

Management is not sure whether the acquisition is a good **investment**.
管理階層不確定這次收購是否是項好投資。

相關單字

invest 動 投資；投入

→ 投資於……

The sponsor agreed to **invest** in the property market after hearing Ms. Taylor's presentation. 在聽過泰勒女士的簡報後，贊助者同意投入房地產市場。

600+ RANK 0408

enhance [ɪn`hæns] ★★☆☆☆☆☆

動 **提高；提升**

Pattack Landscaping Company uses innovative methods to **enhance** the appearance of homes and businesses.
派特克造景公司採用創新方式，來提升住家及商家的外觀。

相關單字

enhanced 形 提高的；增強的　**enhancement** 名 提高；增加

600+ RANK 0409

carry [`kærɪ] ★☆☆☆☆☆☆

1 動 **攜帶**

Foreign tourists should always **carry** their passports with them.
外國旅客應隨身攜帶護照。

2 動 **搬運；運送**

A man is **carrying** some plants. （Part 1 常考句子）
一名男子正在搬運一些植物。

3 動 **（商店）備有（貨品）；有……出售**

We no longer **carry** that computer model.
我們不再販售那款電腦了。

相關單字

carrier 名 運送人；運輸工具；送信人

常考用法

carry out 執行；實現

替換字詞

carry 攜帶 → bear 印有；帶有
bear (carry) the firm's name 印有／帶有公司的名稱

600+ RANK 0410

especially [ə`spɛʃəlɪ] ★☆☆☆☆☆☆

副 **特別；尤其**

Diners love the food served at Chillpal Diner, **especially** the vegetarian dishes. 客人喜愛奇爾派爾餐館供應的食物，尤其是素食餐點。

600+ RANK 0411

reference [`rɛfərəns] ☆☆☆☆☆☆☆ 042

1 名 **參考；參照**

Use this guide as a **reference** when explaining products to customers.
在跟顧客解釋產品時，可用這本手冊當參考資料。

2 名 **推薦函**

This job offer is conditional on your **references** being received.
這個工作機會是以收到你的推薦信為條件所開出。

相關單字

refer 動 把……歸因於；提及；參考
referral 名 提及；參考；推薦

常考用法

reference number 訂位代碼；索引號碼
a letter of reference 推薦信
in/with reference to 關於
refer to 提及；參考；與……有關

替換字詞

refer 將……提交 → direct 交付
Refer (direct) any other inquiries to the representatives.
將任何其他詢問交付代表人員

600+ RANK 0412

establishment [ɪs`tæblɪʃmənt] ★★☆☆☆☆

1 名 **公司；企業**

The trade show features **establishments** from all over the state of Texas. 這個貿易展的主要參與者，是來自全德州各地的企業。

2 名 **建立；設立**

Ms. Tergan has been with the company since its **establishment** 20 years ago. 從這家公司 20 年前創立起，特根女士就在此工作。

相關單字

establish 動 建立
We will show how serious we are about **establishing** long-term relationships. 我們會展現我們有多認真要建立長遠關係。

established 形 已確立的；已建立的
Salespeople must follow **established** procedures (既定程序) when contacting potential clientele. 業務人員在接觸潛在客戶時，一定要遵照既定程序。

常考用法

dining establishment 餐飲場所
established customer base 既有客戶群

替換字詞

establishment 公司；企業 → restaurant 餐廳
well-known dining establishment (restaurant) 知名的用餐場所

600+ RANK 0413

eager [`igɚ] ★☆☆☆☆☆☆

形 **渴望的；熱切的** → be eager to do 急切／渴望想做某事

Voov Outdoor Apparel is **eager** to promote its new line of climbing gear.
伏弗戶外服飾熱切地宣傳它的新登山設備系列產品。

相關單字

eagerly 副 渴望地；熱切地　　eagerness 名 渴望；熱心

常考用法

eagerly awaited 熱切期待

600+ RANK 0414

formal [`fɔrm!] ★★☆☆☆☆☆

1 形 **正式的**

There will be a **formal** ceremony to welcome the new CEO.
將有一個正式的儀式歡迎新任執行長。

2 形 **合乎格式的；正規的**

Please use **formal** language when addressing clients in your letter.
在寫給客戶的信中，請使用正式用語。

相關單字

formally 副 正式地

Wizen Corp will **formally** announce the new project at Friday's press conference.
威贊公司會在星期五的記者會上，正式宣布新的計畫。

600+ RANK 0415

possible [`pɑsəb!] ★★★☆☆☆☆

形 **可能的** → It is possible to do 有可能做某事

Is it **possible** to get some samples from your store?
能從你的店裡拿些樣品嗎？

相關單字

possibly 副 可能；也許　　possibility 名 可能性；可能的事

常考用法

as soon as possible 儘快
if possible 如有可能
make + 事物 + possible 使……成為可能
in any way possible 以任何可能的方式

600+ RANK 0416

enable [ɪn`eb!] ★★☆☆☆☆☆

動 **使能夠**

enable A to do (→ A be enabled to do) 使 A 能做……

The new machines **enable** workers to complete tasks twice as quickly.
新機器能讓工人以快兩倍的速度完成工作。

600+ RANK 0417

banquet [`bæŋkwɪt] ☆☆☆☆☆☆☆

名 **宴會**

I'd like to welcome all of you to the third annual company **banquet**.
我要歡迎你們大家來參加公司的第三屆年度宴會。

600+ RANK 0418

direction [də`rɛkʃən] ☆☆☆☆☆☆☆

1 名 **指導；指示**

Interns should be able to quickly follow **directions** of their mentors.
實習生應該要能快速遵照他們指導老師的指示。

2 名 **方向**

Can you tell me if I'm headed in the right **direction**?（Part 2 常考句子）
你可以告訴我我是否朝正確方向前進嗎？

相關單字

director 名 （組織；公司等的）經理；董事；導演

常考用法

under the direction of 在……的指導下
give directions 指路；指引方向

600+ RANK 0419

harmful [`harmfəl] ☆☆☆☆☆☆☆

形 **有害的**

Our organic insect repellants do not contain any **harmful** ingredients.
我們的有機驅蟲劑不含任何有害成分。

harmful ingredient 有害成分

常考用法

harmless 形 無害的

harm 名 動 損害；危害

600+ RANK 0420

loan [lon] ★☆☆☆☆☆☆

1 名 **貸款**

I'd like to get some information about getting a **loan** from your bank. (get a loan 貸款)
我想要一些關於跟你們銀行貸款的資訊。

2 動 **借出；貸與**

Travis **loaned** Kerry some money for her new car.
崔維斯借了些錢給凱莉買新車。

常考用法

take out a loan 獲得貸款

600+ RANK 0421

essential [ɪ`sɛnʃəl] ★★☆☆☆☆☆ 043

形 **必要的；必需的**

Computer literacy is an **essential** ability in today's society.
電腦素養在今日的社會是必要的能力。

相關單字

essentially 副 實質上；本來　　essence 名 本質；要素

常考用法

essential to/for 對……不可或缺的

600+ RANK 0422

compact [kəm`pækt] ★☆☆☆☆☆☆

1 形 **小巧方便的**

The XL800 smartphone is currently the most **compact** model in the market. XL800 是目前市面上最小巧的智慧型手機。

2 形 **(空間)小的**

Mr. Kim's car is too **compact** to fit five people.
金先生的車子太小了，載不下五個人。

3 形 **密實的**

Mr. Hubbard loosened up some **compact** soil to maintain his garden.
哈柏德先生把一些密實的土壤挖鬆，以整理維護他的花園。

600+ RANK 0423

depart [dɪˋpart] ★☆☆☆☆☆☆

動 **離開；啟程**

No breakfast is served on flights that **depart** after 10 a.m.
早上十點之後起飛的航班不供應早餐。

相關單字

departure 名 離開；啟程

常考用法

depart from 動身離開某地 **depart for** 出發前往某地
departure date 出發日期 **arrival date** 抵達日期

600+ RANK 0424

contribute [kənˋtrɪbjut] ★★☆☆☆☆☆

1 動 **貢獻；促成**

contribute to 促成

Our organization honors employees whose research has **contributed** to technological advances.
員工的研究有促進科技發展者，我們組織會加以表揚。

2 動 **捐（款）；捐獻**

BB Electronics **contributes** funds to Angelita's Charity, which helps people find stable employment.
BB 電子公司捐款給安潔莉塔慈善機構，他們幫助人們找到穩定的工作。

3 動 **投稿**

Ms. Hursely regularly **contributes** articles to the local food magazine.
赫斯莉女士定期投稿給本地的食品雜誌。

相關單字

contribution 名 貢獻；捐獻 **contributor** 名 捐贈者；投稿人

常考用法

contributor to ……的捐款人；投稿人

600+ RANK 0425

expire [ɪkˋspaɪr] ★☆☆☆☆☆☆

動 **過期；到期**

Most electronics stores do not provide free repairs after the warranty **expires** on a product.
產品的保固過期後，大部分的電氣行都不提供免費修理。

相關單字

expiration 名 到期；終結
expired 形 過期的

常考用法

expiration date 到期日；截止日

600+ RANK 0426

layout [ˋle͵aʊt]] ☆☆☆☆☆☆☆

名 **版面；布局**

Mr. Perez will reorganize the **layout** of the website to make it easier to use.
培瑞茲先生會重新編排網站的版面，讓它更容易使用。

常考用法

office layout 辦公室格局

600+ RANK 0427

refund 名 [ˋrɪ͵fʌnd] 動 [rɪˋfʌnd] ★☆☆☆☆☆☆

1 名 **退款**

refund on 退還……的金額

Zhang's Furniture does not offer **refunds** on purchases made more than 90 days ago.
張氏家具對於購買超過 90 天的商品不會退款。

2 動 **退款**

They'll **refund** our ticket if it rains.
如果下雨，他們會退票錢給我們。

相關單字

refundable 形 可退還的

常考用法

refund policy 退款規定
full refund 全額退費

600+ RANK 0428

voucher [ˋvaʊtʃɚ] ★☆☆☆☆☆☆

名 **優惠券**

Customers can use the **voucher** to get 50 percent off their next purchase.
顧客可以在下次購物時使用優惠券，享受五折優惠。

600+ RANK 0429

loss [lɔs] ☆☆☆☆☆☆☆

1 名 **損失**

HMJ Tour Company's **loss** was caused by an increase in airline prices.
HMJ 旅遊公司的虧損是因為機票上漲所導致。

2 名 **弄丟；遺失**

Ms. Rodriguez's carelessness ended in the **loss** of her mobile phone.
羅德里格茲女士的粗心大意最後造成她丟了手機。

相關單字

lose 動 遺失；失敗　　**lost** 形 遺失的；迷路的

常考用法

lost item 失物

600+ RANK 0430

recycle [riˋsaɪk!] ☆☆☆☆☆☆☆

動 **回收**

The playground equipment in Bloch Park will be constructed using **recycled** materials.
布洛克公園裡兒童遊樂場的設施將使用再生建材。

相關單字

recycling 形 回收；回收利用

Who's supposed to write the article on **recycling**?（Part 2 常考句子）
那篇回收再利用的文章應該由誰寫？

常考用法

recycling program 回收計畫

600+ RANK 0431

resource [ˋrɪsors] ☆☆☆☆☆☆☆ 044

名 **資源**

Belington Academy provides the necessary **resources** for developing your artistic abilities.
百靈頓學院提供必要資源以發展你的藝術能力。

相關單字

resourceful 形 資源豐富的；足智多謀的

常考用法

human resources 人力資源；人事部門　　**natural resources** 自然資源

RANK 0432 600+

contractor [`kantræktɚ] ☆☆☆☆☆☆☆

名 **承包商**

The city will hire a **contractor** to renovate the public library.
市政府將僱用一間承包商整修公共圖書館。

常考用法

contract A out (to B) (→ A be contracted out (to B))
訂合約把 A 外包（給 B）

RANK 0433 600+

resolve [rɪ`zalv] ★☆☆☆☆☆☆

1 動 **解決**

One of the roles of a supervisor is to help **resolve** conflicts among employees.
主管的職責之一是幫忙解決員工間的衝突。

2 動 **決心做……** → resolve to do 決心／決定做某事

Mr. Muntz **resolved** to stay in better shape this year.
孟茲先生下定決心，今年要更健康。

相關單字

resolution 名 決心；決議；解決；解析度

常考用法

resolve the issue/problem 解決問題

替換字詞

① **resolve 解決 → settle 解決**
try to resolve (settle) the matter 努力解決這件事

② **resolve 解決 → work out 想出**
I would be happy to resolve (work out) the details upon my arrival.
在我到達後，我很樂意想出細節。

RANK 0434 600+

name [nem] ★☆☆☆☆☆☆

動 **提名** → name A as B (→ A be named as B) 提名 A 擔任 B

The board **named** Edwin Moon as the new Chief Technology Officer.
董事會提名艾德溫·穆恩擔任新的技術長。

相關單字

namely 副 即；也就是說

background [ˋbæk͵graʊnd] ☆☆☆☆☆

名 **背景**

We are seeking an employee with a **background** in computer science.
我們正在找有電腦科學背景的人。

常考用法

background knowledge 背景知識
educational (academic) background 教育（學術）背景

industry [ˋɪndəstrɪ] ★★☆☆☆☆☆

名 **產業**

The technology **industry** is constantly growing due to the demand for innovative electronics.
由於對創新電子產品的需求，科技產業不斷發展成長。

recover [rɪˋkʌvɚ] ★★☆☆☆☆☆

動 **恢復；復甦**

Sales are expected to rise when the country **recovers** from the economic downturn.
→ recover from 恢復；復甦
當這個國家從經濟衰退中復甦時，預期銷售量就會上升。

相關單字

recovery 名 恢復；重獲；復原

600+
RANK
0438

overseas [͵ovɚˋsiz] ☆☆☆☆☆☆☆

1 形 **國外的；海外的**

Ms. Chang will be making her first **overseas** business trip next month.
張女士下個月要第一次去海外出差。

2 副 **在海外**

Gladys will be leaving Conescent Inc. to work **overseas**.
葛萊蒂斯將離開康森特公司去國外工作。

600+ RANK 0439

prefer [prɪˋfɝ] ★☆☆☆☆☆☆

動 **偏好；較喜歡**

A recent survey indicates that consumers **prefer** brand name products.
一項最近的調查顯示，消費者比較喜歡有品牌的產品。

相關單字

preference 名 偏愛

Sales over the last few months show the increasing **preference** for (→ 偏愛某事物) healthy food. 過去幾個月的銷售額顯示，對健康食品的偏愛逐漸增加。

preferably 副 更可取地；更好地　　**preferred** 形 更合意的；優先的

常考用法

prefer A to B 比較喜歡 A 而不是 B　　**meal preference** 飲食的偏好

preferred means 更合意的方式；工具

600+ RANK 0440

rent [rɛnt] ☆☆☆☆☆☆☆

1 名 **租金**　→ rent for/on ……的租金

Rent for office space in downtown Sacramento has increased slightly.
沙加緬度市中心的辦公空間租金微幅上漲。

2 動 **租賃**

Do you think it's more cost-effective to **rent** a house? （Part 2 常考句子）
你覺得租房子是否較划算？

相關單字

rental 名 出租；租金

常考用法

rental agreement 租賃合約

600+ RANK 0441

caution [ˋkɔʃən] ☆☆☆☆☆☆☆

1 名 **小心；謹慎**　→ 小心謹慎

Lab technicians must use extreme **caution** when working with dangerous chemicals.
實驗室技術人員在使用危險化學物品工作時，一定要極為小心謹慎。

2 動 **小心；謹慎**

Floor managers should constantly **caution** their workers to be safe when operating machinery.
樓層經理應該時常提醒工人，在操作機器時要注意安全。

相關單字

cautious 形 謹慎的；小心翼翼的　　**cautiously** 副 謹慎地；小心地

Employees should drive company vehicles **cautiously** at all times.

員工開公司的車時，要一直很小心。

常考用法

exercise caution 多加小心；謹慎行事　　**with caution** 小心；謹慎

cautiously optimistic 審慎樂觀

RANK 0442

comment [ˋkamɛnt] ★★☆☆☆☆☆

1 名 **評論；意見**

Please fill out the questionnaire completely and write any **comments** in the last box.

請填完整份問卷，有任何意見請寫在最後一格。

2 動 **評論；發表意見**　　comment + that + 子句 ➜ 評論；發表意見

Many customers **commented** that self-checkout machines were convenient.

很多顧客表示，自助結帳機很方便。

相關單字

commentary 名（對某一事件；書籍或個人）的評論

常考用法

comment on/about 對……發表評論

make a comment 發表評論

comment on 對……發表評論

RANK 0443

role [rol] ☆☆☆☆☆☆☆

名 **角色**　　play an important role in 在……扮演重要角色

Public relations staff plays an important **role** in the success of a business.

公關人員是企業成功的重要推手。

常考用法

play a role as 扮演……的角色

play a pivotal (crucial) role in 在……有關鍵作用

替換字詞

role 角色 → position 地位

step into a leading role (position) 成為主角

600+ RANK 0444
lack [læk] ☆☆☆☆☆☆☆

1 名 **缺乏；不足**

The research project was stopped due to a **lack** of funding. → 缺乏；不足
由於缺乏經費，研究計畫停了。

2 動 **缺乏；不足**

The Accounting Department is currently **lacking** staff members.
會計部目前缺人手。

600+ RANK 0445
emergency [ɪˋmɝdʒənsɪ] ☆☆☆☆☆☆☆

名 **緊急（事件）**

Please use the red doors only in case of an **emergency**. → 萬一發生緊急狀況
只有萬一遇到緊急狀況，才能使用紅色的門。

常考用法

emergency room 急診室

600+ RANK 0446
praise [prez] ★★☆☆☆☆☆

1 名 **讚美；稱讚**

Greg Winthrop drew **praise** from the CEO for his well-planned presentation. 葛瑞格·溫索普因為他精心規畫的簡報而得到執行長的稱讚。

2 動 **讚美；稱讚** → praise A for B (→ A be praised for B) 讚揚 A 做的 B

They **praised** Janet for her innovative ideas and professional attitude.
他們表揚珍奈特的創新點子和專業態度。

600+ RANK 0447
expertise [ˏɛkspɚˋtiz] ★☆☆☆☆☆☆

名 **專門知識；專門技術**

Mr. Lee was hired as the human resources director for his **expertise** in organizational development. → 在……的專長
李先生因他在組織發展方面的專長，而獲聘為人力資源部主管。

相關單字

expert 名 專家

Many of the financial **experts** on this show will give advice for managing your budget.
這次展覽上的財經專家，有許多都可以對如何管理你的預算提出建議。

600+ RANK 0448

pension [ˋpɛnʃən] ☆☆☆☆☆☆☆

名 **退休金；津貼**

→ pension scheme/plan 養老金方案／退休金計畫

The company offers a good **pension** scheme and severance package.
這家公司提供很好的退休金方案和資遣費。

600+ RANK 0449

devote [dɪˋvot] ☆☆☆☆☆☆☆

動 **致力於；致志於**

Christine has **devoted** countless hours volunteering at our community center. 克莉斯汀投入無數時間在我們的社區活動中心當志工。

相關單字

devoted 形 專心致志的

→ be devoted to 專心於……

We at Stetson Headhunting are **devoted** to helping our customers find the ideal candidates.
我們史戴森獵人頭公司致力於幫助我們的顧客找到理想的應徵者。

600+ RANK 0450

design [dɪˋzaɪn] ☆☆☆☆☆☆☆

1 動 **設計**

Mr. Cruz is the one who **designed** the new website.
新網站是克魯茲先生設計的。

2 名 **設計**

The R&D team was given an award for their **design** of the new electric car.
研發團隊憑藉著他們新型電動車的設計而獲頒獎項。

Speed Check-up

答案 p.602

一、請參考底線下方的中文，填入意思相符的單字。

ⓐ establishments ⓑ named ⓒ contributed ⓓ recovers ⓔ exceptional

01 The board _________ Edwin Moon as the new Chief Technology Officer.
提名

02 The trade show features _________ from all over the state of Texas.
公司；企業

03 Ms. Smith demonstrated _________ performance in the IT Department.
卓越的

04 Sales are expected to rise when the country _________ from the economic downturn.
恢復；復甦

05 Our organization honors employees whose research has _________ to technological advances.
貢獻；促成

二、請參考句子的中文意思，選出填入後符合句意的單字。

ⓐ totalled ⓑ resources ⓒ evaluated ⓓ refunds ⓔ enable

06 Belington Academy provides the necessary _________ for developing your artistic abilities. 百靈頓學院提供必要資源以發展你的藝術能力。

07 Zhang's Furniture does not offer _________ on purchases made more than 90 days ago. 張氏家具對於購買超過 90 天的商品不會退款。

08 Global vehicle sales _________ approximately $86 million last year. 去年全球汽車銷售總額約 8,600 萬元。

09 The new machines _________ workers to complete tasks twice as quickly. 新機器能讓工人以快兩倍的速度完成工作。

10 The committee _________ the merits of the proposal before deciding to adopt it. 委員會在決定要不要採用之前，先評估這個提案的優點。

三、請選出填入後符合句意的單字。

ⓐ reference ⓑ carry ⓒ enhance ⓓ resolve ⓔ caution

11 One of the roles of a supervisor is to help _________ conflicts among employees.

12 We no longer _________ that computer model.

13 Lab technicians must use extreme _________ when working with dangerous chemicals.

14 Pattack Landscaping Company uses innovative methods to _________ the appearance of homes and businesses.

15 Use this guide as a _________ when explaining products to customers.

DAY
10
600+
先背先贏 核心單字
0451~0500

一眼看穿

我男友對整形
相當敏感。
話說某某歌
手啊，妳不覺
得他跟 past
的樣子判若
兩人嗎？
是嗎？我看
不太出來
耶………
明明一看就能 distinguish
啊？
以前是 broad 的額頭現
在變得 narrow 了。
類似事件層出不窮……
剛路過的那個人
probably
整了鼻子。
嘖！
是喔

這讓我不得不 seriously
思考。
聚精
會神
明明就沒辦法 properly
知道真相，卻能直接 judge
別人有整過。
親愛的，
那個……
關於整形
啊……
整……
整形？
對！我就是
absolute
整形做出來
的沒錯！
什麼～？
原來是自己有經驗才
會 particularly 懂啊。

600+ RANK 0451

relocate [ri`loket] ★★☆☆☆☆☆  046

動 **搬遷；遷移** → 遷移到……

Saxton Entertainment will **relocate** to Chicago next summer to be closer to clients. 薩克斯頓娛樂明年夏天會搬到芝加哥，好離客戶近一些。

相關單字

relocation 名 遷移；改變位置

600+ RANK 0452

particularly [pə`tɪkjələlɪ] ★★☆☆☆☆☆

副 **尤其；特別**

The environmental seminar addressed several concerns that were **particularly** relevant to the energy industry.

環境研討會討論了好幾個特別和能源產業有利害關係的問題。

相關單字

particular 形 特別的

For those wanting to visit **particular** areas of the city, please let your tour guide know. 那些想參觀這個城市特定區域的人，請告訴你的導遊。

常考用法

in particular 尤其是

600+ RANK 0453

gap [gæp] ☆☆☆☆☆☆☆

1 名 **隔閡；分歧** → bridge the gap (between) 消除差異；彌合差距

HR aims to bridge the **gap** between the managers and their employees.

人資部致力於消除經理與他們的下屬間的歧異。

2 名 **裂口；缺口**

RXO Hardware sells special adhesives to seal any unwanted **gaps** around the house.

RXO 五金販賣特殊黏著劑，可以補好屋子裡任何不想要有的裂縫。

600+ RANK 0454

actually [`æktʃʊəlɪ] ☆☆☆☆☆☆☆

副 **事實上；實際上**

The novice cooks on the TV show were **actually** revealed to be professional chefs.

電視節目中那些新手廚師，據透露其實是專業主廚。

600+ RANK 0455

receipt [rɪˋsit] ★☆☆☆☆☆☆

1 名 **收據**

→ 收據正本

An original **receipt** is required to receive a full refund.
要全額退費必須有收據正本。

2 名 **收到；接到**

→ 收到……時

Your payment is due upon **receipt** of your item.
請在收到你的商品時付款。

相關單字

receive 動 收到；得到　　**recipient** 名 接受者；受領者

常考用法

valid receipt 有效收據　　**upon receipt of** 收到……時

600+ RANK 0456

broad [brɔd] ☆☆☆☆☆☆☆

形 **廣泛的；各式各樣的**

Withpac Consulting is seeking candidates with **broad** experience in the banking industry.
衛斯派克顧問公司正在尋找有豐富銀行業經驗的人。

相關單字

broaden 動 擴大；變寬　　**broadly** 副 大體上；寬廣地

600+ RANK 0457

upgrade [ˋʌpˏgred] ★☆☆☆☆☆☆

動 **升級；提高品質**

We are inviting all our distributors to take a tour of our **upgraded** factory. 我們邀請所有經銷商來參觀我們升級後的工廠。

600+ RANK 0458

partner [ˋpɑrtnɚ] ☆☆☆☆☆☆☆

1 名 **夥伴**

Ms. Berkins is seeking a **partner** to start a food delivery service.
柏金斯女士正在尋找合夥人，以開始外送餐點服務。

2 動 **與……合夥**

→ 與……合作；合夥

Jawexo Corporation will soon **partner** with Bertron, Inc. on the project.
賈威克索公司很快就會和柏創公司合作這個專案。

相關單字

partnership 名 合夥／合作關係

常考用法

in partnership with 與……合夥

600+ RANK 0459

probably [ˋprɑbəblɪ] ★☆☆☆☆☆☆

副 **可能地**

The loading bay door was **probably** locked by the driver of the delivery truck. 裝卸區的門很可能被送貨的卡車司機鎖上了。

相關單字

probable 形 很可能的
improbable 形 不可能的
probability 名 可能性；可能的結果

600+ RANK 0460

exchange [ɪksˋtʃendʒ] ★☆☆☆☆☆☆

1 動 **交換**

The men are **exchanging** business cards.（Part 1 常考句子）
這些人在交換名片。

2 名 **交換；更換**

If you are not satisfied with the product, you can return it for an **exchange**. 如果你對產品不滿意，你可以把它退回去更換。

常考用法

exchange A for B (→ A be exchanged for B) 把 A 換成 B
in exchange (for) 作為交換（某事物）
exchange rate 匯率

600+ RANK 0461

institute [ˋɪnstətjut] ★☆☆☆☆☆☆  047

1 名 **學會；學校**

The Letaste Culinary **Institute** is well-known for producing famous chefs.
勒特斯特烹飪學校以教出知名主廚而聞名。

2 動 **創立；制定**

Mason Industries has recently **instituted** a more formal dress code.
曼森工業最近制定了更為正式的服裝標準。

600+ RANK 0462

destination [ˌdɛstəˋneʃən] ★★☆☆☆☆☆

名 **目的地；終點**

Roinad Travel Agency offers discounted vacation packages to popular travel **destinations**. → travel destination 旅遊地點

羅因奈德旅行社針對受歡迎的旅遊地點，推出優惠套裝旅遊行程。

600+ RANK 0463

formerly [ˋfɔrmɚlɪ] ★★★☆☆☆☆

副 **以前；從前**

Commercial development in Redfield, which was **formerly** a residential area, began three years ago.

瑞德菲爾德從前是住宅區，三年前開始發展商業。

相關單字

former 形 以前的

I'm calling about a **former** employee of yours, Don Harris.

我打電話來問一位你們以前的員工唐・哈瑞斯的事。

600+ RANK 0464

defective [dɪˋfɛktɪv] ★☆☆☆☆☆☆

形 **有瑕疵的；有缺陷的** → defective/faulty product 瑕疵產品

Please return **defective** products within seven days of purchase.

瑕疵商品請在購買後七天內退回。

相關單字

defect 名 缺陷；缺點

Employees in the research office found **defects** in some of the games.

研發部員工在有些遊戲中發現設計不良之處。

600+ RANK 0465

prohibit [prəˋhɪbɪt] ☆☆☆☆☆☆☆

動 **禁止**

For security purposes, the company strictly **prohibits** employees from using cell phones in the laboratory.

為了安全之故，公司嚴格禁止員工在實驗室使用行動電話。

→ prohibit A from doing 禁止 A 做……

600+ RANK 0466

vital [ˋvaɪt!] ★☆☆☆☆☆☆

形 **極其重要的；必不可少的**

To survive the recession, it is **vital** that FC Supplies reduce costs.（→ ……是很重要的）
為了度過不景氣，FC 供應商必須要降低成本。

常考用法

vital to/for 對……很重要

600+ RANK 0467

missing [ˋmɪsɪŋ] ☆☆☆☆☆☆☆

1 形 **失蹤的；行蹤不明的**

Please fill out this form to declare **missing** baggage before leaving the airport. 請在離開機場前，填寫好這份表格以申報行李遺失。（→ missing baggage/luggage 遺失的行李）

2 動 **遺漏**

Make sure you are not **missing** any documents when filing your job application. 在交出應徵資料時，請確認你沒有遺漏任何文件。

600+ RANK 0468

properly [ˋprɑpɚlɪ] ★★☆☆☆☆☆

副 **恰當地；正確地**

The meeting has been postponed because the projector is not working **properly**.
因為投影機無法正常運作，會議延期了。

相關單字

proper 形 正確的；適當的

Chef Boyle will demonstrate just how easy cooking can be with the **proper** tools.
鮑伊爾主廚將要示範使用了正確的工具，烹飪有多簡單。

600+ RANK 0469

normally [ˋnɔrm!ɪ] ★☆☆☆☆☆☆

副 **通常；按慣例**

Tickets to the film festival **normally** sell out in less than a week due to its popularity.
由於很受歡迎，影展的票通常不到一星期就會賣完。

相關單字

normal 形 普通的；通常的

常考用法

be back to normal 恢復正常　**above normal** 高於正常值
below normal 低於正常值

600+ RANK 0470
seriously [ˋsɪrɪəslɪ] ☆☆☆☆☆☆☆

副 **嚴肅地；認真地**　take A seriously 認真對待 A；認真考慮 A

Our company surveys customers frequently because it takes customer feedback **seriously**.
我們公司常常對顧客進行調查，因為公司認真看待顧客的回饋意見。

相關單字

serious 形 嚴重的；認真的；糟糕的

600+ RANK 0471
sponsor [ˋspɑnsɚ] ☆☆☆☆☆☆☆ 048

1 動 **贊助**
Booker Sporting Goods paid $15,000 to **sponsor** next year's exhibition match.
布克運動用品公司出 1.5 萬元贊助明年的表演賽。

2 名 **贊助者；贊助商**
Relio Museum is seeking **sponsors** to help fund the expansion of the west wing. 雷里歐博物館正在尋找贊助者，幫忙資助西側的擴建工程。

相關單字

sponsorship 名 贊助；資助

600+ RANK 0472
narrow [ˋnæro] ☆☆☆☆☆☆☆

1 形 **狹窄的**
The aisles on this aircraft are too **narrow**. 這架飛機上的走道太窄。

2 動 **使變窄；收縮；減少**
The Buxby basketball team has **narrowed** its search for a new head coach. 布克斯比籃球隊縮小了尋找新總教練的範圍。

相關單字

narrowly 副 狹窄地；勉強地

常考用法

narrow A down to B (→ A be narrowed down to B) 把 A 縮減到 B

600+ RANK 0473

association [ə͵sosɪ`eʃən] ★☆☆☆☆☆☆

1 名 **協會；公會**

All the local **associations** will gather at this year's small business convention. 所有本地的協會都會參加今年的小企業大會。

2 名 **關係；關聯** → 和……有關係

The recruiting panel is considering Mr. Payne for the job due to his **association** with the former CEO.
因為潘恩先生和前任執行長的關係，招聘小組考慮錄用他。

相關單字

associate 動 聯想 名 同事

Many customers **associate** Branz Displays with high-quality televisions. 很多顧客把布藍茲顯示器和高畫質電視聯想在一起。

This is Bobby Santos, one of your marketing **associates**.
這位是巴比·桑多斯，你們行銷部的同事之一。

associated 形 聯合的

常考用法

in association with 與……聯合　**be associated with** 與……有關聯
associated materials 相關材料

替換字詞

① **associate with 和……有關係 → join 加入**
associate with (join) a renowned organization 加入一個知名組織

② **association 關係；關聯 → connection 關係**
the firm's association (connection) with the university
這家公司與大學的關係

600+ RANK 0474

adjust [ə`dʒʌst] ★☆☆☆☆☆☆

1 動 **調整；調節**

The train schedule has been **adjusted** to better serve rush hour commuters. 火車時刻表已調整，以便能載送更多尖峰時間的旅客。

2 動 **適應** → 適應……

It will take a while to **adjust** to the new office environment.
要適應新的辦公室環境，要花一段時間。

相關單字 **adjustment** 名 調節；調整　**adjustable** 形 可調整的

常考用法 **adjust A to B (→ A be adjusted to B)** 調節 A 以適應 B

替換字詞

adjust 調整；調節 → adapt 使適應
adjust (adapt) to a new job 適應新工作

600+ RANK 0475

fare [fɛr] ☆☆☆☆☆☆☆

名 **費用**

Many residents of Montville think the bus **fare** increase is unreasonable.
許多蒙特維爾的居民都認為公車票價調漲不合理。

600+ RANK 0476

absolutely [ˋæbsəˏlutlɪ] ☆☆☆☆☆☆☆

副 **完全地；絕對地**

We are **absolutely** sure that a mechanical issue is the cause of the delay. 我們百分之百確定，機械問題是造成這次誤點的原因。

相關單字

absolute 形 完全的；絕對的

For safety purposes, noise on the production floor must be kept to an **absolute** minimum. 為了安全之故，生產區的噪音絕對要維持在最小值。

→ 降到最小值

常考用法

absolutely free of charge 完全不收費

600+ RANK 0477

warn [wɔrn] ☆☆☆☆☆☆☆

動 **警告；提醒**

→ warn A to do (→ A be warned to do)
提醒／警告／告誡 A 做某事

Vistors to the Modern Art Museum are **warned** not to touch any exhibits. 現代美術館的參觀者被提醒不要觸摸任何陳列品。

相關單字

warning 名 警告；警報

常考用法

warn A about B 提醒 A 提防 B

warn against 警告；提醒不要做……

600+ RANK 0478

judge [dʒʌdʒ] ☆☆☆☆☆☆☆

1 名 **評審**

Professor Jones was selected as one of the **judges** for the writing contest. 瓊斯教授獲選為寫作比賽的評審之一。

2 動 **判斷；斷定**

Test participants will **judge** whether the new product works well.
測試員要判斷新產品是否功能正常。

相關單字

judgement 名 判斷；判斷力

常考用法

judging from 根據……來判斷

600+ RANK 0479

operation [ˌɑpəˋreʃən] ★★☆☆☆☆☆

1 名 營運；工作

The Technology Division updated the company's systems to accommodate the new business **operation**.

科技部升級公司的系統，以順應新的商業活動。

2 名 操作；運轉

Please read the manual for proper **operation** of the machine.

請看手冊以正確操作機器。

3 名 手術

Dr. Cuomo recommended that the patient undergo an **operation** to remove the growth.

庫摩醫師建議病患動手術，以切除腫瘤。

相關單字

operate 動 操作

She is **operating** a machine.（Part 1 常考句子）

她正在操作機器。

operational 形 運作中的；工作中的

The factory is under construction but will be **operational** soon.

工廠現在正在建造，但很快就能營運。

operative 形 有效的；實施中的

常考用法

operating hours 營業時間　　**operate machinery** 操作機械

600+ RANK 0480

edition [ɪˋdɪʃən] ★☆☆☆☆☆☆

名 （發行物的）版；版本

This month's **edition** of the magazine features artists from around the country. 本月號的雜誌特別介紹來自全國各地的藝術家。

相關單字

edit 動 編輯；剪接　　**editor** 名 編輯　　**editorial** 形 編輯的

Mr. Henderson will begin working in the **Editorial** Department next week. 韓德森先生下星期開始到編輯部上班。

600+ RANK 0481

pass [pæs] ★☆☆☆☆☆☆

1 名 **通行證**

Where can I get a monthly **pass**?（Part 2 常考句子）

我要去哪裡買月票？

2 動 **經過；通過**

During the hike, participants will **pass** Mount Havermore.

健行途中，登山者會經過賀佛摩山。

3 動 **傳遞**

→ pass on A to B (→ A be passed on to B) 把 A 傳遞給 B

Mr. Borgis will **pass on** his responsibilities **to** Ms. Yang once he retires.

一旦波吉斯先生退休，他會把他負責的工作交接給楊女士。

常考用法

visitor pass 訪客通行證　　**boarding pass** 登機證

600+ RANK 0482

reduce [rɪ`djus] ★★★☆☆☆☆

動 **降低；減少**

There are many ways for a small business to **reduce** its tax liability.

小企業有很多方法可以減少它的應納稅額。

相關單字

reduction 名 減少；消減　→ ……的減少

Due to the **reduction** in funding, the museum will have to discontinue some of its educational programs.

由於資助金額減少，博物館不得不中斷一些教育計畫。

常考用法

at a reduced price 減價；降價

600+ RANK 0483

fold [fold] ☆☆☆☆☆☆☆

動 **折疊**

Trex Apparel employees are taught how to properly **fold** clothes for display. 崔克斯服飾的員工學習如何正確摺衣服以供陳列。

相關單字

unfold 動 展開；顯露　　**folder** 名 文件夾

A man is organizing documents in a **folder**.（Part 1 常考句子）

一名男子正在整理文件夾裡的文件。

600+ RANK 0484

situate [ˋsɪtʃʊˏet] ☆☆☆☆☆☆☆

動 **使位於；使處於**

Two chairs have been **situated** on the floor.（Part 1 常考句子）
地板上擺了兩張椅子。

相關單字

situation 名 處境；情況；局面

600+ RANK 0485

urgent [ˋɝdʒənt] ★★☆☆☆☆☆

形 **緊急的；迫切的**

Due to the sudden business growth, there is an **urgent** need to hire more staff. 由於生意突然變好，現在急需多請一些人手。

相關單字

urgently 副 緊急地；急迫地

If you **urgently** need money, you may request a cash advance at our bank. 如果你急需用錢，可以跟我們銀行預借現金。

urgency 名 緊急；迫切；急事

urge 動 敦促；力勸

→ urge A to do (→ A be urged to do) 敦促 A 做某事

The government **urged** employers to provide more flexible working hours for workers. 政府呼籲雇主為勞工提供更彈性的工時。

600+ RANK 0486

usually [ˋjuʒʊəlɪ] ☆☆☆☆☆☆☆

副 **通常地**

The security officer is **usually** in the booth at noon.
保全人員通常中午都在崗哨裡。

600+ RANK 0487

correct [kəˋrɛkt] ☆☆☆☆☆☆☆

1 動 **改正；糾正**

Mr. Patterson will **correct** the mistakes in the slides before today's presentation. 派特森先生會在今天的簡報前，修改投影片裡的錯誤。

2 形 **正確的**

The guide lists the **correct** steps of assembling the product.
手冊列出組裝產品的正確步驟。

相關單字

incorrect 形 錯誤的；不適當的
correction 名 修改；懲罰矯正
correctly 副 正確地

600+ RANK 0488

deal [dil] ☆☆☆☆☆☆☆

1 名 **交易**

We are having a special **deal** on mid-size cars this week. (特價)
本週中型車特價優惠。

2 名 **大量**

Today's award ceremony took a great **deal** of preparation and effort. (a great/good deal of 大量；很多)
今天的頒獎典禮耗費了很多準備工作與努力。

相關單字

dealer 名 經銷商；商人；毒販
dealership 名 代理權；經銷權

替換字詞

deal 交易 → bargain 交易
a half-price deal (bargain) 半價交易

600+ RANK 0489

broadcast [`brɔdˏkæst] ☆☆☆☆☆☆☆

1 動 **廣播；播送**

This special report will be **broadcast** at 6 p.m. following the traffic update.
這則特別報導會在下午 6 點播出，接在最新路況之後。

2 名 **廣播節目**

You can watch the **broadcast** through your computer.
你可以在電腦上看這個節目。

常考用法

radio broadcast 電台的廣播節目

600+ RANK 0490

reflect [rɪ`flɛkt] ☆☆☆☆☆☆☆

1 動 **反映；表現**

The special discount will be **reflected** in your new invoice.
特價折扣會顯現在你的出貨單上。

2 動 **反射；照出**
The scenery is **reflected** on the surface of the river.（Part 1 常考句子）
景色倒映在河面上。

相關單字

reflective 形 反射的；反映的 → **be reflective of 反映某事物**
Articles are often **reflective** of the writer's views on different issues.
文章通常反映作家對不同議題的看法。

reflection 名 反射；倒影
A woman is looking at her **reflection** in the mirror.（Part 1 常考句子）
一名女子正看著鏡中自己的倒影。

替換字詞

reflect 反映；表現 → indicate 顯示；表明
The shop's small size failed to reflect (indicate) its enormous popularity. 這家店的狹小無法顯現它的高人氣。

600+ RANK 0491

congratulate [kən`grætʃə͵let] ☆☆☆☆☆☆☆ 050

動 **恭喜；恭賀** → congratulate A on B → 因 B 而祝賀 A
The company **congratulated** the employees on their sales performance. 公司恭賀員工的銷售成果。

相關單字

congratulations 名 恭喜；祝賀

600+ RANK 0492

obstruct [əb`strʌkt] ☆☆☆☆☆☆☆

動 **阻礙；擋住**
Drivers should avoid Cherry Street as a fallen tree is **obstructing** the roadway. 駕駛人應避開櫻桃街，因為一棵倒塌的樹木擋住了車道。

相關單字

obstruction 名 阻礙；障礙

600+ RANK 0493

house [haʊz] ☆☆☆☆☆☆☆

動 **給……提供房子住**
We'll be visiting the Clairhill House, the mansion that **housed** many of the city's mayors.
我們要去參觀克萊希爾大宅，那棟有許多位市長住過的豪宅。

相關單字

housing 名（總稱）房屋；住宅　　**household** 形 家用的；家庭的

The rooms in Periax Business Hotel have energy-saving **household** appliances. 派里亞克斯商務飯店的房間有節能家電。

housewares 名 家用器具；（尤指）廚房用具

open house（學校；工廠等的）開放參觀日

常考用法

household appliances 家用電器；家電產品

600+ RANK 0494

rate [ret] ★☆☆☆☆☆☆

1 名 **費用；價格**

The hotel offers discounted room **rates** for large groups.
飯店提供大型團客房價折扣優惠。

2 名 **率**　→ exchange rate 匯率

When will exchange **rates** go up? 匯率何時會上升？

3 動 **評價；認為**　→ rate A as B (→ A be rated as B) 認為 A 是 B

Lenore's Bistro is **rated** as one of the best eateries in town.
雷諾爾的小館被評為鎮上最好的餐館之一。

相關單字

rating 名 等級

常考用法

room rate 房價　　**flat rate** 均一價

unemployment rate 失業率　　**interest rate** 利率

at a rate of 以……的速度；比率

替換字詞

rate 費用；價格 → price 價格；費用

huge discounts in rates (prices) 極大的價格折扣

600+ RANK 0495

author [ˋɔθɚ] ☆☆☆☆☆☆☆

名 **作者**

James Tyler is the **author** of the best-selling book, *Retirement Planning May be Easy.*
那本暢銷書《退休計畫可以很簡單》的作者是詹姆斯·泰勒。

相關單字

co-author 名 合著者

600+ RANK 0496

amazing [ə`mezɪŋ] ☆☆☆☆☆☆☆

形 **令人驚奇的**

It's **amazing** to see so many drawings and paintings in one place.
在同一個地方看到這麼多素描與圖畫，真令人吃驚。

相關單字

amazingly 副 令人驚奇地　　amazed 形 吃驚的

常考用法

be amazed at 對……感到吃驚

600+ RANK 0497

malfunction [mæl`fʌŋʃən] ☆☆☆☆☆☆

1 名 **故障**

The issue with the computer is related to a hardware **malfunction**.
電腦的問題和硬體故障有關。

2 動 **發生故障；機能失常**

The battery in your computer is **malfunctioning** and needs to be replaced. 你電腦的電池壞了，需要更換。

常考用法

equipment malfunction 設備故障

600+ RANK 0498

hope [hop] ★★☆☆☆☆☆

1 動 **希望；盼望**　→ hope (that) 希望……

The board **hopes** that employees take advantage of the on-site fitness classes.
董事會希望員工好好利用公司的健身課。

2 名 **可能性；期待**　→ hope that 期待；可能性

With the release of the new product, there is **hope** that profits will increase.
隨著新產品的上市，利潤有望增加。

相關單字

hopeful 形 有希望的；有前途的
hopefully 副 懷抱希望地；但願

常考用法

hope to do 期盼做……

distinguish [dɪ`stɪŋgwɪʃ] ★☆☆☆☆☆

動 **區別；辨別**

Organic food packaging has a special label so that customers can easily **distinguish** it.
有機食品的包裝上有個特別的標籤，因此，消費者就能輕易辨別。

相關單字

distinguishable 形 可區別的；可辨別的
distinguished 形 著名的；高貴的
It's a great pleasure to introduce our **distinguished** guest speaker to you. 非常榮幸為您介紹我們的知名演講者。

常考用法

distinguish A from B 區分 A 與 B
distinguish between A and B 區分 A 與 B

past [pæst] ★☆☆☆☆☆

1 形 **過去的**

The solar power industry has expanded rapidly over the **past** decade.
過去十年來，太陽能產業快速擴展。

2 介 **經過；通過**

The bookstore is located on the other side **past** the fountain.
書店在過了噴水池後的另一邊。

3 名 **過去；昔日**

In the **past**, the company used to hold monthly social gatherings.
以前，公司通常每個月舉行社交聚會。

Speed Check-up

答案 p.602

一、請參考底線下方的中文，填入意思相符的單字。

ⓐ reflected ⓑ obstructing ⓒ reduce ⓓ rates ⓔ instituted

01 Mason Industries has recently ________ (制定) a more formal dress code.

02 The special discount will be ________ (反映；表現) in your new invoice.

03 Drivers should avoid Cherry Street as a fallen tree is ________ (阻礙；擋住) the roadway.

04 There are many ways for a small business to ________ (降低；減少) its tax liability.

05 The hotel offers discounted room ________ (費用；價格) for large groups.

二、請參考句子的中文意思，選出填入後符合句意的單字。

ⓐ properly ⓑ pass ⓒ formerly ⓓ housed ⓔ situated

06 Mr. Borgis will ________ on his responsibilities to Ms. Yang once he retires. 一旦波吉斯先生退休，他會把他負責的工作交接給楊女士。

07 We'll be visiting the Clairhill House, the mansion that ________ many of the city's mayors.
我們要去參觀克萊希爾大宅，那棟有許多位市長住過的豪宅。

08 Commercial development in Redfield, which was ________ a residential area began three years ago.
瑞德菲爾德從前是住宅區，三年前開始發展商業。

09 Two chairs have been ________ on the floor. 地板上擺了兩張椅子。

10 The meeting has been postponed because the projector is not working ________. 因為投影機無法正常運作，會議延期了。

三、請選出填入後符合句意的單字。

ⓐ malfunctioning ⓑ receipt ⓒ correct ⓓ judge ⓔ warned

11 Mr. Patterson will ________ the mistakes in the slides before today's presentation.

12 The battery in your computer is ________ and needs to be replaced.

13 Your payment is due upon ________ of your item.

14 Vistors to the Modern Art Museum are ________ not to touch any exhibits.

15 Test participants will ________ whether the new product works well.

老外有所誤解

他是我們公司 hire 的外國員工。

雖然是一位 native 的夏威夷人，卻選擇到 abroad 工作

在台灣生活還習慣嗎？跟 tour 的時候感覺很不一樣吧？

除了天氣有點冷之外都還 OK，因為我是從 originally 溫暖的城市來的～

我 fully 能理解。

不過我覺得台灣的 consumer 真的好厲害啊，天氣這麼冷居然會買電風扇。

買電風扇？現在不是冬天嗎？

我逛超市時看到的～明明是冬天卻 necessarily 要買電風扇呢～

咦……是嗎～？

去了趟超市後，我瞬間明白他會那麼說的 basis。

原來是在說這個啊這是電熱扇耶……

700+ RANK 0501

necessary [ˋnɛsə͵sɛrɪ] ★★☆☆☆☆☆ 

形 **必要的**

The cost of any **necessary** repairs will be covered by the warranty.
保固包含任何必要性修理的費用。

相關單字

necessarily 副 必然地；必要地

The comments on this website do not **necessarily** reflect the opinions of the company. 這個網站上的評論並不一定反映公司的看法。（not necessarily → 不一定；不必然）

necessitate 動 使成為必要　　**necessity** 名 必需品；必然性

常考用法

as necessary 需要的；所需的　　**if necessary** 必要的話
necessary to do 必須做……　　**necessary for** 必要的

700+ RANK 0502

renovate [ˋrɛnə͵vet] ★★☆☆☆☆☆

動 **修理；翻新**

While the fitness center is being **renovated**, please use our other location. 在本健身中心整修期間，請到我們的其他分店。

相關單字

renovation 名 更新；修理

When will the hotel **renovation** be completed?（Part 2 常考句子）
飯店的整修工程何時完工？

700+ RANK 0503

consumer [kənˋsjumɚ] ☆☆☆☆☆☆☆

名 **消費者**

A government agency was formed to protect **consumers** against false advertising. 政府成立了一個機構，保護消費者免受不實廣告之害。

相關單字

consumption 名 消費；消耗
consume 動 消耗；耗盡
time-consuming 形 費時的

常考用法

consumer trends 消費趨勢

700+ RANK 0504

emphasize [ˋɛmfəˏsaɪz] ★★☆☆☆☆☆

動 **強調；著重**

The employee manual **emphasizes** the importance of following warehouse safety rules. 員工手冊強調遵守倉庫安全規定的重要。

相關單字

emphasis 名 強調；重視

emphatic 形 強調的；加強語氣的

常考用法

emphasis on 強調；重視……

with emphasis 著重在……

emphatic about 強調……

700+ RANK 0505

supply [səˋplaɪ] ★★★☆☆☆☆

1 動 **供應；供給**

Our company started **supplying** medical equipment to the local hospital. 我們公司開始供應醫療設備給本地醫院。

2 名 **供應品；庫存**

Our store will receive a new **supply** of wireless headsets soon. 我們店裡很快就會進新的無線耳機。

3 名 **生活用品；補給品**

We will place a new order of office **supplies** next week. 我們下星期會訂購辦公室用品。

相關單字

supplier 名 供應商

常考用法

supply A with B (→ A be supplied with B) 供應 B 給 A

supply B to A (→ B be supplied to A) 提供 B 給 A

supply room 補給室；儲藏室

office supplies 辦公用品；事務用品

700+ RANK 0506

fit [fɪt] ☆☆☆☆☆☆☆

1 動 **符合；適合**

Mr. Kwon's qualifications best **fit** the requirements of the manager position. 權先生的資歷最符合經理一職的要求。

2 形 **恰當的；安適的**

The old exercise room is not **fit** for usage. 舊的健身房不堪使用了。

3 名 **適合；合身**

Rosemary's extensive experience in the field makes her an ideal **fit** for our company.
羅絲瑪麗在這個領域的豐富經驗，使她成為適合我們公司的理想人選。

替換字詞

fit 符合；適合 → suit 符合
a position that fits (suits) the applicant's qualifications
應徵者資歷相符的職位

700+ RANK 0507

hire [haɪr] ☆☆☆☆☆☆☆

1 動 **聘僱；聘請**

Due to the increasing demand for classes, the school must **hire** more instructors. 由於對課程的需求日益增加，學校必須聘請更多講師。

2 動 **租用；僱用**

We plan on **hiring** a cab to drive us around the city all day.
我們打算包一輛計程車，載我們在城裡到處跑一整天。

3 名 **新僱員**

The new **hires** will have their orientation in conference room C.
新進員工訓練在 C 會議室。

常考用法

hiring decision 錄取決定

700+ RANK 0508

findings [ˋfaɪndɪŋz] ★☆☆☆☆☆☆

名 **調查結果**

Based on the negative research **findings**, the board decided to end the program. 基於研究的不利結果，董事會決定中止這項計畫。

相關單字

find 動 發現；找到；查明

700+ RANK 0509

seek [sik] ★☆☆☆☆☆☆

1 動 **尋找；追求**

QCY Trading is **seeking** a regional manager to oversee its Latin America operations. QCY 貿易正在找一位地區經理，負責監督拉丁美洲的營運。

2 動 **試圖；設法**

→ seek to do 設法做某事

Atlantic Air is actively **seeking** to hire graduate students with a degree in engineering. 大西洋航空正積極招收擁有工程學位的研究生。

700+ RANK 0510

delegation [ˌdɛlə`geʃən] ★★★★★☆☆

1 名 **代表團**

When the official **delegation** arrived at the conference hall, the speech had already started. 等官方代表團抵達會議廳時，演講早已開始。

2 名 **(工作)委派；分配**

Delegation of duties is a task all directors must do well.
分配任務是所有主管都必須做好的工作。

相關單字

delegate 名 (尤指會議的)代表

The **delegate** represented the company at the industry convention.
代表公司參加產業大會。

→ delegate A to B (→ A be delegated to B) 把 A 分派／委託給 B

The supervisor **delegated** various tasks to the administrative assistants. 主管分派了好幾個工作給行政助理。

700+ RANK 0511

initiate [ɪ`nɪʃɪˌet] ★☆☆☆☆☆☆ 052

動 **開始；創始**

It is important to know when to **initiate** conversation with a customer.
知道何時該開始和顧客交談很重要。

700+ RANK 0512

implement [`ɪmpləmənt] ★★☆☆☆☆☆

動 **執行；實施**

To improve customer service, Saiger Investment will **implement** more thorough staff training programs.
為了改善顧客服務品質，塞吉投資將實施更完整的員工訓練。

相關單字

implementation 名 實施；完成

常考用法

implement measures 執行方式　　**implement a plan** 實施一個計畫

700+ RANK 0513

influence [`ɪnfluəns] ★☆☆☆☆☆☆

1 名 **影響**

→ have an influence on 對……有影響

Customer feedback has a strong **influence** on product development.
顧客的回饋意見對產品的開發有很大的影響。

2 動 **影響**

Mr. Torlune's colleagues **influenced** his decision to apply for the manager position. 托魯斯先生的同事影響了他應徵經理一職的決定。

相關單字

influential 形 有影響力的

James Danford is considered one of the most **influential** writers of his time. 公認詹姆斯·丹佛是他那個時代最有影響力的作家之一。

常考用法

influence on/over 對……有影響

700+ RANK 0514

degree [dɪ`gri] ☆☆☆☆☆☆☆

1 名 **學歷**

(advanced degrees → 研究所學位)

Our analysts all have advanced **degrees** in economics from top universities. 我們的分析師都擁有頂尖大學的經濟研究所學歷。

2 名 **程度**

At Cole Footwear, we regard customer satisfaction with the highest **degree** of importance. 在科爾鞋業，我們將顧客的滿意度視為最重要的事。

相關單字

bachelor's degree 學士學位　**graduate degree** 研究所學位

替換字詞

degree 程度 → level 程度

a degree (level) of knowledge 知識程度

700+ RANK 0515

shipment [`ʃɪpmənt] ☆☆☆☆☆☆☆

名 **運輸；運輸的貨物**

The last **shipment** of spring coats will arrive today.
最後一批春天的外套今天會送到。

相關單字

shipping 名 船運；海運業　**ship** 動 船；用船運；郵寄

She is **shipping** a package. 她將要寄送一個包裹。（Part 1 常考句子）

常考用法

international shipment 國際運輸；國際貨物
shipping details 出貨明細
shipping charge 運費

700+ RANK 0516

valid [ˋvælɪd] ★★☆☆☆☆☆

形 **有效的；正式認可的**

Refunds are only issued with a **valid** receipt. 只有執收據正本才能辦理退款。

相關單字 validate 動 使有效；證實　validity 名 確實；效力

常考用法 be valid for 對……有效　valid identification 有效身分證件

替換字詞

valid 有效的；正式認可的 → good 有效的；適合的

The coupon is **valid (good)** for one free meal. 這張優惠券可以免費兌換一餐。

700+ RANK 0517

consult [kənˋsʌlt] ☆☆☆☆☆☆☆

1 動 **諮詢；請教；向……徵求意見**

→ 向……徵求意見；與……商討

The managing director will **consult** with an architect tomorrow and decide on the building's design.

總經理明天會徵求一位建築師的意見，然後決定大樓的設計。

2 動 **查閱**

Please **consult** the employee handbook for questions regarding our time-off policy. 關於我們的休假規定，請查看員工手冊。

相關單字

consultant 名 顧問　consultation 名 諮詢；參考

I had a **consultation** with Mr. Davis recently, and it was really helpful.

我最近向戴維斯先生諮詢，獲益良多。

常考用法

consult a manual 參考；查閱使用手冊

in consultation with 與……諮詢過後（的結果）

易混淆單字筆記

consult + 人物 vs. **consult with + 人物** vs. **consult + 事物**

請教**醫生、律師**等專家時，後方可以**不用加介系詞**；但雙方為**對等關係**時，則須搭配介系詞 **with** 一起使用。consult 後方連接**人物**時，意思為「**商議、商量**」；後方連接**事物**時，意思則為「**查閱資料**」。

700+ RANK 0518

professional [prəˋfɛʃən!] ☆☆☆☆☆☆

1 名 **專業人士**

Bernice Interior has dedicated **professionals** who will tend to your home improvement needs.

柏尼斯室內裝潢有盡責的專業人員，能滿足你的居家改善需求。

2 形 專業的

Our firm has **professional** staff to handle your technical inquiries.
我們公司有專業的員工解決你的技術問題。

相關單字

professionally 副 專業地；在職業上
profession 名（尤指需要特殊訓練或專業技能的）職業
professionalism 名 專門技術；職業精神

常考用法

professional demeanor 專業舉止

700+ RANK 0519

release [rɪ`lis] ☆☆☆☆☆☆☆

1 動 **發行；上市**

Staff members are working overtime to ensure that the new products are **released** on schedule. 工作人員加班以確保新產品能如期上市。

2 名 **發表；發行**

The CEO has decided to delay the **release** of the company's new tablet PC. 執行長決定延後公司新平版電腦的發表。

常考用法

press release 新聞稿　　**release date** 發行日期

替換字詞

release 發行；上市 → make available 發表
release (make available) a statement 發表一份聲明

700+ RANK 0520

percentage [pɚ`sɛntɪdʒ] ☆☆☆☆☆☆☆

1 名 **部分**

Jopin Bookstore will donate a **percentage** (→ 部分) of its sales to the Clarefield Educational Association this year.
喬平書店今年會捐出銷售額的一部分給克萊菲爾德教育協會。

2 名 **百分率；百分比**

We conducted a survey to see what **percentage** (→ 占多少百分比) of the city's population is physically active.
我們進行了一項調查，看看這城市有多少百分比的人常常活動身體。

易混淆單字筆記

percent vs. percentage
兩者的意思皆為「百分比、百分率」，差別在於只有 percent 能搭配**數字**一起使用。

Over 40 **percent (~~percentage~~)** of Waltham residents live near West Lake. 超過 40% 的華爾森居民住在靠近威斯特湖的地方。

700+ RANK 0521

apologize [ə`pɑlə͵dʒaɪz] ☆☆☆☆☆☆☆ 053

動 **道歉；致歉** → apologize to 向……道歉

The store manager **apologized** to the customers for the delay in service. 店經理因怠慢客人，而向顧客道歉。

相關單字

apology 名 道歉；認錯

常考用法

apologize for 因……而道歉 **sincerely apologize** 誠心道歉

700+ RANK 0522

deposit [dɪ`pɑzɪt] ☆☆☆☆☆☆☆

1 名 **保證金；押金**

Who is responsible for collecting the **deposit** money?（Part 1 常考句子）
誰負責收保證金？

2 動 **儲存；存放（錢）**

Some bank customers are not aware that they can **deposit** checks at an ATM. 有些銀行客戶不知道他們可以用自動櫃員機存支票。

3 動 **放置；寄存**

Our facility offers a storage area where you can **deposit** your belongings. 我們這裡有個儲藏區，你可以把你的物品放在那裡。

常考用法

deposit slip 存款單 反 **withdrawal slip** 提款單

700+ RANK 0523

point [pɔɪnt] ☆☆☆☆☆☆☆

1 動 **指向；指出** → point at/to 指向……

One of the men is **pointing** at a computer monitor.（Part 1 常考句子）
其中一名男子正指著電腦螢幕。

2 名 **思想；論點**

Amy Collins brought up many interesting **points** during her keynote speech.
艾美·柯林斯在她的主題演講中，提出很多有趣的觀點。

3 名 **（比賽的）得分；分數**

Birmingham won Friday's match by 10 **points**.
伯明翰以 10 分之差贏得星期五的比賽。

相關單字

viewpoint 名 觀點；見解

700+ RANK 0524

basis [ˋbesɪs] ★★☆☆☆☆☆

1 名 **準則**

The hotel's security team monitors the floors on a regular **basis**. （regular basis → 定期地）

飯店的保安組定期監看各樓層。

2 名 **基礎；根據**

Mr. Warden could not understand Ms. Ling's **basis** for relocating the head office.

華登先生無法理解凌女士主張遷移總公司的依據。

相關單字

base 名 基礎；基地　**basic** 形 基本的；初步的

basically 副 根本地；基本上

常考用法

on a weekly (monthly) basis 每週（月）一次

on a case-by-case basis 個案的

on an as-needed basis 根據需要

on a first-come, first-served basis 先來先得

on the basis of 基於……；根據……

be based on 根據；以……為基礎

be based in 位於某地；住在某地

700+ RANK 0525

originally [əˋrɪdʒən!ɪ] ★★★☆☆☆☆

副 **原先；起初**

The hit movie, *Martin Family*, was **originally** a novel written by Tomas Stein. 那部賣座電影《馬丁家族》，原先是托瑪斯·史坦所寫的小說。

相關單字

original 形 起初的；原作的　**originality** 名 獨創性　**origin** 名 起源；源頭

700+ RANK 0526

reject [rɪˋdʒɛkt] ★★☆☆☆☆☆

動 **拒絕**

Why did they **reject** our offer to buy the building?（Part 2 常考句子）

他們為什麼拒絕接受我們購買大樓的提議？

700+ RANK 0527

coordinate [ko`ɔrdnet] ★☆☆☆☆☆☆

動 **協調；使相配合**

Volunteers will **coordinate** the logistics of the annual charity event.
義工會協調年度慈善活動的物流。

相關單字

coordination 名 協調；整理　　**coordinator** 名 協調者

700+ RANK 0528

status [`stetəs] ☆☆☆☆☆☆☆

1 名 **狀態；狀況**

As per our discussion, we will provide regular **status** updates on the project.
根據我們的討論，我們會定期更新專案的狀況。

2 名 **地位；身分**

Wealth and social **status** are what many people hope to attain.
財富與社會地位是很多人想要獲得的東西。

700+ RANK 0529

settle [`sɛt!] ☆☆☆☆☆☆☆

1 動 **解決；結束（爭端等）**

All issues concerning salary raises were **settled** at yesterday's meeting.
所有關於加薪的問題都在昨天的會議中解決了。

2 動 **安家；定居**　　→ **settle down** 定居；安頓下來

Ms. Hertz **settled** down in a small town after retiring last year.
赫茲女士去年退休後，定居在一個小鎮。

相關單字

settlement 名 定居；和解；清算
settled 形 安定下來的；穩定的

常考用法

settle on 定居；決定
settle in 適應新環境

替換字詞

settle 解決；結束（爭端等）→ decide 決定；確定
settle (decide) on the event date 決定活動日期

700+ RANK 0530

inspect [ɪn`spɛkt] ★★☆☆☆☆☆

動 **檢查；審視**

The production manager is in charge of **inspecting** all machinery at the Louisville plant.
生產部經理負責檢查路易斯維爾廠的所有機器。

相關單字

inspection 名 檢查；視察
Vendors' permits are subject to **inspection** during the trade conference. 貿易協商會期間，攤販的許可證須經過檢查。

inspector 名 檢查員

常考用法 **on-site inspection** 現場稽查

700+ RANK 0531

full [fʊl] ★☆☆☆☆☆☆ 054

1 形 **完整的；完全的**

The board is expecting a **full** report on the construction project.
董事會期待收到建案的完整報告。

2 形 **充滿的** → be full of 充滿

The job fair was **full** of companies seeking to hire new recruits.
就業博覽會上滿是試圖招募新員工的公司。

相關單字

fully 副 完全地
Ms. Lee was planning to go to London this weekend, but the flight was **fully** booked. 李女士打算這個週末去倫敦，但班機全滿。

常考用法

full-time employee 全職員工　　**full-time job** 全職工作

700+ RANK 0532

tour [tʊr] ☆☆☆☆☆☆☆

名 **旅遊；導覽**

Visitors are not allowed to take photographs on the factory **tour**.
參觀工廠時，訪客不得拍照。

相關單字

tourist 名 觀光客；遊客　　**tourism** 名 旅遊；觀光

常考用法

on tour 巡迴演出　　**tour of** 去……旅行
guided tour 有導遊帶領的旅行

RANK 0533 700+

focus [`fokəs] ☆☆☆☆☆☆☆

1 動 **著重；聚焦**

聚焦在……上；集中在……上

Today's workshop will **focus** on how employees can use their time more effectively. 今天的工作坊會聚焦在員工如何更有效利用時間。

2 名 **聚焦；重點**

The **focus** of today's workshop will be on time management.
今天工作坊的重點在時間管理。

常考用法

focus A on B (→ A be focused on B) 把A集中在B上

RANK 0534 700+

chemical [`kɛmɪk!] ☆☆☆☆☆☆☆

1 形 **化學的**

You may use a **chemical** detergent to wipe away the surface of the desk. 你可以用化學清潔劑擦拭桌面。

2 名 **化學製品；化學藥品**

These products are free of any **chemicals** that could damage the environment.
這些產品不含可能有害環境的化學製品。

RANK 0535 700+

scale [skel] ☆☆☆☆☆☆☆

1 名 **大小；規模**

Tran Motors began to produce their automobiles on a global **scale** after the merger.
特倫汽車在合併後，開始以全球為市場生產汽車。

2 名 **天平；秤**

A kitchen **scale** is a must have for all bakers.
對麵包師來說，廚房用磅秤是必備用品。

相關單字

wide-scale 形 大規模的

常考用法

scale back 縮減 **on a large scale** 大規模的

700+ RANK 0536

unit [ˋjunɪt] ☆☆☆☆☆☆☆

1 名 **（商品的）（一）件；（一）套**

With 6,000 **units** sold, June was Carocot Co.'s most successful month.

由於賣出了六千件產品，六月是卡洛可公司業績最好的一個月。

2 名 **（公寓的）單元；單位**

Are any of those apartment **units** still available?（Part 2 常考句子）

那些公寓裡還有空房嗎？

常考用法

shelving unit 層架

700+ RANK 0537

ideally [aɪˋdiəlɪ] ★☆☆☆☆☆☆

副 **理想地；完美地**

Applicants for the position must submit three references, **ideally** from more than one organization.

這個職位的應徵者必須附上三封推薦信，最好來自不只一個單位。

相關單字

ideal 形 理想的；完美的

The price is right, and the location is **ideal**. 價格很適當，位置很理想。

常考用法

be ideal for 非常合適的　　**ideal place** 理想的地方

700+ RANK 0538

single [ˋsɪŋg!] ☆☆☆☆☆☆☆

形 **單一的；僅有的**

the single largest + 名詞 ➔ 最大的一個……

PuaTech's deal with GemComs is the **single** largest sale in the history of either company.

普亞科技和傑姆公司的交易，在兩家公司來說，都是有史以來最大的一筆買賣。

700+ RANK 0539

venue [ˋvɛnju] ★★☆☆☆☆☆

名 **會場；舉行地點**

……的地點／場所

Directions to the **venue** for the conference will be posted on the company website. 前往會議場地的交通路線圖會張貼在公司網站上。

常考用法

an ideal venue for ……的理想地點／場所

700+ RANK 0540

row [ro] ☆☆☆☆☆☆☆

1 名 (一)排；(一)列

Some containers are arranged in a **row**. （Part 1 常考句子） → 成一排；連續的

有些貨櫃成排放置。

2 動 划(船)

Some people are **rowing** toward the pier. （Part 1 常考句子）

有些人正把船划向碼頭。

常考用法

in rows 成排地　　**row after row of** 一排一排的

700+ RANK 0541

specifically [spɪ`sɪfɪk!ɪ] ★★★★☆☆☆ 055

副 **特別地；明確地**

The LX550 camera lens is **specifically** designed for beginner photographers. LX550 相機鏡頭是特別為攝影初學者設計的。

相關單字

specific 形 特殊的；特定的　　**specifics** 名 詳情；細節

Ms. Fullner will discuss the **specifics** of the marketing proposal next Friday.

富納女士下星期五要討論行銷專案的細節。

替換字詞

specifics 詳細；細節 → details 詳情；細節

clarify the specifics (details) of the agreement 闡明協議的詳細內容

700+ RANK 0542

gain [gen] ★☆☆☆☆☆☆

1 動 **獲得；得到**

The advertised job is ideal for those wanting to **gain** work experience in banking.

廣告登的那個工作，對那些想在銀行業獲得工作經驗的人很適合。

2 名 **獲得；獲利**

The board reported a **gain** in profits last month.

董事會報告上個月獲利增加。

常考用法

gain access to 得以使用　　**gain momentum** 獲得動力

700+
RANK 0543

abroad [ə`brɔd] ☆☆☆☆☆☆☆

副 **國外**

Before traveling **abroad**, always check that your passport is valid.
在每次出國之前，都要檢查你的護照是否有效。

700+
RANK 0544

equal [`ikwəl] ★☆☆☆☆☆☆

1 形 **相等的；均等的**

與……相等

The amount raised at yesterday's fundraising event was nearly **equal** to last year's.
昨天募款活動所籌得的金額幾乎和去年相同。

2 動 **比得上；敵得過**

It is difficult for any employee to **equal** the sales achievements of Mr. Donner. 任何員工都很難追得上杜納先生的銷售成績。

相關單字

equally 副 相同地；公平地

700+
RANK 0545

label [`leb!] ★☆☆☆☆☆☆

1 名 **貼紙；標籤**

Be careful not to cover the ingredients when applying **labels** to food packages.
在食品包裝上貼標籤時，請小心不要遮到成分表。

2 動 **貼標籤於**

Please **label** all items in the staff lounge.
請把所有在員工休息室裡的物品都貼上標籤。

700+
RANK 0546

native [`netɪv] ☆☆☆☆☆☆☆

1 形 **本土的；原產的**

（某地）特有的；原產的

Dr. Romero researches plants **native** to South America for their medicinal use. 羅梅洛博士研究南美洲原生植物的醫療用途。

2 名 **本地人；本國人**

Although he has been living here for 30 years, Mr. Rodriguez is a **native** of Brazil. 雖然羅德里格茲先生已經在這裡住了 30 年，但他是巴西人。

700+ RANK 0547

economical [ˌikəˋnɑmɪk!] ★☆☆☆☆☆

形 **經濟的；節約的**

Reno Furniture manufactures products that are both stylish and **economical**. 雷諾家具製造既流行又經濟實惠的產品。

相關單字

economic 形 經濟的；經濟上的　　**economize** 動 節約；節省

700+ RANK 0548

warehouse [ˋwɛrˌhaʊs] ☆☆☆☆☆☆☆

名 **倉庫**

When will the packages leave the **warehouse**?（Part 2 常考句子）
包裹何時會從倉庫送出？

700+ RANK 0549

package [ˋpækɪdʒ] ☆☆☆☆☆☆☆

1 名 **包裹**

Please inform Mr. Berman that his **package** will arrive by noon.
請通知柏曼先生，他的包裹會在中午前送到。

2 動 **把……打包；包裝**

Make sure to neatly **package** all gifts before sending them to clients.
把禮物送給客戶之前，務必要確認都包得整整齊齊。

相關單字

packaging 名 包裝業／風格／材料　　**pack** 動 包裝貨物；整理行李
packet 名 小包裝；（電腦）封包

常考用法

pick up a package 領取包裹　　**be packed with** 擠滿；裝滿

700+ RANK 0550

memorable [ˋmɛmərəb!] ★☆☆☆☆☆☆

形 **難忘的；值得紀念的**

The festival was **memorable** because many renowned musicians performed live for the first time.
這次音樂節真令人難忘，因為好多知名的音樂家都是第一次進行現場表演。

Speed Check-up

答案 p.603

一、請參考底線下方的中文，填入意思相符的單字。

ⓐ inspecting ⓑ venue ⓒ originally ⓓ native ⓔ consult

01 Dr. Romero researches plants ________ (本土的) to South America for their medicinal use.

02 The hit movie, *Martin Family*, was ________ (原先) a novel written by Tomas Stein.

03 The production manager is in charge of ________ (檢查) all machinery at the Louisville plant.

04 Directions to the ________ (場地) for the conference will be posted on the company website.

05 Please ________ (查閱) the employee handbook for questions regarding our time-off policy.

二、請參考句子的中文意思，選出填入後符合句意的單字。

ⓐ supplying ⓑ initiate ⓒ settled ⓓ delegation ⓔ equal

06 It is important to know when to ________ conversation with a customer.
知道何時該開始和顧客交談很重要。

07 Our company started ________ medical equipment to the local hospital.
我們公司開始供應醫療設備給本地醫院。

08 All issues concerning salary raises were ________ at yesterday's meeting. 所有關於加薪的問題都在昨天的會議中解決了。

09 ________ of duties is a task all directors must do well.
分配任務是所有主管都必須做好的工作。

10 It is difficult for any employee to ________ the sales achievements of Mr. Donner. 任何員工都很難追得上杜納先生的銷售成績。

三、請選出填入後符合句意的單字。

ⓐ fit ⓑ specifically ⓒ influence ⓓ scale ⓔ basis

11 The LX550 camera lens is ________ designed for beginner photographers.

12 The hotel's security team monitors the floors on a regular ________.

13 Tran Motors began to produce their automobiles on a global ________ after the merger.

14 Customer feedback has a strong ________ on product development.

15 The old exercise room is not ________ for usage.

DAY
12
700+
先背先贏 核心單字
0551~0600

伴手禮的陷阱

我選擇遠離 routine 的生活來場小旅行。
不曉得有多久沒 board 飛機了。
我盡情享受著這趟旅遊。
仔細想想，
來之前姐給了我不少 assistance……
從規劃 itinerary 到所有的 preparation 都由我姐一手包辦，實在太感謝她了……

於是我買了伴手禮給她。
買了很多小東西，不曉得是不是 adequate 的禮物……
我姐收到禮物後表示
妳從地球 opposite 的國家買回來的這些禮物……
怎麼……都寫著台灣製啊……
Made in Taiwan
Made in Taiwan
Made in Taiwan
蝦米？！
我犯了 severe 的 failure。

RANK 0551 700+

thoughtful [ˋθɔtfəl] ☆☆☆☆☆☆☆

形 **體貼的**

The service representative was professional and **thoughtful**, devoting her time to each customer.

這位客服人員既專業又體貼，把時間都花在每位顧客身上。

相關單字

thoughtfully 副 體貼地；沉思地　　**thought** 名 思考；想法

RANK 0552 700+

preparation [͵prɛpəˋreʃən] ★☆☆☆☆☆

名 **準備**

Mr. Caldwell hired part-time cashiers in **preparation** for the holiday season.（in preparation for → 為……做準備）

考得威先生僱用兼職收銀員，為假期季節做準備。

相關單字

prepare 動 準備；做（飯菜）

He is **preparing** some food.（Part 1 常考句子）他正在做菜。

prepared 形 有準備的；（食物等）經過調製的

常考用法

prepare for 為……做準備　　**well-prepared** 準備充分

替換字詞

prepare 準備 → draw up 起草

prepare (draw up) the revisions to the contract 起草合約修訂版

RANK 0553 700+

merchandise [ˋmɝtʃən͵daɪz] ☆☆☆☆

1 名 **商品**

Store branches report all sales of their **merchandise** to the head office.

分店向總公司報告他們商品的總銷售量。

2 動 **行銷；推銷**

Heto Electronics **merchandises** their products on various websites.

赫托電器在許多網站上推銷他們的產品。

相關單字

merchant 名 商人

700+ RANK 0554

enroll [ɪn`rol] ★☆☆☆☆☆☆

動 **註冊；登記**

All employees are required to **enroll** in the compliance workshop. → 報名參加；註冊

所有員工都必須參加合規工作坊。

相關單字

enrollment 名 登記；註冊；入伍

常考用法

enrollment in 登記；註冊　　**enrollment fee** 註冊費；入會費

700+ RANK 0555

entitle [ɪn`taɪt!] ★☆☆☆☆☆☆

動 **使有資格；使有權利**

All employees are **entitled** to two weeks of paid vacation annually. → be entitled to 有權獲得某物

每位員工每年有兩星期有薪假。

相關單字

entitlement 名 應得的權利

常考用法

be entitled to do 有權做某事

700+ RANK 0556

exception [ɪk`sɛpʃən] ☆☆☆☆☆☆☆

名 **例外**

With very few **exceptions**, most local businesses have experienced a decline in sales this year.

除了極少數例外，大部分的本地商家今年的業績都下滑。

常考用法

make an exception 破例　　**without exception** 無一例外

with the exception of 除了……以外　　**exception to** ……的例外

700+ RANK 0557

adequate [`ædəkwɪt] ★★★☆☆☆☆

形 **適當的；足夠的**

Although the packaging seemed **adequate**, the products were damaged during shipping.

雖然包裝看起來還好，但產品在運送過程中已受損。

相關單字

adequately 副 適當地；足夠地

700+ RANK 0558

itinerary [aɪˋtɪnəˏrɛrɪ] ☆☆☆☆☆☆☆

名 **旅程；旅行計畫**

According to the **itinerary**, our tour group will spend two days in Vienna.
根據行程內容，我們的旅行團會在維也納停留兩天。

常考用法

travel itinerary 旅遊行程

700+ RANK 0559

board [bord] ★☆☆☆☆☆☆

1 名 **董事會**

The **board** of directors approved the proposal to renovate the branch offices. 董事會通過分公司整修的提案。（board of directors → 董事會）

2 名 **板；布告牌**

The HR team will post the information on the announcement **board** soon. 人資小組很快就會把資訊張貼在布告欄上。

3 動 **上（船、車、飛機等）**

A woman is **boarding** a train.（Part 1 常考句子）一名女子正登上火車。

常考用法

board meeting 董事會會議

700+ RANK 0560

relevant [ˋrɛləvənt] ★★☆☆☆☆☆

形 **相關的**

Denver Accounting is seeking candidates with three years of **relevant** work experience.
丹沃會計正在尋找有三年相關工作經驗的人。

常考用法

irrelevant 形 無關的；不恰當的　　**relevance** 名 關連

常考用法

relevant to 與……有關
irrelevant to 與……無關
relevant information 相關資訊

700+ RANK 0561

assistance [əˋsɪstəns] ★☆☆☆☆☆☆

名 **協助；支持**

Please contact our customer service center at 555-7000 for technical **assistance**. 技術支援請撥打 555-7000，聯絡我們的客服中心。

（technical assistance → 技術支援）

相關單字

assist 動 協助；支持

I was **assisted** by a sales clerk named Jennifer.

有位叫珍妮佛的店員協助我。

assistant 名 助理

常考用法

call for assistance 求援

替換字詞

assistance 倉庫 → help 協助；援助

need assistance (help) with some crucial data 需要協助處理重要數據

700+ RANK 0562

forget [fɚˋgɛt] ☆☆☆☆☆☆☆

動 **忘記**

Please don't **forget** to turn off the lights before you leave the office.

（forget to do 忘了要做某事 vs. forget doing 忘記做過某事）

離開辦公室前，別忘了關燈。

相關單字

forgettable 形 易被遺忘的 **unforgettable** 形 難忘的；永遠記得的

forgetful 形 健忘的

700+ RANK 0563

progress [ˋprɑgrɛs] ☆☆☆☆☆☆☆

1 名 **進展；進步**

To check the **progress** of your delivery, simply call us at 555-6200.

想查看你的貨物遞送狀況，只要撥打 555-6200 找我們。

2 動 **前進；進行**

The landscaping project is **progressing** smoothly according to plan.

造景計畫按照設計圖順利進行。

相關單字

progressive 形 進步的；發展中的

常考用法

make progress 有進步；有進展

700+ RANK 0564

subscription [səb`skrɪpʃən] ☆☆☆☆☆

名 **訂閱**

→ 訂購某物

Free access to our website is included with a one-year **subscription** to our magazine. 訂閱我們的雜誌一年，可免費上我們的網站瀏覽。

相關單字

subscriber 名 訂戶　　**subscribe** 動 訂閱；認購

常考用法

subscribe to 訂購；認購某物

700+ RANK 0565

object 動 [əb`dʒɛkt] 名 [`ɑbdʒɪkt] ☆☆☆☆☆☆☆

1 動 **反對**

→ object to 反對某事物或人

The HR manager **objected** to Kim Barretto becoming a full-time employee. 人事經理反對金・貝瑞托成為正職員工。

2 名 **物品**

Hewitt Home Furnishings sells various household **objects** such as chairs and lamps. 休威特家具販售許多不同的家庭用品，例如，椅子和燈具。

相關單字

objection 名 反對；異議

700+ RANK 0566

assemble [ə`sɛmb!] ☆☆☆☆☆☆☆

1 動 **配裝；組裝**

Factory production has stopped but will resume once the new machinery is **assembled**. 工廠的生產已停止，但一等新機器安裝好，就會復工。

2 動 **集合；聚集**

A crowd has **assembled** around a lake.（Part 1 常考句子）一群人聚集在湖邊。

相關單字

assembly 名（機械的）裝配

The unscheduled maintenance this morning has caused disruptions to vehicle **assembly**. 今天早上突如其來的維修，打斷了車輛的裝配工作。

常考用法

assemble 配裝；組裝 → build 組裝

tools for assembling (building) the desk 組裝桌子的工具

700+ RANK 0567

favor [ˋfevɚ] ☆☆☆☆☆☆☆

1 名 **贊成；支持**

(in favor of → 贊成；支持)

The board has voted in **favor** of the merger with PF Chemical.
董事會投票贊成與PF化學合併。

2 動 **贊同；偏愛**

Mr. Steward **favored** LX, Inc.'s design proposal the most.
史都華先生最喜歡LX公司的設計提案。

相關單字

favorite 形 最喜歡的

You can now find all of your **favorite** bread right here at the shopping center. 你現在在購物中心這裡，就可以找到所有你最愛的麵包。

700+ RANK 0568

commercial [kəˋmɝʃəl] ★☆☆☆☆☆☆

1 形 **商業的**

The new shopping mall is expected to be a great **commercial** success.
新的購物中心預期能大為獲利。

2 名 **商業廣告**

The **commercial** for the P500 tablet helped draw more customers.
P500平板電腦的廣告吸引來更多顧客。

常考用法

commercial district 商業區
commercial property 商用不動產
television commercials 電視廣告
commercial break 廣告時段

700+ RANK 0569

task [tæsk] ☆☆☆☆☆☆☆

名 **工作；任務**

Mr. Herman's main **task** is to maintain the company website.
賀曼先生的主要工作是維護公司網站。

700+ RANK 0570

failure [ˋfeljɚ] ★☆☆☆☆☆☆

1 名 **失敗**

(failure to do 未履行；沒做到……)

Despite the **failure** to reach a consensus, the parties continued negotiating.
雖然無法達成共識，這些政黨仍繼續協商。

2 名 **故障**

The factory manager ordered a new machine due to the **failure** of the current one.

由於現有的這台機器故障了，工廠經理訂了一台新的。

相關單字

fail 動 失敗

常考用法

power failure 停電；斷電　　**fail to do** 未能做到……

700+ RANK 0571

acknowledge [ək`nɑlɪdʒ] ☆☆☆☆☆☆ 058

1 動 **認可**

After the presentation, everyone **acknowledged** Mr. Thompson's public speaking skills.

在簡報之後，大家都認可了湯普森先生的公開演說技巧。

2 動 **確認收悉**

This email serves to **acknowledge** receipt of your order. （確認收到）

這封電子郵件的用意在確認收到你的訂單。

相關單字

acknowledgement 名 承認；認可；致謝

常考用法

acknowledge one's contribution 感謝某人的貢獻

替換字詞

acknowledge 認可 → recognize 承認

acknowledge (recognize) the severity of the problem 承認問題嚴重

700+ RANK 0572

journal [`dʒɝn!] ☆☆☆☆☆☆☆

名 **期刊**

Environmental Insight is a **journal** published by the Avax Ecology Association.

《環境洞見》是由艾維克斯生態協會所出版的期刊。

相關單字

journalist 名 新聞記者　　**journalism** 名 新聞業；新聞工作

700+ RANK 0573

routine [ru`tin] ★★☆☆☆☆☆

1 形 **例行的；常規的**

Ascent Manufacturing performs **routine** maintenance work to ensure that facilities are always in good condition.　→ 例行性維修

埃森特製造公司進行例行性維修，以確保設備隨時處於良好狀況。

2 名 **例行公事；慣例**

Physicians recommend implementing a daily exercise **routine**.

醫師建議維持每天運動的習慣。

相關單字

routinely 副 常規地；慣常地　　**daily routine** 每日例行作息

700+ RANK 0574

duration [djʊ`reʃən] ★☆☆☆☆☆☆

名 **持續期間**

Please keep all mobile devices turned off for the **duration** of the show.

在節目進行期間，請將所有行動裝置關閉。

700+ RANK 0575

severe [sə`vɪr] ☆☆☆☆☆☆☆

形 **嚴重的；劇烈的**

The flight schedule may change in the event of **severe** weather conditions.　→ 天氣惡劣

在天氣惡劣時，飛機時刻表可能會變動。

相關單字

severely 副 嚴格地；嚴厲地

700+ RANK 0576

analysis [ə`næləsɪs] ☆☆☆☆☆☆☆

名 **分析**

The annual report included a thorough **analysis** of next year's business outlook. 年度報告中包含一份對明年業務展望的完整分析。

相關單字

analyze 動 分析　　**analyst** 名 分析者

常考用法

cost analysis 成本分析　　**market analysis** 市場分析

RANK 0577 700+

conduct [kən`dʌkt] ★☆☆☆☆☆☆

動 **實施；進行**

Jimmy Soon will **conduct** the final round of interviews next week.
吉米·孫下星期將主持最後一輪面試。

相關單字

conductor 名 領導者；指揮；列車長

常考用法

conduct market research 執行市調
conduct a survey 進行調查
conduct a seminar 舉辦研討會
conduct an inspection 進行檢查

替換字詞

conduct 實施；進行 → administer 執行；進行
conduct (administer) a brief survey 進行簡短調查

RANK 0578 700+

technician [tɛk`nɪʃən] ★☆☆☆☆☆☆

名 **技師**

Ms. Rimes called a **technician** because her computer failed to turn on.
由於電腦無法開機，瑞米斯女士找了技師來。

相關單字

technique 名 技術；技法；方法
technical 形 技術的
I did some **technical** writing for Gateway Electronics' R&D Department.
我為蓋特威電器的研發部門撰寫技術文件。
technically 副 技術上；嚴格說來

常考用法

technical issue 技術問題

RANK 0579 700+

matter [`mætɚ] ★★☆☆☆☆☆

1 名 **事情；問題；事件**

Call us at 555-1234 if you have any further questions regarding this **matter**. 如果你有更多關於這件事的問題，請撥打 555-1234 給我們。

2 動 **要緊；有關係**

With the new dress code policy, it does not **matter** if employees wear casual clothing at work.
有了新的服儀規定，員工穿休閒服上班也沒有關係。

常考用法

as a matter of fact 事實上

替換字詞

matter 事情；問題；事件 → situation 情況；形勢

prompt attention to the **matter (situation)** 立即注意這個狀況

700+ RANK 0580

selection [sə`lɛkʃən] ★☆☆☆☆☆☆

名 **選擇**

Dade Art Museum offers a large **selection** of gifts and souvenirs for sale. 達德藝術博物館販售很多禮品與紀念品可供挑選。

（→ 可供選擇的）

相關單字

select 動 挑選

A company spokesperson said that Harmans Oil **selected** Oakville as the site for its new office.

公司發言人宣布，哈曼斯石油選擇奧克維爾作為新辦公室的地點。

selective 形 有選擇性的

替換字詞

select 挑選 → go with 接受

decide to **select (go with)** another candidate to fill the position

決定接受另一位應徵者擔任這個職務

700+ RANK 0581

practice [`præktɪs] ☆☆☆☆☆☆☆ 059

1 名 **練習**

The company basketball team meets for **practice** once a week.

公司籃球隊每星期集合一次練球。

2 名 **慣例；習慣**

Mr. Brown adheres to a strict **practice** of meditation daily.

布朗先生嚴格遵守每天冥想的習慣。

3 名 **（專業性強的）工作；業務**

Ms. Finnity has been running her law **practice** for over 40 years.

芬妮蒂女士已經當了40多年律師。

常考用法

business practice 商業慣例　　medical practice 行醫

替換字詞

practice 慣例；習慣 → method 方式

regional farming **practices (methods)** 地區性農耕方式

700+ RANK 0582
helpful [ˋhɛlpfəl] ★☆☆☆☆☆☆

形 **有幫助的**

The intern has been very **helpful** with organizing the file cabinets.
實習生把檔案櫃整理好，幫了大忙。

相關單字

help 動 幫助；助長；促進

常考用法

help (to) do 有助做……
help A (to) do 幫助 A 做……

700+ RANK 0583
resume [rɪˋzjum] ☆☆☆☆☆☆☆

動 **恢復**

Our normal programming will **resume** tomorrow after the baseball championships end.
等明天棒球冠軍賽結束，我們就會恢復原本的節目。

700+ RANK 0584
interruption [͵ɪntəˋrʌpʃən] ☆☆☆☆☆☆☆

名 **中斷；休止**

Due to the snowstorm, there was an **interruption** of the city's train service.
由於暴風雪，這個城市的火車停開了。

相關單字

interrupt 動 中斷；打斷（講話）

700+ RANK 0585
capital [ˋkæpət!] ★☆☆☆☆☆☆

名 **資本**

The office expansion required careful planning as well as a large **capital** investment. → 投入資本
擴張辦公室需要仔細規劃並投入大筆資本。

相關單字

capitalize 動 大寫首字母；供給資金

700+ RANK 0586

advise [əd`vaɪz] ★☆☆☆☆☆☆

動 **建議**

Management **advises** that all staff use public transit during the renovation of the parking lot.
管理階層建議所有員工，在停車場整建期間搭乘大眾運輸工具。

相關單字

advice 名 忠告；意見

Why don't you get some **advice** from your supervisor?（Part 2 常考句子）
你為什麼不問問你主管的意見？

advisor 名 顧問；指導老師　　**advisory** 形 諮詢的；忠告的

advisable 形 明智的；可取的 → It is advisable to do 做……是明智的

It is **advisable** to register in advance for a booth at the conference.
事先登記大會期間的攤位是明智之舉。

常考用法

advise A to do (→ A be advised to do) 勸 A 做……
advise A on B 就 B 一事對 A 提出建議

700+ RANK 0587

furnishings [`fɝnɪʃɪŋz] ★☆☆☆☆☆☆

名 **家具；配備**

This apartment unit comes with basic **furnishings**.
這間公寓有基本家具配備。

相關單字

furnished 形 配備家具的

Does the apartment come fully **furnished**?（Part 2 常考句子）（fully furnished → 有全套家具的）
公寓配有全套家具嗎？

700+ RANK 0588

refreshments [rɪ`frɛʃmənts] ☆☆☆☆☆☆☆

名 **點心；茶點**

Refreshments will be served after the lecture. 演講之後會提供茶點。

700+ RANK 0589

timely [`taɪmlɪ] ☆☆☆☆☆☆☆

形 **及時的**

The database project must be completed in a **timely** manner.（in a timely manner → 及時地）
資料庫專案必須及時完成。

常考用法

in a timely fashion 及時地

700+ RANK 0590

pace [pes] ★☆☆☆☆☆☆

1 名 **速度**

at a . . . pace 以……的速度

We need to review the new budget report again at a slower **pace**.
我們必須以較慢的速度再審查一次新預算報告。

2 名 **一步；一步跨出去的長度**

The meeting room is only a few **paces** away from Ms. Sharpe's office.
會議室離夏普女士的辦公室只有幾步路。

常考用法

at a rapid pace 快速地　　**at one's own pace** 以自己的節奏

700+ RANK 0591

spacious [ˋspeʃəs] ☆☆☆☆☆☆☆ 060

形 **寬敞的**

The company moved to a more **spacious** office in order to accommodate additional employees.
公司搬到一個比較寬敞的辦公室，以便容納更多員工。

相關單字

space 名 間隔　動 使間隔

The houses are **spaced** far apart.（Part 1 常考句子）這些房子間隔很遠。

替換字詞

space 間隔 → area 區域
transform open spaces (areas) in office buildings
改造辦公大樓的開放區域

700+ RANK 0592

head [hɛd] ☆☆☆☆☆☆☆

1 動 **出發；朝某方向行進**

If you are **heading** north, you should take Route 30.
如果你要往北方，你應該走 30 號公路。

2 動 **作為……的首領；率領**

Mr. Danzing will **head** the office relocation project.
丹澤先生將負責辦公室搬遷工作。

3 名 領導人；負責人
Ms. Grier was appointed as the new **head** of the Marketing Department.
葛瑞兒女士被任命為行銷部主管。

常考用法

head out 前往…… **head back to** 回到……

700+ RANK 0593

figure [ˋfɪgjɚ] ☆☆☆☆☆☆☆

1 名 **數字；數量** ⇢ 銷售數字；銷售量
TV advertising does not necessarily increase sales **figures**.
電視廣告不一定會增加銷售量。

2 名 **人物；名人** ⇢ political figure 政治人物
Ms. Monty's job is to interview important political **figures**.
蒙提女士的工作是訪問重要的政治人物。

3 動 **認為；以為** ⇢ figure (that) 認為；料到
The manager **figured** that the deadline would be too difficult to meet.
經理認為截止日期很難趕上。

常考用法

figure out 計算出；弄明白

替換字詞

figure 認為；以為 → decide 斷定；認定
figure (decide) that a cab would be faster 斷定計程車會比較快

700+ RANK 0594

fund [fʌnd] ★★☆☆☆☆☆

1 名 **基金；資金**
A charity event will be held to raise additional **funds** to improve the local library. 將要舉行一場慈善活動，以幫助地方圖書館募集更多資金。

2 動 **提供資金**
The community center is looking for sponsors to help **fund** some classes. 社區活動中心正在尋找贊助者，以協助挹注資金給某些課程。

相關單字

funding 名 資金；基金
Do we have any **funding** left for this project?（Part 2 常考句子）
我們還有任何剩餘的資金給這個專案用嗎？

fundraising 名 形 募集資金（的） **fundraiser** 名 募款人；募款活動

常考用法

fundraising event 募款活動

RANK 0595 700+

brainstorm [`bren͵stɔrm] ☆☆☆☆☆☆☆

動 **腦力激盪**

The team will meet on Wednesday to **brainstorm** ideas for the new project. 小組會在星期三開會，為新計畫腦力激盪找點子。

相關單字

brainstorming 名 集思廣益；腦力激盪

RANK 0596 700+

foundation [faʊn`deʃən] ☆☆☆☆☆☆☆

1 名 **地基**

The collapse of the building can be attributed to its poor **foundation**.
這棟大樓倒塌的原因可歸咎於地基沒打好。

2 名 **創立；創辦**

Ms. Khan is responsible for the **foundation** of the company 30 years ago. 30 年前，漢女士負責公司的創立。

3 名 **基金會**

We'd like to thank the Bethel **Foundation** for funding the construction of the museum. 我們要感謝貝索基金會資助興建博物館。

相關單字

found 動 建立；創辦

I've been here since this company was **founded** 20 years ago.
我從公司 20 年前創立之後，就一直在此工作。

founder 名 創立者

常考用法

serve as the foundation for 作為……的基礎

RANK 0597 700+

creative [krɪ`etɪv] ★★★☆☆☆☆

形 **有創意的**

Mr. Adamsen's **creative** approach to the situation saved the company money. 亞當森先生以有創意的方式處理這個狀況，挽救了公司財務。

相關單字

create 動 創作；設計

Who will **create** our company logo?（Part 2 常考句子）
誰要設計我們公司的商標？

creativity 名 創造力　　**creation** 名 創造；創作

700+ RANK 0598

ambitious [æm`bɪʃəs] ★☆☆☆☆☆☆

形 **有雄心的；有抱負的**

Emma outlined an **ambitious** set of steps to reduce energy usage.
艾瑪概略描述了一套企圖心強大的節能步驟。

相關單字

ambition 名 抱負；雄心　　**ambitiously** 副 雄心勃勃地；熱切地

700+ RANK 0599

modest [`mɑdɪst] ☆☆☆☆☆☆☆

1 形 **適度的；有節制的**

The hotel offers a dry cleaning service at a **modest** price. （modest price → 價格適中）
飯店以適中的價格提供乾洗服務。

2 形 **謙虛的**

Ms. Merrick was **modest** even though she had just received a national award for her achievements.
即使才剛因她的成就而得到全國大獎，梅瑞克女士仍然很謙虛。

相關單字

modestly 副 謙虛地；適度地

700+ RANK 0600

opposite [`ɑpəzɪt] ★☆☆☆☆☆☆

形 **對立的；對面的**

Ryan Advertising has offices on the **opposite** ends of the country, but its management maintains constant communication.
雷恩廣告有些分處在這個國家的另一頭，但它的管理階層仍固定與其聯絡。

介 **在……對面**

The movie theater is **opposite** the supermarket.
電影院在超市對面。

Speed Check-up

答案 p.603

一、請參考底線下方的中文，填入意思相符的單字。

ⓐ relevant ⓑ objected ⓒ resume ⓓ preparation ⓔ figured

01 Our normal programming will ________ tomorrow after the baseball championships end. 恢復

02 The HR manager ________ to Kim Barretto becoming a full-time employee. 反對

03 Denver Accounting is seeking candidates with three years of ________ work experience. 相關的

04 Mr. Caldwell hired part-time cashiers in ________ for the holiday season. 準備

05 The manager ________ that the deadline would be too difficult to meet. 認為

二、請參考句子的中文意思，選出填入後符合句意的單字。

ⓐ routine ⓑ acknowledged ⓒ merchandises ⓓ opposite ⓔ advises

06 Management ________ that all staff use public transit during the renovation of the parking lot.
管理階層建議所有員工，在停車場整建期間搭乘大眾運輸工具。

07 After the presentation, everyone ________ Mr. Thompson's public speaking skills. 在簡報之後，大家都認可了湯普森先生的公開演說技巧。

08 Ascent Manufacturing performs ________ maintenance work to ensure that facilities are always in good condition.
埃森特製造公司進行例行性維修，以確保設備隨時處於良好狀況。

09 Heto Electronics ________ their products on various websites.
赫托電器在許多網站上推銷他們的產品。

10 The movie theater is ________ the supermarket. 電影院在超市對面。

三、請選出填入後符合句意的單字。

ⓐ progressing ⓑ fund ⓒ favor ⓓ analysis ⓔ adequate

11 The annual report included a thorough ________ of next year's business outlook.

12 The landscaping project is ________ smoothly according to plan.

13 The board has voted in ________ of the merger with PF Chemical.

14 Although the packaging seemed ________, the products were damaged during shipping.

15 The community center is looking for sponsors to help ________ some classes.

700+

先背先贏 核心單字

0601~0650

該不該下手

在高價商品面前人總是會 hesitate。
恩……
內心陷入天人交戰。
天使
這件完全就是妳 suitable 的衣服！只要多穿幾個 decade 就回本了！
可以買嗎……
跟妳原有的衣服 compare，這件哪有什麼不同？難道要把現在的衣服都丟進垃圾桶嗎？
惡魔
不能買啊……

妳不是要去參加聯誼嘛！是不是超級 appeal 人的？這可是一種 strategic 的禮物啊～
好像有道理？
妳現在戶頭的收支 balance 嗎？妳確定這筆消費是 priority 嗎？
妳說得沒錯……
戰爭持續 proceed。
給我買！
不准買！
哎唷！我頭好痛～

700+ RANK 0601

compare [kəm`pɛr] ★☆☆☆☆☆☆

動 **比較**　與……相比

Compared to many other businesses, Helipa Enterprises is in good financial condition this year.
和很多其他公司比起來，賀利帕企業今年的財務狀況良好。

相關單字

comparison 名 比較；對比
comparable 形 相當的；比得上的
The company struggled to find a **comparable** person to replace Ms. Wang following her resignation.
在王女士辭職後，這家公司努力要找到一個比得上她的人來頂替她。

常考用法

compare A with B (→ A be compared with B) 比較 A 與 B
in comparison with 與……相比
draw a comparison (between A and B) (拿 A 和 B) 做比較
comparable to 比得上的

700+ RANK 0602

suitable [`sutəb!] ☆☆☆☆☆☆☆

形 **適當的；合適的**

Mr. Sanders' experience in Cairo makes him a **suitable** choice for our Egyptian accounts.
山德斯先生在開羅的經驗，使他成為服務我們埃及客戶的適合人選。

相關單字

suitably 副 適當地；相配地
suit 名 (= formal clothing) 一套衣服；正式套裝
They are wearing a **suit**. (Part 1 常考句子) 他們穿著套裝。

常考用法 **be suitable for** 適合……

替換字詞

suitable 適當的；合適的 → right 適合的
Find the payment plan that is suitable (right) for you.
找到適合你的付款方式。

700+ RANK 0603

accommodate [ə`kɑmə͵det] ★☆☆☆☆☆☆

1 動 **容納**

Thanks to the recent renovation, the restaurant can now **accommodate** up to 200 diners. 多虧最近改裝過，餐廳現在最多能容納 200 位客人。

2 動 **給……方便；照顧到**

The hotel will try hard to **accommodate** the requests of its guests.
飯店會盡力滿足客人的要求。

相關單字

accommodation 名 適應；住處；調和

替換字詞

accommodate 給……方便；照顧到 → suit 適應；順應
accommodate (suit) the needs of new businesses 適應新業務所需

700+ RANK 0604

strategy [`strætədʒɪ] ★★☆☆☆☆☆

名 **策略**

What's the topic of today's marketing **strategy** lecture?（Part 2 常考句子）
今天行銷策略講座的主題是什麼？

相關單字

strategic 形 戰略的；戰略上的
With limited funds, Deqlor Enterprise had to make **strategic** choices about where to advertise.
由於資金有限，戴科勒企業對要在哪裡下廣告必須有戰略性的選擇。

strategically 副 戰略地；戰略上地

700+ RANK 0605

thoroughly [`θɝolɪ] ☆☆☆☆☆☆☆

副 **徹底地；認真仔細地**

The factory's safety procedures will be **thoroughly** reviewed during the inspection.（→徹底審查；仔細審核）
工廠的安全程序在檢查時會經徹底審查。

相關單字

thorough 形 徹底的；完全的

替換字詞

thorough 徹底的；完全的 → solid 充分的；周密的
applicants with a thorough (solid) understanding of the medical devices industry 充分了解醫療器材產業的應徵者

700+ RANK 0606

post [post] ☆☆☆☆☆☆☆

1 動 **張貼**

Some papers are **posted** on a board.（Part 1 常考句子）
布告欄上張貼了一些文件。

2 名 **郵寄**

Please send your application by **post**. （by post → 以郵寄）

請將你的應徵信郵寄過來。

3 名 **崗位；職位**

Ms. Woo will be transferred to her new **post** in June.

宇女士將在六月調往新職。

相關單字

posting 名 任命；委任職位　　**poster** 名 海報；布告

常考用法

job posting 職缺公告

700+ RANK 0607

proceed [prə`sid] ☆☆☆☆☆☆☆

動 **繼續進行**

Helcan Industries announced that it will **proceed** with negotiations to acquire Tessman Auto. （proceed with → 繼續進行；繼續做或講）

赫爾康工業宣布，它將繼續進行收購泰斯曼汽車的協商。

相關單字

proceedings 名 訴訟；會議紀錄

替換字詞

proceed 繼續進行 → go 進行；開展

I hope your first day at Darton Supplies is proceeding (going) well.

我希望你在達頓供應公司的第一天過得順利。

700+ RANK 0608

lend [lɛnd] ☆☆☆☆☆☆☆

動 **把……借給；借出**

Maintenance will **lend** equipment to employees as long as they provide a valid reason. 只要有確實可信的理由，維修部會把設備借給員工。 （lend A to B → 把 A 借給 B）

相關單字

borrow 動 借入

To **borrow** books from the library, present your membership card at the counter. 要從圖書館借書，請在櫃檯出示你的會員證。 （borrow A from B → 向 B 借 A）

700+ RANK 0609

address [ə`drɛs] ☆☆☆☆☆☆☆

1 動 **處理；應付；關注**

The workshop on marketing will **address** methods of reaching specific target audiences. 行銷工作坊的講題是接觸特定目標觀眾的方法。

2 動 **給……寫信**

Please make sure to **address** the client directly when you send your letter.
當你寄信時，請確認是直接寫給客戶。

3 動 **對……發表演說**

Frederick Gilbert **addressed** the annual Jamestown Trade Conference.
佛德里克·吉爾伯特在年度詹姆斯頓貿易大會上演講。

4 名 **地址**

(mailing address → 郵寄地址)

All customers must submit their mailing **address** when signing up for membership.
所有顧客在報名成為會員時，必須填寫他們的郵寄地址。

常考用法

address a problem 處理一個問題

替換字詞

address 處理；應付；關注 → give attention to 關注
address (give attention to) the issue 關注這個議題

RANK 0610 700+

priority [praɪˋɔrətɪ] ★☆☆☆☆☆☆

名 **優先**

(takes priority → A take priority over B → A 優先於 B)

The Belco Construction project takes **priority** over any other assignments. 貝爾可建案優先於其他任何工作。

相關單字

prioritize 動 按優先順序處理

常考用法

priority seating 優先座位　　**top priority** 最優先的

RANK 0611 700+

decade [ˋdɛked] ☆☆☆☆☆☆☆ 062

名 **十年**

The Horaxi Industrial Group was founded over three **decades** ago.
哈瑞科斯工業集團創立超過 30 年。

RANK 0612 700+

communication [kəˏmjunəˋkeʃən] ★☆☆☆☆☆☆

名 **溝通**

It is crucial to maintain frequent **communication** with your clients.
經常和客戶溝通是非常重要的。

名 (-s) 通訊（系統）
East Bay **Communications** provides Internet and telephone services for commercial use. 東灣通訊提供商用網路與電話服務。

相關單字

communicate 動 交流；溝通；交際
Do you usually **communicate** by email?（Part 2 常考句子）
你通常用電子郵件與人往來聯絡嗎？

miscommunication 名（想法等）誤傳

700+ RANK 0613

complimentary [ˌkɑmpləˋmɛntərɪ] ☆☆☆☆☆☆☆

1 形 **贈送的；免費的**
Salome Music provides a **complimentary** cleaning service for instruments brought in for repairs. 莎樂曼音樂提供送修樂器免費清理服務。

2 形 **讚賞的；恭維的** → make a complimentary remark 說讚美的話
Employees made **complimentary** remarks of Ms. King during her retirement dinner. 在金女士的退休晚宴上，員工紛紛對她表示讚揚。

相關單字

compliment 名 讚揚
Diners give us a lot of **compliments** on our fast service.
用餐的客人對我們的快速服務大為讚揚。

替換字詞

complimentary **贈送的；免費的 → free 免費的**
a voucher for a **complimentary (free)** meal 免費餐點兌換券

700+ RANK 0614

charity [ˋtʃærətɪ] ☆☆☆☆☆☆☆

名 **慈善** → 慈善活動
The annual **charity** event raised ten thousand dollars for medical research.
年度慈善活動為醫學研究募得一萬元。

相關單字

charitable 形 慈善的；寬厚的

常考用法

charity drive 慈善募捐　　charitable contribution 慈善捐款

700+ RANK 0615

revenue [ˋrɛvəˏnju] ☆☆☆☆☆☆☆

名 **收入**

Management is looking for ways to generate more **revenue** from current clients. 管理階層正在尋找從現有客戶處產生更多收益的方法。

常考用法

revenue sources 收入來源

700+ RANK 0616

aware [əˋwɛr] ★☆☆☆☆☆☆

形 **知道的；意識到的** → 意識到；明白

Please be **aware** that new employees are not paid for mandatory training. 請注意，新進人員參加義務性訓練是不支薪的。

相關單字

awareness 名 意識

常考用法

be aware of 意識到；明白　**raise awareness of** 提高對……的意識

brand awareness 品牌知名度

替換字詞

aware 知道的；意識到的 → informed 了解情況的

be aware (informed) that quality varies from seller to seller

了解品質會隨不同賣家而變動

700+ RANK 0617

generate [ˋdʒɛnəˏret] ★☆☆☆☆☆☆

動 **生產；製造** → generate a profit 產生利潤

Although analysts predicted a loss, Ionica Electronics managed to **generate** a modest profit this quarter.

雖然分析師預測會有虧損，但艾歐尼卡電子公司還是設法在這一季有適度的獲利。

常考用法

generate interest 引起興趣

700+ RANK 0618

common [ˋkamən] ☆☆☆☆☆☆☆

形 **常見的** → It is common (for A) to do (A) ➜ 常做……

It is **common** to shake hands after business meetings.

在商務會議後，握手是常見的行為。

相關單字

commonly 副 一般地；平凡地

常考用法

in common 共同的

700+ RANK 0619

draft [dræft] ☆☆☆☆☆☆☆

1 名 **草稿**

The editor will review the **draft** of your article and make necessary revisions. 編輯會審閱你的草稿，並做必要的修改。

2 動 **起草；草擬**

Please **draft** and submit your sales report by Friday.
請在星期五之前草擬並交出你的業績報告。

常考用法

first draft 初稿

替換字詞

draft 起草；草擬 → write 草擬；寫
a proposal that was **drafted (written)** 草擬一份提案

700+ RANK 0620

appeal [ə`pil] ☆☆☆☆☆☆☆

動 **吸引**

Kosta Fashions expanded its product line to **appeal** to a wider variety of customers. （→ 吸引……）
科斯塔時尚擴大它的產品線，以吸引更多顧客。

相關單字

appealing 形 有吸引力的；令人感興趣的

700+ RANK 0621

exactly [ɪg`zæktlɪ] ★☆☆☆☆☆☆ 063

副 **確切地；恰好地**

The flight from Seoul to Toronto took **exactly** 13 hours.
從首爾到多倫多的航程剛好 13 個小時。

相關單字

exact 形 確切的；正確的

700+ RANK 0622

finance [ˋfaɪnæns] ★☆☆☆☆☆☆

1 名 **財務；財金**

All office assistants at Jarwera Partners possess a basic knowledge of computers and **finance**.
賈維拉合夥公司所有的辦公室助理，都有基本的電腦與財務知識。

2 動 **提供資金**

Spectra Co. is **financing** the entire music festival.
音樂節的所有費用都由史貝克崔拉公司資助。

相關單字

financial 形 財務的；金融的

Has the real estate agent sent you the **financial** paperwork for the house? 不動產仲介把那間房子的財務資料寄給你了嗎？

financially 副 財政上；金融上

常考用法

financial service 金融服務
financial support 財政支援
financial advisor 財務顧問
financial history 金融史

700+ RANK 0623

assess [əˋsɛs] ★☆☆☆☆☆☆

動 **評價；評估**

Department managers should **assess** the performance of their employees regularly. 部門經理應定期評估他們下屬的表現。

相關單字

assessment 名 評價；估價

常考用法

health assessment 健康評估

700+ RANK 0624

allot [əˋlɑt] ☆☆☆☆☆☆☆

動 **分配**

Concert seats will be **allotted** for Castillo Design employees only.
音樂會的座位將只留給卡斯提羅設計的員工。

相關單字

allotment 名 分配；分配額

RANK 0625 700+ friendly [ˋfrɛndlɪ] ★☆☆☆☆☆☆

形 **友善的**

Please greet all customers with a **friendly** smile.

請以友善的笑容迎接所有顧客。

形 **不破壞的；對……友善的**

(= eco-friendly) 環保的；對環境無害的

We've been looking into environmentally **friendly** alternatives to plastic.

我們一直在尋找能取代塑膠的環保替代品。

相關單字

user-friendly 形 容易使用的；人性化的

earth-friendly 形 環保的；不造成汙染的

RANK 0626 700+ hesitate [ˋhɛzə͵tet] ★☆☆☆☆☆☆

動 **遲疑；猶豫**

hesitate to do 猶豫要做

If you have questions regarding your purchase, do not **hesitate** to contact us. 如果你有關於所購買物品的問題，隨時聯絡我們。

相關單字

hesitant 形 遲疑的；猶豫的　**hesitation** 名 猶豫；遲疑

RANK 0627 700+ screen [skrin] ☆☆☆☆☆☆☆

1 動 **審查**

仔細審查

Applicants' educational backgrounds are carefully **screened** by the HR staff.

人事部人員仔細審查應徵者的教育背景。

2 動 **放映**

The theater will **screen** the first showing of *First Star* this Tuesday evening. 戲院將在星期二晚上首映《第一顆星》。

3 名 **螢幕**

Visitors complained that the display **screen** was loading information too slowly.

訪客抱怨顯示螢幕下載資訊的速度太慢。

相關單字

screening 名 電影放映；審查

700+ RANK 0628

balance [`bæləns] ☆☆☆☆☆☆☆

1 名 **餘額**

You should pay the outstanding **balance** of $500 promptly to qualify for loans. 你應該立即支付未付餘額 500 元，以符合貸款資格。

（outstanding balance → 未付餘額）

2 名 **平衡**

It is wise to maintain a good **balance** between work and your social life.
維持工作與你的社交生活間的良好平衡是很明智的。

3 動 **維持平衡**

Many students struggle to **balance** their school work and extracurricular activities. 很多學生盡力維持學校課業與課外活動間的平衡。

相關單字

balanced 形 平衡的；均衡的

常考用法

balance due 結欠餘額　　**work-life balance** 工作與生活的平衡

替換字詞

balance 餘額 → amount 餘額；總額
the balance (amount) in the savings account 活存帳戶內的餘額

700+ RANK 0629

spot [spɑt] ☆☆☆☆☆☆☆

1 名 **地點；旅遊勝地**

Jamiceville is known for its many hiking **spots**.
賈米西維爾以有許多健行景點而聞名。

2 動 **認出；發現**

Restaurant servers must be able to **spot** unhappy customers right away.
亞餐廳侍者必須能立刻發現不滿意的顧客。

替換字詞

spot 認出；發現 → notice 注意
spot (notice) some errors immediately 立刻注意到一些錯誤

700+ RANK 0630

tend [tɛnd] ☆☆☆☆☆☆☆

動 **傾向於……；偏好……**

Many consumers these days **tend** to prefer eco-friendly products.
現在很多客人有偏好環保產品的傾向。

（tend to do 傾向做……）

相關單字

tendency 名 傾向；趨勢；潮流

700+
RANK
0631

contemporary [kən`tɛmpə͵rɛrɪ] ☆☆☆☆☆☆☆  064

形 **當代的；現代的**

The hotel lobby was renovated with a more **contemporary** décor.
飯店大廳整修成較為當代的裝潢風格。

相關單字

contemporarily 副 當代地

常考用法

contemporary art 當代藝術

700+
RANK
0632

landscaping [`lænd͵skepɪŋ] ☆☆☆☆☆☆☆

名 **景觀美化**

The majority of the **landscaping** project will involve renovating the gardens.
景觀美化工程大部分是整修花園。

相關單字

landscape 名 風景畫
An artist is painting a **landscape**. （Part 1 常考句子）
一位藝術家正在畫風景畫。

700+
RANK
0633

modify [`mɑdə͵faɪ] ☆☆☆☆☆☆☆

動 **更改；修改**

The Snappy program allows users to **modify** any kind of computer graphic design.
史奈皮程式讓使用者可以修改任何種類的電腦平面設計。

相關單字

modification 名 修改
The new application software will need considerable **modification** before its release.
這款新的應用軟體在上市之前，需要做相當多修改。

700+ RANK 0634

leak [lik] ☆☆☆☆☆☆☆

1 名 **漏洞；裂縫**

I'll point out where the **leak** is.

我會指出裂縫在哪裡。

2 動 **滲；漏**

The bathroom sink has been **leaking** all morning.

浴室的洗臉盆整個早上都在漏水。

700+ RANK 0635

refuse [rɪˋfjuz] ☆☆☆☆☆☆☆

動 **拒絕**

Our hotel reserves the right to **refuse** service to anyone.

我們飯店保留拒絕服務任何人的權利。

相關單字

refusal 名 拒絕

常考用法

refuse to do 拒絕做……

700+ RANK 0636

hardly [ˋhɑrdlɪ] ☆☆☆☆☆☆☆

副 **幾乎不……**

Ever since Ms. Kennison became the manager, there have **hardly** been any problems.

自從肯尼森女士當上經理之後，就幾乎沒有發生任何問題了。

常考用法

hardly ever 很少有；幾乎不

700+ RANK 0637

multiple [ˋmʌltəp!] ☆☆☆☆☆☆☆

形 **多個的**

Rik Electronics has identified **multiple** issues that must be resolved before the product launch.

RIK 電器在產品推出前，發現多個必須解決的問題。

RANK 0638 700+

appliance [ə`plaɪəns] ★☆☆☆☆☆☆

名 **器具；用具**

If any cooking **appliance** breaks, Kitchenworld will fix it for free. (烹飪用具)

如果有任何烹飪用具故障，廚房世界會免費修理。

RANK 0639 700+

auction [`ɔkʃən] ☆☆☆☆☆☆☆

1 名 **拍賣**

Items from the museum's collection will be sold at a charity **auction**. (慈善拍賣會)

有一些博物館的收藏品將在慈善拍賣會上賣出。

2 動 **拍賣**

Valuable possessions were **auctioned** off at the fundraising dinner.

貴重物品將在募款晚宴上拍賣。

RANK 0640 700+

exclusively [ɪk`sklusɪvlɪ] ★★☆☆☆☆☆

副 **排外地；專門地**

The CEO held a private dinner **exclusively** for the firm's largest clients.

執行長辦了一個私人晚宴，只有公司最大的客戶參加。

相關單字

exclusive 形 除外的；獨有的　　**exclusion** 名 排斥；排除在外

exclude 動 把……排除在外；不包括

常考用法

available exclusively to 只有……才能享有

exclusive access 某人專屬使用

exclusive right 專屬權

exclude A from B (→ A be excluded from B) 把 A 從 B 排除

RANK 0641 700+

grant [grænt] ☆☆☆☆☆☆☆ 065

1 名 **補助金**

Grove Builders received a government **grant** to construct the new highway. 葛羅夫營造得到政府補助建造新的公路。 (政府補助款)

2 動 **准予；給予**

Wilfrico Company **grants** extra vacation days to long-term employees.

威爾佛利科公司給長期員工額外休假。

常考用法

financial grant 財務補助款　　grant permission 給予許可
take A for granted (→ A be taken for granted) 認為 A 是理所當然的

700+ RANK 0642

land [lænd] ☆☆☆☆☆☆☆

1 名 土地

Our family owns the empty **land** on Wexford Avenue.
我們家擁有在衛克斯福大道的那塊空地。

2 動 降落；登陸

An airplane has **landed** on the ground.（Part 1 常考句子）
飛機降落在地面上。

3 動 得到；獲得

Mr. Curry was able to **land** the graphic designer job.
庫里先生得以找到平面設計的工作。

替換字詞

① **land 得到；獲得 → acquire 取得；獲得**
your chance to land (acquire) the job of a lifetime
你得到終生職的機會

② **land 得到；獲得 → obtain 得到**
land (obtain) the position of CEO 得到執行長的職位

700+ RANK 0643

legislation [ˌlɛdʒɪsˋleʃən] ☆☆☆☆☆☆☆

名 制定法律；立法

The new **legislation** has given construction workers better job security.
新法讓建築工人的職業更有保障。

相關單字

legislate 動 立法　　**legislative** 形 立法的；有立法權的
legislature 名 立法機關

700+ RANK 0644

district [ˋdɪstrɪkt] ☆☆☆☆☆☆☆

名 區域

The city plans to expand its business **district**.（→ 商業區）
這個城市計劃擴大它的商業區。

常考用法

business/commercial/financial/shopping district
商業／商業／金融／購物區

700+ RANK 0645

profile [ˋprofaɪl] ☆☆☆☆☆☆☆

1 動 **簡要介紹**

The article **profiles** a business owner, and explains how she achieved success.
這篇文章簡要介紹一位公司老闆，以及她如何成功的經過。

2 名 **簡介**

Profiles of our instructors are available online.
我們講師的人物簡介可以線上看。

相關單字

high-profile 形 引人注目的；備受關注的

700+ RANK 0646

technology [tɛkˋnɑlədʒɪ] ☆☆☆☆☆☆☆

名 **科技**

Three-dimensional printing **technology** allows users to duplicate various items.
3D 列印技術讓使用者可以複製很多不同物品。

相關單字

technological 形 技術的；科技的

700+ RANK 0647

conscious [ˋkɑnʃəs] ☆☆☆☆☆☆☆

形 **意識到的；覺察到的**

The company's cafeteria now includes a vegetarian menu for health-**conscious** individuals. → 健康意識
公司的自助餐廳現在也供應素食，可供有健康意識的人選擇。

常考用法

be conscious of 意識到；察覺到
eco-conscious 環保意識

700+ RANK 0648

stage [stedʒ] ★☆☆☆☆☆☆

1 名 **階段**

The second **stage** of the construction project will begin in March.
第二階段的工程將從三月開始。

2 名 **舞台**

Hip Jazz Group will be performing on the main **stage**.
希普爵士團將在主舞台表演。

常考用法

in stages 逐步進行

700+ RANK 0649

supervision [ˌsupɚˋvɪʒən] ☆☆☆☆☆☆☆

名 **監督；監管**

Shipping is now under the **supervision** of the warehouse manager. (→ 在……的監督管理之下)
出貨現在由倉庫經理監管。

相關單字

supervisor 名 監督人；管理人

My former **supervisor** recommended that I apply for the sales manager position. 我的前主管建議我應徵業務經理一職。

supervise 動 監督；管理；指導

How long have you been **supervising** this department?（Part 2 常考句子）
你管理這個部門多久了？

supervisory 形 管理的；監督的

常考用法

supervisory role 管理監督的角色

700+ RANK 0650

predict [prɪˋdɪkt] ☆☆☆☆☆☆☆

動 **預測**

Marcus Fitzroy is the analyst who accurately **predicted** the fluctuation in oil prices. 馬可斯·費茲羅伊是那個準確預測到油價波動的分析師。

相關單字

predictable 形 可預料的

prediction 名 預測；預言

常考用法

market prediction 市場預測

Speed Check-up

答案 p.603

一、請參考底線下方的中文，填入意思相符的單字。

ⓐ suitable ⓑ revenue ⓒ grants ⓓ allotted ⓔ spot

01 Restaurant servers associates must be able to ________ (發現) unhappy customers right away.

02 Concert seats will be ________ (分配) for Castillo Design employees only.

03 Management is looking for ways to generate more ________ (收入) from current clients.

04 Wilfrico Company ________ (給予) extra vacation days to long-term employees.

05 Mr. Sanders' experience in Cairo makes him a ________ (合適的) choice for our Egyptian accounts.

二、請參考句子的中文意思，選出填入後符合句意的單字。

ⓐ assess ⓑ modify ⓒ conscious ⓓ proceed ⓔ aware

06 The Snappy program allows users to ________ any kind of computer graphic design. 史奈皮程式讓使用者可以修改任何種類的電腦平面設計。

07 Helcan Co. announced that it will ________ with negotiations to acquire Tessman Auto. 赫爾康工業宣布，它將繼續進行收購泰斯曼汽車的協商。

08 Department managers should ________ the performance of their employees regularly. 部門經理應定期評估他們下屬的表現。

09 The company's cafeteria now includes a vegetarian menu for health-________ individuals.
公司的自助餐廳現在也供應素食，可供有健康意識的人選擇。

10 Please be ________ that new employees are not paid for mandatory training. 請注意，新進人員參加義務性訓練是不支薪的。

三、請選出填入後符合句意的單字。

ⓐ exclusively ⓑ accommodate ⓒ supervision ⓓ priority ⓔ contemporary

11 Thanks to the recent renovation, the restaurant can now ________ up to 200 diners.

12 Shipping is now under the ________ of the warehouse manager.

13 The Belco Construction project takes ________ over any other assignments.

14 The CEO held a private dinner ________ for the firm's largest clients.

15 The hotel lobby was renovated with a more ________ décor.

700+

先背先贏 核心單字

0651~0700

理想和現實之間

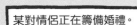

某對情侶正在籌備婚禮。
今天的 agenda 是
outline 我們的婚禮計畫。

我最 reluctant 的一點就是，typically 大家都是辦那種的婚禮。

沒錯！結婚是多 sincere 的事，兩人專屬的 commitment！

那我們就 conclude 舉辦小型婚禮！
沒問題！
內心 comfort 才是最重要的！

然而就在他們 face 現實後
落落長的
小型婚禮
價目表
價格一點也不親民耶。
還得動用父母的 asset。

最後他們總算了解大家為什麼都選擇舉辦平凡的婚禮。
還是這種最划算啊 QQ

700+ RANK 0651

comfortable [ˋkʌmfɚtəb!]  

形 **舒服的**

Consumers agree that the headphones are very **comfortable** to wear.
消費者承認，這款耳機戴起來很舒服。

相關單字

comfortably 副 舒服地；安逸地　　**comfort** 名 舒適

The best athletic shoes are designed for **comfort** rather than appearance. 好的運動鞋是為了舒適而設計的，而不是外型。

uncomfortable 形 不舒服的；不自在的　　**uncomfortably** 副 令人不快地

常考用法

in comfort 舒適地

700+ RANK 0652

commitment [kəˋmɪtmənt] ☆☆☆☆☆☆☆

1 名 **奉獻；投入**　　對……的投入／奉獻／承諾

Mr. Kindle received a special award for his dedication and **commitment** to the organization. 金都先生因他對組織的奉獻與全心投入而獲得特別獎。

2 名 **保證；承諾**

We made a **commitment** to retailers to deliver the toys next month.
我們跟零售商保證下個月把玩具送過去。

相關單字

committed 形 忠誠的；堅定的；承諾的　　**commit** 動 犯（罪）；承諾

常考用法

be committed to doing 致力於做……

替換字詞

commit 奉獻；投入 → devote 致力於

committed (devoted) to making every trip as exciting as possible
致力於讓每次旅程都儘可能刺激

700+ RANK 0653

agenda [əˋdʒɛndə] ☆☆☆☆☆☆☆

名 **會議議程**

Mr. Denham will distribute the **agenda** for tomorrow's staff meeting.
丹翰先生會分發明天員工會議的議程。

常考用法

meeting agenda 會議的議程　　**on the agenda** 列在議程中

700+ RANK 0654

directory [də`rɛktərɪ] ☆☆☆☆☆☆☆

名 **名錄簿**

Send Ms. Palmer the **directory** of all new employees, so she can update our records.
把所有新員工的名冊寄給帕瑪女士，這樣她就可以更新我們的紀錄。

常考用法

office directory 辦公室員工通訊錄

700+ RANK 0655

nominate [`nɑmə͵net] ★☆☆☆☆☆☆

動 **提名**

→ nominate A for/as B (= A be nominated for/as B) 提名 A 為 B

John Thompson was **nominated** for Best Actor, but he did not win.
約翰·湯普森被提名為最佳演員，但沒有得獎。

相關單字

nomination 名 提名　　**nominee** 名 被提名者

700+ RANK 0656

outline [`aʊt͵laɪn] ☆☆☆☆☆☆☆

1 動 **概述**

Employees must follow the rules **outlined** in the handbook when handling machinery. 在操作機械時，員工必須遵守手冊中所概述的規定。

2 名 **大綱**

→ ……的大綱／概要

The **outline** of the marketing proposal is due by the end of the week.
行銷提案的大綱要在本週前完成。

700+ RANK 0657

positive [`pɑzətɪv] ★★☆☆☆☆☆

形 **正向的；正面的**

→ 正面回饋意見

We're getting very **positive** feedback now from our test groups.
目前我們的測試團體給了非常正面的回饋意見。

常考用法

be positive (that) 確信……；肯定……
positive about 確信……
positive of 肯定……

700+ RANK 0658

break [brek] ☆☆☆☆☆☆☆

1 名 **休息**

During the **break**, seminar participants can enjoy refreshments in the hotel lobby. 休息時間時，研討會的參加者可以到飯店大廳享用茶點。

2 名 **暫停**

Due to the renovation work, there will be a one-month **break** in activities at the community center.
由於整修工程之故，社區活動中心將暫停活動一個月。

3 動 **破碎；破裂**

Please package the items carefully so that they do not **break** during transit. 請小心包裝這些商品，如此它們才不會在運送過程中打破。

相關單字

breakage 名 破損；毀壞

常考用法

break down（機器或車輛）故障；（情緒）崩潰
break ground 破土；動工
break off into groups 分組

700+ RANK 0659

face [fes] ☆☆☆☆☆☆☆

1 動 **面臨**

→ **be faced with** 面對；面臨

The CEO must respond quickly when **faced** with a problem.
面對問題時，執行長必須快速反應。

2 動 **面對；面向**

→ **face each other** 面對面

They're **facing** each other.（Part 1 常考句子）
他們正面面相覷。

常考用法

face-to-face 面對面地 **face away from each other** 彼此別過臉

替換字詞

face 面臨 → experience 面臨；經歷
face (experience) unexpected consequences 面對出乎意料的後果

700+ RANK 0660

likely [\`laɪklɪ] ★★☆☆☆☆☆

形 **有可能的**

When a celebrity promotes a product, more people are **likely** to buy it.
當名人推銷某個產品時，更多人可能會買。

be likely to do 很可能做……

相關單字

likelihood 名 可能；可能性

Assembly line inspectors reduce the **likelihood** of errors caused by the machines.

生產線的檢查員降低因機器造成錯誤的可能性。

常考用法

likely (that) 可能要發生……

700+ RANK 0661

assign [ə`saɪn] ☆☆☆☆☆☆☆

動 **分配；指派**

→ be assigned A 被指派 A

The marketing manager was **assigned** the task of launching the new promotional campaign.

發起新促銷活動的任務被指派給行銷部經理。

相關單字

assigned 形 分配的；指派的　　**assignment** 名 任務；作業

Which **assignment** should I start first?（Part 2 常考句子）

我應該先從哪一項任務開始？

常考用法

assigned seat 指定座位

assign A to B (→ A be assigned to B) 把 A 分配給 B

700+ RANK 0662

honor [`ɑnɚ] ☆☆☆☆☆☆☆

1 動 **給……榮譽**

The city will **honor** Tim Casters for his yearly donations to local schools.

提姆·卡斯特斯因他每年捐款給本地學校將受到市府表揚。

2 名 **榮譽**

The mayor will be given the **honor** of introducing the foreign guests.

市長將擔負介紹國外賓客的重任。

相關單字

honorable 形 光榮的；高尚的　　**honoree** 名 受獎者

常考用法

in honor of 向……表示敬意

替換字詞

honor 信守；兌現 → fulfill 實踐

honor (fulfill) the terms of the contract 實踐合約的條款

RANK 0663 700+

objective [əb`dʒɛktɪv] ★☆☆☆☆☆☆

1 名 目標

One of the company's marketing **objectives** is targeting older customers. 公司的行銷目標之一是針對較年長的顧客。

2 形 客觀的 反 subjective 形 主觀的

Managers should be **objective** when evaluating their workers.
經理們在評量他們的下屬時應該要客觀。

相關單字

objectivity 名 客觀；客觀性

RANK 0664 700+

authority [ə`θɔrətɪ] ★☆☆☆☆☆☆

1 名 權力；職權

(authority over → 對……有權管理)

The central bank has **authority** over the country's monetary policies.
中央銀行有權管理全國的貨幣政策。

2 名 (-s) 當局

Transportation **authorities** announced the expansion of bus routes.
交通管理機構宣布擴增公車路線。

3 名 權威

(authority on → ……的權威人士；專家)

Professor Yoon is an **authority** on international patent laws.
尹教授是國際專利法的權威。

常考用法

have the authority to do 有權做某事

RANK 0665 700+

archive [`ɑrkaɪv] ☆☆☆☆☆☆☆

1 名 (-s) 檔案

The university library's **archives** are being organized this month.
大學圖書館這個月正在整理檔案資料庫。

2 動 把……收集歸檔

All of the old records have been **archived** in the new electronic database. 所有的舊紀錄都已存檔在新的電子數據資料庫中。

常考用法

online archive 網路檔案庫

700+ RANK 0666

worth [wɝθ] ☆☆☆☆☆☆☆

1 形 **值得……的**

worth doing 值得做……

The CEO decided the issue was not **worth** discussing.

執行長裁定這個議題不值得討論。

2 名 **價值**

Companies determine an employee's **worth** through their accomplishments.

公司根據員工的成績來論斷他們的價值。

相關單字

worthy 形 有價值的；值得的　**worthwhile** 形 值得花時間做的

常考用法

worth + 價錢　值……錢的

700+ RANK 0667

fairly [ˋfɛrlɪ] ☆☆☆☆☆☆☆

副 **頗為；相當地**

Rolando Norton won the election **fairly** easily due to his widespread popularity.

羅南度·諾頓因廣受歡迎而輕易贏得選舉。

相關單字

fair 名 市集；商品展售會

就業博覽會

The team leader will manage the recruiting events at the job **fair** this year.

小組領導人將負責就業博覽會上的徵人活動。

常考用法

to be fair 說句公道話；平心而論

700+ RANK 0668

durable [ˋdjʊrəb!] ★★☆☆☆☆☆

形 **耐用的 (= strong / solid / sturdy / sustainable)**

Our new synthetic material is **durable** and easy to wash.

我們新的人造材料既耐用又容易清洗。

相關單字

durability 名 耐久性

700+ RANK 0669

authentic [ɔˋθɛntɪk] ★☆☆☆☆☆☆

形 **真正的；非假冒的**

The museum displays a large selection of **authentic** paintings and sculptures.
博物館展出許多畫作與雕塑品的真跡。

相關單字

authentically 副 真正地；可靠地　　**authenticate** 動 證明……是真實的

700+ RANK 0670

build [bɪld] ★☆☆☆☆☆☆

1 動 **建立**

The seminar will teach employees how to **build** better relationships with each other.
這個研討會將教員工如何彼此建立更好的關係。

→ build a relationship with 和……建立關係

2 動 **建造**

The construction crew will start **building** the complex next week.
建築工人下星期會開始建造這座綜合大樓。

700+ RANK 0671

recipe [ˋrɛsəpɪ] ☆☆☆☆☆☆☆ 068

名 **食譜**

Chef Myer's cookbook will feature some of his signature **recipes**.
邁爾主廚的食譜書中將以他的一些招牌菜為特色。

700+ RANK 0672

accompany [əˋkʌmpənɪ] ☆☆☆☆☆☆☆

1 動 **陪同**

Why is Steven unable to **accompany** you next Monday?（Part 2 常考句子）
史蒂夫下星期一為什麼不能陪你？

2 動 **伴隨；附有**

→ be accompanied by 伴隨……

Expense reports will not be approved unless they are **accompanied** by receipts.
費用報銷除非有附收據，否則無法核准。

700+ RANK 0673

typically [ˋtɪpɪk!ɪ] ★★☆☆☆☆☆

副 **通常**

Approval for time off is **typically** given by the manager.
請假通常是由經理批准。

相關單字

typical 形 典型的；標準的

The layout for the company's website is too **typical** and should be redesigned. 公司網站的版面編排太制式，應該要重新設計。

700+ RANK 0674

admit [ədˋmɪt] ☆☆☆☆☆☆☆

動 **承認**

admit + (that) + 子句 ➜ 承認……

The department supervisor **admitted** that the project deadline was too tight. 部門主管承認，專案的截止日期太趕。

相關單字

admittedly 副 無可否認地；誠然

常考用法

admit to (doing) 承認……　**admit doing** 坦承做了……

700+ RANK 0675

nearly [ˋnɪrlɪ] ★★☆☆☆☆☆

副 **近乎 (= almost)**

Central Station should reopen soon as repairs are **nearly** complete.
因為維修工作幾乎完成了，中央車站應儘快重新開放。

700+ RANK 0676

grasp [græsp] ☆☆☆☆☆☆☆

1 動 **抓牢**

One of the women is **grasping** onto a handrail.（Part 1 常考句子）
其中一名女子抓著欄杆扶手。

2 動 **理解；領會**

Because Ms. Glover's presentation was well organized, the audience could easily **grasp** its main idea.
因為葛羅佛女士的簡報條理分明，觀眾很容易就能理解主題思想。

3 名 **理解；領會**

The consultation firm has a firm **grasp** of the international finance market. 這家諮詢公司對國際金融市場瞭如指掌。

700+ RANK 0677

asset [ˋæsɛt] ☆☆☆☆☆☆☆

名 **資產**

是……的資產

Mr. Kwan's extensive legal knowledge makes him a valuable **asset** to the firm. 關先生淵博的法律知識，使他成為事務所的寶貴資產。

700+ RANK 0678

unusually [ʌnˋjuʒʊəlɪ] ★☆☆☆☆☆☆

1 副 **出乎意料地**

Passengers should expect delays of the train service caused by the **unusually** heavy rain.

乘客應該預料得到，火車會因為這場意想不到的大雨而造成延誤。

2 副 **不尋常地**

Ms. Lin was **unusually** quiet during today's meeting.

在今天的會議上，林先生異乎尋常地安靜。

相關單字

unusual 形 不尋常的；稀有的；獨特的

700+ RANK 0679

remark [rɪˋmɑrk] ☆☆☆☆☆☆☆

1 動 **評論**

remark on/upon 談論；評論

The CEO did not **remark** on the company's project due to its confidential nature. 由於事屬機密，執行長並未談論公司的專案。

2 名 **評論**

remark on/about/regarding/concerning 評論、談論某事

Ms. McDougall made some valid **remarks** regarding the budget.

麥道格女士關於預算的評論令人信服。

700+ RANK 0680

sincere [sɪnˋsɪr] ☆☆☆☆☆☆☆

形 **真誠的**

真誠的感謝

We want to express our **sincere** thanks for your continued support of our business.

對您一直持續支持我們公司，我們要表達由衷的感謝。

相關單字 sincerely 副 真誠地；由衷地

常考用法 sincere gratitude 由衷感激

700+ RANK 0681

steady [ˋstɛdɪ] ★★★☆☆☆☆

形 **平穩的；穩定的**

→ 以穩定的速度

Dangsan Corporation's stock price has increased at a **steady** rate over the past three months.
過去三個月來，丹森公司的股價穩定上漲。

相關單字

steadily 副 穩定地；逐漸地

→ grow steadily 穩定成長

Our online sales here at Petit Cosmetics have grown **steadily** in the last year. 我們培提化妝品的線上銷售業績去年穩定成長。

700+ RANK 0682

include [ɪnˋklud] ★★☆☆☆☆☆

動 **包含；包括**

→ include A in/on B（→ A be included in/on B) A 包含在 B 裡

Is delivery **included** in the total price?（Part 2 常考句子）
總價包含運費嗎？

相關單字

including 介 包括……
inclusive 形 包含一切費用的；包含首尾兩天（或兩個數字）的

常考用法

be inclusive of 包含……　　**include doing** 包括做……

替換字詞

include 包含；包括 → capture 包含；取得
include (capture) only essential information 只含必要資訊

700+ RANK 0683

conclude [kənˋklud] ★★☆☆☆☆☆

1 動 **做結論**

→ conclude + that + 子句 ➜（最後）決定……；做出……結論

The board **concluded** that the quarterly budget should be increased.
董事會決定季度預算應該要增加。

2 動 **結束；終了**

→ conclude with 以……為結束

The training workshop **concludes** with a question and answer session.
培訓工作坊的最後是問與答時間。

相關單字

conclusion 名 結論；結尾　　**conclusive** 形 確實的；決定性的

常考用法

in conclusion 最後；總之　　**concluding remarks** 結語；結論

RANK 0684 700+

grateful [ˋgretfəl] ☆☆☆☆☆☆☆

形 **感激的**

grateful + (that) + 子句 ➜ 感謝……；感激……

The managers were **grateful** that EPPN Marketing employees were able to work under a tight deadline.

經理們很感謝 EPPN 行銷的員工能在截止日期緊迫之下工作。

常考用法

grateful to 感謝……　　grateful for 為……而感謝

RANK 0685 700+

reluctant [rɪˋlʌktənt] ☆☆☆☆☆☆☆

形 **不情願的**

reluctant to do 不情願做……

Investors are often **reluctant** to buy stock in companies that report financial losses.

投資人通常不願購買那些有虧損紀錄的公司的股票。

相關單字

reluctantly 副 不情願地；勉強地

RANK 0686 700+

occupy [ˋɑkjəˏpaɪ] ★★☆☆☆☆☆

動 **占領；占據**

Sunshine Guesthouse **occupies** the top five floors of a beautiful building in downtown Sydney.

陽光民宿占了雪梨市中心一座漂亮大樓的最上面五層。

相關單字

occupied 形 有人使用的

All of the tables are **occupied**.（Part 1 常考句子）所有的桌子都有人。

occupancy 名 占有；入住率

Yarratown Apartments are popular among property investors due to their high rental **occupancy**.

由於高出租率，亞若頓公寓很受不動產投資人歡迎。

occupation 名 職業　　occupant 名 占有人；居住者

替換字詞

occupied 有人使用的 → filled 占滿的

Most of the space is occupied (filled) by long-term lessees.

這個空間大部分都有人長期承租。

700+ RANK 0687

prescription [prɪ`skrɪpʃən] ☆☆☆☆☆☆☆

名 **處方；藥方**

A doctor's **prescription** is required to purchase certain medicine.
特定藥品需要有醫師處方箋才能購買。

相關單字

prescribe 動 開藥方

常考用法

fill a prescription 按處方配藥
prescribe medicine 開藥
on prescription 憑處方

700+ RANK 0688

regain [rɪ`gen] ☆☆☆☆☆☆☆

動 **取回；收復；恢復**

Skarrion Company has **regained** its former position in the market through its upgraded brand image.
透過提升品牌形象，史卡里恩公司重回它之前在市場的地位。

700+ RANK 0689

aid [ed] ☆☆☆☆☆☆☆

1 名 **幫助；支援**

Managers should request **aid** if their team is understaffed.
如果團隊人手不足，經理應要求支援。

2 名 **輔助工具** → hearing aid 助聽器

Hearing **aids** are recommended for those with hearing problems.
建議那些有聽力問題的人使用助聽器。

3 動 **幫助；協助**

Volunteers will **aid** with setting up the room.
志工會協助布置房間。

常考用法

visual aid 視覺輔助教具
first aid 急救護理
legal aid 法律援助
financial aid 財務補助

替換字詞

aid 幫助；協助 → support 支援
aid (support) the company's research activities
支援公司的研究活動

700+ RANK 0690

halt [hɔlt] ☆☆☆☆☆☆☆

1 名 **暫停；停止**

→ bring A to a halt 使 A 暫停／中止

Due to the high cost, the manager brought the project to a **halt**.
由於費用很高，經理中止了專案。

2 動 **暫停；使停止**

The production line had to be **halted** due to a mechanical issue.
由於機械問題，生產線不得不暫停。

常考用法

come to a halt 停下來

700+ RANK 0691

query [ˋkwɪrɪ] ☆☆☆☆☆☆☆ 070

1 名 **詢問；質問**

→ query related to / about / regarding / concerning 關於……的問題

Queries related to deliveries should be addressed to the shipping department.
關於送貨的問題應該轉給貨運部。

2 動 **詢問；質問**

→ query whether 質疑／詢問是否……

Many customers **queried** whether submitting their personal information was necessary.
很多顧客質疑繳交個人資料的必要性。

700+ RANK 0692

reception [rɪˋsɛpʃən] ★★☆☆☆☆☆

1 名 **接待；接見**

Please check in at the **reception** desk to receive your room keys.
請在接待櫃檯登記入住以拿取你的房間鑰匙。

2 名 **晚宴**

An awards **reception** will be held tonight to recognize high-performing employees. 今晚將舉行頒獎晚宴以表彰表現優異的員工。

3 名 **（無線電或訊號）接收**

It is hard to get good phone **reception** in this part of the city.
在城市的這個區域，很難有好的電話收訊品質。

相關單字

receptionist 名 接待員；招待員

常考用法

a warm reception 熱情接待

700+ RANK 0693 characteristic [ˌkærəktəˋrɪstɪk] ☆☆☆☆☆☆☆

1 名 **特色；特徵**

Creativity is the **characteristic** Pefari Advertising Agency desires most in candidates. 培法利廣告公司最想要應徵者擁有的特色是創造力。

2 形 **特有的；獨特的**

A **characteristic** feature of Limepro smartphone is the flexible screen. 萊姆普羅智慧型手機的一個特色功能是摺疊式螢幕。

相關單字

character 名 角色

I thought the woman who played the main **character** was wonderful. 我覺得擔任主角的女子演得很棒。

characterize 是……的特徵

替換字詞

characteristic 特色；特徵 → dimension 特點；方面

an interesting characteristic (dimension) of the job 這個工作有趣的一面

700+ RANK 0694 length [lɛŋθ] ★☆☆☆☆☆☆

名 **(時間) 長短；期間**

The **length** of rental contracts can range from one day to one year. 租賃合約的長短可從一天到一年。

相關單字

lengthy 形 漫長的；長時間的　　**lengthen** 動 變長；延長

常考用法

in length 長度

700+ RANK 0695 challenging [ˋtʃælɪndʒɪŋ] ★★★☆☆☆☆

形 **有挑戰性的**

Ms. Wakano described her **challenging** path to becoming a reporter during the interview. 若野女士在受訪時，描述她成為記者的挑戰之路。

相關單字

challenge 名 挑戰

The client presentation was a real **challenge** for the sales team. 客戶簡報對銷售團隊來說是個真正的挑戰。

常考用法 **challenging project** 具有挑戰性的計畫

RANK 0696 700+

primarily [ˋpraɪˌmɛrɪlɪ] ★★★☆☆☆☆

副 **主要地**

During the internship, you will **primarily** deal with scheduling medical appointments.
在實習期間，你主要處理的事是安排約診時間。

相關單字

primary 形 首要的；主要的
Our **primary** responsibility is overseeing the construction of our new factories. 我們的主要責任是監督新工廠的建造。

替換字詞

primary 首要的；主要的 → main 主要的
the primary (main) negative feedback 主要的負面意見

RANK 0697 700+

urban [ˋɝbən] ☆☆☆☆☆☆☆

形 **城市的**

We've invited Jason Owen, an expert on **urban** design, to today's show.
我們今天邀請來上節目的是都市設計專家傑生·歐文。

相關單字

rural 形 鄉村的；農村的

RANK 0698 700+

private [ˋpraɪvɪt] ☆☆☆☆☆☆☆

1 形 **非公開的**

Make sure you set passwords on folders you want to keep **private**. (→ 不公開的)
你不想公開的檔案務必要設定密碼。

2 形 **私人的；私營的**

Mr. Herzog's experience in the **private** sector (→ 私人公司／企業) makes him the ideal candidate for this position.
赫佐格先生在私人公司的經驗使他成為這個職位的理想人選。

相關單字

privacy 名 隱私權；獨處　**privatize** 動 使私有化　**privatization** 名 私有化

常考用法

in private 私下地

700+ RANK 0699

nearby [ˋnɪrˏbaɪ] ☆☆☆☆☆☆☆

1 形 附近的

In order to reduce her commute time, Ms. Olielle moved to a **nearby** apartment.

為了縮短通勤時間，歐樂爾女士搬到鄰近的公寓。

2 副 附近

The subway station is located **nearby**. 地鐵站在附近。

相關單字

near 介 接近

Some boats are sailing **near** the shore.（Part 1 常考句子）

有些船在靠岸邊的地方航行。

700+ RANK 0700

subsequent [ˋsʌbsɪˏkwɛnt] ☆☆☆☆☆☆☆

形 其後的；隨後的

Charges from the last five days of the month will appear on the **subsequent** bill.

這個月最後五天的費用會列在之後的帳單上。

相關單字

subsequently 副 其後；隨後　　**subsequence** 名 後果

常考用法

subsequent to 繼……之後的

替換字詞

subsequent 其他的；隨後的 → following 隨後的；接著的

several subsequent (following) events 數個後續的活動

Speed Check-up

答案 p.603

一、請參考底線下方的中文，填入意思相符的單字。

ⓐ directory ⓑ queried ⓒ fairly ⓓ faced ⓔ accompanied

01 Rolando Norton won the election ________ (頗為) easily due to his widespread popularity.

02 The CEO must respond quickly when ________ (面臨) with a problem.

03 Send Ms. Palmer the ________ (名錄簿) of all new employees, so she can update our records.

04 Expense reports will not be approved unless they are ________ (伴隨) by receipts.

05 Many customers ________ (質問) whether submitting their personal information was necessary.

二、請參考句子的中文意思，選出填入後符合句意的單字。

ⓐ regained ⓑ asset ⓒ aid ⓓ worth ⓔ challenging

06 Skarrion Company has ________ its former position in the market through its upgraded brand image.
透過提升品牌形象，史卡里恩公司重回它之前在市場的地位。

07 The CEO decided the issue was not ________ discussing.
執行長裁定這個議題不值得討論。

08 Ms. Wakano described her ________ path to becoming a reporter during the interview. 若野女士在受訪時，描述她成為記者的挑戰之路。

09 Mr. Kwan's extensive legal knowledge makes him a valuable ________ to the firm. 關先生淵博的法律知識，使他成為事務所的寶貴資產。

10 Volunteers will ________ with setting up the room. 志工會協助布置房間。

三、請選出填入後符合句意的單字。

ⓐ grasp ⓑ subsequent ⓒ sincere ⓓ nominated ⓔ primarily

11 During the internship, you will ________ deal with scheduling medical appointments.

12 John Thompson was ________ for Best Actor, but he did not win.

13 The consultation firm has a firm ________ of the international finance market.

14 Charges from the last five days of the month will appear on the ________ bill.

15 We want to express our ________ thanks for your continued support of our business.

DAY
15
700+
先背先贏 核心單字
0701~0750

背後說閒話的風險

有三名員工剛好聚在一起。
話說陳部長……
怎麼會那麼 delicate，跟他一起工作超級累，大家都在 endure！
碎嘴功夫一流～
唉唷王經理才是呢～每次 critical 的決定都一直改來改去，害我們滿頭 confusion。
愛發牢騷

你們不知道林科長才真的有夠小氣，明明收了那麼多 incentive 卻還到處 owe 別人。
摳門至極
李代理每次 weeklong 的大會都晚到。
那可是洪次長 consistently 的作風啊～
哎唷新進人員也很不行。
三個人忽然想到
在場的 remainder 也許會說自己的壞話，完全無法離開這裡半步。

700+ RANK 0701

critical [`krɪtɪk!] ★☆☆☆☆☆☆

1 形 **緊要的；必不可少的**

It is **critical** that all workers attend the latest safety training.
所有的工人都要參加最新的安全訓練，此事至關重要。

2 形 **批評的；批判的**

→ be critical of 批評

Many residents are **critical** of the city's current building regulations.
很多居民批評市府現有的建築法規。

相關單字

→ criticize A for (doing) B (→ A be criticized for B) 因 B 而批評 A

criticize 動 批評

The revised tax plan was **criticized** for causing the prices of goods to rise. 修訂版的稅收方案遭批評造成物價上漲。

critic 名 評論家；愛挑剔的人　　**critique** 名 評論文章

常考用法

of critical importance 至關重要　　**food critic** 美食評論家

替換字詞

critical 緊要的；必不可少的 → essential 必要的；關鍵性的
critical (essential) ability to produce a high-quality product
製造高品質產品不可或缺的能力

700+ RANK 0702

remainder [rɪ`mendɚ] ☆☆☆☆☆☆☆

名 **剩餘物**

→ ……的剩餘部分

After the sale, the **remainder** of the stock will be returned to the warehouse. 在特賣會後，剩下的存貨將送回倉庫。

相關單字

remain 動 剩餘；留下；仍然是　　**remaining** 形 剩餘的

常考用法

remain in effect 仍然有效　　**remain intact** 仍然完整無缺
remain the same 保持不變

替換字詞

remainder 剩餘物 → rest 剩餘部分
the remainder (rest) of the schedule 剩下的行程

700+ RANK 0703

enclosed [ɪn`klozd] ☆☆☆☆☆☆☆

形 **附上的**

→ enclosed form 隨函附上的表格

Use the **enclosed** return form when sending back the item.
寄回商品時，請使用所附上的表格。

相關單字

enclose 動 圍住；隨信附上　　enclosure 名 圈地；附件

700+ RANK 0704

substantially [səb`stænʃəlɪ] ★☆☆☆☆☆☆

副 **相當多地**

The number of smartphone users has increased **substantially** in recent years. 智慧型手機的使用人數近年大幅增加。

相關單字

substantial 形 大量的；豐盛的

Mr. Freeman made a **substantial** donation to build a public recreation facility. 佛里曼先生捐了一大筆錢興建公共休閒設施。

常考用法

substantial increase 大幅增加　　substantial amount 大量

700+ RANK 0705

treatment [`tritmənt] ★☆☆☆☆☆☆

1 名 **治療**

Dr. Kong believes his new **treatment** can replace expensive medicine.
孔醫師相信他的新療法可以取代昂貴的藥物。

2 名 **對待；待遇**

Please make sure our resort guests receive the best **treatment** during their stay.
請確保我們度假中心的客人，在入住期間都受到最好的招待。

相關單字

treat 動 對待；處理；醫療；款待

替換字詞

treat 對待；處理 → handle 處理

treat (handle) your belongings with utmost care
極謹慎小心地處理你的財物

700+ RANK 0706

interact [ˌɪntə`rækt] ☆☆☆☆☆☆☆

動 **互動**

interact with 與……互動

Managers must have the ability to **interact** effectively with all staff members.
經理必須能和所有下屬有效互動。

相關單字

interactive 形 互動的

The play had some **interactive** portions where the audience could communicate with the actors.

這齣戲有些部分是互動式的，觀眾可以和演員溝通交流。

interaction 名 互動

700+ RANK 0707

fulfill [fʊl`fɪl] ☆☆☆☆☆☆☆

1 動 **達到；滿足**

fulfill/meet/satisfy/fill a requirement 達到／滿足要求

MBA candidates must take two management strategy courses to **fulfill** the requirements for graduation.

企管碩士班學生必須修兩門管理策略課程，以符合畢業資格。

2 動 **執行；履行**

fulfill one's promise 履行某人的承諾

We strive to always **fulfill** our promises to deliver orders on time.

我們努力履行永遠準時送達貨品的承諾。

相關單字

fulfillment 名 完成；履行；滿足

替換字詞

fulfill 達到；滿足 → satisfy 滿足；符合

fulfill (satisfy) the requirements of the position 符合這個職位的條件

700+ RANK 0708

endure [ɪn`djʊr] ☆☆☆☆☆☆☆

動 **承受；忍受**

After **enduring** long periods of poor sales, the company has gone bankrupt. 在承受長久的業績低迷後，這家公司破產了。

相關單字

endurance 名 忍耐力；耐受力

700+ RANK 0709

attach [ə`tætʃ] ★☆☆☆☆☆☆

1 動 **附加**　　反 detach 動 **分開；拆卸**

When you email the estimate, please **attach** a photo of the product.

當你以電子郵件寄估價單來時，請附上一張產品的照片。

2 動 **貼上**

A man is **attaching** a label to a package.（Part 1 常考句子）

一名男子把標籤貼在包裹上。

相關單字

attachment 名 附件

I'll send the document as an email **attachment**.
我會把文件作為電子郵件的附件寄出。

attached 形 附屬的

Attached is the contract. 附件是合約。

常考用法

attach A to B (= A be attached to B) 把 A 附在 B 上

700+ RANK 0710

eventually [ɪˋvɛntʃʊəlɪ] ★☆☆☆☆☆☆

副 **最終地**

ClubMart will **eventually** open another store, if the first location becomes profitable.
如果第一家店獲利的話，俱樂部市集最終就會再開另一家店。

相關單字

eventual 形 最終的；結果的

700+ RANK 0711

incentive [ɪnˋsɛntɪv] ☆☆☆☆☆☆☆   072

名 **獎勵；動機**

Offering **incentives** to employees can help boost a company's productivity. 給員工獎勵有助於提高公司的生產率。

常考用法

financial incentive 工作獎金　**extra incentive** 額外獎勵

700+ RANK 0712

description [dɪˋskrɪpʃən] ☆☆☆☆☆☆☆

名 **描述**

Please send us photographs with a detailed **description** of each item. (詳細描述)
請寄照片給我們，並附上每個商品的詳細描述。

相關單字

describe 動 描寫；敘述

Would you please call me back and **describe** the problem in more detail? 你可以回我電話，並把問題說得更詳細些嗎？

descriptive 形 描述的

常考用法

job description 工作內容
give a description 描寫；敘述
defy description 難以描述
beyond description 無法形容

700+ RANK 0713

administrative [əd`mɪnə͵stretɪv] ★☆☆☆☆☆☆

形 **管理的；行政的**

行政人員

This letter is directed to the **administrative** staff of Versatility Inc.
這封信寄給萬用公司的行政人員。

相關單字

administration 名 管理；行政
administer 動 管理；治理
administrator 名 管理人；行政官員
administrative officer 行政官員

700+ RANK 0714

suspend [sə`spɛnd] ☆☆☆☆☆☆☆

1 動 **中止**

暫時中止

The ferry service from Busan to Jeju Island will be temporarily **suspended** for repairs. 釜山往濟洲島的渡輪因為要修理，將暫時停開。

2 動 **懸掛**

A light is **suspended** from the ceiling.（Part 1 常考句子）
燈從天花板上懸掛下來。

相關單字

suspension 名 中止；懸掛

700+ RANK 0715

undergo [͵ʌndɚ`go] ☆☆☆☆☆☆☆

動 **經歷；接受**

undergo renovation 經歷整修

The factory will **undergo** extensive renovation before reopening next week.
工廠將經過大規模整修後，於下星期重新開啟。

常考用法

undergo an inspection 接受檢查
undergo improvement 經過改善

700+ RANK 0716

verify [ˋvɛrəˏfaɪ] ☆☆☆☆☆☆☆

動 **證明；確認**

Employees should **verify** that their time sheets are filled out correctly.
員工應確認他們的工作時間紀錄表內容無誤。

相關單字

verification 名 證明；確認　**verifiable** 形 可證實的

常考用法

verifying document 驗證文件　**verifiable evidence** 可驗證的證據

700+ RANK 0717

investigation [ɪnˏvɛstəˋgeʃən] ★☆☆☆☆☆☆

名 **研究；調查**

→ launch an **investigation** 對……展開調查

The maintenance team launched an **investigation** into the cause of the assembly line malfunction.
維修小組對造成生產線故障的原因展開調查。

相關單字

investigate 動 調查；研究　**investigator** 名 調查者

常考用法

conduct an investigation 進行調查
under investigation 調查中；偵察中
investigation of/into 調查……

700+ RANK 0718

consistently [kənˋsɪstəntlɪ] ★☆☆☆☆☆☆

副 **一貫地；始終如一地**

Frasier Bank has **consistently** provided excellent service to its clients over the years.
佛雷西爾銀行多年來始終為客戶提供卓越的服務。

相關單字

consistent 形 始終如一的
consistency 名 一貫；一致

常考用法

consistent in 在……上前後一貫
be consistent in doing 始終如一做……
consistent with 與……一致；符合

700+ RANK 0719

comply [kəm`plaɪ] ★★★★☆☆☆

動 **遵守；遵從**

（→遵從）

To **comply** with safety regulations, protective gear must be worn at all times. 為了遵守安全規定，必須一直穿戴著防護裝備。

相關單字

compliance 名 順從

（→符合；依照）

All equipment must be in **compliance** with the safety regulations.
所有的設備必須符合安全規定。

compliant 形 服從的；合規的

易混淆單字筆記

comply/adhere vs. **obey/observe**

四個動詞皆表示「**遵守、遵從（規定）**」之意，僅在語感上有些微差異。值得注意的是，**comply** 要搭配介系詞 **with** 使用；**adhere** 則要搭配介系詞 **to** 使用，兩者皆屬**不及物動詞**。而 **obey** 和 **observe** 屬於**及物動詞**，後方可直接連接受詞。

700+ RANK 0720

diverse [daɪ`vɝs] ★★☆☆☆☆☆

形 **不同的；多種的**

（→多樣的選擇）

Lombarno Café uses a **diverse** selection of coffee beans imported from South America. 藍巴諾咖啡館選用多種從南美洲進口的不同咖啡豆。

相關單字

diversity 名 差異；多樣性

a diverse range of 各種各樣的

700+ RANK 0721

desirable [dɪ`zaɪrəb!] ★☆☆☆☆☆☆

073

形 **值得嚮往的；富有魅力的**

Careful urban planning has made Dougville a very **desirable** place to live. 細心的都市規畫，使道格維爾成為一個令人非常嚮往居住的地方。

相關單字

desire 名 渴望；要求

desired 形 渴望的

700+ RANK 0722

specification [ˌspɛsəfɪ`keʃən] ★☆☆☆☆☆☆

名 **詳述；規格**

We will decorate the room according to the client's **specifications**.
我們會根據客戶的詳細說明裝潢房間。

相關單字

specify 動 具體說明

The job advertisement **specified** that candidates must speak Spanish fluently. 求才廣告上具體說明應徵者必須會說流利的西班牙文。

specified 形 指定的；規定的

常考用法

as specified 按照說明；按照規定

unless otherwise specified 除非另有規定

700+ RANK 0723

reorganize [riˋɔrgəˏnaɪz] ☆☆☆☆☆☆☆

動 **整頓；重新整理**

Employees will dedicate one day to help **reorganize** the entire office.
員工會花一天的時間協助重新整理辦公室。

相關單字

reorganization 名 改組；整頓

700+ RANK 0724

consist [kənˋsɪst] ☆☆☆☆☆☆☆

動 **包括；包含**

consist of 由……組成；包含……

The Everdale Apartment Building **consists** of 43 units of various sizes.
艾佛戴爾公寓大樓包含 43 間各種大小的公寓。

700+ RANK 0725

occur [əˋkɝ] ☆☆☆☆☆☆☆

動 **發生**

Minor malfunctions may **occur** during the transition to an online client database. 在轉換到線上客戶資料庫的過程中，可能會發生輕微故障。

相關單字

occurrence 名 事件；遭遇

700+ RANK 0726

alert [əˋlɝt] ★☆☆☆☆☆☆

1 形 **留神的；機敏的**

Salespeople should always be **alert** for opportunities to sell customers additional products.
業務人員應該隨時留意把其他額外產品賣給顧客的機會。

2 動 **使注意；通知**

Tech Support **alerted** the staff about the upcoming system update.
技術支援公司提醒員工即將進行的系統升級。

3 名 **警報**

The city will start issuing fire **alerts** through text messages.
市政府將開始透過簡訊發送火災警報。

700+ RANK 0727

refrain [rɪˋfren] ☆☆☆☆☆☆☆

動 **抑制；節制** → refrain from doing 避免；克制

Please **refrain** from taking pictures as the flash can damage the artwork. 請不要拍照，因為閃光燈會破壞藝術品。

700+ RANK 0728

respect [rɪˋspɛkt] ☆☆☆☆☆☆☆

1 名 **尊敬；敬重** → have respect for 對……敬重

Many employees have much **respect** for Ms. Spaniel due to her multiple achievement. 由於她的許多成就，很多員工對史培尼爾女士很敬重。

2 動 **尊敬；敬重**

Please **respect** your colleagues by silencing your phone during work hours. 請顧及你的同事，上班時把手機關靜音。

相關單字

respectful 形 尊重的　　**respectfully** 副 有禮貌地

Management **respectfully** requests that you keep this area clean.
管理階層委婉地要求你保持這個區域的整潔。

respected 形 受敬重的

Dr. Russell is a **respected** local physician working at the Dunlee Health Center. 盧賽爾博士是一位受人尊敬的當地醫生，他在敦里醫療中心工作。

常考用法

respect for 尊敬……
with respect 懷著敬意；以慎重態度
treat A with respect 以尊重的態度對待 A
with respect to 關於；就……而言

700+ RANK 0729

confusion [kənˋfjuʒən] ☆☆☆☆☆☆☆

名 **混亂狀況；騷動；困惑** → confusion about / regarding / concerning / over 對……困惑 / 混淆 / 不解

Despite some earlier **confusion** regarding the weather, the concert will start on time. 儘管稍早天氣有些不穩，但音樂會仍將準時開始。

相關單字

confuse 動 使困惑；混亂

confusing 形 令人困惑的；含糊不清的

The procedure for handling complaints is very **confusing**.

處理客訴的程序含糊不清。

confused 形 迷惑的；糊塗的

常考用法

in confusion 困惑地

700+ RANK 0730

owe [o] ★☆☆☆☆☆☆

動 **欠**

Mr. Bohman **owes** over 50 dollars in late fees.

波曼先生欠了 50 多元的滯納金。

常考用法

owe A B (= owe B to A) 欠 A B 的金額

700+ RANK 0731

instrument [ˋɪnstrəmənt] ★★☆☆☆☆☆ 074

1 名 **器具**

Some **instruments** are hanging on the wall.（Part 1 常考句子）

牆上掛著一些器具。

2 名 **樂器**

Our store has a wide selection of **instruments**, ranging from saxophones to clarinets.

我們店裡有許多種樂器可選，從薩克斯風到單簧管都有。

相關單字

instrumental 形 有幫助的；樂器的

常考用法

musical instrument 樂器

700+ RANK 0732

prevent [prɪˋvɛnt] ★★☆☆☆☆☆

動 **預防；防止**

We strictly enforce safety rules to **prevent** any injuries in the workplace.

我們嚴格執行安全規定，以預防在工作場所受傷。

相關單字

preventive 形 預防的；防止的

Regular exercise is a **preventive** health measure that everyone should take. 規律運動是每個人都應該採行的預防保健方法。

prevention 名 預防；阻止

常考用法

prevent A from doing (→ A be prevented from doing) 阻止 A 做……

preventive measures 預防措施

700+ RANK 0733

delicate [ˋdɛləkət] ☆☆☆☆☆☆☆

形 **需要小心處理的；棘手的**

Staff should be careful when mentioning **delicate** issues during meetings. 員工在開會時提到棘手問題應小心。

→ delicate issue 棘手問題

相關單字

delicacy 名 微妙；棘手；脆弱；精細

700+ RANK 0734

simply [ˋsɪmplɪ] ★★★★☆☆☆

1 副 **僅僅；只要**

Simply follow the instructions above to bake a homemade lemon pie.
只要遵照上述的說明，就可以在家自己烘烤檸檬派。

2 副 **簡單地；簡易地**

The IT manager explained the software updates as **simply** as possible.
資訊部經理盡可能簡單地說明軟體的升級。

相關單字

simple 形 簡單的　　**simplify** 動 簡化

To encourage borrowing, the bank **simplified** the loan application process. 為了鼓勵大家借錢，銀行簡化了貸款的申請流程。

simplicity 名 簡明易懂的事；簡單　　**simplification** 名 單純化；簡單化

700+ RANK 0735

ignore [ɪgˋnor] ☆☆☆☆☆☆☆

動 **忽視；忽略**

Please **ignore** this email if you have already sent your payment.
如果您已付款，請忽略此電子郵件。

相關單字

ignorance 名 無知；愚昧　　**ignorant** 形 無知的；無禮的

700+ RANK 0736

template [`tɛmplɪt] ☆☆☆☆☆☆☆

名 **模板；範本**

Free résumé **templates** can be downloaded from our website.
免費履歷表範本可以從我們的網站下載。

700+ RANK 0737

content 名 [`kɑntɛnt] 形 [kən`tɛnt] ☆☆☆☆☆☆☆

1 名 **內容**

All of the magazine's **content** from the print edition is available on our website.
所有紙本雜誌的內容都在我們的網站上。

2 形 **滿足的；滿意的**

→ be content with 對……滿意

The CEO was **content** with the product demonstration.
執行長很滿意產品的示範操作。

700+ RANK 0738

rapidly [`ræpɪdlɪ] ★★★☆☆☆☆

副 **迅速地**

→ grow rapidly 快速成長

The telecommunications industry has grown **rapidly** over the past two decades.
過去 20 年來，電信業快速成長。

相關單字

rapid 形 快的；迅速的

常考用法

rapid growth 快速成長

700+ RANK 0739

track [træk] ☆☆☆☆☆☆☆

1 動 **追蹤**

Our department purchased a new inventory software to **track** the delivery status of the merchandise.
我們部門買了一套新的存貨軟體，以追蹤貨物的運送狀態。

2 名 **跑道；路線**

The **track** for this year's bicycle race involves steep areas.
今年自行車賽的路線包含陡峭的區域。

相關單字

tracker 名 追蹤者；追蹤系統

常考用法

on track 順利進行中

700+ RANK 0740

reach [ritʃ] ★☆☆☆☆☆☆

1 動 **到達；抵達**

The fastest way to **reach** our office is by subway.

到我們公司的最快方式是搭地鐵。

2 動 **與……取得聯繫**

Don't you have to dial 8 to **reach** the hotel's room service?

（Part 2 常考句子）你不是必須撥 8 接客房服務嗎？

3 動 **伸手**

→ reach for 伸手拿……

A woman is **reaching** for a book on the shelf.（Part 1 常考句子）

一名女子伸手去拿架上的書。

常考用法

reach a financial goal 達到財政目標
reach a conclusion 得到結論
reach an agreement 達成協議
reach a consensus 達成共識

700+ RANK 0741

shortly [ˋʃɔrtlɪ] ★☆☆☆☆☆☆ 075

副 **立刻；不久**

The company's insurance claim will be settled **shortly** after the completion of the investigation.

完成調查後不久，公司的保險理賠申請就會通過。

→ shortly after / before ……之後／之前不久

700+ RANK 0742

complicated [ˋkɑmpləˏketɪd] ☆☆☆☆☆☆☆

形 **複雜的**

Customers complained that the furniture assembly instructions were too **complicated**.

顧客抱怨家具的組裝說明太複雜。

相關單字

complication 名 複雜；困難

Due to some **complications**, the banquet will now be held at the Mayflower Hotel. 由於一些麻煩的問題，宴會現在改到五月花飯店舉行。

complicate 動 使複雜化；使更麻煩

常考用法

complicated process 複雜的過程

700+ RANK 0743

vendor [ˋvɛndɚ] ★☆☆☆☆☆☆

1 名 **小販**

A **vendor** is selling some items to a customer.

一名小販正在賣一些東西給客人。

2 名 **供應商**

The contract with our current **vendor** expires in 90 days.

與我們現有供應商的合約 90 天後會失效。

相關單字

vend 動 販賣

常考用法

vending machine 自動販賣機

700+ RANK 0744

drop [drɑp] ★☆☆☆☆☆☆

1 名 **下降**

We advise residents to dress warmly as there will be a sharp **drop** in temperature tomorrow. （drop in → ……下降）

由於溫度會急遽下降，我們通知居民要穿得保暖。

2 動 **下降**

The sales figures **dropped** significantly over the last quarter.

上一季的銷售數字明顯下滑。

3 動 **帶；捎**

Did you **drop** off the rent at her office? （drop off → 將……帶到……）（Part 2 常考句子）

你把租金送去她辦公室了嗎？

常考用法

drop by 順便拜訪

RANK 0745 700+

labor [`lebɚ] ★☆☆☆☆☆☆

名 **勞動**

→ labor cost 勞動成本

To reduce **labor** costs, McKolt Engineering is purchasing automated machines.
為了降低勞動成本，麥柯特工程正在採購自動化機器。

RANK 0746 700+

loyalty [`lɔɪəltɪ] ★☆☆☆☆☆☆

名 **忠誠；忠心**

ShopBright is introducing a purchasing rewards system to increase customer **loyalty**.
亮麗小鋪正導入獎勵購買制度，以增加顧客的忠誠度。

相關單字

loyal 形 忠誠的；忠心的

常考用法

loyalty to 對……的忠心；忠誠

loyal customer 忠實顧客

RANK 0747 700+

foreseeable [for`siəb!] ☆☆☆☆☆☆☆

形 **可預見的**

→ for/in the foreseeable future 在可預見的未來

The museum will continue to offer student discounts for the **foreseeable** future. 在可預見的未來，博物館會繼續給學生折扣優惠。

相關單字

foresee 動 預見；預知

RANK 0748 700+

weeklong [`wik`lɔŋ] ☆☆☆☆☆☆☆

形 **長達一星期的**

Many companies are participating in the **weeklong** convention in Tokyo.
很多公司正在東京參加為期一週的大會。

相關單字

week 名 一星期；週
weekly 形 每週一次的；週刊的

700+ RANK 0749

deduct [dɪ`dʌkt] ☆☆☆☆☆☆☆

動 **扣除；減除** → deduct A from B (→ A be deducted from B) 從 B 扣除 A

Additional fees will be **deducted** automatically from your company account. 額外費用會自動從你公司的帳戶扣除。

相關單字

deduction 名 扣除；減除

700+ RANK 0750

line [laɪn] ☆☆☆☆☆☆☆

1 名 **商品系列**

Scento Cosmetics recently released a new **line** of skincare products.
仙投化妝品最近推出新的護膚產品。

2 名 **線**

The yellow **line** separates the two properties.
那條黃線劃分這兩塊地。

3 動 **排隊** → be lined up 排隊

People are **lined** up to enter a store.（Part 1 常考句子）
人們排隊進入商店。

Speed Check-up

答案 p.603

一、請參考底線下方的中文，填入意思相符的單字。

ⓐ content ⓑ critical ⓒ deducted ⓓ refrain ⓔ suspended

01 Many residents are ________ of the city's current building regulations.
批判的

02 Additional fees will be ________ automatically from your company account.
扣除

03 The CEO was ________ with the product demonstration.
滿意的

04 The ferry service from Busan to Jeju Island will be temporarily ________ for repairs.
中止

05 Please ________ from taking pictures as the flash can damage the artwork.
抑制

二、請參考句子的中文意思，選出填入後符合句意的單字。

ⓐ prevent ⓑ enduring ⓒ reach ⓓ reorganize ⓔ substantially

06 After ________ long periods of poor sales, the company has gone bankrupt. 在承受長久的業績低迷後，這家公司破產了。

07 The fastest way to ________ our office is by subway.
到我們公司的最快方式是搭地鐵。

08 We strictly enforce safety rules to ________ any injuries in the workplace.
我們嚴格執行安全規定，以預防在工作場所受傷。

09 Employees will dedicate one day to help ________ the entire office.
員工會花一天的時間協助重新整理辦公室。

10 The number of smartphone users has increased ________ in recent years. 智慧型手機的使用人數近年大幅增加。

三、請選出填入後符合句意的單字。

ⓐ verify ⓑ undergo ⓒ rapidly ⓓ complicated ⓔ consists

11 Customers complained that the furniture assembly instructions were too ________.

12 The Everdale Apartment Building ________ of 43 units of various sizes.

13 The factory will ________ extensive renovation before reopening next week.

14 Employees should ________ that their time sheets are filled out correctly.

15 The telecommunications industry has grown ________ over the past two decades.

DAY
16
700+
先背先贏 核心單字
0751~0800

選擇理財的下場

兩個男生在差不多的時間點
就業，並 commence 工作。

我對理財很感興趣，我要
把 income 的 majority
用來投資 stock！

跟我的狀況剛好是 contrast
呢，我打算買下 renowned
品牌的手錶。

你啊……對
理財也太缺乏
enthusiasm
了。
我對投資完全
沒有 motivation
呢……

經過一段時間後，
outcome 是……
啊！股價大跌！我的錢啊！

天啊！我買的那款手錶升
值了，賣掉還有賺頭？！
看樣子選擇消費
反而可能是件好事。

700+ RANK 0751

stock [stɑk] ★☆☆☆☆☆☆ 076

1 名 庫存
→ 缺貨；沒有庫存
The Z45 watch is currently out of **stock** but more will come in next week. Z45 手錶目前缺貨，但下星期會到貨。

2 名 股票
The company's **stocks** fell after customers found defects in its latest product. 在顧客發現最新產品有瑕疵後，那家公司的股價下跌了。

3 動 填滿；貯存
→ be stocked with 裝滿
A drawer has been **stocked** with supplies.（Part 1 常考句子）
一個抽屜裝滿了日用品。

常考用法

in stock 有庫存

stock the shelf 補滿貨架

700+ RANK 0752

executive [ɪg`zɛkjʊtɪv] ☆☆☆☆☆☆☆

1 名 經理；業務主管
The new company **executive** was hired through a search company.
公司新來的經理是透過一家尋才公司找到的。

2 形 執行的；行政的
The CEO made the **executive** decision not to hire any extra employees this quarter. 執行長做出行政決定，本季不再多聘人員。

相關單字

execute 動 實施；執行；處死

executive board 執行董事會

700+ RANK 0753

commence [kə`mɛns] ☆☆☆☆☆☆☆

動 開始；著手
The wedding ceremony will **commence** at 2 p.m. at the Horace Chapel.
婚禮將在下午二時開始於賀瑞斯教堂舉行。

相關單字

commencement 名 開始；畢業典禮

700+ RANK 0754

involved [ɪn`vɑlvd] ☆☆☆☆☆☆☆

形 **有關的；牽涉到的** → be involved in 參與

Many departments were **involved** in composing the new employee handbook.
很多部門都參與製作新的員工手冊。

相關單字 involve 動 包含

Wheaton & Partners' plan to market their firm **involves** extensive online advertisement. 惠頓合夥公司的行銷公司計畫包含大量的網路廣告。

700+ RANK 0755

ingredient [ɪn`gridɪənt] ☆☆☆☆☆☆☆

名 **材料；成分**

All our restaurant's salads contain fresh **ingredients** that are grown locally. 我們餐廳所有的沙拉都含有本地生產的新鮮食材。

常考用法 natural ingredients 天然成分

易混淆單字筆記

ingredient vs. material

兩者當作「材料」使用時，**ingredient** 指的是加入食品中的食材；**material** 則是指金屬或木材等較為堅硬的物質。

700+ RANK 0756

unexpectedly [ˌʌnɪk`spɛktɪdlɪ] ☆☆☆☆☆☆☆

副 **出乎意料地；突如其來地**

Due to **unexpectedly** high demand, the product is completely sold out.
由於需求意想不到地高，這個產品已全部賣光。

相關單字

unexpected 形 出乎意料的；突如其來的

We had **unexpected** repair costs. 我們有意料之外的修理費。

常考用法 unexpected delays 意外的延誤

700+ RANK 0757

persuasive [pɚ`swesɪv] ☆☆☆☆☆☆☆

形 **有說服力的**

Ms. Blair's team won the contract because her presentation was the most **persuasive**. 布萊爾女士的團隊獲得合約，因為她的簡報最具有說明力。

相關單字

persuade 動 說服

→ persuade A to do (→ A be persuaded to do) 說服 A 做……

You shouldn't have any problems **persuading** stores to carry our product.
你一定可以順利說服商店販售我們的產品。

常考用法

persuasive argument 有說服力的論點
persuasive evidence 使人信服的證據
persuade A to do 說服 A 做……

700+ RANK 0758

term [tɝm] ★☆☆☆☆☆☆

1 名 **條款**

Payments will be made biweekly under the **terms** of the contract. (→ 根據……的條款)
根據合約的條款，帳款將每兩週支付一次。

2 名 **專門名詞；術語**

Patent forms contain many complex **terms**.
專利權表格包含很多複雜的專業用語。

3 名 **期限**

Internship contracts are usually set for a **term** of six months.
實習合約通常設定為六個月一期。

常考用法

terms and conditions 條款和細則　　**long-/short-term** 長／短期

替換字詞

① **terms 條款 → conditions 條件；條款**
the terms (conditions) under which some modifications can be made 根據條款，可以做一些修改

② **term 期限 → duration 期限；持續時間**
a contract with a longer term (duration) 期間較長的合約

700+ RANK 0759

match [mætʃ] ☆☆☆☆☆☆☆

1 動 **相配；使配合**

The furniture was designed to **match** the specifications.
家具被設計成符合特定規格。

2 名 **比賽；競賽**

The tennis **match** will be postponed to next Tuesday.
網球比賽將延到下週二。

700+ RANK 0760

motivation [ˌmotəˋveʃən] ☆☆☆☆☆☆☆

名 **動機**

Incentives are used to increase **motivation** in the workplace.
採用獎勵措施以增加工作場所的積極動力。

相關單字

motivate 動 激勵；使產生動機

We expect that the revised policy will help **motivate** salespeople.
我們期待修改過的政策有助激勵業務人員。

motivated 形 有動機的；有積極性的

700+ RANK 0761

majority [məˋdʒɔrətɪ] ☆☆☆☆☆☆☆ 077

名 **多數；大部分**

The survey results showed that the **majority** of the employees were satisfied with their salary.
調查結果顯示，大多數員工滿意自己的薪水。

→ the majority of 大多數；大部分
vs. a majority of 很多

相關單字

major 形 較多的；主要的 名 主修學生
minor 形 次要的 名 未成年人

常考用法

major in 主修

700+ RANK 0762

outcome [ˋaʊtˌkʌm] ☆☆☆☆☆☆☆

名 **結果**

The contestants are eagerly awaiting the **outcome** of the competition.
參賽者急切地等待比賽結果。

700+ RANK 0763

capacity [kəˋpæsətɪ] ☆☆☆☆☆☆☆

1 名 **容量**

儲存容量 ← storage capacity

A stock surplus forced YesMart to increase its warehouse storage **capacity**. 存貨過多迫使耶斯市集增加倉庫的容量。

2 名 **能力**

→ capacity to do 做……的能力

Technical support staff must possess the **capacity** to respond to inquiries quickly. 技術支援人員必須有快速回應問題的能力。

常考用法

seating capacity 座位數　　**at full capacity** 以全力；滿載
be filled to capacity 客滿

700+ RANK 0764

contrast 名 [`kɑn͵træst] 動 [kən`træst] ☆☆☆☆☆☆☆

1 名 **對比**　--> in contrast to 與……相反；與……形成對比
In **contrast** to the industry's forecast, oil prices did not rise this quarter.
與業界預測相反，油價本季並未上漲。

2 動 **使對照；使對比**
After the debate, the moderator will **contrast** the political views of both candidates. 辯論之後，主持人會對照兩位候選人的政治觀點。

700+ RANK 0765

withdraw [wɪθ`drɔ] ☆☆☆☆☆☆☆

1 動 **抽回；收回**　--> withdraw one's support 不再支持
For unknown reasons, Ms. Liam **withdrew** her support for the railway project. 不知何故，連恩女士不再支持鐵路計畫。

2 動 **提（款）**
Customers will be charged an additional fee when they **withdraw** cash on weekends. 顧客在週末提款，將被收取額外費用。

相關單字 **withdrawal** 名 撤回；提款

常考用法 **make a withdrawal (= withdraw)** 撤回

700+ RANK 0766

enthusiasm [ɪn`θjuzɪ͵æzəm] ★★★★☆☆☆

名 **熱忱；熱情**
The team leader's **enthusiasm** motivated the members to work more efficiently. 團隊領導人的熱忱激發成員工作更有效率。

相關單字

enthusiastic 形 熱情的
The company is looking for **enthusiastic** and ambitious students for its internship program. 公司正在尋找具有熱忱與抱負的學生參與實習計畫。

enthusiastically 副 滿腔熱情地
The teachers **enthusiastically** began their classes this morning.
今天早上，老師們滿懷熱情地開始上課。

enthusiast 名 熱衷於……的人；愛好者

700+ RANK 0767

preserve [prɪˋzɝv] ☆☆☆☆☆☆☆

1 動 保存；保藏

To **preserve** the historic area, all development must be approved by the city council.

為了保護歷史區域，所有開發計畫都必須經過市議會核准。

2 名 (動植物)保護區

→ 野生動物保護區

Visitors must attend a short lecture before entering the wildlife **preserve**.

在進入野生動物保護區之前，訪客必須先參加一個簡短的講座。

相關單字

preservation 名 保護；維護；保留　　**preservative** 形 保護的；防腐的

700+ RANK 0768

largely [ˋlardʒlɪ] ☆☆☆☆☆☆☆

副 大部分；主要地

→ 大部分歸因於……

The launch of the Z20 tablet is **largely** due to the efforts of the development team.

Z20 平板電腦的上市大部分要歸功於研發團隊的努力。

相關單字

large 形 大的；大規模的；多數的

700+ RANK 0769

comprehensive [ˌkamprɪˋhɛnsɪv] ☆☆☆☆☆☆☆

形 廣泛的；綜合的

Bumola Department Store offers a **comprehensive** selection of products to consumers.

布摩拉百貨公司提供包羅萬象的產品供顧客選擇。

相關單字

comprehensively 副 全面地；綜合地

700+ RANK 0770

save [sev] ★☆☆☆☆☆☆

動 儲蓄；儲存

We need to **save** money in order to hold another social gathering in the future. 我們必須存錢以便未來舉辦另一次社交聚會。

相關單字 saving 名 省下的錢；節約　　savings 名 存款

常考用法 water-saving 省水的　　savings bank 儲蓄銀行

700+ RANK 0771

renowned [rɪˋnaʊnd] ☆☆☆☆☆☆☆ 078

形 **有名的；有聲譽的**

The **renowned** entrepreneur shared his success story with conference participants. 知名企業家對研討會的參加者分享他的成功故事。

常考用法

renowned for 因……而出名

替換字詞

renowned 有名的；有聲譽的 → famous 出名的；著名的

renowned (famous) for its innovative products 因其創新產品而出名

700+ RANK 0772

average [ˋævərɪdʒ] ☆☆☆☆☆☆☆

1 形 **一般的；普通的**

I think it may be too costly for the **average** user.
我認為對一般使用者來說，也許太貴了。

2 名 **平均**

A company-wide survey showed that employees worked an **average** of 10 extra hours per week.
一項全公司的調查顯示，員工每週平均超時工作 10 小時。

3 動 **平均達到**

Seat occupancy rate for Aussie Air **averaged** 87 percent during summer peak season. 澳洲航空在夏季高峰季節的載客率為平均 87%。

常考用法

on average 平均　　above/below average 高於／低於平均

700+ RANK 0773

insert [ɪnˋsɝt] ☆☆☆☆☆☆☆

動 **插入**　　insert A into B → 將 A 插入 B

The automated mailer folds and **inserts** letters gently into prestamped envelopes. 自動郵件機摺疊並將信件小心裝入已貼好郵票的信封裡。

相關單字

insertion 名 插入；增加（尤指文字）

700+ RANK 0774

readily [ˋrɛdɪlɪ] ★★☆☆☆☆☆

1 副 **容易地 (= easily)**

→ 容易取得

The sales figures are **readily** accessible on the company's website.
銷售數字很容易可以在公司網站上找到。

2 副 **樂意地 (= willingly)**

Ms. Cardoza **readily** complied with the new parking regulation.
卡多莎女士很樂意遵守新停車規定。

相關單字 ready 形 準備好的；樂意的

常考用法 **readily available** 容易買到的；隨時有貨的

700+ RANK 0775

strive [straɪv] ☆☆☆☆☆☆☆

動 **努力**

→ strive to do 努力做……

The designers at Zutech always **strive** to exceed expectations with their work. 祖科技公司的設計師，總是努力讓他們的作品超出預期。

常考用法

strive for 爭取某事物

700+ RANK 0776

confidential [ˌkɑnfəˋdɛnʃəl] ★☆☆☆☆☆

形 **機密的**

→ confidential document 機密文件

All **confidential** documents must be shredded before disposal.
所有的機密文件要先用碎紙機切碎才能丟棄。

相關單字

confidentiality 名 機密

常考用法

confidential information 機密資料

700+ RANK 0777

permanent [ˋpɝmənənt] ☆☆☆☆☆☆☆

形 **永久的**

→ permanent position/job 永久職位

Tenure usually guarantees professors a **permanent** position at the university.
終身職通常保障教授在大學有永久職位。

相關單字

permanently 副 永久地

The Archives Department will seal these records **permanently**.

檔案部會把這些紀錄永久封存。

700+ RANK 0778

remove [rɪ`muv] ★☆☆☆☆☆☆

1 動 **拿走；帶走**

Be sure to **remove** all your belongings before leaving the train.

下火車前，務必把你所有的物品帶走。

2 動 **移動；調動**

remove A from B (→ A be removed from B) 把 A 從 B 移走

Some food is being **removed** from an oven.（Part 1 常考句子）

一些食物正被從烤箱中拿出來。

相關單字

removable 形 可移動的　　**removal** 名 移動；搬遷；排除

700+ RANK 0779

impact 名 [`ɪmpækt] 動 [ɪm`pækt] ☆☆☆☆☆☆☆

1 名 **影響；衝擊**

Robert will discuss the **impact** that the law will have on property prices.

羅伯將討論法律對不動產價格的衝擊。

2 動 **對……產生影響**

The coal factory has negatively **impacted** the environment.

煤炭廠對環境造成負面衝擊。

常考用法

have an impact on 對……有影響　　**make an impact on** 對……有影響

700+ RANK 0780

method [`mɛθəd] ☆☆☆☆☆☆☆

名 **方法**

method for (doing) 做……的方法

There will be an informative lecture on teaching **methods** for young learners. 將為年輕的初學者辦一場關於教學方法的講座，提供許多有用資訊。

常考用法

method of ……的方法　　**packing method** 包裝方法

700+ RANK 0781

greatly [ˋgretlɪ] ★☆☆☆☆☆☆

副 **極其；非常**

We **greatly** appreciated the translator's assistance during the negotiations in Sri Lanka.

我們深深感謝翻譯人員在斯里蘭卡談判期間的協助。

相關單字 great 形 巨大的；偉大的；優秀的

替換字詞

greatly 極其；非常 → immensely 極大地；非常

benefit greatly (immensely) from the advertising campaign

從廣告活動中獲益良多

700+ RANK 0782

prospective [prəˋspɛktɪv] ★☆☆☆☆☆☆

形 **預期的；盼望中的**

prospective client 潛在客戶

Product demonstrations with **prospective** clients often lead to sales contracts. 對潛在客戶展示產品常能贏得銷售合約。

相關單字

prospect 名 可能性；景色；(+s) 前景

常考用法

prospective buyer 可能的買主

700+ RANK 0783

entire [ɪnˋtaɪr] ★☆☆☆☆☆☆

形 **完全的；全部的**

The new machine will enable supervisors to monitor the **entire** process in the factory. 新機器使主管能監看工廠的整個製程。

相關單字

entirely 副 完全地

常考用法

entirely refundable 可全額退款

700+ RANK 0784

anxious [ˋæŋkʃəs] ☆☆☆☆☆☆☆

1 形 **焦慮的**

為……焦慮；擔心

Mr. Sohn felt **anxious** about giving a presentation at the shareholders meeting. 孫先生對要在股東會議上做簡報感到焦慮。

2 形 **渴望的** ⇢ anxious to do 渴望做……；急著做……

If you are **anxious** to get this information, you should contact Stacey.
如果你急著要這個資料，應該聯絡史黛西。

常考用法 **anxious for** 急於……

700+ RANK 0785

negative [`nɛgətɪv] ☆☆☆☆☆☆☆

形 **負面的**

There was **negative** feedback about the design of this car.
這輛車的設計，收到了負面回饋意見。

700+ RANK 0786

dependable [dɪ`pɛndəb!] ★☆☆☆☆☆☆

形 **可靠的；可信任的**

I hired Mike because he seems like a very **dependable** person.
我僱用麥克，因為他似乎是個非常可靠的人。

相關單字 **dependent** 形 依賴的

700+ RANK 0787

relatively [`rɛlətɪvlɪ] ☆☆☆☆☆☆☆

副 **相對地**

Economic experts predict that interest rate levels will remain **relatively** low this year. 經濟專家預測，今年的利率標準仍相對低。

相關單字

relative 形 相對的；比較的 名 親戚

常考用法

relatively lenient（處罰或判決）相當輕的；相對輕的

700+ RANK 0788

facilitate [fə`sɪlə͵tet] ☆☆☆☆☆☆☆

動 **使容易；促進**

The larger trucks will **facilitate** the faster delivery of merchandise.
較大的卡車有助於貨物更快運送。

相關單字

facilitator 名 便利措施；協助者

700+ RANK 0789

adopt [ə`dɑpt] ☆☆☆☆☆☆☆

動 **採取；採用**

Anronis Investment has **adopted** a new banking system to improve customer satisfaction.
安若尼斯投資採用一套新的銀行業務系統，以提升顧客滿意度。

相關單字 adoption 名 採用；收養

700+ RANK 0790

income [`ɪn͵kʌm] ☆☆☆☆☆☆☆

名 **收入**

To apply for a loan, you need a job with a regular **income**.
為了能申請貸款，你需要一份有固定收入的工作。

常考用法

gross income 總收入

700+ RANK 0791

force [fors] ★☆☆☆☆☆☆

1 名 **力量；威力**

Mr. Manetti displayed a show of **force** by reducing employee break times. 麥納提先生藉由縮減員工的休息次數來展現他的威力。

2 動 **強迫；迫使**

→ be forced to do 被迫做……

Because of rising production cost, we were **forced** to increase our prices. 由於生產成本上漲，我們被迫調高價錢。

700+ RANK 0792

browse [braʊz] ☆☆☆☆☆☆☆

動 **瀏覽**

On our website, you can **browse** our stylish collection of accessories.
在我們的網站上，你可以瀏覽我們的時尚配件系列。

700+ RANK 0793

volume [`vɑljəm] ★☆☆☆☆☆☆

1 名 **量；額**

→ ……的總數

The electronic forms will help reduce the **volume** of unnecessary photocopying. 電子檔有助減少非必要的影印量。

2 名 **音量**
Please be mindful of the **volume** of your voice at the office.
在辦公室裡請注意你的音量。

3 名 **冊；卷**
This novel is the latest **volume** in Carolyn Wang's mystery series.
這本小說是卡洛琳·王的神祕系列的最新一本。

常考用法
call volume 通話量　**a large/huge volume of** 大量的……

替換字詞
volume 量；額 → amount 數量；總額
a large amount (volume) of emails 大量的電子郵件

700+ RANK 0794
superior [sə`pɪrɪɚ] ☆☆☆☆☆☆☆

形 **優越的**　→ be superior to 勝過……
According to reviews, the KV-321 laptop is **superior** to others due to its large screen.
根據評論，KV-321 筆記型電腦因其大螢幕而優於其他產品。

相關單字
superiority 名 優越性；優勢

700+ RANK 0795
bargain [`bargɪn] ☆☆☆☆☆☆☆

名 **買賣；交易**
X-Mart offers special **bargains** on food items once a week.
X 超市每週會有一次食品的特價。

常考用法
bargain over 討價還價；談條件　**bargain on** 預料

700+ RANK 0796
sample [`sæmp!] ☆☆☆☆☆☆☆

1 名 **樣本；實例**
Please include some work **samples** with your job application.
應徵時請附上作品實例。

2 動 **品嚐；體驗**
After you **sample** each chocolate, you'll answer a series of questions.
在你品嚐過每種巧克力後，你要回答一連串的問題。

700+ RANK 0797

congestion [kən`dʒɛstʃən] ☆☆☆☆☆☆☆

名 **壅塞；擠滿**

Road construction has increased traffic **congestion** along Spencer Street. 道路工程造成史賓塞街更壅塞了。

→ 交通擁擠

相關單字

congest 動 壅塞；充滿

700+ RANK 0798

gradually [`grædʒʊəlɪ] ☆☆☆☆☆☆☆

副 **逐漸地**

Online newspapers are **gradually** replacing the traditional print versions in many countries. 電子報在許多國家逐漸取代傳統的紙本報紙。

相關單字

gradual 形 逐漸的

700+ RANK 0799

excel [ɪk`sɛl] ★☆☆☆☆☆☆

動 **勝過；優於（他人）**

Driscole Media is seeking candidates who **excel** in high-pressure situations. 卓斯科媒體正在找能在高壓環境中表現優異的人。

→ 在……勝出

相關單字

excellent 形 優秀的；傑出的

The food is **excellent**, but the service is very slow.
食物很好吃，但服務太慢。

700+ RANK 0800

intensive [ɪn`tɛnsɪv] ☆☆☆☆☆☆☆

形 **密集的**

The company will hold an **intensive** training session for its new employees. 公司將為新員工舉辦密集訓練課程。

相關單字

intensively 副 密集地；集中地

intensify 動 強化

Speed Check-up

答案 p.603

一、請參考底線下方的中文，填入意思相符的單字。

ⓐ capacity ⓑ commence ⓒ readily ⓓ impacted ⓔ persuasive

01 The sales figures are ________ (容易地) accessible on the company's website.

02 Ms. Blair's team won the contract because her presentation was the most ________ (有說服力的).

03 Technical support staff must possess the ________ (能力) to respond to inquiries quickly.

04 The wedding ceremony will ________ (開始) at 2 p.m. at the Horace Chapel.

05 The coal factory has negatively ________ (影響) the environment.

二、請參考句子的中文意思，選出填入後符合句意的單字。

ⓐ preserve ⓑ unexpectedly ⓒ majority ⓓ gradually ⓔ facilitate

06 The larger trucks will ________ the faster delivery of merchandise.
較大的卡車有助於貨物更快運送。

07 Due to ________ high demand, the product is completely sold out.
由於需求意想不到地高，這個產品已全部賣光。

08 The survey results showed that the ________ of the employees were satisfied with their salary. 調查結果顯示，大多數員工滿意自己的薪水。

09 To ________ the historic area, all development must be approved by the city council. 為了保護歷史區域，所有開發計畫都必須經過市議會核准。

10 Online newspapers are ________ replacing the traditional print versions in many countries. 電子報在許多國家逐漸取代傳統的紙本報紙。

三、請選出填入後符合句意的單字。

ⓐ withdrew ⓑ involved ⓒ confidential ⓓ prospective ⓔ renowned

11 The ________ entrepreneur shared his success story with conference participants.

12 For unknown reasons, Ms. Liam ________ her support for the railway project.

13 Product demonstrations with ________ clients often lead to sales contracts.

14 Many different departments were directly ________ in composing the new employee handbook.

15 All ________ documents must be shredded before disposal.

DAY
17
700+
先背先贏 核心單字
0801~0850

政治夢

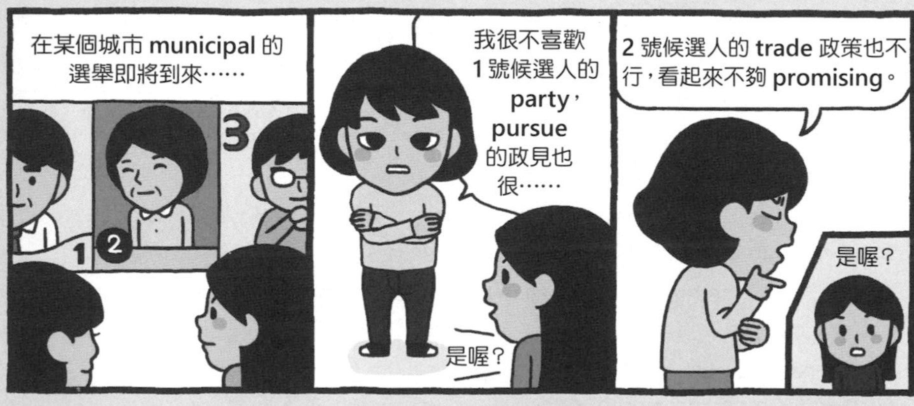
在某個城市 municipal 的選舉即將到來……
3
1
2
我很不喜歡1號候選人的party，pursue的政見也很……
是喔？
2 號候選人的 trade 政策也不行，看起來不夠 promising。
是喔？

3 號候選人好像缺乏 leadership？也沒有什麼 remarkable 的政見。
這樣啊。
既然沒有一個候選人讓妳滿意，妳應該親自出馬參選，morale 滿滿呢～
我……可以嗎？
隨口一句話竟然成真……
5 如果都不滿意就選我來做。
請投下您，
神聖的一票。
結果當選！！
驚

700+ RANK 0801

remarkable [rɪ`mɑrkəb!]  

形 **非凡的；卓越的**

The prime minister's **remarkable** speech impressed the foreign press.

總理出色的演講令外國媒體印象深刻。

相關單字

remarkably 副 引人注目地；非常地

替換字詞

remarkable 非凡的；卓越的 → outstanding 傑出的；出眾的

his remarkable (outstanding) contribution to the sales team

他對銷售團隊的傑出貢獻

700+ RANK 0802

promising [`prɑmɪsɪŋ] ★☆☆☆☆☆☆

形 **有希望的；有前途的**

Jane Reeves was voted as the most **promising** young artist by *Music Tomorrow Magazine*.

珍·里維茲被《明日音樂雜誌》選為最有潛力的年輕藝術家。

常考用法

promising candidate 前景看好的候選人

700+ RANK 0803

initiative [ɪ`nɪʃətɪv] ☆☆☆☆☆☆☆

1 名 **新作法**

Fadexpert's online marketing **initiatives** use both social media and web portals.

費德艾克斯博特的網路行銷新措施，採用社群媒體和入口網站雙管其下。

2 名 **主動性**

Candidates for the managerial position must show **initiative** to lead others.

應徵管理職務的人必須展現積極進取心以領導其他人。

相關單字

initiation 名 開始　　**initiate** 動 開始

常考用法

recycling initiative 回收利用倡議

on one's own initiative 主動地

700+ RANK 0804

shift [ʃɪft] ☆☆☆☆☆☆☆

1 名 **輪班**

We need a cashier to cover the morning **shift** on weekdays.
我們需要一位輪週間早班的收銀員。

→ **morning/evening/night shift** 早/晚/夜班

2 名 **變換；改變**

The executives showed a **shift** in opinion after hearing Ms. Sharma's speech.
在聽過夏瑪女士的演講後，行政主管們的意見改變了。

3 動 **更換；變動**

Mayor Kane **shifted** his position on increasing taxes after receiving backlash from residents.
遭到居民反對後，肯恩市長的增稅立場有了變化。

常考用法

work shift 輪班工作的時間

700+ RANK 0805

observe [əb`zɝv] ☆☆☆☆☆☆☆

1 動 **遵守**

Patrons are asked to **observe** the rules of the library.
訪客被要求遵守圖書館的規定。

2 動 **觀察**

The theater director will carefully **observe** each performer's audition.
劇院總監會仔細觀察每個表演者的試演。

相關單字

observance 名 遵守；奉行
observation 名 觀察；評論
observant 形 善於觀察的

常考用法

observe safety regulations 遵守安全規定
in observance of 紀念；慶祝

700+ RANK 0806

competent [`kampətənt] ☆☆☆☆☆☆☆

形 **有能力的**

A **competent** interpreter is helpful when mediating between two international companies.
在為兩家國際公司進行調解時，一位能力好的口譯員很有幫助。

相關單字

competence 名 能力；勝任；稱職

700+ RANK 0807

accomplishment [ə`kamplɪʃmənt] ★☆☆☆☆☆☆

名 **成就；完成**

Please send us a summary of your **accomplishments** prior to your interview. 請在你的面試之前，寄一份你的成就摘要給我們。

相關單字

accomplish 動 完成；實現　**accomplished** 形 已實現的；熟練的

700+ RANK 0808

appreciate [ə`priʃɪˏet] ☆☆☆☆☆☆☆

1 動 **感謝；感激**

Berk's Bookstore **appreciates** your continued support of our reading program.

柏克書店感謝您一直支持我們的閱讀計畫。

2 動 **重視；賞識**

During the award ceremony, the company **appreciated** the employees for their contributions.

在頒獎典禮上，公司感謝員工的貢獻。

相關單字

appreciation 名 欣賞；理解；感謝

appreciative 形 有欣賞力的；感謝的

常考用法

in appreciation of 感謝……

as a token of appreciation 表示感謝

be appreciative of 對……表示感謝

700+ RANK 0809

block [blak] ☆☆☆☆☆☆☆

1 動 **阻塞；封鎖**

A road is **blocked** for maintenance work.（Part 1 常考句子）

道路因維護工程而封閉。

2 名 **街區**

The office building is only a **block** away. 辦公大樓只離這裡一個街區。

700+ RANK 0810

designated [ˋdɛzɪgˏnetɪd] ★☆☆☆☆☆☆

形 **指定的**

→ 指定區域

Please park your car in the **designated** area only. 車輛限停指定區域。

相關單字

designate 動 指定；委派

The city has **designated** Ms. Trang to oversee the construction of the library. 市府已委派莊女士監督圖書館的建造。

designation 名 指定；正式職務

常考用法

designated for 指定用於……；指派為……

700+ RANK 0811

reward [rɪˋwɔrd] ☆☆☆☆☆☆☆ 082

1 名 **報償；獎賞**

→ as a reward (for) 作為……的獎勵

Mr. Shen received a bonus as a **reward** for acquiring more clients.
沈先生獲得獎金，獎勵他爭取到更多客戶。

→ reward A with/for B
(→ A be rewarded with/for)
因 B 而酬謝 A

2 動 **報償；獎勵**

Employees who walk or bike to work will be **rewarded** with a gift certificate. 走路或騎自行車來上班的員工會得到一張禮券作為獎勵。

相關單字

rewarding 形 有利的；值得做的；有意義的

We hope you find this work very **rewarding**.
我們希望你覺得這份工作很值得做。

常考用法

cash reward 獎金

700+ RANK 0812

effort [ˋɛfɚt] ★★☆☆☆☆☆

名 **努力；艱難的嘗試**

→ 募款工作；募款活動

The mayor is leading a fundraising **effort** to build a new playground in the city park. 市長正帶領募款工作，以在市立公園蓋一個新的兒童遊樂場。

相關單字

effortlessly 副 輕鬆地；不費力地

常考用法

make an effort 努力　**in an effort to do** 試圖

700+ RANK 0813

tenant [`tɛnənt] ☆☆☆☆☆☆☆

名 **房客；租客**

Tenants must pay the first month's rent and the deposit in advance.
房客必須先付第一個月的租金和押金。

700+ RANK 0814

recruit [rɪ`krut] ★☆☆☆☆☆☆

1 動 **招募；聘僱**

Extra workers will be **recruited** during the sales period.
在銷售期間會額外招募人手。

2 名 **新成員**

An orientation session will be held for the **recruits** on their first day of work. 在新進員工上班的第一天，會為他們舉行員工訓練。

相關單字

recruitment 名 招聘；吸收　　**recruiter** 名 招聘人員

700+ RANK 0815

combine [kəm`baɪn] ☆☆☆☆☆☆☆

動 **結合**

The engineer **combined** the distinctive architectural styles found in the two cities.
工程師把在兩個城市發現的特殊建築風格結合。

相關單字

combined 形 聯合的；相加的　　**combination** 名 聯合；組合

常考用法

combine A with B (A and B) (→ A be combined with B) 將 A 與 B 結合
combined efforts 協力；合作
combined experience 綜合經驗
in combination with 與……結合一起
a combination of A and B A 與 B 的結合

700+ RANK 0816

detect [dɪ`tɛkt] ☆☆☆☆☆☆☆

動 **察覺；檢測**

Scientists developed a new way to **detect** diseases through blood tests. 科學家發展出一種透過驗血檢測疾病的新方法。

相關單字

detection 名 察覺；發現　　**detector** 名 發現者；探測器

700+ RANK 0817

field [fild] ☆☆☆☆☆☆☆

1 名 **領域**

Dr. Park is respected for her accomplishments in the **field** of environmental science. 帕克博士因她在環境科學領域的成就而受人尊敬。

2 名 **原野；田地**

Some people are sitting in a **field**.（Part 1 常考句子）
有些人坐在原野上。

替換字詞

field 領域 → profession 專業；職業
well respected in his field (profession) 在他的專業上很受敬重

700+ RANK 0818

architect [`ɑrkə͵tɛkt] ☆☆☆☆☆☆☆

名 **建築師**

An Albanian **architect** named Sinan designed many beautiful buildings in Istanbul.
一位名叫希南的阿爾巴尼亞建築師，在伊斯坦堡設計了很多美麗的建築物。

相關單字

architecture 名 建築學；建築術；建築風格
The client has hired our **architecture** firm to remodel their hotel lobby.
客戶聘用我們建築事務所改建他們的飯店大廳。

700+ RANK 0819

leadership [`lidɚʃɪp] ☆☆☆☆☆☆☆

1 名 **領導**

The company prospered for many years under Mr. Singh's strong **leadership**. → under one's leadership 在某人的領導下
在辛格先生的強力領導下，這家公司發達了很多年。

2 名 **領導人員；領導階層**

Jokrim Company's new **leadership** will have complete control over salary increases. 喬可倫公司的新領導階層，將完全管制加薪一事。

相關單字

leader 名 領導者　　**leading** 形 主要的；帶領的

700+ RANK 0820

residence [ˋrɛzədəns] ★★☆☆☆☆☆

名 **住宅**

All of the rural **residences** will be provided with new recreational facilities.
所有鄉間的住宅都會提供新的休閒設施。

相關單字

resident 名 居民；住戶
The current **residents** are moving out on Sunday afternoon.
現在的住戶將在星期日下午搬走。

residential 形 居住的；適合居住的　　**reside** 動 居住；駐在

常考用法

residential area 住宅區　　**reside in** 居住於……
in residence 住在某地；住校

700+ RANK 0821

consecutive [kənˋsɛkjʊtɪv] ☆☆☆☆☆☆☆ 

形 **連續的**

The company's profits have declined for two **consecutive** quarters due to increased competition.
由於競爭加劇，公司的獲利已連續兩季下滑。

相關單字

consecutively 副 連續地

常考用法

for five consecutive years 連續五年

700+ RANK 0822

personal [ˋpɝsn!] ★☆☆☆☆☆☆

形 **個人的；私人的**

→ personal belongings 私人物品

Don't forget to take your **personal** belongings with you.
別忘了帶你的私人物品。

相關單字

personalized 形 個人化的；為個人特製的
We specialize in creating **personalized** business cards.
我們的專長是創作個人化名片。

personally 副 親自；就個人而言　　**personality** 名 個性；性格

常考用法

personal check 私人支票　　**personal information** 個資

700+ RANK 0823

accustomed [ə`kʌstəmd] ★☆☆☆☆☆☆

形 **習慣的**

be accustomed to 名詞 /doing ➜ 習慣於……

Having lived in Paris, Ms. Snead is **accustomed** to French cuisine.
因為在巴黎住過，西尼德女士習慣法國料理。

700+ RANK 0824

clarification [͵klærəfə`keʃən] ☆☆☆☆☆☆☆

名 **澄清；闡明**

澄清……

The client requested further **clarification** on the special clause in the contract.
客戶要求進一步說明合約中的特別條款。

相關單字

clarify 動 說明；澄清
I want to **clarify** a few things about the company's new policies.
我想澄清幾件關於公司新政策的事情。

700+ RANK 0825

utilize [`jut!͵aɪz] ☆☆☆☆☆☆☆

動 **利用**

A good manager can help staff members to **utilize** their full potential.
一位好經理能幫助下屬充分利用他們的潛能。

相關單字

utilization 名 利用；使用　　**utility** 名 有用性；公用事業

常考用法

utility bill (= utilities) 水電瓦斯費帳單
no utilities included 不含水電瓦斯

700+ RANK 0826

discontinue [dɪskən`tɪnjʊ] ★☆☆☆☆☆☆

動 **停止；中斷**

Z-Mobile will **discontinue** its Z700 models due to their outdated designs.
由於設計已過時，Z 行動電話公司將停產 Z700。

700+ RANK 0827

pursue [pɚ`su] ★☆☆☆☆☆☆

動 **追求；從事**

After graduating from Haxbeu Cooking School, Michelle **pursued** a career as a chef.

從哈克斯堡廚藝學校畢業後，蜜雪兒尋求成為主廚。

相關單字

pursuit 名 尋求；從事

700+ RANK 0828

party [`pɑrtɪ] ★☆☆☆☆☆☆

1 名 **政黨；黨派**

Both **parties** were satisfied with the result of the negotiation.

兩個政黨都對協商結果很滿意。

2 名 **聚會；派對**

Who is organizing Jon's retirement **party**?（Part 2 常考句子）

誰在籌備喬的退休歡送會？

700+ RANK 0829

component [kəm`ponənt] ☆☆☆☆☆☆☆

名 **零件**

Before assembling the stereo system, check that all the **components** are included in the box.

在開始組裝立體音響系統之前，先檢查清楚所有的零件都在箱子裡。

700+ RANK 0830

optimistic [͵ɑptə`mɪstɪk] ☆☆☆☆☆☆☆

形 **樂觀的**

對……樂觀

Despite slumping sales figures, management is still **optimistic** about reaching yearly quotas.

儘管銷售數字暴跌，管理階層仍對達成年度配額很樂觀。

相關單字

optimist 名 樂觀主義者

常考用法

remain optimistic 保持樂觀

700+ RANK 0831

precisely [prɪˋsaɪslɪ] ★★☆☆☆☆☆ 084

副 **精確地；準確地**

precisely/promptly at + 時間 ➔ 恰好在……

The stockholders' meeting will begin **precisely** at 10 a.m.
股東會將準時在上午十時整開始。

相關單字

precise 形 精確的；確切的

常考用法

get a precise measurement 測得精確的尺寸

700+ RANK 0832

visible [ˋvɪzəb!] ☆☆☆☆☆☆☆

1 形 **顯而易見的**
The legal team will make sure the amendments to the contract are **visible**. 法務小組會確保合約的修正條款顯而易見。

2 形 **可看見的**
Mountains are **visible** in the distance.（Part 1 常考句子）
可以看見遠方的山脈。

相關單字

visibility 名 能見度；可視度

常考用法

visible from 從……可見

clearly visible 清楚可見

700+ RANK 0833

reliant [rɪˋlaɪənt] ☆☆☆☆☆☆☆

形 **依賴的；依靠的**

be reliant on/upon 依靠；信賴

Many residents in Humdolt are **reliant** on the city's public transportation system. 很多漢朵特的居民都依靠市政府的大眾運輸系統。

相關單字

rely 動 依靠；信任

reliance 名 依靠；信任

常考用法

rely heavily on 大為依賴
rely solely on 完全依靠
reliance on 依賴；信賴

700+ RANK 0834

apparent [ə`pærənt] ★☆☆☆☆☆☆

形 **明顯的**

be apparent that + 子句 ➜ ……是明顯的

It was **apparent** that the investors were interested in purchasing the property. 很顯然，投資者有興趣買這個房地產。

相關單字

apparently 副 顯然地；似乎

Apparently, her flight was delayed. 顯然，她的班機誤點了。

700+ RANK 0835

enterprise [`ɛntɚ͵praɪz] ★☆☆☆☆☆☆

1 名 **組織**

Hilso Co. is one of the nation's largest commercial **enterprises**.
希爾索公司是全國最大的商業機構之一。

commercial enterprise 商業組織；商業機構

2 名 **企業**

The joint **enterprise** between CK Investment and MJI Corporation proved to be very successful.
CK 投資與 MJI 公司組成的聯合企業證明非常成功。

700+ RANK 0836

unfortunately [ʌn`fɔrtʃənɪtlɪ] ★☆☆☆☆☆☆

副 **不幸地**

Unfortunately, the CEO will be late because of a flight delay.
很不湊巧，執行長因為班機誤點會晚到。

相關單字

unfortunate 形 不幸的；遺憾的
misfortune 名 不幸；惡運；災難
fortunately 副 幸運地
fortunate 形 幸運的
fortune 名 好運；財富

700+ RANK 0837

suddenly [`sʌdnlɪ] ★★☆☆☆☆☆

副 **突然地**

Employees were **suddenly** informed of the fire drill.
員工突然得到通知要進行消防演習。

相關單字 **sudden** 形 突然的；意外的

常考用法 **all of a sudden (= all at once)** 突然地；出乎意料地

700+ RANK 0838

municipal [mju`nɪsəp!] ☆☆☆☆☆☆☆

形 **市的；市政的**

The **municipal** art gallery received funding from the city government.
市立藝廊得到市政府的資助。

700+ RANK 0839

incidental [ˌɪnsə`dɛnt!] ☆☆☆☆☆☆☆

形 **偶然的；附帶的**

→ incidental expense 雜費

Guests will be responsible for all **incidental** expenses incurred during their stay. 在住房期間所產生的所有雜費都由房客支付。

相關單字 **incidentally** 副 附帶地；順便說一句

700+ RANK 0840

seasonal [`siznəl] ☆☆☆☆☆☆☆

形 **季節性的**

→ 季節性需求

Our stock of ski equipment is based on **seasonal** demand.
我們滑雪設備的存貨要依季節性需求而定。

常考用法

seasonal variation 季節性變動
seasonal ingredients 季節性食材
seasonal change 季節改變

700+ RANK 0841

population [ˌpɑpjə`leʃən] ☆☆☆☆☆☆☆ 085

名 **人口；人口數**

Tairua College's reduction in tuition fees has resulted in a dramatic increase in its student **population**.
泰魯瓦學院調降學費，結果學生人數急遽增加。

700+ RANK 0842

delighted [dɪ`laɪtɪd] ☆☆☆☆☆☆☆

形 **愉悅的；高興的**

→ be delighted to do 很高興做……

The vice president was **delighted** to hear that profits were up 15 percent. 副總裁很高興聽到利潤增加 15%。

相關單字

delightful 形 令人愉快的

700+ RANK 0843

scenic [ˋsinɪk] ☆☆☆☆☆☆☆

形 **風景的；景色秀麗的**

→ scenic view 優美的景色

The coastal route to the airport is popular for its **scenic** views.
通往機場的海岸道路因景色優美而受歡迎。

相關單字

scene 名 場景；情景；現場　　scenery 名 風景；景色

700+ RANK 0844

informal [ɪnˋfɔrm!] ☆☆☆☆☆☆☆

形 **非正式的**

The department will hold an **informal** gathering after work tomorrow.
部門明天下班後會舉行一個非正式的聚會。

700+ RANK 0845

morale [məˋræl] ☆☆☆☆☆☆☆

名 **士氣；鬥志**

→ boost/raise morale 提高士氣

The employee award program boosts **morale** by rewarding staff for hard work.
員工獎勵計畫透過獎賞員工的認真工作提升士氣。

700+ RANK 0846

overdue [ˋovəˋdju] ★☆☆☆☆☆☆

形 **過期的**

The library charges a fee of $15 for items that are more than one month **overdue**. 超過一個月未歸還的書，圖書館會收 15 元的費用。

700+ RANK 0847

venture [ˋvɛntʃə] ☆☆☆☆☆☆☆

名 **企業**

→ 聯合企業；合資企業

Hoppler Theater and Yoffa Cinema formed a joint **venture** to operate an entertainment business.
哈波樂劇院和尤法電影院，組成聯合企業經營娛樂事業。

700+ RANK 0848

justification [ˌdʒʌstəfəˋkeʃən] ★☆☆☆☆☆☆

名 **辯護；理由**

The CEO of Pinlem Industries gave a detailed **justification** for the decreasing profits.
平藍工業執行長為利潤逐漸下滑詳細說明理由。

→ justification for (doing) 做……的理由

相關單字

justify 動 證明……正當；為……辯護

700+ RANK 0849

historic [hɪsˋtɔrɪk] ☆☆☆☆☆☆☆

形 **歷史性的；歷史上有重大意義的**

→ historic site 古蹟；歷史景點

I'd like some more information about the **historic** sites in this town.
我想要更多關於這個鎮上古蹟的資料。

相關單字

historical 形 歷史的；有關歷史的　**history** 名 歷史

常考用法

work history 工作經歷

700+ RANK 0850

trade [tred] ☆☆☆☆☆☆☆

1 名 **貿易**

The seminar on international **trade** focused on import and export taxes.
國際貿易研討會的焦點在進出口稅上。

2 動 **交易**

Ms. Palm's business mainly involves **trading** various food items.
潘姆女士的生意主要包含買賣許多不同的食品。

相關單字

trading 名 貿易；交易

常考用法

trade show (fair, expo, conference) 貿易展（研討會）

答案 p.603

一、請參考底線下方的中文，填入意思相符的單字。

ⓐ initiative ⓑ incidental ⓒ residences ⓓ components ⓔ utilize

01 All of the rural _________ (住宅) will be provided with new recreational facilities.

02 Guests will be responsible for all _________ (附帶的) expenses occurred during their stay.

03 Before assembling the stereo, check that all the _________ (零件) are included in the box.

04 Candidates for the managerial position must show _________ (主動性) to lead others.

05 A good manager can help staff members _________ (利用) their full potential.

二、請參考句子的中文意思，選出填入後符合句意的單字。

ⓐ accustomed ⓑ discontinue ⓒ clarification ⓓ reliant ⓔ observe

06 The client requested further _________ on the special clause in the contract.
客戶要求進一步說明合約中的特別條款。

07 Having lived in Paris, Ms. Snead is _________ to French cuisine.
因為在巴黎住過，西尼德女士習慣法國料理。

08 Patrons are asked to _________ the rules of the library.
訪客被要求遵守圖書館的規定。

09 Z-Mobile will _________ its Z700 models due to their outdated designs.
由於設計已過時，Z 行動電話公司將停產 Z700。

10 Many residents in Humdolt are _________ on the city's public transportation system. 很多漢朵特的居民都依靠市政府的大眾運輸系統。

三、請選出填入後符合句意的單字。

ⓐ rewarded ⓑ apparent ⓒ detect ⓓ delighted ⓔ consecutive

11 It was _________ that the investors were interested in purchasing the property.

12 The vice president was _________ to hear that profits were up 15 percent.

13 The company's profits have declined for two _________ quarters due to increased competition.

14 Scientists developed a new way to _________ diseases through blood tests.

15 Employees who walk or bike to work will be _________ with a gift certificate.

700+
先背先贏 核心單字
0851~0900

無可奈何

老闆，我們一直在 experiment 的那款新型手機……
怎麼了嗎？
我們 encounter 了困難，雖然已經做出 prototype，卻仍處於 uncertain 的狀態無法上市。
怎麼說？
它對溫度實在太 sensitive了，只要溫度太低就會自動關機。
直接推出的話恐怕會引發 controversy。

我們沒有多餘時間採取 precaution！就直接上市吧！
無可奈何的老闆
直接推出的話可能會有很多不利的 coverage。
就多在宣傳上下點苦功！！
經過行銷部門的一番努力，afterward 釋出了這則廣告。
國內首創會冬眠的手機！
可愛
呼嚕！

700+ RANK 0851

tentative [ˋtɛntətɪv]  086

形 **暫時性的**

The schedule of the events is considered **tentative** and subject to change.
活動的時程表是暫定的，可以變動。

相關單字

tentatively 副 暫時地；試驗性地

常考用法

tentative schedule 暫定的時程表
tentatively rescheduled 暫定重排時間

替換字詞

tentative 暫時性的 → not finalized 暫時的；未確定的
a schedule that is tentative (not finalized) 暫定的時程表

700+ RANK 0852

precaution [prɪˋkɔʃən] ☆☆☆☆☆☆☆

名 **預防措施**

All machinery operators must take safety **precautions** to prevent accidents. 所有操作機器的人員都必須採取安全措施，以避免意外事故。
（take precautions → 採取預防措施）

700+ RANK 0853

flexible [ˋflɛksəb!] ☆☆☆☆☆☆☆

形 **彈性的**

Tuqoma Designs allows employees to have a **flexible** work schedule.
圖柯馬設計讓員工採取彈性工時。

相關單字

flexibility 名 靈活性；彈性
The event is scheduled for the second week of May, but we have some **flexibility** as to the exact date.
活動安排在五月的第二個星期，但對於確切的日期，我們保留一些彈性。

常考用法 **flexible working hours (= flextime)** 彈性工時

700+ RANK 0854

encounter [ɪnˋkaʊntɚ] ★☆☆☆☆☆☆

動 **遭遇；遇到**

If you **encounter** any problems, please call customer service for assistance. 如果你遇到任何問題，請打給客戶服務尋求協助。

700+ RANK 0855

belongings [bəˋlɔŋɪŋz] ☆☆☆☆☆☆☆

名 **財產；所有物**

You may store your **belongings** in this locker.
你可以把你的物品存放在這個衣物櫃裡。

常考用法 **personal belongings** 私人物品

700+ RANK 0856

allocate [ˋæləˏket] ☆☆☆☆☆☆☆

動 **分派；分配**

The accounting manager **allocated** sufficient funds to purchase the new software. 會計部經理撥出足夠經費購買新軟體。

相關單字 **allocation** 名 分配；分派；分配額

常考用法

allocate A to B (→ A be allocated to B) 把 A 分配給 B
allocate A for B (→ A be allocated for B) 撥出 A 用於 B

700+ RANK 0857

coverage [ˋkʌvərɪdʒ] ★☆☆☆☆☆☆

1 名 **新聞報導**

→ 實況轉播；現場直播

BNC News is broadcasting live **coverage** of the press conference.
BNC 新聞正在實況轉播記者會。

2 名 **保險項目**

→ 醫療險

The Platinum travel insurance package provides extensive medical **coverage** overseas. 白金旅遊險提供高額的海外醫療險。

常考用法

provide full coverage of 提供……的全額保險
media coverage 媒體報導
insurance coverage 保險範圍　　**Internet coverage** 網路涵蓋範圍

替換字詞

coverage **新聞報導** → report **新聞報導**
television coverage (report) of the event 這個活動的電視新聞報導

700+ RANK 0858

certain [ˋsɝtən] ☆☆☆☆☆☆☆

1 形 **確信的**

→ be certain (that) + 子句 ➜ 確信的……；一定會……

We are **certain** the event will be postponed due to inclement weather.
由於天氣惡劣，我們確信活動將會延期。

2 形 **特定的**

Only **certain** staff members may enter the work site.
只有某些員工可以進入這個工作地點。

3 形 **某種的**

→ **to a certain extent/degree** 到某種程度；部分地

Advertising is outsourced to a **certain** extent but is mostly done in-house.
廣告外包有一定程度，但大部分還是公司自己做。

相關單字

uncertain 形 不確定的 → **be uncertain about** 對……不能確定

Experts are **uncertain** about industry growth due to the unstable economy. 由於經濟不穩定，專家對產業成長狀況無法確定。

certainly 副 必定；確實

Cameron will **certainly** be here by 12 today. 卡麥隆今天一定會在12點前到。

uncertainty 名 不確定；難以預料的事物

700+ RANK 0859

summary [`sʌmərɪ] ☆☆☆☆☆☆☆

名 **大綱；摘要**

→ ……的摘要

The research team will submit a **summary** of their findings tomorrow.
研究小組明天會交出他們調查結果的摘要。

相關單字 **summarize** 動 總結；概述

常考用法 **in summary** 總而言之 **to summarize** 總而言之

700+ RANK 0860

property [`prɑpətɪ] ★☆☆☆☆☆☆

1 名 **財產；資產**

Ms. Tamond transferred ownership of the **property** to her daughter.
塔摩德女士把房地產的所有權轉讓給她女兒。

2 名 **房產；地產**

Renovations on the **property** at 120 Bellpora Drive will begin tomorrow.
貝爾波拉路120號的不動產整修工程明天開始。

常考用法

property value 不動產價值
intellectual property 智慧財產
lost property 遺失物品
property developer 房地產開發商

替換字詞

property 房產；地產 → location 地點；位置
arrive at the property (location) 抵達那個地方

700+ RANK 0861

sensitive [`sɛnsətɪv] ★☆☆☆☆☆☆

形 **敏感的**

The upgraded software will ensure that **sensitive** company data is stored securely.
升級後的軟體會確保敏感的公司資料安全儲存。

相關單字

sensitively 副 敏感地；神經過敏地　　**sensible** 形 理智的
sense 名 知覺；理解；理智

常考用法

sensitive to 對……敏感　　**sensitive information** 敏感的資料

替換字詞

sensitive 敏感的 → confidential 機密的
retrieve sensitive (confidential) corporate data 收回機密的公司資料

700+ RANK 0862

compile [kəm`paɪl] ★★☆☆☆☆☆

動 **彙編**

One of the duties of a clerk is to **compile** a list of daily orders.
店員的工作之一就是把每天的訂單匯編列冊。

相關單字

compilation 名 匯編；編製

700+ RANK 0863

prototype [`protə͵taɪp] ☆☆☆☆☆☆☆

名 **原型**

The Outtrek boot **prototype** will be tested under tough conditions.
奧崔克原型靴將在嚴苛的條件下進行測試。

700+ RANK 0864

endorse [ɪn`dɔrs] ☆☆☆☆☆☆☆

1 動 **支持**

Many business owners are **endorsing** the incumbent candidate for mayor. 很多老闆都支持現任市長候選人。

2 動 **宣傳**

Shargef Sports hired professional athletes to **endorse** its products.
夏傑夫運動公司聘用專業運動員來宣傳他們的產品。

3 動 **背書**

In order to **endorse** this check, you must provide your signature on the back.
為了替這張支票背書，你必須在背面簽名。

相關單字

endorsement 名 名人代言
Endorsement from famous athletes will increase product sales.
有知名運動員代言會增加產品的銷售量。

替換字詞

endorse 宣傳 → promote 宣傳；促銷
endorse (promote) its new vehicle line 宣傳它的新車系列

700+ RANK 0865

finalize [ˋfaɪn!ˏaɪz] ★☆☆☆☆☆☆

動 **完成；結束**

Once the merger is **finalized**, it will be announced to the public.
一旦合併案敲定，就會向大眾公開宣布。

相關單字

finalization 名 最後定下；完成
final 形 最終的；不可更改的

常考用法

finalize a proposal 定稿提案
final product 最終產品；成品
final version 最終版本

700+ RANK 0866

absence [ˋæbsns] ★☆☆☆☆☆☆

1 名 **缺席**

Ms. Chang will be responsible for Mr. Mott's clients during his leave of **absence**. → 請假
在摩特先生請假期間，張女士將負責他的客戶。

2 名 **缺少；缺乏** → **in the absence of** 由於沒有……

In the **absence** of proper leadership, the company stocks began to fall.
由於沒有適當的領導階層，公司的股價開始下跌。

相關單字

absent 形 缺席的；缺少的
absenteeism 名 長期在外；曠課（職）
absentee 名 缺席者；曠課（職）者

常考用法

in one's absence 某人不在時
absentee vote 不在籍投票

700+ RANK 0867

controversy [ˋkɑntrəˏvɝsɪ] ☆☆☆☆☆☆☆

名 **爭議** → controversy over/about 關於……的爭議

The **controversy** over higher taxes has caused widespread protests.
較高稅賦的爭議引發各地抗議。

相關單字

controversial 形 有爭議的
The **controversial** issue of extra vacation days for first-year workers will be settled today at the managers' meeting.
給第一年員工額外休假的爭議會在今天的經理級會議中解決。

700+ RANK 0868

vote [vot] ☆☆☆☆☆☆☆

1 動 **投票；選舉** → 投票反對
The board of directors is expected to **vote** against the proposal today.
董事會預期今天會投票反對這個提案。

2 名 **選票**
Mayoral candidate James Spark is working hard to get **votes** from the younger generation. 市長候選人詹姆斯·史巴克正努力爭取年輕世代的選票。

相關單字 voter 名 選舉人；選民

常考用法 cast a vote/ballot 投票　vote for / in favor of 投票贊成

700+ RANK 0869

courtesy [ˋkɝtəsɪ] ☆☆☆☆☆☆☆

1 名 **殷勤；禮貌**
Please show the proper **courtesy** when greeting potential clients.
和潛在客戶打招呼時，請表現出適當的禮貌。

2 形 **免費使用的** → courtesy bus 免費巴士
Our hotel provides a **courtesy** shuttle bus service to the downtown area. 我們飯店提供往市區的免費接駁巴士服務。

相關單字 courteous 形 謙恭有禮的

替換字詞

courtesy 免費使用的 → free 免費的
sign up for one year subscription and get a courtesy (free) T-shirt
簽約訂閱一年，可免費得到一件 T-shirt

700+ RANK 0870

separately [ˋsɛpərɪtlɪ] ★☆☆☆☆☆☆

副 **個別地；分別地**

Ms. Ahrens and Mr. Grant decided to complete the preliminary stages of their projects **separately**.

艾倫斯女士和葛倫特先生決定個別完成他們計畫的初步階段。

相關單字

separate 動 分隔 → be separated by 以……隔開

Two cubicles are **separated** by a partition. 這兩個辦公室小隔間以隔板隔開。

常考用法

separate A from B (→ A be separated from B)

把 A 與 B 分開；區分 A 與 B

700+ RANK 0871

appearance [əˋpɪrəns] ★☆☆☆☆☆☆ 088

1 名 **外貌；外觀**

In addition to a house's condition, the **appearance** of the surrounding neighborhood affects its value.

除了房子的狀況外，鄰近周邊地區的樣貌也會影響房價。

2 名 **出現；演出**

This will be the jazz group's third **appearance** at the music festival.

這是這個爵士團體第三次在音樂節演出。

相關單字

appear 動 演出；露面

When is the performer scheduled to **appear**? （Part 2 常考句子）

那位表演者排定何時出場？

常考用法

make an appearance 露面；出席

700+ RANK 0872

relieve [rɪˋliv] ☆☆☆☆☆☆☆

1 動 **緩和；紓解**

Sichin City will add more lanes to Hong Street to **relieve** traffic congestion. → 紓解交通擁塞

西勤市將多開幾條往弘街的車道以紓解交通擁塞。

2 動 **減輕**

Swimming is a good way to **relieve** stress. → 減輕壓力；釋放壓力

游泳是個減輕壓力的好方法。

相關單字

relieved 形 放心的；寬慰的 → relieved to do ……令人寬慰；放心

She was so **relieved** to find out that she passed the interview.
得知通過面試，她大大鬆了一口氣。

relief 名 寬慰；輕鬆；解脫

700+ RANK 0873

rather [ˋræðɚ] ★☆☆☆☆☆☆

1 副 **相當；頗**

We received a **rather** large shipment of office supplies.
我們收到一批數量頗多的辦公室用品。

2 副 **寧可；寧願** → rather A than B 寧願要 A 而不是 B

Many employees would **rather** have a meeting in person than attend a teleconference. 很多員工寧可面對面開會，而不要參加視訊會議。

常考用法

rather than 而不是……

700+ RANK 0874

convene [kənˋvin] ☆☆☆☆☆☆☆

1 動 **集會；聚集**

The executive board will **convene** tomorrow to discuss the budget.
執行董事會明天將開會討論預算。

2 動 **召集（會議）** → convene a meeting 召集會議

The director **convened** a meeting with his staff to discuss the new company policy.
主管召開員工會議討論公司的新政策。

700+ RANK 0875

correspondence [ˏkɔrəˋspɑndəns] ☆☆☆☆☆☆☆

名 **通信；信件**

Mr. Cooper wants all future **correspondence** to be sent to his email address. 庫伯先生希望未來所有信件都寄到他的電子郵件信箱。

相關單字

correspond 動 通信；一致　　**correspondent** 名 特派記者；通訊員

常考用法

correspond to/with 符合；一致

700+ RANK 0876

certificate [sɚ`tɪfəkɪt] ★★☆☆☆☆☆

名 **證明書；憑證** → 禮券

This gift **certificate** can be used for $30 worth of merchandise at Coffeeblast.

這張禮券可以用來在爆炸咖啡館兌換價值 30 元的商品。

相關單字

certification 名 證明；檢定

certify 動 證明；證實

This document **certifies** that the signee currently resides at the above address.

本文件證明簽名者目前居住於上述地址。

700+ RANK 0877

eliminate [ɪ`lɪmə͵net] ☆☆☆☆☆☆☆

動 **消除；排除**

The Greenco Remover is the perfect solution to **eliminate** weeds.

葛林科清除劑是消滅雜草的完美解方。

700+ RANK 0878

transition [træn`zɪʃən] ☆☆☆☆☆☆☆

名 **轉換；過渡** → 過渡到……；轉變到……

Transition to the new payroll system went smoothly, with no disruption to business.

新的薪資系統轉換順利，並未造成營運中斷。

相關單字

transitional 形 轉變的；過渡期的 → 過渡期

There will be a lot of changes in the company during this **transitional** period. 在這個轉換過渡期，公司會有很多變動。

700+ RANK 0879

criteria [kraɪ`tɪrɪə] ☆☆☆☆☆☆☆

名 **（評斷）標準；準則（單數 criterion）**

The hiring committee has yet to determine the **criteria** for the position.

人事評選委員會還沒決定這個職位的評選標準。

700+ RANK 0880

tuition [tju`ɪʃən] ☆☆☆☆☆☆☆

名 **學費**

tuition fee 學費

The Hobart-Lee Scholarship pays **tuition** fees for six law students annually.

霍巴特・李獎學金每年支付六名法律系學生的學費。

700+ RANK 0881

straightforward [͵stret`fɔrwɚd] ☆☆☆☆☆☆☆ 

形 **簡單的；易懂的**

The agreement is **straightforward**, and the tenant's responsibilities are clear.

這份協議簡單易懂，租客的責任也很清楚。

700+ RANK 0882

privilege [`prɪv!ɪdʒ] ☆☆☆☆☆☆☆

名 **特權；殊榮**

It's my **privilege** to welcome you to the 20th annual LWS conference.

我很榮幸歡迎大家來參加第 20 屆 LWS 年度大會。

700+ RANK 0883

knowledgeable [`nɑlɪdʒəb!] ★☆☆☆☆☆☆

形 **博學的；有知識的**

be knowledgeable about 對……很精通

Every staff member at Poldiwa National Park is **knowledgeable** about the local wildlife.

波迪瓦國家公園的每位員工都對當地的野生動植物知之甚詳。

相關單字

knowledge 名 知識

常考用法

knowledge of ……的知識

700+ RANK 0884

dramatically [drə`mætɪk!ɪ] ☆☆☆☆☆☆

副 **突然地；明顯地**

Morrow, Inc.'s stock value dropped **dramatically** after announcing low fourth quarter earnings.

在孟羅公司宣布第四季收益很低後，股價就暴跌。

相關單字

dramatic 形 戲劇性的

Our guides will tell the **dramatic** story of Ridgeville's rise from a humble fishing village to a major center of commerce.

我們的導遊將會敘述，里吉維爾從一個不起眼的漁村發跡，變成一個主要商業中心的戲劇性故事。

常考用法

dramatic scenery 引人注目的風景　　**dramatic increase** 驟然增加

替換字詞

dramatically 突顯地；明顯地 → significantly 顯著地

differ dramatically (substantially) in quality 品質明顯不同

700+ RANK 0885

portion [`porʃən] ☆☆☆☆☆☆☆

1 名 **部分**

A **portion** of tonight's ticket sales will be donated to local schools.

今晚的門票收入有一部分會捐給本地的學校。

2 動 **把……分成多份；分配**

The CFO will have to decide whether the budget has been appropriately **portioned** out.

財務長必須判斷預算分配是否恰當。

700+ RANK 0886

experiment [ɪk`spɛrəmənt] ☆☆☆☆☆☆☆

1 名 **實驗；試驗**

The clinical **experiment** found the new medication to be safe.

臨床實驗發現新藥很安全。

2 動 **進行實驗；試驗**　　→ 用……進行實驗

Dr. Jones will **experiment** with various hazardous chemicals.

瓊斯博士將要用數種有危險性的化學藥品進行實驗。

相關單字

experimental 形 實驗性的；實驗用的

700+ RANK 0887

afterward [`æftəwəd] ★☆☆☆☆☆☆

副 **之後**

Writers should brainstorm before writing and proofread their articles **afterward**.

作家應該在寫作前進行腦力激盪，並在之後校對他們的文章。

700+ RANK 0888

omit [oˋmɪt] ☆☆☆☆☆☆☆

動 **省略；刪去**

Ms. Muller said to **omit** any incidental details in the monthly reports.
穆勒女士說，每月報告中要省略一些次要的細節。

相關單字

omission 名 省略；遺漏

700+ RANK 0889

state-of-the-art [ˌstetəvðiˋart] ☆☆☆☆☆☆☆

形 **最先進的**

→ 最先進的設備

We are proud of the fact that this lab uses **state-of-the-art** equipment.
我們很自豪，這個實驗室用的是最先進的設備。

700+ RANK 0890

divert [daɪˋvɝt] ☆☆☆☆☆☆☆

動 **轉向；轉移**

→ divert A to B (→ A be diverted to B) 使 A 轉向／改道到 B

During the closure of Main Street, most of the downtown traffic will be **diverted** to Orange Drive.
在緬因街封閉期間，市區的大部分車輛將改道橙大道。

700+ RANK 0891

extraordinary [ɪkˋstrɔrdnˌɛrɪ] ★★☆☆☆☆☆ 090

形 **非凡的；特別的**

Dr. Patal was recognized for his **extraordinary** achievements in medical science.
帕托博士因他在醫學上的非凡成就而受到推崇。

相關單字

extraordinarily 副 非常；格外地

700+ RANK 0892

ban [bæn] ☆☆☆☆☆☆☆

1 動 **禁止**

Huxton Library **bans** food and drinks inside in the building.
哈克斯頓圖書館禁止在館內飲食。

2 名 **禁止**

→ place a ban 對……加以禁止

Some countries have placed a **ban** on single-use plastics.
有些國家禁止使用一次性塑膠製品。

700+ RANK 0893

outdated [ˌaʊtˋdetɪd] ☆☆☆☆☆☆☆

形 **過時的**

→ 過時的／舊式的設備

Keptom Manufacturing has replaced its **outdated** equipment with newer models.
克普湯製造公司以較新型的機器汰換掉過時的設備。

700+ RANK 0894

following [ˋfɑləwɪŋ] ★☆☆☆☆☆☆

1 形 **接著的**

→ the following day 第二天

Inquiries made after 7 p.m. will be answered the **following** business day. 下午七點後提出的問題，將在下一個工作天回覆。

2 名 **下列事物**

Please review the **following** for instructions on setting up your modem.
請詳讀下列關於設定數據機的操作說明。

3 介 **在……之後**

Following the workshop, there will be a brief reception.
在工作坊之後，會有個簡短的歡迎會。

700+ RANK 0895

inventory [ˋɪnvənˌtorɪ] ☆☆☆☆☆☆☆

名 **存貨**

→ inventory check 檢查存貨；盤點存貨

Trax & Co. performs weekly **inventory** checks to ensure that no item is missing. 崔克斯公司每星期盤點存貨，確保沒有商品遺失。

常考用法

update an inventory 更新存貨清單
take inventory of 盤點……的存貨

700+ RANK 0896

undertake [ˌʌndɚˋtek] ☆☆☆☆☆☆☆

動 **進行；從事**

The project that the marketing team has recently **undertaken** is very challenging. 行銷團隊最近在執行的專案非常有挑戰性。

700+ RANK 0897

craft [kræft] ☆☆☆☆☆☆☆

1 名 **工藝；手藝**

Barbara is skilled in the **craft** of gardening.

芭芭拉對園藝很熟稔。

2 動 **精巧地製作**

Ms. Weathers has extensive experience **crafting** custom jewelry.

威勒斯女士對打造客製化珠寶很有經驗。

700+ RANK 0898

visual [`vɪʒuəl] ☆☆☆☆☆☆☆

形 **視覺的**

→ visual aid 視覺輔助

The presenter used **visual** aids, including charts, to make the new policy easy to understand.

簡報者使用包括圖表在內的視覺輔具，讓新政策易於了解。

700+ RANK 0899

traditional [trə`dɪʃən!] ☆☆☆☆☆☆☆

形 **傳統的**

Online retail purchasing has replaced more **traditional** shopping methods.

網路零售購物已取代較為傳統的購物方式。

相關單字

traditionally 副 傳統上；習慣上

Nouro Chocolates has been **traditionally** our best-selling item.

諾魯巧克力歷來一直是我們賣得最好的商品。

tradition 名 傳統

700+ RANK 0900

abandon [ə`bændən] ☆☆☆☆☆☆☆

動 **遺棄；拋棄**

The building on West Drive has been **abandoned** for nearly 40 years.

西大道上的那棟大樓已經荒廢將近 40 年了。

Speed Check-up

答案 p.603

一、請參考底線下方的中文，填入意思相符的單字。

ⓐ tentative ⓑ property ⓒ straightforward ⓓ endorsing ⓔ compile

01 Many business owners are ________ (贊同) the incumbent candidate for mayor.

02 One of the duties of a clerk is to ________ (彙編) a list of daily orders.

03 Ms. Tamond transferred ownership of the ________ (財產) to her daughter.

04 The agreement is ________ (易懂的), and the tenant's responsibilities are clear.

05 The schedule of the events is considered ________ (暫時性的) and subject to change.

二、請參考句子的中文意思，選出填入後符合句意的單字。

ⓐ criteria ⓑ following ⓒ precautions ⓓ flexible ⓔ afterward

06 Tuqoma Designs allows employees to have a ________ work schedule.
圖柯馬設計讓員工採取彈性工時。

07 ________ the workshop, there will be a brief reception.
在工作坊之後，會有個簡短的歡迎會。

08 The hiring committee has yet to determine the ________ for the position.
人事評選委員會還沒決定這個職位的評選標準。

09 Writers should brainstorm before writing and proofread their articles ________. 作家應該在寫作前進行腦力激盪，並在之後校對他們的文章。

10 All machinery operators must take safety ________ to prevent accidents.
所有操作機器的人員都必須採取安全措施，以避免意外事故。

三、請選出填入後符合句意的單字。

ⓐ undertaken ⓑ encounter ⓒ transition ⓓ privilege ⓔ eliminate

11 The project that the marketing team has recently ________ is very challenging.

12 The Greenco Remover is the perfect solution to ________ weeds.

13 ________ to the new payroll system went smoothly, with no disruption to business.

14 If you ________ any problems, please call customer service for assistance.

15 It's my ________ to welcome you to the 20th annual LWS conference.

變身肌肉男

從最近的社會 atmosphere 來看，肌肉男似乎是主流？

真羨慕……

這股潮流不可能 reverse，當然要跟上才行！

我也要鍛鍊成肌肉男！！

模特兒 K 瘋狂運動，特別注重蛋白質的 supplement，原來重點在於攝取 sufficient 的蛋白質啊！

muscle

歌手 P 隨身攜帶 portable 的運動器材，為的是利用空檔時間運動？確實是個 notable 的主意啊！

滑動

頁面

嘿嘿

我 definitely 也能成為肌肉男！

他暗自 convince 並埋頭猛查資料。

然而幾天過後只多出一塊滑鼠肌。

obvious 的失敗啊……

＊滑鼠肌：整天坐著使用滑鼠而長出的肌肉

RANK 0901 700+

assure [ə`ʃʊr] ★☆☆☆☆☆☆ 091

動 **向……保證；擔保**

→ assure A that + 子句 ➜ 向 A 保證……

The customer service representative **assured** me that the right color would be delivered this weekend.
客服代表向我保證，這個週末會送來正確的顏色。

相關單字

assured 形 確定的；自信的 **assuredly** 副 確實地；自信地

assurance 名 保證；表示保證的話 → give assurance to 保證

The store manager gave **assurance** to customers that defective items could be returned. 店經理向顧客保證，瑕疵品可以退貨。

reassure 動 使放心；使消除疑慮

常考用法

assure A of B (→ A be assured of B) 向 A 保證 B
rest assured that 確信……

RANK 0902 700+

proceeds [`prosidz] ☆☆☆☆☆☆☆

名 **收益；收入**

→ 來自……的收益

All **proceeds** from the auction will be used for the McIven Children's Hospital. 所有拍賣所得將用於麥克艾文兒童醫院。

RANK 0903 700+

occasionally [ə`keʒən!ɪ] ☆☆☆☆☆☆☆

副 **偶爾；有時**

We may **occasionally** send you emails about our products and services.
我們也許有時會寄關於我們產品與服務的電子郵件給你。

相關單字

occasion 名 場合；重大活動 **occasional** 形 偶爾的；特殊場合的

RANK 0904 700+

sufficient [sə`fɪʃənt] ★★☆☆☆☆☆

形 **足夠的；充足的**

The business did not have **sufficient** funds to make factory improvements this year. 公司今年沒有足夠資金可以改善工廠。

相關單字 **sufficiently** 副 足夠地；充分地

700+ RANK 0905

definitely [ˋdɛfənɪtlɪ] ★☆☆☆☆☆☆

副 **肯定地；絕對地**

Given the popularity of its products, Sharoken Electronics will **definitely** reach its financial goal for the year.

考量到產品的受歡迎，夏洛肯電器一定能達到它的年度財務目標。

相關單字

definite 形 明確的；肯定的

700+ RANK 0906

reinforce [ˏriɪnˋfɔrs] ☆☆☆☆☆☆☆

動 **增強；強化**

We will **reinforce** this wall so that it can withstand more pressure.

我們會強化這面牆，如此一來，它就能承受更多壓力。

相關單字

reinforcement 名 增強；鞏固

700+ RANK 0907

pharmaceutical [ˏfɑrməˋsjutɪk!] ☆☆☆☆☆☆☆

形 **藥的；製藥的**

Which **pharmaceutical** company does Mr. Lee represent?

李先生代表哪一家製藥公司？

相關單字

pharmacy 名 藥局；製藥業　　**pharmacist** 名 藥劑師

700+ RANK 0908

atmosphere [ˋætməsˏfɪr] ☆☆☆☆☆☆☆

1 名 **氣氛；氛圍**

Pathon Technologies encourages coworkers to socialize, which creates a friendly work **atmosphere**. ⋯→ 工作氣氛

派森科技公司鼓勵同事互相往來，這創造了一種友善的工作氣氛。

2 名 **大氣**

The city council is enacting new laws to protect the **atmosphere**.

市議會正制定新法以保護大氣層。

700+ RANK 0909

convince [kən`vɪns] ☆☆☆☆☆☆☆

動 **說服**

→ convince A (that) + 子句 ➜ 使 A 相信……；說服 A……

Ms. Pilkington **convinced** the board that the marketing budget should be increased.

皮爾金頓女士說服董事會應該增加行銷預算。

相關單字

convinced 形 確信的；信服的　**convincing** 形 令人信服的；有說服力的

常考用法

convince A of B (→ A be convinced of B) 使 A 相信 B

700+ RANK 0910

supplement [`sʌpləmənt] ★★☆☆☆☆☆

1 名 **補給品**

Boett Cosmetics has developed a product using a ginseng **supplement**.

波艾特化妝品研發出一種使用人蔘補充液的產品。

2 動 **增補；補充**

Nutritionists recommend **supplementing** your diet with vitamins.

營養學家建議吃維他命補充你的飲食。

相關單字 **supplementary** 形 補充的

常考用法

supplement facts 補充品標示　**supplementary material** 補充材料

700+ RANK 0911

aspect [`æspɛkt] ★☆☆☆☆☆☆ 092

名 **方面；面向**

→ ……的部分／方面

Attention to detail is an essential **aspect** of an accountant's job.

注意細節是會計工作必不可少的一部分。

700+ RANK 0912

obvious [`ɑbvɪəs] ☆☆☆☆☆☆☆

形 **明顯的；顯而易見的**

Mr. Ferris made the **obvious** choice to return the faulty product.

費里斯先生做了明確的選擇，把有瑕疵的產品退回去。

相關單字 **obviously** 副 明顯地；顯然地

700+ RANK 0913

mistakenly [mɪˋstekənlɪ] ☆☆☆☆☆☆☆

副 **錯誤地**

Mr. Murray **mistakenly** ordered stools instead of desk chairs.
穆瑞先生誤訂了凳子，而不是辦公椅。

相關單字

mistake 名 錯誤

The invoice is incorrect because there was a **mistake** in the calculation of the price. 這張出貨單不正確，因為價錢算錯了。

700+ RANK 0914

pleasant [ˋplɛznt] ☆☆☆☆☆☆☆

形 **令人愉快的**

Situated by the water, BluSky Bistro provides a **pleasant** and relaxing dining experience.
由於坐落在水邊，藍天小館提供愉快而放鬆的用餐經驗。

相關單字

pleasantly 副 愉快地；和藹地

700+ RANK 0915

minor [ˋmaɪnɚ] ☆☆☆☆☆☆☆

形 **較小的；次要的** → minor error 小錯誤

There were **minor** errors in the final manuscript.
在最終的文稿中有些小錯誤。

常考用法

minor difficulties 小問題

700+ RANK 0916

showing [ˋʃoɪŋ] ☆☆☆☆☆☆☆

1 名 **表演；放映**

Tonight's **showings** of *Endless Loops* have all been sold out.
今天晚上《無盡迴圈》的所有場次都已售完。

2 名 **表現；展示**

Newman Supermarket's annual profit increased by 15 percent, an impressive **showing** compared to the previous years.
紐曼超級市場的年度利潤增加了 15%，與前幾年比起來，真是令人讚嘆的表現。

相關單字

show 動 出示
We have decided to buy the property you **showed** us last week.
我們決定買下你上星期帶我們看的不動產。

showroom 名 展示廳
I heard you just added a large **showroom** in your store.
我聽說你才在你的店裡加了一個大展示廳。

700+ RANK 0917

notable [ˋnotəb!] ☆☆☆☆☆☆☆

形 **值得注意的；著名的** → be notable for 因……而著名
The palace is **notable** for its use of white marble and gold.
這座宮殿以使用白色大理石和黃金而聞名。

相關單字

notably 副 尤其；顯著地

常考用法

a notable feature 顯著特徵

700+ RANK 0918

forecast [ˋforˏkæst] ★☆☆☆☆☆☆

1 名 **預測；預報** → 經濟預測
The new economic **forecast** predicts growth in the real estate market.
新的經濟預測預料不動產市場將成長。

2 動 **預測；預報**
The weather report **forecasts** heavy rain throughout the week.
氣象報告預測整個星期都會下大雨。

常考用法 weather forecast 天氣預報

700+ RANK 0919

testimonial [ˏtɛstəˋmonɪəl] ☆☆☆☆☆☆☆

1 名 **證明書；推薦信**
Many famous chefs wrote **testimonials** about the equipment, praising how useful it is. 很多知名大廚都為這個設備寫推薦文，讚揚它多有用。

2 名 **證明；證據**
Ms. Lang's reference letter is a **testimonial** to Mr. Green's qualifications.
郎女士的推薦信證明葛林先生的資格。

常考用法 customer testimonial 顧客證言

替換字詞
testimonial 證明書；推薦信 → recommendation 推薦
use customer testimonials (recommendations) to promote products
利用顧客的推薦來促銷產品

700+ RANK 0920

enormous [ɪˋnɔrməs] ☆☆☆☆☆☆☆

形 **巨大的**
Currently under construction, the **enormous** stadium will seat 140,000 people. 目前正在施工的大體育場將可以容納 14 萬人。

相關單字 **enormously** 副 巨大地；極其
常考用法 **an enormous amount of** 大量的……

700+ RANK 0921

publicize [ˋpʌblɪˏsaɪz] ☆☆☆☆☆☆☆ 093

動 **宣傳；推廣**
Lafayette Bank will **publicize** its new branch by holding an open house.
拉法葉銀行將舉行開放參觀活動以宣傳它的新分行。

相關單字
public 名 公眾；民眾　形 大眾的；公共的　**publicity** 名 宣傳；名聲；關注
The **publicity** from that newspaper article has really paid off.
那篇報紙的文章帶來了很大的名聲。

常考用法
public relations (= PR) 公共關係（公關）　**widely publicized** 廣為宣傳
open to the public 開放給大眾　**public holiday** 國定假日

替換字詞
publicize 宣傳；推廣 → advertise 宣傳
publicize (advertise) a new feature of a website 宣傳網站的一個新功能

700+ RANK 0922

surpass [sɚˋpæs] ☆☆☆☆☆☆☆

動 **勝過；優於**
Because of our product's increased popularity, sales have **surpassed** our previous record.
由於我們的產品越來越受歡迎，銷售量已超越我們之前的紀錄。

相關單字

surpassing 形 出色的；卓越的　**unsurpassed** 形 不可超越的

常考用法

surpass initial expectations 超過最初的預期

700+ RANK 0923

portable [`portəb!] ☆☆☆☆☆☆☆

形 **手提式的；便於攜帶的**

The maintenance supervisor placed an order for the **portable** generator. 維修部主管訂了一台手提式發電機。

700+ RANK 0924

minimize [`mɪnəˏmaɪz] ★☆☆☆☆☆☆

動 **使減到最少**

In order to **minimize** interruptions, renovation work will be done during early mornings. 為了把干擾降到最低，整修工程將在清晨進行。

相關單字

maximize 動 使最大化；使最重要　**minimum** 名 最小值；最少量

700+ RANK 0925

specimen [`spɛsəmən] ☆☆☆☆☆☆☆

名 **樣本**

Professor Williams will be studying various **specimens** in the rainforest. 威廉斯教授將在雨林中研究許多不同的樣本。

700+ RANK 0926

discourage [dɪs`kɝɪdʒ] ☆☆☆☆☆☆☆

動 **阻擋；不允許**

discourage A from doing
(→ A be discouraged from doing)
阻止 A 做……

Employees are **discouraged** from using the company printer for personal use. 員工不能將公司印表機用於私人用途。

相關單字

discouraging 形 令人沮喪的
discouraged 形 洩氣的；心灰意冷的
discouragement 名 洩氣；阻止

700+ RANK 0927

audition [ɔ`dɪʃən] ★☆☆☆☆☆☆

1 名 **試鏡**

The **audition** for the new play will take place throughout the week.

新戲的試鏡將進行一整個星期。

2 動 **試鏡**

→ audition for 參加試鏡

There are many people **auditioning** for the lead role in the upcoming movie, *Past Connections*.

有很多人參加即將開拍的電影《過去的關係》主角的試鏡。

700+ RANK 0928

adapt [ə`dæpt] ☆☆☆☆☆☆☆

1 動 **調整**

Our products can be **adapted** to meet the needs of our customers.

我們的產品可以調整以符合顧客的需求。

2 動 **適應**

→ 適應

It will take time to **adapt** to the new working atmosphere.

要適應新的工作氣氛需要一段時間。

相關單字

adaptable 形 適應性強的；有適應能力的

700+ RANK 0929

slightly [`slaɪtlɪ] ☆☆☆☆☆☆☆

副 **輕微地；稍微地**

Please lower the lights **slightly**, so everyone can see the screen clearly.

請把燈光稍微調暗一點，這樣大家才能看清楚螢幕。

相關單字

slight 形 少量的；微小的

700+ RANK 0930

solidify [sə`lɪdə͵faɪ] ☆☆☆☆☆☆☆

動 **使團結；變堅固**

The new discovery will **solidify** Beltech Lab's position as a leading global research center.

這項新發現將鞏固貝爾科技實驗室作為全球研究中心的主導地位。

相關單字

solid 形 堅硬的；實心的　　**solidity** 名 固態；堅硬；確實

700+ RANK 0931

willing [`wɪlɪŋ] ☆☆☆☆☆☆☆ 094

形 **樂意的；願意的**

be willing to do 願意做……
反 be unwilling to do 不願意做……

Mr. Han was **willing** to deliver the keynote speech at the conference.
韓先生願意在大會上發表主題演講。

相關單字 willingly 副 願意地；樂意地 willingness 名 自願；樂意
常考用法 a willingness to do 樂意做……

700+ RANK 0932

accordingly [ə`kɔrdɪŋlɪ] ★☆☆☆☆☆☆

副 **照著；相應地**

As each employee's contribution to the project varies, incentives will be awarded **accordingly**.
由於每個員工對這個專案的貢獻不同，因此會依情況相對應地給予獎勵。

相關單字 accordance 名 符合；給予
常考用法 in accordance with 依照

700+ RANK 0933

realistically [ˌriə`lɪstɪk!ɪ] ★☆☆☆☆☆☆

副 **切合實際地**

Realistically speaking, none of the candidates have a chance of being hired. 實事求是地說，沒有一個應徵者有機會被錄取。

相關單字 realistic 形 現實的；實際可行的；逼真的

700+ RANK 0934

reverse [rɪ`vɝs] ☆☆☆☆☆☆☆

1 動 **推翻；撤銷**

Based on public feedback, the mayor **reversed** the decision to rename Main Street.
根據大眾的回饋意見，市長推翻了要重新命名緬因街的決定。

2 形 **顛倒的；相反的**

Instead of starting the tour with the impressionist paintings as usual, the museum guide went in **reverse** order. → 順序相反；反向
有別於通常從印象派畫作開始的導覽，博物館的導覽員從相反順序開始。

3 名 **相反；相反情況**

Instead of following his supervisor's directions, Eric did the **reverse**.
艾瑞克沒有遵照主管的指令，反而做了相反的事。

相關單字

reversible 形 可反轉的；可逆的；（衣服）可兩面穿的

700+ RANK 0935

distract [dɪ`strækt] ☆☆☆☆☆☆☆

動 **使分心**

The noise from the road construction **distracted** some employees from their work.
馬路上施工傳來的噪音讓有些員工的工作分心了。

distract A from B 使 A 從 B 分心；轉移 A 在 B 的注意力

相關單字

distracting 形 分心的；令人煩亂的　**distracted** 形 焦慮的；困惑的
distraction 名 分心；分散注意的事物；娛樂

700+ RANK 0936

liable [`laɪəb!] ☆☆☆☆☆☆☆

1 形 **應負責任的**

be liable for 應對……負責

The tenant is **liable** for any damages made to the walls.
房客要對牆壁的任何損害負責。

2 形 **易……的**

be liable to do 很可能會做……

The manufacturer is **liable** to lose customers if quality does not improve. 如果品質不改善的話，製造商很可能會失去客戶。

相關單字

liability 名 責任；義務；債務

700+ RANK 0937

poll [pol] ☆☆☆☆☆☆☆

名 **民調**

A recent **poll** indicates that many people use their mobile phones to watch movies.
一項最近的民調顯示，很多人用他們的手機看電影。

700+ RANK 0938

detour [`ditʊr] ☆☆☆☆☆☆☆

名 繞道

Drivers are advised to take a **detour** on John Street to avoid the road construction. 駕駛人被勸告繞過約翰街，以避開道路施工。

（take a detour → 繞道而行）

700+ RANK 0939

bid [bɪd] ☆☆☆☆☆☆☆

1 名 投標

WMP Construction won the **bid** to build the new library.
WMP 營造公司贏得建造新圖書館的標案。

2 動 投標；出價

Interested parties are welcome to **bid** on the property on 28 Wenham Road. 歡迎有興趣的各方投標文漢路 28 號的不動產。

相關單字

bidder 名 投標人；出價人　　**bidding** 名 出價

常考用法

put in a bid for 為……出價／投標　　**bid for** 出價　　**win a bid** 得標

700+ RANK 0940

translation [træns`leʃən] ☆☆☆☆☆☆☆

名 翻譯

Hanari Agency provides excellent **translation** services at reasonable prices. 華里翻譯社提供價格合理而優異的翻譯服務。

相關單字

translate 動 翻譯

We do not have enough time to **translate** a 250-page book by next Tuesday. 我們沒有時間在下星期二之前翻完一本 250 頁的書。

translator 名 譯者

700+ RANK 0941

excuse [ɪk`skjuz] ☆☆☆☆☆☆☆

1 動 原諒

Ms. Seiko **excused** Mr. Kim for his late arrival to yesterday's event.
聖子女士原諒金先生昨天活動遲到。

2 動 免除 → excuse A from (doing) B → 允許 A 不做 B

Mr. Choi has been **excused** from the meeting due to illness.
由於生病，崔先生不用參加會議。

3 名 理由；藉口

You must provide a valid **excuse** for not attending the workshop.
你沒有參加工作坊，必須提出一個令人信服的理由。

700+ RANK 0942

applause [ə`plɔz] ☆☆☆☆☆☆☆

名 鼓掌 → give applause 鼓掌

The audience gave a loud **applause** to the guest speaker.
觀眾對演講嘉賓報以熱烈掌聲。

相關單字

applaud 動 (= clap) 鼓掌
Some people are **applauding** a speaker.（Part 1 常考句子）
有些人鼓掌讚許演講者。

常考用法

a round of applause 一陣掌聲

700+ RANK 0943

weigh [we] ☆☆☆☆☆☆☆

1 動 考慮；權衡

The board should **weigh** the benefits and drawbacks of merging with Luzab Industries.
董事會應該權衡與盧贊博工業合併的好處與壞處。

2 動 稱……的重量

A box is being **weighed** on a scale.（Part 1 常考句子）
一個箱子放在秤上稱重量。

相關單字

weight 名 重量

替換字詞

weigh 考慮；權衡 → consider 考量；權衡
weigh (consider) the pros and cons 考量利弊得失

700+ RANK 0944

manner [`mænɚ] ☆☆☆☆☆☆☆

1 名 方法；方式 → 及時地

Palato Construction prides itself on finishing projects in a timely **manner**.
帕拉托營造公司以能及時完成建案而自豪。

2 名 **禮貌；舉止**
Please address every guest's inquiry in a polite **manner**.
請以有禮的態度處理每位客人的要求。

替換字詞
manner 方法；方式 → fashion 方式
be photographed in a timely manner (fashion) for online display
及時拍好照供網路展示

700+ RANK 0945
disclose [dɪs`kloz] ★☆☆☆☆☆☆

動 **揭露；透露**
Ms. Parker accidentally **disclosed** the location of the surprise farewell party. 帕克女士不小心透露了驚喜歡送會的地點。

相關單字
undisclosed 形 未公開的；保密的

700+ RANK 0946
practical [`præktɪk!] ☆☆☆☆☆☆☆

形 **實用的；務實的**
Tinley Vocational School teaches **practical** skills to be used at work.
庭利職業學校教授可以應用在工作上的實用技術。

700+ RANK 0947
quote [kwot] ☆☆☆☆☆☆☆

1 動 **報價** 名 **報價**
Our associate will **quote** you a price based on your exact needs.
我們的同事會根據你的確切需求給你報價。

2 動 **引用；引述** 名 **引文；引號**
Feel free to **quote** lines from famous novels in your essay.
請儘管在你的論文中引用知名小說的句子。

相關單字
quotation (= quote) 名 報價
Your **quotation** may be different from the prices listed on the website. 你的報價和列在網站上的價格可能不同。

常考用法
price quote (quotation) 報價

700+ RANK 0948

familiarize [fə`mɪljə,raɪz] ☆☆☆☆☆☆☆

動 **使熟悉**

→ familiarize oneself with 使自己熟悉／通曉某事物

Sales staff should **familiarize** themselves with the products before presenting them to customers.

業務人員在把產品展示給顧客看之前，應該自己先熟悉產品。

相關單字

familiar 形 熟悉的 → 對……熟悉；了解

I'm **familiar** with that author's books. 我很熟悉那個作者的書。

familiarity 名 熟悉；親近

700+ RANK 0949

sharp [ʃɑrp] ☆☆☆☆☆☆☆

1 形 **急遽的；激烈的**

Propulsion Motors had a **sharp** decline in profits after the product recall.

在召回產品後，推進汽車公司的利潤就急遽下滑。

2 形 **尖的；鋒利的**

Be careful when using the meat cutter as it is very **sharp**.

使用切肉刀時請小心，因為它很利。

3 副 **整（指時刻）**

→ at + 時間 + sharp（時刻）➔ ……整

Volunteers must arrive at the venue at 5 p.m. **sharp**.

志工必須在下午五點整到達會場。

相關單字

sharply 副 鋒利地；突然；猛烈地

sharpen 動 削尖；使敏銳

易混淆單字筆記

promptly at 時間 vs. **at 時間 sharp**

請注意表達「在……點整」時，要將 **promptly** 置於時間**前方**；**sharp** 置於時間**後方**。

700+ RANK 0950

transform [træns`fɔrm] ★☆☆☆☆☆☆

動 **改變；變換**

The city plans to **transform** the empty lot into a shopping center.

市政府計畫把空地轉變成購物中心。

相關單字

transformation 名 轉變；變形

Speed Check-up

答案 p.603

一、請參考底線下方的中文，填入意思相符的單字。

ⓐ supplementing ⓑ sufficient ⓒ surpassed ⓓ weigh ⓔ liable

01 The tenant is ________ for any damages made to the walls.
應負責任的

02 The board should ________ the benefits and drawbacks of merging with Luzab Industries.
衡量

03 Because of our product's increased popularity, sales have ________ our previous record.
勝過

04 Nutritionists recommend ________ your diet with vitamins.
補給

05 The business did not have ________ funds to make factory improvements this year.
充足的

二、請參考句子的中文意思，選出填入後符合句意的單字。

ⓐ convinced ⓑ slightly ⓒ notable ⓓ atmosphere ⓔ accordingly

06 The palace is ________ for its use of white marble and gold.
這座宮殿以使用白色大理石和黃金而聞名。

07 Please lower the lights ________, so everyone can see the screen clearly. 請把燈光稍微調暗一點，這樣大家才能看清楚螢幕。

08 Ms. Pilkington ________ the board that the marketing budget should be increased. 皮爾金頓女士說服董事會應該增加行銷預算。

09 As each employee's contribution to the project varies, incentives will be awarded ________.
由於每個員工對這個專案的貢獻不同，因此會依情況相對應地給予獎勵。

10 Pathon Technologies encourages coworkers to socialize, which creates a friendly work ________.
派森科技公司鼓勵同事互相往來，這創造了一種友善的工作氣氛。

三、請選出填入後符合句意的單字。

ⓐ enormous ⓑ reinforce ⓒ distracted ⓓ disclosed ⓔ proceeds

11 Ms. Parker accidentally ________ the location of surprise farewell party.

12 All ________ from the auction will be used for the McIven Children's Hospital.

13 We will ________ this wall so that it can withstand more pressure.

14 Currently under construction, the ________ stadium will seat 140,000 people.

15 The noise from the road construction ________ some employees from their work.

DAY
20
700+
先背先贏 核心單字
0951~1000

急需獨家報導

演員 K 極度排斥
exposure 於媒體上。
正因如此……
他成為某家媒體的 target。
無論拍到什麼都好！給我抱著沒拍到畫面就 resign 的覺悟！
遵命！
雖然已竭盡全力 boost
員工的士氣……
不管拍多少張都是些微不足道 frustrating 的畫面啊……

pressure 日益增加
給我想辦法找出東西寫成報導！！
consequence 就是
釋出了這則報導。
大明星 K 的 unique 癖好？
是什麼？
K 只要休假都會跑去歐洲城
「看來他上輩子是位王子呢」。
什麼鬼啊……

700+ RANK 0951

conflict 名 [ˋkɑnflɪkt] 動 [kənˋflɪkt] ☆☆☆☆☆☆☆ 096

1 名 衝突

Ms. Hammel cannot attend the conference due to a scheduling **conflict**.

→ 行程衝突

由於行程衝突，哈默爾女士無法參加研討會。

2 動 矛盾；衝突

Mr. Park had to reschedule the staff workshop since it **conflicted** with an important client meeting.

→ conflict with 與……衝突

由於和重要的客戶會議衝突，帕克先生必須重新安排員工工作坊的時間。

替換字詞

conflict 衝突 → issue 爭議

finish the meeting without any issues (conflicts) 無異議結束會議

700+ RANK 0952

illegible [ɪˋlɛdʒəb!] ☆☆☆☆☆☆☆

形 難讀的；難認的

Since Mr. Page's writing is **illegible**, he never writes letters by hand.

因為佩吉先生的字很難辨認，他從來不親手寫信。

相關單字

illegibly 副 難讀地；難以辨認地

替換字詞

illegible 難讀的；難認的 → unintelligible 難理解的

completely illegible (unintelligible) writing 完全無法理解的筆跡

700+ RANK 0953

unique [juˋnik] ☆☆☆☆☆☆☆

形 獨特的；獨一無二的

The museum's **unique** exhibits attract tourists year round.

博物館的獨特展覽常年吸引遊客造訪。

700+ RANK 0954

external [ɪkˋstɝnəl] ★☆☆☆☆☆☆

形 外部的 反 internal **形 內部的**

The new tablet PC connects to **external** hard drives.

新款平板電腦有外接硬碟。

相關單字

externally 副 （在或從）外部；表面上　　**internally** 副 內部地；內在地

700+ RANK 0955

target [ˋtɑrgɪt] ☆☆☆☆☆☆☆

1 名 **目標**

Blexcon will be revising its strategies to meet this quarter's sales **target**. (sales target → 銷售目標)

布雷克斯康公司將修正策略，以達到這一季的銷售目標。

2 動 **把……作為目標**

Yost Clothing is planning to **target** teenagers for its upcoming product line. 優斯特服飾即將推出的產品線計畫以青少年為對象。

常考用法

target customer 目標客戶

700+ RANK 0956

enforce [ɪnˋfors] ★★☆☆☆☆☆

動 **實施；實行**

The company will **enforce** the new dress code starting next month.

公司從下個月開始實施新的服裝標準。

相關單字

enforcement 名 實施；強迫

常考用法

law enforcement 執法

700+ RANK 0957

strengthen [ˋstrɛŋθən] ★★☆☆☆☆☆

動 **增強；加強**

Flintcore System's new virus protection will **strengthen** online security.

佛林柯系統公司的新病毒防護將能加強網路安全。

相關單字

strength 名 優點；強項

Managing various tasks is one of my professional **strengths**.

管理不同的工作任務是我的專業長處之一。

strong 形 強壯的；堅強的；濃的

strongly 副 強大地；強烈地；氣味濃地

700+ RANK 0958

resign [rɪˋzaɪn] ☆☆☆☆☆☆☆

動 **辭職**

resign from 辭去……；退出……

Ms. Shelling **resigned** from her position after receiving another job offer.
在得到別的工作機會後，謝琳女士辭職了。

相關單字 **resignation** 名 辭職；辭呈；放棄

常考用法 **a resignation letter** 辭職信

700+ RANK 0959

frustrating [ˋfrʌstretɪŋ] ☆☆☆☆☆☆☆

形 **令人沮喪的**

Applying for a bank loan can be a **frustrating** process for many customers. 對很多顧客來說，申請銀行貸款可能是一個令人沮喪的過程。

相關單字

frustrated 形 挫敗的；失意的　**frustrate** 動 挫敗；灰心

700+ RANK 0960

customs [ˋkʌstəmz] ☆☆☆☆☆☆☆

名 **海關**

We were informed that the package is still being inspected by **customs**.
我們得到通知，海關還在檢查包裹。

常考用法

go through customs 通過海關；通關　**customs office** 海關辦公室
customs regulations 海關規定　**customs clearance** 報關；清關

700+ RANK 0961

deliberate 形 [dɪˋlɪbərɪt] 動 [dɪˋlɪbəret] ★☆☆☆☆☆☆ 097

1 形 **深思熟慮的**

深思熟慮的企圖

The positioning of store goods is a **deliberate** attempt to influence customer purchases.
商店貨物的位置都經過深思熟慮，企圖影響顧客購買。

2 動 **商議**

The judge panel will **deliberate** for one hour before choosing a winner.
評審團將仔細討論一小時，再選出優勝者。

相關單字

deliberation 名 研議；討論

After hours of **deliberation**, we unanimously selected Ms. Jang for the award. 經過幾個小時的研議後，我們全體一致選出張女士為得獎人。

常考用法 **deliberate effort** 細心的努力

700+ RANK 0962

overview [ˋovɚˏvju] ☆☆☆☆☆☆☆

名 **概述；概要**

Professor Lambard's report provides a broad **overview** of the Asian economy. 藍巴德教授的報告提供了對亞洲經濟的全面概述。

（overview of the → 對……的概述）

700+ RANK 0963

exposure [ɪkˋspoʒɚ] ☆☆☆☆☆☆☆

名 **曝曬**

The flower garden has full **exposure** to the sun.
花園完全曝曬在陽光下。

相關單字

expose 動 使暴露於；使接觸到

常考用法

exposure to 暴露；遭受

expose A to B (→ A be exposed to B) 使 A 暴露於 B；使 A 接觸到 B

700+ RANK 0964

enlarge [ɪnˋlardʒ] ☆☆☆☆☆☆☆

動 **放大**

The designer **enlarged** the photo so the product would be more visible.
設計師把照片放大，這樣才能更明顯看到產品。

相關單字 **enlargement** 名 放大；擴大；增訂

700+ RANK 0965

equivalent [ɪˋkwɪvələnt] ★★☆☆☆☆☆

1 形 **相同的**

The two detergents produced **equivalent** results, despite the difference in formulas. 儘管配方不同，但這兩種清潔劑的效果一樣。

2 名 **相等物** ⇢ 相當於……

Calax Adventure Land is the closest **equivalent** to a theme park in our city. 卡萊克斯冒險國度，是我們城裡最接近主題公園的地方。

常考用法

equivalent to 相當於…… **equivalent of** 等同於……

700+ RANK 0966

sustain [səˋsten] ☆☆☆☆☆☆☆

1 動 **維持**

Managers have to **sustain** employee motivation for long-term projects.
進行長期專案時，經理必須維持下屬的積極動力。

2 動 **支撐；承受**

The elevator can **sustain** up to 1,000 kilograms.
這部電梯可以承受重達一千公斤。

相關單字

sustainable 形 可持續的；永續的

For over 10 years, Professor Keller has researched **sustainable** energy sources. 過去十年來，凱勒教授一直在研究永續能源的來源。

sustainability 名 持續性；永續性

700+ RANK 0967

abundant [əˋbʌndənt] ☆☆☆☆☆☆☆

形 **大量的；豐富的** ⇢ be abundant in 富於……

Rainfall is **abundant** in the tropical forest reserve.
熱帶森林保護區的雨量充沛。

相關單字

abundantly 副 大量地；充足地 **abundance** 名 豐富；充足

替換字詞

abundance 豐富；充足 → wealth 大量；豐富
an abundance (wealth) of additional cookbooks 有許多其他的食譜書

700+ RANK 0968

boost [bust] ☆☆☆☆☆☆☆

1 動 **提升；促進** ⇢ boost morale 提高士氣

The company picnic is an excellent chance to **boost** employees' morale. 公司的野餐活動是個提升員工士氣的絕佳機會。

2 名 **提高；增加** (= increase in) ……增加

Rextech reported a **boost** in sales last month.
雷克斯科技公司報告上個月的銷售量增加了。

常考用法

boost sales figures 提高銷售數字

700+ RANK 0969

compromise [ˋkɑmprəˏmaɪz] ☆☆☆☆☆☆☆

1 動 **妥協**

After many months of negotiation, both parties finally agreed to **compromise**. 經過好幾個月的協商後，兩黨終於同意互相妥協。

2 名 **妥協；和解** reach (come to) a compromise 達成妥協／和解

Management was able to reach a **compromise** with the employees concerning overtime pay.
關於加班費，管理階層得以和員工達成和解。

常考用法

make a compromise 達成妥協

700+ RANK 0970

consequence [ˋkɑnsəˏkwɛns] ★☆☆☆☆☆☆

名 **結果；後果** ……的結果

Inflation has risen as a **consequence** of lower interest rates.
降低利率的結果是通貨膨脹上升了。

相關單字

consequently 副 結果；因此

常考用法

as a consequence (= in consequence) 結果

700+ RANK 0971

possess [pəˋzɛs] ☆☆☆☆☆☆☆ 098

動 **擁有；具有**

Applicants must **possess** a driver's license to be considered for the job.
應徵者必須有駕照才會列為這個工作的考慮人選。

相關單字

possession 名 擁有；財產 **possessive** 形 擁有的；所有格的

700+ RANK 0972

activate [ˋæktəˏvet] ☆☆☆☆☆☆☆

動 **啟動；觸發**

The new security system will be **activated** once the employees leave for the day.

一旦員工下班，新的保全系統就會啟動。

相關單字

activation 名 啟動；活化　**active** 形 活躍的；積極的

actively 副 積極地；主動地

常考用法

activate an account 啟動帳號　**activate a system** 啟動系統

700+ RANK 0973

minutes [ˋmɪnɪts] ☆☆☆☆☆☆☆

名 **會議紀錄**

The details of today's meeting **minutes** will be emailed to everyone. (meeting minutes → 會議紀錄)

今天會議的詳細紀錄會以電子郵件寄給每個人。

700+ RANK 0974

respectively [rɪˋspɛktɪvlɪ] ☆☆☆☆☆☆☆

副 **分別地；各自地**

Mr. Kim and Mr. Choi have worked at Kujari Ltd. for 12 and 15 years **respectively**.

金先生與崔先生分別在庫加里公司工作了 12 和 15 年。

相關單字

respective 形 分別的；各自的

700+ RANK 0975

consent [kənˋsɛnt] ☆☆☆☆☆☆☆

1 名 **同意；答應**

Advertisers may not use photos of customers without their written **consent**. (written consent → 書面同意)

沒有顧客的書面同意，廣告客戶不可以使用他們的照片。

2 動 **同意；答應**

You must **consent** to our electronics policy before entering the museum. (consent to → 同意……)

在進入博物館前，你必須先同意我們的電子產品政策。

700+ RANK 0976

ongoing [ˋɑnˏgoɪŋ] ☆☆☆☆☆☆☆

形 **進行的；發展中的**

Padet's **ongoing** workshops ensure your employees know about the latest technology trends.

帕德特正在進行的工作坊確保你的員工了解最新的科技趨勢。

700+ RANK 0977

solely [ˋsollɪ] ☆☆☆☆☆☆☆

副 **單獨地；唯一地；僅僅**

This email is intended **solely** for the use of the addressee.

這封電子郵件只打算給收件人用。

700+ RANK 0978

pressure [ˋprɛʃɚ] ★☆☆☆☆☆☆

名 **壓力**

受到壓力；被迫做……

The facilities department is under **pressure** to reduce building maintenance costs.

設施處受到壓力要減少大樓的維修費用。

相關單字

press 動 按；壓；擠 名 新聞界

pressing 形 緊迫的；迫切的

常考用法

water pressure 水壓

press release 新聞稿

press conference 記者會

700+ RANK 0979

stand [stænd] ★☆☆☆☆☆☆

1 動 **抵抗；經得起**

The run-down building will not be able to **stand** another earthquake.

那棟老舊的大樓經不起再一次地震。

2 動 **站立**

Some people are **standing** in front of a table.（Part 1 常考句子）

有些人站在桌子前面。

3 名 **攤子**

A woman is shopping at an outdoor **stand**.（Part 1 常考句子）

一名女子正在一個戶外的攤子買東西。

相關單字

standing 形 固定的

All tenants must pay a **standing** charge of $100 along with the rent at the end of each month. 所有的房客每個月底要交 100 元固定費用加上租金。（standing charge：固定費用）

long-standing 形 由來已久；長期存在的

常考用法

stand the test of time 禁得起時間的考驗 **stand in for** 代替；接替
music stand 樂譜架

700+ RANK 0980

casual [ˋkæʒʊəl] ☆☆☆☆☆☆☆

1 形 **不拘禮節的；非正式的**

Next Friday, employees will be able to join a **casual** lunch with management.
下星期五，員工可以和管理階層一起吃頓輕鬆的午餐。

2 名 **便裝**

Every Friday, employees at Reid Engineering are allowed to dress in **casuals**. 每個星期五，瑞德工程的員工可以穿便服。

相關單字

casually 副 偶然地；隨意地

常考用法

business casual 商務休閒服 **dress casually** 穿得休閒

700+ RANK 0981

widespread [ˋwaɪdˋsprɛd] ☆☆☆☆☆☆☆ 099

形 **分布廣的；流傳寬廣的**

The news regarding the merger is **widespread** throughout the staff.
員工都在傳關於公司合併的消息。

700+ RANK 0982

diversify [daɪˋvɝsəˏfaɪ] ☆☆☆☆☆☆☆

動 **使多樣化**

You should **diversify** your portfolio to strengthen your investments.
你的投資組合應該要多樣化，以強化你的投資。

相關單字

diversification 名 多樣化；變化 **diverse** 形 不同的；多樣的

700+ RANK 0983

evenly [ˋivənlɪ] ☆☆☆☆☆☆☆

副 **均勻地；平均地**

Make sure you **evenly** distribute the snacks.

請確認你有平均分配零食。

相關單字

even 形 平坦的；均等的

700+ RANK 0984

foster [ˋfɔstɚ] ☆☆☆☆☆☆☆

動 **培養；促進**

Ramsay Culinary Academy aims to **foster** the talents of future chefs.

雷姆西廚藝學院致力於培養成為未來大廚的人才。

700+ RANK 0985

seldom [ˋsɛldəm] ★☆☆☆☆☆☆

副 **不常；很少**

Luxury brands **seldom** offer discounts on their merchandise.

奢侈品牌的商品很少打折。

700+ RANK 0986

complement [ˋkɑmpləmənt] ☆☆☆☆☆☆☆

動 **與……相配**

The designer thought blue was the color that would best **complement** the product logo.

設計師認為藍色是最能襯托公司標誌的顏色。

相關單字

complementary 形 補充的；互補的

700+ RANK 0987

declare [dɪˋklɛr] ☆☆☆☆☆☆☆

動 **宣布；宣告**

declare that + 子句 ➜ 宣告……

Trunt Global **declared** that the company is filing for bankruptcy.

卓朗特全球公司宣布公司正申請破產。

相關單字

declaration 名 宣言；聲明

700+ RANK 0988

unstable [ʌn`steb!] ☆☆☆☆☆☆☆

形 **不穩定的**

The company van is unavailable for use as the motor is **unstable**.
由於引擎狀況不穩定，公司的廂形車不能用。

700+ RANK 0989

highlight [`haɪˏlaɪt] ☆☆☆☆☆☆☆

1 動 **強調**

The presentation **highlighted** potential problems with the proposed expansion. 簡報強調建議擴張案的潛在問題。

2 名 **最精彩的部分**

highlight of ……最精彩的部分

Channel Five has an evening segment that offers sports **highlights** of the day. 第五頻道晚上有個時段播出當天運動比賽的精彩片段。

700+ RANK 0990

upscale [`ʌpˏskel] ☆☆☆☆☆☆☆

1 形 **高檔的**

The interior decorator works with clients from **upscale** residential neighborhoods.
那位室內設計師的有些客戶來自高級住宅區。

2 形 **高收入的**

Most of the high-end shops in this district are catered toward the **upscale**.
這一區大部分的高檔商店都在迎合高收入者。

700+ RANK 0991

commend [kə`mɛnd] ☆☆☆☆☆☆☆  100

動 **稱讚；表揚**

Mr. Fowler was **commended** for his contributions to the company over the past 20 years.
法勒先生因為他過去 20 年來對公司的貢獻而受到表揚。

相關單字

commendable 形 值得讚揚的

700+ RANK 0992

amend [ə`mɛnd] ☆☆☆☆☆☆☆

動 **修改；修正**

The legal team will **amend** several sections in the agreement.
法務團隊會修正合約裡的幾個部分。

相關單字

amendment 名 修改；修正案；修正條款

常考用法

contract amendment 修改合約　　**make amends** 賠罪；賠償

700+ RANK 0993

principle [`prɪnsəp!] ☆☆☆☆☆☆☆

名 **原則**

Graber Mining follows **principles** that help to protect the environment from its activities.
葛雷伯礦業遵守有助保護環境的原則，使其活動不影響環境。

700+ RANK 0994

talented [`tæləntɪd] ☆☆☆☆☆☆☆

形 **有才能的**

We are seeking **talented** musicians to perform in the community concert. 我們正在尋找有才能的音樂家在社區音樂會上表演。

相關單字

talent 名 天賦；天才；有才能的人

700+ RANK 0995

drain [dren] ☆☆☆☆☆☆☆

1 動 **排出（液體）**

I was doing some dishes and noticed that the kitchen sink wasn't **draining**. 我正在洗碗盤，注意到水槽塞住了。

2 名 **排水管**

The sink's **drain** is clogged and needs to be fixed.
水槽的排水管阻塞，需要修理。

相關單字

drainage 名 排水系統；排水

700+ RANK 0996

recall [rɪ`kɔl] ☆☆☆☆☆☆☆

1 動 **回想；記得**
Please refer to the product guide if you cannot **recall** some information.
如果你忘記了一些資訊，請參考產品指南。

2 動 **召回** 名 **召回**
Swanson Appliances **recalled** its defective refrigerators.
史旺森家電召回瑕疵冰箱。

700+ RANK 0997

rotate [`rotet] ☆☆☆☆☆☆☆

1 動 **輪流；輪換**
Company policy states that factory workers must **rotate** shifts every month. 公司政策載明工廠的工人必須每個月換班。

2 動 **旋轉；轉動**
You should **rotate** your mattress every three months.
你應該每三個月把床墊轉個邊。

相關單字

rotation 名 旋轉；轉動；輪流

常考用法

work in rotation 輪班

700+ RANK 0998

turnout [`tɝn͵aʊt] ☆☆☆☆☆☆☆

1 名 **到場人數**
It's great to see such a nice **turnout** for the opening night of the annual Mayville Arts Festival.
很高興看到年度梅維爾藝術節的開幕夜有這麼多人參加。

2 名 **投票人數**
This year's presidential election had a poor **turnout**, and only 45 percent of the voters participated.（poor turnout → 出席人數很少）
今年總統選舉的投票不踴躍，只有 45% 的選民去投票。

700+ RANK 0999

credit [ˋkrɛdɪt] ★★☆☆☆☆☆

1 動 **把……歸於**

credit A with B (→ A be credited with B)
將 B 歸功於 A

Inventor Dawood Khan is **credited** with designing the first version of this machine.
人們認為這部機器的第一版是發明家大宇·康設計的。

2 動 **（把錢）存入帳戶**

credit A to B / B with A
(→ A be credited to B / B be credited with A)
把 A 存入 B

We **credit** the amount to your corporate account.
我們把金額存入你公司的帳戶。

3 名 **榮譽；讚揚**

Ms. Largo received **credit** for acquiring the LXM Co. account.
拉戈女士因簽下 LXM 公司這個客戶而受到表揚。

相關單字

creditor 名 債權人；債主

常考用法

credit card 信用卡　　**store credit** 商店抵用額度

替換字詞

credit 榮譽；讚揚 → recognition 讚揚；表彰
receive a lot of credit (recognition) for the work 因工作受到很多讚揚

700+ RANK 1000

terrific [təˋrɪfɪk] ☆☆☆☆☆☆☆

形 **非常好的；極佳的**

You've done a **terrific** job with developing the accounting software program. 你開發了會計軟體程式，做得很棒。

Speed Check-up

答案 p.603

一、請參考底線下方的中文，填入意思相符的單字。

ⓐ equivalent ⓑ activated ⓒ boost ⓓ standing ⓔ consent

01 Rextech reported a ________ in sales last month.
提升

02 The two detergents produced ________ results, despite the difference in formulas.
相同的

03 Advertisers may not use photos of customers without their written ________.
同意

04 The new security system will be ________ once the employees leave for the day.
啟動

05 All tenants must pay a ________ charge of $100 along with the rent at the end of each month.
固定的

二、請參考句子的中文意思，選出填入後符合句意的單字。

ⓐ resigned ⓑ respectively ⓒ compromise ⓓ diversify ⓔ widespread

06 The news regarding the merger is ________ throughout the staff.
員工都在傳關於公司合併的消息。

07 Ms. Shelling ________ from her position after receiving another job offer. 在得到別的工作機會後，謝琳女士辭職了。

08 Management was able to reach a ________ with the employees concerning overtime pay. 關於加班費，管理階層得以和員工達成和解。

09 You should ________ your portfolio to strengthen your investments.
你的投資組合應該要多樣化，以強化你的投資。

10 Mr. Kim and Mr. Choi have worked at Kujari Ltd. for 12 and 15 years ________. 金先生與崔先生分別在庫加里公司工作了 12 和 15 年。

三、請選出填入後符合句意的單字。

ⓐ credited ⓑ recall ⓒ deliberate ⓓ abundant ⓔ upscale

11 Rainfall is ________ in the tropical forest reserve.

12 The positioning of store goods is ________ attempt to influence customer purchases.

13 Inventor Dawood Khan is ________ with designing the first version of this machine.

14 Please refer to the product guide if you cannot ________ some information.

15 Most of the high-end shops in this district are catered toward the ________.

前輩的從容

最近感覺生活好沉重，wage 啊 rarely 沒有調漲……

debt 持續增加，存款 amount 也空空……

唉～

也許現在講這種話有點 improper，但是人生在世，錢不是一切啊！

是啊……

跟喜歡的朋友一起 dine，試著去 encourage 自己。

就像現在的我。

喔喔

幾天過後

前輩實在太帥了，能以從容不迫的態度看待人生……

啊～你說的那位前輩？

他是含著金湯匙出生的貴公子啊！我 assume 他應該是富二代？

啊！真假？

找到他態度從容的根源。

800+ RANK 1001

encouraging [ɪn`kɝɪdʒɪŋ] ★☆☆☆☆☆ 101

形 **鼓勵的；激勵人心的**

The CEO's speech regarding the company's financial situation was very **encouraging**. 執行長關於公司財務狀況的演講非常激勵人心。

相關單字

encourage 動 鼓勵；激發

→ encourage A to do (A be encouraged to do) 鼓勵 A 做……

Parents who were athletes usually **encourage** their children to play sports. 曾是運動員的父母通常會鼓勵小孩參加體育活動。

encouragement 名 鼓勵；鼓勵的話或行為；促進

800+ RANK 1002

attain [ə`ten] ☆☆☆☆☆☆☆

動 **獲得；達到**

All the extra hours of practice have enabled the team to **attain** the tournament cup.
所有額外花時間的練習，讓那支隊伍能贏得錦標賽獎杯。

相關單字

attainment 名 獲得；成就　　attainable 形 可達到的；可獲得的

700+ RANK 1003

assume [ə`sjum] ☆☆☆☆☆☆☆

1 動 **承擔；就任**

→ assume the role/responsibility of 擔任……職務；承擔……責任

Ms. Carter is expected to **assume** the role of Director of Sales next week. 卡特女士預定下星期接下業務總監職務。

2 動 **假定為；認為**

→ assume (that) + 子句 ➜ 假定為……；（想當然地）認為……

Many business owners **assume** that it is easy to hire people to work for them. 很多企業老闆以為要僱用人為他們工作很容易。

相關單字 assumption 名 假定；承擔

常考用法 assume the responsibility of 承擔……責任

替換字詞

① assume **假定為；認為** → suppose **以為；假定為**
I assume (suppose) the changes will address your needs.
我假設這些改變可以符合你的需求。

② assume **承擔；就任** → take up **開始從事**
assume (take up) the position of manager 開始擔任經理一職

700+ RANK 1004

mandatory [ˋmændə͵torɪ] ★★☆☆☆☆☆

形 **強制的** → It is mandatory that + 子句 / to do ➔ 做……是強制的、必須的

It is **mandatory** that attendees speak only English during the international teleconference. 在國際視訊會議時，所有參加者都只能說英語。

相關單字

mandate 動 命令；委任 名（聯合國授權某國的）託管地

常考用法

mandatory meeting 必須參加、不得缺席的會議

600+ RANK 1005

amount [əˋmaʊnt] ★☆☆☆☆☆☆

名 **數量；總額**

This project's expenses should not exceed the allocated **amount**.
這個專案的費用不應該超出分配到的金額。

相關單字

amount to 合計

The laptop and case **amount to** US$2,600.
筆記型電腦和電腦包合計 2,600 美元。

an amount of 一些

替換字詞

amount 數量；總額 → level 能力；級別

the amount (level) of skill designing sunglasses 設計太陽眼鏡的技術等級

800+ RANK 1006

surge [sɝdʒ] ☆☆☆☆☆☆☆

1 名 **激增** → ……遽增

The recent **surge** in prices has led to less consumer spending.
近來物價飛漲導致消費者支出減少。

2 動 **激增；激增**

Taxi fares usually **surge** during peak hours.
計程車的車資通常在尖峰時間會激增。

700+ RANK 1007

habitually [həˋbɪtʃʊəlɪ] ★☆☆☆☆☆☆

副 **習慣地**

Janice **habitually** makes coffee every morning. 珍妮絲習慣每天早上煮咖啡。

相關單字

habit 名 習慣

→ make it a habit to do 養成做……的習慣

Employees should make it a **habit** to arrive early.

員工應養成早到的習慣。

常考用法

eating habit 飲食習慣 **working habit** 工作習慣

700+ RANK 1008

wage [wedʒ] ☆☆☆☆☆☆☆

名 **工資；薪水**

→ 薪水很高

Seasonal employees at Hurly Snow Gear earn a good **wage** in the winter. 赫立滑雪設備的季節性員工冬天時薪水很高。

常考用法

wage increase 加薪

800+ RANK 1009

debt [dɛt] ★☆☆☆☆☆☆

名 **負債**

Lifton Bank does not give loans to companies with a lot of **debt**.

利夫頓銀行不會貸款給負債很多的公司。

700+ RANK 1010

genuine [ˋdʒɛnjʊɪn] ★☆☆☆☆☆☆

形 **真的；非偽造的**

All of Chaviton's handbags are made of **genuine**, high-quality leather.

契夫頓的所有手提袋都是用高品質的真皮製成。

相關單字

genuinely 副 真正地；真誠地

800+ RANK 1011

appraisal [əˋprez!] ☆☆☆☆☆☆☆ 102

名 **評價；估價**

→ performance appraisal 績效考核；績效評估

Alloyam Ltd.'s annual performance **appraisals** determine the Employee of the Year recipient.

艾樂顏公司的年度績效考核，將決定年度最佳員工的得主。

相關單字

appraise 動 估價；評價 **appraiser** 名 估價人

800+ RANK 1012

emerge [ɪˋmɝdʒ] ★☆☆☆☆☆☆

動 **出現**

→ emerge from 從……出現

New evidence **emerged** from the investigation, which helped to solve the case.

調查發現了新證據，幫忙解決了這個案子。.

相關單字

emerging 形 新興的；發展初期的

常考用法

emerge as 以……的樣子或狀態出現

emerging market 新興市場

800+ RANK 1013

dividend [ˋdɪvəˏdɛnd] ☆☆☆☆☆☆☆

名 **紅利；股息**

Profitable companies are able to pay **dividends** to their shareholders.

有獲利的公司能夠分股利給股東。

相關單字

divide 動 分開；分裂

常考用法

divide A into B (→ A be divided into B) 把 A 分成 B（個單位）

700+ RANK 1014

decisive [dɪˋsaɪsɪv] ★☆☆☆☆☆☆

1 形 **決定性的**

Gidecher Ltd.'s positive brand image was the **decisive** factor in winning the contract.

吉德謝有限公司的正面品牌形象，是贏得合約的決定性因素。

2 形 **果斷的**

It is hard to be **decisive** when purchasing a new home.

要買新房子時，很難果斷下決定。

相關單字

decision 名 決定；決策；決斷力　　decide 動 決定；使下決心
decidedly 副 確定地；斷然地

常考用法

decide to do 決定做……　　decision to do 決定做……
make a decision 做決定

替換字詞

decision **決定；決策；決斷力 → call 決定；抉擇**
city officials who made the **decision (call)** 做出決定的市府官員

800+ RANK 1015

unanimous [jʊ`nænəməs] ★☆☆☆☆☆☆

形 **全體一致的；一致同意的**

Amongst the board, there is **unanimous** support of the business plan. (→ 一致支持)
董事會一致支持這個營運計畫。

相關單字

unanimously 副 一致地；無異議地
The proposal to renovate our building was approved **unanimously** by the committee. 委員會一致同意整修我們大樓的提案。

800+ RANK 1016

impose [ɪm`poz] ☆☆☆☆☆☆☆

1 動 **把……強加於**

→ impose A on B
(= A be imposed on B)
把 A 加在 B 上

Brookings Store **imposes** a surcharge on all items purchased with a credit card. 布魯京商店對於以信用卡支付的商品，會加收額外費用。

2 動 **強行收取**

The city will **impose** a heavy fine on illegal parking starting January 1.
市政府從 1 月 1 日起將對違規停車重罰。

700+ RANK 1017

dine [daɪn] ☆☆☆☆☆☆☆

動 **進餐；用餐**

Mr. Berkins will **dine** with the clients after today's meeting. (→ 和……一起用餐)
今天開完會後，柏金斯先生將和客戶一起吃晚餐。

相關單字

dining 名 用餐　　diner 名 用餐的人；路邊小餐館

800+ RANK 1018

solicit [sə`lɪsɪt] ☆☆☆☆☆☆☆

動 **請求；懇求**

The Personnel Department is **soliciting** feedback from employees concerning its new training program.
人事部就它的新訓練計畫，徵求員工的回饋意見。

相關單字

solicitation 名 懇請；誘惑

常考用法

solicit donations 呼籲捐款

800+ RANK 1019

audit [`ɔdɪt] ★☆☆☆☆☆☆

1 名 **審計；查帳**

The **audit** of the company's financial data found no serious issues.
審核公司的財務資料並沒有發現嚴重問題。

2 動 **審核；查帳**

An outside firm will **audit** the company's books next week.
一家外部公司將在下星期審查公司的帳目。

相關單字

auditor 名 審計員；查帳員

800+ RANK 1020

improper [ɪm`prɑpɚ] ☆☆☆☆☆☆☆

形 **不合適的；不正確的**

There was a delay in processing the order due to **improper** documentation.
由於文件錯誤造成訂單處理延誤。

相關單字

improperly 副 不正確地；不適當地

700+ RANK 1021

invention [ɪn`vɛnʃən] ★☆☆☆☆☆☆ 103

名 **發明；創造**

發明……；創造……

At Westar Electronics, we are committed to the **invention** of better technology. 在威士達電子，我們承諾將發明更好的科技。

相關單字

invent 動 發明；創造；編造 **inventor** 名 發明家；創造者

700+ RANK 1022

mark [mɑrk] ☆☆☆☆☆☆☆

1 動 **表示**

This month **marks** four years that I've been with Flores Gardens.

這個月代表我在佛羅瑞花園工作滿四年了。

2 動 **標明；做記號於**

Please **mark** the date of the convention in your calendar.

請在你的日曆上把大會的日期標出來。

3 名 **痕跡；汙點**

Ms. Howard returned the shirt because it had a black **mark** on the right sleeve.

霍華德女士把襯衫退回去，因為右邊袖子上有個黑色的汙點。

800+ RANK 1023

readership [ˋridɚʃɪp] ☆☆☆☆☆☆☆

名 **(全體)讀者**

The journal's **readership** has increased 30 percent in the last two months.

過去兩個月裡，這本期刊的讀者增加了 30%。

相關單字

reading 名 閱讀；讀物；解釋 **reader** 名 讀者；愛讀書的人

500+ RANK 1024

rarely [ˋrɛrlɪ] ☆☆☆☆☆☆☆

副 **很少；難得**

Grable's Curios imports goods that are **rarely** available in stores.

葛雷堡怪奇商店進口店鋪很少賣的商品。

相關單字

rare 形 稀少的；罕見的

We don't allow **rare** books to leave the library.

我們圖書館不出借珍本書。

800+ RANK 1025

illustrate [ˋɪləstret] ☆☆☆☆☆☆☆

1 動 **闡明；說明**

To **illustrate** the company's strengths, the director spoke about its current market share.

為了說明公司的實力，總監談到公司目前的市占率。

2 動 **給……加插圖**

We will hire a freelance artist to **illustrate** the pictures in the book.

我們會僱用一位自由藝術家，畫書裡的插圖。

相關單字

illustration 名 說明；圖解　　illustrator 名 插圖畫家

替換字詞

illustrate 闡明；說明 → represent 展現；描繪

a brief video that clearly illustrates (represents) how to use the application 一支簡短的影片，清楚說明如何使用這個應用程式

700+ RANK 1026

gratitude [ˋgrætəˏtjud] ☆☆☆☆☆☆☆

名 **感激之情；感謝**　　express one's gratitude for/to 表達某人對……的感謝

To express our **gratitude** for your repeated patronage, we will provide you with free shipping.

為了表示對您再三惠顧的感謝，我們將給予您免運優惠。

700+ RANK 1027

remote [rɪˋmot] ★☆☆☆☆☆☆

1 形 **遙遠的**

Briome Manufacturing guarantees on-time delivery, even to **remote** destinations. 布萊翁製造公司保證貨物準時送達，即使目的地偏遠亦然。

2 形 **遙控的**

The toy car is controlled by a **remote** control.

玩具車以搖控器控制。

700+ RANK 1028

risky [ˋrɪskɪ] ☆☆☆☆☆☆☆

形 **冒險的**　　risky to do 做……是危險／冒險的

It is **risky** to start a business without researching the market.

未經市場調查就創業是很危險的事。

相關單字

risk 名 危險；風險

常考用法

run a risk of 冒著……的風險

800+ RANK 1029

attentive [ə`tɛntɪv] ★☆☆☆☆☆☆

形 **注意的；傾聽的**

(注意……；傾聽……)

All the managers were **attentive** to the opinions shared by staff at the meeting.
所有經理在會議上都注意聽員工說出的意見。

相關單字

attentively 副 專心地；周到地

attentiveness 名 注意；專注

attention 名 注意；注意力 (pay attention to 注意……；關心……)

SUPC, Inc. pays close **attention** to exchange rates when considering international contracts.
SUPC 公司在仔細考慮國際合約時，會密切注意匯率。

常考用法

call attention to 引起對……的注意　**attention to detail** 注意細節

800+ RANK 1030

flaw [flɔ] ☆☆☆☆☆☆☆

名 **缺陷；瑕疵**

Flaws in the design caused a production delay.
設計的瑕疵導致生產延後。

相關單字

flawed 形 有瑕疵的；有錯誤的　**flawless** 形 完美的；無瑕的

800+ RANK 1031

fiscal [`fɪsk!] ☆☆☆☆☆☆☆ 104

形 **財政的；會計的**

((= financial year) 會計年度)

The firm will undergo an audit at the end of the **fiscal** year.
會計年度結束時，公司要接受帳目審查。

800+ RANK 1032

momentum [mo`mɛntəm] ☆☆☆☆☆☆☆

名 **動量；動能** → gain/gather momentum 獲得動能

To gain market **momentum**, Jazznotes has released online music composing software.

為獲得市場動能，爵士音符公司已發行線上音樂作曲軟體。

800+ RANK 1033

mounting [`maʊntɪŋ] ☆☆☆☆☆☆☆

形 **增長的；加劇的**

Concerned about **mounting** debts, the city decided to halt the new construction project.

擔心日漸增加的負債，市政府決定暫停新的建造工程。

相關單字

mount 動 安放；安裝

A bicycle is **mounted** on the roof of a car.（Part 1 常考句子）

一輛腳踏車固定在車頂上。

常考用法

mounting pressure 持續升高的壓力

700+ RANK 1034

elegant [`ɛləgənt] ☆☆☆☆☆☆☆

形 **優雅的；精緻的**

We would like the interior of our house to be both **elegant** and modern.

我們想要房子的裝潢既優雅又現代。

常考用法

elegant restaurant 優雅精緻的餐廳

800+ RANK 1035

transmit [træns`mɪt] ☆☆☆☆☆☆☆

1 動 **傳送；傳達**

We will **transmit** the data over a secure channel.

我們會透過安全管道傳送資料。

2 動 **傳播；傳染**

The common influenza virus can be **transmitted** through contact with infected people.

常見的流感病毒會透過與感染者的接觸而傳染。

相關單字

transmission 名 傳送；傳播；傳染

常考用法

transmit A to B (→ A be transmitted to B) 把 A 傳給 B

700+ RANK 1036

smoothly [`smuðlɪ] ☆☆☆☆☆☆☆

副 **平穩地；順利地**

Our moving experts will ensure that the relocation process is done **smoothly**.

我們的搬運專家會確保搬遷過程順利完成。

相關單字

smooth 形 平滑的；（事情）進行順利的；流暢的；平和的

800+ RANK 1037

overwhelming [ˌovɚ`hwɛlmɪŋ] ☆☆☆☆☆☆☆

形 **壓倒的；勢不可擋的**

Jarook Apparel's latest line of sportswear has been an **overwhelming** success. (→ 大為成功的；壓倒性成功的)

賈路克服飾的最新運動服系列大為暢銷。

相關單字

overwhelmed 形 征服的；淹沒的；難以承受的；不知所措的

I'm **overwhelmed** by the amount of work I have to do.

我必須要完成的工作量令我難以承受。

overwhelmingly 副 壓倒性地；無法抵抗地

800+ RANK 1038

interfere [ˌɪntɚ`fɪr] ★☆☆☆☆☆☆

動 **干擾；阻礙**

Dust can **interfere** with the proper operation of computer fans. (→ 妨礙；干涉)

灰塵會妨礙電腦風扇的正常運轉。

相關單字

interference 名 阻礙；干涉；擾亂

800+ RANK 1039

turnover [ˋtɝn͵ovɚ] ☆☆☆☆☆☆☆

1 名 **流動率；周轉率**

employee turnover (rate) 人員流動（率）

You should check a company's employee **turnover** rate before applying.
應徵之前，你應該查看一家公司的員工流動率。

2 名 **營業額**

Clark & Spencer Department Store's quarterly **turnover** rose by 2.5%.
克拉克&史賓塞百貨公司的季營業額上升了2.5%。

800+ RANK 1040

customarily [ˋkʌstəm͵ɛrɪlɪ] ★★☆☆☆☆☆

副 **習慣上**

The final interview is conducted **customarily** with the CEO.
習慣上，最後一個採訪對象是執行長。

相關單字

customary 形 慣常的；傳統的
custom 名 風俗；習慣
customize 動 訂做；訂製

800+ RANK 1041

duplicate 形 名 [ˋdjupləkɪt] 動 [ˋdjuplə͵ket] ☆☆☆☆☆☆☆ 105

1 形 **完全一樣的；複製的**

The online request process reduced the number of **duplicate** orders.
線上需求程序減少了重覆訂單的數量。

duplicate order 重覆的訂單

2 名 **複製品；副本**

These are **duplicates** of documents from last year's business deals.
這是去年商業交易文件的副本。

3 動 **複製**

Mendez Corp. is under investigation for **duplicating** its competitor's products.
孟德茲公司因為複製競爭對手的產品而接受調查。

常考用法

in duplicate 一式兩份

800+ RANK 1042

shrink [ʃrɪŋk] ☆☆☆☆☆☆☆

動 **縮水**

Hamanvac's new linen-based textile does not **shrink** in the wash.
哈門維克的新型亞麻紡織品不會在清洗後縮水。

800+ RANK 1043

drawback [`drɔ͵bæk] ★☆☆☆☆☆☆

名 **缺點；缺陷**

The only **drawback** is that the apartment doesn't come with any parking space.
唯一的缺點就是這公寓沒有附帶停車位。

800+ RANK 1044

neutrality [nju`trælɪtɪ] ☆☆☆☆☆☆☆

名 **中立**

Moderators should maintain **neutrality** during political debates.
主持人在政治辯論時應保持中立。

相關單字

neutral 形 中立的；中性的

常考用法

neutral color 中性色調

800+ RANK 1045

considerate [kən`sɪdərɪt] ☆☆☆☆☆☆☆

形 **體貼的；體諒的**

（be considerate of → 體貼；體諒）

Please be **considerate** of your neighbors when holding gatherings at your apartment.
在公寓裡舉行聚會時，請考量到你的鄰居。

800+ RANK 1046

adjacent [ə`dʒesənt] ★☆☆☆☆☆☆

形 **比鄰的；鄰近的**

（adjacent to → 鄰近的；相連的）

Franhos Tower is in a location **adjacent** to City Hall.
佛蘭豪斯塔的所在位置在市政廳旁邊。

相關單字

adjacently 副 靠近地；相連地

800+ RANK 1047

retain [rɪˋten] ☆☆☆☆☆☆☆

動 **保留；保持**

Prince Communications is reinforcing its staff training in order to **retain** existing customers.

王子通訊正加強員工訓練以留住現有客戶。

相關單字

retention 名 保留；保持

Providing staff with opportunities for personal development can improve employee **retention**. → 員工留任

提供員工個人發展的機會可以提高員工的留任意願。

retainable 形 可保持的；可保留的

常考用法

client retention 留住顧客；客戶忠誠度

800+ RANK 1048

encompass [ɪnˋkʌmpəs] ☆☆☆☆☆☆☆

1 動 **包含**

The book **encompasses** a wide range of short stories.

這本書包含很多不同的短篇故事。

2 動 **圍繞**

To **encompass** the entire courtyard, we will need at least 250 pots of flowers. 為了圍繞整個庭院，我們至少需要 250 盆花。

800+ RANK 1049

thrilled [θrɪld] ☆☆☆☆☆☆☆

形 **非常興奮的；極為激動的**

Mr. Chang was **thrilled** to be offered the sales position. → thrilled to do 做……而激動

張先生因得到業務工作機會而激動不已。

700+ RANK 1050

expenditure [ɪkˋspɛndɪtʃɚ] ☆☆☆☆☆☆☆

名 **消費；支出**

Expenditures on dinners with clients are limited to $1,000 per person. → expenditure on ……的消費／開支

與客戶晚餐的費用限制在每人一千元。

常考用法

government expenditure 政府支出

public expenditure 公共支出

Speed Check-up

答案 p.603

一、請參考底線下方的中文，填入意思相符的單字。

ⓐ interfere ⓑ decisive ⓒ adjacent ⓓ drawback ⓔ attentive

01 Franhos Tower is in a location ________ to City Hall.
鄰近的

02 The only ________ is that the apartment doesn't come with any parking lot.
缺點

03 Gidecher Ltd.'s positive brand image was the ________ factor in winning the contract.
決定性的

04 Dust can ________ with the proper operation of computer fans.
干擾

05 All the managers were ________ to the opinions shared by staff at the meeting.
關注的

二、請參考句子的中文意思，選出填入後符合句意的單字。

ⓐ retain ⓑ gratitude ⓒ soliciting ⓓ amount ⓔ overwhelming

06 The Personnel Department is ________ feedback from employees concerning its new training program.
人事部就它的新訓練計畫，徵求員工的回饋意見。

07 The laptop and case ________ to $26,000.
筆記型電腦和電腦包合計 26,000 元。

08 Prince Communications is reinforcing its staff training in order to ________ existing customers.
王子通訊正加強員工訓練以留住現有客戶。

09 To express our ________ for your repeated patronage, we will provide you with free shipping. 為了表示對您再三惠顧的感謝，我們將給予您免運優惠。

10 Jarook Apparel's latest line of sportswear has been an ________ success.
賈路克服飾的最新運動服系列大為暢銷。

三、請選出填入後符合句意的單字。

ⓐ emerged ⓑ mounting ⓒ assume ⓓ improper ⓔ expenditures

11 Ms. Carter is expected to ________ the role of Director of Sales next week.

12 ________ on dinners with clients are limited to $100 per person.

13 There was a delay in processing the order due to ________ documentation.

14 New evidence ________ from the investigation, which helped to solve the case.

15 Concerned at ________ debts, the city decided to halt the new construction project.

DAY
22
800+
先背先贏 核心單字
1051~1100

上班族的悲哀

這 repetitive 的日常……
工作就是 demanding。
睡眠
shortage
已成常態……
我的
patience 也差
不多要到極限了。
可是如果工作 terminate，
就會失去固定 earnings，
這樣我有辦法撐下去嗎？

卡費也是 barely 繳清而已
……只要撐過這個月就好。
就算會因此 prolong 痛苦
的時間……
這次真的是我人生中最後
一次 attempt，之後就不
幹了，再撐一下下……
……每次都這樣告
訴自己，沒想
到就這樣過
了三十年？
原來是這樣
老闆娘……

800+ RANK 1051

demanding [dɪ`mændɪŋ] ☆☆☆☆☆☆☆ 106

1 形 **使人吃力的**

Operating on patients is a **demanding** job that requires a high level of concentration. 為病人開刀是個吃力的工作，需要高度的專注力。

2 形 **高要求的**

Although her manager is very **demanding**, he is reasonable and caring. 雖然她的經理要求很多，但他很講理而且很關心別人。

800+ RANK 1052

terminate [`tɝmə͵net] ★☆☆☆☆☆☆

1 動 **使停止；使終止**

Due to reduced demand, we have **terminated** our flights with service to Oklahoma City.
由於需求減少，我們已停飛奧克拉荷馬市的航線。

2 動 **結束；終止**

The express train **terminating** at Belmont City will depart in five minutes.
往貝爾蒙市的特快車將在五分鐘後發車。

相關單字

termination 名 結束；終止　　**terminal** 形 終點的；末期的 名 航廈

800+ RANK 1053

overcome [͵ovɚ`kʌm] ☆☆☆☆☆☆☆

動 **克服**

To help **overcome** the economic recession, the government lowered interest rates.
為了協助克服經濟衰退，政府調降利率。

800+ RANK 1054

contrary [`kɑntrɛrɪ] ☆☆☆☆☆☆☆

形 **相反的；對立的**　與……相反

Contrary to expectations, Glyph Corp.'s stock rose when the product was discontinued.
出乎意料地，產品雖然停產，但葛萊夫集團的股價卻上揚。

相關單字

contrarily 副 相反地；反對地

常考用法

on the contrary 恰恰相反

800+ RANK 1055

shortage [`ʃɔrtɪdʒ] ★☆☆☆☆☆☆

名 **缺乏；不足**

There is a **shortage** of cheap accommodation in the region.
→ 缺乏……；……不足

這個地區的廉價住宿處很少。

相關單字

short 形 短缺的；不足的

We're **short** on kitchen staff at the moment.

我們目前缺廚房人手。 → **be short on/of** 缺乏……；……不足

shorten 動 縮短

We had to **shorten** our presentation because it was too long.

因為簡報太長了，我們不得不把它縮短。

800+ RANK 1056

attempt [ə`tɛmpt] ☆☆☆☆☆☆☆

1 名 **嘗試；企圖**

→ **attempt to do** 企圖、嘗試做……

Silverflower Restaurant has made an ambitious **attempt** to blend Western cuisine with Asian spices.

銀花餐廳做了個企圖心強大的嘗試，把亞洲香料加入西方料理中。

2 動 **試圖**

→ **attempt to do** 試圖做……

BL Shoes will **attempt** to enter the European market.

BL 鞋業試圖打入歐洲市場。

800+ RANK 1057

oversee [͵ovə`si] ★★☆☆☆☆☆

動 **監督；監視**

Mr. Bibbo is responsible for **overseeing** the negotiations with Caltods Group.

畢伯先生負責監督與凱爾陶茲集團的談判。

800+ RANK 1058

earnings [`ɝnɪŋz] ★☆☆☆☆☆☆

名 **收入；利潤**

The CEO is concerned that the company's third quarter **earnings** were weaker than originally anticipated.

執行長對於公司第三季獲利不如原先預期而感到憂心。

相關單字

earn 動 賺（錢）；贏得

Management will review which employees have **earned** the right to receive a bonus. 管理階層會審視哪些員工有權利得到紅利。

常考用法

earnings growth 收益成長

800+ RANK 1059

vacancy [ˋvekənsɪ] ★★☆☆☆☆☆

1 名 **空缺；空職**

Gilatas Legal is holding interviews to fill a **vacancy** in their commercial law division. 吉拉塔斯法律事務所正在面試，以補商務法部門的職缺。

（fill a vacancy → 補足空缺）

2 名 **空地；空房**

During the summer season, there are not many **vacancies** at the Crawford Inn.

暑假期間，克勞福旅店的空房不多。

相關單字

vacant 形（職位）空缺的

The applicant is hoping to get the **vacant** marketing director's position.

應徵者希望能得到行銷主管的職位。

vacate 動 空出；離開

800+ RANK 1060

overall [ˋovɚ͵ɔl] ★☆☆☆☆☆☆

1 形 **整體的**

The focus group liked the **overall** design of the product.

焦點小組喜歡這個產品的整體設計。

2 副 **整體上；總的來說**

The Wixford branch reported a 10 percent increase **overall** in sales.

威克斯福分公司報告，業績全面成長 10%。

800+ RANK 1061

behavior [bɪˋhevjɚ] ☆☆☆☆☆☆☆ 107

名 **行為；表現**

Dr. Kurihara studied customer **behavior** for many years and even wrote a marketing textbook.

（customer behavior → 顧客行為）

庫里哈拉博士研究顧客行為多年，甚至寫了一本行銷學的教科書。

相關單字

behave 動 行事

800+ RANK 1062

mortgage [ˋmɔrgɪdʒ] ☆☆☆☆☆☆☆

名 **抵押；抵押借款**

To apply for a housing **mortgage**, you will need a good credit score.
→ housing mortgage (loan) 房屋抵押借款

想要申請房屋抵押借款，你需要信貸評分良好。

常考用法

mortgage loan 抵押貸款

800+ RANK 1063

resistant [rɪˋzɪstənt] ☆☆☆☆☆☆☆

形 **抵抗的；抗……的**

The Duratrek backpack is **resistant** to all weather conditions.
→ 抗……的；防……的

杜瑞崔克背包能耐得住各種天氣狀況。

相關單字

resistance 名 反抗

The company's revised vacation policy was met with **resistance** from some employees.

公司修訂後的休假政策遭到一些員工的反抗。

resist 動 反抗；阻擋；抗拒

常考用法

shock-resistant 防震的　　**face/encounter resistance** 面對／遭遇反抗

800+ RANK 1064

patience [ˋpeʃəns] ★★☆☆☆☆☆

名 **耐心；忍耐**

We apologize for the delay and thank you for your **patience**.

很抱歉造成延誤，謝謝您的耐心。

相關單字

patient 形 有耐心的；能容忍的　　**patiently** 副 耐心地；堅忍不拔地

常考用法

patient with 對……有耐心

800+ RANK 1065

stain [sten] ☆☆☆☆☆☆☆

1 名 **沾汙；汙點**

I've ordered a new product for cleaning **stains** on carpets.

我已經訂了清除地毯汙漬的新產品。

2 動 變髒；玷汙
Soak the **stained** fabric in a solution of hot water and Queens Laundry Detergent. 把髒汙的布浸泡在熱水與皇后洗衣精的混合溶液中。

800+ RANK 1066
illegal [ɪ`lig!] ☆☆☆☆☆☆☆

形 **非法的**
It is illegal (for A) to do ➜（對 A 來說）做……是違法的
It is **illegal** to use any of these images without permission from the photographer. 沒有得到攝影師的同意，就使用這些圖像是違法的。

相關單字
legal 形 法律的；法律上的
illegally 副 非法地；不法地　**legally** 副 依法；合法地

800+ RANK 1067
invaluable [ɪn`væljəb!] ☆☆☆☆☆☆☆

形 **無價的；非常貴重的**
The new intern has proven to be an **invaluable** addition to the team.
新來實習生的表現，證明了他是團隊非常寶貴的助手。

800+ RANK 1068
code [kod] ☆☆☆☆☆☆☆

1 名 **代碼；密碼**
promotional code ➜ 促銷優惠碼
To receive the online discount, please enter the promotional **code**.
要享有線上折扣，請輸入促銷優惠碼。

2 名 **規範；規則**
The employee **code** of conduct can be found on the company's website. 員工行為規範可以在公司網站上找到。

800+ RANK 1069
barely [`bɛrlɪ] ★☆☆☆☆☆☆

副 **勉強；幾乎沒有**
Travelers were surprised that the airport staff **barely** spoke English.
機場員工幾乎不會說英語，這讓旅客很吃驚。

相關單字
bare 形 裸的；空的；僅僅的

800+ RANK 1070

exotic [ɪgˋzɑtɪk] ☆☆☆☆☆☆☆

形 **異國的**

Mr. Hoover gave us detailed information about **exotic** locations in Thailand.

胡佛先生給了我們泰國境內富有異國風情的地區的詳細資訊。

800+ RANK 1071

prolong [prəˋlɔŋ] ☆☆☆☆☆☆☆ 

動 **延長；拖延**

The director arrived 20 minutes late, which **prolonged** the meeting.

總監遲到了 20 分鐘，造成會議延長。

相關單字

prolonged 形 延長的；拖延的

800+ RANK 1072

randomly [ˋrændəmlɪ] ★☆☆☆☆☆☆

副 **任意地；隨機地**

The contest winner's name will be drawn **randomly** from a list of registered participants.

比賽的優勝者將從報名參加者的名單中隨機抽出。

相關單字

random 形 任意的；隨機的

替換字詞

randomly 任意地；隨機地 → irregularly 不規則地；不定期地

a randomly (irregularly) occurring problem 不定期發生的問題

800+ RANK 1073

conserve [kənˋsɝv] ★☆☆☆☆☆☆

動 **節省；保存**

To **conserve** paper and ink, employees have a daily printer page limit.

為了節省紙張與墨水，員工每天的列印量有限額。

相關單字

conservation 名 保存；（對自然資源的）保護　**conservative** 形 保守的

常考用法

energy conservation 節約能源

wildlife conservation 保護野生動物

800+ RANK 1074

repetitive [rɪˋpɛtɪtɪv] ★☆☆☆☆☆☆

形 **反覆的；重複的**

Factory workers who perform **repetitive** tasks should take frequent breaks to avoid injuries.

從事重複性工作的工廠勞工，應經常休息以避免受傷。

相關單字

repeat 動 重複
repetition 名 重複；重做；複製品
repeated 形 重複的；履次的
repeatedly 副 不停地；一再

800+ RANK 1075

blend [blɛnd] ☆☆☆☆☆☆☆

1 動 **使混合**

According to the instructions, the ingredients must be **blended** thoroughly with water.

根據操作指南，食材必須和水完全混合。

▸ blend A with B
(→ A be blended with B)
將 A 與 B 混合

2 名 **混合物；混合品**

Hope Apparel's summer dresses are made from a breathable cotton and linen **blend**.

賀普服飾的夏季洋裝是以透氣的綿與亞麻混紡品製成。

常考用法

blend in with 與……調和

800+ RANK 1076

phase [fez] ★☆☆☆☆☆☆

名 **階段**

The first **phase** of the road expansion project will take three months.

道路拓寬的第一階段工程將為期三個月。

常考用法

in phases 分階段
phase in/out 逐步採用／停止

800+ RANK 1077

dominant [ˋdɑmənənt] ☆☆☆☆☆☆☆

形 **占優勢的；支配的**

Gedum Clothing remains **dominant** in the very competitive clothing industry. 吉丹服裝在競爭激烈的服裝業仍居主導地位。

相關單字

dominate 動 統治；控制　　**predominant** 形 占支配地位的

800+ RANK 1078

conform [kənˋfɔrm] ☆☆☆☆☆☆☆

動 **遵守；符合**

→ 符合……

All vehicles manufactured at the Milton facilities **conform** to industry standards.

米爾頓廠製造的所有車輛都符合業界標準。

800+ RANK 1079

successive [səkˋsɛsɪv] ☆☆☆☆☆☆☆

形 **連續的；相繼的**

→ 連續三年

Farmers are concerned by the lack of rain for three **successive** years.

連續三年沒下雨讓農夫很擔心。

相關單字

succession 名 連續；一系列

常考用法

in succession 連續地

800+ RANK 1080

accountable [əˋkaʊntəb!] ☆☆☆☆☆☆☆

形 **應負責任的**

→ hold A accountable for B
(→ A be held accountable for B)
要 A 為 B 負責

The marketing manager was held **accountable** for the poor performance of a new advertising campaign.

行銷經理要負起新廣告活動效果不佳的責任。

相關單字

accountability 名 負有責任

常考用法

be accountable for 對……負責；說明……

替換字詞

accountable **應負責任的** → responsible **應負責任的**

accountable (responsible) for the business failure 為生意失敗責任

800+ RANK 1081

liaison [ˌlɪeˋzɑn] ☆☆☆☆☆☆☆  109

名 **聯絡；聯繫**

The lack of **liaison** between companies and clients can cause miscommunications.

公司與客戶間很少聯絡可能造成溝通不良。

常考用法

liaison office/officer 聯絡辦公室／聯絡官

800+ RANK 1082

blurry [ˋblɝɪ] ☆☆☆☆☆☆☆

形 **模糊的**

The vision in my left eye seems a little **blurry**.

我左眼的視力似乎有點模糊。

800+ RANK 1083

circumstance [ˋsɝkəmˌstæns] ☆☆☆☆☆☆☆

名 **情形；狀況**

→ under . . . circumstance 在……情形下

Under special **circumstances**, employees may be allowed to work from home. 在特殊情況下，員工也許能獲准在家工作。

800+ RANK 1084

constantly [ˋkɑnstəntlɪ] ☆☆☆☆☆☆☆

副 **不斷地；時常地**

The IT Department will work **constantly** to ensure the new software functions smoothly.

資訊部門將不斷努力以確保新軟體運作順暢。

相關單字

constant 形 經常發生的；穩定的

800+ RANK 1085

scope [skop] ★☆☆☆☆☆☆

1 名 **範圍；領域**

The attached file details the **scope** of the project. ……的範圍

附件的檔案詳述這個專案的範圍。

2 名 **餘地；機會**

The marketing campaign was a success, but there is still much **scope** for growth. 做或發展……的機會

行銷活動很成功，但還有很多加強的空間。

常考用法

scope of work 工作範圍

800+ RANK 1086

define [dɪ`faɪn] ☆☆☆☆☆☆☆

動 **解釋；給……下定義**

The property line was not clearly **defined**, causing an issue between the two homeowners.

地產的界線未清楚畫定，造成兩位屋主間的爭議。

相關單字

definition 名 定義；規定

800+ RANK 1087

proportion [prə`porʃən] ☆☆☆☆☆☆☆

名 **比例；比率** the proportion of A to B ➔ A 與 B 的比例

The **proportion** of men to women at our company is about two to one.

我們公司的男女比例大約是二比一。

相關單字

proportional 形 成比例的；均衡的

800+ RANK 1088

slot [slɑt] ★☆☆☆☆☆☆

1 名 **狹縫；狹槽**

Insert the cable into the **slot** behind the machine.

把電纜插入機器後面的插槽中。

2 名 **時段**

We have reserved a **slot** for you to speak at this month's workshop.

我們在這個月的工作坊中，保留了一個時段給你演講。

常考用法

time slot（電視或廣播電台的）播放時段

替換字詞

slot 時段 → opening 空缺
fill the slots (openings) that are listed as still available
填滿仍有空缺的時段

800+ RANK 1089

constructive [kən`strʌktɪv] ☆☆☆☆☆☆☆

形 **建設性的**

Both parties agreed that the talks were **constructive** and planned another meeting.
兩黨都同意對談很有建設性，因此規劃另一次會議。

800+ RANK 1090

devise [dɪ`vaɪz] ☆☆☆☆☆☆☆

動 **設計；策劃**

The advertising campaign was **devised** by our Marketing Department.
這次廣告活動是由我們的行銷部門所策劃。

相關單字

device 名 裝置；設備
The mobile **device** market is predicted to grow by 50 percent within 10 years.
預測行動裝置市場在十年內將成長 50%。

800+ RANK 1091

border [`bɔrdɚ]  

1 名 **邊界；邊境**
The railroad tracks cross the **border** between the two neighboring countries. 鐵路軌道橫過兩個鄰國的邊界。

2 動 **形成……的邊；圍住**
A fence **borders** both sides of a pathway.（Part 1 常考句子）
小徑的兩側都圍著籬笆。

800+ RANK 1092

wise [waɪz] ☆☆☆☆☆☆☆

形 **明智的**

→ 一個明智的決定

Many residents believe that it was a **wise** decision to close down the factory. 很多居民相信關閉工廠是明智的決定。

相關單字

wisely 副 聰明地；明智地

800+ RANK 1093

optimal [ˋɑptəməl] ☆☆☆☆☆☆☆

形 **最佳的；最理想的**

→ 以最佳效率

Today's seminar will discuss how to run your business at **optimal** efficiency.
今天的研討會將討論如何以最大效率經營你的公司。

相關單字

optimize 動 最佳化；最優化

常考用法

optimal performance 最佳表現；最佳性能

800+ RANK 1094

imperative [ɪmˋpɛrətɪv] ★☆☆☆☆☆☆

形 **必要的；必須服從的**

→ It is imperative that + S + (should) + 原形動詞 → 必須……

It is **imperative** that all employees attend the monthly staff meeting.
所有員工都必須參加每月的員工會議。

800+ RANK 1095

nutrition [njuˋtrɪʃən] ☆☆☆☆☆☆☆

名 **營養**

Did you read the article on the upcoming health conference on **nutrition**?
你看過即將舉行的健康研討會中關於營養的文章嗎？

相關單字

nutritious 形 有營養的　　**nutritionist** 名 營養學家

常考用法

nutrition information 營養標示　　**nutritional value** 營養價值

DAY 21 22 800-900 23 24 25 26 27 28 29 30

800+ RANK 1096

gear [gɪr] ☆☆☆☆☆☆☆

名 **設備；裝置**

All guests must wear protective **gear** at all times when touring the facility. 在參觀機構時，所有的來賓都必須全程穿戴著防護裝備。 (protective gear → 防護裝備)

相關單字

geared 形 適應的；適合的

常考用法

geared to/towards 使適應　　**safety gear** 安全裝備

800+ RANK 1097

trace [tres] ☆☆☆☆☆☆☆

1 動 **追蹤；跟蹤**

The committee is trying to **trace** the source of funding for the election.
委員會設法追蹤選舉資金的來源。

2 名 **痕跡**

Please ensure that there are no **traces** of the previous guest when cleaning the room.
打掃房間時，請確保沒有前一位客人留下的痕跡。

替換字詞

① **trace 追蹤；跟蹤 → follow 追溯**
trace (follow) the early years of Oxford city 追溯牛津市的早年生活

② **trace 追蹤；跟蹤 → find 發現；查出**
trace (find) the shipments as quickly as possible 儘快找到貨物

800+ RANK 1098

embarrassed [ɪm`bærəst] ☆☆☆☆☆☆☆

形 **尷尬的；不好意思的**

I'm a little **embarrassed** to ask, but when is payday?（Part 2 常考句子）
我有點不好意思問，但何時發薪水？

800+ RANK 1099

edge [ɛdʒ] ☆☆☆☆☆☆☆

1 名 **邊緣**

Barnes Clothing is far from the downtown area, nearly at the **edge** of town. 巴尼斯服裝離鬧區很遠，幾乎是在城市邊緣了。 (at the edge of → 在……的邊緣)

2 名 **優勢；優勢條件**

→ have a competition edge over 有競爭優勢

Because of her past job experiences, Brianna had a competitive **edge** over other candidates.
由於她過去的工作經驗，布里安娜具有勝過其他應徵者的競爭優勢。

相關單字

cutting-edge 形 最先進的

常考用法

competitive edge 競爭優勢

800+ RANK 1100

stress [strɛs] ★☆☆☆☆☆☆

1 名 **壓力**

Taking small breaks is a good way to reduce **stress** during work hours.
休息片刻是工作時減輕壓力的好方法。

2 名 **著重；重要性**

→ place/lay stress on 強調……

The president placed heavy **stress** on reducing operating expenses.
總裁強調要削減營運費用。

3 動 **強調**

→ stress that + 子句 ➜ 強調……

The apartment management office **stressed** that tenants keep quiet during the late evening.
公寓管理中心強調住戶在深夜必須保持安靜。

替換字詞

stress 壓力 → anxiety 緊張；壓力
stress (anxiety) that comes with the mess 混亂造成的焦慮

Speed Check-**up**

答案 p.603

DAY

21

22
800
|
900

23

24

25

26

27

28

29

30

一、請參考底線下方的中文，填入意思相符的單字。

ⓐ optimal　ⓑ prolonged　ⓒ conserve　ⓓ successive　ⓔ gear

01 All guests must wear protective ________ (裝備) at all times when touring the facility.

02 The director arrived 20 minutes late, which ________ (延長) the meeting.

03 Today's seminar will discuss how to run your business at ________ (最佳的) efficiency.

04 Farmers are concerned by the lack of rain for three ________ (連續的) years.

05 To ________ (節省) paper and ink, employees have a daily printer page limit.

二、請參考句子的中文意思，選出填入後符合句意的單字。

ⓐ demanding　ⓑ edge　ⓒ phase　ⓓ constantly　ⓔ shortage

06 The first ________ of the road expansion project will take three months.
道路拓寬的第一階段工程將為期三個月。

07 Because of her past job experiences, Brianna had a competitive ________ over other candidates.
由於她過去的工作經驗，布里安娜具有勝過其他應徵者的競爭優勢。

08 There is a ________ of cheap accommodation in the region.
這個地區的廉價住宿處很少。

09 Operating on patients is a ________ job that requires a high level of concentration. 為病人開刀是個吃力的工作，需要高度的專注力。

10 The IT Department will work ________ to ensure the new software functions smoothly. 資訊部門不斷努力以確保新軟體運作順暢。

三、請選出填入後符合句意的單字。

ⓐ conform　ⓑ dominant　ⓒ stress　ⓓ overall　ⓔ overseeing

11 All vehicles manufactured at the Milton facilities ________ to industry standards.

12 Mr. Bibbo is responsible for ________ the negotiations with Caltods Group.

13 The president placed heavy ________ on reducing operating expenses.

14 The Wixford branch reported a 10 percent increase ________ in sales.

15 Gedum Clothing remains ________ in the very competitive clothing industry.

800+
先背先贏 核心單字
1101~1150

網拍的陷阱

逛網拍時，我無意間發現，某張沙發標示著 unprecedented 的價格。
沙發
$3
怎麼可能！！只要台幣三元？
居然會有這樣的 pricing，一定是哪裡弄錯了！
心跳
加速
otherwise 怎麼可能這麼便宜！
看來有員工 carelessly 打錯價格，說不定 instantly 就會變回原價！

現在不買就太 wasteful 了，馬上 determine 下單！
結帳！
等待到貨期間我感到焦躁不安。
如果真的弄錯價錢，
會不會改寄其他的 substitute 給我……
幾天後終於收到了商品……
結果是沙發模型……？

RANK 1101 800+

expedite [`ɛkspɪ͵daɪt] ☆☆☆☆☆☆☆

動 **迅速執行；促進**

The wholesaler can **expedite** rush orders for an additional fee.
額外付費後，大盤商可以加速處理緊急訂單。

相關單字

expedited 形 加速的；迅速完成的　**expedition** 名 迅速；遠征；探險

常考用法

expedited shipping 快捷運送

替換字詞

expedite 迅速執行；促進 → accelerate 加速
a system to expedite (accelerate) shipping 快捷運送系統

RANK 1102 800+

sizable [`saɪzəb!] ★☆☆☆☆☆☆

形 **相當大的**

A **sizable** portion of the surveyed customers preferred the vanilla flavor.
受訪的顧客中有相當多偏好香草口味。

相關單字

size 名 尺寸；大小；規模

RANK 1103 800+

stability [stə`bɪlətɪ] ★☆☆☆☆☆☆

名 **穩定；安定**

The **stability** of the currency depends on a safe political climate.
貨幣的穩定有賴安定的政治氣氛。

相關單字

stable 形 穩定的；精神健全的 名 馬廄　**stabilize** 動 使穩定；使穩固

RANK 1104 800+

determine [dɪ`tɝmɪn] ☆☆☆☆☆☆☆

1 動 **確定；測定**

Our electricians are working to **determine** the cause of the power failure. (確定……的原因)
我們的電氣技師正在檢查以確定造成停電的原因。

DAY 21 22 23 (800–900) 24 25 26 27 28 29 30

2 動 **決定**

We still have not **determined** the location of the event.
我們還沒有決定活動的地點。

相關單字

determined 形 下定決心的　　**determination** 名 決心；毅力

800+ RANK 1105

understanding [ˌʌndɚ`stændɪŋ] ☆☆☆☆☆☆☆

1 名 **了解；理解**

→ 了解／理解……

Being a financial analyst requires a deep **understanding** of the economy. 當一個財務分析師必須對經濟有深入的了解。

2 形 **能諒解的；寬容的**

We apologize for the delay, and thank you for being **understanding**.
我們為延誤致歉，並感謝您的體諒。

相關單字

understand 動 理解；體諒　　**understandable** 形 易理解的；合乎情理的

800+ RANK 1106

substitute [`sʌbstəˌtjut] ☆☆☆☆☆☆☆

1 名 **替代物**

→ ……的代用品；替代品

Soy milk is a popular **substitute** for regular cow's milk.
豆漿是受歡迎的一般牛奶替代品。

2 動 **替代**

→ substitute B for A = substitute A with B 以 B 取代 A

You could **substitute** margarine for butter when making this cake.
做這個蛋糕時，你可以使用人造奶油代替奶油。

相關單字

substitution 名 代替；代用品；(化學)取代作用

800+ RANK 1107

endangered [ɪn`dendʒɚd] ☆☆☆☆☆☆☆

形 **瀕臨絕種的**

→ 瀕危物種

Tigers are an **endangered** species because their habitats are being destroyed.
由於棲地遭到破壞，老虎成為瀕危物種。

相關單字

endanger 動 使處於險境；危及

800+ RANK 1108
outlook [ˋaʊtˏlʊk] ☆☆☆☆☆☆☆

1 名 **景色；風光**
The hotel has a nice **outlook** over the forest.
這家飯店有美麗的森林景色。

2 名 **觀點；看法**
Edward just completed his education abroad and will offer a fresh **outlook** on this project. （outlook on：對……的觀點、看法）
愛德華剛剛在海外完成學業，將為這個專案來帶新的觀點。

常考用法
weather outlook 天氣展望；天氣預報

800+ RANK 1109
unprecedented [ʌnˋprɛsəˏdɛntɪd] ☆☆☆☆☆☆☆

形 **史無前例的；空前的**
An **unprecedented** demand has led to a supply shortage.
空前的需求導致供應量短缺。

替換字詞
unprecedented 史無前例的；空前的 → unparalleled 空前的；無法比擬的
experience an unprecedented (unparalleled) increase
經歷前所未有的上漲

800+ RANK 1110
convey [kənˋve] ☆☆☆☆☆☆☆

動 **傳遞；表達**
Ms. Elgrin made sure she **conveyed** Mr. Jeremiah's message to the client.
艾爾葛林女士確定，她把傑若麥亞先生的訊息傳達給客戶了。

常考用法
conveyor belt 輸送帶

800+ RANK 1111
measure [ˋmɛʒɚ] ☆☆☆☆☆☆☆  112

1 名 **手段；方法**
Several cost-cutting **measures** were discussed at the management meeting. 管理會議討論了數種削減成本的措施。

2 動 **測量；計量**

This exam is meant to **measure** the candidate's physical capabilities.
這項測驗是為了衡量應徵者的體能。

相關單字

measurement 名 測量法；測量；尺寸

常考用法

take measures 採取措施　　**measure up to** 符合；達到……
security/safety measures 安全措施

替換字詞

measure 手段；方法 → action 行動
take measures (action) to cut costs 採取行動削減成本

800+ RANK 1112

bound [baʊnd] ★☆☆☆☆☆☆

1 形 **（法律或道德上）有義務的** → be bound to do 有義務……

The buyer is **bound** to pay by the end of the month.
買家必須在月底付款。

2 形 **肯定的**

With RiteMart's wide selection of products, customers are **bound** to find what they want.
萊特超市的產品眾多，顧客一定能找到他們要的東西。

3 形 **準備前往……的** → 開往……的；準備前往……的

The train **bound** for Colorado City will be departing from platform 9.
開往科羅拉多市的火車將從第九月台發車。

替換字詞

bound 肯定的 → likely 可能的
It was bound (likely) to happen. 很可能會發生。

800+ RANK 1113

fundamental [ˌfʌndəˋmɛntḷ] ☆☆☆☆☆☆☆

形 **基礎的；十分重要的** → 對……很重要

Good customer service is **fundamental** to any retail business.
良好的顧客服務對零售業來說很重要。

相關單字

fundamentally 副 根本地；重要地

800+ RANK 1114

coincide [ˌkoɪnˋsaɪd] ★★☆☆☆☆☆

1 動 **同時發生** coincide with 與……同一時間

This year's architecture conference **coincides** with Ms. Tally's business trip to Bangkok. 今年的建築研討會恰好與泰利女士去曼谷出差的時間重疊。

2 動 **相符；一致** coincide with 與……一致

Shawna's opinion about the candidate **coincided** with Gary's.
秀娜對那位應徵者的看法與蓋瑞相同。

相關單字

coincidence 名 巧合；同時發生
coincident 形 同時發生的；時間相同的
coincidental 形 巧合的
coincidentally 副 巧合地；碰巧的是

800+ RANK 1115

instantly [ˋɪnstəntlɪ] ☆☆☆☆☆☆☆

副 **立即；馬上**

Grynn Coffee has an **instantly** recognizable logo, which makes their shops easy to locate.
葛蘭咖啡的商標一眼就能認出，這使人們很容易就能找到他們的店。

相關單字

instant 形 立即的；即溶的；速食的

800+ RANK 1116

distinctive [dɪˋstɪŋktɪv] ☆☆☆☆☆☆☆

形 **有特色的；特殊的**

Handbags designed by Fransiska Wong are famous for their **distinctive** metal decorations. 法蘭西斯卡·黃設計的手提包以特殊的金屬裝飾而出名。

相關單字

distinctively 副 特殊地；區別地
distinction 名 區別；特性
distinct 形 有區別的；明顯的

800+ RANK 1117

wildlife [ˋwaɪldˌlaɪf] ★☆☆☆☆☆☆

名 **野生生物** wildlife habitat 野生動物棲地

Ms. Medine is a strong advocate for the preservation of **wildlife** habitats.
梅戴女士是保護野生動物棲地的強力擁護者。

常考用法 **wildlife refuge** 野生動物庇護所

800+ RANK 1118

wasteful [ˋwestfəl] ☆☆☆☆☆☆☆

形 **浪費的**

The CEO of the company wants to eliminate areas of **wasteful** spending. 公司執行長想要消除開支的浪費。

相關單字

wastefully 副 浪費地；耗費地　**waste** 名 廢棄物 動 浪費；消耗

常考用法

wasteful of 浪費……；耗費……

800+ RANK 1119

surrounding [səˋraʊndɪŋ] ☆☆☆☆☆☆☆

形 **附近的；周圍的**

→ surrounding area 附近地區

Nearby businesses welcome customers from **surrounding** areas that the new train line will bring.
附近的商家很歡迎由新火車路線從鄰近地區帶來的顧客。

相關單字

surroundings 名 環境

surround 動 圍繞

→ be surrounded by 被……環繞

A pool is **surrounded** by some trees.（Part 1 常考句子）
游泳池被一些樹圍繞著。

800+ RANK 1120

peak [pik] ☆☆☆☆☆☆☆

1 形 **高峰的；尖峰的**

Han's Chinese Restaurant does not offer free delivery during **peak** hours.
韓氏中餐廳在尖峰時間不提供外送服務。

→ 尖峰時間

2 名 **山頂**

→ 山峰；山頂

I've been flying this route for many years, and I've only seen the mountain **peak** once.
我飛這條路線多年，只看過一次山峰。

3 動 **達到高峰**

The number of visitors to the Bedford National Park **peaked** in spring.
貝德福國家公園的訪客人數在春季達到高峰。

常考用法

peak season 旺季　**off-season** 淡季

800+ RANK 1121

persistent [pɚˋsɪstənt] ☆☆☆☆☆☆☆

1 形 **堅持不懈的**

Being **persistent** is an important attribute for sales staff to have.

堅持不懈是業務人員，要擁有的一個重要特質。

2 形 **持續的；持久的**

The rain has been **persistent** for over two weeks.

雨已經持續下了兩星期。

相關單字

persistently 副 堅持不懈地；持續不斷地
persist 動 堅持；固執；持續
persistence 名 堅持不解；持續存在

常考用法

persist in 堅持做……

800+ RANK 1122

inclement [ɪnˋklɛmənt] ☆☆☆☆☆☆☆

形 **天氣險惡的**

→ 惡劣天氣

The flight has been delayed due to **inclement** weather.

航班因惡劣天氣而誤點。

800+ RANK 1123

beforehand [bɪˋfor͵hænd] ☆☆☆☆☆☆☆

副 **事先；預先**

If you purchase your tickets **beforehand**, you will receive 10 percent off.

如果你預先買票，可以打九折。

800+ RANK 1124

carelessly [ˋkɛrlɪslɪ] ☆☆☆☆☆☆☆

副 **粗心大意地；不當心地**

Readers criticized the articles in *Herald Magazine* for being **carelessly** written.

讀者批評《預兆雜誌》上的文章寫得很隨便。

相關單字

careless 形 粗心的；隨便的 　 **carelessness** 名 粗心大意；草率

800+ RANK 1125

explore [ɪk`splor] ☆☆☆☆☆☆☆

1 動 **探究；搜索**

We hired Gofam Consulting to **explore** new ways to market our products. 我們聘請葛芬顧問公司來研究行銷我們產品的新方法。

2 動 **探索**

Afterwards, you will have one hour to **explore** the museum on your own. 之後，你們有一小時自己探索博物館。

相關單字

exploration 名 探索；研究；勘查

800+ RANK 1126

attribute 動 [ə`trɪbjut] 名 [`ætrə,bjut] ★☆☆☆☆☆☆

1 動 **將……歸因於**

attribute A to B (→ A be attributed to B) 把 A 歸因／歸咎於 B

The media largely **attributed** the recent success of Sorson, Inc. to its new management.
媒體把索森公司近年的成功大部分歸功於它的新管理層。

2 名 **屬性；特質**

Applicants for the director job require strong leadership **attributes**.
應徵主管職的人需要有強大的領導特質。

常考用法

desirable attribute 渴望的特質；令人嚮往的特質

替換字詞

attribute 將……歸因於 → ascribe 把……歸因於
attribute (ascribe) the delivery delay to equipment malfunction
把貨晚送到歸因於設備故障

800+ RANK 1127

convert [kən`vɝt] ★☆☆☆☆☆☆

動 **轉變；變換**

The Worshville warehouse is scheduled to be **converted** into a municipal library.
沃許維爾倉庫預定要改建為市立圖書館。

convert A into B (= A be converted into B) 把 A 改變為 B

相關單字

conversion 名 轉變；改變信仰 **converter** 名 教化者；變頻器

800+ RANK 1128

unavoidable [ˌʌnəˋvɔɪdəbl̩] ☆☆☆☆☆☆☆

形 **無法避免的**

The extension of the project deadline was **unavoidable** due to the lack of staff. 由於人手不足，專案的截止日期無可避免要延後。

800+ RANK 1129

array [əˋre] ★☆☆☆☆☆☆

1 名 **一批；一系列；大量**

The gift shop on Semenko Avenue sells a wide **array** of products. (→ 大量的；各式各樣的)
賽門科大道上的禮品店販售各種產品。

2 動 **排列；整(隊)**

The seats for the show have been **arrayed** in rows.
表演節目的座位成排排列。

常考用法 **an array of** 大量的

800+ RANK 1130

remedy [ˋrɛmədɪ] ☆☆☆☆☆☆☆

1 動 **治療；糾正；去除**

The technician promised that the software issue will be **remedied** within the hour. 技術人員保證軟體問題會在一小時內解決。

2 名 **補救(法)；糾正(法)**

A new **remedy** must be found since this problem has never come up before. 由於這個問題以前不曾出現，必須尋找新的解決方法。

3 名 **治療法；藥物**

The doctor recommended this medicine as a **remedy** for your cold.
醫師推薦這種藥作為治療你感冒的方法。

800+ RANK 1131

pricing [ˋpraɪsɪŋ] ☆☆☆☆☆☆☆ 114

名 **定價**

Pricing for the landscaping work is subject to change.
造景工程的定價是依情況而變動的。

相關單字

price 動 給……定價

The membership fee is **priced** at $2,000 per month and includes unlimited usage of our facilities.
會員費定為每月 2,000 元，包含可無限使用我們的設施。

priced 形 附有定價的

800+ RANK 1132

dispute [dɪ`spjut] ☆☆☆☆☆☆☆

1 名 **爭論；爭執** ……間的爭執

The legal **dispute** between the two companies was finally settled this week. 這兩家公司間的法律糾紛終於在這個星期解決了。

2 動 **對……提出質疑**

Mr. Torvall **disputed** the $5,000 charge on his credit card statement.
托佛先生對他信用卡帳單中的一筆 5,000 元扣款提出質疑。

相關單字

disputable 形 有爭議的；不確定的

常考用法

dispute over 在……上有爭執
dispute with 與……有爭論
labor dispute 勞資糾紛
in dispute 有爭議
legal dispute 法律糾紛

800+ RANK 1133

attitude [`ætətjud] ☆☆☆☆☆☆☆

名 **態度**

We look for interns with positive **attitudes** who can work hard.
我們要找態度積極、肯努力工作的實習生。

800+ RANK 1134

undoubtedly [ʌn`daʊtɪdlɪ] ☆☆☆☆☆☆☆

副 **毫無疑問地；肯定地**

Dr. White's passion for research has **undoubtedly** inspired countless students. 懷特博士對研究的熱情無疑啟發了無數學生。

相關單字

undoubted 形 無庸置疑的；肯定的

800+ RANK 1135

automatic [͵ɔtə`mætɪk] ★☆☆☆☆☆☆

形 **自動的**

This wireless mouse has an **automatic** shutdown feature.
這個無線滑鼠有自動關閉功能。

相關單字

automate 動 使自動化

automated 形 自動化的

You have reached the **automated** service line of Solar Bank's Milton branch. 你已接通索樂銀行米爾頓分行的自動化服務專線。

automatically 副 自動地；無意識地 **automatic** 形 自動的

常考用法

automatic teller machine (= ATM) 自動櫃員機

800+ RANK 1136

output [ˋaʊtˏpʊt] ☆☆☆☆☆☆☆

名 **出產；產量；輸出**

The inspection board came by to examine the energy **output** from the machine. 檢驗委員會前來檢查機器的輸出能量。

800+ RANK 1137

misplace [mɪsˋples] ☆☆☆☆☆☆☆

動 **隨意擱置；亂放**

If you have **misplaced** an item, please visit our lost and found office.
如果你弄丟了某個物品，請到我們的失物招領辦公室。

800+ RANK 1138

deteriorate [dɪˋtɪrɪəˏret] ★☆☆☆☆☆☆

動 **惡化；退化**

Unfortunately, the patient's health **deteriorated** after taking the new medication. 很遺憾，病人在服用新的藥物後，健康狀況惡化了。

相關單字

deterioration 名 惡化；變壞

800+ RANK 1139

presence [ˋprɛzns] ☆☆☆☆☆☆☆

1 名 **存在；出現**

Through strategic partnerships, Spintez is expanding its global market **presence**. 透過策略聯盟，史賓泰茲的全球市占率正在擴大。

2 名 **出席**

We request your **presence** at the charity dinner.
我們懇請您出席慈善晚宴。

800+ RANK 1140

similar [ˋsɪmələ] ★☆☆☆☆☆☆

形 **相似的**　　similar to 類似…… vs. similar in 在……上類似

We compete with several companies which have products **similar** to ours. 我們和好幾家產品與我們類似的公司競爭。

相關單字

similarly 副 相似地；同樣地　　**similarity** 名 類似；相似點

800+ RANK 1141

disposal [dɪˋspozl̩] ☆☆☆☆☆☆☆　　115

名 **處理；處置**

Due to unnecessary waste, we will change our trash **disposal** system. 由於有多餘的廢棄物，我們會改變我們的垃圾處理系統。

相關單字

disposable 形 用完即丟的

We provide **disposable** containers for convenient use.
為方便使用，我們提供拋棄式容器。

常考用法

dispose of 處理；清除……　　**disposable product** 用完即丟的產品
waste disposal 廢棄物處理

800+ RANK 1142

tune [tjun] ☆☆☆☆☆☆☆

1 動 **調整……頻率（頻道）**　　調到某個頻道

Tune into AMX Radio daily at 6 p.m. to hear the local news.
每天下午六時轉到 AMX 電台收聽地方新聞。

2 動 **調整（音調、引擎等）**　　（樂器）調音；（引擎）調整

Melissa visited the auto shop to **tune** up the engine in her car.
瑪麗莎去修車廠調整她車子的引擎。

相關單字 **tuning** 名 調音；調節
常考用法 **fine-tune** 微調

800+ RANK 1143

accidentally [ˌæksəˋdɛntl̩ɪ] ☆☆☆☆☆☆☆

副 **偶然地；意外地**

When the IT Department was updating the software, some files were **accidentally** deleted. 當資訊部門升級軟體時，有些檔案意外被刪除了。

相關單字

accidental 形 偶然的；意外的　**accident** 名 意外事故；偶然因素

800+ RANK 1144

premises [ˋprɛmɪsɪz] ☆☆☆☆☆☆☆

名 **生產場所；經營廠址**

Museum visitors who do not follow these guidelines will be asked to leave the **premises**.
不遵守這些守則的訪客，會要求他們離開博物館。

常考用法

on the premises 在建築物等內

800+ RANK 1145

prominently [ˋprɑmənəntlɪ] ☆☆☆☆☆☆☆

1 副 **顯著地；重要地**

Roger Fillmore's new fall line will be featured **prominently** in the latest edition of *Fashion Road*.
最新一期的《時尚之路》將以特稿突顯羅傑·飛爾摩的新系列秋裝。

2 副 **引人注目地；顯眼地**

Make sure that your parking permit is displayed **prominently** on your vehicle's dashboard. 務必把你的停車證放在儀表板上顯眼的地方。

相關單字

prominent 形 卓越的；著名的

Dr. Chuck Bell is one of the most **prominent** researchers in the field of solar energy. 恰克·貝爾博士是太陽能領域最著名的研究學者之一。

替換字詞

prominently 顯著地；重要地 → markedly 顯著地；引人注目地
an issue covered prominently (markedly) in the report
在報導中引人注目的議題

800+ RANK 1146

doubt [daʊt] ☆☆☆☆☆☆☆

1 名 **懷疑；疑問**

Robots will, without a **doubt**, lead to less opportunity for manufacturing workers. 機器人無疑會導致工廠工人的機會變少。（without a doubt → 毫無疑問）

2 動 **懷疑；質疑**

The manager **doubts** that the assignment will be completed on time.
經理懷疑工作能準時完成。

相關單字

doubtful 形 懷疑的；不確定的；不太可能的

常考用法

Doubt it. 我懷疑；我不信

800+ RANK 1147

suppose [sə`poz] ☆☆☆☆☆☆☆

動 **猜想；以為**

suppose (that) + 子句 ➜ 以為⋯⋯；假定⋯⋯

Ms. Kerns **supposed** that Lemon Avenue would not have any traffic.
肯恩斯女士以為檸檬大道不會有車。

相關單字

supposedly 副 大概；據說

常考用法

Suppose so. 我猜想是這樣。/應該是這樣。

800+ RANK 1148

overly [`ovɚlɪ] ☆☆☆☆☆☆☆

副 **過度地；極度地**

Customers have complained that the current loan application process is **overly** complex.
顧客抱怨，現在的貸款申請流程過於複雜。

800+ RANK 1149

otherwise [`ʌðɚ͵waɪz] ★★☆☆☆☆☆

1 副 **用別的方法地；不同樣地 (= differently)**

Unless **otherwise** stated, all employees are required to attend the company anniversary party.

unless otherwise p.p. 除非另有⋯⋯

除非另有說明，否則所有員工都要參加公司的週年派對。

2 副 **否則；不然 (= if not)**

Call for a taxi, **otherwise** we'll be late for the meeting.
打電話叫計程車，不然我們開會要遲到了。

800+ RANK 1150

entail [ɪn`tel] ☆☆☆☆☆☆☆

動 **牽涉 (= involve)**

This sales job **entails** occasional overseas travel.
這個業務工作需要偶爾去國外出差。

Speed Check-up

答案 p.604

一、請參考底線下方的中文，填入意思相符的單字。

ⓐ attributed ⓑ carelessly ⓒ prominently ⓓ surrounding ⓔ deteriorated

01 Roger Fillmore's new fall line will be featured ________ (顯著地) in the latest edition of Fashion Road.

02 The media largely ________ (將……歸因於) the recent success of Sorson, Inc. to its new management.

03 Unfortunately, the patient's health ________ (惡化) after taking the new medication.

04 Readers criticized the articles in Herald Magazine for being ________ (粗心地) written.

05 Nearby businesses welcome customers from ________ (周圍的) areas that the new train line will bring.

二、請參考句子的中文意思，選出填入後符合句意的單字。

ⓐ dispute ⓑ coincided ⓒ measures ⓓ conveyed ⓔ beforehand

06 Shawna's opinion about the candidate ________ with Gary's.
秀娜對那位應徵者的看法與蓋瑞相同。

07 If you purchase your tickets ________, you will receive 10 percent off.
如果你預先買票，可以打九折。

08 Ms. Elgrin made sure she ________ Mr. Jeremiah's message to the client. 艾爾葛林女士確定，她把傑若麥亞先生的訊息傳達給客戶了。

09 The legal ________ between the two companies was finally settled this week. 這兩家公司間的法律糾紛終於在這個星期解決了。

10 Several cost-cutting ________ were discussed at the management meeting. 管理會議討論了數種削減成本的措施。

三、請選出填入後符合句意的單字。

ⓐ converted ⓑ misplaced ⓒ fundamental ⓓ outlook ⓔ determine

11 Good customer service is ________ to any retail business.

12 If you have ________ an item, please visit our lost and found office.

13 The Worshville warehouse is scheduled to be ________ into a municipal library.

14 Edward just completed his education abroad and will offer a fresh ________ on this project.

15 Our electricians are working to ________ the cause of the power failure.

800+
先背先贏 核心單字
1151~1200

爸爸過分偏心

我 inadvertently 打破了
我爸最愛的瓷器。
竟然
fragile
成這樣！
根據我的 speculation，
他一定會很生氣，他絕對
不可能 overlook……！
於是我決定嫁禍給我家貓咪。
要想個 coherent
的謊言……
喵？
好，就說是牠
打破的好了！

果然父親發現後大發
雷霆……
這個瓷
器有多
crucial！
是誰給
我打破
的？
絕對要讓他
compensate！
是這個小傢伙
mastermind
的！！
什麼？是可
可打破的嗎？
這樣啊，
那也沒
辦法囉
……
如果
是我的
孩子，絕
對不會
輕易放
過……
雖然很慶幸自己
沒事，但爸你也
太過分了……！

800+ RANK 1151

compensation [ˌkɑmpənˋseʃən] ☆☆☆☆☆☆☆ 116

名 **報酬**

→ compensation package 薪水及津貼福利等合計的全部薪資

Fallguer Group's **compensation** packages help attract the best workers in the industry. 佛古爾集團開出的薪資總額有助吸引業界最好的人員。

相關單字

compensate 動 補償；抵銷 → 補償；賠償；彌補

To **compensate** for damaged products, Parch will provide free replacements. 為了賠償損壞的產品，帕區公司會提供免費更換。

compensatory 形 補償的；賠償的

常考用法

compensate A for B (→ A be compensated for B) 為 B 補償／賠償 A

in compensation for 作為……的補償

monetary compensation 補償金

800+ RANK 1152

preliminary [prɪˋlɪməˌnɛrɪ] ☆☆☆☆☆☆☆

1 形 **初步的**

→ preliminary survey/research 初步調查／研究

Preliminary research suggests that additional data needs to be collected. 初步研究顯示，需要收集更多資料。

2 名 **預賽**

There will be a round of **preliminaries** to determine which teams will compete in the tournament. 會有一連串預賽以決定那些隊伍可以進入錦標賽。

800+ RANK 1153

speculation [ˌspɛkjəˋleʃən] ★☆☆☆☆☆☆

1 名 **推測；猜測**

The minister announced her retirement following widespread **speculation** that she would seek reappointment.

→ 普遍猜測

在外界普遍猜測部長想尋求連任後，她宣布退休。

2 名 **投機買賣**

The city government is taking steps to regulate **speculation** in the housing market. 市政府正採取行動以管制房市的投機買賣。

相關單字

speculate 動 猜測；推斷；投機買賣

常考用法

growing speculation 越來越多的猜測

There is speculation that 外界猜測

800+ RANK 1154

fragile [ˋfrædʒəl] ☆☆☆☆☆☆☆

形 **易碎的；脆弱的**

Please be careful with this antique teapot as it is **fragile**.
請小心對待這個古董茶壺，因為它很脆弱易碎。

800+ RANK 1155

perspective [pɚˋspɛktɪv] ★☆☆☆☆☆☆

名 **看法；觀點**

Team members are encouraged to share their **perspectives** during meetings. 團隊成員被鼓勵在會議中說出他們的想法。

常考用法

perspective on 對……的看法；角度
from a . . . perspective 從……的角度、觀點

替換字詞

perspective 看法；觀點 → viewpoint 視角；觀點
from an economic perspective (viewpoint) 從經濟的角度

800+ RANK 1156

overlook [͵ovɚˋlʊk] ☆☆☆☆☆☆☆

動 **俯瞰；眺望**

Some buildings are **overlooking** the water.（Part 1 常考句子）
有些建築物俯瞰著水面。

動 **寬恕；寬容**

Mr. Hurst decided to **overlook** Ms. Kale's tardiness, as it was not common. 赫斯特先生決定原諒凱爾女士的遲到，因為這並不常發生。

800+ RANK 1157

inadvertently [͵ɪnədˋvɝtntlɪ] ☆☆☆☆☆☆☆

副 **不慎地；非故意地**

The warehouse experienced a power failure when a worker **inadvertently** pushed the wrong button.
有個員工不慎按錯按鈕，造成倉庫停電。

相關單字

inadvertent 形 粗心的；非故意的

800+ RANK 1158

subordinate [sə`bɔrdnɪt] ☆☆☆☆☆☆☆

1 名 **部下；下屬**

Department managers must inform their **subordinates** about the upcoming workshop.

部門經理必須告知下屬即將舉行的工作坊。

2 形 **次要的；隸屬的**

→ 次要於……；隸屬於……

In running a company, individual employee's goals are **subordinate** to the team's.

在公司經營上，個別員工的目標次於團隊目標。

相關單字

superior 形 （職位、地位等）較高的；（品質等）較優的

800+ RANK 1159

crucial [`kruʃəl] ★☆☆☆☆☆☆

形 **重要的；決定性的**

→ It is crucial (that) + 子句 ➜ ……至關重要；……很關鍵

It is **crucial** that all client files are stored in a secure place.

很重要的是，客戶的檔案要儲存在安全的地方。

800+ RANK 1160

courier [`kʊrɪɚ] ☆☆☆☆☆☆☆

名 **快遞員；快遞公司**

→ 透過快遞

The documents were sent to the client today by **courier**.

文件今天透過快遞給了客戶。

800+ RANK 1161

tremendously [trɪ`mɛndəslɪ] ☆☆☆☆☆☆☆ 117

副 **極大地；極其**

The hotel staff was **tremendously** helpful during our stay.

在我們入住期間，飯店員工幫了大忙。

相關單字

tremendous 形 極大的；極好的

800+ RANK 1162

bias [`baɪəs] ★☆☆☆☆☆☆

1 名 **偏見；成見**

Journalists should avoid showing political **bias** when reporting.

記者在報導時，應避免顯露政治偏見。

2 動 使存有偏見
News outlets have a tendency to **bias** readers to think a certain way.
新聞媒體傾向於讓讀者產生偏見，讓他們以某種特定方式思考。

相關單字
biased 形 有偏見的；偏坦一方的
unbiased 形 無偏見的；公正的

800+ RANK 1163
intellectual [ˌɪnt!`ɛktʃʊəl] ☆☆☆☆☆☆☆

形 智力的；聰明的
intellectual property (rights) 智慧財產(權)
Nedrill Solutions uses special software to protect its **intellectual** property.
奈卓爾解決方案使用特殊軟體保護智慧財產。

相關單字
intellectually 副 智力上；理智上
intellect 名 智力；才智出眾的人

800+ RANK 1164
cuisine [kwɪ`zin] ☆☆☆☆☆☆☆

名 菜餚
Please enjoy the local **cuisine** and culture during your stay here.
在你居住此地期間，請享受本地佳餚與文化。

800+ RANK 1165
outgoing [`aʊtˌgoɪŋ] ☆☆☆☆☆☆☆

1 形 向外的
寄送出去的郵件
All **outgoing** mail should be properly labeled and placed into this box.
所有要寄出去的郵件都應正確標示，並放進這個盒子裡。

2 形 即將離開的
Outgoing guests are encouraged to fill out a survey before they check out.
鼓勵即將離開的賓客在退房之前填寫民意調查表。

3 形 外向的；開朗的
Ms. James organizes the team's gatherings as she has an **outgoing** personality.
個性外向
由於個性外向，詹姆斯女士規劃了團隊的聚會。

800+ RANK 1166

feasible [`fizəb!] ☆☆☆☆☆☆☆

形 **可行的；可實行的** → feasible plan/idea 可行的計畫／構想

Our team must create a **feasible** plan for improving sales next quarter.
我們的團隊必須設計一套可行的計畫，以改善下一季的業績。

相關單字

feasibly 副 可行地；可能地　　feasibility 名 可行性；可能性

替換字詞

feasible **可行的；可實行的** → achievable **可完成的**
the most **feasible (achievable)** solution 最可能完成的解決方案

800+ RANK 1167

discard [dɪs`kɑrd] ☆☆☆☆☆☆☆

動 **拋棄；丟棄**

The Lost and Found Office **discards** unclaimed items after 15 days.
經過 15 天後，失物招領處就會丟棄無人認領的物品。

800+ RANK 1168

dismiss [dɪs`mɪs] ☆☆☆☆☆☆☆

1 動 **去除；對……不予理會**

Mr. Rogers **dismissed** the rumors that his company will be acquired by DGJT Group. 羅傑斯先生不理會關於他的公司將被 DGJT 集團收購的謠言。

2 動 **解僱** → dismiss A from B (→ A be dismissed from B) 將 A 從 B 解僱

Ms. Berkshire believes he was wrongly **dismissed** from his previous company. 柏克夏女士相信，他是遭到前公司不當解僱。

相關單字

dismissal 名 解散；解僱

800+ RANK 1169

mutually [`mjutʃʊəlɪ] ★☆☆☆☆☆☆

副 **相互地；彼此地** → 彼此受益

Both representatives are pleased with the **mutually** beneficial agreement. 雙方代表對這份彼此都有利的協議很滿意。

相關單字

mutual 形 相互的；共同的　　mutuality 名 相互關係；共同性

800+ RANK 1170

hospitality [ˌhɑspɪˋtælətɪ] ☆☆☆☆☆☆☆

名 **好客；款待**

The Korjam Hotel has the highest **hospitality** rating among hundreds of hotels.

科珍飯店在數百家飯店中獲得最高的餐旅服務等級。

相關單字

hospitable 形 友好的；好客的

常考用法

hospitality industry 餐旅服務業；觀光服務業

800+ RANK 1171

violate [ˋvaɪəˏlet] ☆☆☆☆☆☆☆

118

動 **違反；違背**

Chet Financial paid $3 million in fines for **violating** industry regulations.

切特金融公司因違反產業法規，付出三百萬罰款。

相關單字

violation 名 違反；違背；妨害

常考用法

in violation of 違反……

800+ RANK 1172

exhaust [ɪgˋzɔst] ☆☆☆☆☆☆☆

1 動 **用完；耗盡**

Our department has **exhausted** all funds for this project.

我們部門為了這個計畫把所有資金都用完了。

2 名 **排出的氣**

汽車廢氣

The mechanic found that the car **exhaust** vent needed to be replaced.

技師發現車子的排氣口需要更換。

相關單字

exhausting 形 使耗盡的；使精疲力盡的

exhausted 形 耗盡的；精疲力盡的

exhaustive 形 徹底的；詳盡的

DAY 21 22 23 24 800-900 25 26 27 28 29 30

800+ RANK 1173

acquaintance [ə`kwentəns] ☆☆☆☆☆☆☆

名 **舊識；熟人**

→ 生意上的熟人／相識的人

Ms. Stepp is a business **acquaintance** of mine.
史戴普女士是我生意上的熟人。

相關單字

acquaint 動 使認識；使了解

常考用法

mutual acquaintance 共同認識的人
acquaint A with B (→ A be acquainted with B) 使A認識B；使A了解B

800+ RANK 1174

thereafter [ðɛr`æftɚ] ☆☆☆☆☆☆☆

副 **之後；以後**

Mr. Clemente will work in Chicago for the next three months, and in Boston **thereafter**.
克萊門特先生接下來三個月會在芝加哥工作，之後會到波士頓。

800+ RANK 1175

vicinity [və`sɪnətɪ] ☆☆☆☆☆☆☆

名 **附近地區**

→ in the vicinity of 鄰近……

Many tourist attractions are in the immediate **vicinity** of this hotel.
這家飯店緊鄰很多觀光景點。

800+ RANK 1176

coherent [ko`hɪrənt] ☆☆☆☆☆☆☆

形 **一致的；連貫的**

Transportation officials are working on a **coherent** strategy to reduce traffic congestion.
交通官員正擬定一個前後連貫的策略，以減輕交通壅塞。

相關單字

coherently 副 連貫一致地；條理清楚地

800+ RANK 1177

patent [ˋpætnt] ☆☆☆☆☆☆☆

1 名 **專利；專利權**

Mr. Haus applied for a **patent** for his new invention.
豪斯先生為他的新發明申請專利。

2 動 **取得……的專利權**

Liou Sportwear produces performance t-shirts made from fabrics they **patented**. 里烏運動用品公司生產的機能性 t-shirt，是以他們的專利布料製成。

相關單字

patented 形 專利的；獲得專利的

800+ RANK 1178

entrepreneur [ˌɑntrəprəˋnɝ] ☆☆☆☆☆☆☆

名 **企業家**

This workshop is for **entrepreneurs** looking to start a business overseas. 這個工作坊是為想要創立海外事業的企業家而開設。

相關單字

entrepreneurship 名 企業家身分；企業家精神

800+ RANK 1179

pollutant [pəˋlutənt] ☆☆☆☆☆☆☆

名 **汙染物；汙染源**

JBX Manufacturing aims to speed up its factory processes while emitting fewer **pollutants**.
JBX 工業計畫加速工廠製造流程，同時減少排放汙染物。

相關單字

pollution 名 汙染；敗壞　　**pollute** 動 汙染；敗壞

800+ RANK 1180

disruption [dɪsˋrʌpʃən] ★★☆☆☆☆☆

名 **中斷；擾亂**

→ disruption to 對進行打斷

There are **disruptions** to the railway service due to ongoing repairs.
由於修理工程持續進行，鐵路服務中斷了。

相關單字

disrupt 動 使中斷；使瓦解　　**disruptive** 形 破裂的；引起混亂的

800+ RANK 1181

bulk [bʌlk] ☆☆☆☆☆☆☆

名 **大量；大規模**

We offer discounts to orders made in **bulk**. → 大量

我們提供大批採購訂單折扣優惠。

相關單字

bulky 形 龐大的；笨重的

常考用法

bulk order 大宗訂單

800+ RANK 1182

artificial [ˌɑrtə`fɪʃəl] ☆☆☆☆☆☆☆

形 **人工的；假的**

The new Glower skin cream is completely organic and contains no **artificial** ingredients. → artificial ingredient 人工成分

新的葛羅爾護膚霜完全有機，不含人工成分。

常考用法

artificial flavor 人工香料　　**artificial intelligence (= AI)** 人工智慧

800+ RANK 1183

mastermind [`mæstɚmaɪnd] ☆☆☆☆☆☆☆

1 名 **策劃者**

Mr. Parsons is the **mastermind** behind the impressive new package design. 這個令人讚嘆的新包裝設計背後的策劃人是帕爾森先生。 → ……的幕後策劃人

2 動 **策劃**

Mr. Legong **masterminded** the entire advertising campaign.

勒岡先生策劃了整個廣告活動。

800+ RANK 1184

fluctuation [ˌflʌktʃʊ`eʃən] ☆☆☆☆☆☆☆

名 **波動；變動**

Extreme **fluctuations** in prices have created uncertainty in the market. → fluctuation in …… 的波動／變動

價格的極端波動造成市場的不穩定。

相關單字

fluctuate 動 波動；變動

常考用法

economic fluctuations 經濟波動

800+ RANK 1185

fascinating [ˋfæsnˏetɪŋ] ☆☆☆☆☆☆☆

形 **極好的；迷人的**

Bizsport Magazine has a **fascinating** interview with the CEO of Lantix Group.《畢茲運動雜誌》有一篇很吸引人的蘭提克斯集團執行長的訪問。

相關單字

fascinated 形 著迷的　　**fascinate** 動 迷住；吸引

800+ RANK 1186

massive [ˋmæsɪv] ★☆☆☆☆☆☆

形 **大量的；巨大的**

Due to the **massive** amount of equipment, we will need many volunteers to move them.
由於設備數量眾多，我們需要很多志願者來搬運它們。

800+ RANK 1187

intent [ɪnˋtɛnt] ★☆☆☆☆☆☆

1 形 **急切的；堅決要做的** → be intent on/upon 決意要達成……

Ms. Pak is **intent** on finishing the assignment by tonight.
朴女士決意在今晚之前完成任務。

2 名 **意圖；目的** → one's intent to do 某人的目的是做……

Director Stevens made it clear that it is his **intent** to choose only the best performers.
史蒂文斯總監清楚指示，他的目的是只選出表現最好的人。

相關單字

intently 副 專心地；專注地

常考用法

with intent to do 故意做……

800+ RANK 1188

rush [rʌʃ] ☆☆☆☆☆☆☆

動 **倉促行動**

There is ample time to draft the report, so please do not **rush**.
有充足的時間草擬報告，所以請不用趕。

常考用法

rush hour 尖峰時間　　**rush to do** 趕著做……；急著做……

800+ RANK 1189

ultimately [ˋʌltəmɪtlɪ] ☆☆☆☆☆☆☆

副 **最後**

Due to increasing fuel costs, the company **ultimately** decided to increase its delivery fees.

由於燃料成本越來越高，公司最後決定提高運費。

相關單字

ultimate 形 最後的；最終的

常考用法

ultimate goal/objective/aim 終極目標

800+ RANK 1190

moderately [ˋmɑdərɪtlɪ] ☆☆☆☆☆☆☆

副 **適度地；溫和地**

The new road signs have only been **moderately** successful in reducing accidents. 新的道路標誌在減少車禍的作用上只算普通。

相關單字

moderate 形 中等的；適度的；普通的

moderator 名 仲裁者；調解人；（正式討論的）主持人

常考用法

moderate increase/growth 適度增加／成長

in moderation 適度地；有節制地

800+ RANK 1191

brisk [brɪsk] ☆☆☆☆☆☆☆

120

1 形 **興旺的；繁榮的**

Sales of the new laptop have been **brisk**.

新款筆記型電腦的銷量很好。

2 形 **寒冷而清新的**

Step outside and enjoy the **brisk** winter air by the lake.

走出戶外，到湖邊享受冬季的清新空氣。

800+ RANK 1192

consolidate [kən`sɑlə͵det] ☆☆☆☆☆

動 **鞏固；加強**

The company **consolidated** their position to increase their influence on the local labor market.
公司加強鞏固他們的地位，以增加他們在當地勞動市場的影響力。

相關單字

consolidation 名 合併；聯合；鞏固　　**consolidated** 形 鞏固的

800+ RANK 1193

proofread [`pruf͵rid] ☆☆☆☆☆☆☆

動 **校對**

This serious mistake indicates that the document was not carefully **proofread**. 這個嚴重錯誤顯示，文件並未仔細校對。

相關單字

proofreading 名 校對　　**proofreader** 名 校對者

800+ RANK 1194

obstacle [`ɑbstək!] ☆☆☆☆☆☆☆

名 **妨礙；障礙**　　→ obstacle to ……的阻礙

Unexpected **obstacles** to construction have delayed the entire expansion project.
建造過程出現意料之外的阻礙，延誤了整個擴建工程。

800+ RANK 1195

magnificent [mæg`nɪfəsənt] ☆☆☆☆☆

形 **極美的；極好的**

The main dishes and desserts he prepared for us were **magnificent**.
他為我們準備的主菜和甜點美味極了。

相關單字

magnificently 副 極好地；壯麗地
magnificence 名 壯麗；美妙；莊嚴

800+ RANK 1196

flourish [`flɝɪʃ] ☆☆☆☆☆☆☆

動 **繁榮；興旺**

（flourish in → 在……蓬勃發展）

It is hard for financial companies to **flourish** in a tough economic climate.
在低迷的經濟氣氛下，金融公司很難蓬勃發展。

相關單字

flourishing 形 繁榮的；繁茂的

800+ RANK 1197

drastically [`dræstɪk!ɪ] ★☆☆☆☆☆☆

副 **大大地；徹底地**

The new tunnel has **drastically** reduced travel times for many commuters. 新隧道讓很多通勤者大幅減少交通時間。

相關單字

drastic 形 激烈的；嚴厲的

常考用法

increase drastically 急遽增加　　**drastic change** 劇烈改變

800+ RANK 1198

arise [ə`raɪz] ☆☆☆☆☆☆☆

動 **出現；形成**

Please contact IT should a technical issue **arise**.
萬一出現技術性問題，請聯絡資訊人員。

常考用法

arise from 由……引起

800+ RANK 1199

soar [sor] ☆☆☆☆☆☆☆

動 **猛增；暴漲**

Prices for smartphones have **soared** in recent years.
智慧型手機的價格近年飆升。

相關單字

soaring 形 猛增的；高聳的

800+ RANK 1200

dimension [dɪˋmɛnʃən] ☆☆☆☆☆☆☆

1 名 **空間；尺寸；大小**

The real estate agent's brochure specifies the exact **dimensions** of each room.

不動產經紀人的廣告小冊中詳細說明每個房間的精確大小。

2 名 **方面；面向**

The solution to this problem has several **dimensions**.

這個問題的解決方法有好幾種。

相關單字

three-dimensional 形 立體的；三度的

Speed Check-**up**

答案 p.604

一、請參考底線下方的中文，填入意思相符的單字。

ⓐ inadvertently ⓑ compensation ⓒ intent ⓓ drastically ⓔ artificial

01 The warehouse experienced a power failure when a worker ________ (不慎地) pushed the wrong button.

02 Director Stevens made it clear that it is his ________ (意圖) to choose only the best performers.

03 The new Glower skin cream is completely organic and contains no ________ (人工的) ingredients.

04 Fallguer Group's ________ (報酬) packages help attract the best workers in the industry.

05 The new tunnel has ________ (大大地) reduced travel times for many commuters.

二、請參考句子的中文意思，選出填入後符合句意的單字。

ⓐ speculation ⓑ crucial ⓒ feasible ⓓ overlooking ⓔ exhausted

06 It is ________ that all client files are stored in a secure place.
很重要的是，客戶的檔案要儲存在安全的地方。

07 The minister announced her retirement following widespread ________ that she would seek reappointment.
在外界普遍猜測部長想尋求連任後，她宣布退休。

08 Our department has ________ all funds for this project.
我們部門為了這個計畫把所有資金都用完了。

09 Some buildings are ________ the water. 有些建築物俯瞰著水面。

10 Our team must create a ________ plan for improving sales next quarter.
我們的團隊必須設計一套可行的計畫，以改善下一季的業績。

三、請選出填入後符合句意的單字。

ⓐ preliminary ⓑ disruptions ⓒ dismissed ⓓ soared ⓔ subordinate

11 In running a company, individual employee's goals are ________ to the team's.

12 ________ research suggests that additional data needs to be collected.

13 Mr. Rogers ________ the rumors that his company will be acquired by DGJT Group.

14 There are ________ to the railway service due to the ongoing repairs.

15 Prices for smartphones have ________ in recent years.

DAY
25
800+
先背先贏 核心單字
1201~1250

說得比唱得還好聽

無意間轉到購物台……
今天要
unveil 的
商品是……
這一季每本時
尚 periodical
都有出現的商
品！就是高級亞
麻襯衫。
inviting 的顏色穿起來
就像 tailored 的版型！
sophisticated 的人都不
會錯過！
滔滔不絕

domestic
銷售第一！
心癢癢
現場並未準
備 ample
的件數！
燃起了我對時尚的
passion。立刻買下！
然而在收到實品後……
就是件
普通
襯衫……

800+ RANK 1201

tailored [ˋtelɚd] ☆☆☆☆☆☆☆  121

形 **訂做的；客製的**

Luxdow Group provides **tailored** consulting services to domestic and overseas clients.

拉克斯道集團為國內外客戶提供客製化的諮詢服務。

相關單字

tailor 動 專門製作

tailor A to/for
(→ A be tailored to/for)
為……而專門製作 A

The Read Smart software program is **tailored** to every reader's needs.

聰明閱讀軟體程式是專為適合每位讀者的需求而設計。

800+ RANK 1202

alleviate [əˋlivɪˏet] ☆☆☆☆☆☆☆

動 **減輕；緩和**

The introduction of affordable electric cars will help to **alleviate** air pollution.

引進大眾買得起的電動車，有助減輕空氣汙染。

相關單字

alleviation 名 減輕；緩和

常考用法

alleviate traffic congestion 減緩交通壅塞
alleviate concerns 減輕憂慮

替換字詞

alleviate 減輕；緩和 → relieve 減輕；解除
government policies to alleviate (relieve) traffic congestion
解決交通壅塞的政策

800+ RANK 1203

sophisticated [səˋfɪstɪˏketɪd] ☆☆☆☆☆☆☆

1 形 **複雜的；精密的；高度發展的**

Technological advancements have made the packaging process more **sophisticated**. 技術進步使包裝過程更精進。

2 形 **有品味的**

This elegant couch set will make your living room look more **sophisticated**. 這組優雅的沙發會讓你的起居室看起來更有品味。

替換字詞

sophisticated 有品味的 → refined 優雅的
sophisticated (refined) and well-educated consumers
優雅且受過良好教育的消費者

800+ RANK 1204

unveil [ʌn`vel] ★☆☆☆☆☆

動 **揭露；使公諸於眾**

Yuli Electronics **unveiled** three new products to the public at the technology expo.

尤里電子在科技展上首次將三項新產品公諸於眾。

相關單字

unveiling 名 揭幕；展示；公布

800+ RANK 1205

insight [`ɪn͵saɪt] ★☆☆☆☆☆☆

名 **洞察力；見解**

→ 對……的深刻見解

Using customer survey results, Dr. Chang provided **insight** into current market trends.

張博士運用顧客調查的結果，提出對目前市場趨勢的深刻見解。

相關單字

insightful 形 有深刻見解的；富洞察力的

800+ RANK 1206

anonymous [ə`nɑnəməs] ☆☆☆☆☆☆

形 **匿名的**

→ 保持匿名

Employees may choose to remain **anonymous** when completing the satisfaction survey.

在完成滿意度調查後，員工仍可以選擇保持匿名。

相關單字

anonymously 副 匿名地；不公開地

替換字詞

anonymous 匿名的 → unidentified 身分不明的

an anonymous (unidentified) caller 身分不明的來電者

800+ RANK 1207

domestic [də`mɛstɪk] ☆☆☆☆☆☆☆

形 **國內的**

Vacso Pool Company depends mostly upon **domestic** sales in the spring and summer. 維斯科水池公司的生意，主要是依靠春夏季的內銷業績。

相關單字

domestically 副 國內地；家庭地

常考用法

domestic flight 國內班機　　domestic market 國內市場

800+ RANK 1208

compatible [kəm`pætəb!] ★☆☆☆☆☆

形 **相容的**

→ 與……相容

Unfortunately, this model is not **compatible** with our current software.
很遺憾，這個型號和我們現有的軟體不相容。

相關單字

compatibility 名 兼容性；一致

800+ RANK 1209

incur [ɪn`kɝ] ☆☆☆☆☆☆☆

動 **招致；帶來**

Submit this form along with a receipt to receive reimbursement for any costs **incurred**.
把這份表格連同收據送出去，以報銷所產生的任何費用。

常考用法

incur an extra fee 產生額外費用

800+ RANK 1210

obligation [͵ɑblə`geʃən] ★☆☆☆☆☆☆

名 **義務；責任**

→ have an obligation to do 有義務做……

All employees have an **obligation** to carry out the duties specified in their contracts.
所有員工都有義務執行詳細載明在他們合約中的職務。

相關單字

oblige 動 迫使；使不得不

→ oblige A to do (→ A be obliged to do) 使 A 不得不做……

Accepting this free offer does not **oblige** you to buy any other products.
接受這份禮物並不會強迫你購買其他產品。

obligatory 形 有義務的；義不容辭的；必修的

常考用法

have no obligation to do 沒有義務做……
be obliged to do 被迫做……

800+ RANK 1211

abolish [əˋbalɪʃ] ☆☆☆☆☆☆☆

動 **廢除；廢止**

The government will consider **abolishing** corporate income tax.
政府考慮廢止公司所得稅。

相關單字

abolishment 名 廢除；廢止

800+ RANK 1212

evident [ˋɛvədənt] ☆☆☆☆☆☆☆

形 **明顯的；明白的**

The effects of the strong economy are **evident** in the success of Dalesmi Logistics.
得爾斯密物流的成功清楚顯示經濟強健的成果。

相關單字

evidence 名 證據；證明　　**evidently** 副 顯然地

800+ RANK 1213

solution [səˋluʃən] ☆☆☆☆☆☆☆

1 名 **解決方法**　→ solution to 解決……的方法

Our IT staff is known for coming up with quick **solutions** to technical issues. 我們的資訊人員以能想出快速解決技術問題的方法而出名。

2 名 **溶液；溶劑**

To remove stubborn stains, spray a **solution** of one part water and two parts Tran's Stain Remover.
要去除頑漬，可噴灑一種清水和崔氏去漬劑以二比一調成的溶液。

800+ RANK 1214

exempt [ɪgˋzɛmpt] ☆☆☆☆☆☆☆

1 動 **使豁免；使免除**　→ 免除……

New customers will be **exempt** from paying shipping fees for the first six months. 新顧客在前六個月可免付運費。

2 動 **免除（責任等）**　→ exempt A from B (→ A be exempted from B) 免除 A 做 B

Mr. Kellogg was **exempted** from the meeting due to his illness.
由於生病，凱樂格先生不用參加會議。

相關單字

exemption 名（義務等的）免除

替換字詞

exempt 免除（責任等）→ excused 可免除的
exempt (excused) from paying company tax 不須付公司稅

800+ RANK 1215

engagement [ɪnˋgedʒmənt] ★☆☆☆

名 **約會**

Mr. Lyall was unable to attend the award ceremony due to a previous **engagement**. 由於之前已有約，萊歐先生無法參加頒獎典禮。

常考用法

speaking engagement 受邀演講
engage in (= be engaged in) 從事；參加

800+ RANK 1216

inviting [ɪnˋvaɪtɪŋ] ☆☆☆☆☆☆☆

形 **吸引人的**

The old factory site was transformed into a park with an **inviting** atmosphere. 那間舊工廠的場址改建為氣氛吸引人的公園。

相關單字

invitingly 副 吸引人地；動人地

替換字詞

inviting 吸引人的 → appealing 有吸引力的
make an inviting (appealing) offer 提出有吸引力的建議

800+ RANK 1217

inspiration [ˏɪnspəˋreʃən] ☆☆☆☆☆☆

名 **靈感；啟發**

……的靈感

The artist used the shape of the clouds as **inspiration** for her design.
藝術家採用雲朵的形狀作為她的設計靈感來源。

相關單字

inspire 動 賦予靈感；給予啟發

800+ RANK 1218

disturb [dɪs`tɝb] ☆☆☆☆☆☆☆

動 **打擾；妨礙**

The noise from the maintenance workers **disturbed** the hotel guests.
維修工人發出的噪音讓飯店客人深受其擾。

相關單字

disturbing 形 令人焦慮的；讓人心煩的
disturbed 形 心亂的；心理不正常的
disturbance 名 干擾；騷亂

800+ RANK 1219

refurbish [ri`fɝbɪʃ] ☆☆☆☆☆☆☆

動 **刷新；整修**

The owner plans to **refurbish** the restaurant and introduce an improved menu. 老闆打算翻新餐廳並引進更好的菜單。

相關單字

refurbished 形 整修的；翻新的　**refurbishment** 名 重新磨亮；整修

800+ RANK 1220

markedly [`mɑrkɪdli] ★★☆☆☆☆☆

副 **顯著地；引人注目地**

Orders for Axe-Tex jumpers increased **markedly** after the recent advertising campaign.
在最近推出的廣告活動之後，艾克斯泰克斯套頭衫的訂單明顯增加。

相關單字

marked 形 顯著的；有記號的

800+ RANK 1221

transit [`trænsɪt] ☆☆☆☆☆☆☆　123

名 **運輸；交通**

Due to road repairs, **transit** (→ 交通運輸管理單位) authorities are expecting some delays in the bus service. 由於在修路，交通運輸管理單位預期公車服務會有些誤點。

常考用法

in (during) transit 運輸中　**public transit** 大眾運輸

800+ RANK 1222

acceleration [æk͵sɛlə`reʃən] ☆☆☆☆

名 **加速；促進**

The new machinery caused a rapid **acceleration** in the factory's output. 新機器讓工廠的產量快速提升。

相關單字

accelerate 動 加速；加快

800+ RANK 1223

enlightening [ɪn`laɪtnɪŋ] ☆☆☆☆☆☆☆

形 **啟發人心的**

The seminar was helpful, especially the professor's **enlightening** lecture. 研討會很有幫助，尤其是教授啟發人心的演講。

相關單字

enlighten 動 啟發；啟蒙；闡明　**enlightenment** 名 啟發；開導；領悟

800+ RANK 1224

boundary [`baʊndrɪ] ☆☆☆☆☆☆☆

名 **邊界；分界線**　……間的分界線

The **boundary** between Mayerton and Starlight City is at the start of Clemens River.
梅勒頓市和史達萊特市的分界線，在克雷門斯河的源頭。

800+ RANK 1225

diagnose [`daɪəgnoz] ☆☆☆☆☆☆☆

動 **診斷**

All our technical support engineers are experts at **diagnosing** critical software errors.
我們所有的技術支援工程師，都是診斷重大軟體錯誤的專家。

相關單字

diagnosis 名 診斷
diagnostic 形 診斷的；用於診斷的

800+ RANK 1226

restraint [rɪ`strent] ☆☆☆☆☆☆☆

名 **抑制；克制**

→ 克制

Exercise **restraint** when using the company credit card—the budget is not unlimited.
使用公司信用卡要有節制——預算並非無上限。

800+ RANK 1227

somewhat [`sʌm͵hwɑt] ☆☆☆☆☆☆☆

副 **有點；稍微**

While the entrées are **somewhat** expensive, the wine list is reasonably priced. 雖然主菜稍貴，但葡萄酒的定價相當合理。

800+ RANK 1228

assortment [ə`sɔrtmənt] ☆☆☆☆☆☆

名 **分類；各種各樣**

→ an assortment of 各式各樣的……

Wan-Lindt's convention booth will have a wide **assortment** of product samples and brochures.
萬林的會議攤位將有各式各樣的產品樣本及廣告小冊。

相關單字

assort 動 把……分類　　**assorted** 形 各式各樣的；綜合的

800+ RANK 1229

streamline [`strim͵laɪn] ☆☆☆☆☆☆☆

動 **使……簡化**

Superior Automobile **streamlined** its manufacturing process to reduce costs and increase productivity.
優勢汽車簡化它的製造流程，以降低成本並增加產量。

800+ RANK 1230

abruptly [ə`brʌptlɪ] ★☆☆☆☆☆☆

副 **突然地；唐突地**

The concert **abruptly** ended due to a power outage in the venue.
由於會場停電，音樂會驟然結束。

相關單字

abrupt 形 突然的；意外的

800+ RANK 1231

staple [ˋstep!] ☆☆☆☆☆☆☆

1 動 **用釘書機釘**

A man is **stapling** some documents.（Part 1 常考句子）
一名男子正用釘書機裝訂文件。

2 名 **某物的主要部分**

Corner Diner is a **staple** and a landmark of Harwood.
角落餐廳是哈伍德的主心骨，也是地標。

3 形 **主要的**

Fish usually is a **staple** food of island residents.
魚通常是島嶼居民的主食。

800+ RANK 1232

incorporate [ɪnˋkɔrpəˏret] ★☆☆☆☆☆☆

1 動 **加上；包含**

incorporate A into B → 將 A 加入 B 中

Chef Alberto is famous for **incorporating** various Asian spices into Italian cuisine. 艾爾伯托主廚以在義大利料理中加入亞洲香料而聞名。

2 動 **把……組成公司（或社團）**

Hamco Industries was **incorporated** more than 30 years ago on January 2. 漢科工業是在 30 多年前的一月二日成立的。

相關單字

incorporated (= Inc.) 形 公司組織的；結合的
incorporation 名 公司；合併；吸收

800+ RANK 1233

proxy [ˋprɑksɪ] ☆☆☆☆☆☆☆

名 **代理人**

The vice president will act as the managing director's **proxy** at the executive meeting. 副總裁將在行政會議中，擔任執行董事的代理人。

800+ RANK 1234

rebate [ˋribet] ☆☆☆☆☆☆☆

1 名 **退款**

To receive a **rebate**, please mail the enclosed form with your receipt.
要收到退款，請將隨附的表格和你的收據一起寄回。

2 名 **折扣**

Visit our store before November 7 to qualify for a $50 **rebate** on the cost of your laptop.

在 11 月 7 日之前光臨我們的商店，即有資格在購買筆記型電腦時得到 50 元折扣。

800+ RANK 1235

ample [`æmp!] ★☆☆☆☆☆☆

形 **大量的；足夠的**

The convention hall provided **ample** seating for the anniversary party.

會議大廳提供充足的座位進行週年慶派對。

800+ RANK 1236

periodical [ˌpɪrɪ`ɑdɪk!] ☆☆☆☆☆☆☆

名 **期刊**

The Pargrum Law Library offers an extensive collection of legal **periodicals**. 帕格朗法律圖書館有大量的法律期刊。

800+ RANK 1237

virtually [`vɝtʃʊəlɪ] ☆☆☆☆☆☆☆

1 副 **幾乎；差不多**

幾乎不可能

The snowstorm made it **virtually** impossible to travel.

暴風雪導致幾乎不可能旅行。

2 副 **虛擬地**

Apartment units can be viewed **virtually** on our website.

可以在我們的網站上虛擬瀏覽這些公寓住房。

相關單字

virtual 形 幾乎……的；虛擬的

常考用法

virtually identical 幾乎完全相同

800+ RANK 1238

evolve [ɪ`vɑlv] ★☆☆☆☆☆☆

動 **發展；進化**

Technology has **evolved** in recent years, becoming faster and more efficient. 科技近年來已進步，變得更快、更有效率。

相關單字

evolution 名 發展；進化

常考用法

evolve from 由……演變而來　　evolve into 逐步發展成……

800+ RANK 1239

souvenir [ˌsuvəˋnɪr] ☆☆☆☆☆☆☆

名 **紀念品**

We recommend buying **souvenirs** to remember your time in Charlesville. 我們建議購買紀念品，以記住你在查爾斯維爾的時光。

常考用法

souvenir shop 紀念品店

800+ RANK 1240

passion [ˋpæʃən] ☆☆☆☆☆☆☆

名 **熱情；熱忱**

對……的熱情

Ms. Graz's **passion** for serving her community led her to run for mayor. 葛瑞茲女士服務社區的熱情，使得她出馬競選市長。

相關單字

passionate 形 熱情的；激昂的

800+ RANK 1241

retrieve [rɪˋtriv] ☆☆☆☆☆☆☆

125

1 動 **取回；收回**

Library patrons must **retrieve** their books within one day of the reservation date.
圖書館的會員必須在預約日後一天內取回書籍。

2 動 **檢索；擷取**

You can **retrieve** that information by browsing our server.
你可以瀏覽我們的伺服器找回那則資訊。

相關單字

retrieval 名 取回；收回；糾正

800+ RANK 1242

vaguely [ˋveglɪ] ☆☆☆☆☆☆☆

副 **不清晰地；模糊地**

The current contract is written too **vaguely** and needs clarification.
目前的合約寫得太模糊，需要澄清說明。

相關單字

vague 形 模糊不清的；含糊的

800+ RANK 1243

marginally [ˋmɑrdʒɪnəlɪ] ★☆☆☆☆☆☆

副 **少量地；些微地**

Chacoma Corporation's sales this year are only **marginally** higher than last year's. 查科馬公司今年的業績只比去年略高一些。

相關單字

marginal 形 微小的；頁邊的　　**margin** 名 頁邊空白；極限；幅度

800+ RANK 1244

compartment [kəmˋpɑrtmənt] ★☆☆☆☆☆☆

名 **隔間**

You will find blankets above the seats in the overhead **compartments**.
你可以在座位上方的行李置物櫃中找到毯子。

→ overhead compartment 在頭頂上方的置物櫃

800+ RANK 1245

wear [wɛr] ☆☆☆☆☆☆☆

1 名 **磨損；損耗**

Homeowners are encouraged to replace carpets that show signs of **wear**.
鼓勵屋主把顯得破舊的地毯換掉。

→ sign of wear 磨損痕跡

2 動 **磨損；穿破**

Constantly using the same towel will eventually **wear** it out.
經常使用同一條毛巾，最後會把它磨破。

→ wear . . . out 把……用壞、穿破

3 動 **穿著；戴著**

The woman is **wearing** some safety glasses.（Part 1 常考句子）
那名女子戴著護目鏡。

常考用法

wear and tear 損耗

800+ RANK 1246

intact [ɪn`tækt] ☆☆☆☆☆☆☆

形 **完整無缺的；未受損傷的**

→ **stay/remain intact** 保持原樣；未受損

Most of the vehicle stayed **intact** after the accident.
車禍後，大部分的車輛都未受損。

800+ RANK 1247

awaited [ə`wetɪd] ☆☆☆☆☆☆☆

形 **被等候的**

→ 期待已久的

The eagerly **awaited** update to the software will definitely boost quarterly profits.
期待已久的軟體更新一定會提高季利潤。

相關單字

await 動 等候；期待　　**long-awaited** 形 期待已久的

800+ RANK 1248

emission [ɪ`mɪʃən] ☆☆☆☆☆☆☆

1 名 **排放**

The government is trying to reduce harmful **emissions** in order to help the environment.
政府努力減少有害物質的排放以有助環境。

2 名 **排放物**

Austin Motors' first zero-**emissions** vehicle was released last month.
奧斯汀汽車上個月發表了他們的第一輛零排放汽車。

800+ RANK 1249

keen [kin] ☆☆☆☆☆☆☆

1 形 **渴望的；極想的**

→ **keen to do** 渴望做……；熱切想做……

Consumers are **keen** to try out the electronics company's newest product. 消費者渴望試用那家電子公司的最新產品。

2 形 **熱衷的；熱心的**

Keen audience members were eager to take photographs of the performer.
熱情的觀眾急著想拍下表演者的照片。

800+ RANK 1250

escort [`ɛskɔrt] ★☆☆☆☆☆☆

動 **護送；陪同**

The personnel director will be **escorting** the mayor during the office visit. 在市長來參觀公司時，人事主管將隨行陪同。

常考用法

escort A to B 護送 A 到 B　　**under the escort of** 在……的護送下

Speed Check-up

答案 p.604

一、請參考底線下方的中文，填入意思相符的單字。

ⓐ alleviate ⓑ sophisticated ⓒ insight ⓓ awaited ⓔ wear

01 Homeowners are encouraged to replace carpets that show signs of ________. (磨損)

02 The eagerly ________ (被等候的) update to the software will definitely boost quarterly profits.

03 Using customer survey results, Dr. Chang provided ________ (見解) into current market trends.

04 Recent technological advancements have made the packaging process more ________. (精密的)

05 The introduction of affordable electric cars will help to ________ (減緩) air pollution.

二、請參考句子的中文意思，選出填入後符合句意的單字。

ⓐ unveiled ⓑ exempt ⓒ abruptly ⓓ diagnosing ⓔ virtually

06 New customers will be ________ from paying shipping fees for the first six months. 新顧客在前六個月可免付運費。

07 The concert ________ ended due to a power outage in the venue. 由於會場停電，音樂會驟然結束。

08 Yuli Electronics ________ three new products to the public at the technology expo. 尤里電子在科技展上首次將三項新產品公諸於眾。

09 The snowstorm made it ________ impossible to travel. 暴風雪導致幾乎不可能旅行。

10 All our technical support engineers are experts at ________ critical software errors. 我們所有的技術支援工程師，都是診斷重大軟體錯誤的專家。

三、請選出填入後符合句意的單字。

ⓐ tailored ⓑ retrieve ⓒ markedly ⓓ intact ⓔ compatible

11 Most of the vehicle stayed ________ after the accident.

12 Orders for Axe-Tex jumpers increased ________ after the recent advertising campaign.

13 You can ________ that information by browsing our server.

14 Luxdow Group provides ________ consulting services to domestic and overseas clients.

15 Unfortunately, this model is not ________ with our current software.

棒球迷與足球迷

棒球是種 superb 的運動，非常 entertaining。

跟緊張刺激的足球賽相比，棒球有點太 leisurely 了。

你知道有多少棒球選手都很 versatile 嗎？

可是 prestigious 的運動明星都是足球選手啊！

你這番話太缺乏 rationale 了！

你說的話才更讓人難以 withstand！

爭論

不休

別吵了！不過就是球類運動嘛……

這時兩人第一次有了 consensus。

什麼～不過就是個球類運動～？！

800+ RANK 1251

withstand [wɪð`stænd] ☆☆☆☆☆☆☆ 126

動 **抵擋；反抗**

HRC Mart is revising its strategies to **withstand** competition from its rivals. HRC 超市修正策略以擋住來自對手的競爭。

800+ RANK 1252

proximity [prɑk`sɪmətɪ] ★★☆☆☆☆☆

名 **附近；鄰近**

in proximity to 鄰近……

The Joygarden Hotel is situated in close **proximity** to Warrenbale Domestic Airport.
喬伊卡登飯店的位置離華倫貝爾國內機場很近。

常考用法

in the proximity of 在……附近

800+ RANK 1253

versatile [`vɝsət!] ☆☆☆☆☆☆☆

1 形 **多功能的**

Bloomington Town Hall is a **versatile** building with a wide variety of facilities. 布魯明頓市政廳是棟多功能建築，有各式各樣的設施。

2 形 **多才多藝的**

Due to his **versatile** cooking skills, Chef Obery can prepare various dishes. 由於他多才多藝的烹飪技巧，歐貝里主廚能做許多不同的料理。

替換字詞

versatile 多功能的 → multipurpose 多用途的
a versatile (multipurpose) kitchen appliance 一個多用途的廚房家電

800+ RANK 1254

engrave [ɪn`grev] ★☆☆☆☆☆☆

動 **雕刻**

engrave A with B (→ A be engraved with B) ➜ 把 B 刻在 A 上

The ring was **engraved** with her name.
戒指上刻著她的名字。

相關單字

engraved 形 印象深刻的；被牢記的

800+ RANK 1255

disregard [ˌdɪsrɪˋgɑrd] ☆☆☆☆☆☆☆

1 動 **忽視；不理會**

Please **disregard** this bill if you have already made your payment.
如果您已付款，請忽略這份帳單。

2 名 **忽視；不尊重**

→ disregard for/of 忽視……；無視……

Employees with a **disregard** for company rules will be given verbal warnings.
忽視公司規定的員工將被予以口頭警告。

800+ RANK 1256

argumentative [ˌɑrgjəˋmɛntətɪv] ☆☆☆☆

形 **爭辯的；好爭論的**

Ms. Kapoor gets quite **argumentative** when it comes to political issues.
談到政治問題，卡普爾女士就變得相當愛爭辯。

800+ RANK 1257

prestigious [prɛsˋtɪdʒɪəs] ☆☆☆☆☆☆☆

形 **有名望的**

Gaberos Business School has a **prestigious** MBA programs.
蓋伯羅斯商學院的企管碩士課程頗有聲望。

相關單字

prestige 名 威信；聲望

800+ RANK 1258

superb [sʊˋpɝb] ☆☆☆☆☆☆☆

形 **極好的；一流的**

Franzico Hotel received a high rating for its convenient facilities and **superb** hospitality.
佛蘭奇科飯店因它的便利設施和一流的接待而得到很高的評等。

相關單字

superbly 副 上等地；華美地

800+ RANK 1259

faculty [ˋfæk!tɪ] ☆☆☆☆☆☆☆

1 名 **全體教職員**

Ms. Bautista has been a part of our school **faculty** for over 30 years.
波提斯塔女士在本校服務已超過 30 年。

2 名 能力；技能

Mr. Marden has the **faculty** to make quick and smart decisions.

馬登先生有快速做出明智決定的本事。

800+ RANK 1260

opposing [ə`pozɪŋ] ★☆☆☆☆☆☆

形 **反對的；相對的**

Mr. Gray will represent the **opposing** point of view regarding that issue. (opposing point of view → 反對的觀點)

關於那個議題，葛瑞先生將代表反方的觀點。

相關單字

oppose 動 反對；反抗

opposition 名 反對；對抗

opponent 名 對手；反對者

常考用法

as opposed to 而不是……　　opposition to 反對……

800+ RANK 1261

cordially [`kɔrdʒəlɪ] ☆☆☆☆☆☆☆ 127

副 **熱誠地；誠摯地**

The Platform Institute **cordially** invites all employees to attend its 10th anniversary party.

普雷特風協會誠摯邀請所有員工參加十週年派對。

相關單字

cordial 形 熱誠的；衷心的

常考用法

be cordially invited 誠摯邀請；恭請

800+ RANK 1262

entertaining [ˌɛntɚ`tenɪŋ] ☆☆☆☆☆☆

形 **使人得到娛樂的；使人愉悅的**

The promotional event was both informative and **entertaining**.

促銷活動既有知識性又有娛樂性。

相關單字

entertainment 名 娛樂　　entertain 動 使歡樂；招待

800+ RANK 1263

proficiency [prə`fɪʃənsɪ] ☆☆☆☆☆☆☆

名 **精通；熟練**

This job requires language **proficiency** in English and Spanish.

→ 精通……

這個工作需要精通英語和西班牙語。

相關單字

proficient 形 精通的；熟練的

Human Resources needs an assistant **proficient** in all basic software programs. 人力資源部需要一名精通所有基本軟體程式的助理。

→ 精通……；熟稔……

800+ RANK 1264

stimulate [`stɪmjə͵let] ☆☆☆☆☆☆☆

動 **刺激；鼓舞**

CEO Tom Jackson is planning to hold a meeting to discuss ways to **stimulate** the growth of the company.

湯姆·傑克森執行長打算舉行一個會議討論刺激公司成長的方法。

相關單字

stimulation 名 刺激；鼓舞；興奮

800+ RANK 1265

implication [͵ɪmplɪ`keʃən] ☆☆☆☆☆☆☆

1 名 **(-s) 可能的影響、後果**

The success of the new device will have enormous **implications** for the company.

→ have implications for 對……有影響

新裝置的成功對公司有極大的影響。

2 名 **暗示；暗指**

→ implication that + 子句 ➜ 暗示……

The CEO made **implications** that the company would undergo restructuring. 執行長暗示公司將進行重組。

相關單字

imply 動 暗示；暗指

800+ RANK 1266

rigorous [`rɪgərəs] ☆☆☆☆☆☆☆

形 **嚴格的；苛刻的**

More **rigorous** regulations are needed for the maintenance of old passenger airplanes. 舊客機的保養工作需要更嚴格的規定。

相關單字

rigorously 副 嚴格地；嚴厲地

常考用法

rigorous training 嚴格訓練

800+ RANK 1267

periodic [ˌpɪrɪ`ɑdɪk] ☆☆☆☆☆☆☆

形 **週期的；定期的**

Security guards perform **periodic** checks of the facilities throughout the evening. 保全人員整個晚上都會定期檢查設施。

相關單字

period 名 時期；週期；句號　　periodically 副 週期性地；定期地

常考用法

grace period（繳保險費的）寬限期

800+ RANK 1268

premiere [prɪ`mjɛr] ☆☆☆☆☆☆☆

名 **初次上演；首映**

The **premiere** of the film, *Gone Fast*, will be held at the Ritzor Cineplex.
電影《快速消失》的首映將在瑞澤影城舉行。

800+ RANK 1269

accumulate [ə`kjumjəˌlet] ☆☆☆☆☆☆☆

動 **累積；堆積**

Goldmax Traveler members can **accumulate** mileage when flying with Worldex Airways.
高德邁克斯旅遊的會員，搭乘沃德克斯航空可以累積哩程數。

相關單字

accumulation 名 累積；堆積；累積物

800+ RANK 1270

consensus [kən`sɛnsəs] ☆☆☆☆☆☆☆

名 **共識**

（general consensus → 普遍共識）

The general **consensus** of the staff is that the parking lot should be expanded. 員工的普遍共識是停車場應該要擴建。

常考用法

reach a consensus on 在……上達成共識

800+ RANK 1271

rationale [ˌræʃəˋnæl] ☆☆☆☆☆☆☆

名 **根本原因**

The R&D director will explain the **rationale** for changing the product design tomorrow. 研發部主管明天會解釋更改產品設計的根本原因。

800+ RANK 1272

setting [ˋsɛtɪŋ] ★★☆☆☆☆☆

1 名 **環境；背景**

Employees should conduct themselves professionally in a work **setting**. (→ 工作環境)
員工在工作場所應有專業表現。

2 名 **設定；裝置**

The control **settings** for the fan are on the right side.
風扇的控制設定裝置在右邊。

800+ RANK 1273

curb [kɝb] ☆☆☆☆☆☆☆

1 動 **控制；限制**

The company had to **curb** employee benefits to stay afloat.
公司必須限制員工福利以維持營運。

2 名 **人行道（高起的）邊緣**

A car has been parked near a **curb**.（Part 1 常考句子）
有輛車停在靠人行道邊緣的旁邊。

800+ RANK 1274

erect [ɪˋrɛkt] ☆☆☆☆☆☆☆

1 動 **使豎立；使豎直**

Some scaffolding is being **erected** against a wall.（Part 1 常考句子）
鷹架正靠牆搭建。

2 動 **建立；設立**

Eagleton City Council decided to **erect** a sculpture commemorating the city's 200th birthday.
伊格頓市議會決定豎立一座雕像，以紀念該市 200 歲生日。

800+ RANK 1275

waive [wev] ★☆☆☆☆☆☆

動 **放棄；免除**

During Tommy Furniture Store's grand opening sale, all delivery fees will be **waived**. 在湯米家具店盛大開幕特價期間，運費全免。

相關單字

waiver 名 放棄；免支付協議；棄權聲明書

常考用法

fee waiver 減免或免除費用　　**waive a fee** 免除費用

800+ RANK 1276

regrettably [rɪ`grɛtəb!ɪ] ☆☆☆☆☆☆☆

副 **可惜地；遺憾地**

We had to **regrettably** discontinue this product due to poor sales.
由於銷量很差，很遺憾，我們不得不停賣這個產品。

相關單字

regrettable 形 令人悔恨的；令人遺憾的
regretful 形 懊悔的；遺憾的；惋惜的

800+ RANK 1277

oversight [`ovɚˏsaɪt] ☆☆☆☆☆☆☆

名 **失察；疏忽**

The schedule confusion was due to an **oversight** on the part of the event planner. 行程混亂起因於活動規劃者的疏忽。

800+ RANK 1278

amenity [ə`minətɪ] ★☆☆☆☆☆☆

名 **便利設施**

Amenities at SeaSky Apartments include a fitness center and a swimming pool. 海天公寓的公共設施，包括一個健身中心和游泳池。

800+ RANK 1279

constraint [kən`strent] ☆☆☆☆☆☆☆

名 **約束；限制**

The construction of the building has been delayed because of the budget **constraint**. → 預算限制
由於預算限制，大樓的興建工程受到延誤。

常考用法

time constraint 時間限制　　**financial constraint** 財務限制

800+ RANK 1280

commission [kə`mɪʃən] ☆☆☆☆☆☆☆

1 名 **佣金**

Gafuli Software offers its staff a **commission** based on their quarterly sales records. 葛富理軟體公司根據員工的季銷售紀錄發給佣金。

2 名 **委員會**

A spokesperson from the County Planning **Commission** released a statement this morning. 郡政府規劃委員會的發言人今天早上發了一份聲明。

800+ RANK 1281

pose [poz] ☆☆☆☆☆☆☆ 129

1 動 **造成；引起** → pose a problem 引發／造成問題

Updating the website has **posed** a considerable problem for the design team. 更新網站已造成設計團隊一個相當大的問題。

2 動 **擺姿勢** → pose for 擺姿勢

Some people are **posing** for a photograph.（Part 1 常考句子）
有些人在擺姿勢拍照。

常考用法 pose a risk 造成危險；帶來風險

替換字詞

pose 造成；引起 → present 展現

Salt water and sand pose (present) challenges for the equipment.

海水和沙對設備構成挑戰。

800+ RANK 1282

densely [`dɛnslɪ] ☆☆☆☆☆☆☆

副 **濃密地；密集地** → 人口密度高

The downtown area has become so **densely** populated that it is nearly impossible to find street parking.

鬧區人口變得這麼稠密，幾乎不可能找到路邊停車位。

相關單字 dense 形 密集的

800+ RANK 1283

incline [ɪn`klaɪn] ☆☆☆☆☆☆☆

1 動 **(使)傾向；(使)有意** → incline to do 有意做……

Ms. Raegar is **inclined** to move Monday's meeting since many employees will be out that day.

雷格女士有意更改星期一會議的時間，因為那天有很多員工都要外出。

2 名 斜坡
The advanced hiking trails include sharp **inclines** and cross rugged terrain. 高階健行步道包括陡峭的斜坡，以及穿越高低起伏的地形。

相關單字
inclined 形 傾向的；傾斜的　　inclination 名 傾向；趨勢；傾斜

800+ RANK 1284
simultaneously [ˌsaɪməlˋtenɪəslɪ] ★☆☆☆☆☆☆

副 同時
→ 與……同時
New car models are expected to be unveiled **simultaneously** with the motorbikes. 新車款預計和摩托車同時發表。

相關單字
simultaneous 形 同時的

800+ RANK 1285
outfit [ˋaʊtˌfɪt] ☆☆☆☆☆☆☆

1 名 全套服裝
→ work outfit 工作服
Waitstaff are responsible for keeping their work **outfits** clean.
侍者有責任保持工作服乾淨。

2 動 配備；供給
→ outfit A with B (→ A be outfitted with B) 提供 B 給 A；A 配備了 B
We **outfit** our tour guides with comfortable footwear.
我們給導遊穿上舒適的鞋子。

相關單字
outfitter 名 服裝店；專用設備（服裝）店

800+ RANK 1286
delinquent [dɪˋlɪŋkwənt] ☆☆☆☆☆☆☆

形 拖欠的；到期未付的
Mr. Netley is in charge of dealing with the owners of **delinquent** accounts. 奈特利先生負責與那些欠款客戶打交道。

800+ RANK 1287
antique [ænˋtik] ☆☆☆☆☆☆☆

名 古物；古董 形 古代的；古老的
The old shop in Tursley Street sells various **antiques** and historical items. 特斯利街上的那家老店，販賣許多古董和歷史文物。

800+ RANK 1288

leisurely [ˋliʒɚlɪ] ☆☆☆☆☆☆☆

形 **悠閒的；從容不迫的**

Visitors to Chellor Park can enjoy a **leisurely** walk around the lake.
切樂公園的遊客可以沿著湖岸悠閒散步。

相關單字

leisure 名 閒暇；悠閒

800+ RANK 1289

endeavor [ɪnˋdɛvɚ] ☆☆☆☆☆☆☆

1 名 **努力；盡力**

→ endeavor to do 嘗試做……

The team wished Ms. Bram the best in her **endeavor** to start her own business. 對布蘭姆女士嘗試開創自己的事業，團隊祝她一切順利。

2 動 **努力；力圖**

→ endeavor to do 努力／盡力做……

The company will **endeavor** to complete the construction within two years.
公司會竭盡所能在兩年內完成建造工程。

800+ RANK 1290

embark [ɪmˋbɑrk] ☆☆☆☆☆☆☆

1 動 **上船（或飛機）**

The guests will **embark** in San Francisco for the cruise tour.
參加遊輪之旅的旅客會在舊金山上船。

2 動 **從事；著手**

→ embark on/upon 開始／著手做……

The Marketing Department will **embark** on a new advertising campaign this week.
行銷部本週會展開新的廣告活動。

相關單字

embarkation 名 乘坐；從事

800+ RANK 1291

cultivation [͵kʌltəˋveʃən] ☆☆☆☆☆☆☆ 

1 名 **培養；栽培**

Management attributes the successful quarter to the **cultivation** of new business partnerships.
管理階層將這一季的成功，歸功於培養新的商業合作夥伴關係。

2 名 耕作；耕種
The ongoing dry weather has made the **cultivation** of crops difficult this month. 持續乾旱的天氣使得這個月很難栽種作物。

相關單字
cultivate 動 耕種；栽培；養殖；培育

800+ RANK 1292
offset [`ɔf͵sɛt] ☆☆☆☆☆☆☆

動 **抵銷**
The good mileage of hybrid cars **offsets** the rise in gas prices.
油電混合車跑的里程數較高，抵銷了油價的漲幅。

800+ RANK 1293
preside [prɪ`zaɪd] ☆☆☆☆☆☆☆

動 **主持**
→ 主持
The chairman will **preside** over the shareholders' meeting.
主席將主持股東會議。

800+ RANK 1294
stipulation [͵stɪpjə`leʃən] ☆☆☆☆☆☆☆

名 **規定；條文**
There is a **stipulation** in the housing contract that charges a fine for early termination.
房屋合約裡有一個條文規定，若提前解約將收取罰金。

相關單字
stipulate 動 規定
The tenant's responsibilities are **stipulated** in the lease contract.
房客的責任規定在租約中。

800+ RANK 1295
habitat [`hæbə͵tæt] ☆☆☆☆☆☆☆

名 **棲息地**
Please avoid making loud noises so as not to disturb the animals' **habitats**. 請不要發出巨大噪音，才不會干擾動物的棲息地。

常考用法
natural habitat 自然棲地　　**wildlife habitat** 野生動物棲地

800+ RANK 1296

elaborate [ɪˋlæbərɪt] ☆☆☆☆☆☆☆

形 **精心製作的；精巧的**

It'll be expensive to set up and maintain such an **elaborate** display.

設置並維護如此精心製作的陳列品會很昂貴。

800+ RANK 1297

culinary [ˋkjulɪˏnɛrɪ] ☆☆☆☆☆☆☆

形 **烹飪的**

L'Artino Cuisine is a prestigious **culinary** school that has produced many award-winning chefs.

拉提諾烹飪學校是所有名望的廚藝學校，培養出很多得獎大廚。

800+ RANK 1298

defer [dɪˋfɝ] ★☆☆☆☆☆☆

動 **推遲；延期**

Purchases of nonessential supplies will be temporarily **deferred** because of budget cuts.

由於預算刪減，非必要用品的採購將暫時延後。

800+ RANK 1299

novice [ˋnɑvɪs] ☆☆☆☆☆☆☆

名 **新手；初學者**

The engineering handbook is not a manual for **novices** but for employees with experience.

工程手冊不是給新手看的，而是給有經驗的員工用的。

800+ RANK 1300

license [ˋlaɪsns] ★☆☆☆☆☆☆

1 名 **許可證；執照**

(→ 駕照)

Only those with a valid driver's **license** can operate our company vehicles.

只有那些持有效駕照的人才能駕駛公司的車輛。

2 動 **許可；頒發許可證**

(→ be licensed to do 獲得許可做……)

Mr. McFerrer is **licensed** to practice law in several states.

麥法羅先生領有許可證，可以在好幾個州從事律師工作。

Speed Check-up

答案 p.604

一、請參考底線下方的中文，填入意思相符的單字。

ⓐ simultaneously ⓑ deferred ⓒ oversight ⓓ accumulate ⓔ withstand

01 Goldmax Traveler members can ________ mileage when flying with Worldex Airways. 累積

02 Purchases of nonessential supplies will be temporarily ________ because of budget cuts. 推遲

03 The schedule confusion was due to an ________ on the part of the event planner. 疏忽

04 New car models are expected to be unveiled ________ with the motorbikes. 同時

05 HRC Mart is revising its strategies to ________ the competition from its rivals. 抵擋

二、請參考句子的中文意思，選出填入後符合句意的單字。

ⓐ posed ⓑ rigorous ⓒ constraint ⓓ disregard ⓔ versatile

06 Please ________ this bill if you have already made your payment.
如果您已付款，請忽略這份帳單。

07 Due to his ________ cooking skills, Chef Obery can prepare various dishes.
由於他多才多藝的烹飪技巧，歐貝里主廚能做許多不同的料理。

08 The construction of the building has been delayed because of the budget ________. 由於預算限制，大樓的興建工程受到延誤。

09 More ________ regulations are needed for the maintenance of old passenger airplanes. 舊客機的保養工作需要更嚴格的規定。

10 Updating the website has ________ a considerable problem for the design team. 更新網站已造成設計團隊一個相當大的問題。

三、請選出填入後符合句意的單字。

ⓐ endeavor ⓑ implications ⓒ periodic ⓓ opposing ⓔ offsets

11 The good mileage of hybrid cars ________ the rise in gas prices.

12 The company will ________ to complete the construction within two years.

13 The CEO made ________ that the company would undergo restructuring.

14 Security guards perform ________ checks of the facilities throughout the evening.

15 Mr. Gray will represent the ________ point of view regarding that issue.

900+
先背先贏 核心單字
1301~1350

員工的真心話

今年我們公司的商品銷量有 steep 的攀升以及 prosperity……
是的，老闆……

為了慰勞員工們的辛苦，我準備了 immense 的獎勵～

跨年這天大家一起去 excursion！也為各位準備了 catering 喔！
笑

為了讓每個員工都能 agreeably 地享受，
我還 conceive 了各式各樣的活動。

想必我這種 generosity 會讓大家很開心吧？
是的，當然。
然而員工真正想的是……

誰想在跨年跟老闆出去玩，當然要跟女朋友約會啊！
要去哪裡好～
老闆真蠢

900+ RANK 1301

bear [bɛr] ☆☆☆☆☆☆☆ 131

1 動 **承擔；承受**

Ms. Tiller agreed to **bear** the burden of handling more client accounts.

堤樂女士同意承擔管理更多客戶帳戶的重任。

2 動 **忍受；容許**

Several employees complained that it was difficult to **bear** all the construction noise.

好幾個員工抱怨，很難忍受那些工程噪音。

常考用法

bear in mind 記住

900+ RANK 1302

catering [ˋketərɪŋ] ☆☆☆☆☆☆☆

名 **承辦酒席；外燴**

→ 外燴公司

We hired a **catering** company to provide a special meal for our guests.

我們僱用外燴公司為我們的客人特製餐點。

相關單字

cater 動 承辦宴席；辦外燴

→ 承辦……的宴席

Who will be **catering** for the museum's grand opening?

誰承辦博物館盛大開幕活動的宴席？

caterer 名 承辦酒席的人；外燴業者

常考用法

catering service 外燴服務　**cater to** 迎合

900+ RANK 1303

batch [bætʃ] ☆☆☆☆☆☆☆

名 **一批**

→ 一批

We received a large **batch** of online orders today from our website.

我們的網站今天接到一大批訂單。

900+ RANK 1304

stunning [ˋstʌnɪŋ] ☆☆☆☆☆☆☆

形 **令人驚嘆的**

This **stunning** piece titled *The Factory Workers* is the main attraction of the exhibition.

這幅名為《工廠工人》的驚人畫作，是這次展覽的主要焦點。

相關單字

stunned 形 大為震驚的

常考用法

stunning view 絕色美景

900+ RANK 1305

dim [dɪm] ☆☆☆☆☆☆☆

1 動 使變暗淡

Could someone please **dim** the lights for Ms. Holt's slide presentation?（Part 2 常考句子）

可以麻煩有人把燈光調暗，讓霍特女士放幻燈片嗎？

2 形 暗淡的

Some light fixtures had to be added to brighten up the otherwise **dim** restaurant. 必須加裝一些燈具，好照亮原本太暗的餐廳。

900+ RANK 1306

agreeably [əˋgriəblɪ] ★☆☆☆☆☆☆

1 副 令人愉快地

The employees were told to behave more **agreeably** around customers.

員工被告知有顧客在場時，行為舉止要表現得更令人愉快些。

2 副 宜人地

The Apua Inn is **agreeably** situated along the cliffs, offering spectacular views. 艾普阿客棧的位置非常合宜，就位於懸崖邊，擁有壯麗的景色。

相關單字

agreeable 形 令人愉快的；宜人的

替換字詞

agreeably 令人愉快地 → pleasantly 令人愉快地

agreeably (pleasantly) located by the beach 位於海邊，令人愉快

600+ RANK 1307

conducive [kənˋdjusɪv] ☆☆☆☆☆☆☆

形 有助的；有益的

Good teamwork is **conducive** to an organization's success.（conducive to → 有助……；促成……）

良好的團隊合作有助組織的成功。

相關單字

conduce 動 有助於；導致

DAY 21 22 23 24 25 26 27 800–900 28 29 30

900+ RANK 1308

patronage [ˋpætrənɪdʒ] ☆☆☆☆☆☆☆

名 **惠顧；光顧**

Thank you for your **patronage**, and we look forward to serving you again soon.

謝謝您的光臨，我們期待很快能再為您服務。

常考用法

patron 名 顧客；老主顧

Store **patrons** are purchasing some products.（Part 1 常考句子）

商店的顧客正在買東西。

patronize 動 資助；光顧；對⋯⋯擺出高人一等的姿態

相關單字

library patrons 圖書館的讀者

900+ RANK 1309

affiliation [əˋfɪlɪˏeʃən] ☆☆☆☆☆☆☆

名 **隸屬（關係）**

→ have an affiliation with 和⋯⋯有關係／連繫

The college has **affiliations** with several organizations in Japan.

那間大學和日本好幾個組織都有隸屬關係。

相關單字

affiliate 動 使隸屬；使緊密聯繫

900+ RANK 1310

lessen [ˋlɛsn] ★☆☆☆☆☆☆

動 **減輕；變小**

Exercising regularly is known to **lessen** the risk of heart disease.

眾所周知，規律運動能降低心臟病的風險。

相關單字

less 形 較少的

Management is hoping that this project will cost **less** money.

管理階層希望這個計畫可以少花點錢。

900+ RANK 1311

prosperity [prɑsˋpɛrətɪ] ☆☆☆☆☆☆☆  132

名 **興旺；繁榮**

→ 經濟繁榮

GDP is one indicator of a country's economic **prosperity**.

國民生產毛額（GDP）是一個國家經濟繁榮的指標。

相關單字

prosper 動 繁榮；成功　　**prosperous** 形 繁榮的；富足的

常考用法

in times of prosperity 在經濟繁榮的時期

900+ RANK 1312

advocate 名 [ˋædvəkət] 動 [ˋædvəket] ☆☆☆☆☆☆☆

1 名 **提倡者；擁護者**

Consumer **advocates** have raised concerns about the risks of purchasing children's toys online.

消費權益倡議者已引起大眾對在網路購買兒童玩具的風險的關心。

2 動 **提倡；擁護**

Ms. Morgan traveled all over the world **advocating** women's rights.

摩根女士走遍全世界提倡婦女權利。

相關單字

advocacy 名 擁護；提倡

常考用法

an advocate of ……的倡議者、擁護者

900+ RANK 1313

alliance [əˋlaɪəns] ☆☆☆☆☆☆☆

名 **結盟；聯盟**

RK Corp. and DY Industries have formed a five-year business **alliance**.

RK 公司與 DY 工業組成五年的商業聯盟。

900+ RANK 1314

punctually [ˋpʌŋktʃʊəlɪ] ★☆☆☆☆☆☆

副 **準時地**

Please be sure to arrive **punctually** for Friday's training session. (準時到達)

星期五的訓練課程請務必準時到。

相關單字

punctual 形 準時的；精確的　　**punctuality** 名 守時

900+ RANK 1315

immense [ɪ`mɛns] ☆☆☆☆☆☆☆

形 **巨大的；廣大的**

The museum has an **immense** collection of Chinese artifacts.
博物館收藏大量的中國工藝品。

相關單字

immensely 副 極大地；廣大地　　**immensity** 名 無限；廣大

900+ RANK 1316

generosity [ˌdʒɛnə`rasətɪ] ☆☆☆☆☆☆☆

名 **慷慨；寬宏大量**

Our sponsors' **generosity** has greatly contributed to the Parkville Foundation. 我們的贊助者慷慨捐助帕克維爾基金會。

相關單字

generous 形 慷慨的；大方的
With **generous** donations from our patrons, the lobby is being repainted.
有了我們贊助者的慷慨捐款，大廳正在重新粉刷。

generously 副 慷慨地；豐富地
Briarhill Hospital is thankful to Mackens Bank for donating so **generously**.
布萊厄希爾醫院感謝麥肯斯銀行如此慷慨的捐助。

900+ RANK 1317

negligence [`nɛglɪdʒəns] ☆☆☆☆☆☆☆

名 **疏忽；粗心**

The warranty does not cover damages caused by **negligence**. (by → 因疏忽)
保固範圍並不包含因疏忽所造成的損壞。

相關單字

neglect 動 忽視；疏忽　　**neglectful** 形 疏忽的；不注意的

900+ RANK 1318

vulnerable [`vʌlnərəb!] ★☆☆☆☆☆☆

形 **易受傷的；易受影響的**

Old storage containers that are **vulnerable** to water damage will be replaced. 易因潮濕泡水而損壞的舊儲存容器將會被換掉。
(→ be vulnerable to 易受……；易於……)

替換字詞

vulnerable **易受傷的；易受影響的** → susceptible **容易遭受的**

software vulnerable (susceptible) to virus attacks

容易遭受病毒攻擊的軟體

900+ RANK 1319

subsidiary [səbˋsɪdɪˏɛrɪ] ☆☆☆☆☆☆☆

1 名 **子公司**

For inquiries, please contact Infinite Investments, a **subsidiary** of Infinite Group International.

如有問題，請聯絡無限投資公司，這是無限國際集團的子公司。

2 形 **輔助的；次要的**

The manager took on a more **subsidiary** role within the department when he returned from his medical leave.

當經理休完病假回來上班後，他在部門內擔任較為輔助性的角色。

相關單字

subsidize 動 資助　　subsidy 名 津貼；補助金

900+ RANK 1320

affix [əˋfɪks] ☆☆☆☆☆☆☆

動 **貼上；附上**

affix A to B (→ A be affixed to B)
將 A 貼在 B 上；將 A 固定在 B 上

Check that product labels are **affixed** to each carton.

檢查每個紙箱都貼了產品標籤。

900+ RANK 1321

aggressively [əˋgrɛsɪvlɪ] ☆☆☆☆☆☆☆  133

副 **積極地；攻擊性地**

Oreacon Systems is **aggressively** seeking skilled employees for its R&D Department.

奧瑞爾康系統公司正全力積極為研發部門尋找有熟練技能的員工。

相關單字

aggressive 形 積極進取的

I think you should use more **aggressive** strategies to boost sales.

我認為，你應該採取更積極進取的策略以提高銷售量。

900+ RANK 1322

yield [jild] ☆☆☆☆☆☆☆

1 動 產生 ┈▸ yield a result 產生結果

The study **yielded** similar results as the one before.

這個研究所得的結果和之前那個研究類似。

2 名 產量

Li & Wong Food Group produced a record-high **yield** of rice this year.

李&黃食品集團今年的稻米產量破紀錄。

替換字詞

yield 產生 → produce 出產

yield (produce) less wheat overall 整體產出較少小麥

900+ RANK 1323

impending [ɪm`pɛndɪŋ] ☆☆☆☆☆☆☆

形 **即將發生的；逼近的**

The government implemented a water conservation scheme before the **impending** dry season.

在乾季即將來臨之前，政府執行了儲水計畫。

替換字詞

impending 即將發生的；逼近的 → imminent 逼近的

the impending (imminent) project deadline 專案的截止期限逼近

900+ RANK 1324

abstract 名 形 [`æbstrækt] 動 [æb`strækt] ☆☆☆☆☆☆☆

1 名 摘要

All budget requests should include **abstracts** of the projects they concern. 所有的預算申請都應包含相關專案的摘要說明。

2 動 做摘要；抽取

Mr. Larson asked his team to **abstract** some articles concerning the latest industry trends.

拉森先生要求他的團隊，摘取一些關於最新產業趨勢的文章。

3 形 抽象的

Celia Barnett's book was acclaimed for describing the **abstract** concept in a clear manner.

西莉亞·巴奈特的書，因為以清晰的用詞描述抽象概念而受到讚賞。

900+ RANK 1325

steep [stip] ☆☆☆☆☆☆☆

1 形 **陡峭的**

→ steep slope 陡峭的斜坡

The Redrow Trail has **steep** slopes and is only recommended for experienced hikers.

瑞德羅步道有陡峭的斜坡，只推薦給有經驗的健行者去走。

2 形 **（尤指價格）過高的**

→ 價格過高

Russell's provides high quality products without the **steep** price.

羅素公司提供高品質但價格不過高的產品。

900+ RANK 1326

petition [pəˋtɪʃən] ☆☆☆☆☆☆☆

1 名 **請願；請願書**

→ sign a petition 簽署請願書

Many residents signed a **petition** to protect the library from budget cuts.

很多居民簽署請願書，避免圖書館預算遭刪減。

2 動 **請願；訴求**

Many staff members **petitioned** to have the cafeteria renovated.

很多員工連署要求整修自助餐廳。

相關單字

petitioner 名 請願者

常考用法

file a petition 提出請願書／訴狀

900+ RANK 1327

radically [ˋrædɪk!i] ☆☆☆☆☆☆☆

副 **完全地；徹底地**

→ 完全不同

The new bottle shape from H-Drinks is **radically** different from what they used before.

H 飲料公司的新瓶身造型和他們以前採用的完全不同。

相關單字

radical 形 完全的；徹底的

常考用法

radically change/transform 徹底改變／改造

900+ RANK 1328

discrepancy [dɪˋskrɛpənsɪ] ☆☆☆☆☆☆☆

名 **不一致；不符**

We apologize for the **discrepancy** in your invoice with the quote you received over the phone.

我們為出貨單上所列的報價，與你在電話上所聽到的不同致歉。

相關單字

discrepant 形 相差的；有差異的

900+ RANK 1329

sequence [ˋsikwəns] ★☆☆☆☆☆☆

1 名 **順序；次序**

Mr. West's presentation explained the manufacturing **sequence**, from start to finish.

威斯特先生的簡報解釋了從開始到結束的生產順序。

2 名 **一連串；連續**

（→ 一連串事件）

Paul tried to figure out the **sequence** of events that led to the significant drop in sales.

保羅試圖找出造成銷售量大幅滑落的一連串事件。

相關單字

sequential 形 連續的；按特定順序的　**sequel** 名 （書或戲劇的）續篇；續集

常考用法

sequel to ……的結果；……的續集　**in sequence** 按順序；一個接一個

900+ RANK 1330

underway [ˏʌndɚˋwe] ☆☆☆☆☆☆☆

形 **在進行中的**

The negotiations for the business acquisition are currently **underway**.

商業收購案的談判目前正在進行。

常考用法

get underway 開始

900+ RANK 1331

exaggerate [ɪgˋzædʒəˏret] ☆☆☆☆☆☆☆ 

動 **誇大；對……言過其實**

The TV media tends to **exaggerate** the risks of research findings to attract more viewers.
電視媒體往往誇大研究結果的風險以吸引更多觀眾。

相關單字

exaggeration 名 誇張；言過其實　　**exaggerated** 形 誇張的；過大的

900+ RANK 1332

setback [ˋsɛtˏbæk] ☆☆☆☆☆☆☆

名 **挫折；失敗**

Despite a few **setbacks**, the team finished designing the prototype on time. 儘管受到一些挫折，但團隊仍準時完成產品原型的設計。

常考用法

financial setback 財務困境

900+ RANK 1333

widening [ˋwaɪdənɪŋ] ☆☆☆☆☆☆☆

名 **拓寬**

The **widening** of Route 40 has greatly reduced traffic problems.
40 號公路的拓寬大幅減少交通問題。

相關單字

widen 動 放寬；加寬；擴大　　**width** 名 寬度
wide 形 寬闊的；寬鬆的；寬度為……的

900+ RANK 1334

extract 名 [ˋɛkstrækt] 動 [ɪkˋstrækt] ☆☆☆☆☆☆☆

1 名 **摘錄**

Mr. Rycel provided the media with an **extract** from his upcoming novel. （extract from → 摘錄自……）
萊瑟先生把他即將出版的小說節錄一段給媒體。

2 動 **提煉；萃取**

Gardener Skincare **extracts** natural oil from a variety of plants.
嘉德納護膚從多種植物中提煉出天然油。

900+ RANK 1335

conceive [kən`siv] ☆☆☆☆☆☆☆

動 **想出；構想**

The marketing team **conceived** a new plan to increase sales.
行銷團隊想出增加銷售量的新計畫。

900+ RANK 1336

credential [krə`dɛnʃəl] ★☆☆☆☆☆☆

名 **憑證；證書**

Mr. Park was promoted to manager based on his experience and academic **credentials**. → academic credential 學歷證書
根據他的經驗和學歷，帕克先生被晉升為經理。

常考用法

teaching credential 教師證書　　press credential 記者證

900+ RANK 1337

excursion [ɪk`skɝʒən] ☆☆☆☆☆☆☆

名 **遠足；短途旅行**

Jinwa Bus Tours offers affordable **excursions** to famous national parks.
今瓦巴士旅遊提供價格親民的知名國家公園短程遊行。

900+ RANK 1338

contaminate [kən`tæmə͵net] ☆☆☆☆☆☆☆

動 **汙染；弄髒**

Please wear safety gloves, so you do not **contaminate** any lab equipment. 請戴防護手套，如此你才不會汙染實驗室的任何設備。

相關單字

contamination 名 汙染；弄髒

900+ RANK 1339

pledge [plɛdʒ] ☆☆☆☆☆☆☆

1 動 **保證；許諾** → pledge to do 保證做……

Our bank **pledges** not to share your personal information with other organizations. 我們銀行保證不會把你的個人資料分享給其他組織。

2 名 **保證；誓言** make a pledge to do 承諾做……

Baker & Partners made a **pledge** to donate 10,000 dollars to the earthquake victims.

貝克合夥公司承諾捐出一萬元給地震受災戶。

900+ RANK 1340

hamper [ˋhæmpɚ] ☆☆☆☆☆☆☆

動 **妨礙；阻礙**

The staff shortage **hampered** the production team's ability to meet the deadline.

人手不足使生產團隊無法趕上截止期限。

900+ RANK 1341

preceding [priˋsidɪŋ] ☆☆☆☆☆☆☆ 135

形 **在前的；在先的** 前一年

This year's conference had more attendees than the **preceding** year's.

今年研討會的參加者比前一年多。

相關單字

precede 動（順序、位置或時間）在……之前；（地位）高於

900+ RANK 1342

outweigh [aʊtˋwe] ☆☆☆☆☆☆☆

動 **比……重；超過**

The CEO approved the project because the benefits **outweigh** the risks. 執行長批准了這個專案，因為它的獲利高於風險。

900+ RANK 1343

preclude [prɪˋklud] ☆☆☆☆☆☆☆

動 **妨礙；阻止** preclude A from (doing) B 阻止 A（做）B

The high service charges at the hotel **preclude** guests from trying out in-room dining.

飯店的高額服務費，使客人無法嘗試在房間內用餐。

相關單字

preclusive 形 妨礙的；除外的 **preclusion** 名 排除；防止；妨礙

RANK 1344 increment [ˋɪnkrəmənt] ★☆☆☆☆☆☆

900+

1 名 **增加；增額**

Larabee Toys will increase production in **increments** of ten thousand units per quarter.

拉瑞比玩具將增加產量，每季增加到一萬件。

2 名 **加薪**

We guarantee our employees a salary **increment** (→ 加薪) of 10 percent every year. 我們保證員工每年加薪 10%。

相關單字

incremental 形 增加的；增值的　　**incrementally** 副 遞增的；增值的

RANK 1345 consignment [kənˈsaɪnmənt] ☆☆☆☆☆☆☆

900+

名 **托運的貨物**

A **consignment** of computers will be given to the new office.

托運的那批電腦將送到新辦公室。

RANK 1346 bankruptcy [ˋbæŋkrəptsɪ] ☆☆☆☆☆☆☆

900+

名 **破產；倒閉**

Analysts are worried about the increasing number of **bankruptcies** in the technology sector.

分析師擔心科技業發生越來越多破產事件。

相關單字

bankrupt 形 破產的 動 使破產

常考用法

file for bankruptcy 申請破產　**declare bankruptcy** 宣布破產

RANK 1347 eloquent [ˋɛləkwənt] ☆☆☆☆☆☆☆

900+

形 **雄辯的；有說服力的**

Peter Valloton gave an **eloquent** speech (→ 動人的演說) when he stepped down as CEO.

彼得·富勒頓卸任執行長時，發表了一篇動人的演說。

相關單字

eloquently 副 雄辯地；有說服力地

900+ RANK 1348

prerequisite [ˌpriˋrɛkwəzɪt] ☆☆☆☆☆☆☆

名 **必要條件；前提**

是……的先決條件

Relevant experience is a **prerequisite** for this job position.

相關經驗是這個職位的先決條件。

900+ RANK 1349

aspire [əˋspaɪr] ☆☆☆☆☆☆☆

動 **渴望；嚮往**

aspire to be/do 渴望成為……；渴望做……

Chertos Delivery **aspires** to be the most reliable courier service in the country.

切托斯貨運渴望成為全國最值得信賴的快遞服務公司。

相關單字

aspiration 名 渴望達到的目的；志向

常考用法

aspire to 渴求

900+ RANK 1350

maneuver [məˋnuvɚ] ☆☆☆☆☆☆☆

1 動 **巧妙地移動**

Lightrail designed a car that can **maneuver** around most obstacles.

輕軌公司設計出一款可以靈巧地避過大部分障礙物的車。

2 名 **策略；花招**

Ms. Ying used a clever **maneuver** to convince the client to sign the contract.

殷女士運用巧妙的策略說服客戶簽下合約。

Speed Check-up

答案 p.604

一、請參考底線下方的中文，填入意思相符的單字。

ⓐ prerequisite ⓑ aspires ⓒ setbacks ⓓ impending ⓔ hampered

01 Despite a few ________ (阻礙), the team finished designing the prototype on time.

02 The staff shortage ________ (妨礙) the production team's ability to meet the deadline.

03 The government implemented a water conservation scheme before the ________ (即將到來的) dry season.

04 Relevant experience is a ________ (必要條件) for this job position.

05 Chertos Delivery ________ (渴望) to be the most reliable courier service in the country.

二、請參考句子的中文意思，選出填入後符合句意的單字。

ⓐ vulnerable ⓑ bear ⓒ underway ⓓ yielded ⓔ pledges

06 Our bank ________ not to share your personal information with other organizations. 我們銀行保證不會把你的個人資料分享給其他組織。

07 Old storage containers that are ________ to water damage will be replaced. 易因潮濕泡水而損壞的舊儲存容器將會被換掉。

08 Ms. Tiller agreed to ________ the burden of handling more client accounts. 堤樂女士同意承擔管理更多客戶帳戶的重任。

09 The negotiations for the business acquisition are currently ________.
商業收購案的談判目前正在進行。

10 The study ________ similar results as the one before.
這個研究所得的結果和之前那個研究類似。

三、請選出填入後符合句意的單字。

ⓐ lessen ⓑ conceived ⓒ conducive ⓓ outweighed ⓔ discrepancy

11 Good teamwork is ________ to an organization's success.

12 The marketing team ________ a new plan to increase sales.

13 We apologize for the ________ in your invoice with the quote you received over the phone.

14 The CEO approved the project because the benefits ________ the risks.

15 Exercising regularly is known to ________ the risk of heart disease.

900+

先背先贏 核心單字

1351~1400

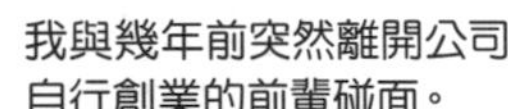

我與幾年前突然離開公司自行創業的前輩碰面。
前輩你現在事業很 thrive 吧？

我最近也想創業，前輩的成功就是 exemplary 的典範啊！

恩……最近 recession 有點嚴重，所以幾乎沒有什麼 lucrative 的工作。
哎唷～你明明就很成功。

沒有啦～有時也會發生 unforeseen 的事，seemingly 很好其實很辛苦～
唉唷，別這麼謙虛。

可以給想創業的後輩一些建議嗎？麻煩你 condense 成一句話。
我還在煩惱要不要創業。

千萬不要 arbitrarily 地輕舉妄動，好好待在公司！外頭跟地獄一樣啊！
你這個不懂事的傢伙！！
嚇

RANK 900+ 1351

outreach [aʊt`ritʃ] ☆☆☆☆☆☆☆  136

名 **擴大服務範圍；外展服務**

The HR Department organized an **outreach** volunteer program for the community center.
人力資源部為社區活動中心規劃了一個志工擴展活動。

RANK 900+ 1352

thrive [θraɪv] ★☆☆☆☆☆☆

動 **興旺；繁榮**

One feature that helps businesses **thrive** is excellent customer service.
有助生意興隆的一個特色就是極佳的客戶服務。

相關單字

thriving 形 繁榮的；茁壯成長的

RANK 900+ 1353

unforeseen [ˌʌnfor`sin] ★☆☆☆☆☆☆

形 **未預見到的；預料之外的**

The **unforeseen** budgetary constraint is due to a sudden increase in our tax burden.
預算意外受限是因為我們的稅賦負擔突然加重。

常考用法

unforeseen consequence 意料之外的後果
unforeseen circumstance 意外情況

RANK 900+ 1354

statistical [stə`tɪstɪk!] ☆☆☆☆☆☆☆

形 **統計的；統計學的**

The research team performed a **statistical** analysis of the data. (statistical analysis → 統計分析)
研究團隊將數據資料加以統計分析。

相關單字

statistic 形 統計上的；統計學的
statistically 副 統計上地
statistics 名 統計資料

This report won't be complete until I receive the **statistics** from the Finance Department. 等我收到財務部門的統計資料後，這份報告才算完整。

900+ RANK 1355

inflation [ɪn`fleʃən] ☆☆☆☆☆☆☆

名 **通貨膨脹**

The central bank had to increase interest rates to curb **inflation**.
中央銀行必須調升利率以遏止通貨膨脹。

常考用法 **inflation rate** 通貨膨脹率

900+ RANK 1356

recession [rɪ`sɛʃən] ☆☆☆☆☆☆☆

名 **(經濟)衰退**

Kaycorp Investment continues to make a profit despite the recent global **recession**. → 全球經濟衰退
儘管近來全球經濟衰退,凱庫普投資公司仍持續獲利。

900+ RANK 1357

lucrative [`lukrətɪv] ☆☆☆☆☆☆☆

形 **獲利可觀的;有利可圖的**

Sinco hopes to secure the **lucrative** contract to construct the shopping complex. 中科公司希望設法得到能帶來獲利的購物商場興建合約。

相關單字 **lucratively** 副 獲利的;有利益的

常考用法

lucrative business 賺大錢的生意　**lucrative market** 獲利豐厚的市場

900+ RANK 1358

condense [kən`dɛns] ★☆☆☆☆☆☆

動 **濃縮;壓縮**

This report should be **condensed** down to a single page.
這份報告應該濃縮成一頁。

相關單字 **condensed** 形 濃縮的;壓縮的

900+ RANK 1359

volatile [`vɑlət!] ☆☆☆☆☆☆☆

形 **易變的;反覆無常的**

Although the stock market has been **volatile** recently, it is expected to stabilize soon.
雖然股市近期一直在變動,但預期很快就會穩定下來。

900+ RANK 1360

extent [ɪk`stɛnt] ☆☆☆☆☆☆☆

名 **範圍；廣度**

……的範圍、面積

The government is investigating the **extent** of the damage caused by the storm. 政府正在調查因暴風雨而受損的範圍。

常考用法

to some extent 在某種程度上

替換字詞

extent 範圍；廣度 → scope 範圍

the size and extent (scope) of the project 這個計畫的規模與範圍

900+ RANK 1361

integral [`ɪntəgrəl] ☆☆☆☆☆☆☆ 137

形 **不可缺的；必需的**

Reading and writing are **integral** aspects of a student's education.
讀與寫是學生所受教育中不可或缺的部分。

相關單字

integrate 動 使成一體；使完整　　**integration** 名 整合

900+ RANK 1362

inevitably [ɪn`ɛvətəblɪ] ☆☆☆☆☆☆☆

副 **不可避免地；必然地**

An increase in raw material costs **inevitably** leads to higher product prices. 原料成本增加勢必導致產品價格較高。

相關單字

inevitable 形 不可避免的；必然的

900+ RANK 1363

pending [`pɛndɪŋ] ★☆☆☆☆☆☆

1 形 **懸而未決的；未定的**

There are still several **pending** agreements to finalize before the companies merge.
在公司合併之前，仍有好幾份懸而未決的協議待敲定。

2 形 **迫近的**

The **pending** sales presentation will take place in conference room C.
即將來臨的業務簡報將在 C 會議室舉行。

900+ RANK 1364

arbitration [ˌɑrbəˋtreʃən] ☆☆☆☆☆☆☆

名 **仲裁；調定**

seek/solicit arbitration 請求仲裁

Both companies sought **arbitration** to resolve the patent dispute.
兩家公司都請求仲裁以解決專利爭議。

相關單字

arbitrarily 副 任意地

Due to the new labor laws, companies cannot fire employees **arbitrarily**. 由於新的勞動法規，公司不能任意開除員工。

arbitrary 形 任意的；武斷的

900+ RANK 1365

harsh [hɑrʃ] ★☆☆☆☆☆☆

形 **惡劣的；嚴厲的**

Due to **harsh** weather conditions, the outdoor music festival has been rescheduled. 由於天候條件惡劣，戶外音樂節已改期。

900+ RANK 1366

contingency [kənˋtɪndʒənsɪ] ☆☆☆☆☆☆☆

名 **意外事故；偶然事件**

應急方案

The company's **contingency** plan ensures that there are enough funds for the advertising project.
公司的應急方案確保有足夠的資金進行廣告活動。

相關單字

contingent 形 以……為條件的；難以預料的；偶然發生的

常考用法

contingent on/upon 視……而定的；取決於……的

900+ RANK 1367

overhaul [ˌovɚˋhɔl] ☆☆☆☆☆☆☆

1 名 **徹底檢修**

The plant's system **overhaul** has improved productivity and safety considerably. 工廠系統經過徹底檢修後，已大幅提升產能與安全。

2 動 **改造；改進**

Mr. White **overhauled** Schmidt Design's hiring process, increasing the quality of human resources.
懷特先生改善施密特設計公司的招聘過程，增進人力資源的品質。

900+ RANK 1368

adversely [æd`vɝslɪ] ☆☆☆☆☆☆☆

副 **不利地；敵對地**

Huge executive bonuses can **adversely** affect the company's image. (→ 負面影響)
高額的行政主管津貼對公司的形象有負面影響。

相關單字

adverse 形 相反的；不利的；有害的　　**adversity** 名 逆境；災禍

常考用法

adverse effect 反效果；副作用　　**adverse weather** 惡劣天氣
have an adverse effect on 對……有負面影響

900+ RANK 1369

exemplary [ɪg`zɛmplərɪ] ☆☆☆☆☆☆☆

形 **模範的；可效仿的**

Employees who display an **exemplary** work ethic will be promoted.
員工若表現出足以作為楷模的敬業態度，則會得到晉升。

相關單字

exemplify 動 作為……的典範／榜樣

900+ RANK 1370

forefront [`for͵frʌnt] ☆☆☆☆☆☆☆

名 **最前方；最前線**

Eriksen Engineering stands at the **forefront** of technological advancement. 艾瑞克森工程站在科技進步的最前線。 (→ at/in the forefront of 處於……的最前線)

900+ RANK 1371

cope [kop] ☆☆☆☆☆☆☆ 138

動 **處理；對付**

Doing daily exercise is a good way to **cope** with stress. (→ 處理；對付)
每天運動是應對壓力的好方法。

900+ RANK 1372

constitute [`kɑnstə͵tjut] ☆☆☆☆☆☆☆

動 **構成；組成**

Publishers **constituted** around 10 percent of attendees at the book fair.
參加書展的人中，出版商約占 10%。

相關單字

constitution 名 組成；憲法

900+ RANK 1373

deficit [`dɛfɪsɪt] ☆☆☆☆☆☆☆

名 **赤字**

Ms. Chiu was hired as the new director of finance to cope with the company's budget **deficit**. → 預算赤字

邱女士獲聘為財務總監以處理公司的預算赤字。

相關單字

deficient 有缺陷的；不足的

900+ RANK 1374

perishable [`pɛrɪʃəb!] ★☆☆☆☆☆☆

形 **易腐爛的**

Since these food items are **perishable**, we must deliver them immediately. 由於這些食品易腐壞，我們必須立刻把它們運送出去。

相關單字

perishables 名 易腐壞的食物

常考用法

perishable items/goods 易腐壞物品

900+ RANK 1375

replica [`rɛplɪkə] ☆☆☆☆☆☆☆

名 **複製品**

A **replica** of the ancient Greek sculpture is on display at Shinchan Art Gallery. 一座古希臘雕像的複製品正在新城藝廊展出。

900+ RANK 1376

surplus [`sɝpləs] ☆☆☆☆☆☆☆

1 名 **過剩；剩餘額** → ……的剩餘

The construction project ended with a **surplus** of over $20,000.

工程結束，還有兩萬多元的餘額。

2 形 **過剩的；剩餘的** → surplus fund 剩餘資金

Surplus funds are usually donated to national universities to be used for scholarships. 剩餘資金通常捐給國立大學作獎學金。

常考用法 **budget surplus** 預算盈餘

900+ RANK 1377

bold [bold] ☆☆☆☆☆☆☆

1 形 **顯著的；色彩豔麗的**

Ms. Williams used **bold** colors to redecorate the waiting room.

威廉斯女士採用鮮豔的色彩重新裝潢等候室。

2 形 **勇敢的；無畏的**

→ 大膽的行動、措施

Birch Coffee made a **bold** move by deciding not to accept any takeout orders.

柏奇咖啡做了個大膽的決定，不接受任何外帶訂單。

相關單字

boldly 副 大膽地；冒失地；顯著地

900+ RANK 1378

apprentice [ə`prɛntɪs] ☆☆☆☆☆☆☆

名 **學徒；徒弟**

Swiss clockmakers have handed down their skills to **apprentices** for generations.

瑞士鐘錶師傳世世代代都把技術傳給學徒。

相關單字

apprenticeship 名 學徒身分；學徒期；見習期

900+ RANK 1379

picturesque [ˌpɪktʃə`rɛsk] ☆☆☆☆☆☆☆

形 **如畫的；別緻的**

Each room at the Baldwin Hotel has a **picturesque** view.

鮑德溫飯店的每個房間都能看到圖畫般的美麗景色。

900+ RANK 1380

spoil [spɔɪl] ☆☆☆☆☆☆☆

動 **損壞；毀掉**

Despite the optimistic forecast, heavy rain has **spoiled** the company picnic.

儘管天氣預報很樂觀，但大雨仍毀了公司的野餐活動。

900+ RANK 1381

idle [ˋaɪd!] ☆☆☆☆☆☆☆  139

1 形 **閒置的**

The machines in the factory remained **idle** for many hours due to the power outage. 由於停電，工廠的機器閒置了好幾個小時。

2 形 **懶惰的；無所事事的**

Supervisors should ensure that their employees are not **idle** at work. 主管應確保員工上班時不會無所事事。

相關單字

idly 副 無所事事地；懶惰地；無益地

替換字詞

idle 閒置的 → unused 未使用的

Machinery has been left idle (unused). 機器閒置未使用。

900+ RANK 1382

susceptible [səˋsɛptəb!] ☆☆☆☆☆☆☆

形 **易受影響的** 易受……影響的

Make sure to regulate the temperature of the greenhouse, as the plants are **susceptible** to cold weather.
務必要調整溫室的溫度，因為寒冷的天氣容易造成植物受損。

900+ RANK 1383

symptom [ˋsɪmptəm] ☆☆☆☆☆☆☆

名 **症狀**

DLA Pharmaceuticals developed a new medicine to alleviate flu **symptoms**. DLA 製藥研發了一款可以緩解流感症狀的新藥。

900+ RANK 1384

unattended [ˏʌnəˋtɛndɪd] ☆☆☆☆☆☆☆

形 **沒人照顧的** 無人看管的；無人照料的

Luggage left **unattended** in the airport will be removed by security personnel. 在機場，保全人員會把沒人看顧的行李移走。

900+ RANK 1385

gauge [gedʒ] ☆☆☆☆☆☆☆

1 動 **測量；測算**

We will **gauge** customer responses to the new product over the next few weeks. 接下來幾星期，我們會評量顧客對新產品的反應。

2 名 **衡量標準**
Conducting quarterly performance reviews is a perfect **gauge** of an employee's value.
每季進行績效考核是判斷員工價值的最適當標準。

3 名 **測量表**
燃料表
Because of the malfunctioning fuel **gauge**, Sam had to visit the car repair shop. 由於燃料表故障，山姆必須去修車廠。

900+ RANK 1386
concession [kən`sɛʃən] ☆☆☆☆☆☆☆

1 名 **讓步；妥協**
對……讓步
At the negotiations, management made some **concessions**, such as agreeing to raise overtime pay.
在協商時，管理階層做了些讓步，例如同意提高加班費。

2 名 **（在指定地點的）營業權；營業場所**
All theater visitors will receive a $10 gift certificate for the **concession** stand. 電影院、遊樂場或體育場等賣食物和飲料的地方
劇院的所有觀眾都會得到一張 10 元的禮券，可以用在販賣部。

900+ RANK 1387
commensurate [kə`mɛnʃərɪt] ★☆☆☆☆☆☆

形 **同量的；相稱的**
與……相稱、相當
The employees are paid salaries that are **commensurate** with their work experience and skills.
員工的薪水與他們的工作經驗和技術相符。

900+ RANK 1388
withhold [wɪð`hold] ☆☆☆☆☆☆☆

動 **保留；不給**
We reserve the right to **withhold** payment for damaged products.
我們保留不支付受損產品金額的權利。

900+ RANK 1389
predominant [prɪ`dɑmɪnənt] ★☆☆☆☆☆☆

1 形 **主要的；占支配地位的**
Quickcounting is still the **predominant** software program used by many accountants. 速算仍是許多會計人員使用的主要軟體程式。

2 形 **突出的；顯著的**
The easy wheel release system is a **predominant** feature of Weila Bikes. 易拆卸輪胎系統是威拉自行車的重要特色。

900+ RANK 1390

lapse [læps] ☆☆☆☆☆☆☆

1 名 **失誤；小錯** ……的失誤

The factory supervisor's **lapse** in judgment led to the production delay.
工廠主管的錯誤判斷導致生產延誤。

2 動 **終止；失效**

Ms. Howard forgot to renew her magazine subscription which had **lapsed** a few months ago.
霍華德女士忘記續訂雜誌，幾個月前就已到期。

900+ RANK 1391

embrace [ɪm`bres] ☆☆☆☆☆☆☆ 140

1 動 **欣然接受**

The board **embraced** the idea of expanding to international markets.
董事會樂於接受拓展國際市場的構想。

2 動 **包含；包括**

The executive meeting **embraced** various topics and lasted for two hours. 行政主管會議包含許多議題，持續開了兩個小時。

替換字詞

embrace 欣然接受 → adopt 接受；採納
eagerly embrace (adopt) the new smart technologies
熱切地接受新的智慧科技

900+ RANK 1392

apprehensive [ˌæprɪ`hɛnsɪv] ☆☆☆☆☆☆☆

形 **憂慮的；恐懼的** apprehensive about/of 憂慮……；恐懼……

The HR Department changed the hiring process so that the applicants would feel less **apprehensive** about it.
人力資源部改變了招聘流程，如此一來，應徵者就不會那麼擔心了。

相關單字

apprehension 名 恐懼；擔心

900+ RANK 1393

span [spæn] ☆☆☆☆☆☆☆

1 名 **一段時間**

Nate finished his marketing proposal over a **span** of three weeks.
奈特花了三星期的時間完成他的行銷提案。

2 名 跨度

Ms. Perry has a wide **span** of responsibilities and is an invaluable asset to the company.

派里女士的職責非常多，是公司的寶貴資產。

3 動 橫跨；橫越

A bridge **spans** a body of water.（Part 1 常考句子）

一座橫跨水面的橋樑。

900+ RANK 1394

presumably [prɪˋzuməblɪ] ☆☆☆☆☆☆☆

副 想必；大概

Presumably, the new software will fix security issues encountered in the old version.

新軟體想必可以修復舊版所遇到的安全問題。

相關單字

presume 動 假設；推測；認為

900+ RANK 1395

seemingly [ˋsimɪŋlɪ] ☆☆☆☆☆☆☆

副 表面上；似乎是

Although there were other **seemingly** more qualified towns, Hargroville was chosen because of its location.

雖然有其他似乎更合適的城鎮，但是哈格羅威爾因為它的地點而獲選。

900+ RANK 1396

contention [kənˋtɛnʃən] ☆☆☆☆☆☆☆

名 論點；主張

It is the president's **contention** that we need to reduce costs.

總裁主張我們必須縮減成本。

相關單字

contend 動 堅決主張；為……爭論／競爭

常考用法

contend with 處理／應對（困境或不愉快的事）　**contend for** 爭奪……

900+ RANK 1397

induce [ɪn`djus] ☆☆☆☆☆☆☆

動 **引起；導致**

The construction was delayed due to heavy rain **induced** by the hurricane. 颶風帶來的大雨造成工程延誤。

相關單字

induction 名 誘發；歸納；就任

900+ RANK 1398

indulge [ɪn`dʌldʒ] ☆☆☆☆☆☆☆

動 **沉溺於**

→ 沉溺於……；縱情於……

Samantha used her vacation days to **indulge** in leisure activities. 珊曼莎把她的休假都用來從事休閒活動。

900+ RANK 1399

render [`rɛndɚ] ☆☆☆☆☆☆☆

1 動 **使變得；使成為 (= make)**

Your parking permit will be stamped, **rendering** it valid for 12 hours. 你的停車卡會蓋上章，讓它有 12 小時的效期。

2 動 **提出；呈報**

Bowen Construction **rendered** a formal bid to build the new government complex. 包溫營造正式投標新政府綜合大樓的工程建案。

900+ RANK 1400

lingering [`lɪŋgərɪŋ] ☆☆☆☆☆☆☆

形 **逗留不去的**

→ lingering doubt 心存疑慮

Dr. Stephens still has **lingering** doubts about the newly hired employee. 史蒂芬斯博士對新僱用的員工仍心存疑慮。

相關單字

linger 動 徘徊；持續；拖延；消磨

常考用法

lingering concern 揮之不去的擔憂

Speed Check-up

答案 p.604

一、請參考底線下方的中文，填入意思相符的單字。

ⓐ gauge ⓑ overhaul ⓒ exemplary ⓓ inevitably ⓔ induced

01 The construction was delayed due to heavy rain ________ (引起) by the hurricane.

02 The plant's system ________ (徹底檢修) has improved productivity and safety considerably.

03 Conducting quarterly performance reviews is a perfect ________ (估計方法) of an employee's value.

04 An increase in raw material costs ________ (必然地) leads to higher product prices.

05 Employees who display an ________ (模範的) work ethic will be promoted.

二、請參考句子的中文意思，選出填入後符合句意的單字。

ⓐ adversely ⓑ outreach ⓒ extent ⓓ indulge ⓔ integral

06 The government is investigating the ________ of the damage caused by the storm. 政府正在調查因暴風雨而受損的範圍。

07 Reading and writing are ________ aspects of a student's education.
讀與寫是學生所受教育中不可或缺的部分。

08 Samantha used her vacation days to ________ in leisure activities.
珊曼莎把她的休假都用來從事休閒活動。

09 Huge executive bonuses can ________ affect the company's image.
高額的行政主管津貼對公司的形象有負面影響。

10 The HR Department organized an ________ program for the community center. 人力資源部為社區活動中心規劃了一個志工擴展活動。

三、請選出填入後符合句意的單字。

ⓐ embraced ⓑ lucrative ⓒ deficit ⓓ unattended ⓔ predominant

11 Luggage left ________ in the airport will be removed by security personnel.

12 Ms. Chiu was hired as the new director of finance to cope with the company's budget ________.

13 Sinco hopes to secure the ________ contract to construct the shopping complex.

14 The easy wheel release system is a ________ feature of Weila Bikes.

15 The executive meeting ________ various topics and lasted for two hours.

900+
先背先贏 核心單字
1401~1451

作家的心裡話

我是一名記者，這次終於有機會採訪到我崇拜已久的作家。
心動
不已
心跳
加速
我一定要認真 scrutinize。
很高興見到妳。
您好～老師
這次出版的書評價都是 acclaim！恭喜您！
哎呀……也是有很多人批評故事有點 tedious，或是覺得太過 prevalent……

那只是過於 superficial 的解讀罷了！
那要麻煩妳幫我 refute了。
呵呵……
我想請教老師您持續寫 manuscript 的動力為何？
理由當然只有一個囉～
就是出版社 remit 給我的稿費啊！
天啊！！太直爽了！！
這讓我更加仰慕她了。

900+ RANK 1401

prevalent [ˋprɛvələnt] ☆☆☆☆☆☆☆  141

動 **盛行的；普遍的**

Income inequality is a **prevalent** problem across the world.
收入不平等是世界各地的普遍問題。

相關單字

prevalence 名 普遍；盛行　　**prevail** 動 勝過；普遍；盛行

900+ RANK 1402

assent [əˋsɛnt] ☆☆☆☆☆☆☆

動 **同意；贊成**　名 **同意；贊成**

→ assent to 同意／贊成……

After much deliberation, Mr. Lee **assented** to Ms. Kal's suggestion to restructure the company.
在經過反覆考慮後，李先生同意了葛女士改組公司的建議。

900+ RANK 1403

compulsory [kəmˋpʌlsərɪ] ☆☆☆☆☆☆☆

形 **強制的；義務的**

Attendance at the induction training session is **compulsory** for all new employees. 所有新員工都必須參加到職訓練。

相關單字

compulsorily 副 強制地；必須地

900+ RANK 1404

influx [ˋɪnflʌks] ☆☆☆☆☆☆☆

名 **湧進；流入**

→ 湧進……

The huge **influx** of orders has kept the Shipping Department busy.
大量湧入的訂單讓貨運部門一直很忙。

900+ RANK 1405

seize [siz] ☆☆☆☆☆☆☆

動 **抓住；捉住**

→ seize the opportunity to do 抓住做……的機會

Visit the Forrest Job Fair and **seize** the opportunity to get the job of your dreams.
參加佛瑞斯特就業博覽會，抓住得到你夢想工作的機會。

900+ RANK 1406

monopoly [mə`nɑp!ɪ] ☆☆☆☆☆☆☆

名 **壟斷；獨占**

→ have a monopoly on 獨占／壟斷……

After NT Mart closed, TE Store had a **monopoly** on electrical goods in the town. 在 NT 超市結束營業後，TE 商店就獨占了鎮上的電子產品市場。

相關單字

monopolize 動 壟斷；擁有……的專賣權

900+ RANK 1407

manuscript [`mænjə͵skrɪpt] ☆☆☆☆☆☆☆

名 **手稿；原稿**

Writers should edit their **manuscripts** carefully before submitting them.
作家在交出手稿前，應仔細編輯。

900+ RANK 1408

skeptical [`skɛptɪk!] ☆☆☆☆☆☆☆

形 **懷疑的；多疑的**

→ 懷疑……

Management was **skeptical** about the project due to its unclear objectives. 由於目的不明確，管理階層對這個計畫持懷疑態度。

相關單字

skeptically 副 懷疑地

900+ RANK 1409

trait [tret] ★☆☆☆☆☆☆

名 **特徵；特點**

The HR Director hired the candidate with the most admirable **traits**.
人力資源主管錄取有最優秀特質的應徵者。

常考用法

personality trait 人格特質

900+ RANK 1410

unwavering [͵ʌn`wevərɪŋ] ☆☆☆☆☆☆☆

形 **不動搖的；堅定的**

Over the years, Garrison Beverages has demonstrated **unwavering** commitment to product quality.

→ 不曾動搖的承諾

多年來，葛里森飲料公司對產品品質的承諾不曾動搖。

900+ RANK 1411

credibility [ˌkrɛdə`bɪlətɪ] ★☆☆☆☆☆☆ 142

名 **可信性**

Client testimonials helped the company build **credibility** with the public.
客戶的推薦幫助公司建立起大眾對他們的信任。

相關單字

credible 形 可信的；可靠的

常考用法

gain credibility 得到信任　lose credibility 失去信任

900+ RANK 1412

envious [`ɛnvɪəs] ☆☆☆☆☆☆☆

形 **羨慕的；嫉妒的**

Jung was **envious** of a colleague who recently got promoted. (envious of → 妒忌／羨慕……)
榮格妒忌一位最近升職的同事。

相關單字

envy 動 名 妒忌；羨慕 名 妒忌的對象
enviable 形 引起妒忌的；值得羨慕的

900+ RANK 1413

acclaim [ə`klem] ☆☆☆☆☆☆☆

1 動 **喝采；稱讚**

The documentary film was **acclaimed** as monumental by industry leaders. 這部紀錄片被業界的領袖讚譽為不朽作品。

2 名 **喝采；稱讚**

Caleb Bradley's new novel has received widespread critical **acclaim**. (critical acclaim → 評論的讚賞)
卡勒伯·布萊德利的新小說得到評論一致讚譽。

相關單字

acclaimed 形 受到讚揚的　acclamation 名 歡呼；喝采

常考用法

critically acclaimed 廣受好評　win/receive acclaim 贏得讚揚

替換字詞

acclaim 喝采；稱讚 → admiration 讚美；欽佩
win public acclaim (admiration) for his performance
他的表演到得大眾的讚美

900+ RANK 1414

combustible [kəm`bʌstəb!] ☆☆☆☆☆☆☆

形 **可燃的**

combustible item/material 易燃物品／材料

Fire extinguishers must be kept anywhere **combustible** items are stored. 任何存放易燃物的場所都必須放置滅火器。

900+ RANK 1415

transparent [træns`pɛrənt] ★☆☆☆☆☆☆

1 形 **透明的**

Mr. Herzog keeps the recruiting process **transparent** by providing a detailed explanation for each hire.
赫佐格先生對每個新錄用的人詳細說明，讓招聘過程保持透明。

2 形 **易懂的**

以清楚易懂的方式

The user manual was written in a **transparent** manner.
使用者手冊寫得清楚易懂。

相關單字

transparency 名 透明；透明度；幻燈片 **transparently** 副 明顯地

900+ RANK 1416

trivial [`trɪvɪəl] ☆☆☆☆☆☆☆

形 **瑣碎的；不重要的**

No matter how **trivial** they may seem, all accidents in the factory must be reported.
不管看起來多麼微不足道，工廠發生的所有意外事故都要往上報告。

相關單字

trivially 副 微不足道地；平凡地

替換字詞

trivial 瑣碎的；不重要的 → insignificant 瑣碎的；無足輕重的
worry about trivial (insignificant) matters 擔心瑣碎的事情

900+ RANK 1417

refute [rɪ`fjut] ★☆☆☆☆☆☆

動 **駁斥；反駁**

Maybelle's Furniture has **refuted** the competitor's claim that its couches are unsuitable for children.
梅寶家具駁斥競爭對手聲稱它的沙發不適合兒童的說法。

相關單字

refutation 名 反駁；駁斥

900+ RANK 1418

procurement [pro`kjurmənt] ☆☆☆☆☆☆☆

名 **獲得；取得；採購**

The **procurement** of new office supplies has been delayed due to budget issues.

由於預算問題，辦公室用品的新採購案延後了。

相關單字

procure 動 獲得；採購；引起

900+ RANK 1419

scrutinize [`skrutn͵aɪz] ☆☆☆☆☆☆☆

動 **詳細檢查；細看**

Every part manufactured in the factory is closely **scrutinized** by inspectors.

這間工廠製造的每個零件，都經檢查人員詳細查驗過。

相關單字

scrutiny 名 詳細檢查；仔細觀察

常考用法

under scrutiny 接受審查

900+ RANK 1420

stagnant [`stægnənt] ☆☆☆☆☆☆☆

形 **停滯的；不流動的**

→ become stagnant 停滯不前

Sales of the Fitpro smartwatch became **stagnant** due to the release of its rival's product.

由於競爭對手發行了新產品，飛特普羅智慧手錶的銷售量停滯不前。

900+ RANK 1421

remit [rɪ`mɪt] ☆☆☆☆☆☆☆ 143

動 **匯款**

Your payments will be **remitted** via wire transfer.

你的款項將以電匯方式匯出。

相關單字

remittance 名 匯款；匯款額

900+ RANK 1422

superficial [ˌsupəˋfɪʃəl] ☆☆☆☆☆☆☆

形 **表面的；膚淺的**

B&P Consultants recommends fundamental improvements instead of **superficial** changes.
B&P 顧問公司推薦從根本上改善，而不是表面改變而已。

相關單字

superficially 副 外表上；淺薄地

900+ RANK 1423

gratify [ˋgrætəˌfaɪ] ☆☆☆☆☆☆☆

1 動 **使高興**

Working with the world-renowned expert was highly **gratifying** for Karen.
凱倫非常高興能和世界知名的專家共事。

2 動 **使滿意**

gratify the needs of (= gratify one's needs) 滿足某人的需求

Ms. Tanaka had to revise her proposal to **gratify** the needs of her clients.
田中女士必須修改她的提案以滿足客戶的需求。

900+ RANK 1424

arguably [ˋɑrgjʊəblɪ] ☆☆☆☆☆☆☆

副 **大概；可能**

For most companies, innovation has **arguably** the most competitive value. 對大部分的公司來說，創新可說是最有競爭力的價值。

相關單字

arguable 形 有疑義的；可辯論的；可商榷的　　**argue** 動 辯論；爭論

900+ RANK 1425

imminent [ˋɪmənənt] ☆☆☆☆☆☆☆

形 **逼近的；即將發生的**

As the storm was **imminent**, all employees left the office early.
由於暴風雨即將來臨，所有員工都提早下班。

900+ RANK 1426

probation [proˋbeʃən] ☆☆☆☆☆☆☆

名 **適用；見習**

place/put A on probation
(→ A be placed/put on probation)
A 在試用期

During the first three months of employment, all new hires are placed on **probation**. 所有新進員工到職後的前三個月是試用期。

相關單字

probationary 形 試用的；緩刑中的　　probationer 名 試用人員；緩刑犯

常考用法

probation period 試用期

900+ RANK 1427

tangible [ˋtændʒəb!] ☆☆☆☆☆☆☆

形 **有實體的**　　→ tangible asset 有形資產

The majority of the company's **tangible** assets are in real estate.
公司大部分的有形資產是不動產。

相關單字 intangible 形 無形的；難以確定的；難以理解的

900+ RANK 1428

inauguration [ɪnˏɔgjəˋreʃən] ☆☆☆☆☆☆☆

名 **開始；開創**

Boulder Art Museum is pleased to announce the **inauguration** of a free shuttle bus service. 柏德藝術博物館很高興地宣布啟用接駁巴士服務。

相關單字 inaugurate 動 啟動；開創；就職

常考用法

inauguration ceremony 就職典禮
inaugurate A as B (→ A be inaugurated as B) A 就任為 B

900+ RANK 1429

flatter [ˋflætɚ] ★☆☆☆☆☆☆

1 動 **奉承；諂媚**

The finance director **flattered** the CEO in hopes of increasing the annual budget. 財務總監討好執行長，希望能增加年度預算。

2 動 **自命不凡**

Alex **flatters** himself thinking that he is an exceptional writer.
亞歷克斯自認為是傑出作家。

900+ RANK 1430

compelling [kəmˋpɛlɪŋ] ☆☆☆☆☆☆☆

1 形 **引人入勝的**

The best-selling novel written by John Winters has a **compelling** storyline. 約翰·溫特斯寫的暢銷小說，故事情節扣人心弦。

2 形 **令人信服的**

Charlotte's research paper contained detailed data and a **compelling** argument. 夏洛特的研究報告資料詳盡且論點令人信服。

900+ RANK 1431

unbearable [ʌnˋbɛrəb!] ★☆☆☆☆☆☆  144

形 **不能忍受的**

Many patients find the wait before getting the results of their checkup almost **unbearable**.

很多病人發現，檢查結果出爐前的等待幾乎令人無法忍受。

相關單字

bearable 形 可忍受的；承受得起的

unbearably 副 不能忍受地；無法容忍地

900+ RANK 1432

provisionally [prəˋvɪʒənlɪ] ☆☆☆☆☆☆☆

副 **暫時地；臨時地**

Mr. Lesman has been **provisionally** appointed as CEO until a permanent candidate is selected.

在選出固定的人選之前，萊斯曼先生暫被任命為執行長。

相關單字 **provisional** 形 暫時的；臨時的

替換字詞

provisionally 暫時地；臨時地 → temporarily 暫時地；臨時地

an appointment provisionally (temporarily) arranged for next Monday

暫時把約會訂在下星期一

900+ RANK 1433

cite [saɪt] ☆☆☆☆☆☆☆

動 **引用；舉出**

cite A as B (→ A be cited as B)

→ 引用 A 作為 B；把 A 列為 B

Effective marketing was **cited** as the main reason for the recent increase in sales. 有效的行銷被列為最近業績上升的主因。

相關單字 **citation** 名 引用；引述；列舉；傳票

900+ RANK 1434

circulate [ˋsɝkjə͵let] ☆☆☆☆☆☆☆

動 **循環；傳閱**

The town council **circulated** flyers about the construction project.

鎮議會傳閱關於工程計畫的傳單。

相關單字

circulation 名（資訊）傳播；（商品或貨幣的）流通；（報紙雜誌的）發行量

常考用法

circulation desk 圖書館的櫃檯

900+ RANK 1435

abuse 名 [ə`bjus] 動 [ə`bjuz] ☆☆☆☆☆☆☆

1 名 **虐待；辱罵**

The HR Department takes verbal **abuse** within the workplace very seriously.

人力資源部嚴肅看待職場的語言暴力。

2 動 **濫用**

The manager was let go for **abusing** his position to mistreat his team members.

經理被解僱，因為他濫用職權不當對待他的團隊成員。

900+ RANK 1436

receptive [rɪ`sɛptɪv] ☆☆☆☆☆☆☆

形 **樂於接受的；能容納的**

→ 樂於接受……

The marketing director was **receptive** to the idea of a social media campaign.

行銷總監樂於接受社群媒體活動的構想。

900+ RANK 1437

mediate [`midɪˏet] ☆☆☆☆☆☆☆

動 **調停解決**

→ mediate the debate/dispute between 調解……間的爭論／爭執

Professor Connor will **mediate** the debate between the two candidates.

康納教授將調解這兩位候選人間的爭論。

相關單字

mediation 名 調解　　mediator 名 調解者；調停者

900+ RANK 1438

dispatch [dɪ`spætʃ] ☆☆☆☆☆☆☆

動 **派遣；發送**　名 **派遣；發送**

We'll **dispatch** a professionally trained specialist to your home for cleaning services.

我們會派一位受過專業訓練的專業人員，到你家進行清潔服務。

900+ RANK 1439

outlet [ˋaʊt͵lɛt] ☆☆☆☆☆☆☆

1 名 **商店；銷路**

零售商店

Horaxu Apparel is looking for a store manager for its new retail **outlet**.
賀拉修服飾正在找新零售店的店經理。

2 名 **電源插座**

電源插座

You can plug your laptop computer into this power **outlet**.
你可以把你的筆記型電腦接到這個電源插座。

常考用法

news outlet 新聞媒體　　**outlet store** 暢貨中心

900+ RANK 1440

collision [kəˋlɪʒən] ☆☆☆☆☆☆☆

名 **碰撞；相撞**

Route 23 is currently closed due to a **collision**.
23 號公路因為撞車事故，目前封閉。

相關單字

collide 動 相撞；衝突

常考用法

in collision with 與……相撞／衝突

900+ RANK 1441

tedious [ˋtidɪəs] ☆☆☆☆☆☆☆ 145

形 **冗長乏味的**

After months of **tedious** negotiations, the companies finally came to an agreement. 經過幾個月的冗長談判，這些公司終於達成協議。

相關單字

tediously 副 冗長地；單調乏味地

900+ RANK 1442

stringent [ˋstrɪndʒənt] ☆☆☆☆☆☆☆

形 **嚴厲的**

stringent standards/regulations
嚴格的標準／規定

Sunrise Corp. is known for its **stringent** safety standards.
日升公司以嚴格的安全標準而聞名。

相關單字

stringently 副 嚴格地；嚴厲地　　**stringency** 名 迫切；嚴厲；緊縮

900+ RANK 1443

manipulation [mə͵nɪpjʊ`leʃən] ★☆☆☆☆☆

名 **操縱；控制；竄改**

Akcu Studio can use photo **manipulation** techniques to make your images look more attractive.
艾克酷工作室可以運用照片修飾技術，讓你的影像更有吸引力。

相關單字 manipulate 動 巧妙處理；操縱；控制

900+ RANK 1444

vigorous [`vɪgərəs] ☆☆☆☆☆☆☆

形 **有力的；精力充沛的**

Vigorous campaigning efforts from the government helped reduce air pollution. 政府強力推行運動的努力，有助降低空氣汙染。

900+ RANK 1445

unmatched [ʌn`mætʃt] ☆☆☆☆☆☆☆

形 **無比的；不相配的**

Because the quality of our products is **unmatched**, we export to 35 countries worldwide.
因為我們的產品品質無人能及，所以我們外銷到全球 35 個國家。

900+ RANK 1446

bond [bɑnd] ☆☆☆☆☆☆☆

1 名 **聯結；聯繫** → close bond 緊密聯結

The seminar will focus on developing closer **bonds** with coworkers.
研討會將著重在讓同事間形成更緊密的聯結。

2 名 **債券；公債**

Call Camford International Bank to learn more about our savings **bonds**. 打電話給康福德國際銀行，以獲得更多關於我們儲蓄債券的資訊。

3 名 **契約；約定**

Cora Morris signed a legal **bond** with Davidson Industries.
科拉·莫里森和大衛森工業簽了契約。

900+ RANK 1447

deprivation [ˌdɛprɪˋveʃən] ☆☆☆☆☆☆☆

名 **剝奪；損失**

→ 睡眠不足；睡眠剝奪

Feeling sleepy in the afternoon is usually a sign of sleep **deprivation**.
下午會覺得想睡覺通常是睡眠不足的徵兆。

相關單字

deprive 動 剝奪；奪走

常考用法

deprive A of B (→ A be deprived of B) 剝奪 A 的 B

900+ RANK 1448

shortcoming [ˋʃɔrtˌkʌmɪŋ] ★☆☆☆☆☆☆

名 **缺點；短處**

Ms. Thompson believed that the benefits of the new model outweighed its **shortcomings**.
湯普森女士相信，新款式的優點超過它的缺點。

900+ RANK 1449

fierce [fɪrs] ☆☆☆☆☆☆☆

形 **兇猛的；激烈的**

→ 激烈競爭

Despite **fierce** competition, BF Engineering is widely acknowledged for its excellent service.
儘管競爭激烈，BF 工程的優異服務是眾所周知的。

常考用法

fierce debate 激烈爭辯 **fierce criticism** 猛烈批評

900+ RANK 1450

hinder [ˋhɪndɚ] ☆☆☆☆☆☆☆

動 **妨礙；阻礙**

The rescue efforts were **hindered** by the inclement weather.
救援行動因天氣惡劣而受阻。

Speed Check-up

答案 p.604

一、請參考底線下方的中文，填入意思相符的單字。

ⓐ superficial ⓑ arguably ⓒ remitted ⓓ stringent ⓔ hindered

01 The rescue efforts were ________ by the inclement weather.
阻礙

02 B&P Consultants recommends fundamental improvements instead of ________ changes.
表面的

03 Your payments will be ________ via wire transfer.
匯款

04 Sunrise Corp. is known for its ________ safety standards.
嚴厲的

05 For of most companies, innovation has ________ the most competitive value.
大概

二、請參考句子的中文意思，選出填入後符合句意的單字。

ⓐ vigorous ⓑ gratifying ⓒ scrutinized ⓓ manuscripts ⓔ imminent

06 As the storm was ________, all employees left the office early.
由於暴風雨即將來臨，所有員工都提早下班。

07 Working with the world-renowned expert was highly ________ for Karen.
凱倫非常高興能和世界知名的專家共事。

08 Writers should edit their ________ carefully before submitting them.
作家在交出手稿前，應仔細編輯。

09 ________ campaigning efforts from the government helped reduce air pollution. 政府強力推行運動的努力，有助降低空氣汙染。

10 Every part manufactured in the factory is closely ________ by inspectors.
這間工廠製造的每個零件，都經檢查人員詳細查驗過。

三、請選出填入後符合句意的單字。

ⓐ receptive ⓑ acclaimed ⓒ abuse ⓓ stagnant ⓔ provisionally

11 The marketing director was ________ to the idea of a social media campaign.

12 The documentary film was ________ as monumental by industry leaders.

13 The HR Department takes verbal ________ within the workplace very seriously.

14 Mr. Lesman has been ________ appointed as CEO until a permanent candidate is selected.

15 Sales of the Fitpro smartwatch became ________ due to the release of its rival's product.

900+
先背先贏 核心單字
1451~1500

醫療用語

咳嗽越來越嚴重了呢，
是因為最近工作
太 strenuous 嗎……
咳咳
咳咳
為了 swiftly 痊癒我去了
一趟醫院。
我要盡快
repel 病魔！
XX醫院
醫生診斷後對我
說道，
你罹患的
是急性上呼
吸道感染，
不需要再
ascertain 了。
什麼？

這是一種 formidable 的
疾病嗎？outbreak 的原因
是什麼？
急性
上呼吸
道感染？
有辦法治好嗎？
請 bluntly 告訴我！
我這個人很 inquisitive。
這位先生
……
你只是得了
感冒……
所謂的上呼
吸道感染，
universally
稱作感冒。
喔……

900+ RANK 1451

intrigue 動 [ɪn`trig] 名 [`ɪntrig] ☆☆☆☆☆☆☆ 146

1 動 **激起……的好奇心（或興趣）**
The audience was **intrigued** by Ms. Ingram's fresh approach to the topic. 英格倫女士對這個主題的新觀點激起觀眾的興趣。

2 名 **陰謀**
Many employees were unaware of the **intrigues** and scandals that took place. 很多員工都不知道發生的陰謀和醜聞。

相關單字

intriguing 形 有趣的；吸引人的

900+ RANK 1452

formulate [`fɔrmjə͵let] ☆☆☆☆☆☆☆

動 **配製；制定……的配方**
Jazz Liquid Detergents are specially **formulated** to fight against tough stains. 爵士液體去汙劑的特殊配方專用來對抗難除的汙漬。

相關單字

formula 名 配方；公式；客套話

常考用法

specially formulated engine 特製引擎

900+ RANK 1453

viable [`vaɪəb!] ☆☆☆☆☆☆☆

形 **可實行的**
Manufacturers are looking for a **viable** alternative to plastic packaging.（viable alternative → 可行的選擇）
製造商正在尋找可以取代塑膠包裝的材料。

900+ RANK 1454

meticulously [mə`tɪkjələslɪ] ☆☆☆☆☆☆☆

副 **極細心地；一絲不苟地**
Every department must **meticulously** plan its portion of the product launch. 每個部門都須細心規劃自己在產品發表會中分配到的工作。

相關單字

meticulous 形 嚴密的；小心翼翼的

替換字詞

meticulously 極細心地；一絲不苟地 → thoroughly 認真仔細地
meticulously (thoroughly) prepare for the meeting 認真仔細準備會議

900+ RANK 1455

obsolete [`ɑbsə͵lit] ☆☆☆☆☆☆☆

形 **過時的；淘汰的**

Due to constant advances in technology, many devices are becoming **obsolete**. → become obsolete 變得過時

由於科技不斷進步，很多裝置逐漸過時。

900+ RANK 1456

invigorated [ɪn`vɪgə͵retɪd] ☆☆☆☆☆☆☆

形 **精力充沛的**

Jogging every morning will leave you feeling **invigorated** and refreshed.

每天早上慢跑會讓你覺得精力充沛、神清氣爽。

相關單字 invigorate 動 使精力充沛；使活躍

900+ RANK 1457

redeemable [rɪ`dimәb!] ☆☆☆☆☆☆☆

形 **可兌換的**

This coupon is **redeemable** for a large pizza at any Pizza Mac's.

這張優惠券可在任何一家麥克披薩換一份大披薩。

相關單字

redeem 動 兌換

To **redeem** this offer on our website, simply enter the offer code "Gordo's 2" on the order form.

要在我們的網站上使用這個折扣優惠，只要在訂購單上輸入優惠代碼「Gordo's 2」即可。

redemption 名 贖回；清償；（尤指基督教的）贖罪

常考用法

redeemable coupon 可兌換的優惠券　**redeem a coupon** 兌換優惠券

900+ RANK 1458

commemorate [kə`mɛmə͵ret] ★☆☆☆☆☆☆

動 **紀念；慶祝**

→ commemorate an anniversary 慶祝／紀念週年

A banquet was held in order to **commemorate** the 50th anniversary of Fortune Systems. 為慶祝福群系統公司 50 週年，舉辦了一場宴會。

相關單字 commemorative 形 紀念的；紀念性的

常考用法 commemorative plaque 紀念牌匾

900+ RANK 1459

culminate [ˋkʌlməˏnet] ☆☆☆☆☆☆☆

動 **達到最高點**

culminate in 以……告終；達到……的頂點

Skyrocketing housing prices **culminated** in the passage of rent-control laws. 房價飆漲，最後通過了租金管制法。

相關單字

culmination 名 頂點，結果　　culminating 形 最終的；達到頂點的

900+ RANK 1460

inherently [ɪnˋhɪrəntlɪ] ☆☆☆☆☆☆☆

副 **內在地；固有地**

Short-term stock market investments are **inherently** risky.
股市的短期投資本來就很有風險。

相關單字

inherent 形 固有的；生來就有的

900+ RANK 1461

synthetic [sɪnˋθɛtɪk] ☆☆☆☆☆☆☆ 147

形 **合成的；人造的**

synthetic fabrics/material 合成／人造纖維

Liam Apparel produces jackets using **synthetic** fabrics at unbeatable prices. 連恩服飾生產以合成纖維製成的外套，價格低廉無人能比。

900+ RANK 1462

revoke [rɪˋvok] ☆☆☆☆☆☆☆

動 **撤回；撤銷**

A contractor's license can be **revoked** for any violation of the law.
承包商的執照會因任何違法事件而撤銷。

900+ RANK 1463

impede [ɪmˋpid] ☆☆☆☆☆☆☆

動 **妨礙；阻止**

Roadwork along Highway 95 was **impeded** by the snowstorm.
95 號公路的道路施工因暴風雪而受阻。

900+ RANK 1464

explicitly [ɪk`splɪsɪtlɪ] ☆☆☆☆☆☆☆

副 **明白地；明確地**

explicitly state 清楚地載明

The staff handbook **explicitly** states that all employees must attend an annual training session.

員工手冊清楚載明，所有人員都須參加年度訓練課程。

相關單字

explicit 形 清楚明白的；不含糊的

900+ RANK 1465

improvise [`ɪmprəvaɪz] ★☆☆☆☆☆☆

1 動 **即興做事**

Ms. McMaster had to **improvise** her presentation when the projector stopped working.

當投影機故障時，麥克邁斯特女士必須即興簡報。

2 動 **即興創作**

Ashley had to **improvise** when she was asked to give her speech without her notes.

艾希莉被要求不要看筆記而發表演講，她只好臨場發揮。

900+ RANK 1466

outbreak [`aʊtˌbrek] ☆☆☆☆☆☆☆

名 **爆發；暴動**

疾病爆發

Travelers must get medical checks to prevent a disease **outbreak**.

旅客必須接受健康檢查以避免疾病爆發。

900+ RANK 1467

envision [ɪn`vɪʒən] ☆☆☆☆☆☆☆

名 **想像；展望**

The company **envisions** expanding abroad within the end of the year.

公司展望能在年底前擴展海外業務。

900+ RANK 1468

universally [ˌjunə`vɝs!ɪ] ☆☆☆☆☆☆☆

副 **普遍地；一般地**

普遍可辨的

The software uses icons which are **universally** recognizable, like scissors and disks. 這軟體使用普遍可辨的圖示，例如剪刀和圓盤。

相關單字
universal 形 普遍的；全體的；共同的

900+ RANK 1469
configuration [kən͵fɪgjə`reʃən] ☆☆☆☆☆☆☆

1 名 **（電腦的）配置**
Improper **configuration** is a common cause of poor performance in new computers.
配置不當是造成新電腦效能不佳的常見原因。

2 名 **結構；構造**
The Ray 2000 sound system is TIG Electronics' most popular **configuration**.
Ray 2000 聲音系統是 TIG 電子最受歡迎的組合配置。

相關單字
configure 名 裝配；配置；設定（電腦或其他設備）

900+ RANK 1470
plummet [`plʌmɪt] ☆☆☆☆☆☆☆

動 **暴跌；重挫 (= plunge)**
Analysts expect Fovanx Co.'s stock prices to **plummet** after the merger.
分析師預期佛凡克斯公司的股價在合併後會暴跌。

900+ RANK 1471
formidable [fɔr`mɪdəbl̩] 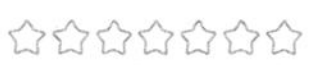  148

形 **難以克服的；難對付的**
→ formidable challenge/opponent
艱鉅挑戰／難對付的對手

Maintaining a large client base is a **formidable** challenge.
要讓基本客戶人數一直很多是個艱鉅的挑戰。

900+ RANK 1472
sparingly [`spɛrɪŋlɪ] ☆☆☆☆☆☆☆

副 **量少地；節儉地**
Technical terms should be used **sparingly** when communicating with customers.
和顧客溝通時，一定要少用專門術語。

相關單字
sparing 形 節約的；節制的

900+ RANK 1473

inflict [ɪn`flɪkt] ☆☆☆☆☆☆☆

動 **給予（打擊）；使遭受（損傷）**

Fortunately, the damage **inflicted** by the storm was minor.
幸運地是，暴風雨造成的損害並不嚴重。

900+ RANK 1474

strenuous [`strɛnjʊəs] ☆☆☆☆☆☆☆

形 **費力的；激烈的**

The Pulse-AR8 allows athletes to monitor their pulse rates during **strenuous** exercise. → strenuous exercise/work 激烈的運動／費力的工作
脈搏–AR8 讓運動員在激烈運動時，可以監測他們的脈搏。

900+ RANK 1475

incumbent [ɪn`kʌmbənt] ☆☆☆☆☆☆☆

1 形 **現任的；在職的**

Only 10 percent of voters felt that the **incumbent** candidate won last night's debate. 只有 10% 的選民認為尋求連任的候選人贏了昨晚的辯論。

2 名 **現任者；在職者**

The present **incumbent** will run again for presidential elections next year. 現任者明年會再度參加總統選舉。

900+ RANK 1476

disperse [dɪ`spɝs] ☆☆☆☆☆☆☆

動 **解散；散開**

The reporters **dispersed** after the press agent canceled the interview with the film director.
在公關人員取消電影導演的訪問後，記者各自散去。

900+ RANK 1477

depleted [dɪ`plitɪd] ☆☆☆☆☆☆☆

形 **用盡的**

Care4Print will refill your **depleted** ink toner cartridges free of charge.
關心印刷公司會免費補充你用完的墨水匣。

相關單字

deplete 動 耗盡……的資源（精力等）　**depletion** 名 消耗；用盡

900+ RANK 1478

outright [ˋaʊtˋraɪt] ☆☆☆☆☆☆☆

1 形 **全部的；徹底的**

The city government issued an **outright** ban on electric scooters. → 全面／徹底禁止

市政府發出電動機車的全面禁令。

2 形 **公然的；公開的**

Triton Fisheries treated its competitors with **outright** hostility. → outright hostility/opposition 公然敵視／反對

崔頓漁業公然敵視競爭對手。

900+ RANK 1479

assertively [əˋsɝtɪvlɪ] ☆☆☆☆☆☆☆

副 **肯定地；堅定自信地**

Dr. Arians was impressed by how confidently and **assertively** the intern spoke.

亞歷安博士對實習生講話的自信與堅定印象深刻。

相關單字

assertive 形 堅定的；果敢的　**assert** 動 堅持；聲稱

assertion 名 明確肯定；斷言

900+ RANK 1480

exploit [ɪkˋsplɔɪt] ☆☆☆☆☆☆☆

動 **剝削；利用**

The Marketing Director **exploited** the opportunity to promote their new products. → exploit an opportunity 利用機會

行銷主管利用機會促銷新產品。

900+ RANK 1481

vibrant [ˋvaɪbrənt] ☆☆☆☆☆☆☆  149

1 形 **明亮的；鮮明的**

This summer's collection of dresses will come in more **vibrant** colors.

這系列夏季洋裝顏色會更鮮豔。

2 形 **充滿生氣的；活躍的**

The young town of Richland Hills boasts a **vibrant** downtown area.

那個新建立的里奇蘭希爾市，標榜它的鬧區充滿生氣。

900+ RANK 1482

reconcile [`rɛkənsaɪl] ☆☆☆☆☆☆☆

動 **和解；調停**

The two sides failed to **reconcile** their differences but agreed to continue negotiations.
雙方無法調和他們的差異，但同意繼續協商。

相關單字

reconciliation 名 調解；一致

900+ RANK 1483

inception [ɪn`sɛpʃən] ☆☆☆☆☆☆☆

名 **開始；開端**

Since its **inception** in 1981, Orewak has been at the forefront of computer development.
自1981年創立以來，歐瑞瓦克公司就一直居於電腦發展的最主要地位。

相關單字

inceptive 形 起初的；開端的

900+ RANK 1484

ascertain [ˏæsɚ`ten] ☆☆☆☆☆☆☆

動 **查明；確定**

→ 查明／確定……是否

Taehan Financial conducted a survey to **ascertain** whether a new product is marketable.
泰漢金融進行調查以確定某個新產品是否有市場。

900+ RANK 1485

inquisitive [ɪn`kwɪzɪtɪv] ☆☆☆☆☆☆☆

形 **過分好奇的；愛打聽的** → 好打聽……；對……追根究底

The reporter was very **inquisitive** about the new CEO's vision for the company's future.
記者對新任執行長對公司未來的願景追根究底。

900+ RANK 1486

innate [ɪn`et] ☆☆☆☆☆☆☆

形 **與生俱來的；天生的**

The musician had an **innate** sense of rhythm. 音樂家天生有節奏感。

900+ RANK 1487

pertinent [ˋpɝtnənt] ☆☆☆☆☆☆☆

形 **有關的；相干的**

All **pertinent** business travel documents must be given to Ms. Glover for approval. 所有出差的相關文件，都必須交給葛羅佛女士批准。

相關單字

pertain 動 有關；關於 → **pertaining to (= about)** 與……有關；附屬於……

Regulations **pertaining** to environmental safety are in chapter five of the manual. 關於環境安全的規定在手冊的第五章。

常考用法

pertinent to (= about) 與……有關

替換字詞

pertinent 有關的；相干的 → relevant 有關的

ask a number of pertinent (relevant) questions 問一些有關的問題

900+ RANK 1488

relinquish [rɪˋlɪŋkwɪʃ] ☆☆☆☆☆☆☆

動 **放棄；撤出**

Mr. Slater recently **relinquished** his U.S. citizenship in order to avoid high tax rates.
史萊特先生最近放棄了他的美國公民身分，以避開高額稅率。

相關單字

relinquishment 名 放棄；讓渡

常考用法

relinquish the position 放棄職位

900+ RANK 1489

discretion [dɪˋskrɛʃən] ★☆☆☆☆☆☆

名 **處理權**

→ **at one's discretion** 某人有權做……；根據某人的意見而做……

Dates listed in the agreement can be changed at the project manager's **discretion**. 專案經理有權更改合約所列的日期。

相關單字

discretionary 形 自主的；任意的　　**discreet** 形 審慎的；小心的

discreetly 副 慎重地；謹慎地

常考用法

use/exercise discretion 謹慎使用

900+ RANK 1490

repel [rɪ`pɛl] ☆☆☆☆☆☆☆

動 **擊退；驅除**

All of Viktori Apparel's jackets have been specially treated to **repel** water.

維克多利服飾的外套都經過特別處理，可以防水。

相關單字

repellent 形 驅除的；抵禦的；排斥的；令人厭惡的 名 驅蟲劑

常考用法

insect repellent 驅蟲劑

900+ RANK 1491

dwindle [`dwɪnd!] ☆☆☆☆☆☆☆

動 **減少；變小**

The popularity of the Revon laptop **dwindled** after a few months.

雷文筆記型電腦的人氣在幾個月後下降了。

相關單字

dwindling 形 逐漸減少的

900+ RANK 1492

exponential [͵ɛkspo`nɛnʃəl] ☆☆☆☆☆☆☆

形 **呈指數性增長的**

→ 呈幾何級數增長；越來越快地成長

The company experienced **exponential** growth when it offered same-day delivery service.

當這家公司提供同日送達服務之後，它的業績就呈幾何級數增長。

相關單字

exponentially 副 呈幾何級數地

900+ RANK 1493

affluent [`æfluənt] ☆☆☆☆☆☆☆

形 **富裕的**

The old factory site was turned into an **affluent** neighborhood.

那塊舊工廠的用地改建為富裕的住宅區。

900+
RANK
1494

lax [læks] ☆☆☆☆☆☆☆

形 **鬆散的；散漫的**

→ 鬆散的安全管理

The CEO criticized the maintenance team about the **lax** security system. 執行長批評維修小組的安全管理系統不嚴謹。

常考用法

lax morals 道德敗壞　　**lax management** 管理鬆散

900+
RANK
1495

chronicle [`kranɪk!] ☆☆☆☆☆☆☆

1 動 **敘述；記事**

The documentary film **chronicles** CEO Dagney Anwar's achievements at Bigapple Inc.

那部紀錄片記述執行長戴格尼·安華在大蘋果公司的成就。

2 名 **編年史**

→ ……的編年史

Sullivan Press recently published a **chronicle** of World War II.

蘇利文出版社最近出版了第二次世界大戰的編年史。

900+
RANK
1496

swiftly [`swɪftlɪ] ★☆☆☆☆☆☆

副 **迅速地；敏捷地 (= quickly / immediately)**

PaceAuto repairs any vehicle **swiftly** and gets you back on the road fast. 派斯汽車對任何車款都能快速修好，讓你迅速上路。

相關單字

swift 形 快速的；即時的

900+
RANK
1497

exquisite [`ɛkskwɪzɪt] ☆☆☆☆☆☆☆

形 **精緻的；精美的**

Paradis Atelier displays **exquisite** artwork from the 17th through the 19th centuries.

帕拉迪斯畫室展出十七到十九世紀的精緻藝術品。

900+ RANK 1498

remuneative [rɪˋmjunə͵retɪv] ★☆☆☆☆☆☆

形 **報酬豐厚的**

Landry Consulting has a highly **remunerative** job opening for the right candidate. 蘭卓顧問公司有個高薪工作的空缺在找適當人選。

相關單字

remunerate 動 給……酬勞 **remuneration** 名 所給的酬勞

900+ RANK 1499

bluntly [ˋblʌntlɪ] ☆☆☆☆☆☆☆

副 **直率地；鈍地**

bluntly criticize 直言不諱地批評

Mr. Pilmer is known for **bluntly** criticizing his coworkers' ideas during meetings. 皮爾默先生以在會議中直言批評同事的想法而出名。

相關單字

blunt 形 直率的；鈍的

900+ RANK 1500

impeccable [ɪmˋpɛkəb!] ☆☆☆☆☆☆☆

形 **無懈可擊的；無缺點的**

Pomelo Bistro offers **impeccable** service and delicious food that is unmatched. 波密羅小館的服務無可挑剔，食物美味無人能比。

相關單字

impeccably 副 完美地；無可挑剔地

Speed Check-up

答案 p.604

一、請參考底線下方的中文，填入意思相符的單字。

ⓐ ascertain ⓑ improvise ⓒ meticulously ⓓ exquisite ⓔ explicitly

01 Paradis Atelier displays ________ artwork from the 17th through the 19th centuries.
精緻的

02 The staff handbook ________ states that all employees must attend an annual training session.
明確地

03 Taehan Financial conducted a survey to ________ whether a new product is marketable.
查明

04 Every department must ________ plan its portion of the product launch.
極細心地

05 Ms. McMaster had to ________ her presentation when the projector stopped working.
即興做事

二、請參考句子的中文意思，選出填入後符合句意的單字。

ⓐ viable ⓑ impeded ⓒ dwindled ⓓ outright ⓔ redeemable

06 Roadwork along Highway 95 was ________ by the snowstorm.
95 號公路的道路施工因暴風雪而受阻。

07 This coupon is ________ for a large pizza at any Pizza Mac's.
這張優惠券可在任何一家麥克披薩換一份大披薩。

08 The city government issued an ________ ban on electric scooters.
市政府發出電動機車的全面禁令。

09 Manufacturers are looking for a ________ alternative to plastic packaging. 製造商正在尋找可以取代塑膠包裝的材料。

10 The popularity of the Revon laptop ________ after a few months.
雷文筆記型電腦的人氣在幾個月後下降了。

三、請選出填入後符合句意的單字。

ⓐ dispersed ⓑ swiftly ⓒ impeccable ⓓ pertinent ⓔ discretion

11 Pomelo Bistro offers ________ service and delicious food that is unmatched.

12 Dates listed in the agreement can be changed at the project manager's ________.

13 The reporters ________ after the press agent canceled the interview with the film director.

14 PaceAuto repairs any vehicle ________ and gets you back on the road fast.

15 All ________ business travel documents must be given to Ms. Glover for approval.

必考片語 300

001 **a couple of** 幾個；數個
John will be taking **a couple of** weeks off for vacation this summer.
約翰今年夏天會休幾個星期去度假。

002 **a lot of** 許多；大量
Does the sales position require **a lot of** traveling?
業務的工作需要常常四處出差嗎？

003 **a maximum of** 最大量；最多
The private dining room in the restaurant seats **a maximum of** 15 people.
餐廳裡的私人包廂最多容納 15 人。

004 **a number of** 很多；大量
In my previous job, I organized **a number of** product launches.
我前一個工作籌備了很多次產品發表會。

005 **a pair of** 一對；一雙
Sarah bought **a pair of** boots at the new shopping mall.
莎拉在新開的購物商場買了一雙靴子。

006 **a series of** 一系列
I'll be designing **a series of** new advertisements next week.
我下星期會設計一系列新廣告。

007 **a wealth of** 大量；豐富
She has **a wealth of** experience in parks and recreation management.
她有豐富的公園與休閒娛樂管理經驗。

008 **account for**
① 占了……比例
Overseas visitors **account for** over 20 percent of our customers.
國外旅客占我們顧客數的 20%。
② 作為……的解釋；為……負責
The inclement weather may **account for** the slow Internet speed.
惡劣的天氣可能導致網路速度變慢。

009 **adhere to** 遵守
You must **adhere to** all of the terms of the agreement.
你必須遵守協議中的所有條款。

010 **after all** 終究；終歸
A suitable venue has been found, so the banquet will be held **after all**.
已經找到合適的場地，所以宴會還是會舉行。

011 **ahead of schedule** 進度超前；領先進度
Will it be possible to finish the work **ahead of schedule**?
工作可能提前完成嗎？

012 **all along** 一直；始終
It was revealed that the company had financial problems **all along**.
據透露，公司一直有財務問題。

013 **all the way** 始終；完全
Upper management supports the CEO's decision **all the way**.
高層管理始終支持執行長的決定。

014 **allow for** 考慮到
Allow for extra time when going to the airport during rush hour.
在尖峰時間去機場要多預留一些時間。

015 **around the clock**
全天的
The repair crew worked **around the clock** to fix the damaged road.
維修人員日以繼夜工作修補受損的道路。

016 **around the corner**
① 即將到來
As the New Year is just **around the corner**, the store will hold a clearance sale.
由於新年就要到了，商店將舉行清倉大拍賣。
② 在附近
The medical center is right **around the corner** from here.
醫學中心就在這附近。

017 **as of** 自……起
Is it true that bus fares will be going up **as of** next month?
公車票價從下個月起真的要調漲了嗎？

018 **as part of** 作為……的一部分
As part of the new office policy, eating will not be allowed in work areas.
新辦公室政策中有規定，在工作區域不得進食。

019 **as scheduled** 按預定時間
The CEO meeting will take place next Tuesday **as scheduled**.
執行長會議將按照原定時間在下星期二舉行。

020 **as soon as possible**
盡快 (=ASAP)
Could you let us know of your decision **as soon as possible**?
你可以盡快告訴我們你的決定嗎？

021 **as usual** 如同以往
As usual, I'll leave the bill with your receptionist in the front lobby.
按照慣例，我會把帳單留給在前廳的接待人員。

022 **as well** 也；還
I would like a glass of water and some ice **as well**, please.
我想要一杯水，還有一些冰塊，謝謝。

023 **ask for** 要求
Did you **ask for** a discount when you bought the jacket?
你買外套時，有沒有要求折扣？

024 **at a time** 一次
What you're going to do is try 3 different food items one **at a time**.
你要做的是，試吃三種不同的食品，一次一種。

025 **at all times** 一直；每時每刻
Safety goggles and protective gloves must be used **at all times** when handling dangerous materials.
在處理危險材料時，必須一直戴著護目鏡和防護手套。

026 **at any rate** 不管怎樣
The traffic is really bad right now–**at any rate**, I'm going to be a little late.
此時的交通狀況真的很糟——不管是什麼狀況，我都會晚點到。

027 **at last** 最終；終於
After several attempts, Bruce passed the driving test **at last**.
經過數次嘗試，布魯斯終於通過駕照考試。

028 **at least** 至少
We go to the café **at least** three times a week.
我們一星期至少去咖啡館三次。

029 **at once**
① 立刻
The manager wants to see you in his office **at once**.
經理要你馬上去他辦公室。

② 同時

The maintenance team is expected to complete many tasks **at once**.
大家期待維修小組能同時完成很多工作。

030 **at present** 目前

The supermarket chain has 10 store locations **at present**.
這家連鎖超市目前有 10 家店。

031 **at the same time** 同時

We arrived at the meeting location **at the same time** as our clients.
我們和客戶同時抵達會面的地點。

032 **based in** 以……為基地

I am the operations manager of Hortman's a furniture store **based in** Austin.
我是賀特曼家具的營運經理，這是一家總部位於奧斯汀的家具行。

033 **based on** 依據；基於

Wendy Belle's stories are **based on** her own experiences as the child of a musician and a scientist.
溫蒂·貝兒的故事是根據她自己身為音樂家與科學家小孩的經驗而寫成。

034 **be about to do** 正要……

A package arrived for Andrew as he **was about to leave** the office.
當安德魯正要離開辦公室時，有個他的包裹剛好送來。

035 **be bound to do** 肯定；必然

The artist's painting **is bound to** be one of the main attractions.
這位藝術家的畫作必然成為主要的目光焦點之一。

036 **be composed of** 由……組成

The committee **is composed of** directors, the CFO, and the CEO.
這個委員會是由各主管、財務長和執行長所組成。

037 **be comprised of** 由……組成

The business course **is comprised of** eight lectures and two assignments.
這堂商業課程包含八堂課和兩份作業。

038 **be dependent on/upon** 取決於……

The success of your business **is dependent on** many factors including quick responses to market change.
你的生意要成功，取決於很多因素，包括快速回應市場變化。

039 **be in agreement** 同意

Some of the meeting attendees **were not in agreement** with the proposal.
有些參加會議的人並不同意這個提案。

040 **be on track** 在正軌上；進展順利

The clothing company **is on track** to exceed its sales goals for this year.
這家服裝公司有望超越它今年定下的銷售目標。

041 **be set to do** 著手做；開始做

DT Media **is set to sign** a merger agreement with NRG Manufacturing.
DT 媒體將和 NRG 製造公司簽訂合併協議。

042 **be supposed to do** 應該要……

The applicants **are supposed to submit** their résumés by Friday.
應徵者應在星期五之前交出他們的履歷表。

043 **be sure to do** 確保做……

Be sure to turn off your computer before leaving the office at the end of the day.
下班離開辦公室之前，務必要關掉電腦。

044 **be up to** 由……決定

It **is up to** the manager to decide who to hire.
由經理決定要錄取誰。

045 bear in mind 記得

All new business owners should **bear in mind** that success does not happen overnight.
所有新創業的老闆都要記得不會一夕之間成功。

046 behind schedule 落後進度

We're **behind schedule** on the project.
我們的專案進度落後了。

047 belong to 屬於……

The laptop computer **belongs to** the HR Department.
這台筆記型電腦是人資部的資產。

048 beyond (one's) control 超出……控制

The sudden economic downturn was **beyond the company's control**.
經濟突然衰退不是公司能控制的事。

049 block off 封閉

Do you know which streets will be **blocked off** for the regional marathon?
你知道哪些街道會因為地區馬拉松賽而封閉嗎?

050 board up 用木板封閉

Residents are advised to **board up** the windows in their homes in preparation for the storm.
居民被建議用木板封閉家裡的窗戶,為暴風雨做準備。

051 bottom line

① **最重要的部分**

The **bottom line** is that we need to hire additional workers to serve more customers.
最重要的事是,我們需要僱用更多員工以服務更多顧客。

② **盈虧;損益表底線**

The executives were mainly interested in ways to boost the **bottom line**.
行政主管主要是對能提高利潤的方法有興趣。

052 break ground 破土;動工

The company will **break ground** on its new headquarters building next week.
公司的新總部大樓下星期要動工了。

053 by means of 以……方式

New employees are selected **by means of** an assessment test and interviews.
新員工的遴選是透過評量測驗和面試。

054 by oneself ……自己;親自

Susan presented the quarterly sales report **by herself**.
蘇珊自己完成了季度銷售報告。

055 by way of 透過;經由

As there are no flights available, he is coming **by way of** train.
由於沒有班機可搭,他搭火車過來。

056 carry out 執行

The institute received more funding to **carry out** further research on climate change.
協會收到更多資金,得以進一步執行關於氣候變遷的研究。

057 catch up 趕上……

We'll help you with your projects so that you can **catch up** with us.
我們會協助你的計畫,這樣你才能趕上我們。

058 check in 辦理登記手續

What time did you **check in** at the hotel yesterday?
你昨天幾點入住飯店的?

059 check out

① **查看;了解一下**

Let's **check out** the new café across the street.
我們去對面新開的咖啡館看看。

② 將書借走

I'd like to **check out** a book from your Rare Books Collection.

我想要借一本你們珍本書收藏區裡的書。

060 **clock in/out** 打卡上／下班

I worked late last night, and I **clocked out** at 10 p.m.

我昨晚工作到很晚，10 點才打卡下班。

061 **close by** 近；不遠 (=near by)

The hospital is **close by** and takes five minutes to get there by car.

醫院就在附近，開車五分鐘會到。

062 **come across** 偶然看到

I applied for the editor position as soon as I **came across** your company's advertisement.

我無意中看到你們公司的廣告，馬上就來應徵編輯工作。

063 **come along** 進展

How is the new product development **coming along**?

新產品的研發工作進展如何？

064 **come by** 順道拜訪

The president of the company is going to **come by** our branch tomorrow.

公司總裁明天要來我們分公司。

065 **come close to** 與……相似

No other employee has **come close to** the results achieved by Ms. Singh.

辛格先生達到的成果，其他員工難以望其項背。

066 **come in first/second/third . . .** 獲得第一／二／三名

Clark **came in first** in the bike race.

克拉克在自行車比賽中得到第一名。

067 **come up with** 想出

Mr. Sugihara **came up with** several creative ideas for the advertising campaign.

蘇吉哈拉女士想出好幾個廣告活動的創意。

068 **count . . . in** 把……算在內

Can I **count** you **in** for this weekend's fundraising event?

這個週末的募款活動，我可以把你算進來嗎？

069 **cut back** 刪減

We need to **cut back** on our travel expenses.

我們必須刪減我們的旅費。

070 **cut down** 減少

I'm trying to **cut down** on caffeine, so I'm not drinking coffee these days.

我正努力減少攝取咖啡因，因此我現在不喝咖啡。

071 **cut to the chase** 切入正題

Let's **cut to the chase** and discuss the main issue.

讓我們切入正題討論主要議題。

072 **deal with** 處理

Sales associates should be polite when they **deal with** customer complaints.

業務同仁在處理客訴時應該要客氣有禮。

073 **depend on/upon** 依……而定

The flight's arrival time will **depend on** weather conditions.

航班抵達的時間要依天候狀況而定。

074 **dispose of** 處置；處理

You should not **dispose of** used batteries with your regular household waste.

你不應該把用過的電池和一般家用廢棄物一起丟掉。

075 **do one's best/utmost** 盡全力

The event organizers **did their best** to meet the guests' requests.

活動的策劃人員盡全力達到客人的需求。

076 **draw up 草擬**
I'm supposed to **draw up** a sales agreement for the new customer.
我應該為新顧客草擬一份銷售協議。

077 **drop by/in 順道拜訪**
Would you mind **dropping by** the office supplies store and picking up the items?
你介意順便去辦公室用品店拿那些東西嗎?

078 **due to do 按期;預計做**
The construction of the west wing of the hospital is **due to be** finished next month.
醫院西側大樓的工程預計下個月完成。

079 **end up 結果成為;以……終結**
If your business model is flawed, you'll **end up** losing money.
如果你的商業模式有瑕疵,你最終會賠錢。

080 **fall behind 進度落後**
Poor weather conditions have caused the construction project to **fall behind** schedule.
天候不佳已造成營建工程進度落後。

081 **fall into disrepair 破損失修**
The historic theater, built a century ago, has **fallen into disrepair** over the years.
這座建於一個世紀前的歷史劇院,經過多年已殘破不堪。

082 **fall off 下跌**
Domestic automobile sales have **fallen off** by 15 percent this year.
今年的國內汽車銷售量下跌了 15%。

083 **fall short of 不符合;達不到**
JM Corporation's earnings **fell** considerably **short of** its expectations.
JM 公司的收益與它的預期有相當大的落差。

084 **fall under 屬於……範疇**
Allocating resources **falls under** the responsibility of a general manager.
分配資源是總經理的責任。

085 **fall within 落在……範圍內**
Keep in mind that the cost of business operations must **fall within** the budget constraints.
要記得,公司的營運成本必須在預算範圍內。

086 **feel free to do 隨意……**
Feel free to help yourself to a beverage while you wait.
在等待的時候,可隨意拿取飲料。

087 **figure out 搞懂;理解**
I can't **figure out** this new email system.
我搞不懂這套新的電子郵件系統。

088 **fill in for 接替/暫代某人**
While Mr. Jefferies was in Macau, I had to **fill in for** him during the weekly meetings.
傑佛瑞斯先生在澳門的期間,我必須代替他參加每週的會議。

089 **fill out/in 填寫**
To register for the program, please **fill out** this application form.
要註冊參加這個計畫,請填寫這份申請表。

090 **fill up 擠滿;塞滿**
Let's go to lunch early as the café gets **filled up** very quickly with customers.
我們早點去吃午餐,因為咖啡館很快就會擠滿客人。

091 **find out 得知**
How do I **find out** which terminal I should go to?
我要如何得知我該去哪個航廈?

092 **fit into 融合;融入**
Residents really like how the apartments **fit into** the surrounding landscape.

住戶真的很喜歡公寓和周邊景色這麼搭。

093 **fly off the shelves 銷售一空**

Toys **flew off the shelves** during the Christmas sale.

在耶誕特賣期間，玩具賣得很快。

094 **follow up 後續追蹤**

It is important for job applicants to **follow up** with the recruiter after an interview.

對應徵者來說，很重要的是在面試後要和招募人員聯絡。

095 **for years to come 未來數年**

This consumer trend will have an impact on the food service industry **for years to come**.

這股消費趨勢會對接下來數年的餐飲服務業造成衝擊。

096 **free of charge 免費 (= at no charge)**

Shuttle bus service to the airport is offered **free of charge** to all hotel guests.

所有飯店客人都享有免費機場接駁車服務。

097 **from time to time 有時；偶爾**

The manager buys coffee for his employees **from time to time**.

經理有時會買咖啡請下屬喝。

098 **get around 四處旅行**

How do the company's regional sales representatives usually **get around**?

公司的地區業務代表通常如何四處出差？

099 **get back to**

① 給……回話

I'll **get back to** you as soon as I get more information about it.

我一得到更多消息就會回覆你。

② 回到；恢復

We will **get back to** the meeting after a short break.

稍事休息後，我們就會繼續開會。

100 **get in the way of 妨礙**

Personal affairs sometimes **get in the way of** work.

個人的私事有時會干擾工作。

101 **get/be/keep in touch 保持聯繫**

You can use this number to **get in touch** with me if you have any questions.

如果有任何問題，你可以打這個號碼和我聯絡。

102 **get off 從交通工具下車**

Tourists are **getting off** a bus.

觀光客正在下巴士。

103 **get rid of 擺脫；扔掉**

Let's **get rid of** the old items.

我們把舊東西扔掉吧。

104 **get the most out of 最充分地利用**

The museum provides guided tours for visitors who want to **get the most out of** their time.

博物館為想要把時間利用到極致的旅客提供導覽行程。

105 **get to 抵達**

It takes about 45 minutes to **get to** the airport from here.

從這裡到機場要 45 分鐘。

106 **get to work 上班**

How long does it normally take you to **get to work**?

你通常到公司要多久？

107 **get underway 開始**

The research project will **get underway** next week.

研究計畫將於下星期展開。

108 **get used to 習慣**

I'm sure you will like the job once you **get used to** it.

我確定，你一旦習慣之後就會喜歡這個工作。

109 **go ahead** 開始；著手
Should I **go ahead** and prepare the proposal?
我應該開始準備提案嗎？

110 **go out of business** 歇業
The computer store **went out of business** last year.
那家電腦店去年歇業。

111 **go over** 仔細檢查
Why don't we **go over** the sales projections one more time?
我們何不把預期銷售目標再仔細審查一次？

112 **go through**
① 通過；達成
The product has **gone through** quality testing and received a passing score.
產品已完成品質測試，獲得合格的分數。
② 瀏覽；查閱
The CEO will **go through** your project proposal after the meeting.
執行長在會議後會看你的企畫案。

113 **go with** 選擇
The daily special sounds good. I'll **go with** that.
今日特餐聽起來不錯，我要點那個。

114 **good for** 有效
This coupon is **good for** a free appetizer at any of our restaurant locations.
這張優待券可以在我們任何一家餐廳兌換一份免費開胃菜。

115 **hand in** 繳交 (= submit)
When you finish the questionnaire, please **hand** it **in** to me.
你填完問券後，請交給我。

116 **hand out** 發送
A man is **handing out** some flyers.
有名男子正在發傳單。

117 **have no objection to** 無異議
We **have no objection to** your suggestion.
我們對你的建議沒有異議。

118 **have nothing to do with** 與……無關
The computer problem actually **has nothing to do with** your Internet connection.
電腦問題其實和你的網路連線無關。

119 **have something to do with** 與……有關
The problem **has something to do with** your CPU.
問題和你的中央處理器有關。

120 **have yet to do** 尚未……
The committee **has yet to make** a decision on the issue.
委員會尚未就此議題做出決定。

121 **heat up** 加熱
It takes much longer to **heat up** food in a conventional oven than in a microwave.
用普通爐子加熱食物要比用微波爐加熱久。

122 **hold down** 壓著
A man is **holding down** a piece of paper.
一名男子壓著一張紙。

123 **hold off** 推遲；延遲
I'm going to **hold off** on buying a new car until next year.
我要等明年再買新車。

124 **hold onto / on to** 緊抓
The man is **holding onto** a railing.
那名男子緊抓著欄杆。

125 **hustle and bustle** 喧囂
I don't particularly enjoy the **hustle and bustle** of the city life.
我並不特別喜歡城市的喧囂擾嚷。

126 in advance 提前；預先
Did you make a payment **in advance**?
你預先付款了嗎？

127 in any case/event
再者；不管怎樣
I wasn't invited to the event, but **in any case**, I didn't have time to go.
我並未受邀參加活動，但再說，我也沒時間去。

128 have in common 有共通點
The president and the vice-president of the firm **have** a lot **in common**.
公司的總裁和副總裁有很多共同點。

129 in full 全部；全面
The balance on the invoice was paid **in full**.
送貨單上的餘款已全部付清。

130 in good condition 狀況良好
It doesn't really matter as long as the desk is **in good condition**.
只要書桌狀況良好，真的沒關係。

131 in jeopardy 處於危險狀態
As a result of some bad investments, the company's future is **in jeopardy**.
由於一些錯誤投資，公司的前景堪慮。

132 in keeping with 遵照
In keeping with our store policy, we will exchange or refund any defective products.
遵照本店政策，對於任何瑕疵產品，我們將提供換貨或退費。

133 in (dire) need of (非常) 需要
Many college students are **in need of** financial assistance.
很多大學生需要財務協助。

134 in no time 很快；馬上
We'll have your order ready **in no time**.
我們很快就會備齊你訂購的東西。

135 in one's capacity as
以某種身分或立場
In his capacity as the personnel manager, he is primarily responsible for hiring workers.
身為人事經理，他的主要職責是招募員工。

136 in place 就定位；在適當的位置
We need all the tables and chairs **in place** for the reception.
我們需要排好所有的桌椅供歡迎會用。

137 in place of 代替
Charles will be attending the workshop **in place of** Ryan.
查爾斯會代替雷恩去參加工作坊。

138 in terms of 就……而言
How does your new job compare to your previous one **in terms of** salary?
就薪水而言，你的新工作和前一個工作比起來如何？

139 in the company of 陪伴
I am honored to be **in the company of** such distinguished guests.
我很榮幸能陪伴這麼卓越的貴賓。

140 in the heart of 位於……中心
CNE Bank is located **in the heart of** the city.
CNE 銀行位於市中心。

141 in the interest of 為了……
In the interest of protecting our files, please lock your computer when you leave your seat.
為了保護我們的檔案，當你離開座位時，請將你的電腦鎖上。

142 in the interim
在這期間；在過渡期
The new assistant starts next month, but **in the interim**, I'll have to schedule appointments myself.
新的助理下個月開始上班，而在這段過渡期，我必須自己安排會面。

143 **in the long run** 從長遠看
Regular car maintenance can save car owners money **in the long run**.
從長遠來看，定期保養汽車可以幫車主省錢。

144 **in time** 及時
We'll arrive at the station **in time** to catch the train.
我們會及時到車站，以便趕上火車。

145 **in view of** 考慮到
In view of the fast-approaching deadline, we should work overtime as needed.
考慮到截止期限快速逼進，我們應該根據需要而加班工作。

146 **in writing** 書面
Any verbal agreements with the manufacturer should be confirmed **in writing**.
任何和廠商的口頭協議都應該以書面確認。

147 **keep an eye on** 留意
Could you **keep an eye on** my bag while I go use the restroom?
在我去洗手間時，你可以幫我顧一下袋子嗎？

148 **keep in mind** 記得
Please **keep in mind** that during construction, there will be some loud noise.
請記得，在工程期間會有一些巨大的噪音。

149 **keep . . . on file** 留存檔案
The employment agency will **keep** your records **on file** for three years.
職業介紹所會把你的紀錄歸檔保留三年。

150 **keep to** 遵守
Take caution when driving on the freeway and **keep to** the speed limit.
在高速公路開車要小心謹慎，並遵守速限。

151 **keep track of** 記錄
Online bank statements will help customers **keep track of** their monthly spending more easily.
網路銀行的對帳單幫助客戶更容易記錄他們的每月花費。

152 **keep up with** 跟上
To **keep up with** latest industry trends, Gale subscribes to various magazines.
為了能跟上最新的產業趨勢，蓋爾訂了許多不同雜誌。

153 **lay off** 資遣
KC Corporation **laid off** some employees as part of its downsizing effort.
KC公司資遣了一些員工，這是它裁員計畫的一環。

154 **lead to** 導致
There are various strategies that can **lead to** the success of a business.
有很多不同策略可以讓生意成功。

155 **line up** 排隊
Many customers were **lining up** in front of the store for the big sale.
因為有大拍賣，很多顧客在商店前排隊。

156 **lock out of** 鎖在……外
I forgot my key card, so I was **locked out of** the office.
我忘了帶識別證，因此被鎖在辦公室外面。

157 **log in/on to** 登入
You need to enter your ID and password to **log in to** the company network.
你必須輸入你的身分和密碼，才能登入公司網路。

158 **look after** 照顧
Michael can't come because he has to **look after** his children on weekends.
麥可不能來，因為他週末必須照顧他的小孩。

159 look around 四處看看

I came early because I'd like to **look around** and take a few photos.

我提早來，因為我想四處看看、拍些照片。

160 look at 看著……

She is **looking at** some paintings in an art gallery.

她正仔細看著一些藝廊的畫作。

161 look for 尋找……

The manager is **looking for** a volunteer to tidy up the storage room.

經理正在尋找志願者來整理儲藏室。

162 look forward to 期待

We **look forward to** working with you in the near future.

我們期待不久之後就能和你共事。

163 look into 研究

He is **looking into** starting his own business.

他正在研究要自己創業。

164 look no further 不用再看了；就是這個

For the highest quality roofing service, **look no further** than Ace Roofing.

想要最高品質的屋頂工程服務，就找艾思屋頂工程。

165 look over 查看

Why don't we **look over** the proposal this afternoon?

我們何不今天下午來看提案內容？

166 look through 瀏覽

He **looked through** the catalog but could not find the item he needed.

他瀏覽目錄，但找不到他要的東西。

167 look to 希望

The company is **looking to** open another branch to accommodate its customers.

公司希望開另一家分店，以容納它的顧客。

168 look up 查找

Could you **look up** the client's contact information, please?

可以請你查一下客戶的聯絡資料嗎？

169 make a copy/photocopy 影印

Please **make** 10 **copies** of this article.

請將這篇文章影印十份。

170 make good use of 充分利用

Efficient workers **make good use of** their time.

效率高的員工會充分利用他們的時間。

171 make it 趕上……

I can't **make it** to the company picnic as I have to attend a workshop.

由於我必須參加一個工作坊，我沒辦法去參加公司的野餐活動。

172 make one's way to/toward 向……走

After the show has ended, please **make your way toward** the exit in an orderly manner.

在表演結束後，請依序向出口走。

173 make sense 合理

It doesn't **make sense** to hire more people when we already have enough employees.

我們已經有足夠人手，再僱更多人沒有意義。

174 make sure 確保

Make sure to dress appropriately for the job interview.

參加面試務必要穿著得體。

175 make up (for) 彌補

What could I offer to **make up for** our mistake?

我能做什麼彌補我們的錯誤？

176 move up 提前

The company's awards ceremony has been **moved up** to December 20.

公司的頒獎典禮已經提前到 12 月 20 日。

177 **much to one's surprise**
感到驚訝
Much to her surprise, Ms. Nichols was named as the Employee of the Year.
妮可斯女士很驚訝自己被選為年度最佳員工。

178 **narrow down** 縮減範圍
We should **narrow down** the number of candidates for the job.
我們應該縮減這個工作的應徵人數。

179 **on a first-come, first-served basis**
先到先服務
Seats will be available **on a first-come, first-served basis**.
座位是以先來先坐為原則。

180 **on behalf of** 代表
On behalf of the company and its employees, the president expressed gratitude to the sponsors.
總裁代表公司和員工感謝贊助人。

181 **on call** 待命
Doctors in emergency rooms are **on call** 24 hours a day.
急診室的醫師 24 小時待命。

182 **on hand** 在現場
There will be enough staff **on hand** to help out during the night shift.
晚班會有足夠的人手在場幫忙。

183 **on holiday** 休假
Our manager is **on holiday**, and he'll be back in two weeks.
我們經理在休假，兩個星期後會回來上班。

184 **on one's own** 獨自；靠自己 (=by oneself)
This task is too difficult for me to do **on my own**.
這個工作太困難，靠我一個人做不來。

185 **on one's way to**
在去……的路上
The delivery person is **on his way to** our building.
送貨員在來我們大樓的路上。

186 **on schedule** 準時；按預定時間
We're still **on schedule** to finish the project by the deadline.
我們仍然能在截止期限前準時完成專案。

187 **on time** 準時
Though the weather was poor, our plane arrived **on time**.
雖然天氣很差，但我們的班機仍準時抵達。

188 **once in a while** 偶爾
I see my friends from high school **once in a while**.
我和高中同學偶爾見面。

189 **other than** 除了……之外
Does the restaurant sell anything **other than** pasta dishes?
那家餐廳除了義大利麵，還賣別的餐點嗎？

190 **out of order** 故障
The elevator in our head office is currently **out of order**.
我們總公司的電梯目前故障。

191 **out of stock** 無庫存
I'm afraid the item you ordered is **out of stock**.
抱歉，你訂購的商品缺貨。

192 **out of the question**
不可能
In our current financial situation, expanding our business is **out of the question**.
以我們目前的財務狀況，不可能擴張生意。

193 **out of town** 出城
Jack is **out of town** on a business trip.
傑克到外地去出差。

194 **over the counter** 不用處方
This medicine is sold **over the counter**, so you don't need a prescription.
這個藥是成藥，所以你不需要處方。

195 **paid time off** 有薪假
The longer you work for a company, the more **paid time off** you get.
你在一家公司工作越久，有薪假就越多。

196 **parallel to** 與……平行
Scanlan Street runs **parallel to** Huber Road.
史卡蘭街和胡伯路平行。

197 **pass . . . around** 傳遞
Please **pass** our new product **around** so that everyone can look at it up close.
請把我們的新產品傳給大家，這樣每個人都可以近距離看仔細。

198 **pay off**
① 取得成功
The marketing team's hard work **paid off** as the ad campaign was hugely successful.
行銷團隊的辛苦有了回報，因為廣告活動大為成功。
② 付清
The young artist was able to **pay off** her student loans after her first exhibition.
那位年輕藝術家在她的第一次展覽後，得以付清她的學生貸款。

199 **pick up** 拿
Would you prefer to **pick up** your order or have it delivered?
你比較想要自己來拿你訂購的東西，還是要我們送過去？

200 **pick out** 挑選
It took me a long time to **pick out** what to wear today.
我花了好久時間才挑好今天要穿的衣服。

201 **plenty of** 大量；許多
We don't need to order the handbooks because there are **plenty of** those in the storage room.
我們不需要訂手冊，因為儲藏室裡有好多。

202 **plug in/into** 插進
Plug the cord **into** the outlet, and then press the "on" button.
把電線插入插座，然後按下「開」的按鈕。

203 **point out** 指出
The manager **pointed out** several errors in the document prepared by the intern.
經理指出幾個實習生準備的文件裡的錯誤。

204 **proceed to** 前往
Passengers for Flight TF47 should **proceed to** Gate C for boarding.
搭乘 TF47 班機的旅客應前往 C 登機門準備登機。

205 **pull out of** 退出
One of the parties **pulled out of** the agreement at the last minute.
其中一個政黨在最後一刻退出協議。

206 **push back** 往後移；推遲
Due to other more urgent tasks, Mr. Park **pushed back** the deadline for the report.
由於有其他更緊急的任務，帕克先生把報告的截止期限往後延。

207 **push forward** 進行
Despite shortage of funding, the organization **pushed forward** with the research.
儘管經費短缺，這個組織仍繼續進行研究。

208 **put a call through** 為……轉接電話
I'll **put** your **call through** to a technician now.
我現在把你的電話轉給技術人員。

209 **put aside** 留出
Would you like me to **put aside** the item for you when it arrives?
等商品來的時候，要我幫你先留起來嗎？

210 **put away** 收起
One of the men is **putting away** his laptop.
其中一名男子正把他的筆記型電腦收好。

211 **put off** 延後
The café has decided to **put off** remodeling its kitchen.
咖啡館決定延後廚房改建工程。

212 **put on hold** 延遲；暫停
The production of the hybrid vehicle has been temporarily **put on hold**.
油電混合車的生產已暫停。

213 **put together** 整理；組合
I can **put together** a list of our best-selling products.
我可以整理一份我們最熱銷商品的清單。

214 **put towards** 出錢；為……提供資金
I don't have enough cash with me to **put towards** Cary's birthday cake.
我身上現金不夠，無法一起湊錢買凱瑞的生日蛋糕。

215 **put up**
① 張貼
Could you **put up** this notice on the bulletin board for me?
你可以幫我把這份公告張貼在布告欄上嗎？
② 架設；安裝
Shelves are being **put up** next to a door.
層架正被安裝在門旁邊。

216 **quite a lot/bit** 大量；相當多
There were **quite a lot** of people at the concert.
音樂會有相當多人。

217 **quite some / a long time** 許久
I haven't been to a movie theater in **quite some time**.
我很久沒去電影院。

218 **rather than** 而不是
Rather than meeting on Tuesday, we'll be meeting on Thursday at 11 a.m.
我們將在星期四上午 11 點碰面，而不是星期二。

219 **refer to** 查閱；參閱
Please **refer to** the instruction manual before using the washing machine.
在使用洗衣機之前，請先查閱使用手冊。

220 **right away** 馬上
I'll send you the file you need **right away**.
我馬上把你需要的檔案寄給你。

221 **roll out** 推出
MP Tech plans to **roll out** its new line of products next month.
MP 科技公司計劃下個月推出新系列產品。

222 **run into** 偶然遇到
I **ran into** my former colleague at the conference last week.
我上星期在研討會上偶然遇到前同事。

223 **run low** 快用完；不足
We're **running low** on fuel, so we'd better stop at the next gas station.
我們的油快用完了，所以我們最好在下個加油站停一下。

224 **run out of** 用完；耗盡
The copy machine has **run out of** paper.
影印機沒紙了。

225 **run through**
① 瀏覽
Let's **run through** the guest list to make sure we haven't left out anyone.
我們來瀏覽一遍賓客名單，以確認我們沒有遺漏任何人。

② 跑過
Random thoughts kept **running through** the intern's mind during the training session.
在上訓練課程時，實習生的腦海中不斷閃過各種雜亂的念頭。

226 **second to none** 最好的
Woodland Farm's freshly-grown fruits and vegetables are **second to none**.
伍德蘭農場生產的新鮮蔬果無人能及。

227 **set . . . apart** 與……與眾不同
Our exceptional customer service is what **sets** us **apart** from our competition.
我們的卓越客戶服務正是我們與競爭者不同之處。

228 **set aside** 撥出（時間或金錢）
You should **set aside** some time everyday for exercise.
你應該每天空出時間運動。

229 **set forth** 提出；闡明
The recycling initiative was **set forth** by the city council.
市議會倡議資源回收利用。

230 **set up**
① 架好
He is **setting up** a ladder to climb up to the roof.
他豎起梯子好爬上屋頂。

② 安排
The office assistant **set up** a meeting to discuss the contracts.
辦公室助理安排了一個會議討論合約。

231 **shake hands** 握手
The businessmen are **shaking hands**.
那些商人正在握手。

232 **shut down** 關閉
Due to the economic crisis, the company had to **shut down** its factories.
由於經濟危機，那家公司不得不關閉一些工廠。

233 **side by side** 並排
Some people are sitting **side by side** on a bench.
有些人並肩坐在長椅上。

234 **sign up** 登記
I **signed up** to use this room for an editorial meeting at 2 o'clock today.
我登記今天 2 點要用這個會議室開編輯會議。

235 **single out** 單獨挑出
It is difficult to **single out** who contributed the most to the project.
很難選出誰在這個專案中貢獻最多。

236 **so far** 至今 (=until now)
Twenty people have replied to our invitation **so far**.
到目前為止，有 20 個人回覆我們的邀請。

237 **sold out** 賣完；售罄
The item you're looking for is **sold out**.
你在找的商品已售完。

238 **sort out** 整理
Why don't you **sort out** the clothes you don't wear anymore and donate them?
你何不把你不再穿的衣服挑出來，然後捐出去？

239 **speak highly of** 高度評價某人
The marketing director **speaks highly of** her employees.
行銷主管對她的下屬評價很高。

240 **stand out** 突出
There is one applicant that **stands out** from the rest.
有位應徵者比其他人更突出。

241 **stay on the line** 待在線上
Please **stay on the line** while I transfer your call.
在我轉接你的電話時，請不要掛斷。

242 **step down** 下台；退位
Mr. Lebowski **stepped down** from his position as vice president.
勒伯斯基先生辭去副總裁的職位。

243 **step into 步入；涉足**
Ken will **step into** his new role as team manager next month.
肯下個月開始擔任團隊經理的新工作。

244 **step out 走出**
Sarah just **stepped out** of the office to go to the mailroom.
莎拉剛剛走出辦公室去郵件室。

245 **stop by 順道拜訪**
Can you **stop by** my desk before you leave?
你離開之前可以來找我嗎？

246 **straighten up 整理好**
Please **straighten up** the room before the guests arrive.
請在客人抵達之前把房間整理好。

247 **stuck in traffic 塞在車陣中**
I've been **stuck in traffic** for 30 minutes now.
我已經在車陣中塞了半小時。

248 **take . . . into account/ consideration**
將……納入考量
When planning a construction project, you must **take into account** time lost due to poor weather condition.
在規劃工程建案時，你必須把因天候不佳而損失的時間考慮進去。

249 **take a leave of absence**
請假
The senior editor will be **taking a leave of absence** due to personal circumstances.
資深編輯因私事而請假。

250 **take a look at 看一下**
Would you mind **taking a look at** my presentation material?
你介意看一下我的簡報材料嗎？

251 **take advantage of 利用**
Why don't you **take advantage of** this special offer by subscribing today?
你何不把握這次特別優惠，今天就訂閱？

252 **take care of 處理；負責**
I'll **take care of** the expense reports right away.
我會立刻處理開銷報告的事。

253 **take charge of 負責**
Who will **take charge of** organizing this event?
誰要負責規劃這次的活動？

254 **take effect 生效**
When will the tax increase **take effect**?
加稅政策何時生效？

255 **take . . . for granted**
視……為理所當然
The employee who **took** his job **for granted** was quickly demoted.
把工作視為理所當然而不重視的員工很快就被降職了。

256 **take notes 做筆記**
Did you **take notes** during the meeting?
你在會議時做筆記了嗎？

257 **take off**
① **脫下**
A man is **taking off** his jacket.
一名男子正脫下外套。

② **起飛**
The flight to London will **take off** in 10 minutes.
往倫敦的班機將在 10 分鐘後起飛。

③ **突然成功**
Much to everyone's surprise, the American business **took off** in Vietnam.
令大家很驚訝的是，美國在越南的業務突然大為成功。

V.S. take . . . off 休假
Ms. Kim will be **taking** 10 days **off** after she completes this project.
金女士完成這個專案後，將休 10 天假。

258 **take on** 承擔 (=assume)
Ms. Lau **took on** more responsibilities after her promotion to department head.
劉女士升為部門主管後，職責更重了。

259 **take one's place** 取代某人
Have they hired someone to **take Joan's place**?
他們是否僱用了別人代理瓊的職務？

260 **take one's time** 慢慢來
Be calm and **take your time** answering the interviewer's questions.
保持冷靜，慢慢回答面試官的問題。

261 **take out** 取出
I went to the dentist's to get a tooth **taken out**.
我去牙醫診所拔了一顆牙。

262 **take over**
① 接任
When does Alice **take over** as director?
艾麗絲何時要接任主管？
② 接管
The global conglomerate will **take over** Howell Studios.
那家全球性企業集團將接管豪威爾電影公司。

263 **take part in** 參加
Patrick is not **taking part in** this year's conference.
派崔克沒有參加今年的研討會。

264 **take place** 舉行
Our company sports day is going to **take place** on September 3.
我們公司的運動日將在 9 月 3 日舉行。

265 **take time** 需要時間
It **takes time** to become good at any job.
要熟悉一份工作需要一些時間。

266 **take up** 占用……
The office furniture was **taking up** too much space in the work area.
辦公室的家具占了太多工作區的空間。

267 **tamper with** 胡亂擺弄
Do not **tamper with** any of the equipment in the factory.
別亂動工廠裡的任何設備。

268 **tear down** 拆除 (=demolish)
The city will **tear down** the old building which has become a safety hazard.
市政府將拆除那棟老舊建築，它已變成安全隱憂。

269 **that way** 以那種方式
You won't be able to persuade the client **that way**.
你用那種方式無法說服客戶。

270 **throw away** 丟棄
When we move our office, please **throw away** anything you don't need.
當我們搬辦公室時，請將任何你不需要的東西丟掉。

271 **throw a party** 舉辦派對
Heather is **throwing a party** to celebrate Joey's retirement.
海瑟將舉辦一個派對慶祝喬伊退休。

272 **time and a half** 1.5 倍
You'll get paid **time and a half** for each overtime hour.
你加班一小時的加班費是平均薪資的 1.5 倍。

273 **time off** 休假
Employees sometimes take **time off** to relieve stress from work.
員工有時會休假以紓解工作壓力。

274 **to and from** 往返
The hotel offers a shuttle service **to and from** the airport.
飯店提供往返機場的接駁服務。

275 **to date 迄今**
This project was the department's best work **to date**.
這個專案是該部門到目前為止最好的成果。

276 **to one's liking/taste /preference 合某人喜好**
Spicy food is not **to my liking**.
辛辣食物不合我的口味。

277 **to this end 為此**
We encourage our workers to further develop their skills, and **to this end**, we offer a variety of training courses.
我們鼓勵員工進一步發展他們的技能，為此我們提供許多不同的訓練課程。

278 **together with 一起**
The Online Department attended the media convention, **together with** the IT Department.
網路部門和資訊部門一起參加媒體研討會。

279 **touch up 潤色**
Our studio uses the Picture Max 3000 software to **touch up** photos.
我們攝影工作室使用「最高級照片 3000」軟體修飾照片。

280 **try out 試試看；試用**
You can **try out** the service and see how well it meets your needs.
你可以試用這項服務，看看它有多符合你的需求。

281 **turn around 翻轉**
The new loan helped **turn around** the company's finances.
新的貸款幫助那家公司翻轉了財務狀況。

282 **turn down 拒絕**
Anthony **turned down** a job offer from a competitor company.
安東尼拒絕了一家競爭對手公司的工作機會。

283 **turn over 翻面**
Don't **turn** the steak **over** too many times while it's cooking.
煎牛排時，不要翻太多次面。

284 **turn on/off 開／關（電器）**
Some lights in the house have been **turned on**.
房子裡有些燈打開了。

285 **turn out 結果變成……**
It **turned out** that the cause of the malfunction was a faulty part in the machine.
結果發現故障的原因是機器的一個零件壞掉。

286 **turn to 轉向；求助於**
I have a few close friends I can **turn to** for advice.
我有一些可以請教建議的好朋友。

287 **turn up 突然出現**
Has anything **turned up** in your search for an apartment?
你在找公寓時，有發現什麼物件嗎？

288 **24/7 (24 hours a day, 7 days a week) 全年無休**
The convenience store is open **24/7**.
便利商店全年無休營業。

289 **under the name of 以……的名字**
Her novels were written **under the name of** Scarlett.
她寫小說用的是史嘉蕾這個筆名。

290 **until further notice 直到進一步通知前**
Employees are asked not to use the cafeteria **until further notice**.
在進一步通知之前，員工被要求不要去自助餐廳。

291 **up in the air 懸而未決**
Whether the two firms will merge or not is **up in the air**.
兩家公司是否會合併仍懸而未決。

292 **up to 最高至……**

All displayed items will be on sale for **up to** 20 percent off.

所有陳列的商品都會特價販售，最多打八折。

293 **used to do 以前習慣……**

Jason **used to play** the guitar in a rock band.

傑森以前在一個搖滾樂團彈吉他。

294 **wear and tear 磨損**

Car tires have to be replaced due to **wear and tear**.

汽車的輪胎由於磨損必須更換。

295 **wear out 磨損；損壞**

Faye had to buy a new pair of shoes because her old ones were **worn out**.

費伊必須買新鞋，因為舊的那雙已磨壞。

296 **with a view to 為了……**

The new policy has been made **with a view to** increase customer satisfaction.

制定新政策是為了提升顧客滿意度。

297 **within reason 在合理範圍內**

On casual Fridays, employees are free to wear whatever they want, **within reason**.

每星期五的便服日，員工可以想穿什麼就穿什麼，只要合乎分寸。

298 **word of mouth 口碑**

The most effective form of advertising is by **word of mouth**.

最有效的廣告方式是靠口耳相傳。

299 **work out**

① **健身**

How often do you **work out** in a week?

你一星期健身幾次？

② **解決**

Geri will **work out** the details with our clients before the end of the day.

潔芮會在今天下班前和客戶敲定細節。

③ **產生結果**

Once Regina **works out** the total sales revenue, she will email us the figures.

蕾吉娜一算出總銷售金額，就會用電子郵件把數字寄給我們。

300 **wrap up 結束；總結**

Does anyone have any questions before we **wrap up** today's meeting?

在我們結束今天的會議之前，還有人有任何問題嗎？

必考 介系詞・連接詞・副詞 200

多益測驗中，Part 5 和 6 經常會出現的考題是需要判斷空格適合填入的詞性，選填介系詞、連接詞或是副詞。例如：during（在……期間的某一時候）和 while（在……期間）的意思相同，差別僅在於前者為介系詞，後者為連接詞。

▶ 介系詞：後方連接名詞，可組合成介系詞片語，具有副詞或形容詞的功能。
若題目空格後方出現名詞、代名詞或動名詞時，空格便要填入介系詞。

▶ 連接詞：後方連接子句，可組合成副詞子句、名詞子句或形容詞子句。
若題目空格後方出現「主詞＋動詞」的子句時，答案便要選連接詞。

▶ 副詞：副詞扮演「單獨修飾整個句子」的角色，而非用來引導片語或子句。
若空格後方僅出現逗點（,）時，答案便是副詞。

001 about

① 介 有關

Writing utensils will be provided during the meeting, so you don't have to worry **about** bringing a pen.

開會時會提供書寫工具，所以你不用煩惱要帶筆。

② 副 大約 (=around/approximately)

Markle Appliances distributed **about** 50 samples to its retailers.

默克爾家電大約發送了 50 個樣品給它的零售商。

002 above

① 副 在上面

Applicants must meet all the requirements listed **above** to apply for the position.

要應徵這個職務的人必須符合上列所有條件。

② 介 高於

Temperatures this summer were **above** average, which led to a lower crop yield.

今年夏天的溫度高於平均值，導致農作物產量較低。

003 according to 介 根據

According to the cashier, customers can receive an additional discount by answering a survey.

據收銀員說，顧客只要回答一份問卷，就可以再打折。

004 across

① 介 橫越

Banners are hanging **across** the street.

廣告橫幅橫跨在街道上方。

② 介 遍及……各處
People from **across** the country visited the National Food Fair.
全國食品市集上有來自全國各地的參觀者。

005 **after** 介 連 在……之後
After viewing the documentary, audience members are encouraged to stay for a discussion session.
觀眾被鼓勵在看完紀錄片後，留下來討論。

006 **afterward(s)** 副 在……之後
Dylan will be able to visit the facility **afterward** if necessary.
如果有需要的話，迪倫之後可以去機構拜訪。

007 **against**
① 介 反對
Marketing professionals advise **against** blindly following consumer trends.
行銷專家奉勸不要盲目追求消費潮流。

② 介 倚；靠
A ladder is leaning **against** a wall.
一個梯子靠牆而放。

008 **all through** 介 始終
Evansville Mall is open 24/7 **all through** the summer.
伊凡斯維爾商場夏季時 24 小時營業。

009 **along** 介 沿著
A man is cycling **along** a body of water.
一名男子正沿著水岸騎自行車。

010 **along with** 介 與……一起
Don't forget to print the sales report **along with** the budget proposal.
除了預算計畫書外，別忘了也要列印銷售報告。

011 **alongside**
① 介 與……一起
Alongside your résumé, please submit two letters of recommendation.
請將兩封推薦信和你的履歷表一起繳交。

② 介 沿著
A woman is planting some flowers **alongside** a pathway.
一名女子正沿著小徑在種花。

012 **although** 連 雖然
The next annual Technology Expo will take place in January, **although** it is usually held in March.
雖然通常是在三月舉行，但明年的年度科技展將在一月舉行。

013 **amid** 介 在……之中
The opera singer entered the stage **amid** much applause.
那位歌劇演唱家在一片掌聲中走進舞台。

014 **among** 介 在……之中
Attracting more than a billion viewers, the movie is now **among** the highest grossing movies of all time.
這部電影吸引了超過十億人觀看，現在名列史上票房收入最高的電影之一。

015 **and** 連 且；還有
The director's presentation was recorded, **and** it can be viewed on the company's website.
導演的演講已錄下，並且可以在公司的網站上觀看。

016 **apart from**
① 介 除了……外 (=aside from)
Apart from those on business trips, everyone must attend the accounting seminar.
除了那些出差的人之外，所有人都必須參加會計研討會。

② 介 除了……還有

Apart from managing the company budget, Mr. Hawkins also takes care of staff payroll.

除了管理公司的預算外，霍金斯先生還負責發放員工薪水。

017 **around**

① 介 圍繞

Some flowers have been planted **around** a fountain.

噴泉四周種了一些花。

② 副 大約 (= about/approximately)

I'll meet you at the convenience store **around** 1 p.m.

我大約下午一點和你在便利商店碰面。

018 **as**

① 連 當……時

The director called Julia **as** she was packing up to leave.

當茱莉亞正在整理東西準備離開時，主管打電話給她。

② 介 作為

As the CEO, Ms. Walton puts in more hours than anyone else in the company.

身為執行長，華頓女士比其他人投入更多時間在公司。

019 **as a matter of fact** 片 事實上

As a matter of fact, I started working at this company exactly two months ago.

事實上，我正好在兩個月前到這家公司上班。

020 **as before** 片 像以前一樣

As before, only company-issued vehicles can be parked on the premises.

像以前一樣，只有公司配給的車輛可以停在廠區內。

021 **as far as**

① 連 就……；據……

As far as I am concerned, only the executives need to attend the conference.

在我看來，只有行政主管需要參加研討會。

② 片 達到……距離

Due to a traffic collision, the buses will be running only **as far as** Wayside Station.

由於發生車輛相撞事故，公車最遠只開到韋塞德車站。

022 **as for** 介 至於

As for dessert, I would recommend the crème brûlée with fresh seasonal fruit.

至於甜點，我推薦法式烤布蕾加新鮮季節水果。

023 **as if** 連 彷彿 (=as though)

Actor Steve Jung brought his character to life **as if** he truly existed.

演員史蒂夫·榮格賦予他的角色生命，彷彿他真的存在。

024 **as long as** 連 只要

You are qualified for a full refund **as long as** you have the receipt with you.

只要你帶收據來，就能獲得全額退費。

025 **as of now** 片 目前

As of now, we have no plans to open a new branch.

目前，我們並不打算開新分店。

026 **as opposed to** 介 與……相比

The action movie attracted much attention, **as opposed to** the documentary film.

和紀錄片比起來，動作片吸引許多人注意。

027 **as soon as** 連 一…… (=once)
Our manager will inform us **as soon as** more information is made available.
一有更多消息，經理就會讓我們知道。

028 **as though** 連 彷彿 (=as if)
The park visitors will feel **as though** they have stepped into a rainforest.
公園的遊客會覺得彷彿踏進雨林。

029 **as to** 介 至於；關於
Neither company has decided **as to** when to announce the merger.
兩家公司都還沒決定何時要宣布合併的事。

030 **as well as** 連 連同；也
The instructors will be teaching private classes **as well as** group classes.
那些老師除了教家教班，也教團體課程。

031 **aside from** 介 除了……
(=apart from)
Aside from quality and price, customers focus on factors like comfort and usefulness.
除了品質與價格外，顧客也關心諸如舒適與用處等要素。

032 **assuming (that)** 連 假如
Please update the website, **assuming that** you have not done so already.
假如你還沒做的話，請更新網站。

033 **at**

① 介 在……地點
The team meeting will take place **at** the 19th floor conference room.
小組會議將在 19 樓的會議室舉行。

② 介 在……時間
Logan will be leaving for the airport **at** 7 p.m.
羅根將在晚上 7 點去機場。

034 **at that time** 片 當時
Dr. Hughes will be available for consultation **at that time**.
休斯博士那時有空可以諮商。

035 **barring** 介 除了……外
Barring unforeseen circumstances, the project's deadline will be as agreed.
除非有預料之外的情況，不然計畫的完成期限就如先前議定。

036 **because** 連 因為
The shipment of books did not arrive on time **because** the delivery truck broke down.
因為貨車拋錨，書籍未準時送達。

037 **because of** 介 因為；由於
Because of a tight deadline, the entire R&D Department had to work overtime.
由於截止期限很趕，整個研發部門都得加班。

038 **before** 介 連 在……之前
Before leaving for the day, please make sure to turn off your computer.
在下班之前，請務必關閉你的電腦。

039 **behind** 介 在……後方
The shopping mall is located right **behind** a residential area.
購物商場就在住宅區的正後方。

040 **below** 介 在……下方
The answers should be written right **below** the questions.
答案要寫在問題的正下方。

041 **beside** 介 在……旁邊
There is a potted plant **beside** a stack of books.
在一堆書旁邊有一盆植物。

042 **besides**

① 介 除了……
Besides beverages, snacks and desserts will also be provided.
除了飲料之外，也會供應零食和甜點。

② 副 而且
I can help you with that. **Besides**, I already finished all my tasks.
我可以協助你做那個。而且，我已經完成我的工作了。

043 **between** 介 在……之間
The science museum will be closed **between** the hours of 12 and 1 p.m.
科學博物館在 12 點到下午 1 點之間休館。

044 **beyond**
① 介 更遠；遠於
The expressway extends **beyond** the mountains into Summersville.
快速道路越過山區，延伸到桑默斯維爾。

② 介 晚於
The keynote speech will go **beyond** noon.
主題演講的時間會超過中午。

③ 介 超出
Shane took his car to an auto shop, but it was **beyond** repair.
謝恩把車送到修車廠，但車已無法修理了。

045 **both A and B** 連 A與B
The government plans to build a stadium that is for **both** sports games **and** music performances.
政府計劃興建一座體育場，既可進行運動比賽也可用於音樂表演。

046 **but** 連 但
Lakeside Bank wants to broaden its market share, **but** it has no means to do so.
湖濱銀行想要擴大它的市占率，但它沒有財力可以這麼做。

047 **but for** 介 要不是；如果沒有
Ms. Langston would have made it to the meeting on time **but for** a car accident.
要不是發生車禍的話，朗斯東女士本來可以準時來參加會議。

048 **by**
① 介 在……前
The budget report should be finished **by** tomorrow afternoon.
預算報告應該在明天下午之前完成。

② 介 由……
Centennial Regional Airport is operated **by** Aurora Corp.
山坦尼爾地區機場由奧羅拉公司經營管理。

049 **by now** 片 此時
Our client should have received the purchase confirmation **by now**.
我們的客戶這時應該已經收到確認購買信了。

050 **by the time** 連 在……前
The lunch order will be ready **by the time** the clients arrive at the restaurant.
等客戶到達餐廳時，午餐將已準備好。

051 **concerning** 介 關於
I am sending you this email **concerning** the recent merger.
我就近期合併事宜，寄此電子郵件給你。

052 **considering** 介 連 考量到
Considering how popular the movie will be, we should get there early.
考量到這部電影有多受歡迎，我們應該提早去。

053 **depending on/upon** 介 依……而定
The business hours of Willis Dental varies **depending on** the location.
每家威利斯牙醫診所的營業時間不同。

054 **despite** 介 儘管
Despite having started later than others, Xiaoping was the first person to complete the task.
儘管比其他人晚開始做，小平還是第一個完成任務。

055 down 副 介 往下
You have to go **down** a floor to get to the seminar.
你得往下走一層樓去參加研討會。

056 due to 介 由於
Unfortunately, some of our staff couldn't attend **due to** a scheduling conflict.
很不巧，因為行程衝突，我們有些員工無法參加。

057 during 介 在……之間
During the sales promotion, company's profits increased dramatically.
在促銷拍賣期間，公司的利潤大幅增加。

058 each time S+V 連 每次……
Make sure to log in **each time** you arrive at the office.
你每次到辦公室，一定要登入。

059 either A or B 連 A或B
All applicants must have **either** an undergraduate degree **or** two years of relevant work experience.
所有的應徵者都必須有大學學位或者兩年相關工作經驗。

060 elsewhere 副 在別處
Because the parking lot is closed, we have to find a spot **elsewhere**.
因為停車場關閉，我們必須另外找停車位。

061 even as 連 正當
Even as we were talking, Mr. Collins came into the meeting room.
我們正在談話，科林斯先生走進了會議室。

062 even if 連 就算；即使
Even if you can't make it on time, you should still try to get here as soon as possible.
就算你無法準時到，你還是應該設法盡快到這裡。

063 even so 片 即使如此
Investing in a startup can be risky. **Even so**, many believe it is worth it.
投資新創事業可能會有風險，即使如此，很多人還是相信值得冒險。

064 even though 連 雖然；即使
Even though Ms. Fisher has a day off, her client scheduled a mandatory meeting with her.
即使費雪女士休假，她的客戶還是排了她必須出席的會議。

065 except 介 除了……之外
The new dress code change will affect all employees **except** for the interns.
除了實習生以外，新更改的服儀標準影響到所有員工。

066 excluding 介 包含
Submissions to New Science Journal should be 4,000 words or shorter, **excluding** references.
投稿到《新科學期刊》的文章應在四千字以內，不包含參考書目。

067 far from

① 介 遠離
Dorothy lives **far from** the office and has to commute for around two hours.
桃樂絲住得離公司很遠，通勤時間大約要兩小時。

② 片 遠遠不；完全不
Tony is **far from** completing his sales report even though it is due today.
即使今天就該交出來，但東尼根本還沒完成他的銷售報告。

068 for

① 介 為了……
Riverton Toy Company organized a fundraiser **for** Westwood Children's Hospital.
瑞佛頓玩具公司為衛斯伍德兒童醫院籌備了一個募款活動。

② 介 持續了……
The annual Shelbyville Music Festival will take place **for** three days.
年度謝爾比維爾音樂節將進行三天。

③ 介 對……
There is no need **for** us to get to the restaurant early.
我們不需要提早到餐廳。

069 **for instance** 片 舉例來說
Passengers have to pay for extra services. **For instance**, checking in one piece of luggage costs $25.
乘客必須付費才能享有額外服務。例如，托運一件行李的費用是 25 元。

070 **for this/that reason** 片 因此
Perry's usually delivers their goods on time. **For this reason**, I was surprised when my shipment was delayed.
派瑞公司通常都準時把貨送到。因此，當我的貨物晚到了，我很吃驚。

071 **from**

① 介 從……
The train **from** Osaka will be arriving shortly.
從大阪來的火車很快就會到了。

② 介 自……
Mr. Nunez received the Employee of the Month Award **from** the company president.
公司總裁頒發本月最佳員工獎給努內茲先生。

072 **furthermore** 副 再者；而且
Edward is a great candidate for the job. **Furthermore**, he can start right away.
愛德華是這個工作的最佳人選。而且，他可以立刻來上班。

073 **given**

① 介 考量到
Given your past purchases, you may also enjoy these items.
考量你過去購買過的東西，你可能也會喜歡這些。

② 形 規定的；特定的
All appointments must be set within the **given** time period.
所有的約會都必須安排在規定的時間內。

074 **given that** 連 有鑑於；考慮到
Given that the project has been approved, the company must hire more researchers.
因為計畫已核准，公司必須聘請更多研究人員。

075 **hardly any** 片 幾乎沒有
Because Ms. Wong had many meetings today, she had **hardly any** time to finish her lunch.
因為黃女士今天有很多會要開，她幾乎沒有時間吃完午餐。

076 **hereby** 副 特此
We **hereby** give Powell Electronics full authorization to enter our premises.
我們特此完全授權鮑威爾電子公司得以進入我們的廠區。

077 **however**

① 副 然而
We have enough volunteers. **However**, we still need to assign each of them appropriate tasks.
我們有足夠的志願者。然而，我們還需要為他們每一個人分配適合的工作。

② 連 無論如此
However difficult it is, we must complete the task on schedule.
不管有多困難，我們都必須準時完成工作。

078 **if**

① 連 如果
If you have a chance, could you please look over my job application?
如果可能的話，可以請你幫我檢查一下我的應徵文件嗎？

必考介系詞．連接詞．副詞 200

② 連 是否

Do you know **if** anyone has come by my office while I was gone?

你知道當我不在時，是否有人來過我的辦公室？

079 **if any** 片 如果有的話

Problems with office equipment, **if any**, should be reported to the Maintenance Department.

如果辦公室設備有任何問題，應該要跟維修部門報告。

080 **if not** 片 不然

The products must be treated with care. **If not**, they may be damaged.

這些產品要小心拿取。不然可能會受損。

081 **if possible** 片 如果有可能

If possible, I would like to meet with the CEO and discuss the new company policies.

如果有可能，我想要見執行長，討論公司的新政策。

082 **if so** 片 要是這樣的話

Are you new to the company? **If so**, you must attend the new hire orientation session.

你是新來的員工嗎？如果是的話，你必須參加新員工訓練。

083 **in**

① 介 在……地點

Mr. Osborne will be staying **in** room 1206.

奧斯本先生會住在 1206 號房。

② 介 在……時間

The new seminar series will take place **in** August.

一系列新的研討會將在八月舉行。

③ 介 在……以後

Mr. Bates will be back **in** a few minutes.

貝茲先生幾分鐘後就回來。

084 **in a word** 片 簡言之

"Will you be attending the conference?" "**In a word**, no."

「你要參加研討會嗎？」「一句話，不會。」

085 **in accordance with** 介 根據

The Central Bank controls interest rates **in accordance with** specific financial policies.

中央銀行根據特定的金融政策控制利率。

086 **in addition to** 介 除了……

In addition to a competitive salary, the company offers benefits and incentives.

除了有競爭力的薪水外，這家公司還提供福利和獎勵。

087 **in addition** 片 此外

In addition, about 60 new teachers will be hired.

此外，大約要新聘 60 位老師。

088 **in anticipation of** 介 預料；預估

The kitchen must always be kept sanitary **in anticipation of** the quarterly inspection.

預估會有季度檢查，因此廚房必須一直保持衛生乾淨。

089 **in any case** 片 無論如何

Our client meeting has been postponed. **In any case**, we still need to prepare for it today.

我們的客戶會議延後了。但無論如何，我們今天還是要為會議做準備。

090 **in case (that)** 連 以防

In case (that) more guests join the luncheon, we prepared extra food.

為防萬一有更多客人加入午餐會，我們多準備了些食物。

091 **in case of** 介 以防

In case of heavy rain, staff members may work remotely rather than coming in to the office.

如果下大雨，員工可以在遠端工作而不用進辦公室。

092 in celebration of 介 為了慶祝……

In celebration of JMC Electronics' 50th anniversary, we are offering huge discounts.
為了慶祝 JMC 電子 50 週年，我們提供很高的折扣優惠。

093 in compensation for 介 補償……

The government issues aid **in compensation for** unemployment.
政府提出援助以救濟失業。

094 in compliance with 介 符合

The construction project on 36 Grapevine Road is **in compliance with** city ordinance.
葛瑞普凡路36號的建案遵照市府的法令。

095 in conjunction with 介 與……一起

The discount coupon cannot be used **in conjunction with** any other promotional offers.
折價券不能與其他促銷優惠一起使用。

096 in contrast to 介 與……相反

In contrast to the rising demand of electric vehicles, the market for fuel-run vehicles is diminishing.
與電動車的需求日漸增加相反，燃料車的市場日漸縮小。

097 in exchange for 介 作為交換

In exchange for your support, your name will be featured in our broadcast.
我們將在廣播中特別提及你的名字，以換取你的支持。

098 in fact 片 事實上

Ms. Ansari is a great writer. **In fact**, she recently was awarded with the Woburn Prize for Distinguished Writers.
安莎莉女士是位優秀作家。事實上，她最近才獲得渥本恩傑出作家獎。

099 in favor of 介 贊成

City council members voted **in favor of** this proposal to help stimulate economic growth.
市議員投票通過這個提案，以協助刺激經濟成長。

100 in front of 介 在……前面

Boxes are stacked **in front of** the cabinet.
盒子堆放在櫃子前面。

101 in honor of 介 為紀念……

We will hold a banquet dinner **in honor of** our retiring employees.
我們將舉辦晚宴向退休員工致敬。

102 in light of 介 根據

In light of your recent experience at one of our stores, please complete our customer survey.
請根據你最近在我們其中一家店的經驗，完整填寫我們的顧客調查表。

103 in order that 連 為了……

In order that the carpets be installed properly, please remove all furniture beforehand.
為了將地毯鋪好，請先把家具都搬空。

104 in order to do 片 為了……

In order to resolve this problem, please visit our office at 159 Caldwell Avenue.
為了解決這個問題，請到我們在寇德威大道 159 號的辦公室。

105 in other words 片 換句話說

Ms. Kim is not here yet. **In other words**, she is late again.
金女士還沒來。換句話說，她又遲到了。

106 in response 片 作為回應

After much complaint, the company decided to take down the controversial advertisement **in response**.
在接到許多客訴後，公司決定以撤下有爭議的廣告作為回應。

107 **in response to** 介 回應……

We decided to make more pastries **in response to** customer demand.

為回應顧客的需求，我們決定做更多點心。

108 **in spite of** 介 儘管

In spite of the recession, we managed to increase sales by 25 percent.

儘管經濟衰退，我們仍設法提高了 25% 的銷售量。

109 **in that** 連 因為；由於

The original prototype was impractical **in that** they could not be used for more than two hours.

原型不實用，因為沒辦法用超過兩小時。

110 **in the event of** 介 如果……

In the event of late delivery, the cost will be reimbursed.

如果貨物晚送到，費用將退回。

111 **in the meantime** 片 同時

In the meantime, you could go to the library and use one of the computers there.

在這期間，你可以去圖書館用那邊的電腦。

112 **in this/that case** 片 這／那樣的話

The baseball game may be canceled due to inclement weather. **In this case**, you will be fully refunded.

棒球賽可能因天候惡劣而取消。如果這樣的話，你可以全額退票。

113 **in turn**

① 片 因此

Our client doubled their usual order, so **in turn**, we had to hire more staff.

客戶下了平常兩倍的訂單，因此我們必須僱用更多人手。

② 片 依序

The passengers boarded the bus **in turn**.

乘客按順序依次上車。

114 **inasmuch as** 連 因為

Hiring a part-time employee helped the HR team, **inasmuch as** they no longer had to work on weekends.

僱用兼職人員對人資部有幫助，因為他們再也不須週末上班。

115 **including** 介 包括

Our store sells recordings by many musicians, **including** Charmaine Lieu and Manny Dreyes.

我們店裡販賣許多音樂家的唱片，包括夏曼·劉和曼尼·德瑞斯。

116 **inside** 介 在……內

We have some tables **inside** the restaurant, but we also offer outdoor seating.

我們餐廳內有座位，但我們也提供戶外座位區。

117 **instead** 副 作為替代

The vice president will not be attending the Thursday meeting but will join the one on Friday **instead**.

副總裁不會出席星期四的會議，而會參加星期五的會。

118 **instead of** 介 而不是

I would like to start my work day at 9:00 a.m. **instead of** 8:30 a.m.

我想要上午 9 點上班，而不是 8 點半。

119 **into** 介 進入到……

Elisa will be moving **into** her new apartment in a few weeks.

艾莉莎幾個星期後將搬進新公寓。

120 **just as** 片 正如……

The concert turned out to be **just as** good as I had hoped.

結果，音樂會和我原先期待的一樣棒。

121 **just in case** 連 片 以防萬一
Ronnie ordered another shipment of plastic cups **just in case** we run out of stock.
羅尼又訂了一批塑膠杯，以防萬一我們缺貨。

122 **know if** 片 知道是否……
Do you **know if** there is a place where I can store these supplies?
你知道是否有什麼地方可以存放這些用品？

123 **like** 介 連 如……
The conference will be held in Atlanta **like** last time.
像上次一樣，研討會將在亞特蘭大舉行。

124 **likewise** 副 同樣地
You need to replace the filter once every two months, and **likewise** the ones downstairs.
你需要每兩個月更換濾網，樓下的濾網也是。

125 **moreover** 副 此外；再者
Our restaurant offers various dishes made from local ingredients. **Moreover**, our chef has been internationally acclaimed.
我們餐廳供應以本地食材烹調的各色菜餚。此外，我們的主廚受到國際人士讚揚。

126 **namely** 副 也就是
Ms. Song has extensive experience in this field, **namely** over 20 years at the Monument Hotel.
宋女士在這個領域有豐富的經驗，那就是在莫紐門特飯店工作超過 20 年。

127 **near** 介 近……
Phillip works **near** his house, so it takes him only 10 minutes to get to work.
菲利普的工作地點離家很近，因此他只要 10 分鐘就能到公司。

128 **neither A nor B** 連 A與B皆非
Neither Ms. Le **nor** Mr. Nguyen knew much about financial investments until recently.
黎女士和阮先生直到最近才對金融投資比較了解

129 **nevertheless** 副 然而
Many people doubted us. **Nevertheless**, after being in business for two years, we have seen much success.
很多人不相信我們。然而，經過兩年的經營後，我們已相當成功。

130 **next to** 介 在……旁邊
A vehicle is parked **next to** a sidewalk.
一輛車停在人行道邊。

131 **no later than** 片 不遲於……
The required documents should be received by **no later than** 3 p.m.
所需文件應在下午 3 點前送達。

132 **no more than** 片 不超過……
The reimbursement form will take **no more than** 30 minutes to complete.
退費申請書最多 30 分鐘就能填寫完。

133 **no sooner A than B** 片 一……就……
No sooner had the package arrived **than** it began to snow.
包裹一送到就開始下雪了。

134 **nonetheless** 副 然而
We at Navy Lane keep our prices affordable. **Nonetheless**, our high-quality clothes are stylish and fashionable.
我們海軍巷的價格一直很親民。但是，我們的高品質服裝既有格調又時尚。

135 **not until** 片 直到……
The new windows will **not** be installed **until** next Monday.
新窗戶要到下星期一才會安裝。

136 **notwithstanding** 介 儘管
Notwithstanding some initial technical issues, the movie premiere was successful.
儘管一開始有些技術問題，但這部電影的首映仍很成功。

137 **not A but B** 連 不是A而是B

Mr. Croy works **not** as a professor **but** as a headmaster.

克羅依先生不是以教授而是校長的身分在工作。

138 **not only A but (also) B** 連 不只A而且B

Ms. Ewert was **not only** an accomplished academic **but also** an engaging lecturer.

艾沃特女士不但是有成就的學者也是有魅力的老師。

139 **now that** 連 既然

Now that the summer holiday is coming up, the sales clerks will receive a new schedule.

既然暑假要開始了，店員會拿到新的時間表。

140 **of** 介 ……的

The number **of** customers who signed up for permanent membership has increased.

報名成為永久會員的顧客人數增加了。

141 **off**

① 介 離……不遠

The employee break room is **off** the main corridor.

員工休息室離主走廊不遠。

② 副 休息；休假

Sally is taking next Monday **off** to visit her family.

莎莉下星期一休假去看她的家人。

③ 副 折價

During our seasonal sale, you can get up to 70 percent **off** the regular price.

在我們的季節性特賣期間，折扣最高可以打到三折。

142 **on**

① 介 在……上

Some passengers are getting **on** a bus.

有些乘客正在上車。

② 介 在……時

My dental appointment is **on** Wednesday.

我的牙科門診排在星期三。

③ 介 有關……

Mr. Choi has done extensive research **on** sustainable development.

崔先生做了大量關於永續發展的研究。

143 **on account of** 介 因為

Ben works out at the fitness center every other day **on account of** his health.

為了健康，班每隔一天去健身中心鍛鍊身體。

144 **on/under condition that** 連 如果……；假如……

Olivia will sign the contract **under condition that** she works flexible hours.

如果可以彈性上班，奧莉薇亞就會簽約。

145 **on the contrary** 片 相反地

I found the documentary extremely informative. **On the contrary**, Rick found it irrelevant.

我覺得這部紀錄片資訊很豐富。相反地，瑞克覺得沒什麼重要。

146 **on the other hand** 片 另一方面；從另一個角度來看

Summer is a peak season to travel abroad. **On the other hand**, travel fares are very expensive.

夏季是出國旅遊的旺季。換句話說，旅費很貴。

147 **on top of**

① 介 加在……上

Some containers have been stacked **on top of** one another.

有些容器一個接一個往上堆。

② 片 除了……外

The merger will be beneficial for the company. And **on top of** that, it will lead to many new jobs in the area.

合併對公司有利。除此之外，還會為這個地區帶來很多新工作。

148 **once**

① 連 一旦

Once you fill out this form, you can submit it to me.

你一旦填完這份表格，可以拿給我。

② 連 一…… (=as soon as)

We will head to the airport **once** the taxi arrives.

計程車一到，我們就會前往機場。

149 **only if** 連 要是……

Mr. Lance will increase the team budget **only if** absolutely necessary.

要是有必要，蘭斯先生會增加團隊預算。

150 **or** 連 或

Should we advertise our new product online **or** on billboards?

我們應該在網路上還是用大型廣告看板宣傳我們的新產品？

151 **or else** 連 要不然

You can download the document online **or else** visit our office for a copy.

你可以從網路上下載文件，要不然就到我們公司拿一份紙本。

152 **otherwise** 副 否則

The supplier failed to inform us about the delay. **Otherwise**, we would have canceled the order.

供應商沒有通知我們供貨延後。否則，我們就會取消訂單。

153 **out** 副 出外

The department head is **out** for the day, but he will be back tomorrow.

部門主管今天都不在辦公室，但他明天會來。

154 **out of** 介 出……

The marketing director stepped **out of** her office for a few minutes.

行銷主管走出她的辦公室幾分鐘。

155 **outside** 介 在……外

Many companies are moving their offices just **outside** the city.

很多公司把辦公室搬到市區外。

156 **outside of** 介 在……外

Queensland Amusement Park has just opened **outside of** Brisbane.

昆士蘭遊樂園剛在布里斯本郊外開幕。

157 **over**

① 介 超出……

The project had to be postponed for now since it went **over** budget.

這個計畫必須暫時延後，因為超出預算了。

② 介 在……期間

Over the course of three days, the interns were trained on basic workplace skills.

在三天的課程中，實習生接受基本職場技能訓練。

158 **plus** 介 加上…… 連 而且

The cost of marble floor tiles **plus** installation is $25,000.

大理石地面磁磚加上安裝的費用是 2 萬 5 千元。

159 **prior to** 介 在……之前

Minhee edited the exclusive interview **prior to** its publication.

在出版之前，珉熙編輯校訂那篇獨家專訪。

160 **provided/providing/that**

連 假如……

Customers may qualify for a full refund, **provided that** the price tag is still intact.

假如價格標籤還完整，顧客就可以全額退費。

161 **rather than** 片 而不是……

Many consumers nowadays choose to rent cars **rather than** purchasing them.

現在很多顧客選擇租車而不是買車。

162 **regarding** 介 有關……

The project manager expressed his concerns **regarding** the tight deadline.

專案經理表達他緊迫的最後期限感到憂慮。

163 **regardless of** 介 不管……

Montoya Manufacturing expects to sell at least 20,000 units **regardless of** economic conditions.

不管經濟狀況如何，蒙托亞製造公司預計要售出至少兩萬件產品。

164 **see if** 片 看看是否……

Would you mind looking to **see if** Mr. Van Hoy will be available for an interview next Tuesday?

麻煩你看看范·霍伊先生下星期二是否有空接受訪問？

165 **seeing that** 連 既然……

Seeing that the CEO is not here for the meeting, we might as well postpone it to a later time.

既然執行長沒來開會，我們不如把會議延後吧。

166 **similarly** 副 同樣地；相似地

Prices of linens are on a decline. **Similarly**, chiffon prices are dropping as well.

亞麻布的價格正在下跌。同樣地，雪紡紗的價格也在下滑。

167 **since**

① 連 因為……

My manager asked me to sign for her package **since** she will be out of the office.

經理要求我幫她簽收包裹，因為她要出去，不在辦公室。

② 介 連 自從……

Since starting at Proctor Pharmaceuticals, Ms. Roland has been through rigorous training.

從在普科特製藥工作開始，羅蘭女士就經歷嚴格訓練。

③ 副 此後

Kelly began to work for Carnegie Medical Center in 2015 and has been there ever **since**.

凱莉從 2015 年開始就一直在卡內基醫學中心工作。

168 **so** 連 所以

Our products are made to order, **so** they cannot be refunded.

我們的產品都是定做的，因此無法退錢。

169 **so that** 連 以至於

You should inform HR before you take days off, **so that** they can keep track of your vacation days.

你應該在休假前告知人資部門，這樣他們才能記錄你的休假天數。

170 **so/such . . . that . . .** 連 如此……以致於……

Ms. Spier is **so** popular **that** her students sign up for months in advance to attend her class.

史皮爾女士非常受歡迎，因此她的學生事前好幾個月就登記選修她的課。

171 **such as** 介 像是……

The hotel provides amenities **such as** unlimited Wi-Fi access and 24-hour fitness center.

飯店提供休閒設施，例如，無線網路吃到飽和 24 小時健身中心。

172 **thanks to** 介 由於；幸虧

Thanks to its convenient location, Suffolk has many trading companies.

由於它的位置便利，蘇佛克有很多貿易公司。

173 **then** 副 然後

We will have our meeting at the office first. **Then**, we will have lunch.

我們先在辦公室會面，然後我們吃午餐。

174 **thereafter** 副 之後

Powell Financial started operating at Beresford ten years ago. Shortly **thereafter**, a second branch opened at Rosslyn.

鮑威爾金融公司十年前在貝爾斯福德開業。沒多久，就在羅斯林開了第二家分公司。

175 **therefore** 副 因此

The shipment will not be ready until 6 p.m. **Therefore**, we will begin loading them tomorrow morning.

貨物要到下午 6 點才會準備好。因此我們明天早上會開始裝貨。

176 **though** 連 雖然

Though the train was very convenient, I would have liked a more comfortable seat for this price.

雖然火車很方便，但這個價錢，我想要更舒適的座位。

177 **through** 介 透過

I understand you now sell 5,000 bottles of water a month **through** local stores.

我聽說你現在透過本地商家，一個月賣出 5,000 瓶水。

178 **throughout**

① 介 遍及

Dent Accounting's headquarters is in Dallas, but it has branches **throughout** the country.

丹特會計的總部在達拉斯，但在全國各地都有分公司。

② 介 貫穿；從頭到尾

Summer intensive courses will be held **throughout** the day.

夏季密集班會上一整天。

179 **thus**

① 副 如此

We recommend that you visit the auto shop at least once a year, **thus**, ensuring that your car is running smoothly.

我們建議你一年至少進修車廠一次，如此可以確保你的車開起來順暢。

② 副 因此

Silver accessories discolor easily. **Thus**, wrap them in a soft cloth to prevent this.

銀飾很容易變色。因此，要用軟布把它們包起來以避免變色。

180 **to**

① 介 到

Hiro walked **to** the post office to mail a package.

廣走路去郵局寄包裹。

② 介 向

The department manager recently spoke **to** Mr. Burgess about his promotion.

部門經理最近和波吉斯先生談到他升職的事。

181 **toward**

① 介 朝向……

Some people are rowing a boat **toward** a bridge.

一些人正划著船朝著橋的方向而去。

② 介 接近……

The research proposal will be ready **toward** the end of the month.

研究計畫會在接近月底時完成。

182 **under**

① 介 在……下面

A rug has been placed **under** a table.

桌子下鋪了一張小地毯。

② 介 少於……

Those traveling with children **under** the age of three will be able to use express check-in.

帶著三歲以下兒童一起旅行的人可以使用快速登機服務。

③ 介 正在……之中
The shopping mall has been **under** construction for the past 10 months.
購物商場的建造工程已經進行了十個月。

183 **underneath** 介 在……支配下
Mr. Bridges works directly **underneath** the vice president.
布里吉先生直接聽命於副總裁。

184 **unless** 連 除非……
The awards ceremony will be held outdoors, **unless** there is a chance of rain.
除非有可能下雨，否則頒獎典禮將在戶外舉行。

185 **unlike** 介 不像……
Unlike the previous edition, our smartwatch supports a wireless technology.
和前一代不同，我們的智慧型手錶支援無線技術。

186 **until** 介 連 直到……
Even though Jack was supposed to give a speech at 2 p.m., he did not arrive at the hall **until** 2:15.
儘管傑克應該在下午 2 點發表演說，但他直到 2 點 15 分才到達演講廳。

187 **up** 副 往上
A woman is pushing a cart **up** a ramp.
一名女子正把手推車推上斜坡。

188 **upon** 介 在……後立即
An extra guest bed is available **upon** request.
在提出要求後，會立即多準備一張床。

189 **when** 連 當……時
Please call me back **when** you have the chance.
等你有時間，請回我電話。

190 **whereas** 連 然而
Lawyers' salaries are on the rise, **whereas** paralegals' have fallen.
律師的薪水正在增加，反之，律師助手的薪水卻減少了。

191 **whether** 連 是否……
Many experts are unsure of **whether** Fleming Industries and Templeton Electronics would go ahead with the merger.
很多專家都不確定，佛萊明工業和坦波頓電子是否會開始進行合併。

192 **while**
① 連 當……
Reserve the train tickets **while** the best seats are still available.
趁最好的座位還有時預訂火車票。

② 連 雖然……
While Antonio Malone is well-known for his documentaries, he is also an exceptional guitarist.
雖然安東尼奧·馬龍以紀錄片為人所知，但他也是傑出的吉他手。

193 **with**
① 介 與……
Ms. Geib organized a meeting **with** BC Enterprises.
潔柏女士安排了和 BC 企業的會議。

② 介 有……
Cherry Grove Marketing is looking for customer service representatives **with** 2 years of experience in the field.
櫻桃樹林行銷正在找有兩年經驗的客服代表。

③ 介 以……
The user experience of the app was enhanced **with** a more modern design.
那個應用程式以更現代的設計改善了使用者的經驗。

194 **with/in regard to** 介 有關……
There are many rumors **with regard to** the strike.
有很多關於罷工的謠言。

195 **with/in reference to**
介 為了……
I am writing this email **in reference to** the membership subscription.
我寫這封電子郵件是為了會員訂閱的事。

196 **with respect to** 介 關於……
No decision has been made **with respect to** the company's possible move.
就公司可能要搬家一事，還沒有做出決定。

197 **with that said** 片 儘管如此
Laserlight Performing Group has musicians and dancers with years of experience. **With that said**, we are always looking for new recruits.
雷射光表演集團的音樂家和舞者都有多年經驗。話是這麼說，但我們一直都在找新人。

198 **with the exception of** 介
除了……之外
Admission to the World Expo is free, **with the exception of** the closing event on October 23.
除了10月23日的閉幕活動之外，世界博覽會免費入場。

199 **within** 介 在……之內
You can get a full refund if you return the item **within** 30 days of purchase.
如果在購買後30日內退貨，可以全額退費。

200 **yet** 連 然而
The employees can enjoy the nature in the garden located on the roof, and **yet**, no one ever visits it.
員工可以到屋頂花園享受大自然，然而卻從來沒人去過。

必考口語說法 100

001 **Be my guest.**
請便。/別客氣。

002 **By all means.**
當然可以。

003 **Buy one, get one free.**
買一送一。

004 **Can I ask you a favor?**
可以請你幫個忙嗎?

005 **Catch you later.**
再見。/待會見。/晚點聊。

006 **Could be.**
可能。

007 **Count me in.**
算我一份。

008 **Don't let me down.**
別讓我失望。

009 **Fair enough.**
有道理。/說得對。

010 **Give it a try.**
試試看。

011 **Go ahead.**
請便。/開始。/繼續。/說吧。

012 **Got it.**
了解。

013 **Hang on.**
(電話)別掛斷。/稍等一下。

014 **Here you go.**
(拿東西給別人時)來,給你。

015 **How's it going?**
你好嗎?/一切都好嗎?/最近好嗎?

016 **I bet.**
我相信。/我肯定。

017 **I can't make it.**
我做不到。

018 **I don't care.**
我不在乎。

019 **I don't have a preference.**
我沒有偏好。/都可以。

020 **I got it.**
我知道了。

021 **I got your back.**
我保護你。/我掩護你。

022 **I have no idea.**
我不知道。/我不了解。

023 **I haven't been told yet.**
還沒有人告訴我。/我還不知道。

024 **I haven't made up my mind.**
我還沒決定。

025 **I see.**
我知道。/我明白。/我理解。

026 **I wish I could, but I can't.**
我希望我可以,但我沒辦法。

027 **I wish I knew.**
但願我知道。

028 **I'd be happy to.**
我很樂意。

029 **I'd like your input.**
我想聽聽你的意見。

030 **I'd love to.**
我很樂意。

031 **I'd rather not.**
我寧願不要。

032 **If possible.**
如果可能的話。

033 **If you don't/wouldn't mind.**
如果你不介意的話。

034 **I'll catch up with you.**
我會趕上你。/我再和你聊。

035 **I'll fill in for him.**
我會暫代他的工作。

036 **I'll go with the overnight delivery.**
我要選隔日送達。

037 **I'll let you know.**
我再通知你。

038 **I'm glad I bumped into you.**
我真高興碰見你。

039 **I'm heading there now.**
我現在要去那裡。

040 **I'm in.**
我要參加。

041 **I'm not following you.**
我不懂你的意思。

042 **I'm not sure.**
我不確定。

043 **I'm on it.**
交給我。/我馬上去辦。

044 **I'm on my way.**
我在路上了。

045 **I'm running late.**
我快遲到了。/我快來不及了。

046 **It depends.**
看情況。

047 **It doesn't matter.**
沒有關係。/無關緊要。

048 **It slipped my mind.**
我忘記了。

049 **It's been a while.**
好一陣子。/好久不見。

050 **It's no bother.**
不麻煩。

051 **It's on me.**
我請客。

052 **It's still up in the air.**
仍然懸而未決。/仍不確定。

053 **It's your call.**
由你決定。

054 **I've got to get going.**
我得走了。

055 **Just one thing.**
(當我們有更多話要說時)
還有一件事。

056 **Keep me updated/posted.**
有新進展,請告訴我。

057 **Let me figure it out.**
讓我想清楚。

058 **Let me think about it.**
讓我考慮考慮。

059 **Let's see.**
讓我想一想。

060 **My pleasure.**
不客氣。

061 **My thoughts exactly.**
我完全同意。/我也這麼想。

062 **Never mind.**
沒關係。/別擔心。

063 **No need.**
沒必要。/不需要。

064 **No problem.**
沒問題。

065 **No way.**
絕不。/不可能。

066 **No worries.**
別擔心。/沒關係。

067 **Not at all.**
別客氣。/一點也不。

068 **Not that I know of.**
據我所知沒有。/
據我所知並非如此。

069 **Not yet.**
還沒有。/尚未。

070 **Of course.**
當然。

071 **One second.**
等一下。

072 **Right on schedule.**
完全準時。/就照預定時間。

073 **Same here.**
我也一樣。/我同意。

074 **So is mine.**
我的也是。

075 **Something came up.**
臨時有事。

076 **Sounds good.**
聽起來不錯。

077 **Sounds interesting.**
聽起來很有意思。

078 **Sounds promising.**
聽起來很可能成功。

079 **Suit yourself.**
隨你便。/你想怎樣就怎樣。

080 **Sure thing.**
當然。/沒問題。

081 **Thanks for the reminder.**
謝謝提醒。

082 **That happens.**
那種事常發生。/那是常有的事。

083 **That makes sense.**
那說得通。/有道理。

084 **That works for me.**
那對我行得通。/那對我有效。/
我同意。

085 **That's a relief.**
這下我放心了。/鬆了一口氣。

086 **That's a thought.**
好主意。

087 **That's odd.**
很奇怪。

088 **That's too bad.**
真遺憾。/真糟糕。

089 **The sooner, the better.**
越快越好。

090 **Understood.**
了解。

091 **Wait and see.**
靜觀其變。/等著瞧。

092 **We'll see.**
到時候再說。/再看看。/
走著瞧。

093 **Whatever you prefer.**
你喜歡什麼都行。/隨你意。

094 **What's going on?**
怎麼回事?/發生什麼事?

095 **Who knows?**
誰知道?

096 **Why not?**
有何不可?/當然好。

097 **Will do.**
當然。/沒問題。

098 **Yes, please.**
好的,謝謝。

099 **You bet.**
當然。/不客氣。

100 **You're in luck.**
你運氣好。/你很幸運。

核心單字 1500 列表

Day 01 P. 12

0001 **work** 動 工作；擔任 動 運轉 名 工程 名 作品

0002 **document** 名 文件 動 記錄

0003 **offer** 動 提供 名 提議 名 出價；報價

0004 **place** 名 地方；地點 動 放置 動 訂購

0005 **contact** 動 聯絡；聯繫 名 聯絡；聯繫

0006 **submit** 動 提交

0007 **attend** 動 參加 動 處理；照料

0008 **change** 動 改變 名 改變

0009 **complete** 動 完成（= finish） 動 填寫（= fill out） 形 完整的

0010 **provide** 動 提供

0011 **sale** 名 出售 名（+s）銷售量 名（+s）銷售部門

0012 **market** 名 市場 動 行銷

0013 **fee** 名 費用

0014 **advertisement** 名 廣告

0015 **delivery** 名 寄送；運送 名 演講（或唱歌）的姿態

0016 **quality** 名 品質 形 優質的

0017 **available** 形 可得到的；可用的 形 有空的；可與之聯繫的

0018 **park** 動 停（車） 名 公園

0019 **access** 名 存取；進入 動 存取；使用

0020 **develop** 動 發展；開發

0021 **additional** 形 額外的；附加的

0022 **contract** 名 合約；契約

0023 **order** 名 訂單 動 訂購；叫（餐） 名 順序；次序

0024 **notice** 名 通知 動 注意到

0025 **chance** 名 可能性 (= possibility) 名 機會 (= opportunity)

0026 **store** 動 儲存；存放 名 商店

0027 **announce** 動 宣布；宣告

0028 **list** 名 清單；表單 動 列出；表列

0029 **satisfaction** 名 滿意

0030 **result** 名 結果 動 產生；導致

0031 **recently** 副 最近；近期

0032 **conveniently** 副 方便地；便利地

0033 **safety** 名 安全

0034 **locate** 動 找出；確定……的地點 動 使……坐落於

0035 **choice** 名 選擇

0036 **manufacturer** 名 製造商

0037 **delay** 動 延遲；耽擱 名 延遲；耽擱

0038 **continue** 動 繼續

0039 **performance** 名 表現
名 表演；演出 名 性能

0040 **concern** 名 疑慮；擔心
動 使……擔心；使……不安
動 關係到；涉及

0041 **qualified** 形 有資格的；合格的

0042 **review** 動 審閱；檢視 動 評論
名 檢查；複審；評核

0043 **position** 名 職務；職位
動 把……放在合適位置

0044 **experienced** 形 有經驗的

0045 **check** 動 確認；查核
名 檢查；檢驗 名 支票

0046 **highly** 副 高度地；極度地

0047 **previous** 形 先前的；之前的

0048 **reserve** 動 預訂 動 保留
動 延遲做出；暫時不做

0049 **business** 名 商務；商業 名 企業

0050 **staff** 名 員工；人員
動 給……配備職員

Day 02 P. 34

0051 **run** 動 營運；經營 動 行駛

0052 **file** 名 檔案；文件夾
動 把……歸檔
動 提出（申訴、申請等）

0053 **increase** 動 增加 名 增加

0054 **expand** 動 擴展

0055 **interested** 形 感興趣的

0056 **free** 形 免費的 形 無……的

0057 **question** 名 問題；提問
(= query) 動 提問；質問

0058 **expect** 動 預期；期待

0059 **project** 名 計畫；企畫；專案
動 預計

0060 **discount** 名 折扣
動 將……打折扣

0061 **annual** 形 年度的；每年的

0062 **recommend** 動 推薦；建議

0063 **seat** 動 使就坐 名 座位

0064 **notify** 動 通知；告知

0065 **hold** 動 舉辦；舉行 動 拿；持
動 容納；包含

0066 **temporary** 形 暫時的；臨時的

0067 **material** 名 材料 名 教材

0068 **confirm** 動 確認；證實

0069 **explain** 動 解釋；說明

0070 **directly** 副 直接地；立即

0071 **excited** 形 興奮的

0072 **feature** 動 以……為特色
名 特徵；特色

0073 **community** 名 社區；群體

0074 **enough** 形 足夠的
副 足夠地；充分地

0075 **successful** 形 成功的

0076 **upcoming** 形 即將來臨的
(= forthcoming)

0077 **training** 名 訓練

0078 **effective** 形 有效的 形 生效的

0079 **eligible** 形 有資格的

0080 **approximately** 副 大約

0081 **manual** 名 手冊 形 手工的；
用手操作的

0082 **candidate** 名 候選人

0083 **ceremony** 名 典禮；儀式

0084 **equipment** 名 設備；配備

0085 **quickly** 副 迅速地

0086 **celebration** 名 慶祝

0087 **facility** 名 場所；設備

0088 **plan** 動 計劃；打算 名 計畫
名 平面圖；圖紙

0089 **stay** 動 停留；短居 名 停留；短居

0090 **report** 名 報告；報告書
動 報告；報導

0091 **respond** 動 回答；回覆

0092 **instead** 副 反而；作為替代

0093 **condition** 名 狀態；狀況 名 條件
名 (-s) 物質條件；情況；實際環境

0094 **express** 動 表達 形 快遞的；快捷的

0095 **attract** 動 吸引

0096 **raise** 動 提高；提升 動 募（款）
名 提高；提升

0097 **last** 動 持續 形 最後的
副 上一個的

0098 **client** 名 客戶

0099 **division** 名 部門 名 分配；分派

0100 **further** 形 更進一步的
副 更進一步地；更遠地

Day 03 P. 54

0101 **responsible** 形 負責的；負責任的

0102 **apply** 動 申請；應徵 動 適用於；起作用 動 敷；塗

0103 **need** 名 (-s) 需求；要求 動 需要

0104 **meet** 動 見面；會面 動 趕上

0105 **limited** 形 有限的

0106 **demand** 名 需求 動 要求

0107 **renew** 動 更新

0108 **cost** 名 花費；成本 動 花費

0109 **opening** 名 職缺 名 開幕

0110 **organization** 名 組織

0111 **agreement** 名 協議；合約 (= contract) 名 同意；一致

0112 **interview** 名 訪談；面試
動 訪談；面試

0113 **handle** 動 處理 動 操作
名 掌握 名 把手

0114 **ensure** 動 確保；保證

0115 **area** 名 區域；地區
名 領域；方面

0116 **schedule** 動 將……列入計畫（或時間）表 名 時程表；進度表

0117 **exhibition** 名 展覽

0118 **profit** 名 利潤；收益
動 有益；獲利

0119 **currently** 副 目前；當前

0120 **visit** 動 造訪；拜訪 名 造訪；拜訪

0121 **session** 名 一段時間；集會

0122 **transaction** 名 交易
名 業務；買賣

0123 **purchase** 動 購買 名 購買

0124 **cancel** 動 取消

0125 **arrange** 動 安排；籌備
動 整理；布置

0126 **service** 名 服務 名 效勞；服役
動 檢修；維修

0127 **payment** 名 支付；付款

0128 **book** 動 預訂

0129 **remodel** 動 改建；改組

0130 **whole** 形 全部的；全體的
名 全部；全體

0131 **process** 名 過程；進程 動 處理

0132 **inform** 動 通知；告知

0133 **indicate** 動 指出；表明
動 顯示；標示

0134 **advance** 名 進展；發展
動 前進；進展 形 先行的；預先的

0135 **main** 形 主要的；大部分的

0136 **form** 名 種類；類型
名 方法；形式 動 形成；組成

0137 **part** 名 部分 名 (-s) 零件

0138 **confident** 形 自信的；有信心的

0139 **personnel** 名 人事部門；人事課
名（總稱）人員；員工

0140 **mail** 名 郵遞；郵件 動 郵寄

0141 **signature** 名 簽名 形 指標性的；代表性的

0142 **secure** 形 安全的；穩當的
動 弄到；獲得 動 把……弄牢；關緊

0143 **later** 副 較晚地；後來
形 較晚的；以後的

0144 **mention** 動 提到；提及

0145 **cover** 動 覆蓋；遮蓋
動 涵蓋；足夠付 動 頂替；代替
動 採訪；報導

0146 **donation** 名 捐款

0147 **individual** 形 個人的；個別的
名 個人；個體

0148 **promote** 動 推銷；宣傳 動 晉升

0149 **strict** 形 嚴格的

0150 **mind** 名 心；頭腦 動 介意

Day 04 P. 76

0151 **conference** 名 會議

0152 **postpone** 動 延後；延期

0153 **support** 動 支持；擁護
名 支持；支援

0154 **unlimited** 形 無限制的

0155 **join** 動 加入

0156 **proposal** 名 提案

0157 **factor** 名 因素 動 把……作為因素計入

0158 **direct** 動 指揮；指導 動 指引

0159 **feedback** 名 回饋；意見

0160 **register** 動 登記；報名
動 註冊；申報 名 收銀機

0161 **spend** 動 花費；支出

0162 **distance** 名 距離

0163 **potential** 形 潛在的；可能的
名 潛力

0164 **extend** 動 延長；延展
動 擴大；擴展 動 給予；致

0165 **deadline** 名 截止日期；截止期限

0166 **recognize** 動 認可；表彰
動 認出；識別

0167 **aim** 名 目的；目標 動 瞄準；對準；將……針對

0168 **intend** 動 打算；想要

0169 **expense** 名 費用；支出

0170 **remind** 動 提醒

0171 **inconvenience** 名 不便
動 造成……不便

0172 **view** 動 察看；觀看
動 將……看成是 名 景色；風景
名 觀點；看法

0173 **promptly** 副 立即地；迅速地
副 準時地

0174 **transfer** 動 轉調；調
動 遷移；轉移 名 轉帳

0175 **standard** 名 標準 形 標準的

0176 **anticipate** 動 預期；期望

0177 **leading** 形 領導的；主要的

0178 **appointment** 名 約會；約定
名 任命；委派

0179 **lease** 名 租賃；租契
動 租賃；（長期）租用

0180 **invite** 動 邀請 動 請求；徵求

0181 **due** 形 預期的；約定的 形 到期的；應支付的 名（+s）應繳款

0182 **serve** 動 服務；服侍；上菜
動 任（職）

0183 **function** 動（機器等）運行；工作
名 功能；作用 名 盛大的集會（或宴會）

0184 **customized** 形 客製化的 (=custom)

0185 **obtain** 動 獲得；得到

0186 **rising** 形 上升的；增大的

0187 **decorate** 動 裝飾；布置

0188 **value** 名 價值 動 重視；珍視
動 估價；評價

0189 **deserve** 動 應受；應得

0190 **estimate** 名 估價單
名 估計；估計數 動 預估；預計

0191 **extra** 形 額外的 (= additional)

0192 **return** 動 返回；回到
動 歸還；退貨 名 收益；利息

0193 **policy** 名 政策；方針
名 保險；保險單

0194 **convention** 名 會議；大會

0195 **favorable** 形 贊同的；稱讚的
形 有利的；適合的

0196 **purpose** 名 目的

0197 **employ** 動 僱用；聘僱
動 使用；利用

0198 **own** 動 擁有；持有 形 自己的

0199 **colleague** 名 同事

0200 **spare** 形 空閒的；多餘的
動 分出；騰出

Day 05 P. 96

0201 **replace** 動 取代；替代

0202 **opportunity** 名 機會

0203 **benefit** 名 利益；好處
動 得益；受益於

0204 **requirement** 名 要求；條件

0205 **considerable** 形 大量的；相當多的

0206 **duty** 名 職責；職務 名 稅

0207 **repair** 動 維修；修理
名 維修；修理

0208 **examine** 動 檢閱；細查
動 檢查；診察

0209 **share** 動 共享；分擔
名（分擔的）一部分

0210 **maintenance** 名 維修

0211 **competitive** 形 競爭的；有競爭力的

0212 **firm** 名 公司 形 堅定的；堅決的

0213 **complaint** 名 抱怨；抗議

0214 **brief** 形 簡要的 形 短暫的
動 向……簡報

0215 **budget** 名 預算
動 把……編入預算

0216 **branch** 名 分支；分公司
名 枝；樹枝

0217 **charge** 動 索價；收費
名 費用；索價 名 責任；掌管

0218 **appropriate** 形 合適的；適當的

0219 **unable** 形 不能的；無能力的

0220 **inquire** 動 詢問

0221 **regularly** 副 定期地

0222 **arrive** 動 抵達

0223 **variety** 名 各種各樣 名 多樣性
名 種類

0224 **identification** 名 身分；識別

0225 **outstanding** 形 傑出的；卓越的
形 未償付的；未解決的

0226 **negotiation** 名 協商；談判

0227 **independent** 形 獨立的

0228 **connect** 動 連接 動 連結；接通

0229 **agent** 名 代理商；代理人；仲介人

0230 **publish** 動 出版

0231 **advantage** 名 利益；好處

0232 **extremely** 副 極度地；極端地

0233 **claim** 動 聲稱；主張
名 索款；索賠

0234 **distribute** 動 分發；發送
(= hand out) 動 配送

0235 **statement** 名 報告單；結單
名 聲明

0236 **ability** 名 能力

0237 **guarantee** 動 保證；擔保
名 保證；擔保

0238 **react** 動 反應

0239 **trouble** 名 麻煩；困境 動 麻煩

0240 **protective** 形 保護的；防護的

0241 **prior** 形 在先的；在前的

0242 **retailer** 名 零售商

0243 **revise** 動 修訂；修正

0244 **fine** 名 罰金；罰款 形 美好的；
傑出的 形 纖細的；顆粒細小的

0245 **welcome** 動 歡迎；接待
形 歡迎的；迎接的 名 歡迎；款待

0246 **classify** 動 分類；歸類

0247 **capable** 形 有能力的；能夠的
形 能幹的；有才華的

0248 **educational** 形 教育的

0249 **proud** 形 驕傲的

0250 **accurate** 形 準確的；精確的

Day 06 P. 116

0251 **detailed** 形 詳細的；細節的

0252 **environment** 名 環境

0253 **procedure** 名 程序

0254 **account** 名 帳戶 名 說明；解釋

0255 **management** 名 管理部門
名 管理；經營

0256 **healthy** 形 健康的

0257 **retire** 動 退休

0258 **impressive** 形 令人印象深刻的

0259 **productive** 形 有生產力的

0260 **concentrate** 動 專注於

0261 **efficient** 形 有效的；效率高的

0262 **approach** 名 方法；途徑
動 接近；靠近

0263 **reasonable** 形 合理的；公道的

0264 **popular** 形 受歡迎的；流行的

0265 **volunteer** 名 志工
動 自願做……

0266 **issue** 名 問題；爭議 名（報刊）期號 動 發布；核發

0267 **official** 形 正式的；官方的
名 官方人員

0268 **allow** 動 允許；准許

0269 **merger** 名 合併

0270 **reveal** 動 揭露；顯示

0271 **frequently** 副 頻繁地

0272 **lower** 動 降低
形 較低的（low 的比較級）

0273 **closely** 副 接近地；緊密地

0274 **double** 動 變成兩倍；增加一倍
形 雙倍的 名 兩倍（量）

0275 **headquarter** 名 (-s) 總部
動 將總部設於……

0276 **reply** 動 回覆；回答
名 回覆；回答

0277 **skill** 名 技能

0278 **committee** 名 委員會

0279 **alternative** 名 替代方案（選擇）
形 替代的

0280 **admission** 名 進入許可；入場費

0281 **achieve** 動 達到；達成

0282 **finally** 副 最後；最終

0283 **carefully** 副 小心地；仔細地

0284 **campaign** 名 活動 動 從事活動；開展運動

0285 **host** 動 主持 名 主持人；主辦人

0286 **initial** 形 最初的；開始的
名（姓名或組織名稱等的）起首字母

0287 **search** 動 尋找；搜尋
名 尋找；搜尋

0288 **gather** 動 收集 動 聚集

0289 **act** 動 扮演；擔任 名 行為
名 法案；法令

0290 **present** 動 出示 動 呈現；介紹
形 出席的

0291 **downtown** 形 市區的
副 在（或往）城市的商業區

0292 **structure** 名 結構；建築物

0293 **local** 形 當地的；在地的
名 當地居民；本地人

0294 **electronic** 形 電子的

0295 **specialize** 動 專精於；專門從事

0296 **monitor** 動 監控；監管
名 螢幕；顯示器 (= screen)

0297 **clear** 動 使乾淨；清除；收拾
動 使獲得批准；准予
形 清楚的；清晰的

0298 **early** 形 早的 副 早地

0299 **decline** 名 下降；減少
動 減少；衰退 動 婉拒；謝絕

0300 **international** 形 國際的

Day 07 P. 136

0301 **improve** 動 改善；增進

0302 **updated** 形 更新的

0303 **research** 名 研究；調查

0304 **innovative** 形 創新的

0305 **warranty** 名 保固

0306 **approval** 名 核准；認可

0307 **key** 名 鑰匙 形 關鍵的；重要的

0308 **reliable** 形 可靠的；確實的

0309 **participate** 動 參與；參加

0310 **authorization** 名 授權；許可

0311 **collection** 名 大量；大堆
名 收集；收藏品 名 一系列新裝作品

0312 **acceptable** 形 可接受的

0313 **insurance** 名 保險；保險契約

0314 **range** 名 種類 動（範圍）涉及

0315 **roughly** 副 粗略地；大約
(= approximately)

0316 **existing** 形 現存的；現行的

0317 **note** 名 筆記 動 注意

0318 **discussion** 名 討論

0319 **regulation** 名 規定；規章

0320 **introduce** 動 介紹；推出

0321 **broken** 形 損壞的；破碎的

0322 **exceed** 動 超過；超出

0323 **follow** 動 遵循；聽從
動 跟隨；跟進

0324 **launch** 動 推出；發行
名 發表會；發布會

0325 **instruction** 名 指南；教導

0326 **right** 名 權利 形 正確的；對的

0327 **tight** 形 緊繃的；緊湊的

0328 **decrease** 動 減少；降低；衰退
名 減少；降低；衰退

0329 **forward** 動 轉交 副 向前

0330 **acquire** 動 取得；獲得 動 購得

0331 **means** 名 方法；方式

0332 **entrance** 名 入口；大門

0333 **ease** 名 容易；不費力
動 減輕；緩和

0334 **affordable** 形 可負擔的；買得起的

0335 **overtime** 名 加班時間

0336 **source** 名 資源；來源
名 資訊；消息來源

0337 **construction** 名 建造；建設

0338 **trial** 名 試驗；試用 名 審判；審理

0339 **transport** 動 運輸；運送
名 運輸；運送

0340 **significantly** 副 重大地；顯著地

0341 **reimbursement** 名 退款；補償

0342 **useful** 形 有用的；有幫助的

0343 **contain** 動 包含

0344 **résumé** 名 履歷表

0345 **draw** 動 吸引；招來 動 利用；依賴

0346 **guideline** 名 指導方針；指導準則

0347 **regional** 形 地區的

0348 **moment** 名 時刻；片刻

0349 **keynote** 名 主題；基調

0350 **error** 名 錯誤

Day 08 P. 154

0351 **invoice** 名 出貨單

0352 **growth** 名 成長

0353 **representative** 名 代表；代理人
形 代表性的；典型的

0354 **leave** 動 離開 動 留下 名 休假

0355 **request** 名 需求；要求
動 需求；要求

0356 **suggestion** 名 建議；提議
名 暗示；示意

0357 **option** 名 選擇

0358 **damage** 名 破壞；損壞
動 破壞；損壞

0359 **career** 名 職業 名 生涯；事業

0360 **anniversary** 名 週年；週年紀念

0361 **consider** 動 考慮；考量

0362 **install** 動 裝設；架設

0363 **dedicated** 形 致力的；獻身的

0364 **bill** 名 帳單 名 議案；法案

0365 **survey** 名 調查 動 做調查

0366 **article** 名 文章

0367 **restore** 動 恢復；復原

0368 **related** 形 有關的；相關的
形 有親戚（或親緣）關係的

0369 **demonstration** 名 示範；展示

0370 **record** 名 紀錄 動 錄音；錄影
形 空前的；創紀錄的

0371 **cause** 動 造成；導致 名 原因

0372 **numerous** 形 許多的；很多的

0373 **closure** 名 關閉

0374 **quarter** 名 季；季度

0375 **wide** 形 寬廣的；廣泛的

0376 **immediately** 副 立刻；馬上

0377 **audience** 名 觀眾

0378 **way** 名 方法 名 路；道路
副 很遠地

0379 **chief** 形 為首的；等級最高的
形 主要的；最重要的

0380 **entry** 名 進入；入場
名 參賽作品 名 進入權

0381 **regard** 動 把……看作

0382 **disappointing** 形 令人失望的

0383 **beverage** 名 飲料

0384 **subject** 名 主題；題目
形 承受的；遭受的

0385 **collaborate** 動 合作

0386 **award** 動 授予；給予
名 獎；獎品

0387 **sound** 動 聽起來 名 聲音
形 合理的；明智的

0388 **restrict** 動 限制；約束

0389 **huge** 形 巨大的

0390 **permit** 動 允許；准許 名 許可證；執照

0391 **affect** 動 影響

0392 **commute** 動 通勤 名 通勤

0393 **away** 副 去別處；離開；不在

0394 **alter** 動 改變；更動

0395 **rest** 名 剩餘部分 名 休息；休養
動 休息；休養

0396 **avoid** 動 避免

0397 **voice** 動（用言語）表達；說出
名 聲音

0398 **generally** 副 通常；一般地

0399 **different** 形 不同的

0400 **heavy** 形 大量的；多的
形 重的；沉的

Day 09 P. 172

0401 **evaluate** 動 評估；評價

0402 **reputation** 名 名譽；聲譽

0403 **exceptional** 形 卓越的

0404 **cooperation** 名 合作

0405 **total** 形 全部的；總共的
名 總數；合計 動 總計；合計為

0406 **pleased** 形 高興的；愉快的

0407 **investment** 名 投資

0408 **enhance** 動 提高；提升

0409 **carry** 動 攜帶 動 搬運；運送
動（商店）備有（貨品）；
有……出售

0410 **especially** 副 特別；尤其

0411 **reference** 名 參考；參照
名 推薦函

0412 **establishment** 名 公司；企業
名 建立；設立

0413 **eager** 形 渴望的；熱切的

0414 **formal** 形 正式的 形 合乎格式的；
正規的

0415 **possible** 形 可能的

0416 **enable** 動 使能夠

0417 **banquet** 名 宴會

0418 **direction** 名 指導；指示 名 方向

0419 **harmful** 形 有害的

0420 **loan** 名 貸款 動 借出；貸與

0421 **essential** 形 必要的；必需的

0422 **compact** 形 小巧方便的
形（空間）小的 形 密實的

0423 **depart** 動 離開；啟程

0424 **contribute** 動 貢獻；促成
動 捐（款）；捐獻 動 投稿

0425 **expire** 動 過期；到期

0426 **layout** 名 版面；布局

0427 **refund** 名 退款 動 退款

0428 **voucher** 名 優惠券

0429 **loss** 名 損失 名 弄丟；遺失

0430 **recycle** 動 回收

0431 **resource** 名 資源

0432 **contractor** 名 承包商

0433 **resolve** 動 解決 動 決心做……

0434 **name** 動 提名

0435 **background** 名 背景

0436 **industry** 名 產業

0437 **recover** 動 恢復；復甦

0438 **overseas** 形 國外的；海外的
副 在海外

0439 **prefer** 動 偏好；較喜歡

0440 **rent** 名 租金 動 租賃

0441 **caution** 名 小心；謹慎
動 小心；謹慎

0442 **comment** 名 評論；意見
動 評論；發表意見

0443 **role** 名 角色

0444 **lack** 名 缺乏；不足 動 缺乏；不足

0445 **emergency** 名 緊急（事件）

0446 **praise** 名 讚美；稱讚
動 讚美；稱讚

0447 **expertise** 名 專門知識；專門技術

0448 **pension** 名 退休金；津貼

0449 **devote** 動 致力於；致志於

0450 **design** 動 設計 名 設計

Day 10 P. 190

0451 **relocate** 動 搬遷；遷移

0452 **particularly** 副 尤其；特別

0453 **gap** 名 隔閡；分歧 名 裂口；缺口
0454 **actually** 副 事實上；實際上
0455 **receipt** 名 收據 名 收到；接到
0456 **broad** 形 廣泛的；各式各樣的
0457 **upgrade** 動 升級；提高品質
0458 **partner** 名 夥伴 動 與……合夥
0459 **probably** 副 可能地
0460 **exchange** 動 交換 名 交換；更換
0461 **institute** 名 學會；學校 動 創立；制定
0462 **destination** 名 目的地；終點
0463 **formerly** 副 以前；從前
0464 **defective** 形 有瑕疵的；有缺陷的
0465 **prohibit** 動 禁止
0466 **vital** 形 極其重要的；必不可少的
0467 **missing** 形 失蹤的；行蹤不明的 動 遺漏
0468 **properly** 副 恰當地；正確地
0469 **normally** 副 通常；按慣例
0470 **seriously** 副 嚴肅地；認真地
0471 **sponsor** 動 贊助 名 贊助者；贊助商
0472 **narrow** 形 狹窄的 動 使變窄；收縮；減少
0473 **association** 名 協會；公會 名 關係；關聯
0474 **adjust** 動 調整；調節 動 適應
0475 **fare** 名 費用
0476 **absolutely** 副 完全地；絕對地
0477 **warn** 動 警告；提醒
0478 **judge** 名 評審 動 判斷；斷定
0479 **operation** 名 營運；工作 名 操作；運轉 名 手術
0480 **edition** 名（發行物的）版；版本
0481 **pass** 名 通行證 動 經過；通過 動 傳遞
0482 **reduce** 動 降低；減少
0483 **fold** 動 折疊
0484 **situate** 動 使位於；使處於
0485 **urgent** 形 緊急的；迫切的
0486 **correct** 副 通常地
0487 **usually** 動 改正；糾正 形 正確的
0488 **deal** 名 交易 名 大量
0489 **broadcast** 動 廣播；播送 名 廣播節目
0490 **reflect** 動 反映；表現 動 反射；照出
0491 **congratulate** 動 恭喜；恭賀
0492 **obstruct** 動 阻礙；擋住
0493 **house** 動 給……提供房子住
0494 **rate** 名 費用；價格 名 率 動 評價；認為
0495 **author** 名 作者
0496 **amazing** 形 令人驚奇的
0497 **malfunction** 名 故障 動 發生故障；機能失常
0498 **hope** 動 希望；盼望 名 可能性；期待
0499 **distinguish** 動 區別；辨別
0500 **past** 形 過去的 介 經過；通過 名 過去；昔日

Day 11 P. 208

0501 **necessary** 形 必要的

0502 **renovate** 動 修理；翻新

0503 **consumer** 名 消費者

0504 **emphasize** 動 強調；著重

0505 **supply** 動 供應;供給 名 供應品;庫存 名 生活用品；補給品

0506 **fit** 動 符合；適合 形 恰當的；安適的 名 適合；合身

0507 **hire** 動 聘僱；聘請 動 租用；僱用 名 新僱員

0508 **findings** 名 調查結果

0509 **seek** 動 尋找；追求 動 試圖；設法

0510 **delegation** 名 代表團 名（工作）委派；分配

0511 **initiate** 動 開始；創始

0512 **implement** 動 執行；實施

0513 **influence** 名 影響 動 影響

0514 **degree** 名 學歷 名 程度

0515 **shipment** 名 運輸；運輸的貨物

0516 **valid** 形 有效的；正式認可的

0517 **consult** 動 諮詢；請教；向……徵求意見 動 查閱

0518 **professional** 名 專業人士 形 專業的

0519 **release** 動 發行；上市 名 發表；發行

0520 **percentage** 名 部分 名 百分率；百分比

0521 **apologize** 動 道歉；致歉

0522 **deposit** 名 保證金;押金 動 儲存;存放（錢） 動 放置；寄存

0523 **point** 動 指向；指出 名 思想；論點 名（比賽的）得分；分數

0524 **basis** 名 準則 名 基礎；根據

0525 **originally** 副 原先；起初

0526 **reject** 動 拒絕

0527 **coordinate** 動 協調；使相配合

0528 **status** 名 狀態；狀況 名 地位；身分

0529 **settle** 動 解決；結束（爭端等） 動 安家；定居

0530 **inspect** 動 檢查；審視

0531 **full** 形 完整的；完全的 形 充滿的

0532 **tour** 名 旅遊；導覽

0533 **focus** 動 著重；聚焦 名 聚焦；重點

0534 **chemical** 形 化學的 名 化學製品；化學藥品

0535 **scale** 名 大小；規模 名 天平；秤

0536 **unit** 名（商品的）（一）件；（一）套 名（公寓的）單元；單位

0537 **ideally** 副 理想地；完美地

0538 **single** 形 單一的；僅有的

0539 **venue** 名 會場；舉行地點

0540 **row** 名（一）排；（一）列 動 划（船）

0541 **specifically** 副 特別地；明確地

0542 **gain** 動 獲得；得到 名 獲得；獲利

0543 **abroad** 副 國外

0544 **equal** 形 相等的；均等的 動 比得上；敵得過

0545 **label** 名 貼紙；標籤 動 貼標籤於

0546 **native** 形 本土的；原產的
名 本地人；本國人

0547 **economical** 形 經濟的；節約的

0548 **warehouse** 名 倉庫

0549 **package** 名 包裹
動 把……打包；包裝

0550 **memorable** 形 難忘的；
值得紀念的

Day 12 P. 226

0551 **thoughtful** 形 體貼的

0552 **preparation** 名 準備

0553 **merchandise** 名 商品
動 行銷；推銷

0554 **enroll** 動 註冊；登記

0555 **entitle** 動 使有資格；使有權利

0556 **exception** 名 例外

0557 **adequate** 形 適當的；足夠的

0558 **itinerary** 名 旅程；旅行計畫

0559 **board** 名 董事會 名 板；布告牌
動 上（船、車、飛機等）

0560 **relevant** 形 相關的

0561 **assistance** 名 協助；支持

0562 **forget** 動 忘記

0563 **progress** 名 進展；進步
動 前進；進行

0564 **subscription** 名 訂閱

0565 **object** 動 反對 名 物品

0566 **assemble** 動 配裝；組裝
動 集合；聚集

0567 **favor** 名 贊成；支持
動 贊同；偏愛

0568 **commercial** 形 商業的
名 商業廣告

0569 **task** 名 工作；任務

0570 **failure** 名 失敗 名 故障

0571 **acknowledge** 動 認可
動 確認收悉

0572 **journal** 名 期刊

0573 **routine** 形 例行的；常規的
名 例行公事；慣例

0574 **duration** 名 持續期間

0575 **severe** 形 嚴重的；劇烈的

0576 **analysis** 名 分析

0577 **conduct** 動 實施；進行

0578 **technician** 名 技師

0579 **matter** 名 事情；問題；事件
動 要緊；有關係

0580 **selection** 名 選擇

0581 **practice** 名 練習 名 慣例；習慣
名（專業性強的）工作；業務

0582 **helpful** 形 有幫助的

0583 **resume** 動 恢復

0584 **interruption** 名 中斷；休止

0585 **capital** 名 資本

0586 **advise** 動 建議

0587 **furnishings** 名 家具；配備

0588 **refreshments** 名 點心；茶點

0589 **timely** 形 及時的

0590 **pace** 名 速度 名 一步；
一步跨出去的長度

0591 **spacious** 形 寬敞的

0592 **head** 動 出發；朝某方向行進
動 作為……的首領；率領
名 領導人；負責人

0593 **figure** 名 數字；數量
名 人物；名人 動 認為；以為

0594 **fund** 名 基金；資金 動 提供資金

0595 **brainstorm** 動 腦力激盪

0596 **foundation** 名 地基 名 創立；創辦 名 基金會

0597 **creative** 形 有創意的

0598 **ambitious** 形 有雄心的；有抱負的

0599 **modest** 形 適度的；有節制的
形 謙虛的

0600 **opposite** 形 對立的；對面的
介 在……對面

Day 13 P. 244

0601 **compare** 動 比較

0602 **suitable** 形 適當的；合適的

0603 **accommodate** 動 容納
動 給……方便；照顧到

0604 **strategy** 名 策略

0605 **thoroughly**
副 徹底地；認真仔細地

0606 **post** 動 張貼 名 郵寄
名 崗位；職位

0607 **proceed** 動 繼續進行

0608 **lend** 動 把……借給；借出

0609 **address** 動 處理；應付；關注
動 給……寫信 動 對……發表演說
名 地址

0610 **priority** 名 優先

0611 **decade** 名 十年

0612 **communication** 名 溝通
名 (-s) 通訊（系統）

0613 **complimentary** 形 贈送的；免費的 形 讚賞的；恭維的

0614 **charity** 名 慈善

0615 **revenue** 名 收入

0616 **aware** 形 知道的；意識到的

0617 **generate** 動 生產；製造

0618 **common** 形 常見的

0619 **draft** 名 草稿 動 起草；草擬

0620 **appeal** 動 吸引

0621 **exactly** 副 確切地；恰好地

0622 **finance** 名 財務；財金
動 提供資金

0623 **assess** 動 評價；評估

0624 **allot** 動 分配

0625 **friendly** 形 友善的 形 不破壞的；對……友善的

0626 **hesitate** 動 遲疑；猶豫

0627 **screen** 動 審查 動 放映 名 螢幕

0628 **balance** 名 餘額 名 平衡
動 維持平衡

0629 **spot** 名 地點；旅遊勝地
動 認出；發現

0630 **tend** 動 傾向於……；偏好……

0631 **contemporary** 形 當代的；現代的

0632 **landscaping** 名 景觀美化

0633 **modify** 動 更改；修改

0634 **leak** 名 漏洞；裂縫 動 滲；漏

0635 **refuse** 動 拒絕

0636 **hardly** 副 幾乎不……

0637 **multiple** 形 多個的

0638 **appliance** 名 器具；用具

0639 **auction** 名 拍賣 動 拍賣

0640 **exclusively** 副 排外地；專門地

0641 **grant** 名 補助金 動 准予；給予

0642 **land** 名 土地 動 降落；登陸
動 得到；獲得

0643 **legislation** 名 制定法律；立法

0644 **district** 名 區域

0645 **profile** 動 簡要介紹 名 簡介

0646 **technology** 名 科技

0647 **conscious** 形 意識到的；
覺察到的

0648 **stage** 名 階段 名 舞台

0649 **supervision** 名 監督；監管

0650 **predict** 動 預測

Day 14 P. 262

0651 **comfortable** 形 舒服的

0652 **commitment** 名 奉獻；投入
名 保證；承諾

0653 **agenda** 名 會議議程

0654 **directory** 名 名錄簿

0655 **nominate** 動 提名

0656 **outline** 動 概述 名 大綱

0657 **positive** 形 正向的；正面的

0658 **break** 名 休息 名 暫停
動 破碎；破裂

0659 **face** 動 面臨 動 面對；面向

0660 **likely** 形 有可能的

0661 **assign** 動 分配；指派

0662 **honor** 動 給……榮譽 名 榮譽

0663 **objective** 名 目標 形 客觀的
反 **subjective** 形 主觀的

0664 **authority** 名 權力；職權
名 (-s) 當局 名 權威

0665 **archive** 名 (-s) 檔案
動 把……收集歸檔

0666 **worth** 形 值得……的 名 價值

0667 **fairly** 副 頗為；相當地

0668 **durable** 形 耐用的 (= strong / solid / sturdy / sustainable)

0669 **authentic** 形 真正的；非假冒的

0670 **build** 動 建立 動 建造

0671 **recipe** 名 食譜

0672 **accompany** 動 陪同
動 伴隨；附有

0673 **typically** 副 通常

0674 **admit** 動 承認

0675 **nearly** 副 近乎 (= almost)

0676 **grasp** 動 抓牢 動 理解；領會
名 理解；領會

0677 **asset** 名 資產

0678 **unusually** 副 出乎意料地
副 不尋常地

0679 **remark** 動 評論 名 評論

0680 **sincere** 形 真誠的

0681 **steady** 形 平穩的；穩定的

0682 **include** 動 包含；包括

0683 **conclude** 動 做結論
動 結束；終了

0684 **grateful** 形 感激的

0685 **reluctant** 形 不情願的

0686 **occupy** 動 占領；占據

0687 **prescription** 名 處方；藥方

0688 **regain** 動 取回；收復；恢復

0689 **aid** 名 幫助；支援 名 輔助工具 動 幫助；協助

0690 **halt** 名 暫停；停止 動 暫停；使停止

0691 **query** 名 詢問；質問 動 詢問；質問

0692 **reception** 名 接待；接見 名 晚宴 名 （無線電或訊號）接收

0693 **characteristic** 名 特色；特徵 形 特有的；獨特的

0694 **length** 名 （時間）長短；期間

0695 **challenging** 形 有挑戰性的

0696 **primarily** 副 主要地

0697 **urban** 形 城市的

0698 **private** 形 非公開的 形 私人的；私營的

0699 **nearby** 形 附近的 副 附近

0700 **subsequent** 形 其後的；隨後的

Day 15 P. 280

0701 **critical** 形 緊要的；必不可少的 形 批評的；批判的

0702 **remainder** 名 剩餘物

0703 **enclosed** 形 附上的

0704 **substantially** 副 相當多地

0705 **treatment** 名 治療 名 對待；待遇

0706 **interact** 動 互動

0707 **fulfill** 動 達到；滿足 動 執行；履行

0708 **endure** 動 承受；忍受

0709 **attach** 動 附加 反 detach 動 分開；拆卸 動 貼上

0710 **eventually** 副 最終地

0711 **incentive** 名 獎勵；動機

0712 **description** 名 描述

0713 **administrative** 形 管理的；行政的

0714 **suspend** 動 中止 動 懸掛

0715 **undergo** 動 經歷；接受

0716 **verify** 動 證明；確認

0717 **investigation** 名 研究；調查

0718 **consistently** 副 一貫地；始終如一地

0719 **comply** 動 遵守；遵從

0720 **diverse** 形 不同的；多種的

0721 **desirable** 形 值得嚮往的；富有魅力的

0722 **specification** 名 詳述；規格

0723 **reorganize** 動 整頓；重新整理

0724 **consist** 動 包括；包含

0725 **occur** 動 發生

0726 **alert** 形 留神的；機敏的 動 使注意；通知 名 警報

0727 **refrain** 動 抑制；節制

0728 **respect** 名 尊敬；敬重 動 尊敬；敬重

0729 **confusion** 名 混亂狀況；騷動；困惑

0730 **owe** 動 欠

0731 **instrument** 名 器具 名 樂器

0732 **prevent** 動 預防；防止

0733 **delicate** 形 需要小心處理的；棘手的

0734 **simply** 副 僅僅;只要 副 簡單地;簡易地

0735 **ignore** 動 忽視；忽略

0736 **template** 名 模板；範本

0737 **content** 名 內容 形 滿足的；滿意的

0738 **rapidly** 副 迅速地

0739 **track** 動 追蹤 名 跑道；路線

0740 **reach** 動 到達；抵達 動 與……取得聯繫 動 伸手

0741 **shortly** 副 立刻；不久

0742 **complicated** 形 複雜的

0743 **vendor** 名 小販 名 供應商

0744 **drop** 名 下降 動 下降 動 帶；捎

0745 **labor** 名 勞動

0746 **loyalty** 名 忠誠；忠心

0747 **foreseeable** 形 可預見的

0748 **weeklong** 形 長達一星期的

0749 **deduct** 動 扣除；減除

0750 **line** 名 商品系列 名 線 動 排隊

Day 16 P. 298

0751 **stock** 名 庫存 名 股票 動 填滿；貯存

0752 **executive** 名 經理；業務主管 形 執行的；行政的

0753 **commence** 動 開始；著手

0754 **involved** 形 有關的；牽涉到的

0755 **ingredient** 名 材料；成分

0756 **unexpectedly** 副 出乎意料地；突如其來地

0757 **persuasive** 形 有說服力的

0758 **term** 名 條款 名 專門名詞；術語 名 期限

0759 **motivation** 動 相配；使配合 名 比賽；競賽

0760 **match** 名 動機

0761 **majority** 名 多數；大部分

0762 **outcome** 名 結果

0763 **capacity** 名 容量 名 能力

0764 **contrast** 名 對比 動 使對照；使對比

0765 **withdraw** 動 抽回；收回 動 提（款）

0766 **enthusiasm** 名 熱忱；熱情

0767 **preserve** 動 保存；保藏 名（動植物）保護區

0768 **largely** 副 大部分；主要地

0769 **comprehensive** 形 廣泛的；綜合的

0770 **save** 動 儲蓄；儲存

0771 **renowned** 形 有名的；有聲譽的

0772 **average** 形 一般的；普通的 名 平均 動 平均達到

0773 **insert** 動 插入

0774 **readily** 副 容易地 (= easily) 副 樂意地 (= willingly)

0775 **strive** 動 努力

0776 **confidential** 形 機密的

0777 **permanent** 形 永久的

0778 **remove** 動 拿走；帶走
動 移動；調動

0779 **impact** 名 影響；衝擊
動 對……產生影響

0780 **method** 名 方法

0781 **greatly** 副 極其；非常

0782 **prospective** 形 預期的；
盼望中的

0783 **entire** 形 完全的；全部的

0784 **anxious** 形 焦慮的 形 渴望的

0785 **negative** 形 負面的

0786 **dependable** 形 可靠的；
可信任的

0787 **relatively** 副 相對地

0788 **facilitate** 動 使容易；促進

0789 **adopt** 動 採取；採用

0790 **income** 名 收入

0791 **force** 名 力量；威力
動 強迫；迫使

0792 **browse** 動 瀏覽

0793 **volume** 名 量；額 名 音量
名 冊；卷

0794 **superior** 形 優越的

0795 **bargain** 名 買賣；交易

0796 **sample** 名 樣本；實例
動 品嚐；體驗

0797 **congestion** 名 壅塞；擠滿

0798 **gradually** 副 逐漸地

0799 **excel** 動 勝過；優於（他人）

0800 **intensive** 形 密集的

Day 17 P. 314

0801 **remarkable** 形 非凡的；卓越的

0802 **promising** 形 有希望的；
有前途的

0803 **initiative** 名 新作法 名 主動性

0804 **shift** 名 輪班 名 變換；改變
動 更換；變動

0805 **observe** 動 遵守 動 觀察

0806 **competent** 形 有能力的

0807 **accomplishment** 名 成就；完成

0808 **appreciate** 動 感謝；感激
動 重視；賞識

0809 **block** 動 阻塞；封鎖 名 街區

0810 **designated** 形 指定的

0811 **reward** 名 報償；獎賞
動 報償；獎勵

0812 **effort** 名 努力；艱難的嘗試

0813 **tenant** 名 房客；租客

0814 **recruit** 動 招募；聘僱 名 新成員

0815 **combine** 動 結合

0816 **detect** 動 察覺；檢測

0817 **field** 名 領域 名 原野；田地

0818 **architect** 名 建築師

0819 **leadership** 名 領導 名 領導人員；
領導階層

0820 **residence** 名 住宅

0821 **consecutive** 形 連續的

0822 **personal** 形 個人的；私人的

0823 **accustomed** 形 習慣的

0824 **clarification** 名 澄清；闡明

0825 **utilize** 動 利用

0826 **discontinue** 動 停止；中斷

0827 **pursue** 動 追求；從事

0828 **party** 名 政黨；黨派
名 聚會；派對

0829 **component** 名 零件

0830 **optimistic** 形 樂觀的

0831 **precisely** 副 精確地；準確地

0832 **visible** 形 顯而易見的
形 可看見的

0833 **reliant** 形 依賴的；依靠的

0834 **apparent** 形 明顯的

0835 **enterprise** 名 組織 名 企業

0836 **unfortunately** 副 不幸地

0837 **suddenly** 副 突然地

0838 **municipal** 形 市的；市政的

0839 **incidental** 形 偶然的；附帶的

0840 **seasonal** 形 季節性的

0841 **population** 名 人口；人口數

0842 **delighted** 形 愉悅的；高興的

0843 **scenic** 形 風景的；景色秀麗的

0844 **informal** 形 非正式的

0845 **morale** 名 士氣；鬥志

0846 **overdue** 形 過期的

0847 **venture** 名 企業

0848 **justification** 名 辯護；理由

0849 **historic** 形 歷史性的；
歷史上有重大意義的

0850 **trade** 名 貿易 動 交易

Day 18

P. 330

0851 **tentative** 形 暫時性的

0852 **precaution** 名 預防措施

0853 **flexible** 形 彈性的

0854 **encounter** 動 遭遇；遇到

0855 **belongings** 名 財產；所有物

0856 **allocate** 動 分派；分配

0857 **coverage** 名 新聞報導
名 保險項目

0858 **certain** 形 確信的 形 特定的
形 某種的

0859 **summary** 名 大綱；摘要

0860 **property** 名 財產；資產
名 房產；地產

0861 **sensitive** 形 敏感的

0862 **compile** 動 彙編

0863 **prototype** 名 原型

0864 **endorse** 動 支持 動 宣傳
動 背書

0865 **finalize** 動 完成；結束

0866 **absence** 名 缺席 名 缺少；缺乏

0867 **controversy** 名 爭議

0868 **vote** 動 投票；選舉 名 選票

0869 **courtesy** 名 殷勤；禮貌
形 免費使用的

0870 **separately** 副 個別地；分別地

0871 **appearance** 名 外貌；外觀
名 出現；演出

0872 **relieve** 動 緩和；紓解 動 減輕

0873 **rather** 副 相當；頗 副 寧可；寧願

0874 **convene** 動 集會；聚集
動 召集（會議）

0875 **correspondence** 名 通信；信件

0876 **certificate** 名 證明書；憑證

0877 **eliminate** 動 消除；排除

0878 **transition** 名 轉換；過渡

0879 **criteria** 名 （評斷）標準；準則（單數 **criterion**）

0880 **tuition** 名 學費

0881 **straightforward** 形 簡單的；易懂的

0882 **privilege** 名 特權；殊榮

0883 **knowledgeable** 形 博學的；有知識的

0884 **dramatically** 副 突然地；明顯地

0885 **portion** 名 部分
動 把……分成多份；分配

0886 **experiment** 名 實驗；試驗
動 進行實驗；試驗

0887 **afterward** 副 之後

0888 **omit** 動 省略；刪去

0889 **state-of-the-art** 形 最先進的

0890 **divert** 動 轉向；轉移

0891 **extraordinary** 形 非凡的；特別的

0892 **ban** 動 禁止 名 禁止

0893 **outdated** 形 過時的

0894 **following** 形 接著的
名 下列事物 介 在……之後

0895 **inventory** 名 存貨

0896 **undertake** 動 進行；從事

0897 **craft** 名 工藝；手藝
動 精巧地製作

0898 **visual** 形 視覺的

0899 **traditional** 形 傳統的

0900 **abandon** 動 遺棄；拋棄

Day 19 P. 346

0901 **assure** 動 向……保證；擔保

0902 **proceeds** 名 收益；收入

0903 **occasionally** 副 偶爾；有時

0904 **sufficient** 形 足夠的；充足的

0905 **definitely** 副 肯定地；絕對地

0906 **reinforce** 動 增強；強化

0907 **pharmaceutical** 形 藥的；製藥的

0908 **atmosphere** 名 氣氛；氛圍
名 大氣

0909 **convince** 動 說服

0910 **supplement** 名 補給品
動 增補；補充

0911 **aspect** 名 方面；面向

0912 **obvious** 形 明顯的；顯而易見的

0913 **mistakenly** 副 錯誤地

0914 **pleasant** 形 令人愉快的

0915 **minor** 形 較小的；次要的

0916 **showing** 名 表演；放映
名 表現；展示

0917 **notable** 形 值得注意的；著名的

0918 **forecast** 名 預測；預報
動 預測；預報

0919 **testimonial** 名 證明書；推薦信
名 證明；證據

0920 **enormous** 形 巨大的

0921 **publicize** 動 宣傳；推廣

0922 **surpass** 動 勝過；優於

0923 **portable** 形 手提式的；便於攜帶的

0924 **minimize** 動 使減到最少

0925 **specimen** 名 樣本

0926 **discourage** 動 阻擋；不允許

0927 **audition** 名 試鏡 動 試鏡

0928 **adapt** 動 調整 動 適應

0929 **slightly** 副 輕微地；稍微地

0930 **solidify** 動 使團結；變堅固

0931 **willing** 形 樂意的；願意的

0932 **accordingly** 副 照著；相應地

0933 **realistically** 副 切合實際地

0934 **reverse** 動 推翻；撤銷
形 顛倒的；相反的
名 相反；相反情況

0935 **distract** 動 使分心

0936 **liable** 形 應負責任的
形 易……的

0937 **poll** 名 民調

0938 **detour** 名 繞道

0939 **bid** 名 投標 動 投標；出價

0940 **translation** 名 翻譯

0941 **excuse** 動 原諒 動 免除
名 理由；藉口

0942 **applause** 名 鼓掌

0943 **weigh** 動 考慮；權衡
動 稱……的重量

0944 **manner** 名 方法；方式
名 禮貌；舉止

0945 **disclose** 動 揭露；透露

0946 **practical** 形 實用的；務實的

0947 **quote** 動 報價 名 報價
動 引用；引述 名 引文；引號

0948 **familiarize** 動 使熟悉

0949 **sharp** 形 急遽的；激烈的
形 尖的；鋒利的 副 整（指時刻）

0950 **transform** 動 改變；變換

Day 20 P. 362

0951 **conflict** 名 衝突 動 矛盾；衝突

0952 **illegible** 形 難讀的；難認的

0953 **unique** 形 獨特的；獨一無二的

0954 **external** 形 外部的 反 internal
形 內部的

0955 **target** 名 目標
動 把……作為目標

0956 **enforce** 動 實施；實行

0957 **strengthen** 動 增強；加強

0958 **resign** 動 辭職

0959 **frustrating** 形 令人沮喪的

0960 **customs** 名 海關

0961 **deliberate** 形 深思熟慮的
動 商議

0962 **overview** 名 概述；概要

0963 **exposure** 名 曝曬

0964 **enlarge** 動 放大

0965 **equivalent** 形 相同的 名 相等物

0966 **sustain** 動 維持 動 支撐；承受

0967 **abundant** 形 大量的；豐富的

0968 **boost** 動 提升；促進
名 提高；增加

0969 **compromise** 動 妥協
名 妥協；和解

0970 **consequence** 名 結果；後果

0971 **possess** 動 擁有；具有

0972 **activate** 動 啟動；觸發

0973 **minutes** 名 會議紀錄

0974 **consent** 副 分別地；各自地

0975 **respectively** 名 同意；答應 動 同意；答應

0976 **ongoing** 形 進行的；發展中的

0977 **solely** 副 單獨地；唯一地；僅僅

0978 **pressure** 名 壓力

0979 **stand** 動 抵抗；經得起 動 站立 名 攤子

0980 **casual** 形 不拘禮節的；非正式的 名 便裝

0981 **diversify** 形 分布廣的；流傳寬廣的

0982 **widespread** 動 使多樣化

0983 **evenly** 副 均勻地；平均地

0984 **foster** 動 培養；促進

0985 **seldom** 副 不常；很少

0986 **complement** 動 與……相配

0987 **declare** 動 宣布；宣告

0988 **unstable** 形 不穩定的

0989 **highlight** 動 強調 名 最精彩的部分

0990 **upscale** 形 高檔的 形 高收入的

0991 **commend** 動 稱讚；表揚

0992 **amend** 動 修改；修正

0993 **principle** 名 原則

0994 **talented** 形 有才能的

0995 **drain** 動 排出（液體） 名 排水管

0996 **recall** 動 回想；記得 動 召回 名 召回

0997 **rotate** 動 輪流；輪換 動 旋轉；轉動

0998 **turnout** 名 到場人數 名 投票人數

0999 **credit** 動 把……歸於 動（把錢）存入帳戶 名 榮譽；讚揚

1000 **terrific** 形 非常好的；極佳的

Day 21 P. 378

1001 **encouraging** 形 鼓勵的；激勵人心的

1002 **attain** 動 獲得；達到

1003 **assume** 動 承擔；就任 動 假定為；認為

1004 **mandatory** 形 強制的

1005 **amount** 名 數量；總額

1006 **surge** 名 激增 動 激增；激增

1007 **habitually** 副 習慣地

1008 **wage** 名 工資；薪水

1009 **debt** 名 負債

1010 **genuine** 形 真的；非偽造的

1011 **appraisal** 名 評價；估價

1012 **emerge** 動 出現

1013 **dividend** 名 紅利；股息

1014 **decisive** 形 決定性的 形 果斷的

1015 **unanimous** 形 全體一致的；一致同意的

1016 **impose** 動 把……強加於 動 強行收取

1017 **dine** 動 進餐；用餐

1018 **solicit** 動 請求；懇求

1019 **audit** 名 審計；查帳
動 審核；查帳

1020 **improper** 形 不合適的；不正確的

1021 **invention** 名 發明；創造

1022 **mark** 動 表示 動 標明；做記號於 名 痕跡；汙點

1023 **readership** 名（全體）讀者

1024 **rarely** 副 很少；難得

1025 **illustrate** 動 闡明；說明
動 給……加插圖

1026 **gratitude** 名 感激之情；感謝

1027 **remote** 形 遙遠的 形 遙控的

1028 **risky** 形 冒險的

1029 **attentive** 形 注意的；傾聽的

1030 **flaw** 名 缺陷；瑕疵

1031 **fiscal** 形 財政的；會計的

1032 **momentum** 名 動量；動能

1033 **mounting** 形 增長的；加劇的

1034 **elegant** 形 優雅的；精緻的

1035 **transmit** 動 傳送；傳達
動 傳播；傳染

1036 **smoothly** 副 平穩地；順利地

1037 **overwhelming** 形 壓倒的；勢不可擋的

1038 **interfere** 動 干擾；阻礙

1039 **turnover** 名 流動率；周轉率
名 營業額

1040 **customarily** 副 習慣上

1041 **duplicate** 形 完全一樣的；複製的
名 複製品；副本 動 複製

1042 **shrink** 動 縮水

1043 **drawback** 名 缺點；缺陷

1044 **neutrality** 名 中立

1045 **considerate** 形 體貼的；體諒的

1046 **adjacent** 形 比鄰的；鄰近的

1047 **retain** 動 保留；保持

1048 **encompass** 動 包含 動 圍繞

1049 **thrilled** 形 非常興奮的；極為激動的

1050 **expenditure** 名 消費；支出

Day 22 P. 394

1051 **demanding** 形 使人吃力的
形 高要求的

1052 **terminate** 動 使停止；使終止
動 結束；終止

1053 **overcome** 動 克服

1054 **contrary** 形 相反的；對立的

1055 **shortage** 名 缺乏；不足

1056 **attempt** 名 嘗試；企圖 動 試圖

1057 **oversee** 動 監督；監視

1058 **earnings** 名 收入；利潤

1059 **vacancy** 名 空缺；空職
名 空地；空房

1060 **overall** 形 整體的 副 整體上；總的來說

1061 **behavior** 名 行為；表現

1062 **mortgage** 名 抵押；抵押借款

1063 **resistant** 形 抵抗的；抗……的

1064 **patience** 名 耐心；忍耐

1065 **stain** 名 沾汙；汙點
動 變髒；玷汙

1066 **illegal** 形 非法的

1067 **invaluable** 形 無價的；非常貴重的

1068 **code** 名 代碼；密碼
名 規範；規則

1069 **barely** 副 勉強；幾乎沒有

1070 **exotic** 形 異國的

1071 **prolong** 動 延長；拖延

1072 **randomly** 副 任意地；隨機地

1073 **conserve** 動 節省；保存

1074 **repetitive** 形 反覆的；重複的

1075 **blend** 動 使混合 名 混合物；混合品

1076 **phase** 名 階段

1077 **dominant** 形 占優勢的；支配的

1078 **conform** 動 遵守；符合

1079 **successive** 形 連續的；相繼的

1080 **accountable** 形 應負責任的

1081 **liaison** 名 聯絡；聯繫

1082 **blurry** 形 模糊的

1083 **circumstance** 名 情形；狀況

1084 **constantly** 副 不斷地；時常地

1085 **scope** 名 範圍；領域
名 餘地；機會

1086 **define** 動 解釋；給……下定義

1087 **proportion** 名 比例；比率

1088 **slot** 名 狹縫；狹槽 名 時段

1089 **constructive** 形 建設性的

1090 **devise** 動 設計；策劃

1091 **border** 名 邊界；邊境
動 形成……的邊；圍住

1092 **wise** 形 明智的

1093 **optimal** 形 最佳的；最理想的

1094 **imperative** 形 必要的；必須服從的

1095 **nutrition** 名 營養

1096 **gear** 名 設備；裝置

1097 **trace** 動 追蹤；跟蹤 名 痕跡

1098 **embarrassed** 形 尷尬的；不好意思的

1099 **edge** 名 邊緣 名 優勢；優勢條件

1100 **stress** 名 壓力 名 著重；重要性
動 強調

Day 23 P. 410

1101 **expedite** 動 迅速執行；促進

1102 **sizable** 形 相當大的

1103 **stability** 名 穩定；安定

1104 **determine** 動 確定；測定
動 決定

1105 **understanding** 名 了解；理解
形 能諒解的；寬容的

1106 **substitute** 名 替代物 動 替代

1107 **endangered** 形 瀕臨絕種的

1108 **outlook** 名 景色；風光
名 觀點；看法

1109 **unprecedented** 形 史無前例的；空前的

1110 **convey** 動 傳遞；表達

1111 **measure** 名 手段；方法
動 測量；計量

1112 **bound** 形（法律或道德上）有義務的
形 肯定的 形 準備前往……的

1113 **fundamental** 形 基礎的；十分重要的

1114 **coincide** 動 同時發生
動 相符；一致

1115 **instantly** 副 立即；馬上

1116 **distinctive** 形 有特色的；特殊的

1117 **wildlife** 名 野生生物

1118 **wasteful** 形 浪費的

1119 **surrounding** 形 附近的；周圍的

1120 **peak** 形 高峰的；尖峰的 名 山頂
動 達到高峰

1121 **persistent** 形 堅持不懈的
形 持續的；持久的

1122 **inclement** 形 天氣險惡的

1123 **beforehand** 副 事先；預先

1124 **carelessly** 副 粗心大意地；
不當心地

1125 **explore** 動 探究；搜索 動 探索

1126 **attribute** 動 將⋯⋯歸因於
名 屬性；特質

1127 **convert** 動 轉變；變換

1128 **unavoidable** 形 無法避免的

1129 **array** 名 一批；一系列；大量
動 排列；整（隊）

1130 **remedy** 動 治療；糾正；去除
名 補救（法）；糾正（法）
名 治療法；藥物

1131 **pricing** 名 定價

1132 **dispute** 名 爭論；爭執
動 對⋯⋯提出質疑

1133 **attitude** 名 態度

1134 **undoubtedly** 副 毫無疑問地；
肯定地

1135 **automatic** 形 自動的

1136 **output** 名 出產；產量；輸出

1137 **misplace** 動 隨意擱置；亂放

1138 **deteriorate** 動 惡化；退化

1139 **presence** 名 存在；出現
名 出席

1140 **similar** 形 相似的

1141 **disposal** 名 處理；處置

1142 **tune** 動 調整⋯⋯頻率（頻道）
動 調整（音調、引擎等）

1143 **accidentally** 副 偶然地；意外地

1144 **premises** 名 生產場所；經營廠址

1145 **prominently** 副 顯著地；重要地
副 引人注目地；顯眼地

1146 **doubt** 名 懷疑；疑問
動 懷疑；質疑

1147 **suppose** 動 猜想；以為

1148 **overly** 副 過度地；極度地

1149 **otherwise** 副 用別的方法地；
不同樣地 (= differently)
副 否則；不然 (= if not)

1150 **entail** 動 牽涉 (= involve)

Day 24 P. 426

1151 **compensation** 名 報酬

1152 **preliminary** 形 初步的 名 預賽

1153 **speculation** 名 推測；猜測
名 投機買賣

1154 **fragile** 形 易碎的；脆弱的

1155 **perspective** 名 看法；觀點

1156 **overlook** 動 俯瞰；眺望
動 寬恕；寬容

1157 **inadvertently** 副 不慎地；
非故意地

1158 **subordinate** 名 部下；下屬
形 次要的；隸屬的

1159 **crucial** 形 重要的；決定性的

1160 **courier** 名 快遞員；快遞公司

1161 **tremendously** 副 極大地；極其

1162 **bias** 名 偏見；成見
動 使存有偏見

1163 **intellectual** 形 智力的；聰明的

1164 **cuisine** 名 菜餚

1165 **outgoing** 形 向外的 形 即將離開的 形 外向的；開朗的

1166 **feasible** 形 可行的；可實行的

1167 **discard** 動 拋棄；丟棄

1168 **dismiss** 動 去除；對⋯⋯不予理會 動 解僱

1169 **mutually** 副 相互地；彼此地

1170 **hospitality** 名 好客；款待

1171 **violate** 動 違反；違背

1172 **exhaust** 動 用完；耗盡
名 排出的氣

1173 **acquaintance** 名 舊識；熟人

1174 **thereafter** 副 之後；以後

1175 **vicinity** 名 附近地區

1176 **coherent** 形 一致的；連貫的

1177 **patent** 名 專利；專利權
動 取得⋯⋯的專利權

1178 **entrepreneur** 名 企業家

1179 **pollutant** 名 汙染物；汙染源

1180 **disruption** 名 中斷；擾亂

1181 **bulk** 名 大量；大規模

1182 **artificial** 形 人工的；假的

1183 **mastermind** 名 策劃者 動 策劃

1184 **fluctuation** 名 波動；變動

1185 **fascinating** 形 極好的；迷人的

1186 **massive** 形 大量的；巨大的

1187 **intent** 形 急切的；堅決要做的
名 意圖；目的

1188 **rush** 動 倉促行動

1189 **ultimately** 副 最後

1190 **moderately** 副 適度地；溫和地

1191 **brisk** 形 興旺的；繁榮的
形 寒冷而清新的

1192 **consolidate** 動 鞏固；加強

1193 **proofread** 動 校對

1194 **obstacle** 名 妨礙；障礙

1195 **magnificent** 形 極美的；極好的

1196 **flourish** 動 繁榮；興旺

1197 **drastically** 副 大大地；徹底地

1198 **arise** 動 出現；形成

1199 **soar** 動 猛增；暴漲

1200 **dimension** 名 空間；尺寸；大小
名 方面；面向

Day 25 P. 442

1201 **tailored** 形 訂做的；客製的

1202 **alleviate** 動 減輕；緩和

1203 **sophisticated** 形 複雜的；精密的；高度發展的 形 有品味的

1204 **unveil** 動 揭露；使公諸於眾

1205 **insight** 名 洞察力；見解

1206 **anonymous** 形 匿名的

1207 **domestic** 形 國內的

1208 **compatible** 形 相容的

1209 **incur** 動 招致；帶來

1210 **obligation** 名 義務；責任

1211 **abolish** 動 廢除；廢止

1212 **evident** 形 明顯的；明白的

1213 **solution** 名 解決方法
名 溶液；溶劑

1214 **exempt** 動 使豁免；使免除
動 免除（責任等）

1215 **engagement** 名 約會

1216 **inviting** 形 吸引人的

1217 **inspiration** 名 靈感；啟發

1218 **disturb** 動 打擾；妨礙

1219 **refurbish** 動 刷新；整修

1220 **markedly** 副 顯著地；引人注目地

1221 **transit** 名 運輸；交通

1222 **acceleration** 名 加速；促進

1223 **enlightening** 形 啟發人心的

1224 **boundary** 名 邊界；分界線

1225 **diagnose** 動 診斷

1226 **restraint** 名 抑制；克制

1227 **somewhat** 副 有點；稍微

1228 **assortment** 名 分類；各種各樣

1229 **streamline** 動 使……簡化

1230 **abruptly** 副 突然地；唐突地

1231 **staple** 動 用釘書機釘 名 某物的主要部分 形 主要的

1232 **incorporate** 動 加上；包含
動 把……組成公司（或社團）

1233 **proxy** 名 代理人

1234 **rebate** 名 退款 名 折扣

1235 **ample** 形 大量的；足夠的

1236 **periodical** 名 期刊

1237 **virtually** 副 幾乎；差不多
副 虛擬地

1238 **evolve** 動 發展；進化

1239 **souvenir** 名 紀念品

1240 **passion** 名 熱情；熱忱

1241 **retrieve** 動 取回；收回
動 檢索；擷取

1242 **vaguely** 副 不清晰地；模糊地

1243 **marginally** 副 少量地；些微地

1244 **compartment** 名 隔間

1245 **wear** 名 磨損；損耗
動 磨損；穿破 動 穿著；戴著

1246 **intact** 形 完整無缺的；未受損傷的

1247 **awaited** 形 被等候的

1248 **emission** 名 排放 名 排放物

1249 **keen** 形 渴望的；極想的
形 熱衷的；熱心的

1250 **escort** 動 護送；陪同

Day 26 P. 458

1251 **withstand** 動 抵擋；反抗

1252 **proximity** 名 附近；鄰近

1253 **versatile** 形 多功能的
形 多才多藝的

1254 **engrave** 動 雕刻

1255 **disregard** 動 忽視；不理會
名 忽視；不尊重

1256 **argumentative** 形 爭辯的；好爭論的

1257 **prestigious** 形 有名望的

1258 **superb** 形 極好的；一流的

1259 **faculty** 名 全體教職員
名 能力；技能

1260 **opposing** 形 反對的；相對的

1261 **cordially** 副 熱誠地；誠摯地

1262 **entertaining** 形 使人得到娛樂的；使人愉悅的

1263 **proficiency** 名 精通；熟練

1264 **stimulate** 動 刺激；鼓舞

1265 **implication** 名（-s）可能的影響、後果 名 暗示；暗指

1266 **rigorous** 形 嚴格的；苛刻的

1267 **periodic** 形 週期的；定期的

1268 **premiere** 名 初次上演；首映

1269 **accumulate** 動 累積；堆積

1270 **consensus** 名 共識

1271 **rationale** 名 根本原因

1272 **setting** 名 環境；背景
名 設定；裝置

1273 **curb** 動 控制；限制
名 人行道（高起的）邊緣

1274 **erect** 動 使豎立；使豎直
動 建立；設立

1275 **waive** 動 放棄；免除

1276 **regrettably** 副 可惜地；遺憾地

1277 **oversight** 名 失察；疏忽

1278 **amenity** 名 便利設施

1279 **constraint** 名 約束；限制

1280 **commission** 名 佣金 名 委員會

1281 **pose** 動 造成；引起 動 擺姿勢

1282 **densely** 副 濃密地；密集地

1283 **incline** 動 （使）傾向；（使）有意 名 斜坡

1284 **simultaneously** 副 同時

1285 **outfit** 名 全套服裝 動 配備；供給

1286 **delinquent** 形 拖欠的；到期未付的

1287 **antique** 名 古物；古董
形 古代的；古老的

1288 **leisurely** 形 悠閒的；從容不迫的

1289 **endeavor** 名 努力；盡力
動 努力；力圖

1290 **embark** 動 上船（或飛機）
動 從事；著手

1291 **cultivation** 名 培養；栽培
名 耕作；耕種

1292 **offset** 動 抵銷

1293 **preside** 動 主持

1294 **stipulation** 名 規定；條文

1295 **habitat** 名 棲息地

1296 **elaborate** 形 精心製作的；精巧的

1297 **culinary** 形 烹飪的

1298 **defer** 動 推遲；延期

1299 **novice** 名 新手；初學者

1300 **license** 名 許可證；執照
動 許可；頒發許可證

Day 27 P. 472

1301 **bear** 動 承擔；承受
動 忍受；容許

1302 **catering** 名 承辦酒席；外燴

1303 **batch** 名 一批

1304 **stunning** 形 令人驚嘆的

1305 **dim** 動 使變暗淡 形 暗淡的

1306 **agreeably** 副 令人愉快地
副 宜人地

1307 **conducive** 形 有助的；有益的

1308 **patronage** 名 惠顧；光顧

1309 **affiliation** 名 隸屬（關係）

1310 **lessen** 動 減輕；變小

1311 **prosperity** 名 興旺；繁榮

1312 **advocate** 動 提倡；擁護

1313 **alliance** 名 結盟；聯盟

1314 **punctually** 副 準時地

1315 **immense** 形 巨大的；廣大的

1316 **generosity** 名 慷慨；寬宏大量

1317 **negligence** 名 疏忽；粗心

1318 **vulnerable** 形 易受傷的；
易受影響的

1319 **subsidiary** 名 子公司
形 輔助的；次要的

1320 **affix** 動 貼上；附上

1321 **aggressively** 副 積極地；
攻擊性地

1322 **yield** 動 產生 名 產量

1323 **impending** 形 即將發生的；
逼近的

1324 **abstract** 名 摘要 動 做摘要；
抽取 形 抽象的

1325 **steep** 形 陡峭的 形（尤指價格）
過高的

1326 **petition** 名 請願；請願書
動 請願；訴求

1327 **radically** 副 完全地；徹底地

1328 **discrepancy** 名 不一致；不符

1329 **sequence** 名 順序；次序
名 一連串；連續

1330 **underway** 形 在進行中的

1331 **exaggerate** 動 誇大；
對……言過其實

1332 **setback** 名 挫折；失敗

1333 **widening** 名 拓寬

1334 **extract** 名 摘錄 動 提煉；萃取

1335 **conceive** 動 想出；構想

1336 **credential** 名 憑證；證書

1337 **excursion** 名 遠足；短途旅行

1338 **contaminate** 動 汙染；弄髒

1339 **pledge** 動 保證；許諾
名 保證；誓言

1340 **hamper** 動 妨礙；阻礙

1341 **preceding** 形 在前的；在先的

1342 **outweigh** 動 比……重；超過

1343 **preclude** 動 妨礙；阻止

1344 **increment** 名 增加；增額
名 加薪

1345 **consignment** 名 托運的貨物

1346 **bankruptcy** 名 破產；倒閉

1347 **eloquent** 形 雄辯的；有說服力的

1348 **prerequisite** 名 必要條件；前提

1349 **aspire** 動 渴望；嚮往

1350 **maneuver** 動 巧妙地移動
名 策略；花招

Day 28 P. 488

1351 **outreach** 名 擴大服務範圍；外展服務

1352 **thrive** 動 興旺；繁榮

1353 **unforeseen** 形 未預見到的；預料之外的

1354 **statistical** 形 統計的；統計學的

1355 **inflation** 名 通貨膨脹

1356 **recession** 名 （經濟）衰退

1357 **lucrative** 形 獲利可觀的；有利可圖的

1358 **condense** 動 濃縮；壓縮

1359 **volatile** 形 易變的；反覆無常的

1360 **extent** 名 範圍；廣度

1361 **integral** 形 不可缺的；必需的

1362 **inevitably** 副 不可避免地；必然地

1363 **pending** 形 懸而未決的；未定的 形 迫近的

1364 **arbitration** 名 仲裁；調定

1365 **harsh** 形 惡劣的；嚴厲的

1366 **contingency** 名 意外事故；偶然事件

1367 **overhaul** 名 徹底檢修 動 改造；改進

1368 **adversely** 副 不利地；敵對地

1369 **exemplary** 形 模範的；可效仿的

1370 **forefront** 名 最前方；最前線

1371 **cope** 動 處理；對付

1372 **constitute** 動 構成；組成

1373 **deficit** 名 赤字

1374 **perishable** 形 易腐爛的

1375 **replica** 名 複製品

1376 **surplus** 名 過剩；剩餘額 形 過剩的；剩餘的

1377 **bold** 形 顯著的；色彩豔麗的 形 勇敢的；無畏的

1378 **apprentice** 名 學徒；徒弟

1379 **picturesque** 形 如畫的；別緻的

1380 **spoil** 動 損壞；毀掉

1381 **idle** 形 閒置的 形 懶惰的；無所事事的

1382 **susceptible** 形 易受影響的

1383 **symptom** 名 症狀

1384 **unattended** 形 沒人照顧的

1385 **gauge** 動 測量；測算 名 衡量標準 名 測量表

1386 **concession** 名 讓步；妥協 名 （在指定地點的）營業權；營業場所

1387 **commensurate** 形 同量的；相稱的

1388 **withhold** 動 保留；不給

1389 **predominant** 形 主要的；占支配地位的 形 突出的；顯著的

1390 **lapse** 名 失誤；小錯 動 終止；失效

1391 **embrace** 動 欣然接受 動 包含；包括

1392 **apprehensive** 形 憂慮的；恐懼的

1393 **span** 名 一段時間 名 跨度 動 橫跨；橫越

1394 **presumably** 副 想必；大概

1395 **seemingly** 副 表面上；似乎是

1396 **contention** 名 論點；主張

1397 **induce** 動 引起；導致

1398 **indulge** 動 沉溺於

1399 **render** 動 使變得；使成為 (= make) 動 提出；呈報

1400 **lingering** 形 逗留不去的

Day 29 P. 502

1401 **prevalent** 動 盛行的；普遍的

1402 **assent** 動 同意；贊成 名 同意；贊成

1403 **compulsory** 形 強制的；義務的

1404 **influx** 名 湧進；流入

1405 **seize** 動 抓住；捉住

1406 **monopoly** 名 壟斷；獨占

1407 **manuscript** 名 手稿；原稿

1408 **skeptical** 形 懷疑的；多疑的

1409 **trait** 名 特徵；特點

1410 **unwavering** 形 不動搖的；堅定的

1411 **credibility** 名 可信性

1412 **envious** 形 羨慕的；嫉妒的

1413 **acclaim** 動 喝采；稱讚 名 喝采；稱讚

1414 **combustible** 形 可燃的

1415 **transparent** 形 透明的 形 易懂的

1416 **trivial** 形 瑣碎的；不重要的

1417 **refute** 動 駁斥；反駁

1418 **procurement** 名 獲得；取得；採購

1419 **scrutinize** 動 詳細檢查；細看

1420 **stagnant** 形 停滯的；不流動的

1421 **remit** 動 匯款

1422 **superficial** 形 表面的；膚淺的

1423 **gratify** 動 使高興 動 使滿意

1424 **arguably** 副 大概；可能

1425 **imminent** 形 逼近的；即將發生的

1426 **probation** 名 適用；見習

1427 **tangible** 形 有實體的

1428 **inauguration** 名 開始；開創

1429 **flatter** 動 奉承；諂媚 動 自命不凡

1430 **compelling** 形 引人入勝的 形 令人信服的

1431 **unbearable** 形 不能忍受的

1432 **provisionally** 副 暫時地；臨時地

1433 **cite** 動 引用；舉出

1434 **circulate** 動 循環；傳閱

1435 **abuse** 名 虐待；辱罵 動 濫用

1436 **receptive** 形 樂於接受的；能容納的

1437 **mediate** 動 調停解決

1438 **dispatch** 動 派遣；發送 名 派遣；發送

1439 **outlet** 名 商店；銷路 名 電源插座

1440 **collision** 名 碰撞；相撞

1441 **tedious** 形 冗長乏味的

1442 **stringent** 形 嚴厲的

1443 **manipulation** 名 操縱；控制；竄改

1444 **vigorous** 形 有力的；精力充沛的

1445 **unmatched** 形 無比的；不相配的

1446 **bond** 名 聯結；聯繫
名 債券；公債 名 契約；約定

1447 **deprivation** 名 剝奪；損失

1448 **shortcoming** 名 缺點；短處

1449 **fierce** 形 兇猛的；激烈的

1450 **hinder** 動 妨礙；阻礙

Day 30 P. 516

1451 **intrigue** 動 激起……的好奇心（或興趣） 名 陰謀

1452 **formulate** 動 配製；制定……的配方

1453 **viable** 形 可實行的

1454 **meticulously** 副 極細心地；一絲不苟地

1455 **obsolete** 形 過時的；淘汰的

1456 **invigorated** 形 精力充沛的

1457 **redeemable** 形 可兌換的

1458 **commemorate** 動 紀念；慶祝

1459 **culminate** 動 達到最高點

1460 **inherently** 副 內在地；固有地

1461 **synthetic** 形 合成的；人造的

1462 **revoke** 動 撤回；撤銷

1463 **impede** 動 妨礙；阻止

1464 **explicitly** 副 明白地；明確地

1465 **improvise** 動 即興做事
動 即興創作

1466 **outbreak** 名 爆發；暴動

1467 **envision** 名 想像；展望

1468 **universally** 副 普遍地；一般地

1469 **configuration** 名（電腦的）配置 名 結構；構造

1470 **plummet** 動 暴跌；重挫
(= plunge)

1471 **formidable** 形 難以克服的；難對付的

1472 **sparingly** 副 量少地；節儉地

1473 **inflict** 動 給予（打擊）；使遭受（損傷）

1474 **strenuous** 形 費力的；激烈的

1475 **incumbent** 形 現任的；在職的
名 現任者；在職者

1476 **disperse** 動 解散；散開

1477 **depleted** 形 用盡的

1478 **outright** 形 全部的；徹底的
形 公然的；公開的

1479 **assertively** 副 肯定地；堅定自信地

1480 **exploit** 動 剝削；利用

1481 **vibrant** 形 明亮的；鮮明的
形 充滿生氣的；活躍的

1482 **reconcile** 動 和解；調停

1483 **inception** 名 開始；開端

1484 **ascertain** 動 查明；確定

1485 **inquisitive** 形 過分好奇的；愛打聽的

1486 **innate** 形 與生俱來的；天生的

1487 **pertinent** 形 有關的；相干的

1488 **relinquish** 動 放棄；撤出

1489 **discretion** 名 處理權

1490 **repel** 動 擊退；驅除

1491 **dwindle** 動 減少；變小

1492 **exponential** 形 呈指數性增長的

1493 **affluent** 形 富裕的

1494 **lax** 形 鬆散的；散漫的

1495 **chronicle** 動 敘述；記事
名 編年史

1496 **swiftly** 副 迅速地；敏捷地
(= quickly / immediately)

1497 **exquisite** 形 精緻的；精美的

1498 **remunerative** 形 報酬豐厚的

1499 **bluntly** 副 直率地；鈍地

1500 **impeccable** 形 無懈可擊的；
無缺點的

Speed Check-up 解答

Day 1 P. 33

1. (C) 2. (A) 3. (B) 4. (D)
5. (E) 6. (E) 7. (C) 8. (A)
9. (B) 10. (D) 11. (D) 12. (E)
13. (A) 14. (B) 15. (C)

Day 2 P. 53

1. (D) 2. (E) 3. (A) 4. (B)
5. (C) 6. (E) 7. (D) 8. (A)
9. (C) 10. (B) 11. (D) 12. (E)
13. (A) 14. (B) 15. (C)

Day 3 P. 75

1. (C) 2. (B) 3. (A) 4. (D)
5. (E) 6. (B) 7. (A) 8. (E)
9. (D) 10. (C) 11. (E) 12. (A)
13. (C) 14. (B) 15. (D)

Day 4 P. 95

1. (C) 2. (E) 3. (D) 4. (A)
5. (B) 6. (C) 7. (A) 8. (B)
9. (E) 10. (D) 11. (C) 12. (D)
13. (E) 14. (B) 15. (A)

Day 5 P. 115

1. (E) 2. (D) 3. (B) 4. (A)
5. (C) 6. (A) 07. (E) 8. (D)
9. (B) 10. (C) 11. (B) 12. (A)
13. (C) 14. (E) 15. (D)

Day 6 P. 135

1. (B) 2. (E) 3. (C) 4. (D)
5. (A) 6. (C) 7. (E) 8. (A)
9. (D) 10. (B) 11. (E) 12. (A)
13. (C) 14. (B) 15. (D)

Day 7 P. 153

1. (D) 2. (A) 3. (E) 4. (C)
5. (B) 6. (C) 7. (B) 8. (A)
9. (E) 10. (D) 11. (B) 12. (E)
13. (A) 14. (D) 15. (C)

Day 8 P. 171

1. (C) 2. (A) 3. (D) 4. (E)
5. (B) 6. (D) 7. (A) 8. (E)
9. (B) 10. (C) 11. (D) 12. (A)
13. (E) 14. (C) 15. (B)

Day 9 P. 189

1. (B) 2. (A) 3. (E) 4. (D)
5. (C) 6. (B) 7. (D) 8. (A)
9. (E) 10. (C) 11. (D) 12. (B)
13. (E) 14. (C) 15. (A)

Day 10 P. 207

1. (E) 2. (A) 3. (B) 4. (C)
5. (D) 6. (B) 7. (D) 8. (C)
9. (E) 10. (A) 11. (C) 12. (A)
13. (B) 14. (E) 15. (D)

Day 11 P. 225

1. (D) 2. (C) 3. (A) 4. (B)
5. (E) 6. (B) 7. (A) 8. (C)
9. (D) 10. (E) 11. (B) 12. (E)
13. (D) 14. (C) 15. (A)

Day 12 P. 243

1. (C) 2. (B) 3. (A) 4. (D)
5. (E) 6. (E) 7. (B) 8. (A)
9. (C) 10. (D) 11. (D) 12. (A)
13. (C) 14. (E) 15. (B)

Day 13 P. 261

1. (E) 2. (D) 3. (B) 4. (C)
5. (A) 6. (B) 7. (D) 8. (A)
9. (C) 10. (E) 11. (B) 12. (C)
13. (D) 14. (A) 15. (E)

Day 14 P. 279

1. (C) 2. (D) 3. (A) 4. (E)
5. (B) 6. (A) 7. (D) 8. (E)
9. (B) 10. (C) 11. (E) 12. (D)
13. (A) 14. (B) 15. (C)

Day 15 P. 297

1. (B) 2. (C) 3. (A) 4. (E)
5. (D) 6. (B) 7. (C) 8. (A)
9. (D) 10. (E) 11. (D) 12. (E)
13. (B) 14. (A) 15. (C)

Day 16 P. 313

1. (C) 2. (E) 3. (A) 4. (B)
5. (D) 6. (E) 7. (B) 8. (C)
9. (A) 10. (D) 11. (E) 12. (A)
13. (D) 14. (B) 15. (C)

Day 17 P. 329

1. (C) 2. (B) 3. (D) 4. (A)
5. (E) 06. (C) 7. (A) 8. (E)
9. (B) 10. (D) 11. (B) 12. (D)
13. (E) 14. (C) 15. (A)

Day 18 P. 345

1. (D) 2. (E) 3. (B) 4. (C)
5. (A) 6. (D) 7. (B) 8. (A)
9. (E) 10. (C) 11. (A) 12. (E)
13. (C) 14. (B) 15. (D)

Day 19 P. 361

1. (E) 2. (D) 3. (C) 4. (A)
5. (B) 6. (C) 7. (B) 8. (A)
9. (E) 10. (D) 11. (D) 12. (E)
13. (B) 14. (A) 15. (C)

Day 20 P. 377

1. (C) 2. (A) 3. (E) 4. (B)
5. (D) 6. (E) 7. (A) 8. (C)
9. (D) 10. (B) 11. (D) 12. (C)
13. (A) 14. (B) 15. (E)

Day 21 P. 393

1. (C) 2. (D) 3. (B) 4. (A)
5. (E) 6. (C) 7. (D) 8. (A)
9. (B) 10. (E) 11. (C) 12. (E)
13. (D) 14. (A) 15. (B)

Day 22 P. 409

1. (E) 2. (B) 3. (A) 4. (D)
5. (C) 06. (C) 7. (B) 8. (E)
9. (A) 10. (D) 11. (A) 12. (E)
13. (C) 14. (D) 15. (B)

Day 23

P. 425

1. (C) 2. (A) 3. (E) 4. (B)
5. (D) 6. (B) 7. (E) 8. (D)
9. (A) 10. (C) 11. (C) 12. (B)
13. (A) 14. (D) 15. (E)

Day 24

P. 441

1. (A) 2. (C) 3. (E) 4. (B)
5. (D) 06. (B) 7. (A) 8. (E)
9. (D) 10. (C) 11. (E) 12. (A)
13. (C) 14. (B) 15. (D)

Day 25

P. 457

1. (E) 2. (D) 3. (C) 4. (B)
5. (A) 6. (B) 7. (C) 8. (A)
9. (E) 10. (D) 11. (D) 12. (C)
13. (B) 14. (A) 15. (E)

Day 26

P. 471

1. (D) 2. (B) 3. (C) 4. (A)
5. (E) 6. (D) 7. (E) 8. (C)
9. (B) 10. (A) 11. (E) 12. (A)
13. (B) 14. (C) 15. (D)

Day 27

P. 487

1. (C) 2. (E) 3. (D) 4. (A)
5. (B) 06. (E) 7. (A) 8. (B)
9. (C) 10. (D) 11. (C) 12. (B)
13. (E) 14. (D) 15. (A)

Day 28

P. 501

1. (E) 2. (B) 3. (A) 4. (D)
5. (C) 6. (C) 7. (E) 8. (D)
9. (A) 10. (B) 11. (D) 12. (C)
13. (B) 14. (E) 15. (A)

Day 29

P. 515

1. (E) 2. (A) 3. (C) 4. (D)
5. (B) 6. (E) 7. (B) 8. (D)
9. (A) 10. (C) 11. (A) 12. (B)
13. (C) 14. (E) 15. (D)

Day 30

P. 529

1. (D) 2. (E) 3. (A) 4. (C)
5. (B) 6. (B) 7. (E) 8. (D)
9. (A) 10. (C) 11. (C) 12. (E)
13. (A) 14. (B) 15. (D)

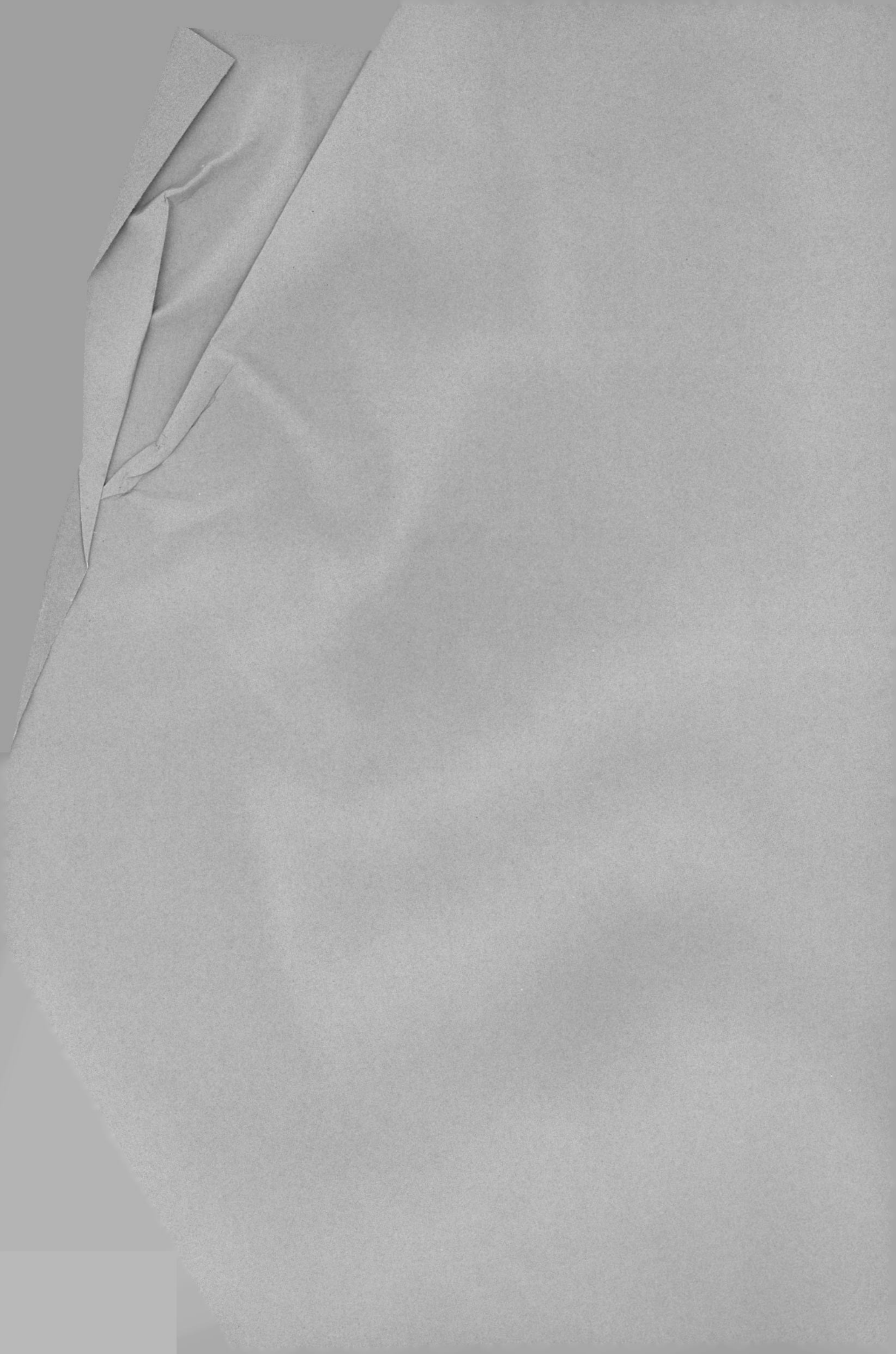